잔류인구

Remnant Population

잔류
인구

Remnant Population

엘리자베스 문
지음

강선재
옮김

푸른숲

불꽃을 일으켜준 벳시와

따뜻하고 밝게 반응해준 메리·엘렌·캐리에게

차례

1

심스 뱅코프 콜로니
파일 #3245.12

발가락 사이로 느껴지는 축축한 흙은 시원했지만 두피는 이미 땀으로 스멀거렸다. 오늘은 어제보다 더울 테고, 정오쯤이면 향신료 냄새가 나는 낮덩굴의 어여쁜 빨간 꽃이 꽃받침을 말아 넣고 덩굴 쪽으로 늘어질 것이다. 오필리아는 유기물 덮개를 토마토의 줄기 쪽으로 더 꾹꾹 밟았다. 기분 좋은 열기가 느껴졌다. 로사라의 시선이 미치지 않는 곳이었다면 모자를 벗고 땀을 말렸을 것이다. 그러나 로사라는 해가 유발하는 암을 걱정하는 데다, 늙은 여자가 집 밖에서 듬성듬성한 흰머리를 가리지 않는 것은 품위가 없다고 확신하고 있었다.

그렇게 듬성듬성하지 않은데. 오필리아는 삐져나온 머리를 정리하려는 것처럼 두 손을 관자놀이께로 가져갔지만 실제로는 땋은 머리의 두툼함을 확인해봤다. 여전히 두툼했다. 다리도 아직 튼튼하고 손도 노화와 노동으로 옹이투성이일지언정 아직 쓸 만했다. 오필리아는 정원의 저쪽 끝에 있는 며느리를 바라봤다. 깡마른 몸, 그슬린 종이 빛깔의 머리카락, 진흙색 눈. 허리가 잘록하고 손이 하얀 며느리는 예뻤지만 오필리아는 그런 것에 혹할 정도로 어리석지 않았다. 한 번도 어리석은 적이 없건만 바르토는 어머니의 지혜에 귀를 기울이는 법이 없었다. 이제 아들은 몸이 가느다란 — 뱀 같다, 오필리아는 딱 한 번 그렇게 말했다 — 로사라와 함께이고 자식이 없었다.

오필리아는 남들이 짐작하는 것만큼 그것이 못마땅하지는 않았다. 독립적인 성격이라 아이를 원치 않는 며느리라면 환영할 수 있었을 것이다. 아니, 문제는 로사라가 처녀의 미덕을 지킨다는 온갖 시답잖은 규칙을 시어머니에게 강요한다는 거였다……. **그것을** 오필리아는 용납할 수 없었다.

"콩을 더 심어야 해요." 로사라가 외쳤다. 씨 뿌릴 때도 했던 말이다. 오필리아가 기른 콩이 거의 항상 남는다는 걸 알면서도. 로사라는 오필리아가 먹을 만큼을 넘어 팔 수 있을 정도로 콩 농사를 짓기를 원했다.

"콩은 충분해."

"흉작이 들지 않는다면 그렇죠."

"흉작이 든다면 많이 키울수록 더 크게 망하겠지." 오필리아가 대꾸했다. 로사라는 코웃음을 쳤지만 반박하지는 않았다. 입씨름해봤자 좋을 게 없음을 마침내 깨닫는 중인 것 같았다. 오필리아의 바람은 그러했다. 그는 다시 토마토 돌보기에 집중했다. 여기저기서 유기물 덮개를 밟고 멋대로 뻗은 덩굴의 끄트머리를 잡아맸다. 로사라는 토마토 덩굴에 살이 닿으면 간지럽다며 이쪽으로는 얼씬도 하지 않았다. 오필리아는 그런 생각을 하자 새어 나오는 웃음을 들키지 않기 위해 쪼그리고 앉아 풋토마토의 진한 향을 음미했다.

그곳, 토마토 밭 한복판에서 오필리아는 깜빡 잠이 들었다가 비스듬한 오후 햇살이 고랑의 구석구석을 비출 때 깨어났다. 눈에 빛이 닿으면 항상 잠이 깼다. 그는 불이 꺼지지 않는 극저온 탱크에서 한숨도 자지 못했다고 지금까지도 확신했다. 움베르토는 말도 안 된다고, 극저온 탱크에서 깨어 있는 사람은 아무도 없다고, 수면이 그 장치의 핵심이라고 말했다. 오필리아는 대꾸하지 않았지만, 처음부터 끝까지 눈을 꿰찌르던 불빛을 분명히 기억하고 있었다.

이제 오필리아는 줄줄이 늘어선 토마토 사이 바슬바슬한 유기물 덮개 위에 나른하게 누워서 그 작고 푸른 정글이 참으로 평화로워 보인다고 생각했다. 웬일로 고요하기까지 했다. 로사라는 오필리아가 잠든 줄 모르고 집으로 들어간 것이 분명했다. 아니, 그년은 아예 신경도 안 썼겠지. 오필리아는 조용히, 음미하듯 혀 위에서 욕을 굴렸다. 개년. 잡년. 그런 말을 많이 알지 못하는 그의 어휘에 포함된 몇 안 되는 욕은 다양한 상황에서 다양한 말에 분노를 나눠 담는 이의 욕보다 더 농밀한 분노를 담고 있었다.

그때 길에서 바르톨로메오의 목소리가 날아와 공상을 흩뜨렸고 오필리아는 고관절과 무릎 통증 때문에 쉬이 하는 소리를 내며 최대한 빨리 일어나 앉았다.

"로사라! 로사라, 나와봐!" 그는 흥분했거나 성이 났거나 둘 다인 것 같았다. 종종 그러듯이. 대개는 알고 보면 아무것도 아닌 일이었지만, 바르토는 나중에라도 결코 그 사실을 인정하지 않았다. 그는 오필리아가 가장 덜 아끼는 자식이었다. 갓난아기였을 때조차. 엄마는 절대 자신을 만족시킬 수 없다는 듯이 젖꼭지를 물어 당기던 탐욕스러운 젖먹이. 탐욕스러운 아기는 까다로운 아이로, 무엇에도 만족할 줄 모르는 소년으로 자라났다. 툭하면 다른 애들과 다투고 공정함을 요구했는데, 그 공정함이란 늘 자기한테 유리한 것이었다. 어른이 되어서도 똑같았다. 바르토는 오필리아가 질색했던 움베르토의 면면을 열 배 더 강하게 물려받았다. 하지만 그는 살아남은 유일한 자식이었고, 오필리아는 아들을 이해했다.

"뭔데?" 로사라의 대꾸는 퉁명스럽게 들렸다. 낮잠을 자거나(바르토도 오필리아도 못마땅해하는 것) 컴퓨터를 하고 있었으리라.

"컴퍼니―그들이 사업권을 상실했어."

로사라의 비명. 그것은 이번만은 바르토가 정말 성낼 가치가 있는 문제로 열을 냈다는 뜻일 수도, 갑자기 턱에 여드름이 난 걸 발견했다는 뜻일 수도 있었다. 로사라라면 둘 다일 수도, 둘 다 아닐 수도 있다. 오필리아는 정강이로 바닥을 딛고 힘겹게 몸을 일으킨 뒤 토마토 줄기를 잡고 일어섰다. 눈앞이 살짝 흐릿해져서, 시야가 맑아질 때까지 잠시 기다렸다. 나이. 다들 나이 때문이라고, 갈수록 나빠질 거라고 말했다. 오필리아는 그렇게 나쁘지는 않다고 생각했다, 사람들이 기대하는 만큼 자신이 어떤 일을 빨리 해낼 수 없을 때를 제외하면. "엄마!" 바르토가 부엌문을 허겁지겁 뛰쳐나오며 소리쳤다. 오필리아는 자신이 서서 일하는 것처럼 보여서 다행이라고 생각했다. 그것은 한 점의 자그마한 도덕적 우위를 확보해주었다.

"응?" 오필리아는 통통한 애벌레를 발견하고, 바르토가 가까이 오자 엄지와 검지로 벌레를 집었다. "이것 좀 보렴."

"네, 엄마. 멋지네요. 잘 들어요, 중요한 일이에요……."

"올해는 풍작일 거야."

"엄마!" 바르토는 오필리아 쪽으로 몸을 숙이며 얼굴을 들이밀었다. 움베르토를 가장 많이 닮은 자식임에도 움베르토의 부드러운 눈빛은 닮지 않았다.

"듣고 있어." 오필리아는 그렇게 말하며 다시 토마토 줄기로 손을 뻗었다.

"컴퍼니가 사업권을 잃었어요." 거기에 어떤 의미라도 담겨 있는 것처럼 바르토가 말했다.

"컴퍼니가 사업권을 잃었다고." 오필리아는 듣고 있다는 증거로 들은 말을 되풀이했다. 아들은 그가 자기 말을 듣지 않는다고 자주 비난했기 때문이다.

"그게 무슨 뜻이겠어요." 바르토는 조바심치며 말하고는 곧바로 덧붙였다. "우리가 떠나야 한다는 뜻이죠. 그들은 콜로니를 버릴 거예요." 로사라가 집에서 나와 남편 뒤에 섰다. 오필리아는 며느리의 뺨이 군데군데 붉어진 것을 봤다.

"그럴 순 없어! 여긴 우리 고향인데……!"

"멍청한 소리 마, 로사라!" 바르토는 토마토가 로사라의 몸인 것처럼 덩굴에 침을 뱉었다. 오필리아가 움찔하자 어머니에게 눈을 부라렸다. "엄마도요. 당연히 그들은 우리더러 떠나라고 할 수 있어요. 우린 컴퍼니의 피고용인이니까."

한 번도 임금을 받지 못한 피고용인, 오필리아는 속으로 혼잣말을 했다. 은퇴도 의료 혜택도 없는 피고용인. 얻는 거라곤 생산한 것 중에 스스로 소비하는 만큼뿐. 자력으로 먹고살며 잉여생산물까지 내야 하는 피고용인. 열대목재를 할당량만큼 정기적으로 선적하고 있지도 못하지만…… 벌목량을 유지할 수 없을 정도로 성인의 수가 줄어든 지 오래였다.

"내가 얼마나 힘들게 일했는데!" 로사라가 탄식했다. 이번만은 오필리아도 로사라의 말에 동의했다. 같은 심정이었다. 오필리아는 아들의 매서운 눈빛을 피해 곁눈질로 토마토를 봤다. 줄기에 난 짧은 털 같은, 가장자리가 들쭉날쭉한 잎을 봤다. 가장 먼저 맺힌 꽃망울이 작은 샹들리에처럼 매달려 있었다. 아직은 입을 꼭 다물고 있지만, 곧 빛 속에서 입이 열리고, 불이 붙고, 그리고…….

"잘 들어요." 바르토는 오필리아와 토마토 사이에 손을 불쑥 뻗더니 그의 턱을 잡아 비틀어 자기를 보게 했다. "엄마도 아직 협의회에서 투표권이 있잖아요. 무조건 회의에 참석해요. 우리랑 같이 투표하는 거예요. 이주지를 선택할 기회가 있으니까."

회의. 오필리아는 회의가 싫었다. 오필리아는 바르토가 로사라에게 아직 회의에 대해 말하지 않았음을 알아차렸지만, 아들은 당연히 제 아내가 회의에 참석해 자기가 시키는 대로 투표할 거라 생각하고 있는 것이었다.

"표는 표니까." 바르토는 오필리아가 귀라도 먹은 것처럼 더 크게 말했다. "엄마 표도." 그리고 나서야 어머니의 턱에서 손을 뗐다. "당장 들어가서 준비해요." 오필리아는 맨발이 바르토의 딱딱한 장화 밑창에 부딪히지 않도록 조심조심 아들의 옆을 지나갔다. "신발 좀 신고요!" 바르토가 뒤에서 소리를 질렀다. 오필리아는 뒤에서 점점 작게 들리는, 하지만 누그러질 기미 없는 바르토와 로사라의 목소리를 들었다. 마구 투덜대고 있

14

다는 것만 느껴질 뿐 알아들을 수는 없었다.

오필리아는 목욕을 하고 머리를 감고 남아 있는 옷 가운데 가장 좋은 것을 입었다. 그 원피스는 이제 헐렁했다. 살짝 들어간 허리 부분의 위쪽을 채울 것이 이제 그의 몸에는 남아 있지 않았다. 구부정한 등 때문에 목 뒷부분이 떴다. 몇 달 만에 신은 신발에 발가락이 짓눌리고 뒤꿈치가 쓸렸다. 회의에 참석하고 나면 물집이 생길 것이다. 무엇을 위해? 오필리아는 부엌문에 귀를 대고 서서, 바르토가 다른 세계에서는 반드시 어머니가 다시 품위 있는 옷차림을 하게 만들겠다고 로사라에게 말하는 것을 들었다. 언제나 신발을 신고 지금 입은 것처럼 칙칙한 색의 원피스를 입게 한다는 뜻이다.

오필리아는 로사라 옆에 조용히 앉아 회의장을 가득 채운 애통함과 분노의 소리들을 들었다. 이번 일을 기회로 여기는 사람은 소수였다. 몇몇 남자와 여자, 젊은이들의 절반 정도. 대대수는 헛수고로 끝난 긴 세월과 상실과 비참함에만 집중하고 있었다. 그렇게 힘들게 일했는데, 도대체 무엇을 위해서였나? 어떻게 처음부터 다시 시작하란 말인가, 또 예전처럼 고되게 일해야 하나? 이곳에는 적어도 다 지은 집과 가꿔놓은 정원이라도 있지.

칼과 제르베즈가 불평의 말들을 끊고 이주 후보지를 발표했다. 하지만 어떻게 정해진 후보지인지는 한마디도 하지 않았다. 오필리아는 컴퍼니가 주민들에게 선택권을 줄 거라고 믿지 않았다. 무의미한 투표라고 확신했다. 그럼에도 바르토가 로사라의 앞으로 팔을 뻗어 오필리아의 옆구리를 찌르며 쉬이 하는 소리를 내자 아들을 따라 일어서서 올카르노가 아닌 노이브라이트에 표를 던졌다. 참석자의 3분의 2에 달하는 사람들이 노이브라이트를 선택했다. 월터와 사라를 비롯해 아주 완고한 사람들만 그곳으로 갈 수 없다고 버텼다.

오필리아는 회의가 끝나고 자리에서 일어나 돌아섰을 때 컴퍼니 대리인이 문가에 서 있는 것을 봤다. 선원답게 말쑥하고 앳돼 보이는 용모에 피부는 해치로 들어온 별빛 말고는 어느 빛도 쐬어본 적 없는 것 같았다. 어느 태양에도 그을린 적 없고 어느 겨울의 추위에도 떤 적 없으며 어느 비에도 젖은 적 없고 어느 바람에도 몸을 말려본 적 없는 사람. 빳빳하고 깨끗한 옷차림에 광나는 구두를 신은 대리인은 외계인처럼 보였다. 그 남자는 아무 말도 하지 않고 누군가 말을 걸기 전에 몸을 돌려 어두운 밖으로 걸어 나갔다. 오필리아는 남자가 점액길에 대해 알고 있는지 궁금했지만, 선원의 눈을 가진 남자는 당연히 콜로니 주민이 보지 못하는 곳까지 볼 수 있을 터였다.

다음 날 오필리아는 새벽에 일어나 정원에 나갔다. 언제나처럼 맨발에, 가장 낡은 워크 셔츠를 입고서. 해가 뜰 때까지는 모자를 쓰지 않기로 했으므로 정원 너머 길에서 무언가 움직이는 것을 볼 수 있었다. 빳빳한 선원복 차림의 컴퍼니 대리인들이었다. 그 수가 많았는데, 모두 심스 뱅코프 사 로고가 들어간 아침 안개 같은 청회색 제복을 입고 있었다.

그중 한 명이 발을 멈추고 오필리아에게 말했다. "어르신." 웃는 낯은 아니었지만 정중한 말투였다.

오필리아가 새벽을 좋아하는 건 고요함과 고요함이 낳는 텅 빈 느낌 때문이었다. 그런 새벽의 고독을 망칠 권리가 있다는 듯 남자는 거기 서 있었다. 이런저런 질문을 해대면 예의상 대답을 해야 하겠지. 오필리아는 한숨을 쉬고 딴청을 피우면서, 남자가 자신을 너무 늙고 정신이 오락가락해서 시간을 할애할 가치가 없는 사람으로 생각하기를 바랐다.

"어르신, 어젯밤에 투표하셨어요?"

갈 생각이 없구먼. 오필리아는 남자를 쳐다봤다. 그 젊음을, 다름을 보았다……. 날씨가 건드리지 않은 피부를, 그럴 권리가 있다는 듯 그의 눈을 똑바로 쳐다보는 눈을…….

"네." 오필리아는 짧게 대답한 뒤 예의상 너무 무뚝뚝하게 굴 수는 없었기에 말을 이었다. "뭐라고 불러야 할지 모르겠네요……. 무례하게 굴려는 건 아니지만."

남자는 순수하게 즐거워하는 웃음을 지었다. 정말이지 아직도 뱃사람들한테 예의를 기대하는 건 무리일까? "무례하게 느껴지지 않습니다." 남자는 더 가까이 왔다. "저기, **진짜** 토마토인가요?"

남자는 오필리아의 질문에 대답하지 않았다. 오필리아는 더 직설적으로 말했다. "이름도 모르는 사람과 대화할 수는 없죠. 세라* 오필리아예요."

"아…… 호르헤예요. 죄송합니다. 어르신을 보니 우리 할머니가 생각났어요. 저를 아호라고 부르시죠. 그런데, 정말로 이렇게 재배하시나요, 밖에서…… 오염되게요?"

오필리아가 어루만진 토마토 이파리가 진한 향을 뿜었다. "네, 토마토 맞아요. 노천에서 키우는 것도 맞고요. 물론 아직 토마토는 안 열렸지만. 꽃을 피우는 중이랍니다." 그는 잎을 젖히고 여러 다발로 모여 있는 꽃망

---

* Sera. 여성에 대한 경칭.

울들을 보여주었다.

"참 안타깝군요." 남자는 자신은 겪을 일 없을 불편을 애석해하는 사람처럼 말했다. "이렇게 잘 가꾼 정원이 쓸모없어지게 된다니……."

"쓸모없는 건 없어요."

"하지만 30일 뒤면 떠나시잖아요." 오필리아는 젊은 남자의 이름이 호르헤이며, 그를 사랑하는 할머니가 있단 걸 다시 떠올렸다. 불가능한 이야기 같았다. 남자는 오필리아가 어린 시절 명절에 받은, 매끈한 밝은색 포장지로 감싼 선물 상자에서 튀어나온 것처럼 생겼기 때문이었다. 물론 이 청년도 진짜 아기처럼 피와 분비물에 뒤덮여 태어났겠지. "이제 정원 일을 하실 필요가 없어요. 짐을 싸셔야죠."

"정원에서 일하는 걸 좋아해요." 오필리아가 말했다. 남자가 그만 갔으면 하고 바랐다. 남자가 "하지만 떠나시잖아요"라고 말한 순간 자신의 마음속 어딘가에서 변한 것이 무엇인지 알아내고 싶었다. 땅에서, 유기물 덮개 위에서 점액대벌레가 점액을 흘리며 기어가면서 자기 몸에서 유일하게 딱딱한 대롱 같은 기관으로 뚫을 것을 찾고 있었다. 오필리아는 벌레의 부드러운 후미를 집어 들고 벌레가 제 몸을 가느다란 실처럼, 10센티미터 넘게 늘이는 것을 봤다. 그런 다음 능숙한 손목 스냅으로 벌레를 휘둘러 엄지손가락에 올려놓고 외피를 갈랐다. 엄지가 잠깐 따끔했지만, 충격과 공포에 휩싸인 청년의 얼굴을 보니 찔릴 만한 가치가 있었다.

"뭘 **하신** 거죠?" 남자가 끔찍한 대답을 들을 거라 예상하는 표정으로 물었고, 오필리아는 기대에 부응했다. "우리는 점액대벌레라고 불러요. 뾰족한 부분이 의료용 바늘처럼 속이 비어서, 이렇게 빨아내면……." 더 말할 필요도 없었다. 젊은 남자는 벌써 뒷걸음질치고 있었다.

"그거…… 신발도 뚫습니까?" 이제 남자는 오필리아의 맨발을 보고 있었다. 오필리아는 속으로 활짝 웃으며 보란 듯이 발로 종아리를 슥슥 문댔다.

"신발에 따라 다르죠." 오필리아는 그렇게 대답하면서, 구멍 난 얇은 천 신발 정도는 뚫을 수 있으려나, 하고 생각했다. 청년에게는 말하지 않았지만 점액대벌레는 사람의 살을 파고들지는 않았다(이유는 모른다). 대개는 그가 기르는 식물의 줄기를 뚫고 들어간 뒤 원하는 것을 찾지 못하고 도로 나오는데, 식물은 그렇게 생긴 상처를 회복하느라 아까운 열량을 소비해야 했다. 그러나 오필리아는 젊은 남자가 역겨워서 떠나게 할 수만 있다면 얼마든지 공포를 조장하겠다고 생각했다.

"떠나게 되어 다행이라 싶으시겠어요." 젊은 남자가 말했다.

"실례지만 저길 좀 가야 해서……." 오필리아는 정원의 끄트머리에 있는 헛간을 가리키며 말했고, 그것이 결정타였다. 남자는 어울리지 않게 얼굴이 붉어져서는 휙 돌아섰다. 오필리아는 하마터면 큰 소리로 웃을 뻔했다. 우리한테도 실내 편의시설이 있다는 걸 알아야지. 개척민들이 가장 먼저 한 일 중에 하나가 폐기물 재순환기 설치였다고. 드디어 남자가 떠나서 오필리아는 기뻤다. 그는 남자가 혹시 뒤돌아볼까 봐 내처 걸어가 공구창고로 쓰는 그 헛간으로 들어갔다.

이주 경험이 있는 오필리아는 짐을 가져가려면 이주 준비에 30일 이상 걸린다는 것을 알고 있었다. 컴퍼니 대리인들은 주민들에게 아무것도 가져가지 않아도 된다고, 모든 것이 제공될 거라고 말했다. 그러나 40년이라는 세월은 누군가에게는 평생이고 누군가에게는 그 이상이다.

이제 이 콜로니에 개척민은 몇 명밖에 남아 있지 않았다. 오필리아는 그 중에서도 나이가 가장 많은 축에 속했다. 그는 이곳에 오기 전에 살았던 곳들을 또렷이 기억했고, 그 기억은 이따금 잠에서 깨는 순간 생생하게 떠올랐다. 메줄을 넣은 옥수수죽 냄새……. 메줄은 이곳에서는 재배할 수 없는 향신료였다. 오필리아는 움베르토가 죽고 나서 마지막으로 남은 메줄을 썼던 날을 기억했다. 두 사람이 살던 비시아의 아파트 밖 거리 풍경, 노점의 잘 익은 과일과 채소 더미 위에 드리운 밝은색 차양, 무더기로 쌓인 색색의 옷들, 냄비들이 놓인 선반. 그 다채로운 색과 다양한 소음과 인파 없이는 살 수 없다고 생각하던 때가 있었다. 오필리아는 이곳으로 온 뒤 1년 가까이 우울하고 참담한 기분에 빠져 있었는데, 정원 언저리에 자란 밝은색 꽃을 발견하고 나서 그런 기분에서 빠져나올 수 있었다.

오필리아는 챙길 짐이 거의 없었다. 지난 10년간은 커뮤니티스토어에서 옷을 가져온 적도 별로 없었다. 오래 간직한 물건들은 세월이 흐르며 하나둘씩 사라졌다 — 대부분은 콜로니에 가져오지 않았고, 가져온 것들은 아이들이 망가뜨리거나 벌레가 갉아 먹었거나 두 차례의 대홍수 때 물에 녹았거나 나중에 곰팡이가 슬고 썩어버렸다. 그와 움베르토의 결혼식 사진과 첫째와 둘째 아이의 사진은 아직 가지고 있었다. 초등학교 때 철자법 대회에서 받은 리본은 이제 희끄무레한 진줏빛 회색으로 바랬다. 그리고 시어머니가 준 과일 접시. 그 못생긴 물건은 오필리아의 의도적인 외면 덕택에 더 예쁜 물건들이 수명이 다하는 동안 살아남았다. 30일보다 훨씬 짧은 기간 안에 준비를 마칠 자신이 있었다. 다만—그는 공구창고 벽에 걸린 괭이 손잡이에 얼굴을 기댔다. 그 남자가 오필리아가 떠날 거라 말한 순간 마음 한구석에서 무언가가 바뀌었다. 오필리아는 어두운 창고에서 코바늘이 든 뜨개 주머니를 더듬어 찾듯이 마음속에서 그 변화를 감지해냈다.

떠나지 않을 거야. 오필리아는 눈을 깜박였다. 갑자기, 그가 기억하기로는 실로 오랜만에 정신이 번쩍 드는 기분이었다. 작고 동그란 아침 이슬에 비친 세상처럼 어떤 기억이 맑게 솟아올랐다. 움베르토와 결혼하기 전에, 그 바보 카이타노와 엮이기 전에, 철자법 대회에서 타낸 리본을 아버지 앞에 자랑스럽게 내보이면서 — 절대로 — 학교를 그만두고 심스 뱅코프 지사에서 야간 바닥 청소부로 일하지 **않을** 거라고 말하는 장면이었다.

오필리아의 정신이 그날의 반항 이후의 기억으로부터 움칫 물러났다. 감정을 배제한 사실만으로도 충분했다. 고작 청소부가 되었다고 비참해하던 그때 — 오필리아는 중등학교 장학금을 탔지만 그 덕을 본 건 루치아였다 — 오필리아는 스스로를 기만하며 카이타노와 만나기 시작했다.

하지만 — 오필리아는 그 모든 상념으로부터 물러나 공구창고 안의 시원한 새벽 그늘로 돌아왔다. 하지만 이제 그는 이곳에 있기로, 떠나지 않기로 했다. 갑자기 가벼워진 기분이 들었다. 마치 추락하고 있는 것처럼, 발밑의 땅이 사라지고 행성의 중심부까지 떨어질 것처럼. 기쁨인가, 공포인가? 알 수 없었다. 다만 한 가지는, 심장이 뛸 때마다 그의 피가 뼈와 근육에 똑같은 메시지가 전달된다는 것만은 알 수 있었다 — 떠나지 않을 것이다.

"엄마!" 바르토가 부엌문 앞에서 불렀다. 오필리아는 손에 가장 먼저 닿은 도구를 들고 공구창고를 나갔다. 전지가위였다. 하필이면. 가지치기를 해야 하는 작물은 없는데. 그는 돌아서서 할 말을 생각해냈다.

"작은 니퍼를 못 찾겠네, 토마토 때문에 필요한데."

"엄마, 니퍼는 잊어버려요. 수확 철이면 여기 없을 거니까. 잘 들어요— 회의가 다시 열려요. 컴퍼니가 우리가 한 투표는 무시한대요."

당연히 컴퍼니는 무시한다. 계약 관계란 그런 것이다. 오필리아는 알았다. 다른 건 모를 수 있어도, 서명하고 봉인되어 윗선에 전달된다는 것의 의미는 알았다. 그들이 콜로니 주민들의 말에 귀를 기울일 일은 없을 거였다. 움베르토가 오필리아의 말을 들은 적이 없는 것처럼. 그는 그런 생각을 바르토에게 말하지는 않았다. 또 말싸움만 날 테고, 오필리아는 말싸움을 싫어했기 때문이다. 특히나 그에게 특별한 시간인 새벽에는.

"바르토, 엄마는 늙어서 회의에 나가는 게 힘들어."

"알아요." 언제나처럼 조바심치는 말투였다. "로사라와 나만 갈게요. 엄마는 가져갈 물건 목록을 만들어요."

"그래, 바르토." 그쪽이 더 편할 터였다. 아들과 며느리가 가고 나면 다시 나와서 아침의 정원 냄새를 맡을 수 있을 것이다. 아침의 정원은 최고였다. "우리 아침도 먹어야죠." 바르토가 말했다. 오필리아는 한숨을 쉰 뒤 전지가위를 원래 걸려 있던 고리에 걸었다. 해가 이미 아침 안개를 말리고 있었고 이마가 뜨거워지기 시작했다. 벌써부터 다른 집, 다른 정원에서 사람들의 목소리가 들렸다. 로사라가 아침 식사를 준비할 수도 있고, 대개는 그랬다. 로사라는 오필리아의 요리법을 좋아하지 않았다.

오필리아는 집으로 돌아가 밀가루와 기름, 물을 섞어 반죽을 만든 뒤 두드려서 얇고 둥글게 편 다음 그리들에 구웠다. 반죽이 갈색으로 구워지는 동안 양파와 허브, 자투리 소시지와 식은 찐 감자를 다졌다. 완성된 플랫브레드에 다져놓은 차가운 소를 얹고 식초와 기름을 살짝 뿌린 뒤 능숙한 손놀림으로 돌돌 말았다. 바르토가 맛있게 먹었다. 로사라는 소가 뜨거운 것이 좋다고 했다. 오필리아는 못 들은 척했다. 오늘 아침은 금속 부스러기를 먹든지 굶든지 해야 할걸. 그는 로사라와 바르토의 습관적인 불평에 전혀 신경 쓰지 않았다. 아들 부부가 옷을 다 입었을 때 오필리아는 도마 위의 부스러기들을 들통에 긁어 넣고 있었다.

두 사람이 집을 떠난 뒤 오필리아는 들통을 들고 나가 내용물을 구덩이에 털어 넣고 나선형의 감자 껍질과 축 처진 이파리가 달린 당근 꼭지와 무청, 양파와 허브 조각 위에 흙을 뿌렸다. 목 뒷덜미에 해의 따뜻한 손길이 느껴졌을 때 그는 또 모자 없이 나왔다는 걸 깨달았다.

그것도 이곳에 남게 되면 좋은 점일 터였다. 아무도 모자를 쓰라고 그를 들볶지 않을 것이다.

2

회의를 마치고 돌아온 바르토와 로사라의 기분은 오필리아가 예측한 그대로였다. 화를 내고 우울해했으며 오필리아에게 분풀이를 할 태세였다. 다행히 회의가 그의 예상보다 길어져서ㅡ사람들이 각자의 의견을 강력히 피력한 게 분명했다ㅡ가져갈 물건 목록은 거의 완성되었다.

"이런 건 필요 없어요." 바르토가 첫 번째 항목을 두고 말했다. "말했잖아요. 여기서 만든 건 다 쓸모없다고요." 그는 침실로 들어갔고, 소리로 판단컨대 옷을 죄다 바닥에 내던지고 있었다.

"그들은 우리한테 우리가 갈 곳을 선택할 권리가 없대요." 로사라가 말했다. 초조한 듯 돌아다니며 부엌살림을 이것저것 들었다 놨다 했다. "29일 만에 준비를 끝내라면서, 1인당 짐을 29킬로그램만 가져갈 수 있대요. 극저온 탱크에 들어갈 텐데, 그럼 도착할 때까지 우리가 어디로 가고 있는지도 모르잖아요……."

"야만스러운 놈들!" 바르토가 품에 옷을 가득 안고 복도에 서서 소리쳤다. 오필리아는 아들이 자기 옷만 갖고 나왔음을 알아차렸다. 바르토가 말했다. "우리가 한 그 모든 일은ㅡ그 긴 세월은ㅡ." 오필리아는 아들이 처음 이곳에 왔을 때는 갓난아기였으며, 거의 평생 동안 남들이 일한 결과물을 누리며 살아왔음을 상기시켜주지는 않았다.

"콜로니는 어떻게 한다든?" 오필리아가 물었다.

"그걸 뭐 하러 신경 써요? 파괴해버리든 썩게 놔두든 마음대로 하라지." 바르토는 다시 침실로 들어갔다. 옷더미가 침대에 풀썩 하고 떨어지는 작은 소리가 들렸다. "엄마! 여행가방 어디 있어요?"

오필리아는 웃음이 터지려는 걸 입술을 깨물어 참고 애써 차분한 목소리로 대답했다. "짐가방은 없어, 바르토." 어째서 우리한테 여행가방이 있다고 생각하는 거지? 한 번도 필요한 적이 없었는데.

"아빠랑 여기 올 때 뭔가에 짐을 넣어 왔을 거 아니에요."

"컴퍼니가 상자를 줬어." 그리고 그 상자는 재순환기 속으로 들어갔지. 모든 이의 모든 상자가. 이 땅에 내려온 모든 것은 재활용되었다.

"컴퍼니는 우리한테 아무것도 안 줄 거래요. 알아서 짐을 싸랬다고요, 선창에 쌓을 수 있는 형태로." 바르토는 그것이 오필리아의 잘못인 것처럼 그를 노려봤다. 그가 이 문제를 해결해야 한다는 것처럼.

"재봉질로 뭔가를 만들면 되겠지." 오필리아가 말했다. "물품보관소에 천이 많아. 이제 옷감으로 쓸 일이 없다면 짐을 넣을 것을 만들 수 있어." 난 안 갈 거야. 그는 다시 한 번 다짐했다. 그래도 흥미로운 문제인걸. 오필리아는 언제나 문제를 해결하는 것을 좋아했다. 이미 그의 정신은 아주 오래전, 이주하기 전에 봤던 여행가방에 관한 기억을 훑고 있었다. 남들의 여행가방 — 오필리아와 움베르토는 한 번도 여행을 떠난 적이 없었다 — 은 상자나 원통 모양으로 만든 천가방이거나 본을 떠서 만든 플라스틱 가방이었다. 30일 안에 만들려면 재봉질로 만드는 것이 쉬울 것이다. 그는 재봉틀을 쓰는 사람들을, 손이 제일 빠른 사람들을, 패턴을 만들 수 있는 사람들을 떠올렸다.

"엄마가 알아서 해요." 바르토가 말했다. "그러는 김에 저 옷들도 다 손보고요……." 그는 침대와 바닥의 옷 무더기를 몸짓으로 대충 가리켰다.

그것을 센터의 재봉실로 가져가는 편이 입씨름하는 것보다 편할 터였다, 저 옷들 중 대부분은 수선이 필요 없다거나, 어디가 됐든 그들의 목적지에서는 적합하지 않을 수 있다고 말해주는 것보다는. 오필리아는 옷을 양팔 가득 안고 돌아섰다.

"잠깐! 나머지는요?"

"이 이상은 내가 들 수가 없어, 바르토." 오필리아는 아들의 눈을 보지 않고 말했다. 잠시 후 그는 바르토의 짜증 섞인 한숨을 들으며 최악의 순간은 넘겼음을 알았다. 옷을 들고 찾아간 센터에는 여자들 한 무리가 재봉실 밖 복도에서 수다를 떨고 있었다. 오필리아를 본 그들이 갑자기 조용해졌다. 아리안이 침묵을 깨며 말했다.

"세라 오필리아…… 제가 도와드릴까요?"

오필리아는 아델리아의 친구였던 아리안을 옛날부터 좋아했다. 두 소녀—오필리아는 잠시 추억에, 그 애들이 최초의 오렌지나무 밑에서 머리를 맞대고 속닥거리는 장면에 빠져들었다. 아델리아가 죽었을 때 아리안은 매일 찾아와 오필리아를 보살폈고, 첫 아이의 명모名母가 되어달라고 부탁하기도 했다. 이제 오필리아는 아리안을 향해 웃음을 짓고 있었다.

"바르토가 자기 옷을 다 수선해달라는데, 내가 보기엔 손볼 게 별로 없을 것 같아." 아리안에게 그 아이디어를, 보관된 천으로 여행가방을 만들자고 말해야 할까? 당연히 다른 누군가도 같은 생각을 했겠지.

"상자가 하나도 없어요, 세라 오필리아." 린다가 말했다. 고민거리를 불쑥 털어놓지 않고는 못 배기는 성격이었다. "부모 세대는 컴퍼니가 준 상자를 썼다고 아는데, 그건 다 어디로 간 건지. 게다가 이번엔 컴퍼니가 상자를 주지 않는다네요."

"상자들은 다 재순환기에 넣었어." 오필리아가 말했다. 학교에서 가르치는 내용이었다, 적어도 오필리아가 학교에서 일했던 시절에는. 린다가 알고 있어야 하는 사실이다.

"우린 어떻게 하죠, 세라 오필리아?" 다른 몇 명이 오필리아만큼이나 난감한 표정을 짓고 있었다. 그들은 오필리아가 그런 걸 물어볼 만한 사람이 아니라고 생각했다. 그런 질문에 아무런 대답도 해줄 수 없을 거라고.

짓궂은 생각이 부글거렸다. 허무맹랑한 대답들이 오필리아의 머릿속에서 시끄러운 애들처럼 뛰어다니는 바람에 그의 정신은 휘청거리며 균형을 되찾으려 애쓰고 있었다. 내가 알 바 아니야. 그는 그렇게 대답하는 상상을 했다. 난 떠나지 않을 거거든. "간단해." 실제로는 그렇게 말했다. "재봉질로 담을 것 — 여행가방 — 을 만들면 돼. 올해는 새 옷을 만들지 않을 테니까 그 옷감으로."

"어떻게 만드는지 아세요?" 린다가 물었다. 품위 없게도 놀라움을 숨기지 않는 표정이었다. 오필리아는 미소를 띠고 여자들을 한 명씩 쳐다보면서 그들이 주목하지 않을 수 없게 만들었다.

"콜로니 최고의 재봉 실력을 자랑하는 너희들이 새로운 것을 아주 잘 생각해내고 만든다는 건 알지." 오필리아가 대답했다. "나는 그런 걸 못하지만……." 의례적으로 부정하는 말이었다. 자신의 특기를 과시하는 건 예의가 아니니까. 특히나 혼자만 아는 지식이라면.

"위쪽을 여미는 자루 같은 거면 될까." 카타가 아까보다 밝아진 목소리로 말했다.

"그보다는 상자 같은 거, 천으로 만든 상자 어때." 아리안이 말했다.

"천이 부족하진 않을까?" 린다였다.

"가서 확인해봐." 아리안이 말했다. "몇 롤이나 있는지 알려줘."

"기계를 더 작동해야 한다면 오늘 해야 해." 카타가 말했다. "작업량을 공평하게 나누고."

오필리아는 말을 보태지는 않았지만 첫 번째 재봉실로 들어갔다. 긴 탁자 하나에 바르토의 옷을 내려놓고 살펴보기 시작했다. 여자들이 하나둘 따라 들어왔다. 그들은 짐을 담을 천상자를 만드는 방법을 의논하고 있었다. 오필리아는 깃이 해진 셔츠와 다리 부분에 삼각형으로 찢긴 데가 있는 바지를 찾아냈다. 밝은 작업등을 하나 켜고 확대경을 조정한 뒤 찢어진 곳을 수선하기 시작했다. 사실 군이 볼 필요는 없었다. 손끝으로는 눈으로 보는 것만큼 쉽게 찢어진 부분의 가장자리를 느낄 수 있었기 때문이다. 하지만 가는 실이 확대경 안에서 굵은 뜨개실처럼 보이는 것을 좋아했다.

오필리아가 단정하게 갠 옷을 들고 집으로 돌아왔을 때 로사라는 여기저기 짐 무더기가 쌓인 거실에 서 있었다. 눈이 빨갰고 금방이라도 병이 날 것 같은 모습이었다. 오필리아는 며느리에게 고개를 끄덕여 보인 뒤 가져온 옷을 제자리에 두러 갔다. 침실은 다시 정돈되어 있었다. 바르토가 마구 내던진 옷을 로사라가 정리한 게 분명했다. 더 수선해야 할 옷한 무더기가 침대 위에 있었다. 오필리아는 그 옷들을 들고 다시 센터로 갔다. 로사라와 이야기하고 싶지 않았다.

센터는 바쁘게 일하는 여자들로 북적였다. 제조기가 웅웅거리고 딸각대고 있었다. 누군가 천이 더 필요하다고 판단한 것이다. 두 개의 재봉실 모두 긴 탁자 위에 길게 자른 천이 놓여 있었다. 두 여자―도로테아와 아리안―가 다양한 패턴의 매우 얇은 천 위로 몸을 숙인 채 핀을 써서 첫 번째 천상자를 만들고 있었다. 아이 몇이 걱정스러운 얼굴을 하고 들락거렸다.

"너무 얇아." 누군가 탁자 위의 기다란 녹색 천을 홱 잡아당기며 말했다. "제일 튼튼한 천으로 해야 해."

"하지만 너무 무거워도 안 돼." 다른 사람이 말했다. 아리안이 핀이 꽂힌 패턴을 보고 있다가 고개를 들고 오필리아를 봤다.

"오필리아, 여기― 이것 좀 보세요. 괜찮을까요?" 오필리아는 조잘대는 여자들을 지나쳐 탁자의 끄트머리로 갔다. "만들기 쉬웠으면 좋겠어요." 도로테아가 말했다. "최소한의 재봉만 들어가게요. 시간이 얼마 없으니까요. 그러면서도 튼튼하고 입구를 잘 봉할 수 있어야겠죠. 누구네 집인지 표시도 해야 하고……."

오필리아는 반짝이는 핀이 잔뜩 꽂힌 흐늘흐늘한 분홍색 천을 본 후 안고 있던 수선거리를 내려놓으며 말했다. "이게 들어갈까?" 손아래 여자 두 명이 자기들이 얇은 분홍색 천으로 만든 것 안에 오필리아가 내려놓은 옷을 담았다. 그러자 오필리아가 기억하는 모양― 납작한 상자 같은 형태―에 더 가까워졌지만, 그 흐늘거리는 천 구조물은 그것이 담고 있는 것들 위로 축 늘어졌다.

"될 것 같아요." 아리안이 말했다. "그런데 어떻게 봉하죠."

"접착 띠." 도로테아가 말했다. "접착 띠는 기계로 금방 만들잖아. 감싸는 부분의 긴 쪽에 접착 띠를 꿰매 달면 돼. 한쪽을 더 넓게 만들어서 겹치게 하자."

오필리아는 다른 재봉실로 갔다. 요세파와 아우렐리아가 이끄는 디자인 팀이 있었다. 그들의 해법 역시 기본적인 상자의 형태였으나, 영리하게 접어서 짧은 접착 띠 하나만으로 봉할 수 있었다. 그러려면 천을 더 써야 했고 접히는 부분을 더 정교하게 재봉해야 했다.

아리안이 바르토의 옷을 들고 왔다. "제가 수선했어요. 이제 이런 사소한 일로 눈을 혹사하지 마세요, 세라 오필리아. 그리고 천상자를 만든다는 아이디어를 내주셔서……."

"별거 아닌걸." 오필리아가 반사적으로 말했다. "옷 고쳐줘서 고마워, 아리안."

"별말씀을요, 세라 오필리아. 뭐든 도움이 필요하시면……."

"고맙지만 괜찮아. 로사라랑 하면 돼." 어쨌거나 아리안에게는 자식과 손주 들이 있었다. 더욱이 도움이 필요하다고 인정하는 건 오필리아가 로사라와 함께 뭔가를 하지 않는다는—다들 알지만 모르는 척하는—사실을 인정하는 것이다. "상자 만드는 걸 돕고 싶어." 오필리아가 말했다. "예전만큼 손이 빠르지 않고, 우리 집은 가져갈 짐이 거의 없긴 하지만……."

"시간을 내주신다면, 도와주시면 당연히 감사하죠."

"바르토가 제안한 거야." 아리안이 잠시 입을 다물었다. 오필리아의 말이 무슨 뜻인지 정확하게 이해했으므로.

"첫 번째 상자를 만들어주시면 어떨까요. 저희가 보고 따라 만들 수 있게요."

오필리아는 우는 데가 없도록 천을 살살 재봉틀에 밀어 넣었다. 한때는 재봉에 아주 능했지만 요즘은 천을 준비해놓고도 재봉질에 집중하기가 어려웠다. 바르토는 그가 최근에 만들어준 셔츠의 톱스티치가 고르지 않다고 불평했다. 수십 년간 셀 수 없이 많은 셔츠를 만든 오필리아는 직선 솔기에 질려 있었다. 하지만 이 상자는 새로운 것, 만들어본 적 없는 것이다. 그는 이렇게 뾰족한 모서리를 어떻게 돌려야 할지 생각해내야 했다. 그러다가 생각을 멈추고 아리안을 불렀다.

"모서리를 그렇게 각지게 해야 할까? 둥그스름하게 만들면 끈을 대서 더 튼튼하게 만들 수 있잖아." 아리안은 샘플을 들고 도로테아와 상의하러 갔다.

오필리아는 그대로 앉아서 눈을 감았다. 속마음이 나뉘는 것이 느껴졌다. 어느 작은 목소리가 계속 떠나지 않는다, 떠나지 않는다, 하고 말했다. 하지만 그가 익히 들어온 다른 목소리는 계속 천 상자 문제에 관해 이야기했다. 오필리아는 남들과 함께 계획할 줄 알았다. 그럴 때 자신을 대변하는 목소리에 귀 기울일 줄 알았다. 앞의 작은 목소리는 낯설게 느껴졌다.

아리안이 도로테아와 같이 돌아왔다. "모서리를 둥글게 할게요, 끈도 덧대고요. 또 제안하실 거 있으세요?"

"없어……, 그냥 생각 좀 하고 있었어." 오필리아는 다시 작업을 시작했다. 곡선 부분을 봉합할 때는 손끝을 자동적으로 움직이며 재봉틀 안의 천을 이리저리 움직였다.

상자가 거의 완성되고 나서야 가두리에 접착 띠를 붙이기가 매우 어렵겠다고 깨달았다. 지금처럼 가두리가 옆면과 연결된 상태로는.

"사람들한테 접착 띠를 먼저 붙이라고 말해줘야겠어요." 아리안이 말했다. "이제 그만 쉬세요. 점심때가 지났어요."

시간이 이렇게 많이 지났을 줄이야. 오필리아는 언제나 문제 해결 방법을 알아내기를 즐겼다. 비록 대개는 남의 지시만 받는 일상이지만. 평생 지시를 따르면서 살아왔다. 느릿느릿 아리안을 따라가는데, 한참을 재봉틀 앞에 웅크리고 있었던 탓에 어깨가 결렸다.

"저희랑 같이 드실래요?" 아리안이 물었다. 오필리아는 고개를 저었다.

"집에 가야 해. 바르토가 그러길 바랄 거야. 나중에 다시 올게." 아리안이 오필리아를 살짝 안아주었고, 오필리아는 처음으로 아리안의 살 밑의 뼈대를 느꼈다. 그는 딸의 친구를 바라봤다. 아리안이 늙어가고 있었다. 지금까지 거의 눈치채지 못했지만, 이제 보니 아리안도 듬성듬성 흰머리가 나 있었다. 이제껏 오필리아의 마음속에서 아리안은 아델리아와 같은 나이에 머물러 있었던 것이다. 스무 살 때 죽은 뒤로 지금까지 한 살도 더 먹지 않은 아델리아와.

집에 돌아오니 바르토와 로사라는 어디론가 나가고 없었다. 그들이 없으니 집이 평화롭고 서늘하게 느껴졌다. 오필리아는 수선이 끝난 옷 무더기를 아들과 며느리의 침대에 올려두고 자기 방으로 갔다. 누가 그의 옷을 전부 꺼내 침대에 엉망으로 쌓아두었다. 속옷, 셔츠, 스커트, 한 벌뿐인 원피스가 마구 뒤섞여 있었다. 그는 자기 옷들이 그렇게 돼 있는 걸 보기가 싫었다. 속옷은 언제나 조금 부적절해 보였다. 그의 수수하고 낡은 속옷조차. 그 흐늘거리고 매력 없는 모양의 미색과 흰색 속옷에는 그의 헐렁한 옷이 이미 감추고 있는 것을 한 번 더 가려주는 용도밖에 없었다.

떠나지 않을 것이다. 그가 속옷을 입지 않았다고 아연실색할 사람들이 사라지고 나면 속옷을 입을 필요가 없을 터였다. 오필리아는 심장이 쿵쿵 뛰는 것을 느꼈다. 이어 뭔가 기분 좋게 사악한 감각이 발가락 사이에서 머리 꼭대기까지 솟구치며 몸이 뜨거워졌다. 그는 거실로 돌아가 집 앞의 길을 내려다봤다. 아무것도 없었다. 아들 내외는 센터에서 점심을 먹고 있는 것 같았다.

오필리아는 자기 방으로 돌아가 문을 닫았다. 창문 없는 방이었다. 살그머니 옷을 벗었다. 대낮에 무슨 짓이야. 그의 공적인 목소리가 꾸짖었다. 새 목소리, 떠나지 않을 거라고 말하던 그 목소리는 말이 없었다. 아주 잠시, 그는 어깻숨을 쉬면서 알몸으로 서 있다가 속옷은 방바닥에 내버려둔 채 겉옷을 입었다. 품위 없게! 공적인 목소리가 소리를 질렀다. 부끄러운 줄 모르고! 역겨워!

스커트를 쓸어내리는 손에 뱃살과 엉덩이와 허벅지가 느껴졌다. 오필리아는 조심스럽게 한 발, 또 한 발 내딛어봤다. 다리 사이로 바람이 들자 따뜻한 상태가 익숙한 곳이 시원해졌다.

안 돼! 공적인 목소리가 말했다. 이럴 순 없어.

사적인 새 목소리는 계속 잠자코 있었다. 굳이 말할 필요가 없었다. 지금은 안 돼, 내게 손가락질할 남들이 존재하는 동안에는. 하지만 나중에…… 나중에는 몸이 편안해하는 것만 입을 거야. 그게 뭐가 됐든 간에.

그는 얼른, 그 자신이나 거북한 느낌에 집중하지 않으면서 옷을 벗은 뒤 다시 제대로 옷을 입었다. 모든 속옷과 겉옷을. 조금만 참자. 29일만 더.

옷을 입고 곧바로 침대에 널브러져 있는 옷들을 단정하게 개서 쌓고 있는데 바르토와 로사라가 새로운 불평거리를 들고 돌아왔다.

"그들이 엄마가 너무 늙었대요." 바르토가 오필리아를 쏘아보며 말했다. 오필리아가 그날 자기 나이를 선택하기라도 했다는 듯이.

"퇴직이래요." 로사라가 거들었다. "나이가 너무 많아서 일을 못 한다고."

말도 안 돼. 난 언제나 일해왔고, 죽을 때까지 일할 거야. 모두가 그렇듯이. 바르토가 말했다. "칠순인 엄마는 이제 계약자가 아니라서 이주 비용을 자기들이 떠안아봤자 콜로니에 쓸모가 없을 거예요."

그 말을 들은 오필리아는 놀라지 않았다. 다만 분노가 치밀었다. 쓸모 없어? 지금 나를 쓸모없다고 생각한단 말이지, 공식적인 직업 없이 정원과 집을 가꾸고 요리를 거의 도맡아 한다는 이유로?

"저희 앞으로 달아놓을 거예요." 로사라가 말했다. "어머니한테 들어가는 비용을 저희가 갚아야 한다고요."

"계약서에 퇴직수당에 관한 내용이 있었는데," 바르토가 말했다. "엄마가 재혼도 하지 않고 자식도 더 낳지 않아서 액수가 줄었어요."

그들은 오필리아에게 그런 이야기를 해준 적이 없었다. 계속 풀타임으로 일한다 해도 생산력 보너스를 잃을 거라고만 했었다. 퇴직금에 대해서는 일언반구도 없었다. 그러나 물론 그 모든 규칙을 만든 건 그들이다. 오필리아가 이곳에 남기 쉬운 쪽으로 만들었을 것이다.

"난 그냥 여기 남으면 돼." 오필리아가 말했다. "그러면 너희한테 비용을 청구하지 않을 — ."

"무슨 말도 안 되는 소리예요!" 바르토가 주먹으로 탁자를 내려쳤고 접시들이 덜거덕거렸다. "나이도 많은 양반이 혼자 — 돌아가실 거라고요."

"난 어차피 죽어." 오필리아가 말했다. "그들도 그런 뜻으로 한 말이고. 내가 남으면 너희가 비용을 부담할 필요도 없잖아."

"하지만, 엄마! 내가 엄마를 여기서 혼자 돌아가시게 둘 거라고 생각하는 건 아니죠. 사랑한다는 거 알잖아요." 바르토가 울 것 같은 표정을 지었다. 크고 불그스름한 얼굴이 애써 효심을 보여주느라 구겨져 있었다.

"어차피 혼자 죽을지도 몰라, 극저온 탱크에서. 노인이 거기 들어가면 더 위험한 거 아니니?" 아들의 표정을 본 그는 아들이 이미 그 사실을 알고 있다는 걸, 방금 그렇게 듣고 온 걸 수도 있다는 걸 깨달았다.

"그러는 편이 낫겠죠. 여기서, 아무도 없는 행성에서 혼자 돌아가시는 것보다는." 바르토가 말했다.

"난 네 아버지랑 있을 거다." 오필리아가 말했다. 그렇게 말하는 게 바르토한테 먹힐 것 같았기 때문이다. 바르토는 자기 아버지를 절대 잘못할 리가 없는 신과 같은 사람으로 기억했다. 그럼에도 오필리아는 그런 거짓말을 한 스스로가 싫어졌다.

"엄마, 감정적으로 굴지 마요! 아빠는 돌아가셨어요. 돌아가신 지……." 바르토는 햇수를 떠올리기 위해 말을 멈춰야 했다. 오필리아는 알고 있었다. 36년.

"네 아버지 무덤을 떠나기 싫구나." 오필리아가 말했다. 일단 시작했으니 멈출 수 없었다. "그리고 다른 무덤도……." 다른 아들 둘, 그리고 어려서 죽은 딸 아델리아. 그는 자식들의 무덤 위로 진짜 눈물을 흘렸다. 지금도 그럴 수 있었다.

"엄마!" 바르토가 어머니에게 다가가는데 로사라가 두 사람 사이에 끼어들었다.

"바르토, 어머니 말씀대로 해. 당연히 어머님한테는 중요하잖아, 자식들이랑 당신 아버지……." 적어도 로사라는 맞는 순서로 나열했다. "게다가……." 그러나 로사라가 자기 말의 효력을 망치지 않을 리가 없었다. 그것이, 그들이 용납할 수 없을지라도, 결국은 해결책일 거라고 말할 것이다. "어머니가 **정말로** 남으시게 되면," 오필리아의 예상대로였다. "그럼 우리는 비용 부담을 하지 않아도……."

"안 돼!" 바르토가 로사라를 철썩 때렸다. 오필리아는 휘청대며 뒷걸음질 치는 며느리와 부딪히지 않으려고 슬그머니 뒤로 물러났다. "내 어머니야. 내 어머니를 여기 두고 갈 순 없어."

오필리아가 말했다. "센터에 천상자 만들러 갈게." 바르토는 공적인 장소로 그를 따라오지 않을 것이다. 한 번도 그런 적이 없었다. 그리고 방금 오필리아가 한 말을 항복의 의미로 받아들일 수도 있었다.

그날 저녁 바르토도 로사라도 그 일에 관해 말하지 않았다. 오필리아는 천상자를 하나 완성했다고, 내일 더 만들 거라고 말했다. "기계로 천을 충분히 만들면 콜로니 사람 모두가 상자를 한 개씩 가질 수 있어. 시간이 촉박해 쉽지는 않겠지만……."

"내일은 로사라도 도울 거예요." 바르토가 말했다.

로사라는 재봉질이 느리고 서툴렀다. "남는 재봉틀이 없어." 오필리아가 말했다. "우리가 쓸 건 나 혼자서도 만들 수 있어."

"난 내일 직업적성검사 받으러 가야 해." 로사라가 말했다.

"나보다 당신이 먼저 검사를 받다니 어처구니가 없군." 바르토가 말했다. 그 뒤로 컴퍼니에 대한 장황한 비난이 이어졌다. 오필리아는 귀 기울이지 않았다. 그는 식사를 마치고 접시에서 긁어낸 음식 찌꺼기를 들고 정원으로 나갔다. 새벽 이후로 이제야 처음 정원으로 나온 것이다. 저녁의 향기가 나는 공기를 깊이 들이마셨다. 미끄럼벌레가 이랑 사이에 쳐놓은 집을 피할 수 있을 만큼은 밝았다. 부엌문으로 돌아가 집 안을 들여다봤다. 아무도 보이지 않았다. 로사라와 바르토의 방은 문이 닫혀 있었다. 만족스러운 광경이었다. 그릇을 씻어 닦지 않고 그냥 마르게 두었다.

다음 날 아침 그가 처음 한 생각은 이랬다. **28일**. 그리고 두 번째로 한 생각은 이랬다. **떠나지 않겠어. 28일 후 나는 자유야.**

언제나처럼 일찍 일어나 정원으로 나가자 아직 남은 새벽안개 때문에 집 앞의 길이 잘 보이지 않았다. 오필리아는 식물을 하나하나 모두 살폈다. 작고 향기로운 꽃이 핀 콩, 토마토, 갓 열린 옥수수, 무성한 호리병박 덩굴. 토마토 꽃이 조금 피었는데, 꽃잎이 뒤로 말려 작은 백합처럼 보였다.

그는 누군가 집 앞의 길을 활기차게 걷는 소리를 듣고 쪼그리고 앉았다. 컴퍼니 대리인 한 명이 오필리아의 정원 쪽으로는 거의 눈길을 주지 않고 지나갔다. 그 후 오필리아는 정원 일에 박차를 가해 잎을 갉거나 줄기의 즙을 빼는 벌레들을 떼어냈다. 바르토가 보면 공연히 밭일을 한다고 힐난할 터였다. 화를 내며 작물을 다 뽑아버릴지도 모른다. 바르토와 로사라가 침실에서 나왔을 때 오필리아는 이미 식탁에 아침을 차려놓았다. 그는 아들 부부에게 웃음을 지어 보였다.

"지금 막 센터로 가려던 참이야. 온종일 거기서 재봉질을 해야 할 것 같구나."

그날 내내 기계와 여자와 아이 들로 가득한 방에서 여자들과 밝은색 천을 재봉해 천상자를 만들었다. 오필리아의 어깨가 아플 때쯤이면 늘 누군가 알아채고 다가와 어깨를 주물러주고 대신 기계 앞에 앉았다. 그러면 오필리아는 잠시 복도에 있는 푹신한 흔들의자에 앉아 아이들에게 이야기를 들려주었다. 그의 손주들이 아니어도 상관없었다. 그는 옛날부터 자주 아이들에게 이야기를 들려주었다. 여기, 모두가 일하면서 이야기꽃을 피우고, 어디로 이주하게 될지, 어떤 곳인지 그려보는 사람들 틈에 있자니 오필리아는 떠나지 않기로 한 결심을 잊어버릴 뻔했다. 여자들은 모두 그를 세라 오필리아라고 불렀고 조언을 청했다. 오필리아는 그들과 언제까지나 함께 있을 거라고, 그의 무릎 위로 기어 올라오는 아이들을 언제까지나 곁에 둘 거라고, 남편과의 문제나 이웃과의 다툼에 대해 털어놓는 손아래 여자들과 언제까지고 함께 지내고 싶다는 생각이 들기 시작했다.

그날 밤 침대에 눕고 나서야 오필리아의 피부가 속옷 없이 걸친 옷의 느낌을 기억해냈다. 그는 두 손으로 배와 옆구리를 쓰다듬었다. 늙었어……. 공적인 목소리가, 센터에서 다른 여자들에게 무슨 말을 해야 할지 아는 목소리가 말했다. 늙었고, 주름졌고, 젊은 시절 카이타노에 이어 움베르토와 사랑에 빠졌던 시절 느꼈던 어느 감정과도 동떨어져 있어. 공적인 목소리는 그렇게 말했다. 그러나 사적인 목소리, 새 목소리는 이렇게 말했다. **난 떠나지 않을 거야. 사람들이 떠나도 나는 여기 남겠어. 혼**

자서. 자유롭게.

다음 날 아침 잠에서 깬 오필리아는 이제 27일 남았다고 생각했다. 다음 날도, 그다음 날도, 또 그다음 날도 비슷한 생각을 했다. 낮에는 센터에서 천상자를 만드는 사람들을 돕고 그들이 가져갈 물건과 두고 갈 물건을 결정하는 것을 도왔으며, 겁에 질린 아기들을 안아주고, 아이들에게는 이야기를 들려주었다. 낮에 오필리아는 그들 가운데 하나였다. 40년 동안 일군 모든 것에서 강제로 떨어지게 된 사람들, 무력하고 절망스럽지만 여전히 버티고 있는 사람들 중 한 명이었다. 밤에는 그 자신이었다. 그가 모르는 낯선 사람, 금방이라도 기억날 듯한, 어린 시절에 알았던 어떤 사람이었다.

이윽고 이주 닷새 전이 되었다. 컴퍼니가 또 거짓말을 한 것이 드러났다. 벌써부터 셔틀이 첫 탑승자들을 태우고 궤도로 돌아가기 시작한 것이다. 행성을 완전히 비우기까지 30일이었지, 사람들을 처음으로 태우는 날까지 30일이 아니었다. 떠나는 순서대로 콜로니 주민들에게 번호가 매겨졌다. 어머니와 아이들이 가장 먼저 떠났다. 아이들은 치워버리기 전까지 방해가 됐기 때문이다. 마지막은 짝 없는 어른들이었다. 오필리아는 그를 친할머니처럼 여기는 아이들을 마지막으로 안아주었고, 그 애들이 셔틀에 탈 때까지 손을 흔들어주었다.

한 시간도 지나지 않아 다른 셔틀이 착륙했다. 앞서 컴퍼니 대리인들은 이 과정에 대해, 얼마나 완벽한 일정인지 설명했다. 사람들을 태운 셔틀이 배에 도착하면 그 앞의 셔틀 탑승자들은 이미 짐에 표시를 해 보관한 뒤 극저온 탱크에 들어가 있을 거라고. 닷새 동안 매일 셔틀 열 대가 사람들을 실어 나르며, 마지막 셔틀은 법정시한에 맞춰 제시간에 뜰 것이라고.

오필리아는 콜로니가 이렇게나 금방 텅 비어 보일지 미처 몰랐다. 첫째 날이 끝날 때쯤 콜로니를 본 그는 수많은 목숨을 앗아간 첫 대홍수 때의 충격이 떠올랐다. 둘째 날 끝에는 그를 포함한 지상의 주민들이 눈을 휘둥그레 뜨고 서로를 쳐다볼 정도였다. 컴퍼니 대리인들은 주민들이 공포에 질리지 않도록 돌아다니면서 끊임없이 일을 시켰다. 오필리아는 여전히 식사 준비를 하고 뒤치다꺼리를 해야 했다. 대리인들은 그가 마지막 셔틀을 탈 거라고 말했었다. 로사라와 바르토는 그러한 분리 조치에 항의했는데, 두 사람은 마지막 날의 첫 번째 셔틀을 타기로 되어 있었기 때문이다. 오필리아는 아들 부부가 어머니가 맑지 않다고, 매사에 깜빡깜빡한다고 열변을 토하는 것을 들었다. 그러자 컴퍼니 대리인들은 오필리아를 흘낏 쳐다봤고, 그는 못 들은 척 고개를 숙였다. 그는 대리인들이 마음을 바꾸지 않을 것임을 알았다.

마지막 날 그들은 알람에 맞춰 평소보다 훨씬 이른 시간에 일어났다. 밖은 아직 캄캄했다. 오필리아는 살갗에 서늘하고 축축하게 닿는 새벽안개를 느끼며 바르토와 로사라를 따라 착륙장으로 가서 줄 끝에 섰다. 어둠 속에서 셔틀이 흐릿한 불빛을 반짝이며 내려왔다. 작별의 시간이 왔다. 로사라가 오필리아를 꽉 껴안았다. 바르토가 말했다. "엄마……." 우물거리는 목소리, 사내아이의 목소리였다.

"사랑한다." 오필리아는 그렇게 말한 뒤 아들 부부를 밀어냈다. "어서 가. 늦게 타면 사람들이 뭐라고 할 거야."

"엄마도 늦지 마세요." 바르토가 말했다. 바르토는 오필리아의 머릿속을 들여다보려는 것처럼, 자유를 노래하는 오필리아의 작은 새 목소리를 들으려는 것처럼 그를 빤히 쳐다봤다.

"다 괜찮을 거야, 바르토." 오필리아가 말했다. 그렇지 않다는 걸 아들이 알게 됐을 때는 이미 돌이킬 수 없을 것이다. 이 셔틀이 이륙하고 나면 오필리아를 태울 셔틀이 올 때까지 자유 시간이었다……. 거기에 탈 생각은 없지만 어쨌거나. 오필리아는 줄을 서기 시작한 다음 셔틀의 탑승자들을 지나쳐 집으로 돌아갔다. 이제는 그만의 집으로. 새 목소리가 더 크고 집요해졌다. 숨을 곳을 찾아야 해. 컴퍼니 대리인들은 널 찾으려고 겉핥기식으로나마 수색을 할 테니까. 널 금방 포기하지는 않을 거야. 널 찾아내면 강제로 셔틀에 태울 거고.

집의 뒤쪽, 정원 너머에는 목초지가 있었다. 목초지 너머에는 테라포밍 토양 박테리아와의 싸움을 감수하고 토착 관목림을 용감하게 떠나온 비쩍 마른 식물들이 있었다. 그 뒤쪽은 토착식물이 벽을 이루고 있었다……. 앞쪽은 사람 머리 높이의 관목림, 그 뒤는 높은 성벽 같은 숲이었다. 초원을 남몰래 가로지르는 데 성공한다면 잡히지 않을 것이다. 그들이 오래 수색하지는 않을 거다. 욕을 하고 고함을 지르겠지만……. 곧 떠날 것이다.

흐릿한 첫 새벽빛 속에서, 새벽안개 속에서, 오필리아는 베갯잇으로 싼 며칠 분의 식량과 작은 자루에 담긴 다양한 씨앗을 들고 집을 나섰다. 그들이 정원을 파괴하더라도 다시 씨를 뿌릴 수 있을 것이다……. 그 이상의 예측은 하지 않았다.

발밑에서 목초지의 풀이 탄력 있게 느껴졌다. 축축한 잔디에 다리가 쓸리고 치마가 젖었다. 오필리아는 이슬 맺힌 풀밭과 대비되는 거무스름한 흔적이, 누군가 오늘 아침 너무 이른 시간에 본다면 알아볼 흔적이 남을 수도 있음을 깨달았다. 동물이 지나간 흔적이라고 생각할 수도 있겠지. 멀리서 양 울음소리가 들리자 오필리아는 그들이 양들을 살려둘지 궁금해졌다. 살려두기를 바랐다. 뜨개질과 코바늘뜨기를 좋아하니까. 목초지 너머 웃자란 식물의 거칠고 축축한 잎들에 몸을 긁히고 치마는 엉덩이 부분까지 젖었다. 뒤에서 사람들의 고함 소리가 들렸다. 그를 부르는 것은 아니고 다음 셔틀 탑승자들에게 경고하는 거였다. 그때 어둠이 안개를 헤치고 어렴풋이 모습을 드러냈고, 그는 앞쪽의 높다란 떨기나무들 사이를 지나갔다.

오필리아는 숲속 깊숙이 들어간 후 앉아서 쉬었다. 어차피 너무 어두워서 걸을 수도 없었고, 벌써 몇 번이나 뿌리와 옹이에 걸려 넘어질 뻔한 뒤였다. 해가 높이 떠오를수록 숲 지붕의 틈새로 들어온 햇빛이 더 많은 형태와 색을 드러냈다. 아주 높은 곳에서 뭔가가 나뭇가지를 타고 다니며 꾸르륵, 끽끽 소리를 냈다. 오필리아는 움칫했지만 그 자리에 가만히 있었다.

곧 해가 안개를 말리기 시작했다. 앞이 그럭저럭 보이게 되자 오필리아는 일어나서 계속 걸었다. 천천히, 더는 발에 멍이 들지 않을 길을 골라서 갔다. 예전에, 움베르토가 죽은 뒤에 숲에 간 적이 있었다. 그때 언제든 왔던 길로 다시 돌아갈 수 있는 능력이 자신에게 있다는 걸 알게 됐다. 아무도 믿어주지 않았지만. 사람들이 어찌나 걱정에 잔소리를 해대던지 결국 숲에 가는 것을 그만두었다. 하지만 덕분에 지금 그는 길을 잃을까 봐 두렵지 않았다.

배가 고파졌을 때 앉아서 자루 속의 음식을 꺼내 먹었다. 작은 구덩이를 파서 볼일을 보고 나뭇잎으로 덮었다. 오후에 햇빛이 약해지자 나뭇가지와 잎을 쌓아 밤을 보낼 보금자리를 만들었다. 오필리아를 태우기로 한 셔틀은 일몰 직후에 이륙할 예정이었다. 그는 컴퍼니 대리인들이 탈 셔틀이 한 대 더 오리라고 예상했다. 이틀 동안 집으로 돌아가지 않기로 했다.

3

그들이 소리쳐 불렀다고 해도 오필리아는 듣지 못했다. 그들이 수색했다고 해도 그가 있는 쪽으로는 오지 않았다. 해가 진 후 오필리아는 뜬 눈으로 누워 한참을 기다렸지만 인간의 소리는 전혀 들리지 않았고, 들리는 건 셔틀이 이륙하는 굉음뿐이었다. 더 가까운 곳에서는 나뭇잎이 바스락대는 소리, 뭔가 저 위의 나뭇가지들 사이로 떨어져 지면 어딘가에 연신 부딪히는 소리가 들렸다. 소리를 죽인 경보음처럼 부드럽게 윙윙거리는 소리. 돌에 돌이 떨어지는 소리 같은, 일정한 간격으로 반복되는 공명음. 오필리아의 심장이 빠르게 뛰다가 속도를 늦추는 동안 극심한 피로에 눈가가 타는 듯 뜨거워지고 두려움이 사그라들었다. 마침내 잠이 들 때, 그는 밤이 얼마나 길지 짐작도 할 수 없었다.

해가 뜨기 전 또 한 대의 셔틀이 착륙하는 소리에 잠을 깬 오필리아는 습한 한기를 느꼈다. 억지로 눈을 붙였지만 다시 잠들 수 없었다. 날빛이 들기 시작했을 때는 정말로 동이 튼 것인지 확신이 들지 않았다. 어둠에 싫증이 난 눈이 헛것을 보나 싶었다. 차츰차츰 근처의 나무들이 형태를 갖추면서, 저 높은 곳에 흐릿하지만 창백한 빛과 대비되는 거무스름한 형상들이 보였다. 가장 가까운 나무에 뜨문뜨문 달린 황갈색과 담록색 잎이 보일 정도로 아침햇살이 강해졌을 때 그는 셔틀이 이륙하는 소리를, 그 굉음이 숲 위의 하늘로 흩어지는 것을 들었다.

장담할 수는 없지만 마지막 셔틀일 것이었다. 만약 그들이 주민들에게 거짓말을 했다면, 건물을 돌며 더 많은 ― 장비나 기계, 오필리아로서는 짐작할 수 없는 ― 것들을 가져가려 한다면 틀림없이 셔틀을 몇 대 더 보낼 터였다. 그들이 우주선 자체를 구동하는 데 시간이 얼마나 걸릴지는 알 수 없었다. 적어도 하루는 더 숨어 있어야 했다.

갈아입을 옷을 가져왔더라면 좋을 텐데. 이 정도로 몸이 축축하고 뻣뻣해질 줄은 몰랐다. 노숙은 오필리아에게 해방감을 안겨주지 못했다. 몸이 끈적거리고 비참한 기분이 들었으며 온몸의 관절이 찔리듯 아팠다. 그러다 마침내 몸에 달라붙는 축축한 옷을 벗으면 된다는 생각이 떠올랐을 때, 오필리아는 웃음을 터뜨렸다가 순간적으로 입을 틀어막았다. 바르토는 오필리아가 이유 없이 웃으면 싫어했다. 오필리아는 무언가 들리기를 기다렸다. 꾸짖는 목소리는 없었고, 그는 몸의 긴장이 풀리는 것을 느끼며 입에서 손을 뗐다. 안전하다, 적어도 그런 것으로부터는. 그는 옷을 벗으면서 누가 보고 있지는 않은지 주위를 두리번거렸다.

어스레한 날빛에 희미하게 반짝이는 그의 피부는 근처에 있는 어떤 것보다도 창백했다. 누군가 떠나지 않고 남았다면 ― 누군가 보고 있다면―그가 알몸이라는 것을 단박에 알 터였다. 오필리아는 자기 몸을 보지 않았다. 자기가 털고 있는 옷을 봤다. 어딘가 옷을 널 만한 데가 있을 텐데. 갑자기 맨어깨에 물이 한 방울 떨어지자 그는 움찔하며 몸을 홱 돌렸다. 곧 그 상황이 웃기다는 생각이 들어 피식피식 웃었는데, 옆구리가 아플 때까지 웃음을 멈출 수가 없었다.

웃다 보니 몸에 온기가 돌았다. 몸의 대부분이 공기와 닿아 있음을 더 의식하게 되자 기분이 이상했지만 덥지도 춥지도 않았다. 양 어깨 사이에 물이 한 방울 더 떨어져 척추를 타고 내려가자 몸이 바르르 떨렸다. 기분이 좋았다. 오필리아는 셔츠와 속옷을 길게 휘늘어진 덩굴줄기에 널고 치마를 접어서 방석처럼 깔고 앉았다. 아직 축축해서 찝찝했지만 치마와 닿은 곳은 엉덩이뿐인 데다 체열이 그곳을 데우기 시작했다. 어제 만든 플랫브레드와 소시지 덩어리를 꺼내서 허겁지겁 먹었다. 오늘은 맛이 다르게, 처음 먹어보는 음식처럼 낯설게 느껴졌다. 물병에 담긴 물맛도 콕 집어 말할 수 없지만 달랐다.

다 먹은 뒤에는 작은 구덩이를 파서 볼일을 봤다. 그렇게까지 하지 않아도 되겠지만—그가 지금 이 세상의 유일한 사람이라면 그의 배설물 때문에 불쾌할 사람이 누가 있으랴?—사람이라면 몸 밖으로 배출한 것을 어떻게든 해야 한다고 평생의 습관이 고집을 부렸다. 다른 사람들이 떠났다고— 진짜로, 영원히 떠났다고— 확신이 들면 혼자서 재순환기를 쓸 수 있나 확인해볼 터였다. 어쨌거나 지금은 불그스름한 흙과 여러 색깔의 잎들을 발로 밀어 넣어 구덩이를 덮었다.

기온이 오르자 오필리아는 가만히 앉아 있는 게 지겨워졌다. 평범한 일과가 그리웠다. 원예와 요리를, 오랫동안 해온 이런저런 허드렛일을 하고 싶었다. 불이 있어 요리를 할 수 있으면 좋겠지만 불을 피울 방법도 없고, 연기를 피워 발각될 위험을 감수하고 싶지도 않았다. 요리라는 선택지가 사라지자 그는 거의 무의식적으로 나뭇가지들을 주워서 정리하기 시작했다. 저기, 이미 껍질이 썩어서 떨어져 나간 굵은 가지는…… 다음 구덩이의 뒤쪽에 버팀대로 쓰면 되겠다. 조금 전까지 앉아 있었던 작은 공간도 취향에 맞게 정돈했다. 점점 더 방 같은, 안전한 장소 같은 모습과 느낌으로 변했다.

정오 무렵 몇 줄기 안 되는 햇살이 정수리에 내리꽂히자 그는 하던 일을 멈추고 또 식사를 하기로 하고 주변을 둘러봤다. 물병은 뿌리 두 개 사이의 움푹한 곳에 안정적으로 놓여 있었는데, 햇빛이 닿지 않도록 크고 편평한 잎들을 주워 덮어둔 상태였다. 비슷한 잎을 한 장 더 주워서 접시로 썼다. 여러 번 시도한 끝에 겨우 완성한 편안한 좌석은 나무둥치 하나와 서로 기대 세운 굵은 나뭇가지들, 방석 역할을 하는 접은 치마로 이루어져 있었다. 발가벗고 있다는 사실이 여전히 거슬렸는데, 모든 공기의 흐름, 심지어 그가 움직여서 생긴 공기의 흐름까지 신경이 쓰였다. 결국 속옷을 입었다. 자기 자신의 의식으로부터 프라이버시를 보호해야 한다는 것이 좀 부끄러워서 찌푸린 표정으로. 그 위에 셔츠까지 걸쳤다. 방석으로 쓰는 롱스커트는 입으려다가 그만두었다. 맨발은 거슬리지 않았다.

오후에 폭풍우가 왔다. 콜로니에 있었다면 폭풍이 다가오는 걸 미리 알 수 있었겠지만 숲 지붕 밑에 있던 오필리아가 받은 사전 경보라고는 어두운 그늘과 세찬 바람뿐이었다. 야외에서 비를 맞아본 경험은 있었다. 몸이 젖는 것은 두렵지 않았다. 비가 그친 뒤 몸을 말리면 그만이다.

그러나 숲속에서 폭풍을 만난 경험은 없었다. 처음에는 바람소리만 들렸다. 비가 내리는 것 같긴 했지만 처음 얼마간은 숲 지붕이 빗물을 흡수했기 때문이다. 그러다 포화상태에 이른 숲 지붕에서 물이 샜다. 오필리아가 비가 그친 것 같다고 생각한 바로 그때(주위가 다시 밝아지고 멀리서만 천둥이 쳤다) 하늘보다 낮은 곳에서 떨어지는 그 비가 그를 찾아왔다. 한 방울씩 뚝뚝 떨어지다가 부슬부슬 내리다가 하는 비는 그의 몸을 흠뻑 적시고 저녁이 다 되어서야 그쳤다. 임시변통한 좌석에 웅크리고 있었기에 깔고 앉은 치마는 더 젖지도 않았지만 마르지도 않았다. 큰 잎들로 덮어놓은 식량 자루는 아직도 축축해 보였고 플랫브레드는 눅눅하고 상한 것 같은 맛이 났다. 오필리아는 젖은 숲 바닥에 누워서 자고 싶지 않았다. 그렇다고 그대로 앉아서 뜬눈으로 밤을 새기도 싫었다. 결국 그는 좌석의 나무둥치에 머리를 기댄 채 자다 깨다 했다. 낯선 소리가 날 때마다 눈을 떴다.

첫 빛이 들 때쯤 오필리아는 몸이 젖은 채 숲에서 하룻밤을 더 보낼 수는 없다고 결론을 내렸다. 가져오지 않은 물건이 이렇게 많은 상태로는 불가능했다. 누군가에게 불평하고 싶었다, 자신의 잘못이 아니라고 우기고 싶었다. 가출이 처음이라 그렇다고, 처음부터 잘할 수는 없지 않으냐고.

그때까지 오필리아는 들려오는 목소리가 없어서 괴로웠던 적이 없었다. 청력이…… 혹은 정신이 쇠퇴하고 있다는 말을 들었다. 어느 쪽인지 바르토는 판단하지 못했다. 오필리아는 듣고 싶은 소리는 들을 수 있었다, 대개는. 오히려 고요를 바랄 때가 많았다. 바르토가 코를 골지 않고 로사라가 서너 번씩 자다 깨서 쿵쿵거리며 화장실에 가지 않는 드문 밤이면 고요함을 한껏 즐기면서 누워 있었다.

그렇기 때문에 첫날에는 숲의 고요함이 거슬리지 않았다. 사실 고요하다고 느끼지도 못했다. 안으로는 언쟁하는 목소리들이, 예측 가능한 것들을 말하는 공적인 목소리와 상상할 수 없는 것들을 말하는 사적인 새 목소리가 있었고 숲 밖에서는 셔틀 비행의 소음이 단계마다 들려왔기 때문이다. 둘째 날에는 그가 움직일 때 ─ 큰 나뭇가지를 끌고 잔가지를 줍고 숨을 쉬고 먹고 마실 때 ─ 나는 소리들이 내면의 목소리들과 뒤섞이며 자신도 모르게 위안이 되었다.

그러다가 어떤 대답을 원하게 되면서 오필리아는 고요함을 의식하게 되었다.

그것은 벽이었다. 부재가 아니라 존재였다……. 그렇게 하면 사라질 것처럼 초조하게 침을 삼키게 만드는, 귀를 누르는 압력이었다. 고요는 두 손으로 그의 머리를 감싸 쥐어 답답하고 갑갑하게 만들었다.

공포감이 찾아들자 오필리아는 땅을 단단히 딛고 서서 입을 벌리고 숨을 크게 들이마셨다……. 그가 묻고자 했던, 다른 이의 대답이 필요했던 질문이 뭐였는지 기억나지 않았다. 오필리아의 귀는 들을 소리가 충분하다고 보고했다. 나뭇잎이 바스락거리는 소리, 물이 똑똑 떨어지는 소리, 돌과 돌이 부딪히는 딱 소리 같은 공명음. 하지만 그런 소리들은 의미를 전달하지 않았고, 머릿속의 목소리들은, 익숙한 것과 새것 모두, 그가 느끼는 두려움에 대해 침묵을 지켰다. 마침내 그중 하나가 ─ 어느 쪽인지는 알아차리지 못했다 ─ 말했다. **이제 집에 가**. 의심의 여지 없이, 단호하게.

오필리아는 자신의 공간을 둘러본 다음 접어놓은 치마를 집어 들었다. 치마를 탈탈 털고 아무 생각 없이 치마에 두 다리를 집어넣었다. 짐이 든 자루를 들었다. 집으로 돌아갈 시간이었다, 아직 동이 다 트지도 않았지만. 길을 아는 그의 발이 시야를 흐리는 안개 속에서 울퉁불퉁한 뿌리를 넘고 나무와 바윗돌을 피해서 갔다. 주위가 밝아질 때쯤 그는 키 작은 덤불이 자라는 숲의 끄트머리에 도착했고, 오늘도 아침 이슬에 젖어 있는 풀밭의 끄트머리로 나오자 옅어지는 안개 사이로 마을 건물들의 거무스름한 형상이 보였다.

그는 그 탁 트인 초지의 언저리에서 한결 차분해진 마음으로 걸음을 멈췄다. 그대로 아무 생각 없이 집으로 가서는 안 되는 이유가 떠올랐다. 지금 있는 곳이 숲속보다 훨씬 더 조용했다. 오른쪽 어딘가에 있는 양들의 냄새를 실은 한 줄기 바람이 그를 스쳐 갔다. 인간의 소리는 없다. 목소리들이 없다. 기계도 없다. 그들이 그가 돌아오기를 기다리고 있을까? 누군가 집 안에서, 센터에서, 숨죽인 채 특수장치로 그를 지켜보며 사정거리 안에 들어오기를 기다리고 있을까?

오른뺨과 목이 따뜻해졌다. 해가 안개를 말려 없애고 있었다. 시원한 습기와 온기가 번갈아 느껴지다가 결국 해가 이기면서 환한 빛이 마을을 비추었다. 저 앞에 그의 집이 보였다. 왔던 길을 정확하게 되짚어 왔기에, 이틀 전 그가 새벽이슬에 젖은 풀밭에 남긴 흔적이 남아 있었다면 익숙한 양말에 발을 넣듯 그쪽으로 걸어 들어갔을지도 모른다. 하지만 풀밭은 아무 일도 없었다는 듯이 흐릿한 은빛 이슬이 고르게 맺혀 있었다.

오필리아는 축축한 풀밭으로 걸어 들어갔다. 집에 가서 젖은 옷을 벗고 싶었다.

그는 집에 도착하자마자 젖은 옷을 벗고 욕실에서 뜨거운 물로 샤워를 했다. 그런 다음 어떤 옷을 입을지 고민했다. 뭘 입을까? 집 안에서는…… 아무것도. 하지만 정원에 나가고 싶기도 했고 아직은 집 밖에서 벌거벗고 있을 엄두가 나지 않았다. 오필리아는 셔츠를 입었다. 그 셔츠에는 반바지를 입고 싶었다. 그가 어릴 때 입은 것과, 바르토에게 만들어 준 것과 비슷한 반바지를. 바르토의 방에서 — **그 애 방이 아냐, 내 방이야.** 그는 스스로에게 말했다 — 아들이 두고 간 긴 바지를 하나 찾아냈다. 가위를 가져와 바지통을 짧게 잘랐지만 밑단은 굳이 감치지 않았다. 입어보니 허리가 너무 컸지만, 엉덩이를 넉넉하게 덮고 내려오는 느낌이 싫지 않았다. 그의 속옷이나 치마보다 나았다.

지난 이틀간 잎을 갉는 것들이 정원에서 활개를 치긴 했지만 토마토 꽃이 만개해 있었다. 오필리아는 이 작물에서 저 작물로 차근차근 옮겨가면서 애벌레를 잡고, 호박 덩굴 사이에서 발견한 점액대벌레 세 마리를 부러뜨리고, 콩에 붙은 진딧물을 잡아서 짓이겼다. 시간이 얼마나 흐르는지 거의 신경 쓰지 않다가 배 속에서 나는 꼬르륵 소리를 듣고서야 배가 고프다는 것을 깨달았다.

냉장고에서 꺼낸 차가운 간식을 먹었다. 이틀밖에 지나지 않아서인지 냉장고 내부 조명은 꺼져 있었지만 아무것도 상하지 않았다. 주방 조명을 켜봤지만 역시 불이 들어오지 않았다. 온수는 나왔는데……. 그는 곧 혹스러워하다가, 물탱크와 냉장고의 단열재가 같다는 사실을 기억해냈다. 냉장고가 아직 차갑다면 온수도 계속 뜨거울 수 있다. 그는 다른 집들은 어떤 상태인지 확인하러 나갔다.

어서 와요, 세라 오필리아, 또는 당신 집처럼 편히 지내세요, 세라 오필리아, 하고 말할 주인도 없는 집들의 창문을 들여다보고 현관문을 열자니 기분이 이상했다 — 품위 없는 짓을 하고 있다는 기분마저 들었다. 아무도 문을 잠그고 떠나지 않았다. 원래 어느 집이든 자물쇠는 달지 않았고, 어린아이들이 드나드는 걸 막기 위한 걸쇠밖에 없었지만, 처음 두세 번까지는 문을 열 때 부끄러움을 느꼈다. 하지만 나중에는 게임이 되었다. 옷을 벗고 아무것도 입지 않겠다고 처음 생각했을 때처럼 사악해진 느낌이 들면서도 기분이 좋았다. 이제는 세냐긴 부부의 침대 밑을 볼 수 있다. 이제는 린다의 옷장을 열고 린다의 살림이 머릿속만큼 엉망인지 알아볼 수 있다(엉망이었다 — 다른 세계에서 깨어난 린다가 가져오지 않은 것을 후회할 물건들이 더러운 빨랫감 뒤에 처박혀 있었다). 화창한 그날, 오필리아는 이 집 저 집 바삐 돌아다니며 닫힌 문을 활짝 열어 햇빛을 들이고 그 자신도 들였다. 모든 정원이 이틀 전 모습 그대로였다. 나팔 모양의 진홍색 낮덩굴 꽃…… 토마토·콩·호박·완두·근대……. 그가 바랄 수 있는 모든 작물이 평생 먹어도 남을 만큼, 평생 써도 남을 씨를 얻을 수 있을 만큼 있었다. 몇 가지를 기억해두었다. 콜로니 보유 종자가 아니라 세냐긴네가 이주할 때 가져온 거라 비싼 값에 거래되던 특별한 파랑콩. 마침내 그 콩을 그의 정원에서 기를 수 있게 된 것이다. 멜론은 여기…… 대박은 저기. 둘 다 길러본 적 없는, 지금까지 거래로만 구해온 작물이었다. 레몬그라스…… 허브……. 그는 가족끼리 먹으려고 고수와 피망은 늘 재배했지만 타라곤과 바질, 파슬리, 딜은 길러본 적 없었다. 허브 정원은 늘 신경을 써야 할 것이다. 콜로니에 단 하나밖에 없으니까.

센터도 문이 열려 있었다. 긴 재봉용 탁자들에는 자잘하거나 길쭉한 천조각이 어지럽게 널려 있었다. 기계들은 모두 전원이 꺼져 있었는데, 버튼을 눌러도 켜지지 않았다. 오필리아는 발전소 제어실로 갔다. 닫혀 있지만 잠기지는 않은 제어실 문을 밀어서 열었다. 천창에서 빛이 풍부하게 들어오고 있었다. 메인 스위치들 앞으로 갔다. 모두 '꺼짐' 상태였다. '켜짐'으로 바꿨다. 주위가 한층 더 밝아졌다. 제어반에 불이 들어왔고 모든 표지가 녹색 영역에 있었다. 그것이 무슨 의미인지 그는 알았다. 누구든 알았을 것이다. 성인이라면 누구나 발전소를 관리하는 법을 배웠다. 소수의 전문가에게만 맡겨두기에는 너무나 중요한 일이었기에.

이제 센터의 기계들은 물론 집에 있는 냉장고와 조명까지 쓸 수 있을 터였다. 센터에 온 김에 폐기물 재순환기의 수치들을 확인했다. 가끔 재순환기 탱크를 채워야 할 수도 있다. 혼자서는 발전소가 계속 돌아갈 정도로 폐기물을 발생시키지 못할 것이었다. 하지만 아직은 측정해야 할 정도로 수치가 낮지 않았다.

센터를 나온 오필리아는 조심스럽게 셔틀 이착륙장으로 향했다. 컴퍼니 사람들이 아직도 그를 잡으려고 대기 중이라면 그곳에 있을 것 같았다. 길의 가장자리를 따라 마지막 건물들이 있는 곳까지 걸어갔다. 거기서부터는 셔틀 이착륙장이 내려다보였다. 이착륙장에는 혼잡했던 지난주의 여파로 땅이 잔뜩 닳고 패였을 뿐 아무것도 없었다. 차량은 모두 움직이지 않았다. 사람은 보이지도 목소리가 들리지도 않았다. 미풍이 이착륙장을 가로질러 오필리아 쪽으로 불어왔다. 미풍에 실려온 희미한 기름내와 가스 냄새는 모두 묵은 것이었다. 이착륙장보다 가까운 곳에서 썩는 냄새가 났다. 악취를 따라가보니 불을 피웠던 구덩이가 있었다. 컴퍼니 대리인들이 여기서 콜로니 양들의 전부나 일부를 잡아먹은 것 같았다. 마구잡이로 도살된 사체 여덟아홉 구가 썩고 있었고 따로 쌓아둔 양털은 뻣뻣하고 피투성이였다. 오필리아는 눈을 부라렸다. 질 좋은 양모와 가죽을 이런 식으로 낭비하다니.

그래도 덕분에 폐기물 재순환기에 넣을 것은 생겼다. 저대로 놔두면 더 힘들어질 터였다. 정오였지만 악취 때문에 입맛이 싹 달아났다. 일단 폐기물 재순환기로 다시 가서 긴 보호장갑을 가져왔다. 가축 배설물을 만질 때 쓰라고 배웠다. 천천히, 힘겹게 양의 사체와 잔해를 끌어서 한곳에 쌓았다. 그리고 몇 대 안 되는 차량을, 셔틀 이착륙장 가까이에 있는 낡은 벌목용 트럭과 유틸리티 왜건을 쳐다봤다. 작동이 되려나? 오필리아는 종류를 막론하고 기계를 작동시켜본 지 오래됐지만 방법은 잊지 않았다.

그들이 아직 궤도에 있을 수도 있어. 엔진을 켜면 알아챘을 수도 있어. 아니, 발전소를 재가동했을 때 이미 알아챘을지 몰라. 그들이 돌아올까? 언제든지 다시 숲속에 숨으면 되지만. 또 가야 한다면 비옷과 여벌 옷도 챙겨가야지……. 하지만 그들이 뭐 하러 돌아오겠어?

그래도 오필리아는 이착륙장을 기준으로 세 번째 집, 아라먼디의 헛간에서 정원 수레를 찾아냈다. 그리고 남은 오후 내내 양 사체를 폐기물 재순환기로 실어 날랐다. 수레에는 한 번에 사체 두 구만 실렸기에 들통 몇 개를 찾아와서 부풀어 오른 끈적끈적한 내장과 장기를 담았다. 최대한 조심했지만 결국 악취 나는 오물이 옷에 묻고 말았다. 작업을 마친 그는 장갑을 씻어 소독약에 담그고, 젖지 않은 부분을 잡아 옷을 벗었다. 옷도 다 소독해야 할 터였다.

더 나은 방법이 있지. 오필리아는 씩 웃고는 나뭇가지에 옷을 걸어 재순환기 유입구에 쑤셔 넣었다. 그런 다음 가까운 샤워실에서 샤워를 하고 누구든 쓸 수 있게 그곳에 걸려 있는 큰 회색 수건으로 몸을 닦았다. 몸에 수건을 두른 채 집으로 가야 하나…… 아니면 남의 집에 들어가 옷을 찾아볼까.

아니면. 아니면 지금껏 살아왔고 이제는 소문낼 이웃도 없는 곳의 거리를 알몸으로 걸어가도 되고. 오필리아는 열린 문가로 타박타박 걸어가서 밖을 봤다. 땅거미. 해는 이미 먼 숲 뒤로 넘어가고 없었다. 아무도 없는 거리, 아무도 없는 집들. 흥분과 대담함 때문에 배가 조여드는 느낌이었다. 할 수 있을까? 안다, 언젠가는 할 수 있을 것임을. 마음속에서 새 목소리가 처음 말했을 때부터 알고 있었다. 언젠가 할 수 있다면 지금, 오늘 밤, 스릴이 사라지기 전에 하는 게 어떨까?

오필리아는 수건을 수건 더미에 떨어뜨리고 한 발짝 내디뎠다. 아니, 몸을 돌려 수건을 도로 집어 돌아가서 수건걸이에 걸었다. 벗은 몸으로 거리를 걷겠다면 여기, 샤워실에서부터 시작하겠어. 저녁이 되어 벌써 어둑해진 건물 안은 충분히 안전하다는 느낌이 들었다. 그는 문 앞에서 다시 멈춰 섰다. 할까? 말까? 서두를 필요 없다. 한참 동안, 원한다면 어두워질 때까지 서 있어도 된다. 사람들이 모두 저 밖에 있다 해도 그들이 아무것도 볼 수 없을 때까지.

그러나 그는 알 것이었다. 알고 싶었다. 문턱을 넘어 한 발. 처마 바깥으로 또 한 발. 한 발 또 한 발, 건물을 벗어나 길로, 길을 따라서…… 불 꺼진 창문 밖으로 내다보는 눈은 없었다. 부끄러운 줄 알라고 고함치는 목소리도 없었다. 해 질 녘의 시원한 공기가 온몸을 어루만졌다. 등과 옆구리, 가슴과 배, 팔과 다리, 다리 사이를. 그 느낌이 — 흥분이 좀 가라앉고 나서 알아차렸다 — 아주 좋았다.

그러다 푸르스름한 어스름과 대조적으로 따뜻해 보이는 센터의 불빛들을 봤다. 두려움에 오싹해지며 숨이 턱 막혔다. **멍청이!** 어쩌면 이렇게 어리석을 수가 있지? 누군가 궤도에 있다면, 그들이 지켜보고 있다면, 분명히 보일 거야. 그들이 알게 된다고. 그러면 돌아올지도 몰라.

오필리아는 이제 알몸은 신경도 쓰지 않으며 서둘러 센터로 들어가 조명 스위치를 모조리 껐다. 그런 다음 집으로 가서 별생각 없이 조명 스위치에 손을 올렸다가 일순간 동작을 멈췄다. 익숙한 동작을 도중에 갑자기 멈추려 하니 쥐가 났지만 스위치를 켜기 전에 손을 거둘 수 있었다. 심장이 쿵쿵거렸다. 그 두려움의 박동을 온몸으로 느꼈다. 심박이 느려지고 평정을 되찾은 그는 스스로를 힐난했다. 바보, 바보야. 이제 깜박깜박할 처지가 못 돼. 더는 옆에서 기억을 되살려줄 사람이 없다고.

어두운 집 안에서 차가운 저녁을 먹었다. 그래도 이제는 최소한 집 안에 있으니 비가 와도 몸이 젖지 않을 터였다. 덧창을 닫으니 집 안이 더욱 어두워져서 더듬대며 침대로 갔다. 자신의 방이 좁고 갑갑하게 느껴졌다. 내일부터 바르토와 로사라의 방을 쓰겠다고 마음먹었다. 움베르토가 죽기 전에는 남편과 그의 부부 침실로 쓰던 방이었다. 하지만 오늘 밤에는—오늘 밤에는 어둠 속을 헤매고 다니지 않기로 했다. 오필리아는 감으로 이불을 잡아 젖혔다. 그리고 잠들기 직전에 깨달았다.

이렇게 혼자 있던 적이 없었다……. 일생을 통틀어 단 한 번도. 그리고 무섭다는 생각이 들지 않는 스스로가 놀랍다는 생각도 한참 했다. 어둠 속에 혼자 있는 것도, 행성에 단 한 명밖에 없는 사람이라는 것도 전혀 무섭지 않았다……. 오히려 안전하다고 느꼈다. 과거의 그 어느 때보다도 안전하다고 느꼈다. 몸이 익숙한 침대의 우묵한 곳을 찾아냈을 무렵 그는 잠이 들었다.

다음 날 아침 자기 집, 자기 침대에서 익숙한 냄새를 맡으며 깨어난 그는 간밤의 일을 기억하지 못했다. 평소대로 일어나 더듬더듬 조명 스위치를 찾아 켠 후에야 자신이 발가벗고 있다는 것과 그 이유를 깨달았다. 지난 며칠이 꿈처럼, 비현실적으로 느껴졌다. 후크에 걸린 로브를 입고 바르토와 로사라의 방에서 코 고는 소리가 들릴 거라고 반쯤 기대하면서 방문을 열었다.

고요함이 그를 맞이했다, 아무도 살지 않는 집의 완전한 고요함이. 그럼에도 그는 아들 내외의 방을 들여다봤다. 벌써부터 다르게, 상당 기간 사람이 살지 않은 방처럼 보였다. 바르토가 침구류에 짐상자의 공간을 내주려 하지 않은 탓에 침대에는 여전히 굵은 빨간색 줄무늬가 있는 크림색 침대보와 빨간색 커버 속에 든 베개가 있었다. 입을 크게 벌린 벽장 속에 구겨진 양말 한 짝이 혀처럼 놓여 있었다. 오필리아는 짐을 푼 바르토가 양말이 한 짝 없다는 걸 알고 불평하는 모습을 상상하면서 씩 웃었다. 양말을 집어 들고 벽장문을 닫은 뒤 걸쇠를 걸었다. 그러지 않으면 언제든 반드시 열렸기 때문이다. 그 방은 여전히 낯설어 보였는데, 왜인지 알 수 없었다. 서리가 내린 창턱이 미끄러워 보였고 미끄럼벌레 한 마리가 천장에서 떨어졌다가 줄을 타고 올라갔다.

부엌에서는 냉장고가 낮게 웅웅거리고 있었다. 오필리아는 냉장고를 그대로 지나쳐 정원으로 나갔다. 그곳은 모든 것이 그대로인 느낌이었고 작물들은 빛과 온기에 반응하며 또 하루만큼 자라고 있었다. 오필리아는 이랑을 따라 일하면서 고요함을 즐겼다. 어딘가에서 양 한 마리가 매애, 울자 다른 양들이 대답하듯이 뒤따라 울었다. 멀리서, 개척지의 저쪽 끝에서 소가 음매, 울었다. 예나 지금이나 그의 귀에 거슬리지 않는 그 소리들은 그의 평화를 깨지 않았다. 소와 양을 찾아봐야겠다고, 혹시 도와줘야 할 상황은 아닌지 확인해야겠다고 생각했다. 하지만 당장은 머리

위에 따듯한 해가 떠 있었고 콩 꽃과 토마토 덩굴, 낮덩굴 꽃향기가 났다. 너무 더워지자 그는 로브의 앞섶을 풀어헤쳤고, 결국은 로브를 벗어 공구창고 안의 걸이에 걸었다. 해가 포근하게 안아주는 크고 따뜻한 손처럼 느껴졌다. 그를 오랫동안 괴롭혀온 온갖 통증이 사라지는 것만 같았다. 일광 화상, 그는 스스로에게 경고하며 냉장고 문을 열었다. 조심해야지, 적어도 처음에는.

아침을 먹고 냉장고를 정리해 상한 음식은 모두 퇴비 구덩이에 던졌다. 다른 집 냉장고들도 확인해야 한다. 대다수는 전기 코드를 뽑아두면 훗날 필요할 때 쓸 수 있을 것이다. 센터에 한 대를 놓아두고 쓰는 것도 편할 듯했다. 소들을 보러 갈 때를 위해 마을 저편에도 한 대 두고 쓰고.

음식물이 들어 있지 않은 냉장고가 거의 없었다. 꼼꼼하게 속을 닦아내고 변하거나 상한 음식은 모아서 퇴비로 버렸다. 상태가 좋은 음식— 경질 소시지, 훈제고기, 치즈와 채소피클— 은 집에 가져왔다. 오필리아는 벌써부터 어느 정원을 유지하고 어느 정원을 버릴지, 어느 정원에 양과 소가 먹을 곡식을 심을지 생각하고 있었다. 어디선가 썩고 있는…… 제때 발견하지 못할지도 모를 음식을 불편한 기분으로 의식하면서 냉장고 청소를 계속했다. 늦은 오후가 되어서야 음식을 더 찾아내지 않아도 먹을 것이 넘친다는 사실을 깨달았다. 나중에 악취가 진동하는 냉장고를 치우는 일이 짜증스럽긴 하겠지만 서두를 이유는 없었다.

그렇게 생각하자마자 작업을 중단했다. 반쯤 치운 팔라레스네 냉장고의 문을 열어둔 채 떠났다. 전기 코드는 이미 뽑혀 있었다. 그가 아직 '그들의 것'으로 생각하는 욕실에 들어가 샤워를 했다. 남의 집에 들어가 이것저것 쓰는 것이 아직까지 대담하고 반항적으로 느껴졌다. 팔라레스 가족은 영원히 모를 것임에도. 그런 반항적인 기분이 남은 채로 축축한 발자국을 남기며 그들의 타일 바닥을 가로지른 뒤 짐짓 여유를 부리며 왔던 길을 어슬렁어슬렁 되돌아갔다.

동쪽에서 폭풍이, 탑 같은 구름이 생성되고 있었다. 꼭대기는 눈처럼 하얗지만 아래쪽은 청회색이 도는 거무스름한 구름이었다. 저녁에 비가 오겠군. 이런 폭풍은 초여름이면 거의 매일 해안에서 내륙으로 들어왔다. 서쪽은 고원이었는데, 갈수록 높아지면서 저 멀리 산맥까지 이어져 있지만 그의 눈에는 '숲 벽'까지만 보였다. 숲 벽에 대해 들은 적 있었다. 센터에 있는 지도에 콜로니가 건설되기 전 측지위성이 제작한 숲 벽의 모자이크 사진이 들어가 있었다.

집 안으로 들어서는 오필리아의 종아리를 폭풍을 예고하는 미풍이 간질였다. 그는 집 밖을 흘낏 돌아봤다. 하늘의 반 이상이 구름에 가려져 있었다. 그 배에서, 아직 그곳에 있다면, 이 집의 불빛이 보이지 않을 것이 확실했다. 오필리아는 오늘 밤도 어둠 속에서 보내기는 싫었다. 저녁도 제대로 만들어 먹고 싶었다. 오필리아는 팔라레스네 욕실을 사용할 때 느꼈던 반항적인 기분으로 여기저기 불을 켰다.

폭풍이 우르릉거리며 조금씩 다가오고 있었다. 오필리아는 침실의 덧창은 닫고 부엌의 덧창은 열어두었다. 요리하면서 가끔 밖을 내다보며 바람과 비를 기다렸다. 기다리던 것이 왔을 때는 소시지가 양파와 피망, 저민 감자와 함께 지글거리고 있었다. 그는 그 뜨거운 볶음을 떠서 갓 구운 플랫브레드에 얹고 부엌문 근처에 앉아 먹으며 정원의 빗소리에 귀를 기울였다.

곧 어둠이 점점 짙어지며 주위가 물소리로 가득 찼다. 비가 세차게 내리는 소리, 지붕을 두드리는 소리, 처마에서 문 앞 섬돌로 선율적으로 떨어지는 소리, 수채에서 배수로로 콸콸대며 넘어가는 소리. 오필리아는 저녁밥을 깨끗이 비우고 문설주에 등을 기댔다. 집 밖의 땅에서 물이 튀어오르며 생긴 고운 물보라가 얼굴과 팔을 어루만졌다. 그는 입술에 앉은 물기를 핥아봤다. 어느 소나기보다도 신선했다.

밤이 되고 나서도 비는 그치지 않았다. 오필리아는 결국 뻣뻣한 허리와 다리 때문에 끙 앓는 소리를 내면서 일어나 자기 방의 베개를 들고 다른 침실로 갔다. 미끄럼벌레가 온종일 애써서 방구석에 집을 만들어놓았다. 그는 신발로 벌레를 후려치고─신발은 이럴 때나 필요하지, 그는 의기양양하게 혼잣말을 했다─그 집을 뜯어냈다. 미끄럼벌레는 독은 없지만 집게발이 날카로웠다. 캄캄한 밤에 집게발에 찔려 잠을 깨고 싶은 생각은 추호도 없었다.

침대에 누웠는데 느낌이 이상했다. 움베르토가 살아 있을 때 함께 쓰던 침대였지만 1, 2년 뒤 오필리아는 바르토와 스테펀에게 침대를 내주었다. 스테펀이 죽자 바르토는 이 방을 자기 거라고 생각했고, 첫 번째 아내 엘리스를 데려와 살았다. 오필리아는 불평하지 않았다. 엘리스를 좋아했기 때문이다. 엘리스는 두 번째 대홍수 때 죽었다. 하지만 그러자 바르토는 로사라와 결혼했……. 그러니 오필리아가 이 큰 침대에서 자는 건 20여 년 만이었다. 이미 몸이 작은 침대에 길들여져 있었다. 한동안 뒤척이고 돌아눕고 기지개를 켜고 나서야 이 너른 공간에서 균형감 있게 자리를 잡을 수 있었다.

덧창 틈으로 들어온 햇빛에 잠을 깨어…… 오필리아는 호사스레 기지개를 켰다. 조금 간지러운 곳이 있어서 보니 피부가 조금 붉어져 있었다.

오늘은 다시 셔츠를 입어야 할 것 같았다. 하지만 갖고 있는 셔츠들을 보자 마음에 드는 것이 하나도 없었다. 돌아다닌 집들을, 거기 있던 물건들을 떠올려봤다. 린다의 집에 프린지 장식 숄이 있었다. 근처의 다른 집—집주인의 이름이 떠오르지 않았다—사람은 연청색 셔츠를 두고 떠났다. 아니면 센터에 있는 자투리 천으로 직접 만들어 입어도 되고.

하지만 오늘은 싫어. 오늘도 다른 집들을 뒤져볼 거야. 냉장고를 더 많이 정리하고 쓸 만한 물건이 있는지 찾아보고 싶어. 오필리아는 서늘한 아침 공기 속으로, 비 뒤에 남은 안개 속으로 들어갔다. 더는 누가 보고 헐뜯지 않을까 걱정하지 않았다. 습기 때문에 일광 화상의 통증이 덜해져서, 아까 떠올렸던 작은 분홍색 꽃 자수가 들어간 푸른색 셔츠를 찾아냈을 때 입을지 말지 망설였다. 실내에서는 입을 필요가 없었다. 그날 그는 그 셔츠를 망토처럼 둘렀다. 집과 집 사이를 오갈 때 어깨에 걸쳤다가 실내에서는 벗어두었다.

오후에 개척지 저편의 강가에 있는 소들을 보러 가기로 했던 것을 다시 기억해냈다. 가는 김에 펌프의 흡입관도 체크할 수 있을 거다. 그는 누가 버린 모자를 주워서 쓰고 셔츠로 어깨를 덮었다.

소들은 개척지와 강 사이에 방목되어 있었다. 테라포밍 풀이 무성하게 자란 축축한 지대였다. 오필리아는 오랫동안 소와는 아무런 관련 없이 살아왔기에, 튼튼한 송아지 우리가 생긴 것도 이제 알았다. 떠나기 전에 송아지를 풀어줄 생각을 한 이가 아무도 없었던 탓에 암소 두 마리가 우리 문을 뛰어넘어 들어가 있었다. 다른 암소 한 마리는 문 바로 앞에서 풀을 뜯고 있었다. 우리 안에는 건강한 송아지 두 마리와 갈비뼈가 보일 정도로 비쩍 마른 한 마리가 있었다. 마른 송아지는 우리 안에 있는 암소의 젖을 슬그머니 빨려 했지만 암소는 머리로 받아 밀어냈다. 오필리아는 우리 밖의 암소를 쳐다봤다. 소에 대해 잘 모르는 오필리아가 보기에도 우리 안의 암소들보다 젖통이 홀쭉했다. 더 먼 곳, 강 옆에서 풀을 뜯는 다른 소들의 갈색 등이 눈에 들어왔다. 그 소들은 괜찮을 것 같았다. 그 소들 걱정까지 하고 싶지 않았다. 그가 우리 문을 열고 옆에 서 있자 굶주린 암소들이 자기 송아지를 뒤세우고 풀밭으로 뛰어나왔다. 밖에 있던 암소가 자기 새끼한테 가서 온몸을 핥아주었다. 송아지는 어미의 젖꼭지를 물고 빨기 시작했지만, 송아지의 주둥이에 젖을 먹고 있다는 증거인 우윳빛 거품이 생기지 않았다.

오필리아의 양심이 스스로를 꾸짖었다. **네 잘못이야, 오필리아. 더 일찍, 어제라도 보러 왔더라면. 네가 이기적인 탓이야. 네 방종함과 무분별함 때문이라고.** 다시는 그 우리에 어떤 동물도 가두지 않을 생각이긴 했지만 안으로 들어가 물구유를 확인했다. 그런데 잠깐, 양심의 목소리가 내 것이 아닌데…… 누구지? 바르토? 움베르토? 아니. 그 목소리의 주인은 더 나이가 많고 완전히 남성이라고 할 수 없었다. 여성적인 분노의 기미마저 있었다. 오필리아는 너무 피곤해서 그런 고민을 할 수가 없었다. 그 목소리가 며칠 동안 들리지 않다가 다시 돌아왔다는 것만 알아차렸다.

그날 저녁 서늘한 어스름 속에서 그는 부엌 문가에 앉아 코를 쿵쿵대며 정원에서 나는 건강한 냄새를 들이마셨다. 새 목소리가 만족스러운 듯, 수채에서 흐르는 물소리와 흡사한 음조로 속살거렸다. 오래된 목소리는 잠든 고양이처럼 조용했다. 새 목소리가 혼잣말을 했다. **자유로워, 자유로워, 자유로워……. 조용해……. 기뻐, 자유로워, 자유로워.**

오필리아는 꿈을 꾸었다. 그는 어깨에 주름 장식이 들어간 노란 원피스를 입고 노란 양말을 신고 있었다. 머리에는 나비 리본을 두 개 달았다. 책가방은 격자무늬……. 처음으로 학교에 간 날이었다. 그 원피스와 리본을 만드느라 어머니는 한동안 밤늦게까지 깨어 있었다. 오필리아는 들뜨고 흥분했다. 작년에는 파울로가 학교에 들어갔고 이제 그의 차례였다.

교실은 아이들과 수증기의 냄새가 났다. 학생들로 북적이는 학교의 지하층이었다. 정오쯤 되자 원피스의 주름 장식이 축 처졌지만 오필리아는 신경 쓰지 않았다. 그곳에는 컴퓨터가, 진짜 컴퓨터가 있는 데다 아이들이 만져도 되는 컴퓨터였다. 예전에 파울로한테서 그렇다고 들었지만 믿지 않았었다. 이제 오필리아는 컴퓨터 앞에 서서 터치패드에 손가락을 펼치고 화면 속의 여러 색깔을 보며 웃음을 터뜨리고 있었다. 선생은 색색의 사각형을 순서대로 누르라고 했지만, 오필리아는 이미 사각형들을 옮기고 합칠 수 있다고 알아낸 뒤였다. 그의 화면은 온갖 색으로 뒤덮였다.

물론 버릇없는 행동이었다. 선생의 지시와 다르게 행동했으니까. 잘못된 행동이었다. 지금의 오필리아는 그것을 알았다. 하지만 꿈에서는 그 색깔들이 소용돌이치며 화면 밖으로 나와 교실을 물들여 그날에 대한 기억을 실제보다도 생생하게 만들었다. 다른 학생들의 화면에는 사각형이 하나씩 차례대로 나왔다. 단정하고 예측 가능한 빨간색·노란색·파란색 사각형이. 오필리아의 화면은…… 엉망진창이다, 선생은 그렇게 말했지만 오필리아의 귀에는 벌써 다른 아이들이 큰 소리로 항의하는 소리가 들렸다. 오필리아만 보고 있는 것을 자기들도 보고 싶다고. 화려함, 찬란

함, 그들에게 금지된 모든 것을.

　오필리아는 흘러내린 눈물에 두 뺨이 축축하게 젖은 채 잠에서 깼고 눈을 깜박여 고여 있던 눈물을 마저 흘려보냈다. 창문 밖으로 새빨간 무언가가 흔들거리며 보였다 사라졌다 했다. 산들바람에 흔들리는 낯덩굴의 나팔 모양 꽃이었다 — 저쪽 벽의 낯덩굴이 밤새 1피트나 자랐나 보았다. 바르토는 집 외벽에 덩굴을 기르지 말라고 얼마나 고집을 부렸던가. 그는 그대로 누운 채 뼛속부터 우러나오는 깊은 행복감을 음미하며 햇빛 속에서 춤추는 꽃들을 바라봤다.

4

사내 회람: 심스 뱅코프 대리인 가이 올라니 발신(아광속 선박 '디앙 지' 승선 중), 콜로니 운영부장 수신

"지침에 따라 콜로니 3245.12를 규정대로 소개疏開시켰습니다. 첨부 A는 인력 명부, B는 비경제적인 수리비용 때문에 버리고 온 장비내역, C는 표준 테라포밍 생화학물질이 자생생물을 억제한다는 증거입니다. 이것이 부적절한 증식률을 비롯한 콜로니 실패의 원인일 수 있습니다. 재이주 시도에 앞서 현지 생물체가 테라포밍 과정에 미치는 영향에 관한 연구가 필요합니다. 이에 대해 정식기록을 남기지 않는다면, 차기 사업권자가 우리 측에 클레임을 제기할 가능성이 있습니다."

사내 회람: 젠익스플로레이션 부사장 무시 샤르 발신, 프로젝트 매니저 기예르모 안사드 수신

"안사드 씨의 정보원이 얼마나 신뢰할 만한 인물인지에는 관심 없소. 그 이야기는 우리를 불안하게 만들기 위해 그들이 꾸며낸 것이오. 알다시피 심스 뱅코프 사가 적절한 물적·인적 지원을 하지 않았고 열대 폭풍이 지나가는 범람원에 사람들을 정착시켰소. 소와 양이 아직 살아 있다면 테라포밍은 실패한 것이 아니오. 일정을 고수하도록."

오필리아는 시간감각을 잃은 탓에 오늘이 무슨 요일인지도 확신할 수 없었다. 혼자 남은 첫 며칠—나흘? 닷새?—은 몹시 바쁘게 지냈다. 그러다 냉장고를 모두 정리하고 전원에서 분리한 뒤 건물마다 돌아다니며 화재 위험이 없는지 확인했다. 그리고 편하게 느껴지는 일과가 굳어진 뒤에는 기쁨에 젖어 몽롱한 상태로 며칠을 보냈다.

그는 하고 싶은 일을 하면서 하루하루 보내고 있었다. 방해도 없고 성난 목소리도 없었다. 그것은 그만두고 이것을 하라고 요구하는 사람도 없었다. 토마토는 나날이 커져서, 자그마한 초록 단추 같던 것이 튼실한 초록 구체로 변했다. 콩은 쪼글쪼글하게 마른 꽃을 밀치고 나와 통통한 녹색 끈으로 길어졌다. 화려한 꽃 아래에 열린 어린 호박이 풍선처럼 불룩해졌다. 오필리아는 아침마다 정원에서 일했다. 즙을 빠는 것들과 잎을 갉는 것들을 떼어내고 점액대벌레를 똑 하고 부러뜨렸다. 거의 무의식적으로 수행하는 익숙한 일이었다.

오후 시간은 기계류, 폐기물 재순환기, 발전소, 각종 펌프와 필터를 점검하며 보냈다. 이런 일을 담당한 건 아주 오래전이었지만 어렵지 않게 방법을 기억해냈다. 아직까지 모든 게이지와 판독값이 그린 존에 있었다. 전력공급은 안정적이었고 수전에서 누렇거나 탁한 물이 나온 적도 없었다. 일일 점검이 끝나면 이 건물 저 건물에서 필요한 물품을 계속 수집했으며, 대부분은 센터 재봉실에 보관했다. 재봉실에 있으면 편안한 기분이 들었다. 가끔은 재봉실에서 오후 늦게까지 졸다가 해가 숲 뒤로 넘어가고 나서야 일어나 허둥지둥 동물들을 보러 갔다.

　조금은 성가셨다. 오필리아는 소와 양이 자식 같은 존재가 되어 그의 돌봄을 바라게 되기를 원하지 않았다. 하지만 앞으로 그 동물들이 필요해질 것 같았다. 센터의 대형 냉동고 속에 있는 것 이상으로 고기가 필요할 테고 실로 잣을 양모가 필요해질 터였다. 세척과 소모梳毛 작업은 달갑지 않았지만, 지금 양들은 털을 깎인 후라 내년 봄까지는 걱정하지 않아도 될 것이다.

　그래도 하루도 빠짐없이 소 떼와 양 떼가 어디 있는지 확인했다. 둘 다 목초지를 벗어나지 않았다. 소도 양도 토착식물을 먹지 못했다. 오필리아를 다시 본 양들은 며칠간 전전긍긍했다. 컴퍼니 대리인들이 양고기 축제를 벌일 때 요란하고 어설프게 사냥한 것 같았다. 그러나 이제 양 떼는 예전처럼 그를 맹목적으로 신뢰했다. 그에게 익숙해지기도 했고 양치기들이 사라졌기 때문이기도 했다. 처음에 양들보다 더 서먹서먹하게 굴던 소들은 이제 강가의 초원을 가로질러 오는 그를 경계하는 눈빛으로 지켜보며 귀를 쫑긋쫑긋 펴면서도 도망가지는 않았다.

　오필리아는 컴퍼니 대리인들의 만행이 떠오를 때마다 화가 났다. 신선한 고기가 먹고 싶으면 공용 냉동고에서 꺼내 먹었으면 될 일이다. 양들을 공포에 떨게 하고, 엉망으로 잔해를 남겨 그가 치우게 만들 필요는 없었다. 그가 뒷정리를 하게 될 줄 몰랐다 하더라도 그런 난장판을 남기고 가서는 안 된다.

　저녁에는 피곤해서 잠이 올 때까지 다른 것을 만들고 남은 자투리 천으로 그가 입을 편한 옷을 만들었다. 보는 사람이 없으니 오랜 세월 입어온 것보다 밝은색의 옷감에 자꾸 손이 갔다. 낮덩굴 꽃의 붉은색, 어릴 때 입은 원피스의 노란색, 어린 토마토 이파리의 맹렬한 녹색, 부푸는 토마토 열매의 진줏빛 광택이 도는 시원한 녹색. 바르토의 바지를 잘라 만든 반바지는 재순환기에 넣었다. 밑단을 프린지로 장식한 새 반바지를 만들었기 때문이다.

토마토의 색이 변하기 시작하자 오필리아는 시간의 흐름을 인식하고 깜짝 놀랐다. 얼마나 지났지? 되짚어 세어보려 했지만 처음 며칠 말고는 기억을 자극할 만한 일이 없었다. 기계가 알려줄 거다, 그는 처음에 크게 당황했다가 곧 그렇게 깨달았다. 기계에는 삭제 불가능한 캘린더 기능이 있었다. 그리고 원한다면 로그에 뭔가 써 넣을 수도 있다.

사실 쓰고 싶은 생각은 별로 없었다. 작물을 심는 시기는 알아내야 했지만 이곳의 기후에서 어떤 식물들은 1년 내내 자랐고, 그 시기 역시 기계로 알아낼 수 있었다. 설사 로그에 기록한다 한들 읽을 사람도 없을 거고, 그도 자기가 쓴 글은 읽고 싶지 않을 것 같았다.

오필리아는 결국 로그 파일을 열어봤다. 혼자 남은 지 32일이 지나 있었다. 이렇게 오래됐을 리가. 그는 의심스럽다는 듯 화면을 가볍게 두드렸다. 숫자는 바뀌지 않았다. 확실히 하기 위해 손가락을 꼽아가며 마지막 정규 로그 리포트까지 되돌아갔다. 그랬다. 마지막 기록은 32일 전으로, 내용은 간결했다. 수송을 위해 큐브에 로그 카피. 콜로니 버림. 생존인력 소개. 거기서 또 30일 전으로, 컴퍼니 대리인들이 오기 전의 기록으로 돌아갔다. 오필리아는 지금껏 로그를 쓰기는커녕 읽는 데에도 시간을 낭비한 적이 없었지만, 막상 읽다 보니 빠져드는 느낌이 들었다. 누군가는 매일 네 번씩 기계를 점검하고 게이지값을 모두 입력하는 귀찮은 일을 해냈고 누군가는 강의 수위와 기온, 강우량, 풍속을 확인했다. 동물들에 대한 간단한 언급도 있었다 ― 오늘 또 죽은 송아지가 태어남. ― 식물에 대해서도 ― 이번 시즌은 옥수수가 푸른곰팡이병에 걸리지 않음.

하지만 빠진 내용이 아주 많았다. 스크롤을 계속 내리면서 그가 기억하는 사건들을 찾아봤다. 출생과 사망, 전출, 심각한 질병, 트라우마……. 그러나 그런 단어들 너머에 존재하는 것에 대해서는 아무 언급도 없었다. 가령 C. 헤로디스, K. 보타네에서 R. 스테파노스네로 전출을 보면 누군가 짐을 싸서 앞집으로 이사한 것처럼 읽힌다. 오필리아는 카라Cara가 보타의 집을 나가기 전 수년간 이어진 싸움을 기억하고 있었다. 아이가 계속 사산되자 코스탄Kostan은 카라가 사술을 썼다고 비난했고, 카라는 코스탄이 그의 씨를 "창녀 린다"한테 빼돌렸다고 비난했다……. 그 후 린다가 카라에게 복수하는 과정에서 콜로니에 마지막 남은 닭들이 희생되었다. 코스탄이 쫓아낸 카라를 집에 들이겠다고 나선 남자는 레이날도Reynaldo뿐이었고……. 그로부터 반년 후 카라는 죽었는데, 어째서 사람이 앞으로 넘어졌는데 **뒤통수를** 돌에 세게 부딪혀 죽을 수 있는지 제대로 알아내려 한 이가 아무도 없었다.

말도 안 돼, 숫자와 날짜 말고는 아무것도 알려주지 않는 로그라니. 오필리아는 망설였다. 그것이 공식 로그임을, 훈련된 담당자들만 입력할 수 있음을 모르는 콜로니 사람은 없었다. 내가 쓴 것은 아무도 보지 않겠지만……, 하지만 쓰는 것이 **옳은** 일일지 몰라. 그러는 게 옳은 것 같아.

오필리아는 제어반을 쳐다봤다. 기계가 전임자들과 다른 조작을 받아들이지 않을 수도 있었다. 하지만 그는 올바른 조합을 찾아냈다. 하루치 내용만 입력할 수 있게 디스플레이가 바뀌었다. 화살표가 가리키는 곳에 기입할 수 있는 공간이 있었다.

그날 거의 온종일 오필리아는 카라와 코스탄의 이야기를 쓰고 싶은 대로 썼다. 오필리아는 유능한 이야기꾼이었다. 그런 이야기가 갖춰야 하는 형식을 알았다. 그러나 손을 써서 이야기를 입력하고 화면에 뜨는 이야기를 읽는 것은 훨씬 어려운 일이었다. 설명을 위해 계속 앞으로 돌아가야 했다. 코스탄의 모친은 카라를 처음부터 끝까지 싫어했다. 부친은 카라를 좋아했다. 코스탄의 형제는 린다와 모종의 관계가 있었다. 모든 것이 연결되어 있었기에 그 모두가 이야기에 포함돼야 했다. 말로 이야기할 때는 한쪽 눈을 찡긋하거나 고개를 갸웃하거나 어조를 바꾸어 전달할 수 있는 것들이 글로 써놓으니 어색하게, 심지어 신빙성이 없어 보였다.

작업을 끝냈을 때는 이미 어두워져 있었다. 오필리아는 이 행성에서 혼자 별 의식도 없이 32일을 지냈으며, 오늘은 유지·보수 작업을 하나도 하지 못했다. 허리가 쑤셨고, 고관절이 너무 아파 한참을 낑낑대고 나서야 자리에서 일어설 수 있었다. 온종일 책상 앞에 앉아서 일하는 사람들은 어떻게 그러는 걸까? 다시는 이런 실수를 하지 말아야지. 그는 훨씬 더 어둡게 느껴지는 밤길을 걸어 집으로 갔다. 고개를 드니 별들이 선명하게 보였다. 오늘 밤은 폭풍우가 오지 않을 것이다. 공기는 훈훈했고 습기가 온몸을 에워쌌다.

가다가 점액길을 밟은 오필리아는 툴툴거렸다. 발을 헛디뎌 미끄러지는 것도 싫은 데다, 닿은 부분이 간지러울 터였다. 집에 가서 샤워를 하면서 발을 박박 문질러 닦았다. 넘어질까 봐 벽에 몸을 기대고 있었다. 그런 유의 걱정을 처음 한다는 데 생각이 미쳤다. 저녁을 먹는 내내 자신이 뭔가를 애써 외면하고 있다는, 생각하지 않으려 한다는 느낌이 들었다. 접시의 음식 찌꺼기를 긁어내고 설거지를 하고 덧창을 모두 닫았다. 집 안이 덥게 느껴졌지만, 갇힌 것 같은 느낌이 필요했다.

침대에서, 어둠 속에서, 오필리아는 생각의 고삐를 풀고 자유롭게 내버려두었다. 32일. 마음 한구석에 거대한 두려움이 산처럼 자리 잡고 있었다. 그 산이 점점 다가오고 있나? 아니. 이상한 일이지만 그는 규모와 산세도 모르는 그 산을 이미 넘은 상태였다. 전에도 두려울 때 몇 번 그런 적이 있었다. 카이타노와 처음으로 사랑을 나눴을 때…… 움베르토와 결혼했을 때…… 첫아이가 안간힘을 쓰며 그의 몸 밖으로 나왔을 때……. 그 후로도 그는 매번 거대한 두려움을 직면하지 않고 외면하고 나서, 생각도 인식도 없이 지나쳐버리고 나서 알아차렸다. 지금도 똑같았다.

두려워. 오필리아는 그 한 번의 고요한 비명을, 마치 반쯤 나온 아이를 도로 빨아들이듯 목구멍 뒤로 욱여넣은 비명을 기억해냈다. 이제 그는 기억 속에서 그 두려움의 산에 대한 탐사를 마친 상태이겠지만, 탐사의 과정은 기억나지 않았다. 산은 그곳에, 시야의 끄트머리에 흐릿하고 불길하게, 영원히 불가해한 모습으로 서 있었다.

그 편이 나았다. 뭐든 곱씹지 말거라, 오필리아의 어머니는 늘 그렇게 말했다. 과거에 시간을 낭비하지 마라. 이미 지난 일, 바람에 날아간 종잇장이다. 힘든 시기를 가리켜 한 말이었다. 또한 어머니는 좋은 것들을 빠짐없이 기억하는 일의 가치를 설파했다.

오필리아는 어두운 방의 침대 위에서 몸을 대자로 뻗고 지금은 무엇이 느껴지는지에 집중했다. 왼쪽 고관절이 오른쪽보다 아팠고 어깨는 양쪽 다 뻐근했다 ─ 누가 어깨를 주물러줬으면 좋겠다고 생각했다. 하지만 여전히 두려운가? 아니, 더는. 기계들이 작동했다. 소와 양이 다 죽지도 않았고, 설사 그랬다고 해도 앞으로 수년 동안 양껏 먹을 음식이 차고 넘칠 터였다. 외롭지도 않았다. 많은 사람들이 말하는 그런 외로움은 없었다. 오필리아는 남들의 요구에서 벗어난 자유가 아직도 싫증이 나지 않았다. 그럼에도 다음 날 아침 정원에서 그는 뺨 위로 흐르는 눈물을 느꼈다. 어째서? 모른다. 정원 자체는 위안이 되었다. 토마토는 나날이 익어가고 있었다. 오후에 하나 따 먹어봐도 괜찮을 것 같았다. 초록색 콩깍지, 늘 카이타노의 몸을 떠올리게 하는 키가 크고 향이 짙은 옥수수. 오필리아는 누가 말을 걸어주기를 바라지는 않았지만, 자신의 이야기를 들어줄 사람은 있었으면 했다……. 그러자 다시 센터의 기계가, 데이터로 가득하지만 이야기는 하나도 없는 로그가 저장된 기계가 생각났다.

모든 이야기를 빠짐없이 기록하는 건 지나치게 어려웠다. 남은 인생을 다 바쳐도 끝내지 못할 것이다. 오필리아는 여러 단서를 떠올려봤다. 에바는 두통에 시달렸다. 물병이 깨진 날은 로사라 여동생의 생일이었다. 두 번째 홍수로 가족의 마지막 배가 파괴됐을 때, 건기에조차 아무도 강의 먼 쪽으로는 가려고 하지 않았을 때 그의 기분이 어땠는지.

그런 단서들에서 시작해서 전체적인 이야기 ─ 진짜 이야기 ─ 를 채워 넣을 수 있었다. 매일 쓰지는 않았다. 쓰고 싶을 때, 떠오른 기억이 점액대벌레길을 밟았을 때보다도 간지럽게 할 때, 기억을 그의 외부로 끄집어내어 그것에 끝이 있음을 확인해야 할 때 썼다. 그렇지 않을 때는 공식적인 내용만 입력했다. 기계의 게이지값, 기온, 강우량, 작물수확 등등.

문 앞 계단에 앉아 잘 익은 토마토를 하나 더 먹었다. 올해는 먹을 수 있는 양보다 훨씬 많이 수확하게 될 것이다. 발등에 내리쬐는 정오의 햇볕이 뜨거웠다. 오필리아는 발을 그늘로 옮기는 대신 앞뒤로 움직여 햇볕이 발가락과 발등을 덮는 뜨거운 신발처럼 느껴지는 위치에 두었다. 발은 전보다 갈색에 가까워졌다. 집 밖에서 보내는 시간이 늘었기 때문이다. 팔다리도 마찬가지였다. 그는 한 손을 햇볕으로 내밀고 손수 낮덩굴삭을 엮어 만든 팔찌를 감상했다. 팔찌에서 작은 캐스터네츠 같은 소리가 났다. 무엇인가 그의 등을 찔렀고 곧 그 부위가 간지럽기 시작했다. 그는 잔가지와 조각 천을 사용해 직접 만든 파리채로 등을 긁었다.

요즘은 편안한 시기지, 오필리아는 알고 있었다. 반년 후에는 이렇게 편할 수 없을 것이다. 하지만 믿기지 않았다. 계속 이렇게 편할 것만 같았다, 기계들 덕분에. 그는 날마다 기계들을 점검했고 기계들은 날마다 돌아갔으며 게이지는 모두 녹색이었다. 보필할 인간이 하나뿐이니 기계들도 분명 훨씬 편할 것이다.

먼 동쪽에서 구름 봉우리가 솟아올라 눈이 부셔서 쳐다볼 수 없는 작은 탑들을 이루었지만 아래쪽은 지저분하고 얼룩진 것처럼 보였다. 바다폭풍이다, 여름의 큰 폭풍. 수일간 비가 내릴지 모른다. 바다폭풍이 콜로니 전체를 피해가는 해도 있지만, 두세 번이나 콜로니를 덮쳐 농사를 다 망치는 해도 있었다. 평소에는 오후의 열기 속에서 낮잠을 잤을 테지만 그는 한숨을 쉬며 억지로 몸을 일으켜 바구니를 들고 일어섰다. 오늘은 익은 것들을 모두 수확하고 폭풍이 도착하기 전에 기계 점검도 한 번 더 해야 할 것이다.

그날 오후 간간이 불어온 돌풍에 정원식물의 잎들이 희멀건 밑면을 내보이며 뒤집혔다. 오필리아는 쉬지 않고 집들을 돌며 문과 덧창이 닫혀 있는지, 빗장이 질러져 있는지, 공구창고가 제대로 잠겨 있는지 확인했다. 높이 뜬 막 같은 구름이 하늘을 가로지르면서 따뜻한 노란색 햇빛이 희끄무레하게 바뀌었다. 공기가 텁텁해지자 그는 호흡이 가빠지는 느낌이 들었다. 숨이 턱턱 막히는 와중에도 가끔씩 오한이 났다. 집 안은 익은 토마토·콩·피망·호박·호리병박·멜론이 담긴 바구니로 가득 찼다. 과채의 진한 향이 바닥에 쌓이다 못해 공중에 떠다녔다. 첫 비가 후두두 떨어질 때 그는 열매 따기를 멈추고 센터로 갔다.

기압계는 예상대로 압력강하를 알렸고 기상경보가 울렸다. 오필리아는 경보를 끄고 위성 디스플레이를 띄웠다. 그것이 아직 가능할 줄 몰랐다. 컴퍼니가 기상위성을 그대로 띄워둔 채 갔을 줄이야. 화면을 보니 나선형 구름이 아직 앞바다에 있었다. 구름의 끄트머리만 육지를 약간 덮고 있었다. 화면 가장자리에 뜬 숫자들이 무엇인지 궁금했다. 어쨌든 큰 폭풍이 곧 들이닥칠 것임은 알 수 있었다. 소와 양을 마을로 데려와야 해, 가능하다면……. 이런 폭풍우가 오면 강이 범람하고, 그러면 소들이 강물에 떠내려갈 수도 있어.

센터 현관문으로 돌아갔을 때는 비바람이 거리를 세차게 쓸고 있었다. 밖을 내다보는 얼굴에 고운 물보라가 달라붙었다. 거의 밤 같았다. 건물들의 형체가 보일 듯 말 듯했다. 어둠과 비를 헤치며 소들에게 갈 생각은 없었다. 멍청한 동물이지만 고지대로 이동할 정도의 지각은 있어야 할 텐데. 스콜이 지나가면 집으로 가야지.

스콜과 스콜 사이의 무거운 공기가 그를 휘감았다. 원치 않는 애인처럼 축축하고 성가셨다. 물웅덩이를 첨벙첨벙 밟으며 가고 있는데 멀리서 이상한 소리들이 들렸다. 숲까지 당도한 바람이 휘몰아치는 소리인가? 끽끽거리고 끙끙대는 소리를 내는 건 바람에 휜 나무들인가, 동물들인가? 집에 도착해 들어가자 축축하고 후텁지근한 공기에 채소와 과일 냄새가 진동했다. 그는 손전등을 들고 집 안을 돌아다니며 덧창을 확인하고, 폭풍이 오면 쓰는 묵직한 판자로 빗장을 질렀다. 다음은 부엌문, 바깥쪽의 비늘살문과 안쪽의 살 없는 문 차례. 길 쪽의 문으로 들어와 비늘살문을 닫고 걸쇠를 단단히 걸었다. 안문은 거기로 바람이 들어올 때까지 열어두기로 했다.

플랫브레드를 더 만들고 곁들일 양파와 다른 채소를 볶아 평화롭게 저녁을 먹고 나니 다음 스콜이 당도했다. 함께 온 거센 바람에 부엌문의 틈새로 살바람이 들어왔다. 어디 한번 해봐, 그는 폭풍에게 속으로 말했다. 움베르토와 함께 튼튼하게 지어 꾸준히 관리한 집이었다. 이보다 심한 바람도 견뎌낸 집이었다.

그는 그 스콜이 그치기 전에 침대로 가서 잠이 들었고, 스콜에 스콜이 숨 가쁘게 이어지는 내내 거의 깨지 않고 잤다. 아침이 되었지만 이중 덧창으로 빛이 들지 않았다. 밖을 내다보지 않아도 본격적인 폭풍이 마을을 짓누르고 있다는 걸 알 수 있었다. 건물 사이를 휘돌며 울부짖는 바람소리가 들렸다. 엄청난 기세로 모든 틈새를 파고드는 살바람을 느꼈다. 전등을 켰다. 전기가 끊기지 않아 다행이었다. 폭풍이 온다고 꼭 끊기지는 않았지만, 다른 세계에서 보낸 어린 시절의 기억에 의하면 폭풍으로 발전소에 이상이 생긴 때가 종종 있었다.

밖에서 저리도 바람이 불고 실내로 들어온 살바람이 발을 간질이는 와중에 덥고 갑갑하니 기분이 이상했다. 남의 정원에서 따 온 골드멜론으로 억지로 아침식사를 했다. 먹고 나니 멜론 냄새에 물려버렸지만 그 지겨운 냄새는 계속 집 안에 떠다녔다. 순풍 방향의 창문은 열어도 되겠지. 그는 침실로 돌아가 안쪽 덧창을 열었다. 뒤따라온 멜론 냄새가 그를 지나쳐 창밖으로 나갔다. 그는 침실의 모퉁이로 가다가 펄쩍 뛰었다. 바로 옆에서 번갯불이 번쩍했기 때문이다. 비늘살로 들어온 흰빛이 바닥에 내리꽂혔다. 이어 천둥이 쳤는데, 누가 그의 머리를 삽으로 때리는 소리처럼 들렸다.

차라리 진한 멜론 냄새를 맡고 말지. 오필리아는 숨을 고른 뒤 안쪽 덧창을 닫고 침대에 누웠다. 완전히 안전하다고 느껴지지 않았다. 마지못해 일어나 침대에서 이불과 베개를 끌어내렸다. 옷장은 갑갑하지만 번개로부터 안전할 터였다. 벽장 안에 둥지를 틀 듯 웅크리고 앉았다.

갈수록 소음이 심해졌다. 바람이 살아 있는 존재처럼, 그를 찾아내 갈가리 찢기로 작정한 악령처럼 느껴지기 시작했다. 오필리아는 이불과 베개로 만든 둥지에서 몸을 웅송그리고 억지로 잠을 청했다. 늘 그랬듯 소용이 없었다. 천둥이 칠 때마다 정신이 번쩍 들며 숨이 받아졌다. 처음 듣는 소음이 나면 무엇인가 잘못되었다는 뜻이다. 뭔가가 떨어져 나와 바람에 날려 문이나 창문에 부딪히거나, 손보지 않은 뭔가가 부서져서 폭풍이 그 내부로 들어가거나.

오필리아는 오랫동안 입에 담지 않았던 문구가 떠올랐다. 할머니에게 배운 뒤 혼자서 암송했던 기도문이었다. 폭풍 속에 있으니 권능과 영혼을 믿기 쉬워졌다. 움베르토와 결혼하고서부터 기도를 하지 않았다. 그는 기도를 못 하게 하지는 않았지만 사라진 과거의 유물로 취급했다. 훗날 그들이 콜로니 주민이 되려고 지원할 때 움베르토는 종교를 적는 칸에 '무교'라고 적었고 오필리아는 이의를 제기하지 않았다. 원가족과 떨어진 오필리아의 주변 사람들은 속마음이야 어떻든 미신적인 사고를 드러내지 않았고, 그를 지지하는 조직이나 기구도 없었다. 그렇게 그의 어릴 적 신앙은 점점 닳아 없어졌다.

지금 오필리아는 그 기도문을 읊조리고 있었다. 기억나지 않는 부분에서는 더듬거렸지만 어쨌거나 위안이 되었다. 비좁고 갑갑한 벽장 속에서 딱한 모양새로 졸다가 흠칫 깨기를 반복한 끝에 마침내 잠이 들었다. 잠을 깼을 때는 주위가 으스스하게 고요했다.

폭풍이 한창일 때는 절대 나가지 말 것. 그가 옛날부터 알아온, 깬 적 없는 규칙이었다. 자식들도 반드시 집 안에만 있게 했다. 그럴 때면 걸어 잠근 문들 너머 이웃들과 그들의 자식들의 경탄 섞인 외침이, 밖에 나간 이들에게 들어오라고 소리치는 목소리들이 들렸다.

낮인가, 밤인가? 폭풍의 중심인가, 가장자리인가? 오필리아는 벽장 밖을 내다봤지만 움직이는 것은 없고 평소처럼 불 켜진 방들만 보였다. 천천히, 관절통 때문에 툴툴거리며 — 폭풍 때는 평소보다 더 아팠다 — 벽장에서 기어 나와 일어섰다.

지금 폭풍의 중심에 있다면 폭풍이 다른 방향에서 다시 불어올 것이므로 침실의 덧창을 열어서는 안 된다. 차라리 길 쪽 문을……. 오필리아는 차갑고 축축한 바닥을 천천히 가로지르며 폭풍이 돌아오는 소리가 들리는지 귀를 기울였다. 멀리서 천둥이 웅얼웅얼했다. 그걸로는 아무런 예측도 할 수 없다.

그는 안문을 열었다. 안문은 바깥문 비늘살에 들이친 빗물에 흠뻑 젖어 있었다. 바닥에 떨어진 빗물이 작은 물길을 남겼다. 밖이 좀 밝아진 것이 보였다. 걸쇠를 풀고 바깥문을 밀었다. 빗물에 불은 문이 꿈쩍도 하지 않아서 오른쪽 엉덩이로 밀어봤지만 소용없었다. 결국 있는 힘껏 떠밀어 열었더니 문 앞에 작은 나무가 쓰러져 있었다.

거리는 어스레하게 밝은 빛으로 가득했다. 배수로 속의 물은 가장자리까지 차올라 흐르고 길에는 흙탕물이 줄줄 흐르고 있었다. 오필리아는 고개를 들었다. 까마득한 위쪽에 새파란 동그라미……. 그 동그라미를 둘러싼 구름 벽의 상층부를 떠오르는 해가 금빛으로 칠했다. 듣던 대로 그림 같았다. 하지만 직접 나와서 보니 다르기도 했다. 번드러운 진흙에 발을 묻고, 말해줄 사람 하나 없이.

센터로 가서 폭풍의 후반부를 지낼 수도 있었다. 거기 가면 안전하거나 여기보다는 안전할 것이다. 하지만 그는 폭풍이 오는 모습을 보고 싶었다, 얼마나 빨리 다가오는지 보고 싶었다. **위험해**. 오래된 목소리가 그가 어릴 때처럼 경고하듯 말했다. 죽을 수도 있어, 네가 후려친 미끄럼벌레나 쪼갠 점액대벌레처럼 순식간에. 다시 집으로 들어가 벽장에 숨어야 해.

그는 집과 반대 방향으로 한 발짝 걸어 나가 동쪽의 구름을 바라봤다. 조금도 이쪽으로 다가오지 않은 것 같았다. 몇 발짝 더 가서 길 위에 서니 길의 동쪽 끝까지, 그곳의 집들까지 보였다. 그의 정원 울타리가 쓰러져 토마토를 죄다 깔아뭉개고 있었다. 옥수숫대도 전부 숲 쪽으로 쓰러져 있었다. 멀리서 동물들의 울음소리가 들렸다.

구름 벽이 조금 가까이 온 듯했지만 확실하지는 않았다. 그는 폭풍이 셔틀 이착륙장에, 심지어 길 끝의 집들에 이를 때까지 기다리고 싶었다. 물론 제때 집 안으로 뛰어 들어갈 수 있을 거야. 이번에는 바람이 집 뒤쪽에서 불어올 테니까 집 자체가 바람막이가 되겠지.

동쪽으로 몇 걸음 더 가자 처음 발가벗고 다녔을 때처럼 무람없는 기분이 들었다. 곧 그는 되돌아갔다. 이런 바다폭풍을 야외에서 맞닥뜨리는 건 멍청한 짓일 거다. 구름 벽 안에서 번갯불이 번쩍거렸다. 올려다보니 드러난 하늘의 저쪽 편은 확실히 더 멀어졌고 동쪽 부분은 더 가까워져 있었다.

정말 아름다웠다. 오필리아는 전부터 이런 폭풍을 우주에서 찍은 사진을, 푸른 바다 위의 우아하고 흰 소용돌이 구름을 좋아했다. 하지만 밑에서 봤을 때 이렇게나 아름다울 줄은 전혀 몰랐다. 구름 벽의 다채로운 파란빛과 회색빛과 보랏빛, 금빛이었다가 날이 밝으면서 눈처럼 하얘진 상층부, 그 위의 짙푸른 하늘. 그는 지금의 느낌을 표현할 적당한 말이 떠오르지 않았다. 아름다움과 공포가 길항하고 있었다. 그는 발을 어루만지는 시원한 진흙 속에서 몇 걸음 앞으로 갔다가 다시 뒤로 갔다.

그때 구름 벽이 음산하게 다가왔다. 길의 끝이 아우성치는 비바람 속으로 사라졌다. 오필리아는 집으로 뛰어가 쓰러진 나무의 버르적대는 가지들을 마구 헤치며 실내로 들어갔다. 첫 돌풍이 집의 저쪽 편을 강타했다. 고요하던 금색과 흰색과 파란색의 광경이 순식간에 잿빛 비바람과 견디기 힘든 소음으로 바뀌었다.

그는 문을 잡고 살짝 연 채로 지켜봤다. 강풍에 집이 흔들거리는 것이 느껴졌지만 아직은 안전한 벽장으로 후퇴하고 싶지 않았다. 몇 시간이나 쉴 새 없이 내리는 비를, 건너편 집들을 내갈기는 비를 지켜봤다. 다리가 아파 더는 버틸 수 없게 되자 의자를 가져와서 앉았다. 낮 내내 그치지 않는 비바람……. 하지만 갈수록 기세가 꺾이면서 바람이 잦아들고 광풍과 광풍 사이의 간격도 점점 뚜렷해졌다. 해 질 무렵에는 다시 스콜이 이어졌다. 스콜과 스콜 사이에는 낮보다 느려진 바람이 꾸준하게 불었다.

비가 계속 내렸다. 쉴 새 없이 억수처럼 쏟아졌다. 그날 밤 오필리아는 침대에서 잤다. 주방의 불은 켜두었는데, 그 이유는 콕 집어 말할 수 없었다. 그냥 그편이 더 마음이 편했다. 침실은 오늘도 갑갑했다. 수확한 과채 냄새가 진동하는 데다 습기 때문에 벌써부터 곰팡내가 났다. 비 때문에 덧창은 열지 못하고 앞문을 열어 뭔가로 괴어두었다. 온갖 물이 등장하는 꿈을 꾸느라 잠을 설쳤다. 폭포와 강, 돌로 된 얼굴에서 흐르는 눈물, 지붕에서 새는 물, 터진 파이프. 그는 잠에서 깰 때마다 꿈이 진짜라고 확신했지만, 결국 자신은 안전하게 침대에 누워 있으며 몸도 방 안 공기만큼만 축축하다는 걸 깨달았다.

아침이 되자 높이 뜬 잿빛 구름에서 비가 떨어졌다. 괴로울 정도로 그침이 없었지만 거세지는 않았다. 가끔씩 스콜이 짧게 쏟아지고 낮게 뜬 먹구름들이 뒤엉키고 돌풍이 불었지만 동쪽으로는 파란 하늘이 드문드문 보였다. 열기가, 그리고 습기가 오필리아를 휘감았다. 쓰러진 나무를 밀어내고 길로 나가 비를 맞으며 온몸의 땀을 씻어 내렸다. 빗물이 그의 피보다 차다고 할 수 없을 정도로 따뜻했다. 고개를 젖혀 빗물을 삼켰다.

그날 모든 건물을 점검하지는 않았지만 심각하게 파손된 건물은 없어 보였다. 먼저 센터로 갔다. 중요한 기계들은 폭풍이 문제라도 되냐는 듯이 계속 돌아가고 있었다. 실제로 기계들에게 폭풍은 아무것도 아닐지 모른다. 기계유 냄새가 희미했고 눅눅한 곰팡내가 더 진했다. 오필리아는 송풍장치를 켰다. 재봉실들을 환기해야 했다. 최근의 큰 바다폭풍 때 바늘이 죄다 녹슬어 사람들이 일일이 닦아 녹을 벗겨내야 했던 기억이 났다. 해가 지기 직전에 냄새가 진한 수확물을 집에서 센터로 옮겼다. 오늘 밤은 멜론 냄새를 맡지 않아도 될 것이다.

그날 밤 마지막 스콜에 흔들리는 덧창의 틈새로 번개의 섬광이 들어올 때 오필리아는 침대에 누워 어째서 전혀 무섭지 않은지 의아해했다. 몸은 무거웠지만 비로 말끔하게 씻은 뒤라 새것 같기도 했다. 천둥이 우르릉거릴 때면 가슴과 배 속이 진동하는 것이 느껴졌다. 뼈가 파르르 떨리는 것 같았다. 그러자 카이타노가 생각났다.

죽어 마땅한 사악한 노파 같으니. 오래된 목소리가 꾸짖었다. 그 자신과 맨몸에 대한 발견을 꾸짖었다. 아름다워. 새 목소리가 말했다. 들리는 말은 그게 다였지만 곧 섬광 같은 환영이 차례차례 눈앞을 스쳐갔다. 검은 비, 바람, 빛을 향해 솟아오르는 키 큰 구름들.

오필리아는 이제껏 본 적 없는 성들과 별들과 산들의 꿈을 꿨다.

토마토와 옥수수는 전멸했다. 콩은 대부분 연노란색으로 변해 축 늘어져 있었다. 익사한 것이다. 호박은 정원의 가두리를 따라 부채꼴의 잎을 산만하게 치켜들고 있긴 해도 비바람의 공격에 살아남았다. 오필리아는 산더미 같은 토마토 덩굴을 통로에서 치우고 옥수숫대를 뽑아 퇴비로 버린 뒤 다른 정원들을 보러 갔다. 키가 큰 것들은 다 죽었고 키가 작고 잎이 많은 것들은 살아남았다. 과실수는 몇 그루만 빼고 모두 뿌리째 뽑혀 있었다.

동물들의 안위를 확인하려면 목초지의 진흙탕으로 들어가야 했다. 양들은 폭풍의 맹습이 시작되기 전에 초지와 숲 사이의 덤불진 변두리로 이동해 있었다. 남아 있는 흙 발자국을 따라가니 털이 흠뻑 젖은 양들이 의기소침하게 토착식물을 질겅거리고 있었다. 오필리아는 막대기로 양 떼를 몰아 초지로 돌려보내면서, 어째서 유전공학자들이 양의 멍청함을 그대로 내버려뒀는지 모르겠다고 다시금 생각했다. 왔던 길을 되돌아가 좋은 풀을 먹지 않고 소화도 안 되는 덤불을 뜯을 정도로 멍청한 동물은 당연히 개선이 필요하다고.

소들은 평소에 있는 곳보다 마을과 가까운 곳에서 풀을 뜯고 있었다. 강이 범람하기 시작했기 때문이다. 마을과 더 가까운 곳으로 몰 수 있겠지만, 그러다가 소들이 오필리아에게는 지나치게 깊은 물속으로 뛰어들지도 몰랐다. 실제로 그가 소 떼를 이동시키려고 하자 어느 작은 무리가 강물에 뛰어들었는데, 그중 두 마리는 발을 헛디뎠는지 소용돌이에 휘말려 애처롭게 울며 떠내려갔다.

오필리아는 떠내려가는 소들을 쳐다봤다. 물에 빠져 죽어도, 괴물한테 먹혀도, 풀 한 포기 없는 모래톱에 고립돼도 싼 놈들. 인간과 너무 비슷하다는 게 녀석들의 문제다. 도움의 손길을 피해 도망친다, 위험으로 돌진한다. 오필리아는 소똥 밭을 빠져나오며 다시는 저렇게 은혜도 모르는 동물들 때문에 위험을 감수하지 않겠다고 다짐했다. 그리고 잘박잘박 걸어 마을로 돌아갔다.

다음 날도 소나기가 여러 번 내렸는데, 무덥기까지 했다. 이번 폭풍에 대한 감상을 로그에 적을까 하고 생각했지만 단어들과 씨름하고 싶지 않았다. 하지만 싱숭생숭해서 다른 일이라도 하고 싶었다. 센터로 가니 재봉실의 밝은색 자투리 천이 눈길을 사로잡았다. 이주용 천상자를 굳이 장식한 사람은 아무도 없었다. 서랍마다 장식용 끈, 비즈와 수술, 제조기에서 나온 짧은 천이 가득했다. 짧은 천은 감독자의 승인을 받지 못한 것이리라.

오필리아는 마음에 드는 것을 찾지 못했다. 직조기 매뉴얼을 봤다. 그가 원하는 건 비바람과 번개, 구름과 그 위의 햇빛이었다. 시끄러움. 아름다움. 파괴. 그는 버튼을 누르고 게이지를 설정했다. 작동하기 시작한 제조기가 늘 그러듯이 끼익 소리를 내더니 주름진 은회색 섬유에 이어 쪼글쪼글한 보라색 옷감을 뱉어냈다. 오필리아는 제조기 통에서 옷감을 꺼내 작업대 위의 다른 자투리 천 옆에 놓았다. 그리고 다양한 모양과 색, 질감과 광택의 직물을 만져보며 비교했다.

해 질 무렵 그는 완성했다…… 무언가를. 오필리아는 반신반의하며 그것을 몸에 걸쳐봤다. 느낌이 괜찮았다. 이곳은 묵직하고 저곳은 가볍다. 긴 프린지 장식이 잔물결처럼 다리를 간질였다. 꿰매어 단 고리 모양과 아치 모양 쇠붙이들이 서로 부딪혀 쟁그랑거렸다. 긴 거울에 비춰보니 알고 있는 어떤 옷과도 달랐지만 그가 구상했던 모양새 그대로였다. 오필리아는 그것을 입은 채로 캄캄하고 습한 어둠을 헤치고 집으로 가 그대로 잠이 들었다.

올여름 바다폭풍은 그렇게 한 번으로 끝났다. 오필리아는 기상 화면 확인을 일과에 추가했다. 수백 킬로미터 떨어진 곳에서 상륙한 다른 두 개의 바다폭풍을 매일 추적했다. 그가 있는 곳은 평범한 늦여름의 뜨거운 날씨로, 일주일에 한두 번 오후에 폭풍우가 오는 날씨로 돌아갔다. 오필리아는 여러 정원에서 폭풍의 잔해를 치우고, 어느 곳을 올해의 겨울 정원으로 삼을지 계획했다. 따놓은 토마토는 잘라서 말리고 콩은 살짝 데쳐서 얼렸다. 호박의 일부는 센터의 시원한 곳에 보관하기로 했고 일부는 가늘고 길게 잘라서 말렸다. 피망과 양파, 마늘은 끈으로 엮어 센터의 서늘하고 통풍이 잘되는 방에 매달아놓았다.

이제 죽은 정원을 되살릴 차례였다. 오필리아는 제일 작은 경운기와 씨름하면서 진심으로 사람이 그리워졌다. 처음으로 그런 감정을 느꼈다. 그는 혼자서 밭갈이를 해본 적이 없었다. 원래는 콜로니에서 힘이 가장 센 사람이 공동체 전체의 밭갈이를 도맡는 대신 다른 일을 남들에게 시킬 수 있는 크레디트를 얻었다. 오필리아는 보관고에서 그 작은 경운기를 꺼내기는 했지만, 그것을 끌고 완만한 오르막길을 오르며 집으로 가면서 숨이 차고 땀이 났다. 벌써부터 어깨와 고관절이 아팠다.

시동을 걸자 경운기는 귀가 아플 정도로 요란한 소리를 내면서 땅 밑을 파내더니 그 안에 들어앉아버렸다. 오필리아는 윙윙 돌아가는 갈큇발을 들어 올리려고 펄쩍 뛰어 핸들에 체중을 다 실어야만 했다. 그러고 나자 이번에는 경운기를 똑바로 밀고 나갈 수가 없었다. 정원의 3분의 1이 불규칙한 홈과 구덩이로 뒤덮인 뒤 욕지기가 나서 그만두었다. 손이 얼얼하고 온몸이 아팠다. 소음에 시달린 귀가 계속 울렸다. 휴식을 취한 뒤 경운기를 다시 끌고 길로 나갔다. 경운기를 밖에 둬서 녹슬게 만들 생각은 없었다. 그 정도의 공정함은 있었다. 하지만 만약 그런 기계류의 설계자를 만날 수 있다면 실컷 이렇게 퍼부었을 것이다. 어째서 몸집이 작은 사람들이 쓸 수 있는 기계를 만들지 않는가? 조용한 기계는? 다음 날 그는 공구창고에서 갈퀴와 삽을 꺼내 손수 땅을 갈아엎기 시작했다. 콜로니의 정원들을 애써 다 갈지는 않을 터였다. 혼자 사는데 밭이 그렇게 많이 필요하지도 않으니까. 그런 다음 정원 수레를 끌고 목초지로 가서 동물들의 똥을 주웠다. 넉넉하게 가져와서 흙과 섞어 식물에게 필요한 토양 박테리아와 균류를 첨가했다.

겨울 작물은 뿌리채소와 덩이줄기 작물의 비중이 늘어났다. 양파는 다시 심는 것이고 당근과 무, 비트, 감자, 참마, 리크는 새로 추가되었다. 뜨거운 여름 해를 견디지 못하는 엽채류와 열기를 싫어하는 콩류도. 콜로니의 모든 보유 종자를 선택지로 두게 된 오필리아는 좋아하는 것들 위주로 심었다. 티나콩, 바크상추, 길고 하얀 스노드롭무, 노랑감자, 카르도니아파스닙. 보유 종자의 신선도 유지를 위해 다른 것들도 조금씩 심었다.

작물 심기가 끝난 뒤에는 대부분의 시간을 센터의 로그를 읽고 수정하며 보냈다. 몰리 수페르트의 사망 기록을 보고 거의 잊었던 그를 다시 떠올렸다. 불쌍한 몰리. 몰리는 콜로니 개척민이 아니라 파견된 특수기술자로, 5년 동안 혼자서 진료소를 운영하며 콜로니 주민 가운데 후임자들을 양성했다. 5년 뒤 콜로니를 떠날 예정이었지만, 배가 왔을 때 몰리는 죽어 있었다.

오필리아는 몰리가 어느 세계에서 왔는지 지금도 몰랐지만, 다들 낯선 곳일 거라고 짐작했다. 피부는 뼈처럼 하얗고 눈동자는 황록색이며 머리카락은 곱슬곱슬한 주황색인 몰리 같은 이들이 사는 곳이라면. 게다가 그 사고방식. 몰리는 여자들이 너무 어린 나이에 결혼하지 않아도 된다고, 아이들을 때려서 말을 듣게 만들지 않아도 된다고 주장했다. 몰리가 예방접종과 임신 테스트, 산파들에게 진단 기계 사용법을 가르치는 일에만 신경 썼다면 목에 칼이 박힌 채 센터 뒤에서 발견되는 일은 없었을 것이다.

몰리가 강가의 소 떼를 쫓다가 사신의 낫을 맞은 것처럼 꾸미기 위해 상당한 작업이 이루어졌고, 오필리아는 컴퍼니가 정말로 그 날조를 믿는 것인지 의아했었다. 오필리아는 몰리를 좋아하는 편이었지만 연하의 다른 여자들처럼 몰리에게 속마음을 털어놓을 정도로 어리석지는 않았다. 몰리의 주장들은 참으로 듣기 좋았지만 이 세계는 과거나 지금이나 변하지 않았다. 아이들은 물론이고 누구든 때리는 세계였다.

오필리아는 몰리에 관한 기억을 로그에 추가했다. 누가 몰리를 죽였는지 지금도 확신할 수 없었고 확신 없이 누군가를 지목할 생각은 없었다. 그러나 몰리의 곱슬곱슬한 머리카락을 비추던 햇빛에 대해, 머리 주변으로 후광이 빛나며 성자처럼 보이던 모습에 대해 썼다. 몰리는 진짜 성자는 아니었다. 두 개의 언어로 찰지게 욕을 했으니까. 적어도 오필리아는 그렇게 생각했다. 그 내용이 무엇이었던 간에 몰리가 뱉듯이 말하던 모어의 어조와 박력으로 보건대. 몰리가 뭐라고 했는지는 전혀 기억나지 않았다. 제대로 이해한 적이 없었으므로.

5

사람의 목소리를 들은 지 너무 오래된 탓에 오필리아는 무슨 소리인지 곧바로 알아차리지 못했다. 멀리 숲에서 들려오는 새된 소리나 깍깍대는 소리처럼 이질적으로 들렸다. 그는 길을 걷다가 멈춰 섰다. 심장이 쿵쾅거렸다. 뭐지? 어디야?

귀가 이끄는 대로 센터로, 제어실로 갔다. 회색 상자들 가운데 하나에서 재잘대는 소리가 흘러나왔는데, 마침내 그의 뇌가 그것을 단어들로 분류했다. 오필리아는 잠시 선 채로 상자를 노려본 후에야 그것이 자신에게 하는 말이 아님을 알아차렸다. 기계가 인간 관리자에게 하는 말도 아니었다.

"경로 수정 바람, 18641……." 발화자의 억양이 낯설어서 알아듣기 위해 집중해야 했지만 그가 아는 언어였다. 남자 목소리. 명령에 익숙한 목소리임을 알 수 있었다.

"완료." 다른 목소리가 말했다. "셔틀 원 사파이어, 수정. 602, 3012 확인." 쉭쉭, 치지직. "……혹시 예전 콜로니가 보입니까?"

"적외선상에서 폭파된 신호소처럼 두드러져 보입니다." 처음 들었던 목소리가 말했다. "테라포밍 식생과 토착식생의 경계는 안정적인 것 같군요. 셔틀 이착륙장에 건물들이 좀 있고. 왜 묻습니까? 우린 그쪽으로 가지 않을 건데요."

"그냥 궁금해서요. 그 사람들은……." **쉭쉭, 치직.**

한참 들리지 않다가, "뭐, 우리는 그런 실수를 하지 않았죠." 첫 번째 목소리였다. "어쨌거나 열대지역을 고른 바보들입니다. 처음에 정착시킨 인구보다 적게 데리고 떠났다고 하더군요." 또 잠깐의 중지. 누군가 질문을 한 듯했지만 오필리아에게는 부드러운 쉬익 소리만 들렸다. "아니, 이탈자들이 아닙니다. 어찌나 많이 죽었는지. 아무것도 모르는 불쌍한 사람들이었죠. 우리 개척민들이랑은 달라요."

오필리아는 주저앉았다. 갈비뼈 위로 식은땀이 흐르는데도 거의 알아채지 못했다. 셔틀? 내려와? 아무것도 모르는 사람들? 개척민?

저들이 나를 찾아낼 것이다. 찾아내서 멀리, 다시 우주로, 극저온 탱크로 보낼 것이다……. 또는 별 차이가 없이 나쁜 경우지만, 내가 자신들과 함께 지내기를 바랄 것이다. 자기들의 일정에 맞추기를, 명령에 따르기를 바랄 것이다.

심장이 두근두근하고 소름이 오싹 끼쳤다. 그런 건 싫었다. 잡히고 갇히고 여기저기서 명령을 받고 싶지 않았다. 그는 어떡해야 할지 생각하려 애썼다. 다시 숲으로 들어갈까? 저번보다 준비물을 챙길 시간은 많을 것 같지만 숲에서 살 수는 없었다. 거기서 자라는 것은 아무것도 먹을 수 없었다.

밖으로 나가 하늘을 봤다. 물론 아무것도 없었다. 흰 구름 줄무늬가 들어간 연청색 돔 같았다. 저 위에, 궤도에 우주선이 떠 있다 해도 육안으로는 볼 수 없다. 우주선에서 내가 보일까? 보이지 않을 거다, 낮에는. 하지만 밤에는?

오필리아는 불을 켤 수 없었다. 여름밤에 일부러 불을 켜지 않고 지낸 적이 많지만 지금은 어둠에 갇힌 듯한 기분이 들었다. 도망치려면 준비할 것이 많고 그러려면 불빛이 필요했다. 그날 밤 그는 어둠 속에 앉아 별을 쳐다봤다. 불을 켜지 않아도 그들에게 내가 보일까? 적외선……은 열이다. 그는 기억해냈다. 예전에 콜로니 사람들이 갖고 있던, 어두울 때 동물들을 볼 수 있는 고글은 세월이 지나면서 모두 고장 났다. 그러니 어차피 저 위의 우주선에서는 불을 끄든 말든 내가 보일 수 있고, 폐기물 재순환기의 열 기둥은 분명히 보일 거다. 그들이 사람 없는 콜로니에서 재순환기가 혼자서 돌아가는 거라고 믿을까? 누군가 떠나기 전에 깜빡해서 자동 장치를 끄지 않았을 뿐이라고?

몇 달을 혼자서 지내다 보니 남들이 어떻게 생각할지 짐작하기 어려웠다. 만약 바르토가 저 우주선에 타고 있다면 지금 무슨 생각을 할까? 근무 교대까지 얼마나 남았나…… 내 차례는 언제 오지…… 저녁 식사는 준비됐을까?

새벽이 그를 깨웠다. 벽에 기대앉아 잠들었기에 목이 아팠다. 눈이 진득거렸다. 천천히, 아파하며 몸을 편 뒤 벽을 짚고 가까스로 일어섰다. 센터 안은 돌아다닐 수 있을 만큼은 밝았다. 오필리아는 사무실로 들어가 문제의 회색 상자를 응시했지만 이제는 목소리가 흘러나오지 않았다. 모든 것이 꿈이었나 의심스러워지기 시작할 때쯤 다시 치직거리는 소리와 목소리가 흘러나왔다.

"현지 일출." 처음 듣는 남자 목소리였다. 오필리아는 그들이 어디 있는지 궁금했다. 오필리아가 있는 곳은 한 시간 뒤 일출이었다. 여기보다 동쪽인가? 동쪽에는 바다밖에 없는데, 북쪽으로 한참 올라가지 않는 한. 오필리아는 기상 화면을 켰다. 일출선이 표시된 대륙 지도가 떴다. 그들은 그 선 위의 어딘가에 착륙한 것이다. 여기서 1천 킬로미터 넘게 떨어진 곳에.

아마 나를 영영 찾아내지 못할 거야. 너무 바쁘겠지. 이 콜로니의 40년 역사를 통틀어 아무도 근거지에서 수 킬로미터 밖으로 나간 적 없잖아. 멀리 나가볼 계획은 있었지만 이런저런 사정으로 미뤄졌지. 나는 아직 안전할지도 몰라.

"88, 2회에 걸쳐 중장비를 투하하세요."

"실행."

오필리아는 그날 온종일 수신기 앞에 웅크리고 앉아 침략의―그로서는 그렇게 생각할 수밖에 없었다―과정을 따라잡으며 반쯤 이해되는 말들을 들었다. 자신의 착륙경험을 잘 기억하고 있었기에, 그 사람들이 밟을 절차를 알 수 있었다. 최초의 셔틀은 정리되지 않은 땅에도 착륙할 수 있고, 그 셔틀에서 내린 메크봇들이 땅을 파서 셔틀 이착륙장을 만든다. 그러면 주 화물 셔틀이 착륙할 수 있고, 화물과 함께 온 건설 인력이 신속하게 임시 보관용 구조물을 설치하고 땅을 편평하게 만든다. 마지막으로 수면에서 깨어난 콜로니 주민들이 직업별로 정해진 순서대로 여객 셔틀을 타고 내려온다. 오필리아는 젊은 시절의 자신 같은 여자가 극저온 탱크에서 깨어나는 모습을 상상했다. 여자는 깨어난 아이들을 달래고 흥분한 아이들을 진정시켜 셔틀로 데려가려 애쓴다……. 오필리아 일행이 이 행성에 내렸을 때는 비가 내렸다. 바르토는 비명을 지르며 단단하고 동그란 머리로 오필리아의 가슴을 들이받았다.

하지만 그런 건 나중의 일이다. 오늘은 동북쪽의 어딘가에서 경착륙 셔틀이 메크봇들을 내리고 대형 건설 기계가 토착식물을 파내어 — 오필리아는 그곳이 숲일지 덤불일지 궁금했다 — 착륙용 활주로의 길이를 늘일 것이다.

그날 밤 오필리아는 집으로 돌아가서 잤다. 이곳의 이착륙장에 셔틀이 한 대라도 내려온다면 소리가 들릴 거라고 믿었다. 불은 하나도 켜지 않았다. 우주선이 위에서 지켜보는 걸 알면서 불을 켜는 건 멍청한 짓일 거야. 하지만 결국엔 그 배도 떠날 테고 새 콜로니의 주민들은 자기 땅에서 정신없이 바쁘게 일해야 하겠지. 그러면 난 불을 켤 수 있어. 그들은 열대지역을 선택한 것이 멍청했다고 말했으니, 이곳을 탐사하러 오지 않을 거야. 설사 온다고 해도 그때쯤이면 — 10~20년, 혹은 30~40년 뒤 — 난 안전하게 죽어 있겠지.

그들이 이 콜로니의 로그를 읽을 수는 있겠네 — 내가 추가한 내용까지. 오필리아는 그렇게 생각하며 씩 웃었다. 그는 캄캄한 방에 누워, 그들이 날짜와 이름만 가득한 공식 버전이 아닌 진실을, 진짜 사람들의 이야기를 읽는 모습을 상상했다.

"6 통과. 경로 정상." 다른 모든 셔틀과 마찬가지로, 오필리아는 그렇게 생각했다. 이미 여객 셔틀 다섯 대가 착륙한 후라 그는 전보다 덜 긴장하며 듣고 있었다. 그의 예상대로, 쓸모없는 폐콜로니에 관심을 갖는 사람은 아무도 없었다. 오필리아는 센터 밖으로 나가기까지 했다. 정원을 돌보고 식사를 만들어 먹고 편한 침대에서 잠을 잤다. 숲에 가져갈 생존용 짐을 싸려다가 그만두었다. 이제 그는 재봉실 의자에 편안하게 앉아 라디오 볼륨을 높인 채 색칠한 비즈를 꿰고 있었다.

"착륙 허가." 처음 듣는 목소리였다. 분명 특별훈련을 받은 콜로니 주민들, 제일 먼저 잠을 깨워 착륙과 동시에 작업에 투입하는 사람들 중 한 명일 터였다. 오필리아는 그 여자의 모습을 상상해봤다. 젊겠지, 당연히. 자식은 있을까? 목소리로 보건대 성실한 사람이다, 아주 진지한 태도로 자신의 일을 하는 사람. 그의 아이들은 옷차림이 늘 말끔하겠지. 오필리아는 만들고 있던 목걸이의 패턴을 본 뒤 녹색 비즈 사이에 파란색 비즈를 하나 더 넣기로 했다. 그러려면 노란색과 녹색을 하나씩 빼야 한다. 오필리아는 눈을 가늘게 뜨고 목걸이를 봤다. 그때 여자가 말했다. "문제가 생겼어요." 침착하려 애쓰지만 뜻대로 되지 않는 목소리였다. 오필리아는 고개를 들었다, 문간에 나타난 누군가가 자신에게 말하는 것이기를 반쯤 기대하면서. 아니었다. 역시 회색 상자에서 나는 소리였다. 무슨 일인지는 몰라도 이곳이 아닌 곳에서 벌어지는 일이었다.

"뭡니까?" 궤도 선회 중인 우주선에서 태평하고 지루해하는 목소리가 응답했다.

"저기 뭔가―저건―지적 생명체가 없다고 했잖아요, 하지만 저건……."

"알아들을 수 있게 말해주시죠."

"100여 개체의 아주 큰…… 갈색 동물이 있습니다. 우리한테 오고 있어요. 대형을 갖추고. 밝은색 무늬가 있고, 마치……." 오필리아로서는 알 수 없지만 위험하게 들리는 소음이, 뇌가 분석하기 전에 몸이 먼저 이해하는 소음이 들렸다. "……저것들이 **죽이려고** 해요……." 목소리에서 믿을 수 없어 하는 기색이 느껴졌다. 오필리아도 같은 심정이었다. 뭔가가— 어떤 동물들이— 사람들을 죽이려 한다고? 말도 안 돼! 폭풍우라면, 그래, 홍수와 가뭄과 열병이라면 몰라도, 동물이라니. 지난 40년간 실제로 해를 끼칠 수 있는 것이 우리 콜로니를 공격한 적은 없었는데. 이미 조사가 끝난 행성이잖아. 북쪽에 내려온 사람들이 정신이 나간 걸까.

오필리아는 목걸이를 내려놓고 제어실로 갔다. 그들이 음성과 함께 영상을 전송한다면 보일지도 몰랐다. 채널을 순차적으로 바꿔봤지만 영상은 없었다. 계속 소리만 들어야 했다.

그의 상상력으로도 확실히 알 수가 없었다. 어떤 괴동물인지 아무도 모르는 것 같았다. 다음 몇 시간 동안 하나 이상의 목소리가 그들이 크다고 말했다. 하나 이상의 목소리가 그들이 빠르다고 외쳤다. 크다니 얼마나? 얼마나 빠르다는 거야? 그들을 실제로 보고 있는 사람들과 마찬가지로 오필리아도 짐작할 수밖에 없었다. 포유동물에 가까운지, 파충류에 가까운지, 지능은 얼마나 높은지.

지능이 얼마나 높든, 그 괴동물들은 개척민들을 죽이기로 한 것 같았다. 오필리아는 스피커 앞에 웅크리고 앉아 이제는 익숙해진 온갖 소리를 들었다. 여러 목소리를 통해, 어떤 소리는 폭발음이고 어떤 소리는 기계 같은 것으로 쏜 바윗돌이 부딪치는 소리임을 알게 되었다. 사람들은 이미 죽었다. 날아오는 돌에, 폭발에 죽었다. 무기를 가진 사람들은 소수였다. 그중 몇 사람이 착륙한 셔틀 안에 숨어 있었다. 파일럿이 우주 복귀허가를 요청했다.

"돌아오기엔 짐이 너무 많습니다— 화물을 내리고……"

"……안 돼요. 짐이 나가질 않아요— 복귀할 수 있습니다……"

"곤란합니다. 일단······."

"놈들이 활주로에 구멍이라도 내면 기회가 사라져요. 당장 떠나야 해요······." 상대방은 대답하지 않았다. 파일럿의 입속말이 들렸다. "빌어먹을 멍청이들. 어서, 티그, 부스터를 준비시켜. 전부 다 필요할 거야······."

그때 폭발음이 났다. 스피커의 댐퍼로 감쇠된 먼 곳의 소리였음에도 오필리아의 귀가 아팠다. 잠시 침묵이 이어지다 우주선 쪽에서 외치는 소리가 들렸다.

"······회신하세요. ······카버, 응답해요!"

"······늦었어, 개자식들아. 그들이 셔틀과 활주로를 장악했어!" 지상의 또 다른 사람이었다. 오필리아는 가슴속이 짓눌리는 느낌이 들었다. 괴동물들이 **셔틀**을 폭파했다고? "우릴 여기서 **꺼내줘**!"

"세 시간 후 다른 셔틀이 착륙합니다." 처음 듣는, 나이와 권위가 더 느껴지는 우주선 쪽 목소리였다. "현지 일몰 후라서······ 착륙하려면 불빛이 필요합니다. 훈련된 인력을 모두 탑승시켰고······."

"세 시간 후면 우린 이미 죽은 목숨이에요!" 지상의 목소리가 말했다. "불빛이라니. 우리가 어떻게— 젠장, 뭐라도 해봐요, **당장**! 그것들이 들어오고 있어. 우린······."

오필리아는 얼굴을 축축하게 적신 액체의 맛을 봤다. 눈물이었다. 그는 그 사람들 때문에 울고 있었다. 그 가망 없고 무력한 개척민들, 극저온 탱크에서 깨어나 내려온 행성에서 미처 땅을 밟아보기도 전에 살해당한 사람들 때문에. 그들이 곧 알게 될 사실을 오필리아는 이미 알고 있었다. 우주에 안전하게 떠 있는 컴퍼니 선박은 한낱 콜로니 주민을 위해 탁한 대기로 하강하는 위험을 절대로 감수하지 않는다. 개척민 몇을 희생시키는 것이 심우주 운반선을 잃는 것보다 싸기 때문이다.

"우리는 우대지宇對地 무기가 없습니다." 우주선의 목소리가 말했다. "방어선을 구축할 것을 권고합니다……."

"뭘로?" 그 대꾸 속의 신랄함에 오필리아는 움찔했다. "이번 일을 전송으로 남기겠다. 당신은 아주 귀한 기록을 얻게 되겠지— 이곳을 조사한 인간들한테 전해, 너희는 장님에 귀머거리에 미치광이라고……."

오필리아는 그 먼 곳의 소리들이 지금 벌어지는 일을 똑똑히 알려주는 동안 숨도 제대로 쉬지 못했다. 착륙지점에서 괴동물들이 날뛰고 있었다. 대부분 알아듣기 힘든 고함과, 괴동물들이 내는 것 같은 소리가 들렸다. 마지막으로 전송된 건 무언가 쿵 쓰러지고 트랜스미터가 우두둑 찌그러지는 소리였다. 오필리아는 밖으로 나갔다. 어스름이, 여느 날과 똑같은 어스름이 내리고 있었다. 멀리서 굉음과 쾅 부딪히는 소리가 들렸다. 셔틀 한 대가 다른 경로로 급강하한 것이다.

오필리아는 다시 들으러 들어갔다. 착륙한 셔틀의 승무원이 궤도 선회선에 보고하고 있었다. "가시광선, 확인. 열 프로필에 불타는 잔해가 보입니다, 인공 광원은 전무합니다. 적외선 방출체가 엄청나게 많이— 뭔진 몰라도 수천, 수만입니다. 모든 주파수로 기록합니다. 저건— 맙소사, 저것 봐! 신, 우린 **올라가야** 해!"

그런 다음 알아들을 수 없을 만큼 빠르게 쏟아지는 궤도선 측의 질문들에 겹쳐 들려왔다. "……지적 생명체가 확실해요. 도구를 사용합니다, 아주 능숙해요. 해 뜨기 전에 저기 착륙할 방법이 없습니다. 아침에……."

"……내각에 제출할 상세보고서를 작성하십시오." 우주선 측의 차분한 음성이었다. "해가 뜨면 고고도에서 조사하세요. 더 이상의 인명 피해는 무익합니다. 컴퍼니는 이전 사업권자의 오류를 근거로 환불받을 수 있을 겁니다. 외교 탐사단의 파견 여부는 정치인들이 결정하게 두겠습니다. 우리의 문제가 아닙니다."

"……기존 콜로니의 이착륙장으로 가는 건요?"

"안 됩니다. 지적 자생종이 있는 경우 규칙이 바뀝니다. 그곳을 건드리지 않고 보고할 겁니다. 당신의 데이터가 양호할 경우 일출 후 조사도 필요 없을 거고요. 착륙지에서 직접 전송한 자료도 있으니까."

"그들이 어떻게 저런 걸— 뭔진 모르지만— 저걸 놓쳤는지 알고 싶습니다."

"우리 문제가 아닙니다."

오필리아가 전에도 들어본 적 있는 말투였다. 누구든 저 위의 안전하고 냉난방 되는 우주선의 탑승자는 다른 데서 사람들이 죽어가도 절대로 자기 일로 여기지 않는다. 오필리아의 입술이 일그러졌다. 우주선의 남자에게 자신의 생각을 말하고 싶었다. 그 순간 전송 스위치에 눈길이 닿았다. 여태 있는지 없는지 신경도 쓰지 않았던 스위치에. 하지만 금세 깨달았다. 그에게 저들의 말이 들린다면 저들에게도 그의 말이 들릴 것임을. 그가 말을 한다면.

그래서 좋을 것이 없을 터였다. 곤경에 처할 뿐이다.

하루쯤은 아무것도 변하지 않았다고 믿을 수 있었다. 위협은 사라졌고 새 콜로니도 없다. 지난 40년 동안 그를 찾아오지 않은 괴동물들이 이제 와 달라질 이유가 있을까? 예전처럼 지내면 된다. 버려진 마을에서 평화롭게 살 수 있다. 비즈를 꿰고 색칠 놀이를 하고 먹을 만큼만 정원 농사를 지으면 된다.

오필리아는 단호한 태도로 동물들 사이를 누비고 풀이 무성한 목초지의 가장자리를 걸어 다녔다. 햇빛 속에서, 화초에서 날아온 희부연한 꽃가루 속에서, 아무 일도 없었던 척할 수 있었다. 햇볕이 어깨를 따뜻하게 데우고 양들은 양 냄새를 풍기고 소들은…… 소들은 그를 향해 귀를 쫑긋거리며 까만 코를 킁킁대더니 슬금슬금 멀어져 갔다. 수소가 씩씩거리며 머리를 이리저리 흔들었다. 오필리아에게 그러는 것이 아니었다. 강 건너의 무언가를 향해 그렇게 했다.

소들이 평소보다 초조해 보이지는 않는데. 오필리아는 숨이 턱 막히고 뒷목덜미가 간지러웠지만 속으로 그렇게 말했다. 양들은 평소보다 편안해 보인다고 생각하며 양 떼에게 돌아가는데, 양들이 갑자기 고개를 홱 들고 숲속을 응시했다. 그도 따라서 봤지만 보이는 것도 들리는 것도 없었다.

양은 멍청해, 소는 호도깝스럽고. 오필리아는 숲을 가만히 쳐다보다가 정원으로 돌아갔다. 자기도 모르게 자꾸만 부엌 바로 옆의 귀퉁이 땅으로 돌아와 같은 부분에 괭이질을 했고, 한 번도 손본 적 없는 낮덩굴이 얼크러진 울타리 너머를, 목초지와 그 뒤의 덤불숲을 멍하니 바라봤다.

전부 다 꿈이었을 거다. 학창 시절에 들은 적이 있었다. 누구든 오랫동안 혼자 살면 미치지 않을 수가, 다른 사람을 보거나 목소리를 들었다고 생각하지 않을 수가 없다고. 그 말을 믿은 적은 없지만, 어쨌든 그렇게 들었다. 그러니 만약 그가 자기도 모르게 미쳐버렸다면, 전부 다 상상해낸 일일 수 있었다. 사실은 다른 배가 온 적도 없고, 그러므로 그 배에 아무 일도 일어나지 않았을 수 있다. 어째서 알지도 못하는 콜로니 주민의 참 담하기 그지없는 결말을 상상했는가. 마음속에 악한 구석이 있는 게 분명하다. 어쩌면 그래서 이곳에 혼자 남기로 결심하게 된 걸지도 모른다.

일단 그런 생각이 뿌리를 내리자 유혹적인 열매가 맺혔다. 그들의 진실을 알아낼 수 있다. 실제로 전송이 이루어졌다면 기계들에 저장되어 있을 것이다. 그걸 재생하기만 하면 된다. 아니면, 아무것도 재생하지 않고 전부 스스로 꾸며낸 거라고 생각하거나.

오필리아는 자신이 무엇을 아는지 알고 있었다. 스스로에게 진실을 말하기 위해 그 어떤 기계도 필요하지 않았다. 그는 매일 센터로 가서 게이지와 날씨를 체크하고 로그에 필요한 내용을 기록했다. 매일 기계의 저장 내역에 눈길이 갔지만 재생하지는 않았다.

결국 일은 의도치 않게 벌어졌다. 작년에 당근을 심은 날짜를 확인하려고 했는데 뭔가가 끼어들었다. 역순으로 달력으로 보려다 제어반에서 손가락이 미끄러진 결과였다.

"……뭘로?" 그의 것이 아닌, 겁에 질리고 분노한 목소리가 물었다.

그 일은 진짜였다. 실제로 있었던 일이다. 기계는 거짓말하지 않는다, 할 수도 없다. 그러므로 테이프에 녹음된 목소리의 주인은 진짜 사람, 공포와 고통을 진짜로 겪은 사람이다.

그리고 이제는 죽은 사람이다. 오필리아는 자기도 모르게 몸을 떨기 시작했다. 손과 팔에 이어 발과 다리, 마침내는 온몸이 똑같은 공포로, 똑같은 충격으로 덜덜 떨렸다. 그들은 인간이었다. 그가 알고 지낼 수도 있었을, 대화할 수도 있었을 사람들이었다. 그들이 모두 죽었다.

그는 떨리는 손으로 제어반을 더듬은 끝에 녹음기를 껐다. 침묵이 달려들었다. 그가 익숙해진 침묵, 그동안 평화롭다고 생각했던 침묵이. 목소리는 없다. 더는 아무 목소리도 없다.

천천히, 천천히, 호흡이 진정되었다. 지친 기분이 들었다. 집에 가서 자고 싶었다. 오필리아는 손을 봤다. 손마디가 불그스름하게 부어오르고 정맥이 불거지고 검버섯이 있는 손은 꽃보다 연약해 보였다. 시선이 미끄러지듯이 내려가 직접 만들어 입은, 프린지 장식이 있는 옷에서 멈췄다. 그 옷이 그의 몸보다도 품위 없어 보였다. 오필리아는 일어서서 거칠게 옷을 벗어 공처럼 구겨 바닥에 내동댕이쳤다.

"그 사람들이 죽었어!" 오필리아는 크게, 언제 마지막으로 냈는지 잘 기억나지 않는 목소리로 외쳤다. 정신이 경사지를 흐르는 물처럼 갈라졌다. 왜 화가 났는지, 왜 두려운지, 왜 더 두렵지 않은지 궁금했다. 그는 그들이 이곳에 오기를 원하지 않았지만, 왔더라도 그들을, 그 이방인들을 죽이지 않았을 터였다.

오필리아는 다시 밖으로 나갔다. 집요하리만치 여느 낮과 같은 낮이었다. 변함없이 덥고 습하고 하늘에는 꾸준한 바람에 천천히 밀려가는 구름들이 엉겨 있었다. 그 사람들이 다 죽었든 말든 무슨 상관이지? 그들은 왔다가 사라졌고, 나는 다시 혼자인데. 전부터 원했던 대로.

같지 않다.

다시는 전과 같을 수 없을 것이다.

무언가 ─ 아니, **누군가**, 정체불명의 괴동물이 ─ 이 세계에 살고 나를 죽이고 싶어 한다. 그들은 실제로 인간을 죽였다. 나는 이런 위험이 존재하는 줄도 몰랐다. 이제 다시는 모를 수가 없다, 아무리 애를 써도.

대기에서 낯선 연기의 냄새가 났다. 저 멀리 불탄 풀밭에서 연기 기둥이 둥지들을 애도하는 것처럼 피어올랐다. 풀들은 되살아나 헐벗은 땅을 숄처럼 덮겠지만, 〈종족〉은 흉터가 생긴 곳들을 언제까지고 잊지 않을 터였다. 이 냄새도 영원히 기억할 것이다.

패배다, 오른손 북 치기였다. 패배가 아니다, 승리다. 왼손 북 치기였다. 그들은 사라지고 우리가 남았으니까. 오른손이 하나둘씩 다른 곳을 향했고 마침내 왼손 북 치기에 〈종족〉의 힘이 모두 실렸다.

높은 하늘에 생긴 꼬불꼬불한 흰색 줄무늬. 괴물이 날아오면서 대기에 낸 흉터. 오른손은 수 세대 전 먼 남쪽에서 그런 줄무늬들이 목격된 적이 있다고 상기시켰다. 왼손 북 치기는 계속되고 있었다 — 승리, 승리, 안전, 피난처, 복귀.

하늘의 흉터가 바람에 흩날려 사라졌다. 괴물의 온갖 소음과 악취도 이제 대기에서 사라졌다. 〈종족〉은 불탄 땅을 휘돌며 춤을 췄다. 거대한 나선형을 이루어 바깥 방향으로 퍼져 나가면서 어린 풀을 찾아내 안쪽 방향으로 계속 전달해서 손상된 구역 전체에 다시 심었다. 그들은 계속 북을 치고 덩실거리며 춤을 췄다. 바람의 북이 응답할 때까지, 하늘의 종족이 모여들어 특유의 나선과 소용돌이를 그리며 춤을 추고 울어, 괴물의 발자국들에 차오른 달콤한 눈물이 풀밭을 비옥하게 할 때까지.

비가 내린 뒤 풀밭을 가로지르는 바람의 북을 따라 다시 움직였다. 풀밭은 천창 제작자와 북 치는 자, 〈종족〉의 최연소 무리의 호리병박들로 뒤덮여 있었다. 최연소 무리는 서로에게 질문을 해댔다. 왜 하늘에 흉터가 생겼지? 괴물들은 어째서 겉이 회색과 녹색인가? 얼굴은 왜 납작할까? 어째서 날개도 없고 발가락도…….

발가락이 없는 게 아니다, 누군가 끼어들었다. 짧은 발가락이 있지만 발가락 없는 피복에 덮여 있었다.

피복이라니, 외피가 아니라?

외피가 아니다, 피복이다.

그럴 리가…… 외피가 없다니.

살과 붙어 있지 않다, 피복이다.

그렇다면—그 하늘 괴동물도 피복인가? 활기찬 토론이 이어졌다. 사체에서 악취가 나던 그 거대한 비행자는 외피인가, 피복인가, 다른 괴동물인가, 괴물의 동맹인가. 누군가 손을 뻗어 기계들을 가리켰다. 투석꾼의 기계처럼 복잡한 기구일 뿐이다. 다른 이들이 비웃었다. 도시 괴담이다, 해안 거주자들이 연기 때문에 뇌가 흐리멍덩해졌을 때 지어낸 이야기다. 기계는 날 수 없다……. 누가 그 날개들이 펄럭일 만큼 줄을 세게 당길 수 있겠는가.

그 비행자의 날개는 펄럭거리지 않았다.

그건 우리도 봤다.

가능할지 몰라. 또 그 열정파였다. 〈종족〉은 기계에 대한 그런 열정이 존재함을 알고 있었다. 그들은 좋은 기계를 여럿 보유했고 그 열정파를 자랑스러워했다. 가능할지 몰라. 하지만 그러려면 새로운 생각이 필요해. 그들은 이제 조용히 성큼성큼 걸었다. 새로운 생각을 떠올리려 하는 이는 결코 방해해서는 안 된다. 사냥감을 추적하는 사냥꾼의 주의를 흩뜨리는 것과 같다. 잔칫상을 제 발로 걷어차는 격이다.

열정파가 무리에서 뒤처졌고, 그들은 그것이 무슨 뜻인지 알고 있었다. 가만히 앉아 있는 시간, 다른 열정파를 불러 모으는 시간. 막대기와 작은 돌들과 근력을 쓰며 노는 시간이다. 그러고 나면 새로운 기계가, 지금껏 누구도 본 적 없는 뭔가가 탄생할 터였다. 그때까지 나머지 이들은 관여하지 않았다.

만약에 괴물이 더 있다면? 열정파와 충분히 멀어졌을 때 누군가 외쳤다.

더? 어디에?

그 전설들. 하늘 흉터. 남쪽 어딘가. 다른 괴물들. 동맹의 동맹, 괴물의 동맹.

모두가 경계태세로 모여들었다. 괴물들이 더? 둥지들을 불태우고 파헤치는 것들이 더? 도둑과 도둑의 자식들이 더? 아까 재이식한 둥지들은 부화기가 여러 번 지나고 나서야 어린것들이 지낼 수 있을 터였다. 그때까지 그들은 다른 곳에 둥지를 틀어야 할 것이고, 이는 보잘것없는 구역을 두고 초원을 배회하는 다른 이들과 경쟁해야 하는 팍팍한 세월을 의미했다. 그런 고생 끝에 훌륭한 둥지체를 꿈꾸며 돌아온 그들 앞에 더 많은 괴물이 나타난다면?

젊은 무리가 비통해하는 것을 엿들은 어느 연장자 무리가 달래주었다. 오래전의 그 하늘 흉터 이후로 괴물은 한 번도 목격된 적 없다. 아마 그때는 그냥 불시 정찰이었을 거다.

아무도 찾아보지 않았으니까.

수많은 부화기가 지났다. 괴물들은 성급한데. 찾아볼 필요 없다.

아무도 찾아보지 않았다. 이런 면에서는 기계 열정파만큼이나 열성적인 어느 젊은이가 말했다. 모두가 그런 그를 알고 있었다. 그들은 서로에 대해 모든 것을 알기에.

너무 멀다. 사막. 가시나무 덤불. 그 뒤엔 너무 축축하고 나무들이 너무 크다. 도시보다도 나쁘다. 이 마지막 험담은 모두의 의욕을 꺾을 만큼 강력했다. 그 젊은이만 빼고. 그에게는 어떤 길이든 그것이 이끄는 대로 따라가는 사냥꾼만의 투지가 있었다.

악취 나는 길, 최연장자들 가운데 하나가 결국 말했다. 끝에서 기다리는 것이 아무것도 없는 길. 주린 배, 괴물은 못 먹는다.

그들은 먹어보려고 했었다. 불탄 풀밭에서 꼴사납게 토하는 결과만 낳았지만.

둥지체, 수줍음 많은 젊은이들 가운데 하나가 말했다. 그 말에 많은 이들이 궁얼거렸다. 시작은 수줍은 자들이 했어도 〈종족〉 전체가 탈선할지도 몰랐다. 그것도 새 둥지가 최우선 과제여야 할 시기에.

간다……. 왼손 북 치기가 그쪽 측면의 무리에서 무리로, 이어서 중앙까지 퍼졌다. 간다, 간다, 간다. 찾는다, 찾는다. 충분히, 하지만 지나치지 않게 잡는다.

둥지를 튼 뒤에? 그 젊은이 무리는 먹을 수 있는 괴물을 찾기 위해 메마름과 소금기와 가시에 이어 습지와 키 큰 나무들이 있는 곳을 방랑하고 싶은 생각이 별로 없었다.

지금 간다, 왼손 북 치기였다. 지금, 지금, 지금, **간다**.

젊은이 무리는 쪼개지고 또 쪼개졌다. 아까보다는 열의가 식었지만 사냥꾼답게 새 사냥감에 매료된 열정파. 부화기가 한 번만 지나면 둥지가 필요하게 될 수줍은 젊은이. 더 시끌벅적한 부류 ― 여러 연장자 무리는 이들이 떠나는 걸 보며 사뭇 흡족해했다. 그리고 재고, 삼고 끝에 괜찮은 모험이라고 판단한 연장자들. 이들은 남쪽 해안의 낚시에 대해 들은 적이 있었고, 그 옛날의 하늘 흉터를 봤다는 친척이 있었다. 그들과 함께, 지식과 기술도 어느 유목 부족의 호리병박과 자루와 주머니에 담겨 떠났다. 아무리 멀리 간다 해도, 아무리 오래 걸려도 〈종족〉은 여행을 즐겼다. 배움의 기회를, 새로움의 맛과 멋을 즐겼다.

그들은 가면서 괴물에 대해 토론했다. 세세한 것까지 빠짐없이, 보고 듣고 냄새 맡고 맛보고(웩! 그 속 뒤집히게 역겨운 맛) 추측한 모든 것을 서로에게 상기시켰다. 괴물들은 우리가 사냥하는 초식자草食者들처럼 체내 부화자인가? 그럴 수도 있다. 형태는 두 가지, 막대기가 달린 것과 구멍이 있는 것. 전부 두 개씩인데 팔과 다리의 말단만 다섯 가닥으로 나뉘어 있다. 홀수다, 다섯. 누군가는 성스럽게 여긴다, 대체로 어식자魚食者들이. 납작한 얼굴의 눈 두 개로 얼마나 잘 보려나? 발사관發射管을 조준할 만큼은 잘 본다, 다들 봤듯이. 머리 양옆의 돌기. 귀, 또는 맛보는 기관일 것 같다. 작은 괴물은 머리가 더 크다는 것 말고는 큰 괴물과 비슷하다. 작은 괴물은 소수이고 대부분 큰 괴물이었다. 큰 것들은 모두 머리 꼭대기에 거무스름한 털이, 다양한 색조의 흙색 털이 났다. 그들은 서로서로 이미 지들을 주고받았다. 그렇다. 그들 모두 괴물을 다시 보게 되면 알아볼 것이다.

지각에 관해서는 논의가 길어졌다. 괴물들은 위협을 알아차릴 정도의 지각이 있었지만, 그건 거의 모든 동물이, 가장 멍청한 것들조차 그러했다. 빠른 반응은 무의미했다. 〈종족〉은 운반자들이 모든 것에 재빨리 반응하고 심지어 훈련도 하지만, 지각이 거의 없음을 알고 있었다. 일부 운반자들은 기계, 모종의 거대한 기계였지만, 흙 나르는 기계를 만드는 것이 뭐가 어렵나? 어린애들도 만들 수 있었다.

스스로 움직였다.

그렇지 않다. 요술에 걸린 거다.

아니다. 괴물이 조종한 거다.

본 자가 있나?

그 질문에 대한 대답이 모든 의심을 가라앉혔다. 괴물 하나가 흙을(그리고 둥지들을! 더러운 도둑놈들!) 나른 기계를 조종했다. 일그러진 힘줄이나 줄을 본 자는 없지만, 안쪽 어딘가에 분명히 있었을 거다.

우리는 더 유심히 봤어야 한다.

기계 애호자들은 기계를 본다.

그들도 그럴 터였다. 다시 본론으로 돌아가 괴물에게 지각이 있는지 고민했다. 괴물들은 자기들이 둥지들을 앗아가고 있음을 알고 있었나? 어떻게 모를 수가 있나, 〈종족〉의 인장이, 둥지체가 있음을 경고하고 둥지 수호자들을 명명한 땋고 꼰 풀이 뻔히 보였는데. 눈이 보이지 않는 게 아니라면 분명히 봤을 것이다. 지각이 있다면 알았을 것이다.

툭 트인 풀밭 위로 이런저런 주장이 오갔다. 누군가 사냥감의 냄새를 맡고 북 치기로 짧게 신호할 때까지.

6

외로움이 돌처럼 무겁게 오필리아를 내리눌렀다. 억지로 정원을 돌보고 억지로 소와 양을 살피러 가면서 간신히 하루하루 버텼다. 정신을 차려보면, 하던 일을 멈추고 얼어붙어 입을 헤벌린 채 들릴 리 없는 소리에 귀 기울이고 있는 일이 다반사였다.

이해가 되지 않았다. 다른 사람들이, 아들과 며느리와 그가 거의 평생 동안 알고 지낸 이들이 떠났을 때는 이렇지 않았으면서. 그때 그는 자유롭다고 느꼈다. 그때는 텅 빈 거리와 조용한 집들이 그가 한 번도 가져보지 못한 다양한 기회를 주었다. 그때는 목소리가 들리지 않는 것이 만족스러웠고, 시간이 흐르면서 목소리에 관한 기억마저 서서히 사라지며 머릿속이 평온해졌다.

이제 오필리아는 덫에 걸린 기분이었다. 그가 기억하는 것보다 좁은 장소에 갇힌 것 같았다. 텅 빈 거리는 적들로 가득할 수 있었다. 조용한 집들에 그가 두려워하는 것들이 숨어 있을지 몰랐다. 그 낯선 이들의 목소리를 잊을 수가 없었다. 한 번도 본 적 없는 사람들의 목소리, 도와달라고 울부짖던, 두려움과 고통으로 울부짖던 목소리를. 그리고 그들은 죽었다.

　오필리아는 움베르토가 죽었을 때도 자식들이 죽었을 때도 아주 오래 울지는 않았다. 그 자신의 죽음을 생각할 때는 조금도 울지 않았다. 죽음은 죽음일 뿐 모두에게 찾아오며 어찌할 수 없는 것이기에. 그러나 지금 그는 울고 있었다. 떨리는 얼굴과 축축한 눈물, 줄줄대는 콧물과 턱까지 흘러내린 침을 느끼면서 ― 늙은이의 울음은 우아하지 못했다 ― 본 적도 없는, 보고 싶지도 않았던 사람들 때문에 울었다. 그토록 먼 길을 와서 죽은, 그가 불청객으로 여긴 사람들 때문에.

　말이 되지 않았다. 마침내 눈물이 바닥나자 그는 누더기로 얼굴을 닦고 ― 센터에서 가져온 조각 천인데, 가져온 줄도 몰랐다 ― 거리를 내다봤다. 아무것도 없었다. 어제도 그제도 _그끄저께도_ 아무것도 없었고, 내일도 모레도 글피도 아무것도 없을 터였다. 그는 무無의 중간에, 언제까지고 뒤의 영원과 앞의 영원 사이에 걸려 있는 순간에 살았다. 지금까지는 그것 때문에 괴로웠던 적이 없지만 이제는 달랐다.

　외로움은 천천히, 심각한 부상의 통증이 물러가듯 제풀에 나가떨어졌다. 두려움은 아직 남아 있었다. 무언가가 그 사람들을 모조리 죽였고, 그를 발견하면 역시 죽일 터였다. 오필리아는 남기로 마음먹었을 때 이 세계에서 혼자 죽을 각오가 되어 있었다. 하지만 늙어 죽거나 사고로 죽을 줄 알았다. 악의 때문이 아니라.

　그는 취약하고 노출되고 무력한 기분이 들었다. 창고들을 뒤지면 무기가 좀 나오겠지만 무기로는 스스로를 구할 수 없다는 걸 알고 있었다. 한순간도 빠짐없이 경계태세를 유지할 수 있는 사람은 없다. 그는 인간이기에 먹고 자고 화장실을 가야 했다. 한 사람은, 온갖 기계의 도움을 받는

다 해도, 인류라고 할 수 없었다. 그것들은 날 발견하면 아주 쉽게 죽이겠지. 오필리아는 한 치의 의심도 없이 그렇게 생각했다. 그보다 젊고 힘센 수십 명을 죽일 때처럼 순식간에 죽일 거라고.

그러나 두려움 역시 제풀에 나가떨어졌다. 그 속도는 외로움보다 느렸지만. 한 번에 며칠씩 두려움을 잊었다―그러려고 애쓴 것이 아니라 불규칙한 일과에 몰두하다 보니 그렇게 되었을 뿐이다. 그들은 아직 그를 발견하지 않았다. 아직 그를 죽이지 않았다. 오필리아는 여전히 즐길 거리가 많았고 여전히 하고 싶은 것이 많았다.

오필리아는 재봉용 작업대 밑에 떨어진 비즈를 주워 다시 꿰었다. 비즈를 더 만들어 색칠하고, 말려둔 점액대벌레의 속대와 식물의 꼬투리, 솔에 딸려 나온 암소의 긴 꼬리털 다발을 더했다…… 스스로도 무엇을 만들고 있는 것인지 확실하게 알지 못했다. 두툼한 것과 얇은 것이 이루는 패턴이, 색과 질감과 선이 마음에 들었을 뿐이다. 만들어진 것을 몸에 걸쳐보니 여기엔 뭔가―비즈 한 줄―를, 저기는 다른 뭔가를 추가해야 무게중심이 맞아 어깨에서 흘러내리지 않을 것 같았다. 거울을 봤다. 웬일인지 그동안, 낯선 사람들이 내려오기 전부터 거의 거울을 보지 않았다. 스스로의 표정을 보고 싶지 않았다. 거울에 비친 자기 모습에 소스라치고 싶지도 않았다. 하지만 지금 거울 속의 형상은 거의 인간처럼 보이지 않았다.

오필리아는 거울을 응시했다. 기분은 그대로―거의 그대로― 였다. 그의 얼굴이 그를 노려보고 있었다. 전부터 거울을 볼 때마다 마주치는 그 눈빛이다. 눈썹은 숱이 줄고 더 세었고, 센 머리는 마구 엉킨 잿빛 덤불 같았다. 하지만 오필리아 내면의 자아는, 비즈와 깃털과 양털과 소털과 꼬투리를 줄에 꿰는 데에 그토록 열중하던, 이런저런 끈을 어디서 묶어야 할지 그토록 확신하던 그 자아는 예전의 낡고 칙칙한 워크셔츠와 치마와 보닛이 아닌 다른 것을 걸친 그가 어떤 모습일지 한 번도 상상해본 적이 없었다.

품위 없어, 오래된 목소리가 말했다. 놀라워, 새 목소리가 찬동하며 말했다. 몸은 늙고 주름지고 처졌으며 80년 가까이 마모된 흔적투성이였다……. 하지만 그 위에 거미줄 같은 패턴으로 걸려 있는 것은 그가 창조한 멋진 색과 질감이었다. 아픈 고관절에 실린 체중을 옮기려고 움직이자, 마치 그가 산들바람인양 그것이 통째로 흔들렸다. 등을 가로지르는 큰 비즈가 몸의 우묵한 곳을 따라 떨어지는 느낌이 위안을 주었다. 어깨 부분의 재료로 쓴 식물 섬유들이 손이 닿지 않는 가려운 곳들을 긁어주었다.

오필리아는 한참 동안 거울을 보며 서 있다가 조심스럽게 그 옷을 벗었다. 그가 해야 하는 대부분의 일에는 편하지 않겠지만 착용감이 마음에 들었다. 자주 입게 될 것 같았다. 그는 그런 생각을 하면서, 요즘 늘 입는 숄을 여미고 입고 거울을 보며 씨익 웃었다. 로사라가 봤으면 가만있지 않았겠지. 옷 밑에 초췌한 맨살밖에 없으니. 로사라를 떠올리자 반항적인 기분이 된 그는 비즈를 칠하는 빨간색 도료 단지에 손가락을 푹 찍었다 꺼내 가슴에 선을 그었다. 검은색 도료로는 뺨과 이마와 허벅지 옆쪽에 점을 여러 개 찍었다. 파란색으로 코 밑에 가느다란 선을 그었다. 그는 키드득거리기 시작했다. 몸을 미술재료로 쓰는 게 이렇게 재미있을 줄이야. 배와 허벅지 앞쪽과 두 볼기짝에도 초록색 손자국을 찍었다. 손발에는 노란색 도료를 흩뿌렸다. 그런 다음 노란색 발자국을 내면서 거리로 나갔다. 처음으로 두렵지 않았고 아무 생각도 나지 않았다.

비가 보슬보슬 내리고 있었다. 땅에 떨어지는 양과 공중에서 맴도는 양이 비슷한 따뜻한 보슬비였다. 오필리아는 거리를 왔다 갔다 하면서 지나는 집들의 문에 노란색과 초록색 손바닥 자국을 냈다. 갑자기 모든 곳에 자국을 내고 싶어졌다. 다시 센터로 뛰어 들어가 노란 도료가 담긴 통을 늘름 집어 들고 나와 집집마다 활보하며 문에 손을 댔다. 절반쯤 지나자 놀이를 넘어서는 무엇이 되었다. 순식간에 되돌아온 두려움이 어서 끝을 내라고, 어떤 이유로든 마지막 문에 그의 인장인 손자국을 찍기 전에 중단하면, 방해를 받으면, 도료가 다 떨어지면 끔찍한 일이 생길 거라고 몰아댔다. 그는 숨이 차고 다리가 아팠지만 이 문에서 저 문으로, 이 집에서 저 집으로 뛰어다녔다. 심지어 마을의 모든 공구창고와 보관고와 재순환기까지 거친 뒤 또 센터로 들어가 그곳의 모든 문을 돌았다…….

공포가 잦아들었다. 밖에서 천둥이 낮게 으르렁거렸고 부슬대던 빗줄기가 굵어졌다. 오필리아는 예전에 폭풍을 앞두고 느꼈던 이상한 기분을, 불길한 예감과 광기, 무모한 행동을 떠올렸다. 그냥 폭풍일 뿐이야. 끝나고 나면 기분은 다시 괜찮아질 거야.

비바람이 센터의 창들을 철썩철썩 때렸다. 오필리아는 알록달록한 몸을 내려다보며 소리 내어 웃었다. 이게 무슨 꼴이람. 이대로는 침대에 누울 수 없었다. 비에 도료를 씻어낼 수 있을 터였다. 그는 밖으로 나가 따뜻한 빗물이 몸을 타고 흐르게 했다. 노란 손으로 몸의 땡땡이 무늬와 줄무늬를 문대자 발밑에 가지각색의 물웅덩이가 생겼다. 이상도 하지, 색들이 섞여서 탁한 한 가지 색이 되지 않네……. 그렇게 잠시 이상하다고 생각하는 동안 색들은 서로를 거부하며 땅에 고리와 반점을 그렸다. 그때 천둥소리가 더 가까워졌고 그는 손자국이 찍힌 문으로 허둥지둥 달려갔다. 빗물은 따뜻한지 몰라도 이제 몸이 으슬으슬했다.

실내에서 젖은 몸을 닦고 콧노래를 흥얼대기 시작했다. 버릇없는 아이였던 시절의 기억이 머릿속으로 데굴데굴 굴러들어 왔다. 진흙 파이, 엉망이 된 부엌, 색분필로 여동생의 발을 염증으로 부은 것처럼 만든 날……. 자매는 재미있다고 생각했지만 어머니는 겁에 질렸다가 불같이 화를 냈다. 그때 맞은 따귀를 떠올리면 지금도 뺨이 뜨거워지는 것 같았다. 바보, 바보, 바보…… 바보 같은 아이가 자라서 바보 같은 노파가 되었군. 하지만 재미있었다. 몸에 그림 그리기는 재미있었어. 다음에 또 해야지. 안 될 게 뭐람? 어차피 알 수 없는 이상한 동물들한테 죽을 운명이라면 닥치는 대로 재미있게 지내는 편이 낫지.

폭풍이 지나간 뒤 소들이 불안해했다. 오필리아는 눈을 가늘게 뜨고 초원과 그 너머의 강까지 보면서 그 안절부절못하는 동물들의 수를 세려고 애썼다. 열넷…… 아니, 열셋. 얼굴만 검은 붉은 소를 두 번 셌다…… 아니, 열넷, 흰 얼룩이 있는 빛바랜 검은색 소까지. 그리고 수소. 키 큰 풀들에 가려 송아지들은 보이지 않았다. 해가 났기 때문에 그는 분홍색 띠로 묶는 챙 넓은 모자를 쓰고 초록색과 노란색 비즈로 꽃무늬를 넣은 푸른색 망토를 입고 있었다. 만들었을 때만큼 좋아하지 않게 된 망토지만, 그렇기 때문에 소 떼를 찾아다니다가 흙이 묻어도 신경 쓰이지 않았다.

암소 한 마리가 뒷걸음질을 치더니 강 반대쪽으로 경중경중 뛰기 시작했다. 두 마리가 그 소를 따라가며 점점 더 빨리 뛰었다. 암소들 틈에서 송아지의 머리가 언뜻 보이는가 싶더니 그 작은 무리의 나머지 소들까지 끙끙대면서 강에서 멀찍이 달아났다. 수소가 뭔진 몰라도 무리를 겁먹게 만든 것을 상대하려 홱 돌아섰다. 오필리아의 눈에는 아무것도 보이지 않았다. 소들은 건물 쪽으로 가다가 속도를 늦추고 불안한 듯 서성거렸다. 오필리아는 송아지 우리를 지나쳐서 그나마 흙먼지가 덜 일어난 강의 상류 쪽으로 향했다. 이제 소들은 그를 지켜보며 귀를 쫑긋거렸고 수소는 강가를 떠나 무리로 돌아갔다. 오필리아는 소들을 다시 셌다. 얼굴만 까만 붉은 소, 붉은 소, 빛바랜 검은색, 흰 점 얼룩이, 그냥 얼룩이, 붉은색과 흰색, 흰 점이 있는 빛바랜 검은색……, 암소 열네 마리, 수소 한 마리, 송아지는 최소 한 마리. 멀리서 다른 소 떼의 울음소리가 들렸다. 자기들끼리 돌아다니는 젊은 수소들일 터였다.

송아지가 몇 마리인지 반드시 알아내야 했다. 그는 소들을 향해 다가갔다. 스스럼없이 곧바로 가지는 않았다. 암적색 송아지가 얼굴이 까만 암소와 함께 있었다. 좀 떨어진 곳에는 다리가 하얀 얼룩송아지가 얼룩무늬 암소 옆에 있었다. 소들이 머리를 흔들어댔다. 오필리아는 거리를 유지하며 몸통과 다리와 쫑긋거리는 귀들 사이를 보려고 애썼다. 저건가? 그래, 가운데에 파묻혀 있는 더 밝은 붉은색 송아지. 그는 혹시나 달려드는 소가 없는지 계속 쳐다보면서 마을로 돌아갔다. 얼굴만 까만 붉은 암소는 특히 성질이 고약했다.

건물들과 멀리 떨어진 곳에서 양들이 한가로이 풀을 뜯고 있었다. 볕을 쬐는 새끼 양들은 풀밭에 군데군데 떨어진 털실 뭉치 같았다. 오필리아는 양들의 작고 단단한 머리를 쓰다듬으며 양들 사이를 지나갔다. 지난 며칠간 양은 한 마리도 사라지지 않았다. 숲속의 뭔가가 새된 소리를

냈다. 한낮에 자주 들리는, 무시해도 되는 익숙한 소리였다. 양들도 귀도
쫑긋거리지 않고 흘려들었다. 어린 양 하나가 자다가 깨서 고개를 들었
다. 이어 주위를 둘러보고 귀를 흔들고 몸을 굴리더니 다리를 접었다 펴
면서 잽싸게 일어나 들릴 듯 말 듯하게 울었다. 암양 한 마리가 고개를 들
고 응답하자 어린 양은 어미에게 까불까불 뛰어가 젖을 먹기 시작했다.
몇 분 안에 나머지 새끼들도 일어나서 젖을 먹었다.

건물들이 있는 곳으로 돌아와보니 문에 찍힌 광란의 손자국들이 큰비
에도 다 씻겨 내려가지 않은 채였다. 흐릿하기는커녕 선명하게 남은 것들
도 있고 누가 봐도 비를 맞아 반쯤 지워진 게 분명한 것들도 있었다. 누가
문지른 듯한 손자국이 하나 있었다. 오필리아는 그것을 뚫어져라 쳐다봤
다 — 어떻게 이렇게 될 수 있지? 어떻게 한 번 슥 닦은 것처럼, 손으로 문
댄 것처럼……?

거센 바람에 망토가 부풀어 올랐고 오필리아는 스스로를 비웃었다.
난 그때 미쳐 날뛰고 있었고 길도 젖어 있었어. 분명 내가 그런 거야, 서
두르다가. 미끄러져서 손으로 짚은 거지……. 그는 천천히 그 손자국까지
손을 올려봤다. 젖은 땅에서 미끄러지며 짚을 수 있는 높이 같았다. 그곳
을 짚었다면 생길 법한 자국처럼 보였다. 그렇게 한 기억은 없었지만, 모
든 문들에 표식을 남겨야 한다는 절박함에 급하게 이 집 저 집 돌아다닐
때 자주 휘청하고 미끄러진 것은 기억했다.

그럼에도 오필리아는 한기를 느꼈다. 어깨에 볕을 쬐고 싶었다. 푸른색
망토를 벗어 접어서 팔에 걸고 모자도 벗어서 손으로 들었다. 해의 열기
덕분에 편안하고 차분해졌다. 괜찮아. 동물들도 괜찮고, 나는 안전해. 오
늘 오후에는 낮잠을 오래 자야지. 사실 — 그는 주위를 둘러봤다 — 그가

'내 침대'로 여기지 않는 침대에서 자본 지 한참 되었다. 풍향이 오늘 같은 날에 그의 침실은 후텁지근할 것이었다. 두 집 건너에 그가 아는 침실이 있었는데, 동향에 창문이 두 개였다. 다른 집의 문은 들어갈 때만 열었기 때문에 그곳은 아침 내내 해가 들지 않아 시원해져 있을 터였다.

그 집 문의 노란색 손자국은 빗물에 조금만 씻겨 내려간 상태였다. 오필리아는 문을 열고 집 안으로 들어갔다. 문은 열어두었다. 덧창이 닫힌 창문들로 희미한 빛이 들어왔고 곰팡내가 약간 났다. 그는 집들을 더 자주 환기시켜야겠다고 생각했다. 침실의 덧창을 열고 침대 매트리스를 만져봤다. 전혀 축축하지 않았다. 다른 게 젖어 있구나. 벽장에 남은 옷들일까. 이 집의 주인을 떠올리려 했지만 확실히 기억나지 않았다. 개척지의 이쪽 집들의 일부는 두 번의 대홍수를 거치며 사라졌다. 이재민들은 지대가 더 높은 데로 이사하겠다고 고집을 부렸고, 그들이 살던 곳에 다시 지은 집들에는 젊은 사람들이 이사했다.

이제는 상관없는 이야기지만. 오필리아는 침대에 누워 기지개를 켰다. 자기 침대의 익숙한 굴곡을 좋아했지만 가끔은 다른 매트리스에서 자는 것도 괜찮았다. 엉덩이 쪽은 높고 어깨 쪽은 낮은 감이 있었지만 피곤해서 곧 잠이 들었다. 깨어났을 때는 집 밖의 빛이 희부옜다. 해가 진 게 분명했다. 그는 자신이 꿈을 꾼 것을, 다채로운 색과 음악과 움직임이 나오는 꿈을 꿨다는 걸 알았지만 순식간에 사라진 꿈의 내용은 전혀 기억나지 않았다. 또 기지개를 켜고 천천히 일어섰다. 어김없이 코를 찌르는 퀴퀴한 냄새 때문에 코를 찡그렸다. 습기를 말리려면 불을 다 켜두고 가야 할 것 같았다.

오필리아는 덧창을 닫고 불을 모두 켠 뒤 밖으로 나가 현관문을 닫았다. 저녁 어스름 때문에 모든 색과 형태가 떠도는 것처럼, 낮의 기하학적인 형상과는 무관한 것처럼 보였다. 그는 눈을 깜박거리고 어깨를 으쓱인 뒤 자기 집으로 돌아갔다. 낮잠을 이리 달게 잤으니 오늘 밤에는 비즈 공예를 할 기운이 있을 거야. 로그도 쓸 수 있을지도……. 그는 마지막으로 뭐든 흥미로운 내용을 로그에 추가한 것이 언제였는지 헤아려보고 조금 죄책감을 느꼈다.

오늘 날짜를 보고 그는 다시 한 번 놀랐다. 다른 개척민들이 왔던…… 죽었던 날로부터 시간이 이렇게나 많이 흘렀다고? 한참 동안 뭘 써야 할지 생각하며 앉아 있었다. 그날 이후 내내 외로웠다. 무서웠다. 아직까지도 그날의 일을 떠올리고 싶지 않았다.

그들은 나와 무관한 사람들이었다. 마침내 오필리아는 그렇게 썼다. 그런데도 마음이 좋지 않다. 그들이 오는 것이 싫었기 때문에 더욱 그렇다. 그들의 가족은 그들이 홀로 죽었다고 생각한다. 누군가 여기서 애통해하고 있다는 걸 모른다.

그런 다음 그는 캘린더를 계속 스크롤하며 무언가 떠오를 때마다 짧은 일지를 써 넣었다. 허리가 아프고 고관절이 뻣뻣해졌다. 결국 컴퓨터를 끄고 일어날 수밖에 없었다. 오랫동안 꼼짝 않고 있다가 움직이면 어찌나 아픈지! 더 늙는 것은, 더 늙었다고 **느끼는** 것은 불가능한 것 같았지만, 바르토가 떠났을 때보다 확실히 몸이 더 굳었다.

재봉실에서 비즈 공예품을 보자 염증이 났다. 다시 앉았다가는 그대로 굳어서 재봉실의 일부가 될 것 같았다. 하지만 아직 잠이 오지 않았다. 오필리아는 탁자에 몸을 기대고 괜히 비즈를 이리저리 밀었다. 젊었을 때 은과 구리가 들어간 멋진 푸른색 비즈 목걸이가 있었다. 움베르토와 결혼할 때 여동생에게 주었다. 남편은 그 목걸이를 처음 봤을 때부터 싫어했다. 카이타노가 준 선물이라고 의심했기 때문이다. 사실이 그랬지만 오필리아는 끝까지 아니라고 우겼다. 이제 그는 그렇게 아름다운 색을 내는 방법을 알고 싶었다. 제조기에는 색상 설정 기능이 있지만 암청색이 칙칙하고 탁해서, 그가 기억하는 그 목걸이의 색과 전혀 달랐다.

말린 옥수수 껍질을 만져보니 바스락거렸다. 꼬아서 굵고 뻣뻣한 끈처럼 만들면 새 망토의 테두리 장식으로 쓸 수 있을 것 같았다. 염색을 해서— 순간 그는 얼어붙었다. 소스라치게 놀라 소름이 돋았다. 뭐야……? 아무것도 들리지 않았지만 두 귀가 세찬 맥박소리 외의 것을 들으려고 잔뜩 긴장했다. 천천히 고개를 돌려 주위를 둘러봤지만 아무것도 눈에 띄지 않았다. 아무것도 없다, 아무것도. 하지만—그는 경계를 늦추지 않았다. 여전히 위험을 확신했다.

그 냄새다. 낮잠 잔 집에서 나던 것과 같은 냄새. 거기서는 퀴퀴한 냄새라고 생각했지만 다시 떠올려보니 곰팡내라고 확신할 수는 없었다. 곰팡내보다 **진한** 냄새였다. 심장이 쿵쾅대기 시작했다. 옆구리에 손을 얹자 예상대로 가슴벽에서 세찬 두근거림이 느껴졌다. 침을 삼키고 싶었지만 순식간에 입이 바싹 말랐다.

"나 여기 있어." 오필리아는 바깥의 어둠에, 침묵에, 허공에 대고 말했다. 목소리가 이상하게, 수신 상태가 나쁜 방송처럼 지직거리게 들렸다. "거기 있다면 이리 나와." 누구 또는 무엇에게 말하고 있는지 짐작도 되지 않았다. 죽은 자들의 유령일까? 딱히 유령을 믿는 건 아니지만, 움베르토가 죽고 여섯 달 뒤 그를 본 적이 있었다. 그는 흰색 슈트에 파란 모자를 쓰고 다른 여자를 보면서 웃고 있었다. 오필리아가 이름을 부르자 그는 사라졌다. 하지만 유령이 냄새가 나나? 움베르토는 냄새가 나지 않았다, 유령이었을 때는. 그때 그는 미끄러지는 말끔한 무차원의 영상으로 오필리아의 시야를 스치기만 했다.

오필리아는 잠시 숨을 멈췄다가 다시 들이쉬었다. 킁킁대지는 않았다. 그래, 무슨 냄새건 간에, 다르다. 처음 맡아보는 냄새였다. 동물의 냄새에 가장 가까웠다. 숲에서 살다가 겁도 없이 마을까지 들어온 동물. 지금껏 숲속 동물이 그런 적이 한 번도 없긴 했지만.

오필리아는 대담성을 최대한 발휘해 재봉실을 나가 센터 현관문으로 갔다. 문간까지 새어 나온 재봉실의 불빛 때문에 그의 그림자가 발 앞에 길게 누웠다. 그림자 양쪽에 드문드문 빛이 닿은 곳 외에는 아무것도 보이지 않았다. 문 안쪽에, 사람들이 떠나기 전에도 거의 쓰지 않던 실외 조명용 스위치들이 있었다. 다 켰다. 전구 두 개만 불이 들어왔다. 나머지는 폭풍 때 망가진 것이 분명했다. 하지만 그는 그 비스듬한 불빛 속에서 뭔가가 움직이는 것을, 길을 따라가는 것을 봤다.

괴물. 괴동물. 외계인.

이미 인간을 여럿 죽인 흉악한 외계인.

오필리아는 거리로 나갈 수도, 센터 안으로 들어갈 수도 없었다. 조명도 끌 수 없었다. 그는 다른 쪽을 봤다. 다른 무엇이, 시커먼 형체가 더 시커먼 어둠 속에서 움직이고 있었다. 그것은 점점 가까이 왔다. 둔해 보이는 커다란 덩치, 여러 개의 다리, 빛을 받아 이글거리는 눈…….

소잖아. 문틀에 기대 축 늘어진 그의 앞에 소 몇 마리가 길가를 돌아다녔다. 송아지 한 마리도 껑충거리고 있었다. 어느 소가 꼬리를 휘둘

러 어느 집 문의 손자국을 찰싹 쳤다. 소가 그런 거였어. 그런데 그 냄새
는—그게 소 냄새였나? 확신할 수는 없었지만 소들이 있으니 길에서 뭔
가 더 고약하고 복합적인 냄새가 나긴 했다.

"이놈들." 오필리아가 큰 소리로 말했다. 소들이 깜짝 놀라 귀를 펼쳤
다. 그의 목소리와 먼 쪽으로 몸을 기울이는 것처럼 보였다. 그는 큰 소리
로 웃고 싶었다. 자기를 겁에 질리게 한 죄로 소들을 죽이고 싶었다. "아
아우우!" 그는 자기도 모르게 소리를 질렀다. 배 속에서 올라와 목구멍
을 따갑게 훑으며 터져 나오는 고함. 소들은 머리를 홱 숙이고 빙그르르
돌더니 천둥 같은 발굽소리를 내며 잽싸게 도망쳤다. "멍청한 놈들!" 오필
리아가 소들의 뒤꽁무니에 대고 외쳤다. 이어 정당한 분노를 한껏 음미하
면서 센터의 조명 스위치를 다 끄고 의기양양하게 집으로 걸어갔다. 한
번 말을 했더니 계속 말하고 싶어졌다. 다시 목에서 말소리를 느끼고, 머
릿속에서 들리는 것이 아니라 귀로 들어오는 자신의 목소리를 듣고 싶었
다. "소 때문에 겁을 먹다니 바보 같아. 밤이니까 당연히 소들이 마을로
오겠지. 갇혀 지내는 녀석들도 아니니까." 하지만 말하면서도 의문이 들
었다…… 지금껏 한 번도 주택지에서 소똥을 본 적이 없는데. 그리고 소
들이 왜 여길 온단 말이야? 먹이 때문에 정원을 들락거렸다면 소가 밟은
작물을 봤을 텐데.

갑자기 목소리가 나오지 않았다. 그렇게 많던 하고 싶은 말이 순식간
에 사라진 것처럼. 소들이 마을로 들어왔다. 소들이 왔다, 그러는 녀석들
이 아닌데 왔다. 왜냐하면…… 왜냐하면…… 왜냐하면 그럴 수밖에 없
어서. 강가에서 무언가에 겁을 먹고 도망쳤기 때문에.

하룻밤에 두 번이나 공포에 질리니 아팠다. 심장이 쿵쾅거리고 숨이

턱턱 막혀서 갈빗대가 아팠다. 오필리아는 부엌에 서서 어느 쪽으로도 움직이지 못하고 있다가 발에 쥐가 났는데, 너무 아파서 무서운 것도 잊어버렸다. 쥐가 난 발에 몸무게를 실은 채 흐느끼듯 숨을 쉬고 있었더니 마침내 경련이 풀렸다. 피곤하고 온몸이 아팠다. 외계인들이 자기를 죽일 작정이라면 자고 있을 때 그랬으면 좋겠다고 생각했다.

침대에 누웠더니 다시 발에 쥐가 났다. 힘겹게 몸을 일으켜 또 그 발로 섰다. 이러기엔 너무 늙었다고. 익숙한 분노가 오필리아를 격앙시켰다. 난 너무 늙었고 발도 너무 아프고 만사가 너무 힘들어. 그리고 그건 내 잘못이 아니야. 쥐가 풀리자 다시 침대로 들어가 이불을 머리끝까지 뒤집어썼다. 문득 길 쪽 문에 빗장을 지르지 않은 것이 떠올랐다. 한 번도 빗장을 지른 적 없는 문이지만 지금은…… 혹시 외계인들이 있다면……. 그는 한숨을 쉬고, 아직 기억난다는 게 놀라운 욕을 웅얼거리며 또다시 일어나 그 쓸모없는 문에 빗장을 지르러 갔다.

밖을 내다보지 않을 수 없었다. 캄캄한 가운데 멀리서 소들이 풀을 뜯는 소리가, 풀이 리드미컬하게 뜯기는 소리가 들렸다. 집들 사이를 돌아다니는 산들바람이 오필리아의 몸을 어루만졌다. 아무것도, 정말 아무것도 보이지 않았다. 자신의 눈에서 나오는 것임을 알고 있는 반짝거림 외에는. 그는 계속 서 있다가 몸이 으슬으슬해지자 문을 닫고 신경 써서 빗장을 지른 뒤 침대로 돌아갔다. 가던 중에 제자리에 두지 않은 무언가에 발가락을 찧었고—오늘 밤에는 다시 불을 켜고 싶지 않았다—악몽을 꿔도 할 수 없다는 심정으로 잠자리에 들었다.

악몽은커녕 좋은 꿈을 꾸었다. 내용은 기억나지 않았지만 좋은 꿈이었다는 것은 기억했다. 늦잠을 잔 것인지 정원 문으로 들어온 햇빛이 부억 바닥에 줄무늬를 그리고 있었다. 오필리아는 얼굴을 찌푸렸다. 정원문? 간밤에 어둠 속을 헤매며 앞문의 빗장은 질렀지만 정원으로 나가는 부엌문은 잊은 거야? 분명히 계속 닫혀 있었는데.

기억나지 않았다. 처음 있는 일은 아니었다. 뭔가를 닫았다고 생각했지만 나중에 보면 열려 있다거나, 열어놓았다고 생각했는데 닫혀 있거나 하는 일. 최근에 시작된 실수도 아니었다. 바르토가 떠나기 전에도 그랬다. 오필리아는 기억을 못 하는 것이 싫었다. 바보가 된 기분이 들기 때문이다. 일어나서 어젯밤에 발가락을 찧은 문제의 물건을 찾아봤다. 그거라도 잊어버리기 전에 치울 생각이었다.

그런데 앞문(빗장이 질러져 있다, 이건 제대로 했군)과 침실 문 사이에 그렇게 세게 발가락을 찧을 만한 것은 전혀 보이지 않았다. 의자는 모두 단정하게 식탁 밑으로 밀어 넣어져 있었다. 아무것도 없어……. 어두워서 엉뚱한 곳으로 가 전에 쓰던 침실의 문틀에 발가락을 찧은 걸까. 하지만 그랬다면 손바닥에 닿은 감촉으로 그 침실의 벽이라는 걸 알았을 텐데.

그는 열린 부엌문에서 침실 문까지, 이 창문에서 저 창문까지, 그리고 다시 식탁 의자들을 훑어봤다. 제자리를 벗어난 건 하나도 없었다. 밝은 아침 햇살 속에서, 정원에서 바람에 실려 들어오는 작물들의 짙은 향을 맡고 있으니 간밤의 어떤 일도 크게 어긋났다는 생각이 들지 않았다. 오필리아는 코를 킁킁거렸다. 소 냄새가 많이 났지만 낯선 냄새는 없었다. 길로 나가는 문을 열자 소똥이 디딤돌마냥 여기저기 떨어져 있었다.

정원용 수레와 가벼운 삽을 가져가 아침 내내 소똥을 주워 퇴비 구덩이에 넣었다. 초원으로 돌아간 소들은 무엇도 자기들을 괴롭힌 적 없는 것처럼 평화롭게 풀을 뜯고 있었다. 길에서 소똥을 치우는 건 풀밭에서 치우는 것보다 훨씬 쉬웠다. 그는 소들이 밤마다 마을로 오면 모든 계절과 모든 정원에 거름을 주고 폐기물 재순환기를 가득 채울 수 있겠다고 생각했다. 물론 날마다 소똥을 줍고 싶지는 않았다. 냄새가 싫으니까. 그는 퇴비 구덩이를 가득 채우고 남은 소똥을 재순환기에 넣고 샤워실로 가서 악취를 씻어냈다. 그런 다음 센터에서 소들이 밤에 거리로 온다고 로그에 썼다. 의미 없는 기록일 수도 있지만 변동사항인 건 확실하니까. 기상 디스플레이를 확인하니 큰 바다폭풍이— 올해 처음으로— 먼 바다에 있었다. 그것은 어떤 가상의 외계인보다도 위험했다. 오필리아는 그 폭풍이— 혹시나—오기 전에 해야 할 일 목록을 작성했다. 덧창과 문 고치기, 떨어져서 바람에 날릴 헐거운 것이 없도록 하기. 이번에는 폭풍이 왔을 때 센터에서 지내볼까, 그는 생각했다. 매트리스를 재봉실로 옮기면 되겠지. 예전 침실의 매트리스가 낫겠어, 집이 먼 것도 아니고.

그 매트리스도 혼자서 들기엔 너무 무거웠다. 길은 젖은 데다 소똥 찌꺼기까지 얼룩덜룩하게 묻어 있었다. 오필리아는 오물 자국을 노려봤다. 소똥 밭 위를 끌고 간 매트리스에서 잘 생각은 없었다, 며칠 뒤라고 해도. 정원용 수레에서도 소똥 냄새가 났다. 폐기물 재순환기에 딸린 창고에 한때 운반용으로 쓰인 더 크고 무거운 수레가 있었다. 그는 그 수레를 하나 가져왔다. 그것이 앞문을 통과하지 못할 것 같아 매트리스를 앞문까지 끌고 와 낑낑대며 수레에 얹은 뒤 끌고 센터로 갔다. 센터 문은 폭이 넓어 수레가 간신히 들어갔다……. 하지만 재봉실 문에서 걸렸다. 그는 수레에서 매트리스를 끌어내리고 그대로 놔두었다. 너무 지쳐서 당장은 매트리스를 재봉실 안으로 끌 수 없었다.

수레를 재순환기 창고로 도로 가져갔을 때는 해가 지고 있었다. 오필리아는 언짢고 혹사당한 기분이 들었다. 멍청한 폭풍, 멍청한 소, 멍청한 매트리스, 멍청한 수레. 그리고 제일 멍청한, 수레가 들어갈 수 없게 문을 좁게 만든 인간들. 그리고 멍청한 나. 왜냐하면 오늘 정원에 가지 않았으니까. 점액대벌레들이 토마토 줄기의 절반은 뚫어놨겠군.

그는 서둘러 정원으로 갔다. 다행히 다친 나무는 없었지만, 토마토 덩굴들 사이에 점액대벌레의 속대가 으깨져 있었다. 방금 으깨진 듯 아직 번들거렸다. 점점 짙어지는 어둠 속에서 눈에 띄는 토마토를 다 따서 집 안으로 가져갔다. 아까 본 벌레에 대해서는 생각하지 않기로 했다. 소가 밟았을 수도 있어. 양이 그랬을 수도 있고. 내 머리를 잘라버리려는 살기등등한 외계인이 그런 걸지도……. 하지만 지금 당장은 그런 걱정 안 할래.

샤워를 했다. 쏟아지는 물줄기가 근육은 물론 곤두선 신경까지 풀어주었다. 욕실에서 나와 수건으로 몸을 닦자 비즈를 걸고 싶어졌다. 하얀 것, 빨간 것, 갈색인 것. 그러다 문득 만들어놓은 밀가루 반죽이 없다는 사실을 떠올렸다. 오늘 저녁은 처음부터 다 만들어 먹어야 할 것이다. 밀가루를 한 움큼 떠내고 손가락만큼의 쇼트닝과 소금 약간, 물을 조금 넣었다. 두 손을 써 만든 불룩하고 딴딴한 공 같은 반죽을 떼어내 작은 덩어리들을 만들었다. 한 손을 뻗어 레인지를 켜고 그리들을 얹어 예열했다. 그런 다음 두 번째로 좋은 밀방망이로(제일 좋은 것은 로사라가 가져갔는데, 그 때문에 오필리아는 아직도 분통이 터졌다. 하지만 로사라는 여전히 극저온 탱크에 누워 자신이 좋아하지 않을 곳으로 가고 있는 중이었다─이것은 오필리아가 내릴 수 있는 어떤 벌보다도 가혹했다) 작은 반죽 덩어리를 밀어 동글납작하게 만들었다.

소시지를 쪼개어 팬에 넣고 양파를 다져 함께 볶았다. 돈육 소시지는 얼마 못 가 바닥날 터였다. 마침내 센터 냉동고에 보관된 돼지고기를 거의 다 먹어치운 것이다. 이는 곧 결국 소나 양을 직접 잡아야 한다는 뜻이었다. 오필리아는 기력이 너무 쇠하기 전에 그렇게 해야 한다고 스스로에게 말했다. 지난겨울에도 한 말이지만, 그래 놓고는 상하면 아깝다는 핑계로 지금껏 냉동고기만 먹었다. 사실은 돈육 소시지를 좋아해서 그런 거였다. 돼지가 남아 있기만 했어도……. 콜로니 사람들은 돼지가 양이나 소와는 달리 개척지 근처의 테라포밍 지대에 머물려고 하지 않는다는 게 확실해지자 결국 남은 돼지들을 도살했다.

소시지와 양파가 반쯤 익었을 때 동글납작한 반죽을 뜨거운 그리들에 던지듯이 얹고, 작은 나뭇가지로 뒤집고, 접시에 담았다. 소시지와 양파가 다 익기까지 1, 2분 정도 남았다. 생토마토를 얇게 자르고, 지글거리는 소시지에 민트와 바질을 추가했다.

좋은 음식은 질리는 법이 없었다. 그런 오필리아와 다른 노인들도 있었다. 그들은 맛을 잘 모르겠다고 불평하거나 먹는 것 자체를 기피했지만 그는 그들보다 운이 좋았다. 따뜻한 토마토 한 입, 뜨거운 소시지와 양파가 든 플랫브레드도 한 입, 민트 한 조각……, 이거지. 내일은 폭풍 대비작업을 마치자. 정말 올 수도 있으니까. 기계 정기점검도 다시 시작해야 해. 펌프를 마지막으로 점검한 지 며칠이나 지났어. 모든 것이 폭풍에 준비되어 있게 만들 거야. 그 망할 매트리스도 재봉실로 밀어 넣고.

7

다음 날 아침, 바다폭풍은 더 가까워져 있었다. 기상 모니터가 예측한 경로에 따르면, 폭풍은 방향을 틀지 않는다면 나흘이나 닷새 뒤 개척지에서 난동을 피울 터였다. 2년 전 폭풍보다 작았지만 해변에 닿을 때까지 몸집을 계속 불릴 것이다. 오필리아는 매트리스를 넘어 밖으로 나갔다. 재봉실 안으로 끄는 건 나중에 해도 괜찮을 것 같았다. 지금 하려고 여기 있다가는 비즈 공예를 시작해버리는 바람에 할 일을 못하게 될지 몰랐다.

밖으로 나가니 날이 맑고 화창했다. 연속적인 스콜을 뒤세운 가짜 평화라는 걸 오필리아는 경험으로 알고 있었다. 할 일 목록을 확인했다. 펌프부터, 다른 기계들은 그다음. 패드를 가져가서 보수가 필요한 건물을 메모해야지. 펌프동은 멋대로 자란 낮덩굴로 뒤덮여 있었다. 선홍색 꽃과 섬세한 씨주머니가 지붕에서 우아하게 드리워 입구를 가리고 있었다. 오필리아는 덩굴을 대충 걷어내고 낑낑대며 문을 당겨 열었다. 안으로 들어가자 펌프들이 익숙하고 변함없이 규칙적인 리듬으로 진동하고 있었다. 게이지는 모두 정상이었다. 그는 비가 오면 강의 수위가 얼마나 높아질지 궁금해졌다. 지나치게 높으면 펌프를 차단해야 하지만 필요하면 센터에서 차단할 수 있었다.

문을 닫으려는데 또 덩굴이 끼어들었다. 오필리아는 툴툴대면서 억센 덩굴줄기를 톱으로 잘라 치우고 문을 힘껏 밀어 닫은 뒤 빗장을 질렀다. 그는 낮덩굴 자르는 것을 싫어했다. 낮덩굴 꽃은 물에 담가도 몇 분 만에 시들었다. 그럼에도 찰나의 아름다움을 위해 그는 잘라낸 덩굴줄기를 목과 팔에 감았다. 나중에 보러 갈 폐기물 재순환기에 버리기로 했다.

이날 아침 소들은 폭풍 전에 많이 먹어둬야 한다는 걸 아는 듯이 부지런히 풀을 뜯고 있었다. 오필리아는 지난번 홍수 때 소 몇 마리를 어떻게 잃었는지 떠올렸다. 소들을 마을로 몰려고 애써봐야 할까? 그거로는 부족할까, 건물 안으로 들여보내야 할까? 문이 버텨낼까? 벽이 있는 몇 안 되는 정원에 몰아넣는 데 성공한다 해도 정원 문이 버텨낼까? 아니. 목록에 적힌 일만 하자.

기계는 모두 정상적으로 작동했지만 그는 수명을 다한 전구가 많다는 걸 알고 있었다. 이미 여러 번 제조기로 전구를 만들려고— 제조기의 메뉴에 있었다— 해봤지만 실패했고, 실패한 원인을 알 만큼 그 기계를 잘 알지는 못했다. 그는 전구를 교체하는 대신 폭풍이 오면 망가질 것 같은 전구들을 빼두었다. 그 결과 센터와 폐기물 재순환기에 외부 조명이 하나도 없게 됐지만 어차피 그는 외부 조명을 거의 쓰지 않았다.

점심을 간단히 먹고 도구를 챙겨 나가 강풍에 떨어질 것 같은 덧창과 문, 새는 지붕과 내려앉은 처마를 고치기 시작했다. 생각했던 것보다 고칠 것이 많았다. 오필리아는 이런 작업을 마지막으로 언제 했는지 기억해내려고 애쓰면서, 모든 집의 문과 덧창을 날마다 점검해야 했다는 죄책감과 싸웠다. 그렇게 하는 건 불가능했다. 그랬다면 정원 돌보기와 재봉을 비롯해 다른 일은 하나도 할 수 없었을 것이다. 그럼에도 큰 폭풍을 앞둔 압박감 속에서 그의 오래된 목소리는 의무에 대해 말하고, 솔직히 예쁘장한 목걸이를 그렇게나 많이 만들 필요는 없었다고 지적하며 그를 괴롭혔다.

아니, 그럴 필요가 있었어. 그런 것이 필요하다는 걸 모르면서 살았던 평생 동안 그런 게 필요했어. 창작의 기쁨, 놀이의 기쁨은 가족과 사회적 의무로는 채워지지 않는 빈 곳이었어. 자식들을 더 잘 사랑할 수 있었을 텐데, 이제 그는 이렇게 생각했다. 내게 놀이가 얼마나 절실했는지, 아름다운 것을 다루고 더 많은 아름다움을 창조하려는 스스로의 유치한 욕망을 따르는 일이 얼마나 절실히 필요했는지 더 일찍 알았더라면.

그는 속으로 그렇게 주장하며 헐거워진 덧창 예닐곱 개를 고치고 금방이라도 걸쇠가 떨어져 나갈 것 같은 문을 고쳤다. 그 문을 마주하고 나서야, 지금까지 고친 것들 중에 낡은 게 아니라 부서진 것처럼 보이는 게 얼마나 많은지 알아차렸다. 그 걸쇠도 마찬가지였다. 개척민들은 단단하고 조밀한 곧은결재를 만들 수 있는 자생 수목을 발견했다. 그 목재는 못과 나사 모두에 강했고 다루려면 날카로운 도구가 필요했다. 그때 만든 부착물들은 대부분 40년이 지난 지금까지도 헐거워지지 않았었다. 그 집의 모든 경첩과 빗장도 아직 단단하게 붙어 있었다. 대체로 발생하는 문제는 미늘살 파손이었는데, 어디선가 날아온 무거운 물체나, 부품 자체의 금속 피로가 원인이었다.

여기…… 여기 뭔가가 걸쇠를 느슨하게 뜯어놓았다. 그가 자세히 보니 단단한 목재에 작은 홈들이 패 있었다. 빛바랜 나머지 부분과 대비되는 새것 같은 표면이 드러나 있었다. 등골이 오싹했다. 오필리아는 공포에서 벗어나려고 스스로를 애써 설득했다. 동물이 그런 거야. 숲에서 온 동물이, 그 영리한 나무타개가 한 거야. 녀석들이 얼마나 야무지게 뭔가를 잡아당기는지, 긴 발톱이 달린 발가락으로 들쑤시는지 본 적이 있어. 콜로니 사람들이 떠난 뒤 한참 동안 마을로 오지 않다가 서서히 들어오기 시작한 거야. 그러면 지난 며칠간의 이상한 일들이 모두 설명돼.

만약에 새로 온 개척민들을 죽인 괴동물의 짓이라면 나는 이미 죽었어야 해. 그러니 지금 이곳에 있는 건 괴동물이 아니라 나무타개야. 잔뜩 경계하고 있어서 지금까지 내 눈에 띄지 않은 거야. 본거지인 숲에서는 그러지 않지만 여기서는 당연히 소심하게 굴겠지. 나보다 청력이, 아마 시력도 더 좋으니까 내 눈을 피해 다녔을 거야.

오필리아는 걸쇠를 고정하는 나사를 단단히 죄고 맞음새를 확인했다. 부드럽게 잘 잠겼다. 집 안으로 들어가봤다. 예상대로 비어 있었다. 먼지 낀 바닥에 쏠린 자국이 있었는데, 그가 떠올린 숲 짐승들이 낼 법한 자국이었다. 심지어 그가 지난번에 와서 남긴 자국이라고 해도 반박할 수 없을 것 같았다. 오필리아는 집 밖으로 나가 문의 걸쇠를 걸고 빗장을 질렀다. 밤에 다시 와서 누가 문을 건드린 흔적이 있는지 보러 오고 싶은 충동에 굴복하지 않기로 마음먹었다. 내일은 시간이 많으니 다음 집 덧창을 수리할 수 있을 터였다. 미늘창살 하나가 완전히 부러져 있었다. 과실수의 나뭇가지가 바람 없이도 창살에 닿을 만큼 자라 있었다.

왜 굳이 다른 집들까지 관리하려는 거지? 그는 센터로 돌아가는 길에 스스로에게 물었다. 모든 집을 사용하는 것도 아니었다. 남의 집에서 자고 남의 욕실을 사용할 때 죄책감이 반쯤 섞인 쾌감도 사라진 지 오래였

다. 날씨에 따라 들락거리는 집이 네다섯 군데 있지만 나머지는 일만 늘
리는 존재였다. 그가 모든 것을 책임져야 한다고, 혹시 나중에 필요할 수
있으니 전부 다 보존해야 한다고 주장하는 오래된 죄책감이 문제였다.

오필리아는 모레부터는 상관없는 집들을 고치느라 시간을 낭비하지
않기로 했다. 그의 집과 몇 안 되는 단골집만 들여다볼 생각이었다. 무더
운 날 특별히 시원하거나, 추운 날 유독 따뜻하거나, 근처에서 일하다 샤
워하러 가기 좋은 집들만. 나머지는 포기할 것이다.

별안간 공포가 엄습했다. 건물들이 비바람에 부식되게 내버려뒀다가,
늙고 지친 내가 밖에서 속수무책으로 폭풍우를 맞게 되면 어떡하지.

하지만 모든 것을 계속 관리하려다가 지붕이나 사다리에서 떨어지기
라도 하면, 관리 잘된 건물들 사이에서 속수무책으로 고통스럽게 죽게
될걸. 새 목소리—몇 년이 지났건만 아직 새롭게 느껴졌다—였다. 몸이
편한 옷을 입으라고 설득하던 새 목소리는 이제 건물에 쏟는 정성으로
기력과 건강을 아끼라고 설득하고 있었다. 더 큰 편의를 제공받을 목적
외에는 건물에 볼일이 없다고.

오필리아로서는 마음이 불편한 주장이었다. 살아 있는 것들에게까지
적용한다면 조금도 마음에 들지 않은 주장이고. 하지만 도구와 건물은?
산들바람이 종아리를 간질였다. 하늘을 보니 구름이 폭풍이 곧 닥친다
고 경고하고 있었다. 미풍이 그치지 않고 불어왔다. 그는 내일 지붕에, 심
지어 사다리에 올라가는 상상을 했다……. 안 돼. 그냥 내버려둘 거야.
우리 집 지붕만, 새벽에. 센터 지붕은, 봐서.

다음 날 아침, 찌는 듯이 더웠지만 텁텁한 바람이 약하게 부는 걸로 보
아 폭풍은 남동쪽에 있었다. 오필리아는 조심스레 사다리를 놓고 집 지

붕을 점검하러 올라갔다. 제조기로 만드는 지붕 타일은 복합재료가 쓰이는데, 진흙 기와보다 가벼우면서도 튼튼하고 오래갔다. 콜로니 주민들은 떠나기 불과 5년 전에 지붕을 새로 씌웠는데, 그럴 필요가 있기도 했지만 미리 대비하는 차원에서였다. 오필리아의 예상대로 기와는 전부 갈라진 데 없이 멀쩡했다. 헐거워진 몇 장만 새 못으로 박아 고정시켰다.

지붕에서는 양 떼 초원에서 덤불숲과 숲까지 훤히 보였다. 양들은 저 멀리, 셔틀 이착륙장 옆의 지저분한 잿빛 지대로 내려가 있었다. 강가의 초원은 건물들에 가려 잘 보이지 않았다. 셔틀 이착륙장은 조금 보였는데, 거의 모든 곳에 테라포밍 수풀이 마구 자라 있었다.

오필리아는 지붕에서 내려가 사다리를 끌고 센터로 가서 다시 올라갔다. 센터 지붕은 더 복잡했다. 덮고 있는 건물도 큰 데다 빗물을 모을 수 있게 설계되었기 때문이다. 초기 개척민들은 강물을 아주 쉽게 정수할 수 있다는 걸 몰랐기에 저수조에 모은 빗물을 썼다.

그는 센터 지붕을 기어 다니는 것이 싫었다. 군데군데 경사가 더 가팔랐고 모서리들이 만나는 골이 미끄러워서 힘들었다. 센터 지붕은 지난번 바다폭풍 때 새지 않았으니 이번에는 내버려둬도 될지 모른다. 하지만 그는 집요한 의무감에 못 이겨 첫 번째 지붕마루까지 올라갔다. 저번에 마지막으로 올라왔을 때보다 힘들었다. 지붕마루에 한쪽 다리를 걸치고 앉아 쉬었다. 심장이 두근거리고 숨이 가빴다. 원하는 만큼 앞이 잘 보이지도 않았다.

고개를 돌려 자기 집 지붕 너머 양 떼 초원을 바라보는데 덤불숲에서 무엇인가 움직이는 것이 보였다. 오필리아는 그대로 얼어붙었다. 옆에서 누가 밀어도 움직이지 못할 것 같았다. 덤불에서 나온 건 양보다 작고 불그스름한 동물 세 마리였다. 녀석들은 꼬리를 높이 치켜든 채 풀밭을 달려와 그의 집 뒤에서 자취를 감췄다.

나무타개. 녀석들을 알아보자마자 그의 호흡이 안정되었다. 전에 생각했던 대로 숲에 사는 나무타개였다. 한 마리가 그의 집 지붕 위에 나타나긴 팔을 바쁘게 놀렸다……. 타일을 들어 올리려는 건가? 길고 가느다란 발이 입가로 갔다. 지붕에 사는 뭔가를 먹고 있어. 그는 마음이 놓이면서 땀이 솟았다. 나무타개 때문에 위험했던 적은 한 번도 없었다. 지붕 타일을 떼어내지 않는 한 걱정할 필요가 없고, 설사 떼어낸다 해도 크게 위험할 일은 아니었다.

오필리아가 두 팔을 흔들자 나무타개가 꼬리를 빳빳이 세운 채 동작을 멈췄다. "슈우우!" 그가 소리쳤다. 녀석은 총이라도 맞은 듯 화들짝하더니 허둥지둥 지붕을 넘어가 시야에서 사라졌다. 잠시 후 세 마리가 모두 다시 초원을 달려 덤불숲으로 들어가는 것이 보였다. 덤불 안에서 붉은 몸통이 언뜻언뜻 보이다가 이내 사라졌다.

막상 지붕에 올라와보니 한 가지는 마음에 들었다. 마음이 가벼워지고 어린 시절로 돌아간 것 같은 기분이 든 것이다. 여기서 신나게 뛰노는 건 안 된다고 스스로에게 단단히 주의를 줘야 할 정도였다. 오필리아는 주위를 둘러봤지만 더는 눈에 띄는 것이 없었다. 센터의 지붕 타일은 모두 가지런히 제자리에 붙어 있고 금 간 데도 없었다. 이제 저수조의 익수구만 막히지 않으면 별로 위험할 것이 없었다. 그는 천천히, 조심조심 지붕과 사다리를 기어 내려갔다. 저수조의 물 넘침은 지상에서 확인할 수 있었다.

기상 모니터로 폭풍 이동경로와 예상경로를 확인했다. 첫 스콜은 내일, 주 폭풍은 모레 올 터였다. 오필리아는 매트리스를 재봉실로 끌고 들어가 탁자 밑에 놓았다. 초조했다. 비즈 공예를 포함해 어떤 일도 손에 잡히지 않았다. 먹거리는 거의 다 거둬두었다 ― 채소는 계속 익어갈 테니 폭풍이 오기 전에 두세 번 더 정원들을 돌아야지. 하지만 그 외에는―그는 하늘을 뒤덮은 구름의 상층부를 지켜봤다. 시간이 갈수록 그의 세계를 뚜껑처럼 덮어가는 거대한 원호가 처음의 흰색에서 회색으로, 이어 더 어두운 회색으로 변하고 있었다.

스콜이 오기 시작하자 오히려 안도감이 들었다. 오필리아는 센터 안에 있었다. 길에 면한 문 옆에 서서 바람이 비를 조종하는 모습을 지켜봤다. 센터에 2층이 있으면, 더 멀리, 숲까지 보이는 곳이 있으면 좋겠다고 생각했다. 숲의 큰 나무들도 마을의 작은 나무들처럼 휘어지고 흔들릴지 궁금했다. 숲의 나무타개들은 이런 폭풍에서 어떻게 살아남는지 궁금했다……. 분명 이리저리 휘청일 나무 위에서 버티고 있을까, 땅으로 내려와 다 같이 옹송그리고 있을까?

온종일 스콜이 이어졌다. 스콜과 스콜 사이는 갈수록 짧아졌고 바람은 한시도 멈추지 않았다. 오필리아는 계획했던 대로 작업물을 펼치고, 스콜이 멈췄을 때 집으로 가서 빠뜨린 준비물을 가져왔다. 모아둔 씨앗, 예전 작업 때 쓰고 남은 뜨개실, 제일 아끼는 뜨개바늘, 제일 좋은 골무.

망사 옷을 한 벌 더 만들 생각이었다……. 저번 옷보다 축제 분위기가 나도록. 오필리아는 어느 부분을 어떻게 다르게 하고픈지 되새기려고 처음 만들었던 것을 입어봤다. 스스로 폭풍이 된 것 같은 느낌을 주는 무언가를 만들고 싶었다. 바람과 비와 번개와 천둥을 환기시키는 무언가를.

금속 조각을 두드려서 종 모양으로 만드는 작업이 시간을 가장 많이 잡아먹었다. 제조기에 맡길 수도 있지만 그러면 원하는 소리가 날 때까지 형태를 고치지 못할 터였다. 오래전 의상 박물관을 견학했던 날이 떠올랐다. 그날 가이드가—도슨트야, 오필리아의 정신이 옛날에 들은 그 단어와 소리에 관한 기억을 들이밀었다—카니발용 의상들을 흔들었을 때 오필리아는 어떤 옷들은 정말이지 빗소리 같은 소리가 난다고 생각했다. 이제 그는 프린지 장식에 작고 가는 원통을 매달았다……. 시원하게 쟁그랑거리는 소리가 났다. 이거야. 더 크고 둥글게 만든 구리는 더 그윽한 소리를, 심해로 흘러드는 물줄기 같은 소리를 냈다.

기상 모니터에서 주 폭풍 경보가 울렸을 때 오필리아는 여전히 소리로 놀고 있었다. 프린지 장식의 쟁그랑거리는 소리와 어깨끈의 댕그랑거리는 소리를 만들고 있었다. 경보음을 꺼 갔다. 폭풍은 내일 아침 최대 강도로 이곳에 도착할 터였다. 잘 수 있을 때 자둬야 했다.

놀라울 정도로 잠이 오지 않았다. 여러 집에서 낮잠을 자긴 했어도 혼자 남은 지 몇 달 후부터는 자기 집이 아닌 데서 밤을 보낸 적이 없었다. 게다가 전에 쓰던 이 매트리스보다 큰 침대와 널찍한 매트리스에 이미 익숙해져 있었다. 센터의 갖가지 야간 소음과 더불어 밖에서는 스콜이 사납고 요란하게 휘몰아치고 있었다. 그는 마침내 자기도 모르게 잠들었다가, 그치지 않는 으르렁거리는 소리 때문에 한밤중에 깨어났다. 밖은 아직 어두웠다. 기상 모니터를 보니 폭풍이 조금 더 빨라져서 상륙 시간이 몇 시간 앞당겨져 있었다.

새벽은 담요처럼 세상을 덮은 구름과 흩날리는 비 밑으로 천천히 왔다. 오필리아는 배가 별로 고프지 않아서 아침 식사를 건너뛰었다. 간밤의 작업을 다시 시작하고 바깥의 소음을 무시하려 애썼다. 하지만 바람 소리가 점점 더 날카로워졌다. 센터마저 가끔씩 돌풍에 흔들렸다. 집은 괜찮을까? 문을 열고 확인해보고 싶었지만 그 정도로 어리석지는 않았다. 달랑거리는 금속 장식을 내려놓고— 시끄러워서 장식물의 다양한 음조가 들리지 않았다 — 비즈를 칠하고 꿰는 일로 돌아갔다.

기압이 계속 떨어지자 귀가 조금 아팠다. 오필리아는 피곤해져서 결국 아침나절에 다시 누웠다. 잠을 깼을 때는 고요했다. 문가로 가서 문을 열었다. 또 그것이 와 있었다. 폭풍의 으스스한 중심부가. 짙푸른 하늘에 밝은 햇빛이 빛나고 있었다. 지난번보다 늦게 왔다. 지금은 오후였다. 그는 집으로 갔다. 바람에 날린 빗물이 앞문의 틈막이를 비집고 들어와 바닥이 군데군데 축축했지만 다른 피해는 없었다.

다시 밖으로 나갔다. 저번에 본 폭풍의 중심과 마찬가지로 아름다웠다. 동쪽은 햇빛이 구름의 모든 면을 눈과 은과 하늘 빛깔의 조각상처럼 바꿔놓았는데, 머랭 과자를 쌓아놓은 듯 화사했다. 오필리아는 철벅철벅 걸어가며 동녘의 구름 성벽을 예의 주시했다. 이번 폭풍은 지난번보다 조금 더 센 것 같았다. 이는 곧 밖을 돌아다닐 시간이 조금 더 있다는 뜻이지만, 폭풍이 닥치기 전에 안전하게 몸을 피하기로 했다.

길을 따라가다 오른쪽으로 꺾었을 때 잔해 한 무더기가 눈에 들어왔다. 갈회색과 갈색의 더미였는데, 바랜 듯이 하얀 부분이 드문드문 있었다. 어디서 날아온 거지? 오필리아는 발가락 사이에서 진흙이 뭉개지는 느낌을 즐기며 그 무더기로 다가갔다.

눈이 그를 빤히 쳐다봤다. 동공이 활짝 벌어진 커다란 황갈색 눈이. 무더기가 꿈틀대더니 펭귄 여러 마리가 일제히 구구거리는 것 같은 소리를 냈다. 오필리아도 그것을 빤히 쳐다봤다. 숨을 쉬기 힘들었다. 저 흠뻑 젖은 덩어리 — 무슨 덩어린지는 몰라도 — 눈이 있다 — 크다 — 그리고 — .

멀리서 리드미컬한 북소리가, 부러 냈다고밖에 할 수 없는 소리가 들렸다. 무더기도 작은 북소리를 냈다. 의사소통. 오필리아는 이 상황의 필연적인 의미를 깨달았다. 외계인들, 괴물들, 그 사람들을 다 죽인 것들. 그들이 마침내 날 찾아낸 거야. 내가 아직 살아 있는 건 오로지 폭풍 때문이고, 이것들이 폭풍에 죽지 않는 한 나는 살아남지 못해. 적어도 눈앞의 얘는 따돌리고 센터로 돌아갈 수 있을지 몰라. 그래야 할 텐데. 어쩌면 이것들이 전부 폭풍에 휩쓸려 죽을 수도 있어. 그는 고개를 돌렸다. 길의 저쪽 끄트머리에서 형체들이 움직였다. 똑바로 서자 그보다 키가 큰 형체들이 춤을 추듯 다가왔다. 얕은 물을 건너는 소처럼 다리를 높이 들어 올리며 걷고 있었다. 그가 이제껏 보거나 상상한 그 어떤 양식에도 들어맞지 않는 모습이었다. 흙색 몸에, 미색이나 갈색, 창백하거나 얼룩덜룩한 회색의 줄무늬. 피부인지 짧은 털에 덮여 있는 건지도 알 수 없었다. 얼굴 — 얼굴이 맞는다면 — 은 새처럼 돌출되어 있었지만 깃털도 날개도 없었다. 그처럼 팔과 다리가 두 개씩 있긴 하지만 — 뭔가 이상했다. 오필리아는 벽 쪽으로 뒷걸음질 쳤다. 저것들보다 빨리 달리지는 못해. 근원적인 공포가 내장을 끌어내리는 것 같았다. 순식간에 입맛이 역해지고 눈앞이 흐릿해졌다.

정체 모를 것들이 오필리아를 쳐다봤다. 괴동물이 아닌 사람의 방식으로 똑바로 그를 봤다. 빼곡한 속눈썹에 둘러싸인 커다란 눈. 개중 셋이 멈춰 서서 그를 빤히 쳐다봤고, 다른 넷이 시끄러운 새처럼 재잘거리며 와서 쓰러진 것을 일으켜 세웠다. 그 기력 없어 보이는 것이 동족에게 몸을 기댔다. 이제 보니 손가락 같은 것도 있었지만, 오히려 그 때문에 손이 엄청 이상해 보였다.

오필리아도 자신을 주시하는 것들을 힐끔 쳐다봤다. 그가 본 어떤 숲짐승과도 달랐다. 키가 더 크고 다리도 더 길었으며, 긴 발가락의 끝은 딱딱한 청흑색 발톱이었다. 몸에 비즈로 장식한 끈을 둘렀고 거기에 자루와 호리병박을 달고 있었는데, 그걸 보니 사진에서 본 군인들이 떠올랐다. 엉덩이일 것이 분명한 부위에는 프린지 처리한 짧은 가죽 치마를 두르고 있었다. 하지만 칼집에 든 긴 칼 말고는 무기처럼 보이는 것은 갖고 있지 않았다.

오필리아가 체중을 실은 다리를 바꾸느라 살짝 움직이자 그를 지켜보던 것들 중 하나가 요란스러운 소리를 내 다른 것들의 이목을 끌었다. 이제 모두가 그를 주시했고, 그는 시선의 집중포화 때문에 녹아버릴 것 같은 기분이 들었다.

갑자기 날빛이 약해졌다. 구름 벽이 가까워져 햇빛을 가린 것이다. 오필리아는 하늘을 힐끔 봤다. 곧 폭풍이 닥친다. 지금 바로 센터로 가야해. 괴동물들도 천둥이 우르릉거리는 하늘을 올려보다가, 오필리아가 옆으로 한 걸음 내딛자 금세 고개를 홱 내리고 쳐다봤다. 몇몇은 아까 들었던 요란스러운 소리를 냈다. 그는 그들이 폭풍에 대해 아는지, 폭풍이 또 온다는 걸, 이번에는 최대 강도로 올 거라는 걸 아는지 궁금해졌다. 다시 건물 안으로 숨을 수만 있다면, 저것들만 밖에 남겨둘 수 있다면, 폭풍이 저것들을 모조리 날려버릴 수도 있을 텐데.

다친 것이 기침을 했다. 기침소리가 사람과 너무 비슷해서 오필리아는 쳐다보지 않을 수 없었다. 부축한 것들이, 역시나 꼭 사람처럼, 그것의 등을 두드렸다. 다친 것이 칵, 하고 모래 섞인 침을 뱉었다. 오필리아는 곁눈질을 했다. 센터까지 가려면 시간이 빠듯해, 지금 당장 출발한다고 해도. 하지만 저 집 문까지는 몇 미터만 가면 돼. 저긴 갈 수 있을지 몰라…….그는 슬쩍 한 걸음 더 내딛었다. 그들은 이번에도 곧바로 전과 같은 반응을 보였지만 다가오지는 않았다. 자기들끼리 그의 행동에 대해 얘기만 하는 것 같았다.

오필리아는 대담해져서 한 걸음, 또 한 걸음 나아갔다. 천둥이 더 크게 우르릉거리자 괴동물 하나가 다시 북소리를 냈다. 둘이 더 합세하더니 곧 모두가 북소리를 냈다. 괴동물들은 북소리를 낼 때 동공이 줄어들었다. 오필리아는 괴동물들한테서 눈을 떼지 않으면서 옆 걸음질 쳤지만, 그들은 이제 그를 신경 쓰지 않는 것 같았다. 바람이 비를 흩뜨려 만든 고운 물보라가 피부의 열을 식혀주었다. 1분도 되지 않아 폭풍이 들이닥칠 터였다. 이제 그는 그 집 문 앞에 있었다. 안간힘을 써서 빗장을 들어 올리고, 문을 열고, 빗장을 들고 질질 끌며 집 안으로 들어갔다. 마지막으로 길 위의 괴동물들을 쳐다봤다. 다들 근심 어린 표정으로 하늘만 보고 있었다. 멍청이들. 그렇게 서 있다간 폭풍에 휩쓸려 굴러가다가 어딘가에 부딪힌다고.

살인자들. 외계인들. 말썽꾼들. 오필리아는 다른 콜로니가 달갑지 않았던 것처럼 그들이 달갑지 않았다. 하지만 밖에 둔 채 문을 잠가서 그들이 죽게 되면 죄책감에 시달릴 것 같았다— 죽지 않는다면, 그들은 화가 잔뜩 날 테고.

"이봐!" 머리들이 일제히 그를 향했다. "폭풍이 또 올 거야." 오필리아는 그가 그들의 소리를 이해하지 못하는 것처럼 그들도 그의 말을 알아듣지 못할 것임을 알았다. 그는 하늘을 가리켰다. "후-우-우-우. 쾅." 이어 소용돌이를 그리며 팔을 빙빙 돌렸다. 괴동물들은 서로를 쳐다보다가 그를 봤다. "들어와." 그는 집 안쪽으로 팔을 흔들며 말했다. 다친 것을 부축한 둘이 다가왔고, 나머지는 걸걸한 소리를 냈다. "서둘러." 그렇게 말하는데 밖이 더 어두워지며 마을 저쪽 끝에서 바람이 윙윙대는 소리가 들렸다.

그들이 허둥지둥 집으로 달려왔다. 오필리아는 문을 통과하는 그들과 부딪히기 직전에 겨우 비켜섰다. 절뚝거리며 들어온 다친 것까지 모두 여덟 마리였다. 비바람이 거리에 사납게 몰아쳤고 문이 오필리아의 손을 벗어나 벽에 쾅 하고 부딪쳤다. 습한 바람이 집 안으로 휘몰아쳤다. 그가 다시 문을 잡고 닫으려는데 뒤에서 온기가 느껴졌다. 한 괴동물이 함께 문을 잡고 있었다. 겨우 문이 닫히고 바깥의 폭풍이 차단되자 다른 괴동물이 빗장을 집어 들어 받침대에 끼웠다.

이제 오필리아는 괴동물들과 어둑한 실내에서, 집 밖의 광포한 폭풍 소리를 듣고 있었다. 조명 스위치로 손을 뻗었는데 낯선 것이 닿았다. 조금 따뜻하고 토마토 줄기처럼 까슬까슬한 표면. 괴동물이 옆에서 끙끙거리며 딱딱한 손톱이 있는 손으로 그의 손을 잡았다. 그는 손을 홱 빼려고 했다. 살갗이 당겨지는 느낌만 들었을 뿐 괴동물은 그를 놓아주지 않았다.

공포에 질려봤자 아무런 도움이 되지 않을 것이다. 오필리아는 조심스레 다른 손을 뻗어 스위치를 켰다. 갑자기 불이 켜지자 그들의 눈이 변하는 것이, 커다랗던 동공이 순식간에 작아지는 것이 보였다. 그를 잡고 있던 것이 그의 면전에 얼굴을 들이밀었다가 잠시 후 손을 놓아주었다. 오필리아는 손을 털고 살펴봤다. 잡힌 곳이 붉어졌지만 다친 데는 없었다.

집 안에 있으니 그들의 냄새를 맡을 수 있었다. 그가 예전에 의식했던, 정확히 뭔지 알 수 없었던 바로 그 냄새였다. 밝은 조명 아래 가까이에서 보니 더 크고 위험해 보였다. 가늘게 뜬 눈과 부리가 달린 얼굴은 험상궂게 보였고 딱딱한 손발톱이 달린 긴 사지는 속도와 잔인함을 내비쳤다.

오필리아는 화장실에 가야 했다. 여기서, 그들 앞에서 치부를 드러낼 생각은 없었다. 거실 중앙으로 한 걸음 가니까 아까 손을 잡은 괴동물이 이번에는 어깨를 잡았다. 이번에도 부드럽게 끙끙거리면서.

"놔줘." 오필리아는 차분하게 말했다. "그냥 다른 방에 가는 거야." 그때 다른 것이, 밝은 파란색 스톤을 꿴 끈을 두른 것이 더 굵은 소리로 끙끙거렸다. 어깨를 잡은 것이 손을 거두었다. 오필리아는 천천히, 무해하게 보이려 애쓰면서 그들을 에둘러―그들은 비키지 않았다― 욕실로 갔다. 불현듯 폭풍이 끝날 때까지 욕실에 숨어 있어도 되겠다는 생각이 들었다. 창문이 있다면 도망칠 수도 있을 테고.

욕실 문은 허술한 걸쇠만 달려 있었고 안쪽으로 열렸다. 폭풍이 덧창을 마구 두드려댔고 창은 창틀 안에서 덜그럭덜그럭하고 있었다. 변기에 앉으니 평정심이 금세 바닥나는 것이 느껴졌다. 괴동물들은 원하면 얼마든지 밀고 들어올 수 있는 데다, 창문으로 빠져나간다 해도 한참 걸릴 것 같았다. 그것조차 창문으로 나갈 수 있을 때의 얘기였다. 창문은 높은 곳에 있었고, 그는 변기에 올라가 거기까지 기어 올라간다는 생각이 마음에 들지 않았다.

볼일을 다 보고도 계속 변기 뚜껑에 앉아 있는데 뭔가가 욕실 문을 쿵쿵 쳤다. 그는 다시 두려워졌지만, 끌려 나가는 것보다는 스스로 나가는 게 나을 것 같았다. 상대가 움베르토였을 때 언제나 그러했듯이. 그는 문을 열었다. 괴동물 하나가 고개를 옆으로 기울인 채 서 있었다. 변기를 쓰려는 건가? 그럴 리가 — 변기가 뭔지 알 리가 없잖아. 그는 변기 뚜껑을 열었다……. 그런데 이걸 마시는 물이라고 생각하면 어떡하지? 별 탈 없을 수도 있고, 죽을 수도 있겠지. 다른 물도 있다고 알려줘야겠어.

오필리아는 괴동물의 옆으로 게걸음질 쳐서 빠져나간 뒤 거실을 가로질러 부엌으로 가서 개수대의 물을 틀었다. 그들이 일제히 고개를 들었고, 그는 강렬한 시선을 한몸에 받자 그 자리에 얼어붙을 것만 같았다. 욕실을 들여다보던 것이 다가와서 옆에 섰다. 오필리아는 시범을 보였다. 수전을 돌려 물을 틀었다가 다시 잠갔다.

괴동물은 수전을 잡으려고 했지만 딱딱한 손톱 때문에 헛손질만 했다. 오필리아가 도와주려고 팔을 뻗자 그것이 찰싹 때리며 밀어냈다. 다치지는 않았지만 쓰라렸다. 오필리아는 그것을 노려봤지만, 움베르토와의 오랜 결혼 생활을 통해 배운 바로는 그냥 침울하게 서 있는 게 상책이었다. 가슴속에서 분노가 고동쳤다. 또다시 이런 상황에, 맞아서 밀쳐지는 상황에 처하고 싶지 않았는데.

그것이 수전을 잡으려고 계속 애를 쓰는데 다른 것 하나가 소리를 냈다. 폭풍 속에서도 들릴 만큼 큰 소리였다. 애쓰던 것이 동작을 멈추고 몸을 흔들어 털더니 휴대한 자루에서 스웨이드 조각 천 같은 것을 꺼냈다. 그걸로 수전을 덮어 마침내 돌렸다. 물이 뿜어져 나왔다가 다시 그쳤다. 몇몇이 요란스러운 소리를 냈다. 첫 번째 것이 끈에 묶인 호리병박을 풀어서 물을 받았다. 물이 넘치자 호리병박을 다른 것에게 건넸고, 받아

든 것은 물 냄새를 맡은 뒤 조심스럽게 맛을 봤다.

그러는 내내 물이 나오고 있었다. 오필리아는 한 대 더 맞을 각오로 손을 뻗어 물을 잠갔다. 이번에도 모두가 그를 쳐다봤다. 잠시 후 하나가 머리 위의 전구를 쳐다본 뒤 전구를 향해 주둥이를 홱 치켜들었다―오해의 여지가 없는 몸짓. 오필리아는 스위치 쪽으로 가서 시범을 보였다. 더 많은 시끄러운 소리……. 토론하는 거야, 그는 확신했다. 개수대 앞의 것 말고 다른 것이 와서 스위치를 작동해봤다. 스위치를 켜는 데는 딱딱한 손톱이 방해가 되지 않았다. 불이 켜졌다가 꺼졌다가 다시 켜졌다. 더 많은 소리들.

그때 갑자기 무언가가 집의 외벽에 세게 부딪쳐 벽이 흔들리고 어느 침실의 덧창이 부서졌다. 울부짖는 바람이 들이닥쳤고 비바람이 젖은 수건처럼 그의 얼굴을 갈겨댔다. 괴동물들은 거센 바람을 정통으로 맞지 않으려고 거실 구석구석으로 흩어졌다. 오필리아는 현관문 근처에 웅크리고 앉았다가 무엇이 집을 강타했는지 궁금해졌다. 과감하게 걸어가서 문제의 침실을 들여다보니 방바닥은 이미 빗물에 젖어 번들거렸고 창문에는 나뭇가지들이 들어차 있었다.

상황이 악화될 게 뻔했다. 침대 프레임과 축축한 매트리스, 요람이 눈에 들어왔다. 그는 방바닥을 찰박거리며 가로질러 집 외벽을 살펴봤다. 나뭇가지에서 물이 흘러나오고 있었지만 벽 자체는 멀쩡했다. 밖에서 번갯불이 번쩍였다. 문간에서 놀란 듯한 비명소리가 들려서 봤더니 괴동물 둘이 그를 쳐다보고 있었다. 하나는 문 옆에 고인 물에서 발을 들어 올렸는데, 표정을 보아하니 발이 젖은 것이 싫다는 뜻이 분명했다.

뻔하지. 일 시키려고 그러는 거야. 하기 싫어. 오필리아는 방을 가로질러 나가 방문을 당겨 닫고 잠갔다. 닫히는 방향으로 바람이 불고 있으니 약한 실내용 걸쇠로도 충분할 터였다. 아래쪽 문틈으로 사나운 살바람이 들어왔다. 곧 빗물까지 끌고 들어올 것이다. 그는 살바람을 막을 것이 있는지 둘러봤다. 괴동물들은 가만히 그를 지켜봤다. 그는 마침내 어느 서랍에서 행주를 몇 장 꺼내 돌돌 말아서 문틈을 막았다.

날이 저물고 있었다. 오필리아는 지쳤고 배가 고팠다. 센터에 있었으면 먹을 게 넘쳐났을 텐데. 저것들 때문이야, 그는 속으로 말했다. 폭풍에 나가떨어진 그 멍청한 녀석만 없었어도 안전한 센터 안에 있었을 텐데. 저것들은 모조리 폭풍에 날아갔을 거고…… 아니면 최소한 다른 곳에 몸을 숨겼거나.

평화로운 — 폭풍이 허락하는 만큼이나마 — 마지막 낮이든 밤이든 보낸 다음에 죽을 수도 있었는데. 적어도 음식과 익숙한 침대와 재미난 소일거리를 즐길 수 있었을 텐데. 하지만 여기서—그는 세어봤다 — 여덟 외계인, 살인자와 음식도 편한 침대도 없이 갇혀 있구나. 다른 침실이 있긴 하지만……. 그는 문득 다친 것을, 곤경에 처해 그를 이런 구렁텅이로 몰아넣은 녀석을 찾아 두리번거렸다.

어느 녀석인지 확신할 수가 없었다. 낡은 긴 의자에 셋이 널브러져 있었지만, 아무도 그가 길에서 봤던 축축한 무더기만큼 젖어 있지 않았다. 수건은 또 언제 찾아내서 여기저기 더럽게 쌓아놓은 거야? 그는 지칠 대로 지쳐 수건이 언제부터 저랬는지, 괴동물들이 수건으로 정확히 뭘 한 건지 생각할 수가 없었다. 잠들면 그들이 죽일 거라고, 자면 안 된다고 공포심이 말하는데도 극심한 피로가 그를 끌어내렸다. 죽을 수도, 죽지 않을 수도 있다. 이러나저러나 오필리아는 자기로 했다.

8

오필리아는 공포에 질려, 숨이 막힌다고 확신하며 잠에서 깼다. 어둡고 지나치게 따뜻하고 지나치게 눅눅했다. 그리고 어둠 속에서 무엇인가 그에게 닿은 채로 꿈지럭거렸다. 그는 헉 하고 숨을 들이쉬었고, 그래서 숨을 쉴 수 있음을 알아차렸다. 질식의 공포는 사그라들었지만, 외계인들로 가득한 집에서 잠들었음을 떠올렸다. 불도 끄지 않고. 그는 계속 가만히 누워 있었다. 무언가가 등에 닿아 있었다. 공기보다 따뜻하고…… 살아 있다. 눈을 끔벅거려봤지만 원래 밤마다 눈을 홀리는, 이리저리 돌아다니는 밝은 반점들만 보였다. 불이 왜 다 꺼져 있지?

멀리서 천둥이 웅얼거렸지만 폭풍의 포효는 그쳐 있었다. 빗방울이 지붕에 규칙적으로 떨어지는 소리가 들렸다. 주 폭풍이 지나간 것이 분명했다. 그런데 여긴 어디고 시간은 얼마나 됐지? 등과 어깨가 아팠다. 움직이려고 했더니 말썽인 고관절이 찌르듯 아파서 헉 소리가 나려는 걸 도로 삼켰다.

옆에 있던 괴동물이 꿈지럭거렸고, 오필리아는 그것이 갑자기 긴장했음을 알아차렸다. 괴동물은 주전자 물이 끓기 직전에 나는 듯한 소리를 냈고, 그는 그것이 더 가까이 오는 것을 느끼곤 그대로 굳어버렸다…….
그것의 어느 부위가 그를 가볍게 건드리더니, 몸을 훑어가다가 가슴 위
에서 멈췄다. 터져버릴 것처럼 쿵쿵 뛰는 심장 위에서. 잠시 후 몸을 건드
리던 것이 사라졌다. 오필리아는 놀라서 눈을 끔벅끔벅했다. 뭘 찾으려고
더듬은 거지?

　그렇게 누워 있다 보니 어둑한 와중에도 형체들이 희미하게 보이기 시
작했다. 덧창으로 빛이 스미는 걸 보니 동이 튼 게 틀림없었다. 배 속이 꾸
르륵거렸다. 또 볼일을 보러 가야 했다. 불을 켜지 않으면 괴동물들을 밟
게 될 텐데 그러고 싶지 않았다. 기지개를 켜려 하자 고관절이 또 찌르듯
이 아팠다. 멍청한 고관절. 기회가 생겨서 도망칠 때 말썽을 부리면 안 되
는데. 그는 통증이 약해질 때까지 다리를 앞뒤로 움직였다.

　몸을 옆으로 대고 일으키는데 옆에 있던 괴동물이 다시 깨어났다. 흐
릿한 형체가 솟아오르는 것이 보였는데, 앉은키도 오필리아보다 컸다. 하
지만 또 그를 건드리지는 않았다. 그는 천천히, 겨우겨우 일어섰다. 땅바
닥에서 자고 일어났으니 그럴 수밖에 없었다. 일어나니 구석구석에 고꾸
라져 있는, 끼리끼리 옹송그리고 있는 다른 형체들이 보였고…… 그래서
그들을 밟지 않고 피해갈 수 있었다.

　옆에 누워 있던 괴동물이 지켜보고 있었다. 커다란 눈이 어스름 속에
서 희미하게 빛났다. 오필리아는 욕실로 가서 문을 닫고 볼일을 봤다. 물
내려가는 소리가 폭풍 뒤의 고요 속에서 요란했다. 다른 방에서 놀란 듯
한 소리들이 들려왔다. 욕실에서 나가니 그들이 모두 잠에서 깨어나 그
를 쳐다보고 있었다.

　오필리아는 이제 예전만큼 두려워할 수가 없었다. 몸이 먹을 것에 더

집중했기 때문이다. 그의 배에서 꾸르륵 소리가 나자 괴동물 하나가 비슷한 소리를 냈다. 배가 고픈가? 아니면 그냥 흉내를 낸 거야? 오필리아는 괴동물들이 자기를 나가게 둘 것인지 궁금해하며 현관문으로 갔다. 혼자 센터에 들어가 빗장을 지를 생각이었다. 그러면 아침을 먹을 수 있고, 그러면······.

당연히 쟤들이 따라오겠지. 오필리아는 불을 여럿 켰다. 괴동물들의 눈이 끔벅거리며 동공이 수축하는 사이에 빗장을 풀고 문을 열었다. 높이 뜬 구름에서 부드럽고 따뜻한 빗물이 규칙적으로 떨어지고 있었다. 썩은 초목과 소똥, 심지어 젖은 양털 냄새까지 났다. 그는 밖으로 한 걸음 나갔다. 빗물은 지나치게 따뜻해서, 씻어 내리는 목욕물이라기보다는 몸을 한 겹 더 덮는 땀처럼 느껴졌다. 뒤를 돌아봤다. 괴동물 둘이 문간에서 그를 보고 있었다.

"난 돌아갈래." 그는 그렇게 말하고 걸어갔다.

괴동물 몇몇이 전처럼 또 요란스러운 소리를 냈다. 오필리아는 어깨 너머로 돌아봤다. 한 녀석이 빗속으로 나와 몸을 털고 계속 따라왔다. 뛰지는 않고 걸었는데, 물웅덩이에서는 다리를 높이 쳐들고 걸었다. 오필리아는 모르는 척 계속 걸어갔다. 배고프고 피곤하고 고관절이 아팠다. 익숙한 공간으로 돌아가고 싶었다. 괴동물들이 죽인다고 해도.

센터에 도착하니 앞문에서 물이 흘러나오고 있었다. 산책하러 나가면서 문을 닫는 걸 깜빡했나? 괴동물들이 열어놓았나? 들어가보니 엉망이었다. 빗물이 바람을 타고 중앙 복도 끝은 물론 근처의 방들까지 들어갔고, 그가 재봉실 바닥에 둔 매트리스도 젖어 있었다. 그나마 안쪽의 문들이 바람에 닫혀 그 정도인 것 같았다.

센터에서 요리하려면 제일 엉망인 물웅덩이부터 쓸어내야 할 터였다. 집이 센터보다 사정이 나을 것 같기도 했다. 오필리아는 센터에서 나가다가 그를 따라온 괴동물과 부딪힐 뻔했다. 길을 가로질러 도착한 집에는 물기 하나 없었다……. 그와, 그를 따라온 젖은 괴동물이 바닥에 물을 떨어뜨리기 전까지는. 오필리아는 수건으로 몸을 닦고 괴동물에게 다른 수건을 건넸다. 그것은 수건을 받기는 했지만 그 커다란 눈으로 그를 보며 들고만 있었다.

오필리아는 툴툴거리며 수건을 다시 빼앗았다. 어린애보다 못하구먼. 분명히 자기 몸이 젖은 것도 알고 내가 몸을 닦는 것도 봤으면서. 오필리아는 아주 천천히 팔을 뻗어 괴동물의 팔을 수건으로 닦았다. 그것은 몸을 부르르 떨긴 했지만 가만히 있었다. 그가 다시 내민 수건을 받지도 않았다. 그러면서 계속 바닥에 물을 떨어뜨리고 있었다. 멍청한 괴동물. 이런 것들이 어떻게 그 개척민들을 죽일 정도로 영리하게 굴었지? 오필리아는 다른 팔도 닦아주었고, 그것이 저항하지 않자 몸의 앞과 뒤에 이어 다리까지 닦아주었다. 그런 다음 축축해진 수건으로 괴동물의 발을 감쌌다. 발밑에 고인 물을 빨아들이기 위해서였다.

괴동물이 끙끙거렸다. 무슨 뜻일까? 그것이 하지를 씰룩거리며 다시 끙끙댔다. 오필리아는 그것을 쏘아봤다. 너무 멍청한 거야, 너무 게으른 거야? 수건에서 발도 못 빼? "발을 빼." 오필리아가 말했다. 괴동물은 또 끙끙거리더니 그…… 다리라고 생각할 수밖에 없는 것을 홱 틀었다. "멍청한 갓난쟁이 같으니." 오필리아는 허리를 굽혀 수건을 치웠다. "멍청하고 게으르고 인정머리도 없고……." 그것이 알아듣지 못하는 것이 다행이었다. 그는 말을 삼키는 습관에서 벗어나고 있었기 때문이다.

이제 괴동물들은 적어도 덜 젖어 있었고 방바닥에 물을 떨어뜨리지 않았다. 오필리아는 부엌으로 가서 스토브를 켜고 보관용기들을 꺼냈다. 빵과 고기, 채소가 필요했다. 플랫브레드부터 만들 생각이었다. 밀가루를 한 움큼 덜어내는데 딱딱한 것이 어깨를 건드려서 깜짝 놀라 밀가루를 흘렸다.

"바보야!" 그가 말했다. 그것은 끙끙거리더니 손을 거뒀다. "요리하고 있잖아." 그는 그것이 알아듣기라도 하는 것처럼 말했다. "난 배가 고파. 그래서 요리하는 거야." 다시 꺼낸 밀가루 한 움큼과 쇼트닝, 소금과 물을 섞었다. 손안의 반죽이 마음을 달래주는 느낌이었다. 그가 세상에서 가장 잘 알고 친숙한 것들 가운데 하나여서일까. 치대고, 치대고, 누르고, 치대고, 치대고, 누르고. 덩이덩이 뜯어내 납작하게 누른 다음 밀대로 밀어 그리들 위에 얹었다. 벌써부터 입에 침이 고였다. 반죽 냄새를 맡았을 뿐인데도. 주위를 둘러보니 앞문까지 물러난 괴동물이 김이 나는 플랫브레드가 얹힌 그리들을 뚫어져라 쳐다보고 있었다. 불을 무서워하나? 이 점을 이용할 수도 있겠어. 일단 밥부터 먹고. 오필리아는 냉장고를 열어 소시지 한 덩어리를 꺼냈다. 첫 플랫브레드가 완성되자 배가 고파 속도 넣지 않고 말아 먹다가 뜨거워서 혀를 데었다. 이 실수를 잊지 않고 두 번째 빵에는 봄에 만들어둔 잼을 발랐다. 덜 뜨거웠다. 소시지가 지글거렸다. 오필리아는 감자를 얇게 썰어서 소시지 기름으로 볶았다. 괴동물을 보니, 주방 한복판에 서서 홀린 듯이 냉장고를 쳐다보고 있었다. 오필리아는 냉장고를 다시 열고 괴동물을 봤다. 그것이 그의 눈을 보면서 끙끙했다.

"너무 오래 열어둘 순 없어." 오필리아는 그렇게 말하고 냉장고 문을 닫왔다. 괴동물도 배가 고픈지 궁금했고 음식을 줘볼까 생각했지만, 다시 봤을 때 그것은 사라지고 없었다. 젖은 수건만 그것이 거기 있었다는 유일한 증거처럼 바닥에 떨어져 있었다.

식사를 마친 오필리아가 센터로 돌아가 물을 쓸어내는데 그들이 돌아왔다. 빗줄기는 더 가늘어졌지만 계속 꾸준히 내렸다. 그가 쓸어낸 물은 길을 따라 흘러 길옆의 도랑을 그득히 채웠다. 문 쪽으로 물을 쓸어낸 뒤 뒤늦게 그곳에 괴동물 서넛이 서 있는 것을 봤다. 그들은 잠자코 있었다. 그는 다시 그쪽으로 비질을 했다.

"물러서."

그들은 여전히 꼼짝하지 않았다. 무례해. 오필리아는 힘껏 비질을 했고, 더러운 물이 급류처럼 그들의 발을 휘감았다. 하나가 깍깍거리며 물러섰지만 나머지 둘은 그대로였다.

"또 할 거야." 오필리아가 말했다. 그들은 계속 그렇게 서 있었다. 소처럼 멍청하구면, 그는 생각했다. 다시 한 번 그들의 발치로 세차게 물을 쓸어 보냈다. 깍깍 소리가 두 번 더 들린 뒤 나머지 둘까지 물러섰고, 괴동물들은 자기들끼리 시선을 교환했다. 그는 다시 복도로 갔다. 문간으로 돌아오니 그들이 또 서 있었지만, 이번에는 그가 물을 쓸기 전에 비켜섰다.

그러더니 실내로 들어와 오필리아를 따라왔다. 그들이 젖은 발로 바닥을 쿵쿵 걸어도 그는 신경 쓰지 않았다. 상관없었다. 바닥은 이미 더럽고 축축했으니까. 물을 흘리면서 우두커니 길을 막고 서 있지 말고 몸을 좀 닦았으면 좋겠다고 생각했지만, 하던 일을 멈추고 수건을 찾아서 갖다줄 생각은 없었다. 그들은 빗자루를 들고 지나가는 그에게 길을 터주

긴 했지만 그 외에는 아무것도 하지 않고 일하는 그를 지켜보기만 했다.

게으른 응석받이들, 오필리아는 판단을 내렸다. 무례하고 게으른 응석받이들. 저들한테 어머니가 있다면, 자식이 집안일을 돕게 가르칠 생각조차 하지 않은 거다. 집은 있나 몰라. 그런 생각이 들자 그는 잠시 일손을 멈추고 그들을 쳐다봤다. 물론 집이 있겠지. 지적 동물은 주거를 지으니까. 그것도 지적 생물 판별기준이다. 누가 한데서 폭풍을 맞고 바람에 날아가고 비를 맞고 싶어 할까? 저것들은 아니야. 폭풍 때문에 다친 것도 봤잖아. 그러니 저들도 분명 집이 있고, 집이 있다면 누군가는 그곳을 치우겠지. 그러니까 치우는 법을 모를 리 없어.

그리하여 오필리아는 수납장에서 대걸레와 빗자루를 꺼냈다. 나를 죽이러 왔다면 이 정도 특별대우는 해드려야지. 대걸레와 빗자루를 끌면서 복도로 돌아오니 괴동물들은 원래 자리에서 멍하니 서 있었다.

"자." 오필리아가 빗자루를 내밀며 말했다. 하나가 팔을 뻗어 빗자루를 받아 들었다. 그는 다른 것에게 대걸레를 내밀었다. 그것 역시 받아 들었는데, 뭔지 모르는 물건을 받은 아이처럼 보였다. 그는 가르쳐보기로 했다. 자식들을 가르쳤던 것처럼. 외계인 일당의 무급 가사 도우미가 될 생각은 없었다.

"이렇게." 오필리아는 빗자루로 쓸어 보이면서 말했다. 빗자루를 든 괴동물이 커다란 눈으로 보고 또 보더니 동료들을 쳐다보며 끙끙거렸고, 계속 작게 끙끙대다가 마침내는 날카롭게 깍깍댔다. 동료들도 깍깍, 하고 대답했다. 오필리아는 넘겨짚고 엄한 목소리로 말했다. "그래, 난 **정말로** 네가 그걸 썼으면 해. 바닥이 젖었어. 너는 나보다 크고 힘도 더 세잖아. 빗자루로 쓸어봐."

빗자루를 든 괴동물은 꼭 아이처럼 머뭇대면서 빗자루로 바닥을 한 번 슥 쓸었다. "더 세게." 오필리아가 말했다. "더 세게 쓸어봐." 다시 시범을 보여주었다. 괴동물이 더 세게 쓸었다. 아직도 약했지만 일단 첫 단추는 꿰었다. "해봐." 오필리아는 바닥이 고르지 못해 물이 고인 데로 팔을 흔들며 말했다. 그것은 그를, 이어 동료들을 힐끔 본 뒤 고인 물을 빗자루로 쓸었다. 별로 신통치는 않았다.

"그리고 너." 오필리아는 대걸레를 든 것에게 말했다. "이런 식으로." 대걸레를 갖고 있지 않은 그는 대걸레를 쥐고 있는 그것의 손을 두 손으로 잡고 맞는 방향으로 걸레를 밀었다. "대걸레는 물을 빨아들여." 알아듣건 말건 소리 내어 설명하니 기분이 나아졌다. 옆에 누가 있으면 말을 하게 되기 마련이다. 손안에서 느껴지는 괴동물의 손은 크고 뼈가 불거졌으며 인간의 손보다 딱딱하고 구조가 기이했다. "걸레가 흠뻑 젖으면 물을 짜내." 그가 대걸레를 짤 수 있는 높이로 들어 올리려 하자 그것은 몸에 힘을 주고 버텼다. 그러면서 찌르륵거렸는데, 그러자 다른 둘이 끙끙거림으로 대꾸했다.

오필리아는 그것의 얼굴을 봤다. 눈꺼풀이 거의 닫혀 있었다. 뭔가 잘못됐군. 대걸레의 손잡이를 쥔 손을 놓아주자 그것이 눈을 떴다. 이어 끙끙거렸다. 음. 찾아보면 빗자루는 하나 더 있을 것 같아. 그는 들고 있던 빗자루를 세 번째 괴동물에게 건네고, 그것의 동료가 쓸어낸다기보다는 휘젓고 있는 물웅덩이를 가리켰다. 그런 다음 수납장으로 돌아가 빗자루를 하나 더 가져왔다.

그는 몸짓을 하고 슬쩍 찔러가며 그들이 대충 문 쪽으로 물을 쓸어내게 만들었고 자신은 대걸레로 바닥을 닦았다. 그는 걸레질을 싫어했지만 축축한 바닥도 싫었다. 밖에서는 폭풍 뒤에 따라오는 비가 그치지 않고 내렸다.

그가 다시 배가 고파졌을 때 나머지 괴동물이 모두 나타나 '그의' 괴동물들의 작업을 방해하며 시끄럽게 굴었다. 아무튼 그렇게 보였다. 신참들이 끙끙대고 깍깍대고 꽥꽥대자 일하고 있던 것들이 빗자루를 바닥에 떨어뜨렸다. 그리고 다 같이 그를 빤히 쳐다봤다. 그는 또다시 그들의 주목이 촉발하는 압박감을 느꼈다. 싫었다. 죽이든지 가버리든지 마음대로 하기를, 그런 식으로 쳐다보면서 괴롭히지 않기를 바랐다.

이제 바닥의 물기가 거의 제거된 상태라 별로 도움이 필요하지 않았다. "마음대로 해." 그는 그들을 향해 팔을 흔들며 말했다. "이제 가도 돼." 가기는커녕 신참들이 물을 뚝뚝 흘리며 더 안쪽으로 들어왔다. "바보들! 갓난쟁이들!" 오필리아는 다시 대걸레를 들고 신참들의 발치로 들이밀었다. 좀 전까지 비질을 담당했던 것들이 그의 뒤에서 신참들에게 꽥꽥거렸고, 신참들도 꽥꽥대며 대꾸했다. 신참들이 굴하지 않아서, 그는 굵고 검은 발톱이 달린 길고 거무스름한 그들의 발가락에 걸레를 질러댄 뒤 그들을 에둘러 밖으로 나가 길에서 걸레를 짜야 했다. 그들은 그를 도우려 하지도, 비켜서지도 않았다.

그들과 똑같아. 그럼 그렇지. 그는 그 대명사—그의 경험의 원천—가 정확히 누구를 가리키는 것인지는 굳이 고민하지 않았다. 새로 고인 물을 닦고 마지막으로 걸레를 짜서 문가에 기대 세워놓았다. 괴동물들은 뭔가를 의논하고 있었고—내가 어떤 맛이 날지가 주제일까, 오필리아는 생각했다—그에게 신경 쓰지 않았다. 그는 여전히 배가 고팠다. 중앙 복도를 따라 기계실을 지나가면 센터의 주방과 팬트리가 있었다. 마지막으

로 넌더리가 난다는 듯 그들을 쳐다본 뒤 주방으로 갔다. 뒤에서 깜짝 놀
란 듯한 소리, 단단한 바닥에 발톱이 딱딱 부딪히는 소리가 들렸다. 그는
왜 이제야 발톱소리를 들었는지 잠시 생각했다 ― 폭풍이 왔을 때는 너
무 시끄러워서, 오늘 여기서는 그들에게 말하고 있어서였다. 센터의 팬트
리에는 기본 식료품이 보관되어 있었다. 밀가루, 설탕, 소금, 건조 효모,
베이킹파우더와 베이킹소다, 말린 콩과 완두콩. 냉동고에는 전보다 줄어
든 고기를 비롯해 상하기 쉬운 식재료가 들어 있었다. 오필리아는 주방
의 불을 켜고 들어갔다. 왼쪽 팬트리의 내부조명을 켰다. 배가 너무 고파
마른 콩을 요리할 여유는 없었다. 냉동고를 들여다봤다. 비상시를 대비
해 각 가정에서 기부한 완조리식이, 캐서롤과 스튜와 수프가 있었다. 그
는 최근 몇 년간 그것을 먹지 않았는데, 직접 만든 음식을 좋아하기 때문
이었다. 아리안이 기부한 패킷을 꺼냈다. 아리안네 식구들의 이름이 붙
어 있는 양고기스튜였다. 패킷을 급속 해동기에 넣은 뒤 스튜를 끓일 냄
비를 찾아다녔다. 냄비를 찾았을 때쯤 패킷이 말랑해졌다. 패킷을 열어
덩어리진 차가운 내용물을 냄비에 부었다.

　스튜를 데우는데 괴동물들이 주방에 들어와 애들처럼 온갖 것을 만
지작거렸다. 개수대 수전도 조작해보려 했다. 그 집에서 가르쳐준 걸 기
억하고 있구나. 수납장을 열고, 쥘 수 있는 건 전부 들었다가 내려놓고,
반대쪽 팬트리 안의 조명까지 켰다. 하나가 오필리아의 옆에 와서, 볶음
용 숟가락을 쥔 그의 손을 아주 천천히 건드렸다. 부드럽게 끙끙대면서.

　어쨌거나 지금 당장 죽이려고 덤벼들지는 않고 있으니 예의를 지키는
게 좋을 것 같았다. "스튜를 끓이고 있어." 그가 말했다. "이건 숟가락이고
이건 냄비, 이건 스토브." 손으로 가리켜가며 말했다. 가리키는 행동을

이해할까? 괴동물이 냄비 위로 머리를 바짝 들이댔다가 스튜가 부글거리자 얼른 물러섰다. "뜨거워." 오필리아는 아이에게 하듯이 말했다. "조심해, 뜨거워."

뒤에서 와장창 소리가 나서 깜짝 놀라 돌아봤다. 괴동물 하나가 수납장에서 접시를 꺼내려다가 몇 장 떨어뜨린 것이었다. 양팔을 옆으로 들어 올린 채 얼어붙은 듯 서 있는 그것에게 다른 둘이 천천히 다가갔다. 오필리아는 자기도 모르게 피식 웃었다. 사고 친 아이가 형제자매에게 혼나는 상황과 너무 비슷해서였다. 접시가 깨진 것은 별로 신경 쓰이지 않았다. 그 접시들의 칙칙한 베이지색 바탕과 갈색 줄무늬는 제조기의 기본 디자인으로, 한 번도 마음에 든 적이 없었으니까.

그는 돌아서서 다시 스튜를 봤다. 적당히 데워진 것 같아 스토브를 껐다. 그릇이 필요했다. 기억이 맞는다면 작은 그릇은 이쪽 끝의 식기 수납장에 있었다. 수납장 하나를 여니 큰 그릇들이 있었다. 작은 그릇은 그 옆 수납장에 있었다. 괴동물들이 지켜보는 가운데 그는 그릇을 꺼내고 그 밑의 서랍에서 숟가락을 꺼냈다. 그런 다음 자신의— 실제로는 아리안의— 스튜를 그릇에 부었다.

맛을 봤다. 아리안은 요리를 잘했지만 이 스튜는 평소보다 보수적으로, 가족의 입맛보다는 주민 전체를 고려해서 만든 것 같았다. 오필리아라면 마저럼과 후추를 더 넣었을 터였다. 그래도 충분히 맛있었고 배가 고프니 더욱 맛있었다. 괴동물들을 보니, 다시 탐험을 재개해 눈앞의 것들에 집중하느라 그를 전혀 신경 쓰지 않고 있었다. 그래서 그냥 그 자리에 서서 먹기로 했다. 스튜를 한 그릇 비우고 한 그릇을 더 먹은 뒤 남은 것은 냄비째로 냉장고에 넣었다. 그런 다음 사용한 그릇과 숟가락을 들고 개수대로 갔다.

그들은 아직도 깨진 접시 조각을 치우지 않았다. 오필리아는 그들을 쳐다보며 한숨을 쉬었다. 하나가 그를 보며 찌르륵거렸다. "너희가 어지른 거잖아." 오필리아는 그렇게 말했지만, 그런다고 뭔가가 달라질 거라는 기대는 별로 없었다. 그것이 끙끙거렸다. "내가 어지른 거 아니야." 그가 이어 말했다. 허리를 숙이고 접시 조각을 줍고 싶지 않았다. 이미 피곤하고 몸이 쑤셨다. 그대로 지나쳐 가서 개수대의 물을 틀었다. 괴동물 하나가 다가와 그릇 씻는 것을 유심히 봤다. 설거지라는 걸 안 하나? 아니, 애초에 그릇이 없을까? 오필리아는 물기가 빠지도록 그릇을 뒤집어놓았다. 돌아서니 한 녀석이 한 손으로 접시 조각을 주워 다른 손안에 모으려고 하고 있었다.

쓰레기통도 모르겠지. 오필리아는 개수대 밑의 수납장을 열어 쓰레기통을 꺼냈다. 그것을 접시 조각을 줍는 괴동물에게 건네고 파편을 집어넣는 시늉을 해보였다. 그것은 잠시 그를 응시한 뒤 접시 조각을 쓰레기통 안으로 떨어뜨렸다. 오필리아가 웃어 보이자 그것은 동공이 커지며 뒤로 물러났다. 겁먹은 거야? 옆을 보니 다른 것들이 지켜보고 있었다. 당황했나? 알 수 없었다. 집에 가서 낮잠을 잔 뒤 청소를 마저 하고 싶었다. 하지만 젖은 매트리스는 반드시 치워야 했다. 매트리스를 들 생각을 하자 벌써부터 관절이 아팠다.

복도를 걸어가는데 뒤에서 여러 개의 발톱이 부딪는 딱딱 소리가 들렸다. 젠장. 센터에 쟤들만 두고 갈 순 없잖아. 제어실에 들어가 버튼을 눌러대면? 내 목숨이 걸려 있는 기계들을 망가뜨리면? 돌아서니 그들이 바로 뒤에 있었다. 눈을 반짝이며 활력에 넘쳐서.

가버려, 그는 그렇게 말하고 싶었다. 가버려, 한잠 자고 나면 너희를 어떻게 해야 할지 생각날 것 같으니까……. 가버려, 전부 다 가만히 두고 아무것도 만지지 마……. 소용없을 터였다. 어린애들한테 그래봤자 소용없듯이. 상대가 얼마나 졸리든, 얼마나 절박하게 일을 끝내고 싶어 하든, 자기가 탐구하기로 한 기계가 얼마나 위험하든 전혀 개의치 않으니까. 그 괴동물들은 자기 무리에서는 어리지 않지만 그의 입장에서는 애들만큼 위험했다. 설사 그를 죽일 생각이 없다고 하더라도.

그는 계속 깨어 있어야 했다. 자물쇠를 만들어 그들이 열면 안 되는 문들에 달면 어떨까 생각했다. 손을 쓰는 게 나보다 서툴렀잖아. 수전을 처음 조작할 때도 어설펐고. 그는 자기가 방해했을 때 그들이 어떻게 나올지 궁금해졌다. 그런 생각을 하고 있는데 이미 한 녀석이 제어실 문을 열고 큰 소리로 깍깍거렸다.

안 돼. 오필리아는 깍깍대든 끙끙거리든 무시하며 팔꿈치로 그들을 밀치고 앞으로 나간 뒤 돌아서서 그들을 맞보며 두 팔을 벌렸다. "여기서 나가. 안 돼." 갓 데려온 강아지나 남의 아기한테 말하고 있는 것 같았다. 그들은 그 뒤의 알록달록한 불빛과 게이지에, 깜박거리며 상황 보고를 띄우는 모니터 화면을 주시하고 있었다. 자기들끼리 끙끙거리며 막무가내로 지나가려 했다.

"**안 돼!**" 오필리아가 발을 쿵쿵 구르자 그들은 그가 둔기로 때리기라도 한 것처럼 그 자리에 굳어서 그를 빤히 쳐다봤다. "너희는 여기 들어가면 안 돼. 고장 낼 거야. 다 망칠 거라고."

앞쪽에 있던 것이 길게 울리는 찌르륵 소리를 내며 제어실 쪽으로 팔을 흔들었다.

오필리아는 고개를 저었다. "안 돼. 안 돼. 너희는. 위험해." 어떻게 하면 위험을 몸짓으로 표현할 수 있을까. 전기가 뭔지는 알까? "즈즈즈즛!" 그는 뭔가를 만지는 시늉을 하며 그렇게 말하곤 뒤로 홱 물러났다. 그리고 고개를 저었다.

"즈즈즈즛……." 괴동물이 그가 낸 소리를 따라 한 건 처음이었다. 괴동물의 언어에서 '즈즈즈즛'은 무슨 뜻일까? 아니, 그보다 이렇게 하면 이것들이 이곳을 들쑤시고 다니며 일으킬 재앙을 막을 수 있을까? 오필리아는 어릴 때 전기에 대해 배운 내용을 떠올렸다. 번개도 전기다. 번개는 분명 알고 있을 거야. 제대로 전달할 수 있을까?

앞쪽에 있던 괴동물이 제어반을 향해 길고 거무스름한 손톱을 천천히 내밀었다. "즈즈즈즛……." 그리고 오필리아보다 부드러운 소리로 그렇게 말한 뒤 뭔가에 쏘인 것처럼 얼른 팔을 거뒀다. 오필리아는 고개를 끄덕였다. 적어도 그건 알아들었구나.

"그래, 즈즈즈즛. 다쳐. 엄청 아야 해." 그는 위험한 것에 손을 뻗는 아기한테 하듯이 말하는 스스로가 웃겼지만, 효과는 있었다.

괴동물이 닿지 않을 만큼만 그에게 팔을 뻗었다. 이어 한쪽 눈이 다른쪽보다 그에게 더 잘 보이게 고개를 옆으로 기울였다. "즈즈즈즛……." 또 그 소리를 낸 후 그의 가슴을 아주 살짝 건드렸다.

오필리아는 얼굴을 찌푸렸다. 뭔가를 말하려는 건 확실했다. 그에게 뭔가를 말하고 싶어 하는데…… 무슨 뜻인지 알 수 없었다. 머릿속에서 상황을 다시 정리해봤다. 나는 이 안에 있는 것을 건드리면 너희가 다칠 거라는 뜻을 전달하려 했다. 그러자 괴동물이 내가 했던 대로 따라 했고, 그건 이해했다는 의미일 수 있다. 하지만 아이들이 대부분 그런 속임

수로는 가르침을 얻지 못한다는 걸 나는 안다. 다치고 나서야 불을 만지면 덴다고 이해한다는 걸. 그런 다음 괴동물은 나를 거의 건드릴 듯하며 소리를 낸 뒤 실제로 건드렸다.

기계처럼 나도 자기를 다치게 할 수 있다고 말하려던 걸까? 실제로 나 때문에 다쳤다고? 아니야. 이것들은 이미 나를 만진 적이 있고, 내가 알기론 그 때문에 다치지는 않았어. 움찔하거나 뒤로 펄쩍 물러나지도, 다른 고통의 징후를 보여주지도 않았으니까. 사람과 다른 방식으로 고통을 표현할 수도 있겠지만.

"즈즈즈즛……." 괴동물이 아까 했던 일련의 행동을 되풀이하며 말했다. 그리고 그 끝에 강조하듯 오필리아 뒤의 기계들을 가리키는 것처럼 보였다. "즈즈즈즛." 그런 다음 또 그를 가리켰다.

아. 오필리아는 자제할 새도 없이 웃음을 터뜨렸다. 아무렴. 기계가 나도 **즈즈즈즛** 시키는지 알고 싶었던 거야. 내가 **즈즈즈즛** 되는 걸 보고 싶었거나. 혹은 나와 기계들을 연결하는 것과, 그들이 했다고 내가 주장한 행위를.

오필리아는 손가락을 하나 세워 보였다. 괴동물들이 손가락을 쳐다봤다. "잘못된 장소에 가면 즈즈즈즛 하게 돼." 그는 그렇게 말한 뒤 케이블이 동력 시스템과 연결되어 있는 배출구 쪽으로 갔다. "여기서는 모두가 즈즈즈즛 하게 돼." 다시 한 번 그것을 만지는 척하고 소리를 내고 홱 물러났다. "하지만 여기는— **만약에** 조작하는 방법을 안다면, 그러니까 나는 만질 수 있어." 그는 말하면서 몸짓을 했다. 손가락으로 머리를 톡톡 쳤다……. 알다……. 조심스레 다가가, 누르기 전에 어느 버튼을 누를지 제어반을 잘 살펴봤다……. 손가락으로 신중하게 하나의 버튼만 눌렀다.

즈즈즈즛 없음. 조명들이 깜박거렸다. 그가 센터의 모든 조명을 천천히 깜박이게 하는 경고 회로를 작동시켰기 때문이다.

깍깍, 끙끙, 꽥꽥. 앞쪽에 서 있는 괴동물들 뒤에서, 복도에서 불안한 동요가 일었다. 오필리아가 다시 버튼을 누르자 조명이 원래대로 돌아왔다. 그는 다른 제어반들도 조작했다. 사후 분석을 위해 모든 모니터 디스플레이를 저장하고, 그가 쓰는 제어반 외에는 모두 무력화했으며, 가장 저항이 강한 운영 시스템을 선택했다. 그들이 호기심에 못 이겨 이것저것 누를까 봐, 발생할 수 있는 대부분의 문제를 예방해두었다. 마구잡이 식으로는 맞는 순서로 버튼이 눌러져 뭔가가 실행되기는 힘들 터였다. 그리고 그의 볼일이 끝나면 이 제어반을 무력화해놓을 생각이었다. 일단은 한 번 더 겁을 주기로 했다. "아주 조심하지 않으면, 제어반을 아무렇게나 눌러대면 나쁜 일이 벌어질 거야." 그는 제어반에 손을 올려 신중하게 긴급 경보 패널을 조작했다. 밖에서 사이렌이 울리기 시작해 갈수록 그 소리가 커졌다. 센터의 모든 방에서 벨이 울리고, 조명은 점멸 시퀀스가 바뀌어 밝아졌다가 어두워지기를 반복했다. 오필리아는 경보를 끄고 제어반을 잠갔다. "이러니까 너희가 말썽을 부리면 안 되는……."

이미 말썽이 났다. 괴동물들의 반 이상이 자기들이 방금 치운 바닥에 악취 나는 무더기를 배출해놓았다. 그리고 다들 그를 쏘아보고 있었다. 굳이 언어를 몰라도 그들이 화가 났음은 알 수 있었다. 오필리아도 그들을 노려봤다. 내 잘못이 아니야. 이 정도로 겁을 먹을 줄은 몰랐다고. 제어반을 건드리면 안 된다고 설득하려 했을 뿐인데, 바닥을 저 지경으로 만들다니.

"나는 그거 못 치워." 오필리아가 말했다. "빗자루를 가져와." 대걸레가 필요하겠어. 그리고 또…… 아니, 필요 없겠네. 괴동물 하나가 유독 단호하게 끙끙거리며 뭐라고 하자 죄지은 것들—오필리아의 눈에는 그렇게 보였다—이 부리나케 달려나가 부삽 같은 것을 들고 왔는데, 그것이 주방에 있던 큰 볶음용 숟가락임을 그는 너무 늦게 알아봤다. 아 그래, 소독하면 되겠지. 생화학적 호환이 일어나지 않을 수도 있음은 신경 쓰지 않았다. 제대로 소독되기 전에는 외계인의 배설물을 뜬 볶음용 숟가락을 쓸 생각이 없었다.

죄지은 것들이 배설물을 수거해 복도를 따라 현관문 쪽으로 갔다. 변기에 버리면 된다고 말해줬어야 하나. 그는 아직도 그를 쏘아보고 있는 것들을 다시 쳐다봤다. 화를 더 돋우지 않는 게 낫겠어. 그의 인생 경험이, 머릿수에서 앞서고 무기가 있는 자들의 심기를 거스르는 건 좋은 생각이 아니라고 상기시켜주었다. 그들이 아직 그를 해치지 않았기에…… 그는 어느새 그들이 무해하다고, 또는 당장의 위협은 아니라고 생각하고 있었다.

청소반이 돌아왔다. 오필리아는 볶음용 숟가락이 깨끗해 보인다는 것을 알아차렸다. 빗속에서 문질러 씻기라도 한 걸까. 물론 보이는 것이 전부는 아니니 나중에 열탕 소독을 해야 할 것이다. 나머지 괴동물들이 몸을 살짝 털며 긴장을 푸는 기색이었다. 그들의 골똘한 시선에서 벗어나자 오필리아도 긴장이 풀리는 느낌이었다. 아무래도 날 죽일 생각은 없는 것 같아. 적어도 지금 당장은. 내가 계속 진정시키면 괜찮을지도 몰라. 상대가 애들이라면 달콤한 간식을 만들겠지만 그들은 지금까지 한 번도 주방의 음식에 관심을 갖지 않았다.

그가 문 쪽으로 가자 괴동물들이 물러났다. 그리고 그를 따라 복도를 통과해, 긴 작업대 밑에 젖은 매트리스가 있는 재봉실로 들어갔다. 그는 머릿수를 셌다. 다 와 있었다. 제어실에 숨어들어 스위치를 만지작대는 괴동물이 없다는 뜻이었다.

그들은 주방에서 그랬듯 돌아다니면서 하나하나 다 구경했고, 그로서는 언어 같은 거라고 짐작할 수밖에 없는 부드러운 소리를 냈다. 그는 쭈그리고 앉아 그의 방식으로 끙끙거리며 젖은 매트리스를 탁자 밑에서 끌어내려 애썼다. 매트리스는 흠뻑 젖었는지 몇 킬로그램은 더 무거워진 데다 축축한 바닥에 달라붙은 것 같았다. 그는 더 세게 잡아당기면서, 애초에 매트리스 밑에 뭔가를 받쳐놓을 만큼 지각이 있어야 했다고 생각했다. 물론 재봉실 문을 열어둬서 빗물이 들어오게 할 생각은 없었다. 지금도 자기가 문을 열어둔 채 평화로운 폭풍의 중심으로 산책을 나간 것인지 기억나지 않았다. 뭐, 그다지 중요한 문제도 아니지만.

그가 아무리 당겨도 매트리스는 꿈쩍도 하지 않았다. 그때 갑자기 길고 거무스름한 손톱이 달린 뼈가 불거지고 이상하게 생긴 손 네 개가 매트리스를 잡았다. 이어 매트리스가 갑자기 자기 쪽으로 미끄러져오는 바람에 그는 엉덩방아를 찧었다. 두 발이 매트리스에 깔렸다. 괴동물 둘이 매트리스를 들고 그를 쳐다보고 있었다. "고마워." 그가 말했다. 아이들이 도우려고 나섰을 때 고맙다고 하는 것은 중요했다. 설사 제대로 돕지 못했다고 해도. 그렇게 해야 아이들이 계속 도우려고 할 것이기에. 오필리아는 매트리스에서 발을 빼고 몸을 일으켰다가 다시 쭈그리고 앉아 매트리스를 잡아당겼다. 그들도 함께 잡아당겼다. 그가 이끄는 대로 탁자 밑에서 빼낸 매트리스를 세워서 벽에 기대놓았다.

오필리아는 두 손을 등허리에 얹고 숨을 크게 내쉬었다. 오늘 밤은, 그

때까지 살아 있다면, 내 침대에서 쉬고 잘 수 있겠네. 주위를 둘러봤다. 괴동물 하나가 꿰지 않은 비즈를 쿡쿡 찌르고 있었다. 또 하나는 비즈와 프린지로 장식한 그의 망사 옷을 살살 흔들며 소리를 듣고 있었다. 갓난 쟁이들! 늘 뭔가에 홀리고 뭔가를 건드리고 어지르고 있구면.

"내 거야." 그가 말했다. 돌아가는 머리들과 빤히 보는 눈들. 예전만큼 나쁘지는 않았다. 그들이 걸핏하면 빤히 쳐다보지만 그뿐이라는 걸 알게 됐기 때문이다. 그는 들고 있는 괴동물한테서 옷을 빼앗았다 ─ 순순히 넘겨줬다 ─ 그리고 그제야 그들이 그 물건의 용도가 뭔지 모를 수 있다는 생각이 들었다. "이건 옷이야." 보여주는 게 나을 것 같았다. 사람들처럼 그가 손수 만든 것을 두고 이러쿵저러쿵할 것 같지도 않았다.

오필리아는 꼼지락대면서 옷을 입으며, 저번과 마찬가지로 그 옷이 몸에 닿는 느낌을 즐겼다. 마침내 딱 좋은 위치에 다는 데 성공한 비즈 장식이 어깨뼈 바로 밑의 가려운 곳을 저절로 긁어주었다. 그는 자기도 모르게 두 손이 저절로 움직이며 비즈를, 그 화사하고 부드럽고 매끈하고 조화로운 것들을 어루만졌다.

"좀 낫네." 그가 말했다.

"즈즈즈즛……" 괴동물 하나가 길고 딱딱한 손톱으로 그를 가리키며 말했다.

"아니, 즈즈즈즛 안 해. 내가 만든 거야." 그는 두 손을 펼쳐 보인 뒤 비즈를 하나 집어 풀을 꼬아 만든 줄에 꿰었다. "나는 만들기를 좋아해." 다시 다른 비즈와 작은 스페이서를, 그다음엔 더 큰 다른 비즈를 집어 들어 보여주었다. 그들이 모두 가까이 왔다. 정말로 흥미로워하는 것이 느껴졌다.

9

오필리아는 결국 제어실에서 자기로 했다. 아무래도 괴동물들이 제어실을 가만히 둘 것 같지 않았기 때문이다. 물론 그들은 원한다면 그를 밀어내고 마음대로 할 수 있겠지만 아직까지는 그러지 않고 있었다. 그는 재봉실들을 돌며 구한 마른 천을 한 아름 안고 와서 매트리스 대신 바닥에 깔았다. 이보다 더한 데서도 잤잖아. 어젯밤엔—그는 스스로에게 상기시켰다 — 외계인들이 우글거리는 방바닥에서 이불도 없이 잤고.

괴동물들의 면전에서 문을 닫았다. 수선거리는 소리가 문틈으로 들어왔지만 무시했다. 문 옆에 깐 천 무더기에 누워 피로와 관절통에 시달리며 끙끙거렸다. 정말이지 이런 일을 겪기에는 너무 늙었다고. 이런 일을 아무렇지 않게 넘길 수 있는 나이가 있을 것 같지는 않지만 새삼 불끈 성이 났다. 사람들이 떠난 이후 그야말로 마음대로 살고 있던 그였다. 그를 속박하는 건 그가 실질적인 일로 여기는 것들뿐이었다 — 날씨나 정원 작물 거두기, 소와 양.

그러나 이제 그는 침대가 아니라 딱딱한 바닥에서 자고 — 아니, 잠들지 못하고 누워— 있었다. 어느 성가신, 손이 많이 가는 애들 같은 외계인들이 제어실에 들어가지 않을 거라고 믿을 수가 없어서. 그들은 아이들이 그러하듯 별생각 없이 심각한 사고를 칠 수 있었고, 아이들과 달리 돌아오는 보상은 아무것도 없었다. 껴안아주고 싶다는 생각이 전혀 들지 않았으니까. 자고 일어나면 몸이 뻣뻣하고 쑤실 것이고 자지 않으면 아침부터 기진맥진할 것이다. 그들은 애들처럼 눈을 반짝거리며 나타날 테고. 아이들은 어른들한테 무슨 일이 있건 말건 늘 푹 자고 일어나니까.

인생의 끄트머리였다. 단순해야 했다. 마침내 그럴 수 있게 됐다고 확신하고 있었다. 말년이 안락하지는 못해도 최소한 **혼자서 조용히** 보낼 거라고 기대했었는데. 방해하는 사람 없이, 잠을 깨우거나 이래라저래라 하는 사람 없이.

오필리아는 잠깐 선잠을 자다가 예상대로 개운하지 못하게 깨어났지만 이상하게 기분이 좋았다. 밖에서 부드러운 소리가 문틈으로 들어왔다……. 리드미컬한 소리, 조화로운 소리. 음악 소리? 외계 괴동물들이 음악을 연주하고 있어?

음악을 연주하는 외계인은 상상조차 해본 적 없었다. 주변 사람들 중에서도 음악가는 한 명도 없었다. 오필리아에게 음악이란 상자에서, 큐브 플레이어에서, 전송된 오락물에서 나오는 것이었다. 가끔 큐브 드라마에서 실제로 음악을 연주하는 사람을 본 적이 있었고, 아주 오래전, 초등학교 때 음악 감상 시간이 있었다. 현장학습으로 교향악단 리허설을 보러 간 날은 지금도 기억이 났다. 그러나 아는 사람들 가운데 악기를 다룰 줄 아는 사람은 한 명도 없었다. 물론 다들 노래는 불렀다. 누구는 잘 부르고 누구는 못 불러도, 오필리아는 어머니라면 누구나 아기한테 콧노래를 불러줄 거라고 생각했다. 사랑에 빠진 커플은 때때로 사람들로 가득한 거리에서 제일 좋아하는 노래를 함께 부르며 걸었다……. 오필리아와 카이타노가 그랬듯이. 그러나 움베르토는 그가 음치라고 말했고, 그 후로 오필리아는 아기들한테만 노래를 불렀다. 아기들을 달래주는 비선율적인 흥얼거림이었다. 여자들은 같이 일할 때 가끔 노래를 불렀지만 오필리아는 절대 같이 부르지 않았다.

저 괴동물들은 음악을 어떻게 연주하지? 그는 그들이 두르고 다니는 끈에 달린 것들을 떠올려봤다. 대부분 자루와 호리병박이고 칼집에 든 긴 칼도 있었다. 사진으로 본 악기들과 모양이 비슷한 것은 전혀 없었다. 그냥 노래를 부르면서 바닥을 쿵쿵 치고 있는 걸까?

오필리아는 불만스러운 천 침대에서 천천히 일어나 문을 살짝만 열어봤다. 괴동물들은 보이지 않았다. 복도 저편의 어딘가에 있는 것 같았다. 그래도 소리는 더 잘 들리면서 경쾌하고 즐거운 느낌이 전해졌다. 그는 말도 안 된다고 생각하면서도 빙그레 웃고 말았다. **다**다다 **딤**더 **딤**더 **딤**더……. 그리고 귀를 간질이는 선율. 아니, 그는 생각했다, 움베르토가 그에게 지적한 것처럼 단조롭게 읊조리는 것 같기도 했다. 괴동물의 음악은 원래 그런 것 같기도 하고. 하지만 분명 음악이었고, 그는 그들이 그 소리를 어떻게 내는지 알고 싶었다. 어차피 관절이 너무 아파서 다시 자러 갈 수도 없다고 스스로를 설득했다.

문을 좀 더 열고 고개를 내밀었다. 눈에 띄는 것은 없었다. 문 열린 채 봉실에서 빛이 새어 나왔다. 괴동물들이 배설물을 치운 바닥에서 희미하게 악취가 났다. 그리고 들려오는 소리.

천천히, 조용히, 오필리아는 복도를 기어서 빛이 새어 나오는 곳으로 갔다. 그러자 기저를 이루는 복잡한 리듬과, 씨주머니 속의 씨앗들이나

한 줌의 비즈가 내는 듯한 작은 소리가 들렸다. 선율을 이루는 흘리는 듯한, 숨이 새는 듯한 소리, 그가 아는 어떤 악기소리와도 다른 소리. 그리고 그의 귓속을 간지럽히는 또 다른 소리.

문가에서 슬쩍 들여다보니 그들은 다 같이 둥그렇게 둘러앉아 있었다. 긴 탁자들은 한쪽으로 치워져 있었다. 시야가 좁았지만 괴동물 하나가 여러 개의 대롱을 한데 엮은 것을 입에 대고 있는 것이 보였다. 불고 있는 게 분명했다. 등만 보이는 다른 괴동물이 두 팔을 움직이자 서로 얽힌 음들이 선율 위로 울려 퍼졌다. 오필리아는 눈시울이 뜨거워지는 것을 느꼈다. 대체 이건 뭐지? 갑자기 나머지가 뭐라고, 악기소리와 썩 잘 어우러지게 뭐라고 외치기 시작했다. 하나가 손을 들어 올리자 그들은 급히 목소리를 낮췄고 몇몇은 오필리아가 잤던 제어실 쪽을 힐끔 쳐다봤다. 그들이 인간이라면, 누군가 자고 있음을, 그 사람을 깨워서는 안 된다는 걸 떠올리고 한 행동일 터였다. 하지만 인간이 아니라 외계인이었다. 무슨 생각으로 한 행동일까? 오필리아는 복도 벽에 등을 기대고 쪼그리고 앉아, 보지는 않고 듣기만 했다. 그들이 함께 내는 목소리에는 느슨하게 뜬 편물 같은 느낌이 있었다. 가는 실로 짠 것이 아니라 굵은 코바늘뜨기나 니트에 가까웠다. 그로서는 듣기 좋았다. 감촉에서도 그는 얇은 실보다는 굵직하고 부드러운 실을 더 좋아했다.

음악을 듣다가 자기도 모르게 잠들었다가 깨어나 보니 그들이 서서 내려다보고 있었다. 벽에 기댄 채 반쯤 앉은 자세로 잠든 것이었다. 그는 목이 결렸고, 입은 지저분하고 낡은 느낌이 들었다. 눈을 끔벅거리며 그들을 쳐다봤다. 하나가 아직 대롱 묶음을 손에 들고 있었다. 그것이 대롱 묶음을 불자 숨이 새는 듯한 부드러운 소리가, 지나치게 맑다는 것 외엔

모퉁이를 도는 바람소리와 똑같은 소리가 났다. 그것은 불기를 멈추더니 고개를 한쪽으로 기울였다.

들었느냐고 묻는 건가? 저 소리 때문에 깼냐고? 아니면 저 소리 때문에 잠들었냐고? 도통 알 수 없었다. 듣기 좋을 뿐이었다. 그는 **계속해**, 라는 의미로 손을 내밀었는데 괴동물이 대롱 묶음을 건넸다.

총 일곱 개의 대롱은 광택이 났고, 풀을 실처럼 가늘게 잘라 땋은 끈에 묶여 있었다. 오필리아는 고개를 숙이고 만듦새를 자세히 살펴봤다. 풀을 가늘게 자른 뒤―가지런하게―땋았고, 땋은 것들끼리 다시 땋아 대롱들을 묶었다. 대롱 자체는 가벼운 느낌으로, 새의 뼈나 큰 갈대의 줄기 같았다. 짙은 주홍색으로 물들여놓아서 원래 무슨 색이었는지는 알 수 없었다. 원래 주홍색일 수도 있고. 그리고 괴동물의 냄새가 났다. 알알하다고밖에 할 수 없는 정체 모를 냄새가.

괴동물의 손이 다가와 대롱 묶음의 한쪽 끝을 가리켰다. 대롱에 작은 홈이 새겨져 있었다. 오필리아는 시험 삼아 대롱 하나를 불어봤다. 소리가 나긴 했지만 음악과는 거리가 먼, 거슬리게 숨이 새는 소리였다. 한 번 더 불었지만 똑같았다.

"미안." 오필리아는 괴동물에게 대롱 묶음을 돌려주며 말했다. "난 못 불어."

뭐지, 저 만족스러운 표정은? 그것은 의기양양하게, 물결이 치는 듯한 팡파르를 불고 그를 빤히 쳐다봤다.

오필리아는 씩 웃었다. "멋지네. 나도 그렇게 불고 싶어."

그는 다른 괴동물들을 봤다. 하나가 비즈를 넣어 짠 레이스로 감싼 호리병박을 들고 있었다. 그것이 호리병박을 흔들어 그가 아까 들었던 달

가닥거리는 리듬을 연주한 뒤 그에게 내밀었다. 오필리아는 호리병박을 받아서 흔들어 오래전 기억 속의 리듬을 연주했다. 발가락이 씰룩거리는 것을 느끼며 기억 속의 리듬을 되살리려 애썼다. 낮은 북소리가 합류해서 고개를 들었다가 깜짝 놀랐다. 괴동물 하나가 채―놀랍도록 뼈다귀처럼 생긴 채―로 몸통을 두드리고 있었다. 오필리아는 리듬을 잠깐 놓쳤다가 되찾았다. 다른 괴동물이 길고 검은 발톱으로 바닥을 두드리며 딱딱 소리를 냈다. 대롱 묶음을 든 것도 다시 불기 시작했다.

오필리아는 자기가 연주하려는 리듬에 집중했지만 다른 소리들 때문에 헷갈려서 계속 리듬을 놓쳤다. 결국 포기하고 호리병박을 그냥 앞뒤로 흔들었다. 옆에 있는 괴동물들은 다채로운 소리를 냈는데, 모든 소리가 이해할 순 없어도 즐길 만한 방식으로 어우러졌다. 팔이 아파오자 그는 호리병박 흔들기를 멈추고 듣기만 했다. 단체로 음악을 연주하는 게 어떤 건지 이제껏 한 번도 상상해본 적이 없는데…… 재미있네, 그는 그렇게 결론 내렸다. 애들이 뭘 하고 있는 건지 알면 더 재미있을 것 같긴 하지만.

그들이 연주를 멈추자 그는 씩 웃으면서 딱히 누구에게랄 것 없이 호리병박을 내밀었다. 그리고 자신이 연주를 중단한 이유를 설명하려고 팔을 흔들었다. 옛날 큐브를 좀 찾아볼까 생각했다. 콜로니 사람들이 밤에 기분 전환 삼아 틀던 것들을 찾아 인간의 음악은 어떤지 들려줄까 싶었다. 물론 이제 큐브는 거의 남아 있지 않았다. 사람들은 여기 처음 왔을 때 큐브 라이브러리를 통합했지만, 떠날 때 가장 좋아하는 것들을 되찾아갔다.

내일 해. 오늘 밤은 너무 피곤했다. 당장이라도 잠들어버릴 것 같았다.

오필리아는 조금 끙끙대며 일어나 느릿느릿 발을 끌며 복도를 걸어 제어실로 갔다. 괴동물들은 쳐다보기만 할 뿐 따라오지 않았다. 그는 제어실 문을 잠그고 얄팍한 임시 침대에 누워 그들이 계속 음악을 연주할지 궁금해했다. 했는지 어쨌는지 모르지만 듣지 못했다. 괴동물 하나가 문을 쿵쿵 쳐서 잠을 깼다. 겁에 질려 눈이 번쩍 뜨였고 심장이 빠르게 뛰고 있었다. 그러나 그들은 억지로 들어오려고 하지는 않았다. 지난번과는 전혀 달랐다. 그때도 그는 문을 치는 소리에 깨어났고, 어둠 속 그림자는 그를 보겠다고, 그의 거절에도 아랑곳 않고 그를 보겠다고 억지로 들어왔다. 오필리아는 잠시 그대로 앉아서 숨을 골랐다. 그때와는 전혀 달라. 귓속에서 피가 세차게 흐르는 소리만 들리는 상태에서 벗어나자 그는 그들이 끙끙대고 깍깍대면서 복도를 통과하는 소리를 들을 수 있었다.

크로노미터를 본 뒤 제어실 문을 열었다. 벌써 아침나절이었다. 오래 잤구나. 문을 열자, 열려 있는 현관문으로 햇빛이 흘러들어오고 있었다. 괴동물은 없었다. 오필리아는 등 뒤의 문을 닫고 주방을 보러 갔다. 또 엉망진창이었다. 괴동물이 킬파 단지를 깼는지 그 녹색 베리의 알알한 냄새가 주방에 가득했다. 오필리아는 입속말로 툴툴대면서 그 향신료와 유리 조각을 치웠다. 진짜 애들이랑 똑같다니까. 계속, 매번 쫓아다니면서 주의를 줘야 해.

하지만 그들은 사라진 것처럼 보였다. 재봉실에도, 복도에도, 콜로니 주민들이 행선지를 두고 의논하던 회의실에도 없었다. 진창이 된 길을 내다보니 동쪽으로 간 발자국만 있을 뿐 괴동물은 보이지 않았다.

그들이 돌아오기 전에 집과 정원을 살펴보면 될 것 같았다. 길을 덮은 진흙이 그의 발가락 사이에서 잘바닥거렸다. 도랑에서 맑은 물이 얕게 흐르고 있었다. 덥고 습한, 바다폭풍이 지난 뒤의 전형적인 날씨였다. 집으로 가는 그의 어깨에 닿는 볕이 뜨겁고 축축한 수건처럼 느껴졌다.

그를 따라 집에 들어왔던 괴동물의 자국이 뭉개진 듯 바닥에 남아 있었고, 괴동물의 몸을 닦아준 젖은 수건들에는 벌써 흰곰팡이가 피어 있었다. 오필리아는 흰곰팡이 냄새를 싫어했다. 수건을 들고 나가 정원 울타리에 널었다. 이번 폭풍에는 울타리가 쓰러지지 않았다. 비바람에 쓰러진 식물들은 회복하기 시작했다. 아직 납작하게 누워 있었지만 잎을 들어 올리고 있었다. 오필리아는 곤죽이 되지 않은 토마토와 콩 한 줌, 옥수수 네 개를 땄다. 옥수숫대를 거의 다 일으켜 세웠을 때 숲에서 새된 비명이 들렸다.

또 뭐야? 근처 풀밭의 양들은 그 소리를 못 들은 척 태연하게 풀을 뜯고 있었다. 새된 비명이 점점 더 가까운 데서 들려왔다. 아무것도 보이지 않았지만 소리를 내는 것이 무엇이든 간에 지금 낮은 덤불 속에 있는 것은 확실했다. 그때 그것이 더 가까이 왔다 — 나무타개 한 무리가 꼬리를 한껏 치켜든 채 비명을 지르며 마을로 달려오고 있었다. 양들이 고개를 들고 귀를 빳빳하게 세웠다. 나무타개들의 뒤에서 — 양 측면에서 — 그 외계인들이 쫓아왔다. 예전처럼 다리를 높이 드는 걸음걸이가 보폭을 늘려 쉽고 능률적으로 보이는 달리기로 변해 있었다. 그들이 나무타개들을 몰고 있었다……. 마을로 몰고 있었다. 양 떼가 황급히 달아났다. 겁에 질린 소리로 울면서 뿔뿔이 흩어졌다.

오필리아가 지켜보는 가운데, 괴동물 하나가 속도를 높이더니 나무타개 한 마리를 따라잡아 목을 낚아챘다. 이어 곧바로 인형 팔을 잡고 흔드는 아이처럼 나무타개를 획 들어 올리는 동시에 다른 손으로 긴 칼을 꺼냈다. 안 돼, 오필리아는 울고 싶었다. 안 돼. 하지만 너무 늦었다. 칼은 나무타개의 목이 부러지면서 시작된 일을 마무리지었고, 경련으로 움찔거리는 죽은 나무타개의 피가 풀밭으로 흘러내렸다. 두 마리가 더 죽임을 당했고, 살아남은 나무타개들은 무사히 마을로 들어와 건물 지붕으로 올라가서 미친 듯이 지절거렸다.

오필리아는 울타리를 움켜쥔 손에서 힘을 뺐다. 그러니까, 괴동물은 사냥을 하는구나. 인간의 음식을 먹지 못한다는 건 알았지만. 폭풍이 온 며칠 내내 배를 주렸겠지. 그리고 그냥 나무타개들일 뿐이잖아.

그래도…… 그는 괴동물들과 음악을 연주한 어젯밤의 기억과 지금의 모습을 조화시키기 힘들었다. 그들이 피가 흐르는 먹잇감의 목을 할짝할짝 핥고 있는, 순식간에 효과적으로 내장을 제거하는 모습과. 날것으로 먹나? 그렇다면 차마 지켜볼 수 없을 듯했지만 외면할 수도 없었다. 괴동물들이 다시 모여 작은 무리를 이루었다. 죽은 나무타개들이 그것들을 잡은 괴동물들의(그는 생각했다 ― 이제 막 각각의 괴동물들을 구별할 수 있게 되었다고) 허리띠에 꼬리가 긴 채 매달려 있었다.

그들이 그를 봤다. 하나가 피 묻은 칼을 흔들어 보였다. 인사하는 것처럼. 또는 위협하는 것처럼. 오필리아는 침을 삼켰다. 벌써부터 그들 뒤의 내장 무더기에 윙윙대는 검은 것들이 떼로 몰려왔다. 오필리아가 알기로는 파리 떼는 아니었다. 그는 돌아서서 집으로 들어갔지만 문은 닫지 않았다. 그들이 그를(피 묻은 칼을) 내버려두기를 바랐지만, 노크하는 소리에 놀라고 싶지도 않았기 때문이다. 주홍빛 토마토를, 초록색 콩을, 옥수수의 노란 낱알을 감싼 녹색 겉껍질을 쳐다봤다. 배고프지 않았다.

창밖으로 그들이 지나가는 것이 보였다. 다리를 높이 들고 정원 울타리를 넘더니 자기네 정원인 양 지나가고 있었다. 대부분 그대로 길 쪽 울타리로 가서 넘어갔지만, 하나가 부엌문을 들여다보며 깍깍거렸다.

"왔구나." 오필리아가 말했다. "그냥 가." 그것은 알아듣기라도 한 것처럼 돌아섰다. 하지만 다시 휙 돌아서서 식탁 위의 채소를 가리켰다. "넌 저거 못 먹어." 오필리아가 말했다. "내 음식이야."

끙끙. 그리고 그가 보기에 사람이 어깨를 으쓱이는 의미 같은 두 팔의 복잡한 움직임. 그런 다음 그것은 떠났다. 길 쪽 울타리를 민첩하게 뛰어넘었다. 이어 진흙 길을 질벅거리는 소리가 들렸다.

어디로 가고 있을까? 발에 진흙을 잔뜩 묻히고 피투성이 먹이를 허리띠에 매단 채로. 설마 센터로―! 오필리아는 확인하려고 밖을 내다봤다. 그들은 길을 따라 걸어가면서 지붕 끄트머리에 앉아 있는 나무타개를 가리키고 있었다. 동쪽으로, 셔틀 이착륙장 쪽으로 가고 있었다. 그는 컴퍼니 대리인들이 버려둔 부풀어 오른 사체들이 떠올라 속이 메스꺼웠다.

그는 온종일 지극히 자연스러운 일이라고 생각했다. 당연히 그들도 먹어야지, 마을에는 먹을 수 있는 것도 없고. 나도 큰 숲의 나무 열매를 못 먹잖아. 그들이 사냥을 하면 안 될 이유가 있어? 인간도 서식지에 먹잇감이 있으면 사냥을 하고, 그렇지 않은 경우에는 가축을 잡아먹잖아. 나도 고기를 좋아해. 죽이는 건 싫어하지만, 나는 일찍부터 그런 행위를 배우지 않았잖아. 저것들은 어릴 때부터 사냥을 했겠지. 그렇다고 꼭 살육자라고 할 순 없어. 먹기 위해 죽이는 건 죽이기 위해 죽이는 것과는 달라.

하지만 이렇든 저렇든 나무타개들은 죽었다. 괴동물들이 먹는 것은 보지 못했고. 설마 스포츠처럼, 그저 재미로 한 짓일까? 소름이 끼쳤다.

그 긴 칼⋯⋯. 그 개척민들도 그런 식으로 죽임을 당한 걸까? 아니야, 폭발음이 들렸으니까. 그들이 다른 무기에 대해 말하기도 했고.

나는 칼밖에 보지 못했는데. 악기 외에 다른 도구도 보지 못했고. 지금 여기 있는 괴동물들이 사람들을 죽인 그 외계인들이 맞기는 할까? 그리고 어떻게 우리 콜로니 사람들은 여기서 40년을 살면서 저놈들과 한번도 마주치지 않을 수가 있었지?

오후에 그는 다시 센터로 가서 최대한 제어실을 문단속하고 바깥문을 포함한 모든 문의 걸쇠를 잠갔다. 그런 다음 집으로 돌아갔다. 안전하지 않아도 — 사실 아무것도 안전하지 않았다 — 오늘 밤도 자기 침대에서 자고 싶었다. 마지막 밤이 된다 해도 상관없었다. 적어도 편하게 자다가 갈 테니까. 앞으로 더는, 무슨 일이 있어도 바닥에서 자지 않겠다고 마음먹었다.

침대에 누워 기지개를 켜자 몸이 기뻐하며 침대의 꺼지고 솟은 곳들을 다시 찾아냈다. 그때 그들이 어두운 길을 걸으며 돌아오는 소리가 들렸다. 끙끙거림, 깍깍거림, 그리고 더 자주 들리는, 만족스러운 듯한 낮은 찌르륵거림. 하나가 또 대롱 묶음을 불고 있었다. 그 소리는 괴동물들의 꽥꽥거림 속에서도 들렸다.

그들이 잠긴 센터 문 앞에서 합창하듯 깍깍거리는 소리가 들렸다. 분노? 실망? 누가 알겠어, 외계인인데. 센터 문을 쿵쿵 두드리는 소리가 났다. 문이 버틸까? 꽥꽥대는 소리. 잠시 후 예상대로 그의 집 문을 쿵쿵 두드리는 소리에 이어 그 이상한 대롱 묶음의 전음顫音이 들렸다. 오필리아는 벌컥 성이 났다. 들어갈 수 있는 집이 얼마나 많은데 꼭 나를 귀찮게 해야 해? 좀 쉽게 놔둘 수는 없는 거야? 내가 늙었다는 걸, 잠을 자야 하는 지친 늙은이란 걸 모르겠어?

물론 모르겠지. 나도 저놈들이 몇 살인지 도통 모르겠으니까. 그는 꿍얼꿍얼하면서 침대에서 나와 불을 켜고 문간으로 갔다. 그들이 뭘 원하는지는 몰라도 협조할 마음은 조금도 없었다.

악기를 든 것이 악기를 들어 흔들어 보인 뒤 센터 쪽으로 손짓을 했다. 또다시 음악의 밤을 보내자는 뜻 같았다. 그는 그러고 싶지 않았다. 자기 침대에서 아침까지 방해받지 않고 자고 싶었다. 그가 없는 센터에 그들만 놔둘 생각도 없었다.

"다른 데서 자. 아무 집이나 가도 돼." 내 집은 빼고. 그는 그들을 들일 생각 없이 문 앞에 서 있었다.

악기를 든 것이 또 악기를 흔들고 센터를 가리킨 다음 이번에는 손톱이 긴 손가락을 두 개 내밀었다. 두 개? **뭐가** 두 개야? 음악의 밤 두 번, 두 밤, 괴동물 둘? 이제 그것은 악기를, 이어 센터 문을 가리켰다. 그런 다음 손가락 두 개를 들어 올렸다.

"난 그곳에 너희만 두고 싶지 않아. 또 어지를 테니까." 여러 개의 눈이 그를 보며 끔벅거렸다. 괴동물들은 가지 않았다. 꼼짝도 하지 않았다. 그는 문을 닫아봤자 그들이 또 두드릴 것임을 알았다. 그들이 만족하기 전에는 잘 수 없을 것임을 알았다. 다시 가족과 살게 된 것처럼 성가셨다. 그는 한참 지나고 나서야 물러설 마음이 들었다. "그래, **알았어**. 하지만 거기서 밤새 있는 건 안 돼." 있겠지, 그래도 나는 막지 못할 테고. 난 어디서 잘지 결정해야 할 거야. 내 몸은 이미 결정을 내렸는데, 내 침대에서 자야 한다고.

그가 센터 문을 열자 괴동물 둘이 그의 옆을 지나쳐 오른쪽에 있는 재봉실로 뛰어 들어갔다. 나머지는 계속 길에 있었다. 복도에서 흘러나오는 불빛 때문에 오필리아는 그들의 허리띠에 죽은 나무타개들이 매달려 있지 않다는 걸 알게 되었다. 먹었구나. 그는 몸서리를 쳤다. 괴동물 둘이 다시 나타났다. 하나는 대롱 묶음을, 하나는 비즈 장식 끈이 감긴 호리병박을 들고 있었다. 둘은 나머지 괴동물들에게 손에 든 것을 흔들어 보였고, 이제 무리 전체가 계속 빠르게 끙끙거리며 왔던 길로, 동쪽으로 돌아갔다.

악기만 가져가려고 했던 거라니. 오필리아는 어안이 벙벙했다. 불을 끄고 센터 문을 도로 잠근 뒤 길 저편의 어둠 속으로 녹아드는 어슴푸레한 형체들을 쳐다봤다. 집으로 돌아가 침대에 누웠지만 한참 동안 잠들 수가 없었다. 외계인들이 무슨 생각을 하는지 누가 알겠어? 어떤 행동을 왜 하는지 누가 알겠어? 음악 연주는 즐거웠지만 그 살육은…… 너무 빠르고 너무 쉽고 너무 무심했다……. 사람들이 그런 식으로 살육하는 것도 보긴 했지, 순식간에 닭의 목을 비틀고 양과 송아지를 칼로 찌르는 것을. 하지만 사람들이 죽인 동물들은 도망치지 않았다, 풀밭을 질주하지 않았다. 오필리아는 어쩔 수 없이 자신을, 절망에 빠져 어기적어기적 뛰어가는 늙고 뻣뻣한 몸을 상상했다. 괴동물들이 자기들끼리 웃으면서 즐거운 듯 그의 뒤를 쫓는다. 마침내 어느 괴동물이 딱딱한 발톱이 달린 앞발로 그의 목을 낚아채고, 길고 날카로운 칼에 찔린 그의 배에서 내장이 쏟아져 나와 풀밭에 떨어진다.

부드러운 음악이 닫힌 덧창 틈으로 흘러들어왔다. 괴동물들이 근처 어딘가에, 아마도 어느 집 정원에 둘러앉아 연주하고 있는 듯했다. 그는 폭풍이 온 며칠간의 배고픔을 견뎌내고 든든하게 불린 배가 주는 위안을 상상했고, 음악에서 그것을 들었다. 스스로도 말이 안 된다고 생각하지만. 그는 배불리 먹고서 노래를 하는 것과 잠을 자는 것 중 무엇이 더 말이 되는지 속으로 논쟁을 벌이다가 잠들었다. 무시무시한 꿈을 꿨지만 한 번도 깨지 않았다.

아침. 여전히 후텁지근하지만 어제보다는 나았다. 바다에서 불어온 미풍은 더 세져서, 습했지만 상쾌했다. 오필리아는 자기 침대에서 잔 덕에, 자기 방의 익숙한 형상과 냄새 덕분에 편안하게 잠에서 깨어났다. 꿈에서 느낀 공포가 순식간에 그만의 공간과 시간이 주는 위안에 밀려났다.

해가 높이 뜨기 전에, 수일 만에 처음으로 정원에 나갔다. 괴동물들이 남긴 흔적을 봤지만 속상하지는 않았다. 콩 두 그루와 녹색 호박이 하나 으깨졌을 뿐이었다. 그는 부지런히 토마토에 버팀목을 대고 썩은 잎을 갈퀴로 긁어내고 흙을 흩어놓았다. 어제 저녁에 보지 못한 달콤한 노란 토마토를 발견하곤 곧바로 입에 넣었다. 달고 즙이 많았다. 울타리 너머에서 끙끙대는 소리가 들렸다. 고개를 들어보니 괴동물 하나가 그를 지켜보고 있었다. 어쩜 저렇게 기척도 없이 왔을까? 그는 기는 벌레, 점액대벌레, 진딧물, 또 하나의 잘 익은 노란 토마토를 찾아 잎을 계속 들추고 다녔다. 줄기를 반쯤 타고 오른 점액대벌레를 발견해 잡아서 쪼갰다.

괴동물이 깍깍거렸다. 오필리아가 쳐다보니 손을 내밀었다.

"점액대벌레를 달라고?" 의아했다. 점액대벌레는 끈적끈적하고 가려움증을 일으키는 골칫거린데. 그래도 그는 다가가서, 기다리고 있는 손 위로 점액대벌레를 떨어뜨렸다. 괴동물은 그를 보며 끙끙대더니 벌레를 입속으로 획 던져 넣었다.

오필리아는 목에서 쓴 물이 올라오는 기분이었다. **점액대벌레를** 먹다니. "역겨워라." 그는 상대가 알아듣지 못하는 걸 알면서도 말했다. 그것의 표정은 변하지 않았다. 변한다고 해도 어차피 어떤 표정인지 모르는걸. 그는 하던 일을 계속했다. 점액대벌레를 또 발견해서 뒤돌아봤다. 괴동물이 계속 지켜보고 있었다. 그는 점액대벌레를 들어 올렸다. 그것이 손을 내밀었고, 그는 이번에는 쪼개지 않고 통째로 주었다. 그것은 벌레를 또 입속으로 던져 넣더니 오도독 씹어 꿀꺽 삼켰다. 진짜 역겨워. 하지만 점액대벌레는 이곳의 토종생물이니 그 벌레를 먹는 것이 이곳에 사는 것도 당연해. 그게 이 괴동물이면 안 될 이유도 없잖아?

그는 호박잎 밑에서 이미 줄기를 반쯤 파고들어간 점액대벌레를 또 찾아냈다. 망할 것. 벌레를 끄집어내 울타리 너머로 몸을 쑥 빼고 기다리는 괴동물에게 주고 덜 익은 호박을 뜯어냈다. 이 덩굴은 죽겠지만 구할 수 있는 것은 구해야 했다. 어린 호박은 오이처럼 피클로 만들 수 있었다. 그는 가끔 호박을 익히지 않고 먹었지만 그러면 대체로 너무 썼다. 호박의 끄트머리를 베 물었다. 많이 쓰지는 않았다. 괴동물이 시끄럽게 끙끙대서 쳐다보니 대걸레를 들었던 괴동물처럼 실눈을 뜨고 있었다. 괴로운가? 뭐, 나도 네가 진액대벌레를 먹었을 때 괴로웠어. 그는 반항하듯 한 입 더 호박을 베 물었지만 너무 쓰다는 것만 알게 되었다. 간신히 씹어 삼키고는 남은 호박을 정원 저편의 퇴비 구덩이에 던지고 괴동물을 보며 웃음을 지었다.

그것은 한참 동안 가만히 있다가 돌아서서 떠났는데, 가기 전에 몸을 살짝 터는 것 같았다. 길의 서쪽 방향에서 다른 괴동물 셋이 다리를 높이 들며 편안하게 성큼성큼 걷는 것이 보였다. 걸음걸이 때문에 활기찬 아이들처럼 느껴졌다. 그는 할 일이 아주 많았고, 오늘은 꼭 양과 소가 무사한지 보러 가야 했다.

　찾아내고 보니 양들은 본거지인 길쭉한 목초지의 서쪽에 옹기종기 모여 초조한 듯 귀를 씰룩대고 있었다. 다가가려 하자 오필리아가 늑대라도 되는 것처럼 혼비백산하며 달음질쳤다. 그는 양 떼를 쫓아가려 하지 않았다. 그 정도로 바보는 아니기에. 대신 마릿수를 셌다……. 전보다 줄어들진 않았나? 그런 것 같아. 회색 등과 반짝이는 발들로 이뤄진 덩어리로 뭉쳐서 이동 중이니 확신할 순 없지만. 그 외계 괴동물들이 괴롭힌 걸까? 가능성은 있지만 증거가 없지. 그는 마을 서쪽 어귀의 강변 목초지로 갔다. 강물이 넘쳐 강기슭부터 넓게 퍼져 나가고 있었다. 양들과 달리 소들은 차분해 보였다. 펌프동과 송아지 우리 사이에서 넓게 흩어져 풀을 뜯고 있었다. 마릿수를 셌다. 한 마리도 줄어들지 않았다.

　그는 마을로 돌아와 폭풍으로 손상된 것들을 찾아 돌아다녔다. 부서진 덧창, 망가진 지붕, 쓰러진 나무. 이따금씩 멀리서 괴동물들이 보였지만 아무도 그에게 가까이오지 않았다. 뭘 하는지는 몰라도 그나 소와 양을 괴롭히지 않는 한 별로 신경 쓰고 싶지 않았다.

　해 질 무렵이 되어서야 오필리아는 고칠 데를 모두 파악하고 마을 순찰을 끝냈다. 일부 건물은 포기하기로, 더는 걱정하지 않기로 했던 것이 기억났지만 그건 폭풍 전의 우울감 때문이었다. 그는 늘 큰 폭풍이 다가오면 기운이 쭉 빠졌다. 이제 폭풍이 지나가고 나니 뭐가 됐든 방치해두는 건 상상할 수 없었다, 아무리 피곤해도.

　지난 며칠에 관해 짧게 기록하려고 키보드 잠금을 해제했다. 이 사태를 어떻게 써야 한단 말인가? 아무도 읽지 않을 걸 알지만 정신 나간 이야기처럼 쓰기는 싫었다. 실제로 그런 얘기였지만. 폭풍의 중심을 보러 나갔는데 길에 외계인이 있었다. 오락 큐브처럼, 미친 사람이 지어낸 얘기처럼 들려. 난 미치지 않았어. 괴동물은 진짜 있다고. 사실처럼 보이려면 어떻게 해야 할까?

복도에서 딱딱 소리가 났다. 물론 괴동물들이 들어왔겠지, 문을 열어 두고 왔으니까. 그는 주위를 둘러봤다. 하나가 쳐다보고 있었다. 호기심에 반짝이는 눈을 하고서. 아, 괴동물은 진짜 있는데. 쳐다보던 것은 비즈 줄로 감싼 호리병박을 들고 있었는데, 그와 눈이 마주치자 그것을 흔들었다.

무슨 뜻이야? 초대? 설명? 알 수 없었다. 사실 별로 알고 싶지 않았다. 이번 일을 스스로도 납득할 수 있을 만한 기록으로 남기는 데 집중하고 싶었다. 그래야 다른 사람도 납득할 수 있을 터였다. 다른 사람이 읽을 일은 없겠지만.

콜로니의 과거에 관해 썼던 경험만으로는 부족했다. 사랑과 증오, 배신과 다툼에 대한 이야기는 할 수 있었다. 그는 그런 것들을 완벽하게 이해하고 있기 때문이다. 남편이 아무 이유 없이— 또는 이유가 있어서— 질투를 할 때 아내의 심정이 어떤지 정확하게 알고 있었다. 인간의 여러 감정이 어떻게 상호작용을 하는지, 그러면서 아주 단순해 보이는 대화에 복잡하게 뒤얽힌 숨은 뜻을 가미하는지 알고 있었다. 하지만 이것들은? 동물에 대해 쓰는 것과 비슷할 텐데 동물에 관한 글은 써본 적이 없었다. 생각하는 동물에 대해 쓰는 것과 비슷하겠지만 생각하는 동물을 처음 본 상황이라는 게 문제였다.

그가 손사래를 치자 지켜보던 괴동물이 떠났다. 무슨 뜻인지 아는 걸까, 아니면 내가 하고 있는 일이 별로 재미없어 보였나?

폭풍의 중심에서……. 그는 쓴 것을 읽어봤다. '외계인'은 아니잖아, 진짜. 저것들은 나무타개처럼 토종동물이야. 그걸 뭐라고 하지? 생각나지 않았지만 당장 사전 기능을 쓰고 싶지도 않았다. 일단은 외계인이면 되겠지, 토착생물이 나을까. 괴동물.

쓰레기더미인 줄 알았는데 나를 쳐다보는 것이었다. 이것도 상당히 정신 나간 소리처럼 들리네. 하지만 그렇게 보였는걸, 눈 달린 쓰레기더미. 비웃을 테면 비웃으라지. 혹시나 누군가 개척민들이 죽은 일에 대해 조사하러 와서 이걸 읽게 된다면.

그는 천천히, 자주 고쳐가며 열심히 기록했다. 바람과 달리 금방 끝나지 않았다. 조금이라도 설득력이 있으려면 그의 감정과 추론, 가정을 써야 했다. 그가 한 모든 것과 그들이 한 모든 것을 써야 했다. 그들이 낸 소리도 비슷하게 표기하려 애써야 했다……. 아니, 그럴 필요 없겠어. 자동 녹음기에 일부 녹음되어 있을 거야. 적당한 부분을 찾아내서 기록에 첨부하면 돼.

원하는 부분을 찾기 위해 검색조건을 입력하려고 다른 제어반 위로 몸을 숙이는데 등허리에 쥐가 났다. 그는 고통스러워 숨을 헐떡였고, 밖에서 나는 깍깍 소리를 듣고 괴동물들이 계속 자기를 관찰하고 있었음을 깨달았다. 나만 저것들을 관찰하는 게 아니었구면.

늦었다. 늦어도 너무 늦었다. 당장 집에 가서 잠을 자지 않으면 내일은 늦잠을 자고도 몸을 가누지 못하고 비참한 기분에 빠질 터였다. 오필리아는 제어반을 잠그고 경보를 재설정한 후 온갖 관절이 욱신거리고 삐걱대는 몸을 일으켰다. 복도로 나가자 괴동물 셋이 앉아 있었다. 그는 등 뒤로 문을 닫고 임시변통으로 만든 걸쇠를 잠그고 단호하게 말했다. "만지지 마. 너희가 만질 게 아냐." 그들은 아무 말도 하지 않았다. 복도를 걸어 가는 그를 지켜보기만 했다.

따라오려나? 아니. 저것들은 나 없이 센터에 있고 싶어 하고 난 저것들 을 끌어낼 힘이 없어. 지금은 신경 끌래. 내 침대에서 자고 싶어. 저것들 이 나의 생존을 돕는 기계를 망가뜨리면 난 죽게 되겠지. 하지만 당장은 그런 걱정을 하지 않을 거야.

10

다음 날 아침, 잠에서 깬 오필리아는 머리가 멍한 채로 며칠을 보냈다
는, 보아야 할 것들을 보지 못했다는 기분이 들었다. 외계인들, 그래. 지
능이 있는 외계인들, 맞아. 아직 나를 죽이지 않았어. 나를…… **연구했
지**. 그들은 폭풍 전에 이곳에 왔고, 얼마나 전인지는 알 수 없어. 열려 있
던 집들과 건드린 물건들……. 그들이 그런 거였어. 그리고 나를 먹잇감
이나 적이 아니라 흥미로운 무언가로 생각하고 있다.

쫓길 것을, 긴 칼을 두려워할 필요 없어.

그들이 옛날에 내가 알던 어떤 사람들과 다르다면.

알 수 없는 일이긴 하지, 나 역시 그들을 연구하지 않는다면. 어떻게 연
구해야 할지 도통 감이 잡히지 않지만 해봐야겠지. 사라의 셋째아이를,
말하는 능력 없이 태어나 야옹거리거나 소리를 지르던 그 애를 이해하려
고 노력했을 때처럼.

그들은 소리 지르지 않았다. 정원으로 나가보니 하나가 그의 작물을
조심스럽게 뒤적거리고 있었다. 그는 점액대벌레를 더 먹고 싶은가 보다
고 생각했다. 옥수수에는 그 벌레가 없을 텐데. 그는 점액대벌레가 즐겨

찾는 토마토 줄기의 아래쪽에서 한 마리를 발견하고 괴동물에게 외쳤다.

"여기 하나 있어." 그것이 돌아보자 그는 점액대벌레를 가리켰다. 그것이 와서 잽싸게 벌레를 집어 입속에 던져 넣었다. 오필리아는 몸서리치지 않으려고 애썼다. "우린 그걸 점액대벌레라고 불러." 그는 괴동물들을 봐야 하는 만큼 제대로 본 적이 없다는 걸 깨달았다. 갈고리손톱이 달린 지단肢端을 손가락이라고 생각하기를 거부하고 있었다……. 그것들이 모인 것을 손이라고 생각하기를. 하지만 그것은 그의 손과 같은 방식으로 기능하고 있었다.

이제 그는 봤다. 지단이 다섯이 아니라 네 개였다. 그의 손과 마찬가지로 한 지단은 더 넓적하고 굵었으며 다른 지단과 맞댈 수 있는 각도로 붙어 있었다. 그래서 손이 실제보다 길고 좁아 보였다. 손목도 인간과 달랐지만 오필리아로서는 어떻게 다른지 설명할 수 없었다. 아래팔은 뼈가 두 개일까, 한 개일까? 위팔은 뼈가 하나일까, 더 많나? 내가 아는 그 뼈가, 다른 것일까?

손가락 네 개, 그는 속으로 말했다. 네 손가락 손. 그는 괴동물이 토마토 이파리를 들추는 모습을 지켜봤다. 길고 딱딱한 갈고리손톱은 정확하고 섬세한 동작을 방해하지 않았다. 괴동물은 잎을 찢지 않았고, 들추려는 잎들을 하나도 빠짐없이 들추었다.

그는 괴동물의 발을 봤다. 괴동물들을 처음 봤을 때는 발가락이 벌어진 긴 발이라고만 생각했다. 이제 그는 네 개의 발가락을 확인했다. 세 개는 거의 나란하고 하나만 옆으로 벌어져 있었는데, 모두 끝에는 묵직해 보이는 거무스름하고 뭉툭한 발톱이 달려 있었다. 아니…… 벌어져 있는 발가락은 끝이 거의 못처럼 뾰족했다. 그의 정원에서 웅크리고 앉아 평화롭게 잎을 들추고 있는 이 괴동물은 발바닥 전체로 흙바닥을 디디고 있었지만, 오필리아가 지금까지 봤던 그들의 발자국들에는 발꿈치가 찍혀 있지 않았다. 그럼 어떻게 걷는 걸까? 발가락만 디디면서? 그는 고개를 돌려 길 쪽 울타리 밖을 내다봤다. 저 멀리 길 위에 괴동물 둘이 있었지만 궁금증을 해결할 수는 없었다.

나는 그…… 뭐라더라, 아무튼 동물이나 외계인을 연구하는 사람이 아니잖아. 어떡해야 할지 모르겠어.

괴동물이 끙끙거리는 소리에 그는 다시 고개를 돌렸다. 그것은 손가락을 집게발처럼 만들어 덜 익은 토마토를 집고 있었다. 토마토에 흠집을 내거나 줄기를 꺾지 않았다.

"그건 아직 안 익었어." 오필리아는 고개를 저으면서 그렇게 말했다. 말보다 몸짓이 이해하기 쉬울지 몰랐다. 확실히 그는 아직 괴동물의 말을 하나도 배우지 못했다. 끙끙거림과 깍깍거림이 말이라고 가정할 때의 얘기지만. 이제는 말이라고 가정해야 했다. 오필리아는 다른 덩굴에서 발견한 잘 익은 토마토를 건드렸다. "이건 됐어. 익었어." 오필리아는 고개를 끄덕이고 그 토마토를 땄다. 괴동물은 그를 한참 쳐다보다가 집고 있던 토마토를 놓았다. 오필리아는 딴 토마토를 바구니에 넣고 콩을 한 줌 땄다. 괴동물이 콩을, 이어 토마토를 건드렸다. 달라, 당연히 달라, 콩과 토마토는. 초록색 콩, 주황색 토마토. 기다랗고 홀쭉한 콩, 통통하고 둥근 토마토. "콩." 오필리아가 콩을 건드리며 말했다. "콩." 그런 다음 토마토를 건드렸다. "토마토."

괴동물이 끙끙거렸다. 들은 대로 말해보려고 하지는 않았다.

"콩." 오필리아가 다시 말했다. "이건 콩. 토마토."

일련의 끙끙거림. 그중에 오필리아가 말한 단어들과 비슷한 소리는 없었다. 왜 말하기를 기대하지? 외계인이라 사람이 내는 소리를 내지 못할 수도 있는데. 지구 동물조차 하지 못하는 일이잖아. 게다가 난 아직 할 일이 남았어. 그는 괴동물이 주시하고 있음을 의식하면서 콩을 더 땄다. 원하는 만큼 딴 뒤 일어나면서 끙 소리를 냈다. 저것은 내가 나도 모르게 앓듯이 끙, 한 것이 대화를 시도한 거라고 생각할까? 모르겠어. 내 소리에 대한 반응처럼 보이는 행동은 전혀 하지 않았으니까.

그것은 집으로 들어가는 문까지 따라왔지만 들어오지는 않았다. 그는 발에 묻은 유기물 덮개를 털어내려 섬돌에 발을 문질렀다. 그 모습을 괴동물이 머리를 갸웃한 채 쳐다봤다. 그는 문을 닫지 않았지만 자주 문쪽을 힐끔거렸다. 냉장고 서랍 칸에 콩을 넣었다. 콩은 저녁에 요리할 것이다. 토마토는 식탁 위의 우묵한 그릇에 담았다.

밀가루와 소금, 설탕이 든 보관용기를 열자 괴동물이 문 안으로 몸을 내밀었다. 오필리아는 플랫브레드 대신 발효 빵을 만들기로 했다. 원래 효모 빵은 축제 때 먹는 거라 1년에 한두 번 만들었다. 폐기물 재순환기로 효모 배양물은 유지할 수 있지만 플랫브레드가 익숙하고 훨씬 빨리 만들 수 있었다. 그가 효모 빵을 마지막으로 만든 건 콜로니 주민들이 떠나기 전이었다. 설탕이 정확히 얼마나 들어가는지 기억이 나려나? 찾아봐야겠다.

그는 어머니의 유품인 얼룩진 작은 책을 내려놓은 뒤 다시 괴동물을 힐끔 봤다. 읽는 게 뭔지 알고 있을까? 말을 아주 오래 전하기 위한 비슷한 체계를 갖고 있을까? 그는 책장을 훌훌 넘겼다. 어떤 사람들은 종이 요리책이 필요 없다고 주장했지만 오필리아는 그 책을 좋아했다. 어머니 생각이 났기 때문이다.

냉장고에서 꺼낸 효모 배양물 덩어리를 설탕, 밀가루 한 자밤과 함께 따뜻한 물에 넣었다. 설탕·소금·기름 ─ 소시지에서 나온 기름을 모아 둔 걸 쓰면 되겠다. 로사라는 그 기름을 쓰지 말라고 했지만, 오필리아는 그것을 폐기물 재순환기에 넣어 정화시킬 이유가 없다고 생각했다. 소시지 기름을 녹이고 바르토의 오래된 셔츠에서 잘라낸 깨끗한 천에 걸러 큰 믹싱 볼에 받았다. 그 기름과 설탕, 소금을 따뜻한 물에 섞어 손목에 묻혀봤다. 적당히 따뜻하고 적당히 시원했다.

문가를 흘끔 봤다. 이제 괴동물 둘이 쳐다보고 있었다. 오필리아는 밀가루를 떠서 큰 믹싱 볼에 넣고 나무주걱으로 저었다. 밀가루는 계량하지 않았다. 감으로 알았다. 효모 배양물 덩어리가 부드러워져 설탕물이 든 작은 컵 안에서 부글거리기 시작했다. 그것을 볼에 붓고 계속 저었다. 잘 섞였을 때 밀가루를 더 넣고 반죽이 믹싱 볼에서 떨어질 때까지 더 넣었다. 이제 식탁에 밀가루를 넉넉하게 뿌리고 ─ 어머니는 밀가루를 조금도 낭비하기 싫다면 발효 빵을 만들어서는 안 된다고 했었다 ─ 반죽을 꺼냈다.

치대기는 재미있었다. 이것 역시 그가 자기도 모르게 그리워하고 있던 것이었다. 콜로니의 여자 몇몇은 이따금씩 발효 빵을 만들었다. 만드는 게 재미있다고 했다. 당시 오필리아는 어질러진 부엌을, 바닥에 떨어지는 밀가루를, 반죽이 묻어 끈적끈적한 손을 떠올렸다. 이제 그는 따뜻한 반죽에 손가락을 찌른 채 반죽의 탄력을, 반죽이 되밀치는 힘을 즐기고 있었다. 반죽을 뒤집고, 납작하게 누르고, 돌돌 말았다가 다시 납작하게 눌렀다.

괴동물들이 지절거렸다. 오필리아는 그들을 봤다. 머리를 갸웃하고 있던 것이 앞으로 내디딜 것처럼 한 발을 들어 올렸다. 허락을 구하는 건가? 그는 그렇다고 생각하기로 했다.

"그래, 들어와." 그는 밀가루가 묻은 손으로 환영의 손짓을 했다. 그것이 식탁으로 와서 몸을 숙이고 빵 반죽을 자세히 봤다. 갈고리 같은 손가락이 반죽 위를 맴돌았다. 오필리아는 그 길고 거무스름한 손톱에 묻은 흙을 봤다. 손톱 밑에는 또 뭐가 있을지 누가 알겠는가? "너는 씻어야 해." 오필리아가 말했다. 고갯짓으로 개수대를 가리켜도 괴동물이 움직이지 않자 그는 한숨을 쉬었다. 역시 어린애와 똑같다니까, 자기가 씻어야 할 정도로 더럽다는 걸 절대로 믿지 않지. 그는 손에서 밀가루를 털어내고 괴동물의 팔로 천천히 손을 뻗었다. "씻어, 저기서." 그것을 개수대로 데리고 가서 다시 고갯짓을 했다.

그것은 자기 손을 본 뒤 그의 손을 봤다. 이어 수전을 만지작거리더니 금세 물을 틀고 물줄기에 손을 갖다 댔다. 그리고 오필리아를 쳐다봤다. 그는 아직 반죽을 더 치대야 했으므로 손을 적시고 싶지 않았고, 그래서 두 손을 문질러 씻는 시늉을 했다. 괴동물은 눈을 끔벅거렸지만 요구에 응했고 오필리아는 그것의 손톱에서 흙이 씻겨 나가는 것을 봤다. 충분히 깨끗해졌다고 생각했을 때 물을 잠그고 행주를 건넸다.

"닦아." 그것은 알아듣기라도 한 듯이 두 손으로 행주를 꼭 쥐며 웬만큼 물기를 닦아냈다. 그리고 그를 따라 식탁으로 돌아와 다시 머뭇머뭇 손가락을 내밀었다. 이번에는 오필리아가 고개를 끄덕였고 그것은 반죽을 찔렀다. 반죽 속으로 들어갔던 손가락이 끈적끈적해져서 나오자 **이일프,** 하고 새된 소리를 질렀다. 오필리아는 씩 웃은 뒤 다시 반죽을 치대기 시작했다.

괴동물은 반죽을 아까보다 살짝 건드린 뒤, 아주 천천히 손가락을 오필리아의 얼굴 쪽으로 가져갔다. 뭐지? 오필리아는 자기도 모르게 얼굴을 찌푸렸다. 다시 아주 천천히 괴동물이 반죽을 건드린 뒤 이번에는 오필리아의 입을 가리켰다. 오필리아는 이해하지 못했고, 직접 손가락으로 빵을 건드린 뒤 입가로 가져가봤다. 아, 그렇구나. 먹는 것. 이게 음식인지 알고 싶은 거야.

"맞아, 하지만 아직은 못 먹어." 오필리아는 말했다. 빵을 어떻게 설명하지? 일단 해보기로 했다. 두 손을 움직여 점점 커지는 반죽을, 두 번째 치대기와 두 번째 부풀기를, 반죽을 덩이로 떼어내는 것을 표현했다. 괴동물의 표정은 변하지 않았다. 뭐, 직접 봐야겠지. 반죽이 그의 손안에서, 그래야 하는 방식으로 매끄럽고 단단하고 민감하게 변했다. 그는 반죽을 천으로 덮고 손을 씻다가 콩을 요리하기로 했던 걸 떠올렸다. 보관용기에 든 콩을 냄비에 붓고 물을 받았다.

괴동물은 그런 그를 지켜보다가 천이 덮인 반죽으로 손을 뻗었다. "가만 놔둬." 오필리아가 날카롭게 말했다. "부풀어야 돼." 그는 또다시 커지는 반죽을 몸짓으로 표현했다. 괴동물이 손을 거두었다.

그는 다른 일도 해야 했다. 집 안을 환기시키고 바닥도 쓸어야 했다. 괴동물을 보니 갈 생각이 없어 보였다. 어쩌겠어, 지켜보게 놔둬야지. 오필리아는 일하기 시작했고 괴동물은 지켜봤다. 그가 빗자루를 들고 다가오면 비켜서면서도 떠나지는 않았다. 그가 부풀어 오른 빵 반죽을 주먹으로 내리칠 때 괴동물이 옆에 와서 섰다. 반죽에서 공기가 빠져나가는 소리에 뒤로 풀쩍 물러났다가, 오필리아가 치댄 반죽을 뜯어서 두 개의 둥그스름한 덩이로 만들 때 다시 다가왔다. 그는 반죽 덩이를 다시 천으로 덮고 콩을 확인했다. 이제 막 부드러워지기 시작했다.

빵이 두 번째로 부풀었을 때 오필리아는 만족할 만큼 집 청소를 끝냈다. 이제, 괴동물이 열심히 지켜보는 가운데, 오븐을 켰고 오븐이 충분히 예열되자 반죽 덩이를 넣었다. 괴동물은 열린 오븐에서 뿜어져 나오는 뜨거운 김에 매료된 것처럼 보였다. 오필리아는 물러나라는 손짓을 했다. 그것은 스토브의 어디가 위험할 정도로 뜨거워지는지 모르니까. 그런 다음 냉장고를 보여주었다. 괴동물은 어린애처럼 열린 냉장고 앞에 서서 흘러나오는 냉기를 쬈다. 결국 오필리아가 그것을 밀어내고 냉장고 문을 닫았다.

"낭비하면 안 돼." 그가 말했다. 괴동물은 그를 쳐다봤는데, 오필리아는 그것이 입씨름하고 싶어 한다고 확신했다. 그의 아이들이 그랬던 것처럼. 그는 입씨름할 생각이 없었다. 이 괴동물들과 소통할 방법을, 그들과 그가 모두 낼 수 있는 소리를 찾아내고 싶었다. "냉장고." 그는 냉장고에 손을 올리며 말했다. "냉장고—차갑게 만드는 거." 괴동물이 빤히 쳐다봤다, 언제나처럼. 그는 스토브 쪽으로 갔다. "스토브. 뜨겁게 만들어. 뜨거워…… 차가워."

괴동물은 냉장고의 걸쇠를 만지작대 문을 열더니 냉기가 흐르는 방향대로 손을 밑으로 흔들었다. 그것이 낸 소리는 정확하지는 않지만, 오필리아가 듣기에는 '차'라고 하는 듯 거센소리로 시작됐다. 그러고는 꽤 놀랍게도, 냉장고 문을 닫았다.

"냉장고." 오필리아가 다시 말했다. "차가워."

"차."

뭐, 이 정도면 됐지. 이제 시작이니까. 아기들도 이렇게, 한 번에 한 음절씩 시작하잖아. 그것은 스토브로 가서 데지 않게 그 위에 손을 올렸다. 이제 어쩌지? '스토브'나 '뜨거워'라고 말해야 하나? 아기들한테는 늘 '뜨거워'라고 말했지만 얘들은 아기가 아니잖아. 그것은 확실히 초조한 것처럼 끙끙거렸다. 그는 이 상황을 콕 집어 설명하는 표현은 몰랐지만, 보채기에 관해서라면 평생에 걸친 경험이 있었다.

"뜨거워." 오필리아가 첫소리를 강조하며 말했다. "뜨거워."

"차." 그것이 냉장고를 가볍게 두드렸다.

그들은 아무것도 몰라. 밀가루가 밀알에서 온다는 것도, 밀알이 밀에서, 양 떼와 소 떼를 막기 위한 벽이 있는 좁은 구역에서 키운 밀의 씨앗에서 온다는 것도 모를 거야. 밀을 베고, 대를 모아 내리쳐서 씨를 털고, 씨를 까불러서 겉껍질을 제거하는 일도 모를 거고. 아니, 아마도 그 정도까지는 모르는 거겠지. 그들도 아주 비슷한 방법으로 이 세계의 밀에 해당하는 다른 것을 재배하는지도 몰라. 오필리아는 그들이 얼마만큼 아는지, 자신이 그것을 어떻게 알아낼 수 있을지 궁금해졌다. 그들의 허리띠와 끈에 달린 것들 가운데 낫과 원예용 가위의 역할을 하는 것이 있을까?

오필리아는 오래전, 콜로니에 도착한 후 처음 몇 년 동안 개척민들이 모든 일을 손으로 해야 했던 걸 떠올렸다. 기계들은 다른 기계의 부품을, 건축 자재를, 천과 도자기를 제조하느라 여력이 없었다. 그를 비롯한 모두가 물집과 허리 통증에 시달리며 수공구로 개간하고 김을 매고 수확을 했다. 나중에는 제조기가 만들어낸 수확기들이 가장 작은 구역까지 들어가, 낫을 든 여자들보다 빠르게 곡식을 벴다. 제조기는 통밀을 거칠거나 고운 밀가루로 바꾸었고, 그 과정에서 나온 폐기물은 다양한 것들로 재탄생되었다. 오필리아는 도시에서는 가게에서 파는 음식을 먹으며 자랐지만, 그 작은 기계들에, 모든 것을 손으로 하지 않고 거둬들인 첫 수확에 경외심마저 느꼈다.

저 괴동물들은 경외심을 갖게 될까? 마법이라고 믿을까? 아니면 그저 모든 것을 당연하게 여길까?

대화는 〈종족〉이 그 도시가 여남은 개의 다른 도시들 옆에 있음을 처음으로 알아냈을 때 시작되었다. 같은 괴물인가? 발을 감싸고 있지도 않고 몸에 걸친 것도 거의 없다. 하지만 침략자와 도둑, 둥지 파괴자처럼 발가락이 짧고 연하다. 발가락은 다섯 개, 상지 끝에도 다섯 개가 달려 있다. 머리털은 거무스름하지 않고 하얗지만 동일한 배열로 구멍과 돌출부가 있다.

똑같다. 날아다니는 괴물이 내려앉은 곳에 그 흉터가 있다.

다르다. 혼자 있고 머리 위도 하얗다.

흥미롭다. 이상한 일들을 한다.

괴물이니까. 뭘 기대했나?

사냥꾼이 아니다. 먹잇감인가?

먹을 수 없다. 지켜봐야 한다.

부드러운 피부. 주름. 이것저것 늘어져 있다.

이것저것! 장신구, 씨앗 먹는 자!

장신구. 장신구를 한다, 날마다 다른 걸로. 무슨 뜻일까? 수를 세는 방식? 날씨에 대처하는 방식? 누가 알겠나? 지켜볼 가치가, 배울 가치가 있다. 혹시 더 많은 개체가 온다면 저들에 대해 더 많이 알게 되겠지.

배울 것도 훨씬 더 많아지고. 온갖 도구와 용기, 잠금장치, 시끄러운 상자, 그림 상자. 그들은 이미 제동장치임이 확실해 보이는 것들을 건드리거나 조작하지 않기로 북을 쳐서 합의한 상태였다. 그 괴물이 시범을 보여주고 해보라고 한 것—빛과 물, 뜨거운 상자와 차가운 상자—만 빼고.

괴물의 장신구가 없었다면 그들은 괴물들이 좋아하는 건 상자밖에 없다고 믿었을지 모른다. 괴물들은 상자에서 살고, 상자에 물건을 보관하고, 뜨거운 상자로 음식을 조리했다. 일부 〈종족〉은 뼈나 나무를 깎아서, 또는 초식자의 피부로 상자를 만들었다. 하지만 여행할 때 휴대하기엔 자루와 호리병박이 편리했다. 큰 상자를 쓰는 건 영구 둥지터에 정착하기로 한 이들뿐이었다.

그림 상자. 그건 새가 보는 것과 비슷하다.

?

새, 높이 나는—점점 더 높이 나는 새. 작게 보이지만 멀리까지 본다.

그렇게 높이?

비행 괴물들은 하늘에 흉터를 남겼다. 그들이 실제로 하늘을 가른 거라면? 그 정도로 높은 곳에서는 온 세상을 한눈에 볼 수 있을 거다.

세상의 모양에 관한 논쟁이 한바탕 일어 〈종족〉이 아는 모든 가설이 요약·제시되었다. 세상은 편평하다. 편평하지 않다, 박처럼 둥글다. 박처럼 둥글지 않다, 돌처럼 울퉁불퉁한 덩어리다. 아니, 굴 파는 동물이 좋아하는 뿌리 같다—신들은 세상이 신성함을 보여주려고 모양을 숨겨두었다. 논쟁이 잦아든 것은 최고령자가 그들을 아랑곳하지 않고 땅을 쓸어서 골랐을 때였다. 모두가 그 뜻을 이해하고 모여들었다.

세심하게 눕혀 패턴을 이룬 풀이 상자들 사이의 도랑들을 재현하고 있었다. 전체 배열은 한 뼘이 채 되지 않았다. 최고령자는 웅크리고 앉아 한쪽 눈을 패턴에 가까이 댔다가 천천히 일어섰다. 나머지는 말없이 지켜봤다. 이것만큼은 분명했다, 이미 합의되었다. 새가 보는 것, 높은 곳에서 보면 작게 보이지만 멀리 본다. 그래서?

최고령자가 한 팔을 벌려 손가락으로 딱 소리를 낸 뒤 팔을 더 벌렸다. 추산하라! 갸웃하는 머리들. 젊은 사냥꾼이 쭈그리고 앉아 시도해봤다. 이건 괴물-상자-둥지. 이건 도랑. 따라서 — 너비는 풀 이음 하나, 발끝으로 서면 그보다 훨씬 짧음 —그렇다면— 이미 원거리에서 익숙한 크기로 변환할 수 있었다. 그렇게 많은 걸음만큼 떨어진 곳에서 그렇게 세게 던져서, 달음질치는 땅굴 파는 동물을 맞혔다. 초식자들이 그 정도로 출발한다면 있는 힘껏 뛰는 것이다. 그렇게 먼 거리를 나타낼 말은 없지만 변환은 가능하다. 그건 어렵지 않다.

풀밭을 하루 뛰는 것보다는 짧고, 키 큰 나무들 사이로 하루 가는 것보다는 길다. 휘둥그레지는 눈들. 하루 동안 **위쪽으로** 달린다고? 그들은 파란 하늘을, 뭉게구름을 올려다봤다. 그럼 구름은 얼마나 먼가? 얼마나 큰가? 추산치들이 숨처럼 수월하게 나왔다. 전속력 질주라면 구름은 초식자 다섯보다 크지만, 해가 한 뼘만큼 도는 시간이 걸린다면, 그렇다면…… 언덕 하나 크기다. 누군가 어느 언덕의 이름을 대자 다른 누군가가 다른 언덕을 대며 반박했다.

괴물 같은 뭔가가 위에서 지켜보고 있다, 눈이 큰 괴물 새가. 눈이 클수밖에 없다, 그렇게 많은 것을 보고 어두울 때도 본다니. 그들은 어두울 때도 그 그림이 움직이는 것을 봤다. 그림 자체는 한 번도 어둡지 않았다.

그림은, 최고령자가 상기시켰다, 만들어진 것이다. 만든 자가 밝거나 어둡게 되도록 선택한다.

저 위에 있는 만든 자? 아직 대기 중인 괴물?

그것은 그 괴물로 우리가 하는 일을 지켜본다. 우리가 그것에게 배우는 만큼 그것도 우리한테서 배울 것이다.

그것은 우리가 그 괴물들을 죽였다는 걸 안다.

그들은 모두 몸서리를 쳤다. 그 괴물들이 나빴다. 둥지화구를, 화덕을 훔쳤다. 하지만…… 그 괴물들이 **위쪽으로** 그렇게나 멀리 가서 머물며 지켜볼 수 있다면, 아마도…….

둥지가 먼저다! 곧 둥지터가 필요할 사나운 젊은이가 말했다. 둥지가 없으면 〈종족〉도 없다.

달래는 듯한 웅얼거림들. 둥지는 있을 거다. 둥지를 찾아낼 거다. 너를 위한, 젊은이들을 위한 둥지를. 둥지는 늘 있다. 둥지는…….

이곳이 둥지다. 그들 중 가장 자신만만한 자가 괴물의 상자들을 둘러봤다. 오른손 북 치기, 합의 불가. 가장 자신만만한 자가 순식간에 여행용 하네스가 감당하기 힘들 정도로 두꺼워진 목을 뒤틀며 눈길을 돌렸다. 미안하다. 기분 상하게 하려던 건 아니다. 미안하다.

최고령자가 한 팔을, 이어 다른 팔까지 뻗었다. 이제 그만. 진정해라. 이곳은 안전하다. 쉬어라.

그들은 한 명씩 자리를 잡았다. 최고령자는 마개가 닫힌 호리병박을 열고 휘파람 부는 자를 앞세웠다. 가장 자신만만한 자가 손가락을 쫙 펼쳤다. 몇 개의 음이 천천히 올라갔다가 내려왔다. 누군가 호리병박을 흔들자 씨앗과 비즈가 떨리고 춤추고 리듬을 만들었다. 오그라든 긴 발가락들이 땅을 두드렸다. 또 다른 휘파람 부는 자가 망설이고 있다가, 소리들이 모이자 손깍지를 끼고 함께 춤을 추었다. 이제 목소리들의 차례였다.

좋은 사냥, 좋은 사냥. 새로운 사냥, 새로운 사냥. 음악이 익숙한 패턴들을 감싸 안았다. 새로운 배움을 삼켜 이미 아는 것들의 아치와 샘에 맞춰 형태를 부여했다. 괴물, 괴물, 춤, 춤. 괴물, 괴물, 상자, 상자.

"차." 그 괴동물이 부엌으로 들어와 말했다. 오필리아는 씩 웃었다. 기억하네, 그럴 줄 알았지만. 어쨌거나 멍청이들은 아니구먼. 그는 냉장고 문을 열었다. 괴동물이 따라와서 그의 옆에 섰다. 오필리아는 손톱으로 냉동실의 성에를 조금 긁어내 괴동물에게 보여주었다. 그것은 코를 킁킁거렸는데, 눈으로는 웬일인지 성에가 아니라 그를 쳐다보고 있었다.

갑자기 손가락에 그것의 혀가 닿아 그는 소스라치게 놀랐다. 그는 자기 손가락이 아니라 그것의 눈을 마주 보고 있었기 때문이다. 메마르고 거칠한 느낌에 움찔하며 숨을 헉 뱉고 얼른 손을 거뒀다. 그것은 눈을 끔벅였고, 역시 숨을 살짝 뱉으며 물러났다. 그의 손에 그 따뜻한 숨이 닿았다.

따뜻해. 온혈동물이야. 알고 있었지만. 폭풍이 온 날 밤에 닿아 있던 몸들에서 온기를 느꼈다. 하지만 그들의 숨이 따뜻하다는 것은 지금처럼 의식하지 못했었다. 그는 손을 입 앞에 댔다. 자신의 입냄새만, 그것이 얼마나 고약한지만 신경이 쓰였다. 아까 그 숨, 그것의 날숨 냄새는 이상하긴 했지만 고약하지는 않았다.

그것은 이제 그를, 그의 손가락을 보고 있었다. 그것의 혀가 다시 나오더니, 그로서는 입술이라고 생각할 수밖에 없는 것을 핥았다. 인간의 입술처럼 연하고 유연하지는 않았지만, 그것의 얼굴 피부와는 달랐다. 피부보다 더 갈색빛이야……. 자줏빛이 감도는 갈색이네, 얘는. 혀도 인간의 밝은 분홍색 혀보다 빛깔이 어두워. 닿았을 때의 느낌은 사람 아이의 혀보다 뻣뻣하고 메말랐어.

이제, 그가 지켜보는 가운데, 괴동물은 냉장고 안으로 손을 뻗어 갈고리손톱으로 성에를 조금 긁어냈다. 그리고 그것을 혀로 날름날름 핥아먹었다. 이어 한 덩어리 더 긁어내더니 오필리아의 입 앞에 내밀었다.

왜 이러는 거지? 오필리아는 딱딱하고 거무스름한 손톱 위에서 녹아내리는 성에를 본 뒤 금빛이 도는 갈색 눈을 봤다. **나더러 자기** 손가락을 핥으라는 건가? 그것은 손가락을 그의 입술에 더 바짝 댔다. 그는 침을 삼켰다. 성에 윗부분이 녹아 흐르기 시작하는 것이 보였다.

예의가 경계심을 이겼다. 그는 혀를 내밀어 조심스레 성에에 갖다 댔다. 차가웠다, 당연히. 성에 밑의 손톱―갈고리손톱―이, 뭐가 됐든 그것의 단단하고 매끄러운 표면이 느껴졌다. 그의 손톱과 비슷했고 역한 느낌은 전혀 없었다. 차가운 것이 묻은 단단하고 매끄러운 표면일 뿐이었다.

"차." 괴동물이 말했다.

"차." 오필리아가 동의했다. 그의 아이들은 냉동실 성에를 즐겨 먹었다. 더울 때면 거의 모든 아이들이 그랬다. 그는 얕은 그릇과 나무숟가락을 가져와 성에를 긁어 담아 괴동물에게 건넸다. 그것은 그릇을 받아 들고 이제 뭘 해야 할지 모르는 것처럼 그 자리에 서 있었다. 두 손으로 그릇을 들고 있으면 적어도 자기 손가락을 핥으라고는 못 하겠지. 성에가 녹아서 물로 변한다는 것도 모를 거야.

그러는 동안 냉기가 그의 발과 발목을 시리게 만들고 문 열린 냉장고가 전기를 낭비하고 있었다. "문 앞에 서 있으면 안 돼." 오필리아는 그렇게 말하고 괴동물을 옆으로 슬쩍 밀어 냉장고 문을 닫았다. 그것은 그릇을 든 채 비켜섰지만, 성에가 아니라 그를 쳐다봤다. 그는 불편한 기분이 들었다. 오늘은 그만 주시당하고 싶었다. 그는 그릇에 손가락을 담갔다. "차가워. 원한다면 다 먹어도 돼."

그것은 고개를 돌리더니 그릇을 식탁에 내려놓고 또 손가락 끝으로 성에를 떴다. 그가 지켜보는 가운데 그것의 혀가 나와 ― 거무스름하고, 그래, 사람 혀보다 까슬하고 메말랐어 ― 그 성에를 핥았다. 그것이 오필리아를 봤다. 그는 한숨을 쉬고, 별로 내키지 않았지만 오직 예의를 지키려고 손가락으로 성에를 떴다. 그러기를 괴동물이 바라는지는 모르겠지만. 그것은 또 성에를 손가락에 묻혀 싹싹 핥아 먹은 뒤 동작을 멈췄다. 그러기를 바라는 게 확실했다. 번갈아 하자는 것이다. 내가 자기를 독살하려 한다고 생각하는 걸까, 아니면 얘도 예의를 차리고 있는 걸까? 도통 알 수 없었다. 그는 입안이 차가워지자 기분이 좋았다. 기억하는 것보다 더 좋았다. 그는 성에가 혀에서 녹아 양옆으로 흘러내리게 했다.

그들이 몇 번 번갈아 그러는 사이 마지막 성에가 녹았다. 괴동물은 성에가 녹은 물에 손가락을 담갔다가 입 위의, 오필리아가 이제 코라고 생각하는, 길쭉한 돌출부에 갖다 댔다. 이어 양쪽 눈꺼풀도 하나씩 건드린 뒤 그에게 그릇을 살짝 내밀었다. 오필리아는 이맛살을 찌푸리며 그 찬물에 손가락을 담갔다. 그것이 한 행동이 무슨 뜻인지 알 수 없어서 따라

하기가 조금 겁났지만, 따라 하지 않기도 겁났다. 코와 눈꺼풀에 물을 묻히면 나는 어떤 의사를 전달하게 되는 걸까? 냄새 맡기와 보는 것에 관한 거겠지······. 하지만 무엇을? 그는 물에 젖은 손가락을 코에, 그리고 눈꺼풀에 갖다 댔다.

괴동물은 끙끙거린 후 뒤도 돌아보지 않고 부엌에서 나갔다. 뭐지? 내행동이 모욕적이었나, 내가 한 짓을 친구들한테 일러주러 간 건가? 오필리아는 문가로 가서 내다봤다. 그것은 정원 울타리를 뛰어넘어 길을 따라 가기 시작했다. 이제 보니 다리를 높이 들고 걸을 때는 거의 발끝만 땅에 닿고 발꿈치는 가끔씩만 디뎠다.

오필리아는 어깨를 으쓱였다. 오늘 먹을 빵은 발효가 끝났고, 언제까지고 괴동물 걱정만 하고 있을 필요는 없었다. 빵 한 덩이를 일곱 조각으로 잘라 한 조각 먹었다. 맛있었다. 바삭한 겉부터 부드럽고 말랑말랑한 속까지.

괴동물도 빵과 비슷할까? 지금까지 그들을 몇 번 만져봤지만 확신할 수 없었다. 피부는—그게 피부라면—그의 피부보다 딱딱한 느낌이었지만, 그의 손발 굳은살보다 딱딱하지는 않았다. 몸속은 부드러울까? 근육은 사람 근육만큼 부드러울까, 피부와 마찬가지로 딱딱할까? 형태는 몸속의 뼈대가 결정할까, 몸 밖의 딱딱한 피부가 결정할까?

오필리아는 자신이 빵을 전에 없이 유심히 보고 있음을 깨달았다. 과학은 아주 오래전에 공부했고, 그때 그가 생명체를 제대로 이해하는지 신경 쓰는 사람은 아무도 없는 것 같았다. 그런 건 한 개의 특수학급만 이해했다. 특수학급만 우주선이나 정부를 이해했듯이. 그들이 신경 썼던 건, 정말로 신경 썼던 건 그가 지시를 따르고 사고 치지 않는 것뿐이었다.

심지어 움베르토가 개척민 자격을 얻기 위해 함께 들어야 한다고 한 야간수업에서조차, 강사들은 그가 관리하고 수리하는 방법을 배우는 기계들을 제대로 이해하는지에 관심이 없었다. 지시를 따라라. 그는 그렇게 들었다. 도표를 따라라. 옷본으로 원피스를 만드는 것보다 어렵지 않다. 어느 강사는 그에게 그렇게 말했다. 당신 같은 주부도 할 수 있다. 그는 강사의 경멸이 주는 고통에 이를 악물고, 자신이 정말로 도표대로 따라 할 수 있음을 보여주었다.

생물에 관해서는 산발적인 단어와 이미지 들이 떠올랐다. 세포, 세포를 감싸고 있는 껍질인 세포막, 인간 등의 내골격과 파리 등의 외골격. 세포는 원형이나 타원형이고 그 안에 더 많은 동그란 것들이 있는데, 크기만 더 작을 뿐 빵 속 구멍들과 상당히 비슷하게 생겼다. 큐브로 본 해부 장면이 떠올랐다. 강사의 칼이 떨고 있는 쥐의 배를 가르고, 흘러나오는 피를 본 남학생들이 낄낄거리며 잔인한 말을 하던 것을. 여학생 몇 명은 고개를 돌렸지만, 오필리아는 복잡하게 뒤얽힌 내장을, 밝은 분홍색 폐를, 고동치는 작고 검붉은 심장을 봤다.

당시 그는 자신의 심장이 고동치는 것을 느꼈다. 처음으로 그것을 제대로 의식했다. 그리고 자신의 배를 가를 커다란 칼을 들고 내려다보는 누군가를 상상했다. 그 일은 실제로 일어났지만, 그 대상은 그가 아니라 아이를 낳기 위해 배를 갈라야 했던 어릴 적 친구였다. 도나는 병문안을 오지 않은 오필리아를 결코 용서하지 않았다. 자신이 겪은 일이 이주를 앞두고 짐을 싸는 것보다 중요하다고 생각했다.

그러나 지금 이곳에 있는 괴동물들은─오필리아는 도나에게 마음속으로 사과하기를 그만두었다. 도나는 지금쯤 이미 세상을 떠났을 것이다, 그들이 어릴 적 친구였던 그 머나먼 세계에서—오필리아가 배운 어떤 범주에도 들어맞지 않았다. 물론 모든 범주를 배우지 않았음은 알고 있었다. 그가 다닌 학교에서 아이들은 생물학을 필요한 만큼만 배웠다. 주변에 실재하는 생명체들에 관한 것만, 본래의 광범위한 지구 생물학의 작은 일부만.

저것들은 식물이 아니야. 그는 그렇게 확신했다. 그러니까 동물이다—곤충류·어류·포유류·조류·파충류·양서류. 일단 곤충류는 아니야, 곤충은 더운 숨을 뱉지 않으니까. 어류도 아니다, 육지에 살면서 숨을 쉬니까. 양서류일 수도 있지만 개구리나 두꺼비와는 별로 닮지 않은 데다, 알을 낳는지도 알 수 없잖아. 조류일까? 새는 깃털과 날개가 있고 입이 아닌 부리가 있어. 사람들이 고기를 얻으려고 기르던 날지 못하는 새도 깃털과 작은 날개가 있었지. 그 새들을 본 적이 있어. 괴동물은 깃털도 없고 날개도 없어. 입과 이빨이 있고. 파충류? 파충류는 비늘이 있고 숨이 따뜻하지 않고 몸집이 훨씬 작아. 포유류? 포유류는 털이 있고 새끼에게 젖을 먹인다. 그들은 털도, 젖가슴 비슷한 것도 없는걸.

사람들은 다른 여러 세계에서 동물을 발견하면 새로운 범주를 만들었지만 오필리아는 그런 것이 있다는 것만 알았다. 어떤 범주인지, 그 기준이 무엇인지에 대해서는 아는 바가 없었다. 괴동물의 세포나 피가 어떻게 생겼는지 몰랐다(본다면 피라고 할 만한 것이 있기는 할까? 혹시 몸속도 메말라 있을까? 아니, 그들의 배설물은 축축했어).

오필리아는 빵을 천천히 씹으면서 애초에 안전하게 저장되지 않은 정보를 기억에서 뽑아내려 애썼다. 한참 뒤에야 컴퓨터의 자료에서 정보를 더 찾아보면 된다는 사실을 깨달았다.

11

컨소시엄 아카이브, 심스 뱅코프 사의 콜로니 실패 및 라이선스 상실 이후 3245.12 재개척 시도에 관한 보고

심스 뱅코프 사가 청문회 시기에 사전 제출한 서류를 검토한 결과, 당사 콜로니의 실패는 입지선정의 오류에 일부 기인할 수 있다. 기후조건으로 인한 손실이 만회되지 않았다는 점에서, 후속조치도 한 가지 요인임이 분명하지만, 해당 콜로니가 적절하게 설치되었다면 적어도 완만한 진전은 이루었을지 모른다. 기상기록에 따르면, 범람을 야기하는 반복적인 저기압성 바다폭풍으로 인해 인명과 가축과 장비(배와 기타 차량)의 손실 및 흉작이 발생했다.

이러한 이유로 제오테카 O.S. 사는 신규 라이선스를 받은 콜로니를 범람원에 속하지 않는 인근 북온대에 설치하기로 한 것이다(첨부한 차트 및 스캔 데이터 참조). 기상위성 데이터에 따르면 본 콜로니의 셔틀 착륙장 부지는 42년의 관측 기간 동안 범람된 적이 없는 것으로 추정된다.

콜로니 설치작업은 제14판 통합 현장지침에 명시된 표준관례를 따랐다.

화물선 마쥔비호의 잔 바소니 선장은 수일간 관찰한 내용을 일지에 기록했다.

심스 뱅코프 사의 열대 콜로니 소개는 일정대로 완료되었다. 해당 콜로니 부지는 브로드밴드 스캐닝으로 뚜렷하게 보였다. 적외선 스펙트럼은 그곳의 발전소가 제대로 폐쇄되지 않았음을 보여주었지만, 잔류 인구의 존재를 시사하는 활동은 전무했다.

바소니 선장은 콜로니 후보지에 관한 실시간 데이터를 제공하고자 조사 셔틀의 비행을 허가했다. 본 비행에서 기록된 데이터는 최초 조사 데이터와 유사했다. 기온·습도·대기구성 모두 기준치 이내였다. 인근에 야생동물들이 작은 무리를 이루어 이동 중이었으나 모두 셔틀 착륙장 예정지의 5킬로미터 밖에 있었다. 비전문가인 인력이, 적대적인 것은 차치하고 지적인 생명체가 있다고 추정할 만한 의도적인 활동도 전혀 포착되지 않았다. 자문을 구할 외계 전문가나 유사한 다른 전문가도 없는 상황이었다.

필수조사 비행이 끝난 직후 바소니 선장은 개척민 캡슐의 회수 및 중장비 로봇의 첫 무인 착륙을 허가했다. 활주로 조성작업은 정상적으로 진척되었으며, 개척민들이 탑승한 첫 셔틀이 무사히 착륙했다. 설비증설이 진행되고 조립식 주거지의 설치가 시작될 때쯤 갑자기 지상통제관이 동쪽(일출 방향)에 야생동물 떼가 나타났다고 보고했다.

처음에 그 동물들은 놀라서 황급히 달아나는 것처럼, 셔틀이 내는 소리에 겁을 먹은 것처럼 보였다. 지상통제관은 야생동물들을 저지하려고 연막탄을 발사했다. 동물들은 적대적이었고 상륙한 사람들을 공격할 것임이 분명해졌다. 사용된 무기에 대해서는 확실히 알려진 바 없지만(첨부한 군사학적 분석 참조) 발사체와 폭발물이 포함되었음은 분명하다. 소실된 셔틀 한 대는 파킹패드에서 발사체에 맞았는데, 발사체가 연료 탱크를 뚫어 연료가 폭발할 정도의 충돌 강도였다. 조준사격은 아닌 것으로 추정된다. 정체가 무엇이든 간에 그 괴동물들은 그날 처음으로 셔틀을 봤을 것이기 때문이다.

바소니 선장은 추가지원 인력을 보내지 않기로 했으며, 이는 바람직한 결정이었다. 재판기록에 따르면 당시 바소니 선장에게는 지상 군사행동에 필요한 자원도, 수행할 숙련된 인력도 없었다. 게다가 바소니 선장은 야생동물로 추정되는 그들의 행위에서 우주탐사개발일반조약 제14장 32항에서 규정된 잠정적 지적 존재의 특징이 나타나며, 따라서 '외계 접촉'에 관한 규정이 최우선함을 깨달았다. 유감스럽게도 이미 지상에 있던 개척민들은 괴동물들의 공격을 받았고 심각한 인명 손실이 발생했다. 바소니 선장은 지상인력을 포기한 일로 선내인력의 상당한 저항에 직면했고 폭동을 막기 위해 강압적인 수단을 써야 했다.

착륙 시도와 폭동이 초래한 인력손실, 그리고 긴 재결 과정으로 시간이 지체되면서 외계부는 뒤늦게 이 비극적인 사건의 전모를 알게 되었다. 분명한 것은 숙련된 접촉 팀을 파견해 괴동물의 토착문화와 기술수준을 평가해야 한다는 것이다. 심스 뱅코프 콜로니가 비조약 세계에서 금지된 여러 첨단장치를 남겨두었기에, 그 장치들의 처분에도 신경을 써야 한다. 현재 보유한 불충분한 데이터를 바탕으로 추정컨대, 이번 사태를 야기한 토착(?) 지적(?) 공동체는 한 지역에서만 사는 사회적 유목집단으로, 소와 비슷한 초식동물을 몰고 다닌다. 두 생물 모두 열대지방에서 산 적이 없고, 그래서 심스 뱅코프 콜로니를 발견하지 못했을 수 있다. 그러나 만약 발견한다면, 그리고 콜로니의 발전소가 실제로(바소니 선장의 데이터가 암시하는 대로) 가동 중이라면, 우리는 위기에 봉착한 것이다. 그렇게 공격적이고 적대적인 종이 첨단기술을 일찍 접하게 되는 사태는 반드시 막아야 한다.

허가 86.2110. 외계 접촉, 2차.

팀장: 바실 리키시

임무 개요: 다음에 관한 평가

    1. 지능

    2. 사회조직

    3. 기술 수준

    4. 적대성 지표

가능하다면 일반조약에 관한 1단계 합의를 도출한다. 무슨 일이 있어도 심스 뱅코프 콜로니의 발전소 및 기타 금지 기술을 보호한다.

"처음부터 끝까지 멍청하게 굴었네. 심스에서 하는 말은 못 믿어요. 그들은 다 알고 있었을 겁니다. 라이선스를 잃게 돼서 제대로 열을 받은 거지."

"심스의 내부 데이터스트림에 관련 내용이 전혀 없어요. 심스에서도 몰랐을 겁니다. 첫 조사가 마무리될 즈음 괴동물 떼가 갑자기 나타나 셔틀을 공격한 거예요."

"말도 안 돼. 심스에서 몰랐을 리 없어요. 아무도 기상위성 자료를 검토하지 않았다면 모를까. 봐요, 저기— **저걸** 비교란지非攪亂地라 할 순 없죠."

키라 스타비는 의자에 몸을 파묻은 채 언쟁을 듣고 있었다. 바실 리키시, 왼발 새끼발가락처럼 쓸모없는 능글맞은 팀장. 아니, 기업 아첨꾼 바실 리키시가 더 정확하려나. 바실이 심스 뱅코프 사에 대해 장광설을 늘어놓다니……. 심스 뱅코프 사가 인수한 소기업 콘솔바리스에서 일했었 잖아? 키라는 디스플레이만 쳐다보며 언쟁에 끼지 않았다. 바실이 오리라방한테 시비를 걸고 싶어 안달이 났네……. 오리 혼자 감당할 수 있을 터였다. 보고 있는 디스플레이가 흥미롭기도 했고. 범례가 없었지만 키라는 보라색과 노란색의 기다란 흔적이 콘트라스트를 강화한 열 방출 스펙트럼이란 걸 경험으로 알았다. 규칙적인 선과 얼룩 들. 전체적으로 지나치게 규칙적인데. 적어도 이에 관해서는 바실의 말이 맞아.

오리는 키라가 그랬어도 말했을, 자신이 전에도 말한 적 있는 의견을 내놓았다. "지금 우리가 새로운 생물종을 발견한 것일 수도 있잖아요?"

"불가능해요." 바실이 발끈했다. "심스의 그 돌대가리들이……."

"불가능할 이유는 없는 것 같은데요." 오리는 언성을 높이지 않았지만 바실의 말에 위축되지 않았고, 그렇다는 것을 태도로 확실히 보여주었다. "지금까지 본 적 없다고 해서 가능성이 없다고 할 순 없죠. 이론적으로 언젠가는 반드시 일어날 일이에요."

"가능성이……."

"지금 가능성이 중요한 게 아닙니다. 당장 우리 눈앞에 있는 게 중요하죠." 오리는 그에게 붙은 펠로리스트* 딱지를 절대로 떼지 못할 것 같았다. 바실이 더 불그스름해졌다, 더 불그스름해지는 게 가능한 일인지는 몰라도. 키라는 열기를 식힐 때라고 판단했다.

"심스 콜로니에서 나타난 열원은요? 그게 불법점거의 증거가 아니라고 확신할 수 있어요?" 바실은 얼굴을 찌푸렸지만, 오리가 키라를 보자 잠자코 있었다.

"그들은 아니라고 했습니다." 오리가 콧날을 문질렀다. "물론 바소니 선

---

* Pelorist. 사실로 증명될 수 있는 것만 신봉하는 사람.

장은 열원을 보고 놀랐지만, 조직적인 움직임은 없었습니다. 선장이 찾아 보기도 했죠. 여기……." 그가 디스플레이를 터치하자 보이는 위치와 축척이 바뀌었다. 셔틀 이착륙장 조성 당시의 경계는 이미 모호해져 있었다 — 열대식물이라면, 키라는 생각했다, 단기간에 저렇게 만들 수 있지. 건물들은 아직 멀쩡하게 서 있었다 — 애초에 튼튼하게 지었나 봐. 열점이 모인 곳, 표식이 된 양들, 강가의 다른 양들, 표식이 된 소들. 규모와 온도까지 들어맞았다. 보살피는 사람 없이 가축이 저렇게 오래 생존하는 것도 가능했다.

"수의사들한테 물어봤나요?"

"그럼요. 가축의 초기 규모도요. 비정상적인 변화는 없습니다. 돌보는 사람이 없어 앞으로 10년을 채 못 살겠지만, 먹는 양보다 목초지의 환경 수용력이 훨씬 큰 데다, 마을 정원의 식물도 먹을 수도 있으니까요."

"마을에도 열점이 하나 있잖습니까." 바실이 조금 차분해진 말투로 말했다. "바소니가 지속적으로 스캐닝을 하지 않았으니 같은 열원인지 확신할 순 없지만, 뭐가 됐든 사람은 아닙니다. 패턴이 달라요. 심스 콜로니 주민들은 인근 숲에 나무를 타는 영리한 동물이 산다고 했죠. 그 동물은 처음 개척지로 들어왔을 때 보고가 됐어요. 지구의 원숭이와 비슷할 겁니다. 원숭이의 일종이라고 전문가들이 그러더군요. 북쪽의 그 큰 동물다 몸집이 작아요."

"음." 키라는 확신이 서지 않았다. "혹시 심스의 이주인력 명부 확인하신 분?"

"최대한 해봤어요. 심스 측이 가져온 콜로니 데이터베이스는 물론 조작됐을 수 있지만 어쨌든 전원 소재 확인이 됐다고 주장하더군요. 이동

중에 일부 고령자들이 사망했지만, 그건 예상했던 일이고요. 바소니가 예전 콜로니의 미립자 영상 데이터를 사전 확보할 정신이 있었다면 확실히 알 수 있었겠지만, 그가 그런 자료의 필요성을 깨달았을 즈음엔 폭동을 진압해야 했죠."

"그렇다면," 키라는 진짜 문제인 외계인으로 화제를 돌리고 싶었다. "그 친구들은 배린지 스케일의 어디쯤에 해당할까요?"

화제를 돌리는 데 성공하기는 했다. 두 남자 모두 얼굴을 찌푸리며 한숨을 쉰 것이다. 그런 반응을 본 키라는 자기가 왜 아직도 여기서 일하는지 의아해졌다. 팀워크 한번 좋네, 하!

"인공물이 없어요." 바실이 말했다. "금속 사용여부도 모르고."

"우리가 탈 배가 열흘 안에 출발하니, 비컨에서 초광속을 벗어나 내릴 때까지 더 알아낼 수 있는 건 없어요. 그래도 바소니가 해당 지역에 영구 감시소를 설치할 정신은 있었군요."

키라는 목록을 마저 봤다. 언어학 전문가, 아무렴. 지금까지 외계언어학 팀원의 업적은 고무적이지 못했지만. 살짝 다른 분야들을 드문드문 섞어주면 생물학·기술평가·언어학·인류학까지 썩 광범위하게 구성할 수 있지……. 하지만 사실 이렇게 중대한 임무를 맡은 팀의 규모는 더 커야 하는데. 특히나 팀장이 자신의 지위 — 대단한 지위도 아니지만 — 를 이용해 기업과 정부를 오간 임명직 정치인일 때는. 수송선의 성능도 문제야. 평범한 배로 점프 포인트에서 목적지 행성까지 내향 서행하는 시간을 낭비하고 싶어 하는 사람은 아무도 없어……. 이건 곧 몇 달도 아니고 며칠 안에 내향 수송 군용선에 끼어 타야 한다는 뜻이지.

군인들을 견뎌야 한다는 뜻이기도 하고. 키라는 이 문제에 대해 팀원들이 어떻게 생각하는지 궁금했다. 어쨌거나 개척민을 모조리 죽인 외계인들이니 위험한 건 사실이야. 군인들은 팀을 보호해주겠지만, 불필요한 경우에도 멋대로 상황을 통제하려는 경향이 있지. 이번 임무는 과학적이고 외교적이어야 하는데.

오필리아는 그들이 모두 냉장고를, 특히나 냉동실 벽의 성에를 아주 좋아한다는 것을 알게 되었다. 부엌에 문 열린 냉장고 옆에서 괴동물 하나가 뿔 같은 손톱으로 성에를 긁어내는 동안 다른 괴동물이 그릇을 들고 있는 장면을 두 번 목격했다. 처음 목격했을 때 그를 본 괴동물은 켕기는 데가 있는 아이처럼 그릇을 떨어뜨렸고, 둘 다 고개를 살짝 까닥거리곤 슬그머니 나가버렸다. 두 번째로 목격한 날은 ─ 다른 팀이 온 것인지? ─ 둘 다 그를 태연하게 쳐다보더니 성에를 먹기 시작해서, 결국 둘을 밀어내고 냉장고 문을 닫아야 했다. 그는 그렇게 다른 반응이 인간들과 흡사하다고 느꼈다. 누군가는 규칙을, 그것을 위반하고 있을 때조차, 준수해야 하는 것으로 인식하지만, 누군가는 개의치 않는다.

이미 대다수 집들의 냉장고 전원을 분리해놓아서 다행이었다. 하마터면 온종일 냉장고 문이 닫혀 있는지 확인하고 다녀야 할 뻔했다. 전력 낭비는 물론 냉장고 모터가 손상될 수도 있었다. 그래도 괴동물들이 모터는 건드리지 않았다. 물건을 절대 분해해서는 안 된다고 이럭저럭 그들을 납득시킨 것 같았다. 어떻게 그렇게 한 건지는 오필리아 스스로도 확실히 알 수 없었지만. 그들은 전등을 켰다 껐다 하고 물을 틀었다 잠갔다 했지만 그런 것이 큰 문제가 아니었다. 그들이 셔틀 이착륙장 근처에 있는 차량의 시동을 걸까 봐 걱정했지만 그런 일도 벌어지지 않았다. 지금껏 방치된 채 폭풍을 맞은 차들이라 작동이 되지 않아서인 것 같긴 했지만. 마지막으로 차량을 써보려고 한 게 언제였더라…… 기억이 가물가물했다. 괴동물들이 나타나기 전인 건 분명했다. 그렇기 때문에 그들이 차량을 건드리지 않은 것 같기도 했다.

사실 그들이 아이들보다는 나았다. 애들처럼 호기심은 끝이 없었지만 한계라는 걸 알았기 때문이다. 제일 불편한 건 그들의 호기심과 관심을 느끼지 않으면서 취미활동에 집중할 수 없게 됐다는 것이었다. 그가 비즈에 색칠을 할라치면 반드시 그들 중 하나가 모든 색의 도료에 갈고리 손톱을 담갔고, 비즈를 꿸라치면 작업물 위로 커다란 부리가 달린 머리가 나타나 지켜봤다. 뜨개질을 하면 하나가 손을 뻗어 뜨개실을 건드렸는데, 실뭉치에서 실을 풀어 느슨하게 잡으며 '돕는' 것 같았다. 바늘 코의 장력을 가늠하려면 실이 실뭉치에 약간 팽팽하게 연결되어 있어야 한다고 설명할 수가 없었다. 로그를 쏠라치면 그들은 문간에 옹기종기 모여서서 화면에 뜨는 글을 쳐다봤다.

주위에 아이들이 항상 있는 것과 비슷했다. 어떤 일에도 마음 편하게 집중할 수 없게 된 것이다. 오필리아는 자기가 선택하는 색상과 질감, 바늘땀, 글을 관찰당하면서는 집중할 수가 없었다. 괴동물들이 작정하고 방해하지 않을 때조차 그들의 관심 자체가 방해였다.

그는 괴동물들이 자신들의 프로젝트에 열중하게 만들려고 애썼다. 옛날에 자녀들에게 썼던 방법이었다. 그들이 뭔가에 집중하면 그는 혼자만의 활동에 매진할 수 있을 터였다. 제조기로 탁한 베이지색 비즈를 만들어 칠하라고 주고 천조각과 색색의 뜨개실도 줬다. 그러나 그들은 뜨개실을 꼬고 돌돌 감고 비즈를 도료에 담그기까지 했지만 진득하게 하는 게 하나도 없었다. 그들이 거기에 몰두했다고 생각한 그가 이제 뭘 할지 생각하며 혼자만의 생각에 빠질 수 있게 되자마자 그들은 다시 옆에 나타났다. 그를 에워싸고 내려다봤다. 지켜봤다.

밖에서는 그나마 나았다. 야외에서는 그들이 그렇게 커 보이지 않았고 존재감이 압도적으로 느껴지지도 않았다. 정원 일을 할 때면 나타나서 그가 점액대벌레를 던져주기를 기다리는 괴동물한테도 점점 익숙해졌다. 괴동물들은 더는 옥수숫대를 쓰러뜨리거나 호리병박과 주름진 호박 잎을 짓밟지 않았다. 정기적으로 목초지를 돌며 양 떼와 소 떼를 살펴보는 그를 따라다녔다. 그 결과 양과 소도 그들에게 점차 익숙해져서, 그들이 나타나도 피하지 않게 되었다. 그는 산들바람이 부는 날에 괴동물 한둘과 함께 걷다 보면 정겨운 느낌마저 들었다. 어느새 당연한 것처럼 그들에게 이야기를 하고, 그들이 반응하며 끙끙거리고 깍깍거리는 소리가 무슨 뜻일지 추측하고 있었다.

하지만 실내에서 그들은 언제나 골칫거리였다. 작업공간을 편안하게 공유하기엔 덩치가 큰 데도 오필리아가 무엇을 어떻게 하는지 배우려고 작심한 듯했기 때문이다. 그는 어색하고 갑갑했다. 그들은 그가 문을 잠그면 억지로 들어오지 않았다. 하지만 그는 잠긴 문 안에서도 밖에서 그들이 사고를 칠까 봐 긴장을 풀 수 없었다. 그것 역시 주위에 아이들이 있는 것과 비슷했다. 그는 자식들이 어릴 때 한 번 이상 욕실로 도망친 적이 있지만, 절대 오래 숨어 있을 수는 없었다. 무슨 일이 벌어질지 너무 잘 알았으니까……. 적어도 아이들의 경우는 그랬다. 괴동물들의 경우에는 무슨 일이 벌어질지 몰랐다. 걱정밖에 할 수 없었다.

곧 둥지를 틀 자가 가장 먼저 판단을 내렸다. 그것은 수호자다. 둥지수호자다.

오른손 북 치기가 머뭇대듯 시작되어 꾸준해졌다. 그럴 리 없다, 여기는 둥지가 아니다.

둥지였다. 날랜 몸짓이 그림 기계와 거기서 본 이미지들을 환기했다. 둥지였다⋯⋯. 수호자가 아직 남아 있는 거다.

왼손 북 치기. 그렇다, 여기는 둥지였다. 그렇다, 수호자일 수 있다⋯⋯. 마지막 남은 수호자.

늙었다⋯⋯. 분명 아주 늙었다. 어깨들이 부르르 떨리고 공손한 시선이 그들의 최고령자에게 향했다. 〈종족〉의 최고령자보다는 훨씬 연하지만 아무튼 고령자인 그에게.

게다가, 곧 둥지를 틀 자가 덧붙였다. 그것은 불을 밝히고 움직이고 말을 하는 수많은 상자와 물건에 대해 아주 많이 안다⋯⋯.

말을 하는 거라면.

말이다. 그것이 그 물건들한테 대답하니까.

말하는 물건들.

마지막 말은 배고픔을 말보다 더 잘 표현하는 말투, 본능적인 으르렁거림이었다. 그들은 모두 몸을 약간 곧추세웠고 호흡이 가빠졌다. 시야에 들어온 사냥감. 말을 하고 여러 가지를 하는 물건들. 그들은 그것들이 유용하다는 것을, 물을 움직이고 열기와 냉기를 만들고 그림을 그리고 소리를 낸다는 것을 알 수 있었다. 침략해온 괴물들이 둥지체를 파괴할 때 쓰던 물건들처럼 위험한 물건들. 그들은 그 밝은색 피, 꿈틀대던 지적 존재의 맛을 다시 느꼈다.

그것은 어린 것들의 양분이 될 거다, 곧 둥지를 틀 자가 말했다. 아무도 소리 내 말하지는 않았지만, 곧 둥지를 틀 자들은 원래 모두가 아는 말을 되풀이했는데, 둥지 틀기가 임박했음을 알려주는 행동이었다. 그 괴물의 머릿속에 있는 지식과 그런 물건들은 우리의 어린 것들의 양분이 될 거다, 만약…….

그것은 먹을 수 없다, 최고령자가 상기시켰다. 그것은 괴물이다. 양분이 되지 못할 거다. 오른손 북 치기가 곧바로 시작된 후 왼손 북 치기가 이어졌고, 그 뒤 그들이 생각하는 동안 리듬이 어수선해졌다. 당연히 그것을 먹을 수는 없다, 수호자는 **수호자**다, 먹잇감이 아니다.

먹지 못한다. 먹지 못하지만…… 맛보는 건? 안 돼. 리듬이 갑자기 휘청거렸다. 둥지터에서 죽은 괴물들의 역겨운 맛이 떠올랐기 때문이다. **호흡하는 건?** 마침내 누군가 말했다. 크게 숨을 헐떡이는 소리. 그들 모두가 들은 대로 상상하다가 뱉은 소리였다. 호흡한다고. 그래. 우린 새로운 것을 공기 중에 뱉은 뒤 다시 들이마셔서 공유하니까, 그 괴물의 지혜도 호흡할 수 있을지 모르지.

그것의 말. 그 말을 호흡하는 법을 누가 배울 것인가?

다들 목구멍에서 나오는 거친 소리를 냈다. 손마디로 배와 가슴을 두드리는 부드러운 진동음. 소리를 내려고 벌어진 입들.

어려운 일이다, 최연소자의 말. 눈들이 굴렀다.

그것은 괴물이다. 쉽지 않을 거다.

가수들이 나을 거다. 그 말이 나온 쪽으로 눈들이 굴러갔다. 이곳에 온 그들 중에는 진짜 가수가 없었다. 침략과 전쟁의 이야기에 흥미를 느낀 가수가 한 명도 없었기 때문이다.

누가 갈 것인가?

침묵. 그들은 북 치기 없이도 자신들의 선택지를 알았다. 침묵 속에서 결정이 내려졌다. 한 명, 이어 또 한 명이 일어섰다. 잠시 후 누군가 세 번째로 일어섰다.

너무나 중요한 일이다. 의자 다리 세 개가 모두 필요한 상황이다.

왼손 북 치기, 느리고 구슬펐지만, 나약함이 느껴지는 떨림은 없었다.

괴물에게 말할까?

보여줘야지. 우리는 배울 것이다.

아침에 그들의 무리 전체가 ─그게 정말로 다라면 말이지만 ─ 집 밖에서 기다리고 있었다. 오필리아는 그들을 쳐다보며 이제 무슨 일이 벌어질지 궁금해했다. 셋이 다가오더니 하나씩 차례대로 머리가 그의 허리까지 오도록 몸을 숙였다. 무슨 뜻이지?

"필요한 게 있니?" 그가 물었다. 허리를 깊이 숙인 게 분명한데, 그들의 절은 무슨 뜻일까? 대답이 없었다. 평소 그의 말에 대꾸하듯 끙끙대는 소리조차. "차가운 거 줄까?" 그는 문을 더 열고 들어오라는 손짓을 했다. 그들은 오지 않았다. 절하지 않은 것들이 셋에게 길을 터주었고, 셋은 길을 따라 걸어가기 시작했다.

오필리아는 당혹감을 느끼며 뒤따라갔다. 수리해야 하는 뭔가를 보여주려는 걸까? 세 괴동물이 개척지의 강가로 가는 길로 들어설 때 그는 그런 거라고 확신했다. 펌프인가 봐. 하지만 오늘 아침에 집의 수도꼭지와 샤워기에서 물이 잘 나왔는데. 펌프 제어기 작동법을 보여달라는 걸까. 전부터 그걸 알고 싶어 할 것 같아.

셋은 펌프동을 지나쳐서 계속 걸어갔고 그 뒤를 오필리아가, 그의 뒤를 나머지 괴동물들이 따라갔다. 그는 행진을 그의 역할이 무엇인지 알 수 없는 의례 비슷한 것을 떠올렸다. 펌프동을 지나 초원을 건너 강가의 키 큰 수풀에 다다랐다. 오필리아는 걸음을 늦추었다. 그 높다란 수풀을 헤치며 걷기 싫었다. 발이 베이고, 살이 긁혀 쓰라릴 것이기 때문이었다.

그때 선두의 셋이 멈춰 서더니 그를 돌아봤다. 그리고 또 절을 했다. 셋 중 하나가 다가와서 갈고리손톱으로 오필리아의 목걸이 하나를 살짝 건드렸다. 그리고 부드럽게 떨리는 소리를 낸 뒤, 마치 그 지역 전체를 향해 손을 흔드는 것처럼 두 팔을 활짝 벌린 다음 강 쪽으로 고개를 휙 돌렸다. 이제 그는 확신했다. 떠나려는 거야. 모두가? 그는 뒤에 있는 것들을 돌아봤다. 그들은 들쑥날쑥한 선을 이루며 서서 가만히 있었다. 날 떠나게 만들려는 걸까? 그건 안 돼. 난 너희가 먹는 걸 못 먹어. 너희도 알잖아.

그의 목걸이를 만진 괴동물이 같은 행동을 반복했다. 이번에는 갈고리손톱을 목걸이 밑으로 살짝 밀어 넣고 그의 살갗을 쓸 듯이 움직였다. 뭐? 이걸 **달라고?** 왜? 오필리아는 두 손으로 목걸이를 잡아 머리 위로 천천히 들어 올렸다. 손수 만들고 색칠한 비즈와 점액대벌레의 속대를 번갈아 꿴 목걸이였다. 초록색과 노란색이 주를 이루고 파란 비즈가 조금 섞여 있었다. 특별히 좋아하는 목걸이는 아니었기에 내주는 건 문제가 아니었다.

오필리아가 목걸이를 내밀자 괴동물은 그것을 받아 들면서 그의 얼굴을 기억하려는 것처럼 빤히 쳐다봤다. 떠나려는 거야, 그래서 이러는 거야. 마침내 괴동물은 시선을 거두고 어깨띠에 매단 호리병박에 목걸이를 넣어 마개로 잘 막은 뒤 다시 한 번 절을 했다. 그리고 셋이 모두 돌아섰다.

그는 그들이 강가에 있는 것을 본 적이 없기에 그들이 헤엄을 칠 수 있는지도 몰랐다……. 그들이 자식이라도 되는 것처럼 덜컥 겁이 났다. 강에 육식성 수중동물이 살았다. 이빨이 크고 비늘로 뒤덮인 그 동물 때문에 콜로니 아이가 목숨을 잃은 적도 있었다. 그때 갈대밭에서 좁다란 배가 나왔고, 그는 그들이 얼마나 외계적인지, 자기들의 세계에 얼마나 잘 적응해 있는지 다시 한 번 깨달았다. 그들이 만든 기다랗고 폭이 좁은 배는 구부린 목재 뼈대를 무언가로—가죽?—덮은 뒤 바느질로 고정한 것이었다. 솔기들이 벽돌 벽 같은 무늬를 이루고 있었다. 무엇이 솔기로 물이 들어가는 걸 막아주는지 궁금했다. 노들이— 긴 양날 노였는데, 날은 길고 끝부분이 뾰족했다— 수면을 드나들자 그 기이한 배가 소금쟁이처럼 날쌔게 물 위를 움직였다.

콜로니에는 그런 것이 없었다. 그도 상상해본 적 없는 것이었다. 콜로니의 배들은 외부에 이음매가 없었고, 어른 열두 명을 태울 만한 크기에 양쪽 끝이 각졌고 한쪽 끝에 작은 엔진이 탑재돼 있었다. 정착 초기에 그 배들의 진수장을 만드는 걸 도왔던 기억이 났다. 제조기는 그렇게 큰 물건을 만들 수 없었기에, 배를 모두 잃었을 때 사람들이 직접 만들어야 했다. 이렇게 작은 배를 만들 생각은 아무도 하지 못했다. 오필리아는 눈앞의 배를 쳐다보면서 소가죽으로 감싼 목조물을 상상하려 애썼다. 가능할 수도 있겠다……. 누군가 먼저 생각해낸다면.

오필리아는 뒤에 남은 것들을 돌아봤다. 그들은 배가 건너편 기슭에 도착해 아주 작게 보일 때까지 지켜봤다. 배에서 내린 동료들이 마지막으로 손을 흔들고 숲속으로 사라질 때까지. 배를 만드는 동물. 배를 설계하는 동물. 강에 도착하고 나서 저 배를 만든 게 분명했다. 그들이 저런 배를 들고 원래 살던 초원을 건너오는 모습은 상상할 수 없었다.

설사 말이 통한다고 해도 저들이 떠나는 이유를 물어볼 필요는 없었다. 다른 괴동물들에게 그에 대해 말해주러 간 거였다. 이것들은 그를 죽이지 않았고(아직은, 그는 그 점을 명심하려 애썼다), 이제 다른 것들에게 말해주러 갈 만큼 충분히 알아낸 것이다. 다른 것들이 이곳으로 올까? 아니면 결국 이것들이 전부 떠나게 될까? 그럴지도 몰라. 어쩌면 이것들이 떠나고 나는 다시 평화롭게 마음대로, 이것들을 신경 쓸 필요 없이, 혼자 삶을 꾸려갈 수 있을지도.

잠깐 동안 그는 그런 가능성을, 그 축복받은 생활을 골똘히 생각했지만, 그것을 정말로 믿지는 않았다. 그의 평화는 새 콜로니로, 그다음엔 괴동물들로 이미 깨어졌다. 그리고 그는, 결정을 내리는 회의장에 앉아 있는 것처럼, 이미 알고 있었다. 결국에는 누군가가 인간을 죽인 괴동물을 조사하러 오리라는 것을.

그의 괴동물들은 아침에 계속 거기 있었다. 그를 두고 가서 숲에서 사냥을 하거나 할 줄 알았다. 전할 소식도 다 전했으니까. 하지만 그들은 그의 곁을 떠나지 않았고, 셋이 빠졌어도 전과 거의 다름없이 거슬렸다. 조금씩 천천히, 오필리아는 자기도 모르게 그들의 끙끙거림과 깍깍거림을 따라 하려고 그 생경한 입 모양을 신경 써서 따라 쓰고 있었다. 그들은 빤히 보면서 다시 끙끙거리고 깍깍거렸지만 이해할 수 없었다. 다만 그들이 내는 소리를 내면 더 편할 것 같았다. 그가 아기들과 있다면 그랬을 것처럼.

그들은 그에게 개별적인 존재가 되었다. 그런 개별성에 어떤 의미가 있는지 이해할 수는 없었지만. 성별이나 나이, 사회적 역할은 알 수 없었다. 그는 자기가 알아차린 특성대로 불렀다. 그가 가장 좋아하는, 대롱으로 만든 악기를 부는 '플레이어'. 나무타개에게 칼을 휘두른 '킬러'……. 그는 킬러도 떠난 무리에 포함됐기를 바랐지만 그런 일은 없었다. 그와 제일 자주 같이 있는, 정원 일은 하지 않지만 점액대벌레를 잘 먹는 '가드너'.

며칠이 지났다. 플레이어는 비즈를 칠하고 꿰어 목걸이를 만들었다……. 대체로 파란색에 초록과 노랑을 약간 섞어서. 플레이어는 딱딱하고 매끄러운 갈고리손톱 때문에 오필리아처럼 붓을 들 수 없었다. 그래서 붓으로 칠하지 않고, 잔가지를 끝을 조금 남겨두고 길게 쪼개어 막힌 쪽을 향해 비즈를 여럿 꿰어 내린 뒤 통째로 도료에 담갔다. 오필리아가 놀라워하며 지켜보는 동안 플레이어는 여분의 도료가 떨어질 때까지 기다린 뒤 잔가지를 거꾸로 들어(도료가 묻은 쪽 끝을 갈고리손톱으로 야무지게 잡고 있었다) 비즈가 거치대로 굴러가게 만들었다. 잔가지들이 위쪽을 향하도록 나뭇가지를 받침대에 고정해 만든 거치대였다. 그렇게 도료에 담근 비즈가 줄줄이 거치대 나뭇가지의 잔가지에 안착했고…… 나뭇가지는 오필리아가 어릴 때 공공건물에서 본 기억이 희미하게 나는 명절 트리처럼 보이기 시작했다. 더욱 놀랍게도, 그 괴동물은 색깔별로 담금용 잔가지를 따로 만들었다. 아이들은 가르쳐줘야만 다른 색을 쓸 때마다 붓을 씻는데……. 이것들은 아이들이 아니다, 인간도 아니다. 날이 갈수록 기억하기 힘들어지는 사실이지만.

비즈의 도료가 마르자 괴동물은 오필리아가 준 줄이 아니라 꼰 풀에 비즈를 꿰었다. 그리고 완성된 목걸이를 갈고리손톱에 걸어 그에게 내밀었다. 전에 내가 준 목걸이에 대한 보답일까? 아무튼 주겠다는 의도 외에는 확실히 알 수 없었다. 그는 목걸이를 받아서 목에 걸었다. 플레이어는 고개를 끄덕이며 소리를 냈다. 기쁘게 들리는 소리네, 그는 생각했다. 그는 웃음을 지으며 큰 소리로 고맙다고 말했다, 상대가 사람인 것처럼.

그가 킬러로 인지한 괴동물은 여러 초원을 돌아다녔다. 오필리아는 처음에는 소와 양을 걱정했지만, 매일 확인해도 한 마리도 없어지지 않았다. 킬러는 그가 소와 양을 보러 갈 때 함께 갔고, 이따금씩 갈고리발톱으로 키 큰 수풀더미를 헤쳤다. 한번은 강가의 그런 수풀에서 드러눕더니 흙 목욕을 하는 닭처럼 마구 뒹굴었다. 부풀릴 깃털도 없으면서 풀밭에서 그렇게 뒹구는 모습이 우스꽝스럽게 보였다. 뭘 하는 것인지 그로서는 짐작도 할 수 없었다. 풀이 가려운 데를 긁어주기라도 하는 걸까.

가드너는 변함없이 오필리아가 점액대벌레를 잡아서 죽이는 일을 도왔다. 그것 말고는 관심사가 없는 것 같았는데, 그가 센터에서 뭘 좀 할라치면 옆에서 맴돌며 성가시게 구는 무리에 끼지 않을 때가 잦았기 때문이다. 작물 옆의 흙을 할퀸 자국을 발견한 게 한두 번이 아니었다. 오필리아가 없을 때 땅을 일구거나 잡초를 뽑기라도 한 것 같았다. 그냥 점액대벌레를 잡고 있었던 것 같기도 하고 그가 쓰는 괭이와 갈퀴의 용도를 깨달은 것 같기도 했다.

그는 그 소리를 실내에서, 샤워를 끝내고 몸을 닦고 있다가 들었다. 길고 리드미컬하게 지르는 소리, 여럿의 목소리. 그의 심장이 쿵 내려앉았다가 빠르게 뛰었다. 이어 길에서 응답하듯 지르는 소리가 더 가깝게 들리더니 괴동물들이 달릴 때 나는, 빠르게 반복되는 딸깍-쿵, 소리가 났다.

그들의 친구들 ― 가족들? ― 이 왔구나. 오필리아는 발가락 사이의 물기를 마저 닦았다. 아주 천천히 닦으면서 생각했다. 상황이 또 달라질 터였다. 변화라면 신물이 났지만, 원래 세상은 그의 입맛에 맞게 변하는 법이 결코 없었다. 이번에는 얼마나 많이 왔을까? 새로 온 것들도 나의 괴동물들(**친구들**이라고 할 뻔했다)처럼 내가 하고 싶은 일을 하도록 내버려두려나?

그는 식탁에 올려둔 목걸이들을 착용했다. 충분하다는 느낌이 들지 않았다. 문을 열어보니 길에는 아무것도 없었다. 멀리 강가에서 흥분한 목소리들이, 이어서 소 울음소리가 들렸다. 그는 고민했다. 미완성이지만, 화려한 색색의 천이 리본들처럼 달린 옷을 입을까…… 아니면 바다폭풍이 왔을 때 입은 옷? 꽃과 얼굴을 수놓은 망토? 목소리들이 더 가까이 들렸다. 망토를 입자. 금방 입을 수 있고 지금 집에 있으니까. 망토를 걸친 뒤 목걸이들을 겹쳐서 건 뒤에도 뭔가가 빠진 것 같았다. 손목에 팔찌들, 그래, 그리고 전에 머리에 써본 코바늘뜨기 레이스. 그걸 본 괴동물들의 눈이 휘둥그레졌었지.

그는 밖으로 나가 갈림길로 가서 강 쪽으로 향했다. 그들을 만날 거야, 집에서 기다리지 않겠어. 어쨌거나 여긴 내 구역이니까. 미풍에 어깨에 걸친 망토가 살짝 들렸다. 고개를 숙여 망토를 보니 주시하는 눈이 달린 얼굴 여러 개가 거꾸로 보였다. 어쩌다 그 얼굴에 눈이 세 개가 됐는지, 왜 앞쪽의 얼굴들과 뒤쪽의 꽃들 사이에 두 줄의 눈들을 배치했는지 잘 기억나지 않았다.

저 앞에서 괴동물들이 무리지어 강에서 이쪽으로 오는 것이 보였다.

하나가 그의 목걸이를 하고 있었다. 떠났던 셋이 돌아왔나? 새로 온 것들 중에 하나는 다른 것들보다 색이 훨씬 짙었고, 또 하나는 몸의 반 정도까지 내려오는 하늘색 망토를 입고 있었다. 오필리아는 마지막 집 옆에서 멈춰 섰다. 그들은 계속 오고 있었다. 자루를 메고 그에게 오고 있었다. 음식? 장비? 새로 온 것들은 ─ 적어도 파란 망토를 입은 것은 ─ 그가 아는 것들보다 천천히 오고 있었다.

가까이에서 보니 모두 같은 괴동물임이 분명했지만, 지적 능력이 다른 것이 느껴졌다. 그의 괴동물들은 지금까지 별로 조직적으로 느껴지지 않았었다. 누가 우두머리인지 확신했던 적이 한 번도 없었다. 그들은 사냥하러 갈 때 빼고는 그를 따라다니거나 연구하는 것 외에 딱히 몰두하는 일 없이 낮 시간을 대충 보내는 것 같았다. 이제 그는 그의 괴동물들이 무리의 뒤쪽으로 갔다는 걸 알아차렸다. 망토를 두른 괴동물이, 마치 그럴 권리가 있다는 듯이, 맨 앞에 있었다.

그의 심장이 쿵쿵 뛰었다. 귓속을 흐르는 피가 쉬익 소리를 냈다. 공포? 흥분? 그는 망토 입은 괴동물을 응시하며 외양에서 단서를 얻으려 애썼다. 망토 안에서는 서로 교차하는 여러 끈과 띠만 보였는데, 거기에 이제 그에게 익숙해진 호리병박과 자루가 여럿 달려 있었다.

그것은 그와 5미터쯤 떨어진 곳에 멈춰 섰다. 나머지는 그것의 뒤에서 멈춰 섰다. 산들바람이 그의 망토를 끌어당기고 그것의 망토를 들어 올려 나부끼게 만들었다. 그것은 두 손을 천천히 앞으로 내민 뒤 들어 올리고 손가락을 펼쳤다. 그는 그 뜻을 알아차렸다 ─ 빈손, 위협 없음. 꼭 믿지 않아도 대답할 수는 있었다. 그도 손을 펼쳐 들어 보였다. 그것은 두 손을 거둬 갈고리손톱이 한데 모이게 들었는데, 그 모습을 본 그는 어린 시절에 본 작은 종교 조각상들이 떠올랐다. 그는 그 자세도 따라 했다. 저 괴동물들의 행동이 무슨 뜻이건 간에 내가 아는 사람들이 의도하는 뜻은 아니야. 그는 인간들이 의도하는 뜻을 믿은 적이 결코 없었다. 잠시 죄책감이 들었지만 금세 떨쳐버렸다. 저 괴동물들은 내가 한 번도 믿은 적이 없다는 걸 모르겠지.

망토를 걸친 것이 이번에는 두 팔을 펼쳐 보였다. 천천히, 오필리아 뒤의 마을을 가리킨 다음 가리킨 것을 작게 포장해 그에게 건네는 것 같은 몸짓을 했다. 그에게 이해력이라는 것이 조금이라도 있다면, '이곳 전체가 네 것이다'라는 뜻일 수밖에 없었다. 또는 그런 것이냐고 물어보는 것이거나. 오필리아는, 어릴 때 부르던 노래를 떠올리며, 두 손으로 공중에 커다란 원을 그린 뒤 한 손으로 그 원에서 수평선까지 가리킨 다음, 괴동물이 했던 대로 포장하는 듯한 몸짓을 했다. 그리고 그 보이지 않는 포장물을, 크고 소중한 것인 양, 망토 입은 것에게 건네주었다. 이 세계 전체가 너희 것이다, 라는 뜻이었다.

새로 온 것들 뒤에 있는 그의 괴동물들이 제자리에서 콩콩 뛰었지만 망토를 걸친 것은 한참 동안 반응을 거의 보이지 않았다. 그러다 마침내 주위를 둘러보고 다른 괴동물들에게 손짓을 했다. 그러자 둘 ―그의 플레이어와 새로 온 하나 ― 이 악기를 꺼내 불었다. 바람 때문에 가냘픈 소리가 났다. 이어 북 치기가 시작되었다.

물론 그는 전부터 그들에게 북이 있다는 걸 알고 있었다. 밤이면 밤마다 북소리를 들었으니까. 그러나 그들이 어떻게 그 소리를 내는지, 그것이 그에게 어떤 영향을 미칠지는 상상해본 적이 없었다.

12

그들의 목이 부풀어 오르더니 괴상한 주머니처럼 불거져 나왔고 팔은 까닥거렸다. 온몸이 진동하는 것처럼 보였다. 부푼 목에서 리드미컬하고 격한 고동소리가 났다. 오필리아는 그 소리에 공기가 떨리는 것을, 마치 그도 그들 중 하나가 된 듯 몸에 진동이 퍼지는 것을 느꼈다. 그의 괴동물들이 내던 것보다 훨씬 큰 북소리였다. 뭔가 다른, 조화롭지 않은 리듬에 그의 발바닥이 간질거렸다. 서로 발은 맞추면서도 음악에는 맞추지 않는 군대의 행진 같았다. 쳐다보니 괴동물들은 다들 똑같이 발을 구르고 있었지만 발소리는 그것보다 높은 북소리와는 어긋났다.

그는 그 부조화가 주는 느낌이 마음에 들지 않았다. 두 소리 가운데 어느 쪽에든 맞춰서 몸을 움직이고 싶었지만 둘 다에 맞춰 움직일 수는 없었다. 아니, 그럴 수 있나? 두 발이 까닥거렸다. 부조화가 당김음으로 바뀌기 시작하는 것을 느끼며 두 팔을 들어 흔들었다……. 그의 몸짓은 스스로 느끼기에 춤이면서 노래이기도 한 어떤 것으로 변했다. 살면서 한 번도 춤을 춰본 적도 없고, 자신의 몸짓이 이 음악을 연주하기 시작한 괴동물들에게 어떤 노래로 받아들여질지 짐작도 할 수 없었지만.

다시 북소리와 북소리, 발소리와 발소리. 이제 리듬의 역류가 안정되자 그는 자연스럽게 강박強拍에 발을 굴렀고 그들의 발 구름도 같았다. 어느 쪽이 바꾼 거지? 그는 알 수 없었다. 숨이 가빴지만 발은 가벼워졌다. 언제까지고 춤출 수 있을 것만 같았다.

그의 괴동물들이 무리의 뒤쪽에서 나와 날개처럼 양옆에 섰다. 오필리아는 그들을 하나하나 쳐다봤다. 플레이어, 사냥꾼/킬러, 가드너, 그리고 적당한 이름을 찾지 못한 나머지. 그들이 춤을 추며 한 걸음 다가왔다. 오필리아가 물러서자 그들이 전진했다. 이해의 순간에 도달하는 동시에 비트가 빨라지고 그들의 걸음이 그의 걸음에 맞춰졌다. 괴동물들은 마을로 들어오지 않으려는 거야. 내가 이끌지 않는다면, 내가…… 허락하지 않는다면?

순간 반항적인 기분이 들었다. 이렇게 몰려온 괴동물들, 이미 아는 것들보다도 더 성가시게 굴 괴동물들한테 뭘 원하는 거지? 하지만 음악이 그를 붙잡아 진정시켰다. 그들이 오려 한다면 막을 수 없는 데다, 이렇게 해야 그들은 그의 속도대로, 그의 의지로 오게 될 터였다. 오필리아는 팔로 크게 원을 그렸다 ― 이곳 역시 너희의 것일 수 있다.

그런 다음 소리 주머니와 발로 내는 북소리에 맞춰 그는 앞장서서 마을로 들어갔다. 뒤에서 들리는 북소리가 그의 온몸으로 느껴지는 단일한 고동으로 안정되었는데, 마치 땅 자체가 박동하는 것 같았다. 그는 그들을 길 위로 이끌어 덧창이 닫힌 집들을 지나고, 폭풍을 맞은 그 첫 번째 괴동물을 본 곳과 피난처로 삼았던 집을 지났다. 갈림길에서 그는 자기 집을 지나는 길로 들어서서 센터로 갔다. 센터 앞에서 갑자기 숨이 막혀서 멈추고는 손으로 옆구리를 짚고 몸을 앞으로 숙였다.

북소리가 느려지더니 더 부드럽고 음성에 가까운 소리로 변했다. 거의 노래 같았다, 거의 말 같았다. 그의 괴동물들이 다가왔다. 걱정이 됐나, 아니면 그저 배가 고파서? 오필리아는 손으로 벽을 짚고 버텼다. 웃기겠다……. 이렇게 관심을 한 몸에 받는, 수천 킬로미터 떨어진 곳의 외계 괴동물이 보러 온 명물이 하필이면 늙은이라 흥분을 못 이겨 죽어버리고 긴 여행을 시간낭비로 만들어버린다면. 그런 생각이 들자 그는 고통스러운 와중에도 킬킬 웃었고 웃다가 기침이 났다.

다시 숨 쉴 만해져서 보니 그들은 그의 주위에 빙 둘러서서 조용하고 차분하게 기다리고 있었다. 망토를 두른 것이 그를 보며 고개를 갸웃했다.

"이제 괜찮아." 오필리아가 말했다. "그냥 늙어서 그래."

그것이 눈을 깜박거렸다. 이어 천천히, 그가 했던 대로 몸을 앞으로 숙이고, 손으로 옆구리를 짚고, 기침을 했다. 헛기침을 처음 따라해보는 아이처럼 연극적인 느낌이 있었다. 그것은 손을 아래로 내렸다가 조금씩 계속 들어 올려 오필리아의 키 높이에서 멈추었다……. 그러더니 갈고리손톱이 난 긴 손가락들을 파닥이며 수평으로 움직였는데, 중간중간 간격을 표시하듯 손을 내렸다가 올렸다가 했다. 마지막으로 그 손은 허공에서 멈춘 채 다른 손을 똑같이 파닥거리며 움직여서 멈춘 손의 약간 뒤에 두더니 갑자기 밑으로 툭 떨어뜨렸다. 이어 다른 손까지 내리고 고개를 까닥했다.

오필리아는 가만히 서서 생각했다. 내가 그렇게 했다면 무슨 뜻으로 그랬을까? 그는 손을 아래로 내리고 그것이 했던 동작을 그대로 되풀이하기 시작했다. 성장이야, 당연히. 그런 다음 파닥이며 편평하게 움직이는 건 성년기. 그리고 갑자기 떨어지는 건, 죽음. 갑자기 심장이 쿵쿵거렸다. 현기증이 났다. 임박한 나의 죽음. 질문일까, 관찰의 결과일까? 난 이것들의 나이를 모르겠는데…… 이것들은 어떻게 내가 늙었다는 걸 알지?

그는 그 일련의 동작을 계속하면서, 파닥거리며 수평으로 움직이는 중간에 살짝살짝 내려간 것이 괴동물들에게 어떤 의미인지 궁금했다. 그들이 무엇으로, 계절로, 연도별로 시간을 구분하는지 알 수 없었다. 그러나 망토를 두른 괴동물이 그런 것보다 긴 수평선을 그렸다. 그가 산 한 해, 한 해를 모두 기리고 싶었다. 곧 닥칠─멈춘 손─마지막 하락까지의 시기를 다르게, 손을 더 크게 흔들어 표현했다. 그것이 어떻게 이해할지는 모르지만 그가 의도한 뜻은 불확실함이었다. 죽을 날이 오늘일지, 1년 뒤일지 3년 뒤일지 모른다. 나도 모른다.

괴동물들은 계속 조용히 지켜봤고, 그가 동작을 끝내자 먼저 왔던 괴동물들이 말하기 시작했다. 망토를 두른 것이 몸짓으로 그들을 침묵하게 만든 다음 오필리아에게 한 걸음 다가와 천천히 갈고리손톱을 내밀어 그의 망토에 수놓인 눈이 세 개인 얼굴을 가리킨 뒤, 역시 천천히 그의 눈을 가리켰다가 다시 망토 위의 얼굴을 가리켰다.

아니, 그건 설명 못 해. 왜 이 얼굴에 눈을 세 개 넣었는지는 나도 모르니까. 그는 어깨를 들썩이고 두 손을 펼쳐 보였다. 이해할 수 없겠지만 달리 어쩌랴? 한참 동안 침묵이 흐른 뒤 플레이어가 망토 두른 것에게 무어라고 깍깍거렸고 망토도 깍깍대며 대답했다. 플레이어가 오필리아의 팔을 살짝 잡아 센터 문 쪽으로 슬쩍 밀었다.

오필리아는 센터 문은 자기 거라고, 그들을 언제 들일지는 스스로 정하겠다고 말하고 싶었다. 전부 다 가버렸으면 좋겠다고 생각했다. 더 많은 일, 더 많은 방해, 줄어드는 프라이버시라는 결과를 낳을 것임을 알기에. 그는 파란 망토와 시선을 교환하고 있는 플레이어를 노려봤다. 파란 망토가 플레이어에게 뭐라고 끙끙거리자 곧바로 플레이어가 뒤로 물러났다. 파란 망토가 절을 했다.

얼른 해치워버리는 게 나을지도 모르겠어. 오필리아는 센터 문을 열고 들어오라는 손짓을 했다.

파란 망토만 그를 따라왔다. 한정된 공간인 복도에 들어서자 파란 망토의 숨 쉬는 소리와 발톱이 바닥에 딱딱 부딪치는 소리가 들렸다. 체취도 맡을 수 있었다. 오필리아는 복도 양옆의 문들을 하나하나 열면서 천천히 건물의 뒤쪽으로 갔다. 재봉실, 제어실, 창고, 큰 공동주방. 파란 망토는 문이 열릴 때마다 멈춰 서서 안쪽을 봤다. 오필리아는 방의 명칭만 말해주고 들어가지는 않았다. 파란 망토도 들어가지 않고 따라다니기만 했다.

주방에서 그는 처음에 왔던 괴동물들이 얼마나 매료되었는지 떠올리며 물을 틀었다가 잠갔다. 파란 망토는 쉬이, 하는 소리를 냈지만 그게 다였다. 벽에서 나오는 물에 대해 이미 들어 아는 것 같았다. 그가 대형 냉동고를 열자 파란 망토는 냉동고 쪽으로 몸을 기울이고 손을 저어 얼굴에 냉기를 쐈다. 이어 그의 괴동물들이 그랬듯이, 거무스름한 갈고리손톱으로 성에를 긁어내 맛을 봤다.

"차……." 그것이 말했다. 오필리아는 놀라서 쳐다봤다. 그의 괴동물들 중 누군가 가르쳐준 걸까? 괴동물들이 내 말이 언어라는 걸 정말로 이해하는 거야?

"차가워." 오필리아가 말했다. 그리고 냉동고의 옆면을 살짝 두드렸다. "냉동고는 차갑게 만들어."

"차……. 낸노오……." 첫 번째 소리와는 확연히 다른 두 번째 소리는 오필리아가 한 어떤 말과도 다르게 들렸다. 그는 자기가 정확히 뭐라고 했는지 떠올려봤다. 냉동고. 냉동고는 차갑게 해. '냉동고'라고 한 건가?

"냉동고." 오필리아가 늘이듯이 말했다. "냉동고는 차갑게 만들어." 천천히, 또박또박.

"낸노오 차 마아안더." 파란 망토가 그가 했던 것처럼 단어 사이를 띄우며 말했다. 내가 한 말을 따라 하려는 건가? 그는 그렇다고 생각하고 싶었다. 아이들을 키울 때 그렇게 믿었던 것처럼.

"냉동고." 그는 다시 말했다. 다시 냉동고를 열고 음식 꾸러미를 꺼내 들어 보였다. "냉동고 속 음식."

"낸노오 소 은시." 그것은 그렇게 말한 뒤 냉동고에서 다른 음식 꾸러미를 꺼냈다. "은시……." 분명 질문이지만 억양은 그와 반대로, 올리지 않고 내렸다.

"음식." 그가 동의했다. 물론 '음식'이 뭔지 아직 모르겠지. 하지만 파란 망토는 처음 왔던 괴동물들보다 훨씬 적극적으로 반응하는 것 같아. 그래서 그들이 데려온 걸까? 괴동물들이 그의 종족과 조금이라도 비슷하다면, 그를 처음으로 발견한 것들이 정찰대 같은 거라면, 파란 망토는 전문가 같은 존재일지 몰라. 언어 전문가인가?

파란 망토는 음식 꾸러미를 냉동고에 넣고 돌아섰다. 오필리아도 음식을 도로 넣고 냉동고 문을 닫았다. 파란 망토는 개수대에 가 있었다. 수전을 만졌다. 물론 더 많은 단어를 배우고 싶겠지, 말 배우는 아이들이 그러듯이. 애들은 한 단어를 제대로 말할 때까지 연습하려 하지 않아. 보이는 모든 것의 이름을 배우고 싶어 하지.

오필리아는 물을 틀었다. "물." 물줄기에 손을 대며 말했다. 파란 망토는 갈고리손톱을 물줄기에 갖다 댔다.

"뮬." 파란 망토가 말했다.

"무―울." 오필리아가 다시 늘이듯이 말했다. 파란 망토는 물에 댄 갈고리손톱을 수전으로 가져갔다.

"뮬 마아안더……." 그가 질문이라고 짐작하는, 내리는 억양이었다.

오필리아는 되짚어봤다. '냰노오 차 마아안더'가 '냉동고는 차갑게 만들어'라면, '마아안더'는 '만들어'를 나름대로 발음한 거겠지. 그렇다면 방금 한 말은 '물 만들어'로군. 오필리아는 우쭐한 기분이 들었다. 그렇게 어렵지 않네, 여러 세대의 아기들을 돌보며 말을 가르친 사람한테는 말이야. 나는 너무 늙어서 괴동물의 언어를 못 배워도 괴동물은 내 언어를 배울 수 있을 거야.

"물을 나오게 만들어." 오필리아는 물이 더 세게 나오게 수전을 돌리면서 말했다. "물 **나와**." 그런 다음 물을 잠갔다. "물을 멈추게 만들어. 물 **멈춰**."

"뮬 나와 마아안더." 오필리아는 놀랐다. '나와'의 발음이 꽤 정확했다. '나와'는 발음할 수 있으면서 왜 '만들어'는 못할까? 파란 망토가 수전을 톡톡 쳤다. "뮬 나와 마아안더."

오필리아는 다시 수전을 돌렸다. 파란 망토는 고개를 끄덕했다. 찬성? 동의? 감사? 알 수 없었다.

"뮬 멈터 마아안더." 물을…… 멈추게 만들어? 멈춰. 오필리아는 수전을 돌렸다.

"물 멈춰." 그가 말했다. 파란 망토는 또 고개를 까닥거리더니 돌아섰다. 기대했던 뭔가를 찾고 있는 것 같았다. 다른 괴동물들이 말해준 것일 텐데, 이 수많은 것들 중에 뭘까? 오필리아는 곧 판단을 내리고 문가로 갔다. 파란 망토가 따라오자 조명 스위치를 가리킨 뒤 천장 조명을 가리켰다.

"라이트lights." 그는 그렇게 말한 뒤 스위치를 건드리며 말했다. "라이트 꺼. 라이트 켜." 파란 망토가 발음하는 'ㄹ'은 굴림소리였다. 오필리아가 들어본 굴림소리 중에 제일 오래 떨렸다. "르르르라트." 끝소리는 터뜨리는 듯한 '트'였다. "르르르라트 나와. 르르르라트 멈터 마아안더." 오필리아는 스위치를 껐다. 파란 망토는 손을 뻗어 스위치를 다시 켜면서 새로 배운 말을 반복했다. '라이트 멈춰, 라이트 나와.' 그런 다음 켜지거나 꺼지지 않게 살살 스위치를 두드렸다.

"스위치." 오필리아가 말했다. "라이트 스위치. 스위치는 라이트를 나오고 멈추게 해." 천천히, 단어마다 부러 끊어가며 말했다.

파란 망토가 어떤 소리를 냈다. 오필리아가 알아들은 건 끝소리 '처'밖에 없었다. 그것이 무엇을 듣고 따라 하려 했는지는 몰라도, '스위'는 비슷한 소리조차 내지 않았다. 그것은 고개를 갸웃하며 그를 봤고, 그는 다시 시도했다. 그가 말한 다른 단어들과 달리 '스위치'는 늘여서 말하기에 부적합했다. 천천히 발음하니 그가 내는 소리인데도 맞지 않게 들렸다.

이번에 파란 망토가 낸 소리는 '커치'였다. 아무래도 이게 최선인 것 같아. 이걸로 만족하자, 일단은. 내가 따라 하는 괴동물 소리보단 훨씬 낫잖아.

"커치 르르르라트 마아안더."

오필리아는 아기가 하는 말이라고 가정하고 해석했다. 스위치가 라이트를 만든다? 스위치로 라이트를 만드는 게 아니라 제어한다는 걸 어떻게 설명하지? 설명하지 못하면 나중에 더 큰 문제가 생길 텐데. 내 경험상 그래. 애초에 길을 잘못 든 거야, 수전이 물을 나오게 또는 멈추게 만든다고 동의했을 때.

갑자기 자신의 언어를 괴동물들에게 가르치는 일이 다시 어렵게 느껴졌다. 인간 아이들이 스스로 배우는 가장 단순한 말이 필요했다. 모든 어머니들의 말에 등장하는 '그렇다'와 '아니다'가.

"스위치는 라이트를 **나오게** 만들어. 스위치는 라이트를 **멈추게** 만들어." 그는 다시 시범을 보이자 파란 망토가 눈을 살짝 크게 뜨고 쳐다봤다. 이제 그는 아주 천천히 말했다. "스위치는 라이트 안 만들어." 파란 망토가 눈을 끔벅거렸다. "라이트 안 만들어." 오필리아가 반복했다. "라이트 나오게 만들어. 라이트 멈추게 만들어."

"아아안." 갸웃하는 고개. 이어 파란 망토는 갈고리손톱으로 다시 스위치를 건드린 뒤 스위치를 다시 껐다. "르르르라트 멈터. 르르르라트 아아안."

"라이트 안 나와." 오필리아가 어두운 방에서 동의했다. 다시 조명을 켰다. "스위치는 라이트 나오게 만들어. 라이트 멈추게 만들어."

"르르르라트 나와 마아안더. 르르르라트 멈터 마아안더. 르르르라트 아아안 마아안더……."

"그래." 오필리아가 말했다. 결국은 통할 것 같아. 파란 망토는 아이보다 이해가 빨라, '안'이 무슨 뜻인지 빨리 깨달았어. 하지만 그것은 다시 냉동고로 가고 있었다. 오필리아는 따라갔다.

"낸노오 차 마아안더."

"냉동고는 차갑게 만들어, 맞아."

파란 망토는 개수대로 가서 수전을 톡톡 두드렸다. "뮬 마아안더." 오필리아는 고개를 저었다. "물 **나오게** 만들어. 물 **멈추게** 만들어."

파란 망토는 손을 수전 밑에 대고 흔들었다. "뮬 아아안."

"그래, 지금 물 안 나와." 그는 수전을 건드렸다. "이건 물 나오게 만들어."

"뮬 아아안 마아안더."

"그래, 그게 그러는 게 아니라……." 그는 자신이 상대가 아직 모르는 표현을 썼음을 깨달았다. "물 안 만들어, 물 **나오게** 만들어. 라이트처럼." 그는 파란 망토가 생각하는 속도에, 이해했는지 확인하는 방식에 감탄했다.

이제 그것은 뭔가를 밖으로 던지는 듯한 시늉을 했다. "르르르라트 마아안더."

아. 무엇이 라이트를 만드는지 알고 싶구나. 그 문제를 해결해주기엔 너무 지쳤는데. 발전소와 전기, 전선, 튜브를 설명하려면 여러 날에 여러 날이 걸릴 거야……. 그것도 내가 관련된 내용을 다 기억하고 있을 때의 이야기인데, 기억이 안 나.

파란 망토는 제어실의 그림들을 이해할 것 같았다. 다른 괴동물들은 이해하지 못하는 것 같았지만. 오필리아는 파란 망토를 제어실로 안내했다. 뒤에서 딸깍, 하는 소리가 났다. 돌아보니 파란 망토가 조명을 끈 것이었다. 놀라웠다.

스위치와 키보드, 디스플레이 화면과 라이트 패널로 뒤덮인 제어실을 본 파란 망토가 쉬이, 하는 소리를 냈다. 오필리아는 전력공급 관리 매뉴얼을 띄우고 일러스트들을 스크롤해 넘겨봤다. 다 너무 복잡했다. 그는 그 의미를 이해했지만 괴동물은 차치하고 일부 사람들조차 헛갈릴 그림들이었다. 무슨 말이라도 하려고 돌아보니 파란 망토는 화면을 응시하고 있었다.

"마아안더……." 파란 망토는 손을 들어 위아래로, 화면 디스플레이가 스크롤되는 것처럼 움직였다. 무엇이 이 움직임을 만드냐고? 오필리아는 대답할 준비가 되어 있지 않았다. 언어가 다른 외계 괴동물은 물론이고 인간 아이들에게도 스크롤되는 이미지를 설명할 자신이 없었다. 그는 파란 망토가 내는 소리를 무시하며 관리 매뉴얼에서 나와 교육용 파일을 찾았다. 그 파일의 가장 명료하고 단순한 일러스트 중에서 파란 망토가 이해할 수 있는 뭔가를 찾아낼 수 있을지 몰랐다.

기억나는 스케치가 하나 있었다. 다른 건물들과의 연결을 보여주는 발전소 도해였다. "발전소." 오필리아가 그림을 가리키며 말했다. "전기를 만들어." 아니, 너무 어렵다. "즈즈즈즛 만들어. 전선 속 즈즈즈즛." 그는 손가락으로 선들을 따라갔다. "즈즈즈즛이 라이트를 만들어."

파란 망토는 알 수 없는 표정을 지었는데, 열심히 이해하고 있는 것 같기도 완전히 길을 잃은 것 같기도 했다. 그것은 갈고리손톱을 화면 가까이에 가져가 땅딸막하게 그려진 발전소를 가리켰다. "파-저 소오오." 썩 비슷했다. 발전-소. 파란 망토는 뒤로, 문가로 가서 손을 흔들어 원을 그렸다.

"아, 어디 있냐고? 보여줄게." 오필리아는 일어나서 화면에 도해가 뜬 채로 제어반을 잠그고 문가로 갔다. 파란 망토는, 처음 왔던 그의 괴동물들과는 달리, 얼른 옆으로 비켜섰다. 함께 센터 밖으로 나갔다. 나머지 괴동물들이 길에 옹송그리고 앉아 전에 없이 큰 목소리로 뭔가를 시끄럽게 논의하고 있었다. 파란 망토를 본 그들이 갑자기 조용해졌다. 파란 망토가 복잡한 소리로 한 번 깍, 하자 둘이 와서 파란 망토의 뒤에 섰다.

오필리아는 서두르지 않았다. 이미 춤까지 춘 뒤라 무릎에서 탁탁 소리가 났다. 게다가 파란 망토에게 발전소를 보여줘도 될지 확신이 서지 않았다. 지금은 내 괴동물들이 내가 정한 한계를 존중해, 나를 존중해. 나는 불을 켜고 물을 흐르게 할 수 있으니까. 그들은 발전소를 보여달라고 한 적이 없었어. 사물의 작동방식을 이해하지 못해. 물론 파란 망토도 보기만 해서 이해할 수는 없겠지……. 하지만 혹시라도 이해한다면? 이 괴동물들이 도구와 기계를 다루게 된다면? 자기들이 제어할 수 있게 되면, 내가 필요 없게 되면, 나는 어떻게 될까?

파란 망토도 서두르는 것 같지 않았다. 처음 지나는 집의 현관 앞에서 걸음을 멈추더니 찌르륵거렸다. 따라온 괴동물 하나가 대답했다. 파란 망토는 오필리아를 보며 고개를 갸웃했다. 분명 질문이겠지. 논리적으로는 여기가 내 집이냐고 묻는 걸 테지만, 내 집은 다른 것들한테 들어서 알고 있을 것 같아. 아마 저건 뭐라고 하는지 궁금한 걸 거야.

"집." 오필리아가 말했다. 누구 집이었더라? 그는 누가 어느 집에 살았는지 잘 기억이 나지 않음을 깨닫고 놀랐다. 그렇게 오랜 시간이 지난 것도 아닌데. 토머스와 세라피나? 루이스와 이자벨? 그는 기억해내려고 계속 애쓰면서 바깥문의 걸쇠를 풀고 밀어서 열었다. 집 안은 어두웠고 곰팡내가 났다. 오필리아는 서늘하고 어두침침한 실내로 들어간 뒤 창가로 가서 덧창을 열었다. 돌아보니 파란 망토가 고개를 갸웃한 채 문간에 서 있었다.

"들어와." 오필리아가 손짓하며 말했다. 파란 망토가 들어오자 타일 바닥에 발톱이 부딪치며 딱딱 소리가 났다. 오필리아는 차례차례 문을 열어 파란 망토에게 침실과 벽장을 보여주었다. 그리고 벽장에서 썩어가고 있는 천조각을 보고 이 벽장의 주인이 이자벨이란 걸 기억해냈다. 콜로니 철수 전에 걸레로 만들려고 이자벨이 자른 낡은 침대보 조각이었다. 샤워기가 있는 욕실―오필리아는 샤워기를 틀었다가 끄는 시범을 보였다―과 부엌에서 정원으로 나가는 문. 파란 망토는 흥미를 보이면서 그를 따라다녔다. 다른 괴동물 하나가 냉장고를 만지며―오필리아가 오래 전에 전기 코드를 빼놓은 냉장고였다―"차"라고 하더니 끙끙거렸다. 그것은 냉장고 문도 열었는데, 파란 망토가 날카롭게 깍, 하자 손가락이라도 찔린 것처럼 얼른 닫았다.

혹은, 파란 망토가 엄마나 아빠인데 말을 듣지 않는 것처럼. 오필리아는 곱씹어봤다. 파란 망토는 어른이고 나머지는 정말 아이들일까? 그는 킬러가 버릇없는 아이일 수도 있다는 생각이 마음에 들었지만, 새로 온 것들이 긴 칼을 차고 있는 걸 이미 똑똑히 본 뒤였다. 파란 망토조차.

파란 망토는 냉장고를 살짝 건드리고 오필리아를 쳐다봤다. 허락을 구하는 거야? 그는 고개를 끄덕이고 냉장고 문을 열었다.

"지금은 차갑지 않아." 그가 말했다. "차가움이 멈췄어."

"차 멈터." 파란 망토가 말했다. 차가움이 멈췄어. 그것은 냉장고를 살펴봤고 오필리아는 긴장했다. 무엇이 냉장고가 작동되거나 작동하지 않게 만드는지 알 리 없어. 센터 냉장고를 그렇게 오래 보지도 않았는걸. 그럴 리…… 파란 망토는 몸을 굽혀 냉장고의 뒤쪽을 들여다봤다. 이어 오필리아를 힐끔 보고는 몸을 더 구부려 전기 코드의 끝을 잡아 끄집어냈다. "차 마아안더." 파란 망토는 오필리아가 이제 질문하는 억양이라고 생각하는 하강조로 말했다.

오필리아는 자신의 몸이 그 냉장고가 가장 차가울 때보다도 더 차가워지는 듯한 느낌이 들었다. 어떻게 이렇게 빨리 알아냈지? 어린아이들도 알아내긴 해……. 하지만 누가 가전제품의 플러그를 꽂거나 뽑는 걸 보고서 알게 되지. 이 괴동물들한테는 전기도 없는데……. 혹시 있나? 언어도 통하지 않는데 냉장고의 작동원리를 이해할 순 없어. 하지만 파란 망토의 질문들은 너무나 직접적이야……. 내가 생각했던 것보다 훨씬 똑똑한 게 틀림없어. 인간보다 똑똑할까? 마지막 의문에 대해서는 오래 생각하고 싶지 않았다.

"즈즈즈즛이 차가움을 만들어." 오필리아가 말했다. 코드라는 말을 알려줘야 할까? 그러는 게 낫겠어. 이야기하기가 쉬워질 거야. "그건 코드야." 그는 코드를 건드리며 말했다. "코드. 코드 속 즈즈즈즛이 차가움을 만들어."

"즈즈즈즈……." 파란 망토가 말했다. "파저 소오오 즈즈즈즛 마아안더." 그것은 잠시 말을 멈추고 오필리아가 말뜻을 헤아릴 시간을 주었다. **발전소가 전기를 만든다.** "코트 소 즈즈즈즛, 즈즈즈즛 차 마아안더."

그래, 코드 속 전기가 냉장고를 차갑게 만든다. 그런데 전기가 코드로 이동한다는 걸 어떻게 알아냈지? 대충 봐서 알 수 있는 사실은 아닌데. 파란 망토는 센터에서 냉장고 뒤쪽의 전선을 보지 못했어. 냉장고의 커다란 몸체에 가려져 있었으니까. 오필리아는 고개를 끄덕였다. 고개를 끄덕이는 행동의 의미를 그들이 모른다는 사실을 또 깜빡한 것이다.

파란 망토는 망토를 뒤로 젖히고 몸에 두른 끈에 달아놓은 그물 가방을 열었다. 거기서 폭이 좁고 길이는 오필리아의 팔뚝 정도인 원통을 꺼냈다. 그는 그것이 나무, 또는 줄기가 굵은 풀 같다고 생각했다. 파란 망토는 원통의 한쪽으로 숨을 불어넣으면서 반대쪽에 손을 가져다 댔다. 그러고는 그의 손을 아주 살짝 잡아 같은 곳으로 가져갔다. 원통 밖으로 나오는 공기가 느껴졌다. 그런데 왜?

파란 망토가 말했다. 그 빠른 꽥꽥거림을 그는 알아들을 수 없었다. 곧 꽥꽥거림의 속도가 느려졌다. 숨소리 섞인 "휘유", 잠깐 침묵, "속", 갈고리 손톱으로 원통 두드리기. 원통 속 공기? 오필리아는 자신의 짐작이 맞기를 바라며 고개를 끄덕였다. "……소 률," 목구멍에서 나오는 "깍". 오필리아는 눈을 끔벅였다. 무엇…… 속 물. 원통 속 공기, 원통 속 물? 원통 같은 무언가의 속? 파이프 속이라는 것 같은데…… 그게 파이프에 해당하는 괴동물의 말이었나?

"파이프." 오필리아가 말했다. "파이프 속 물." 그는 숨이 가빠졌다. 이 괴동물이 그렇게 연관 지었다고 믿을 수 없었다.

파란 망토는 고개를 옆으로 기울였다. 사람이 고개를 끄덕이는 것과 같은 의미일까? 그것은 아까 한 대로 반복했다. "휘유", "속", 원통 가리키기. "카이…… 카이…… 속 률." '파이프'를 발음하려고 했던 게 분명해. 오필리아는 다시 말했다. "파이프."

"카이트." 그것은 원통을 다시 두드리며 발음 교정이 반복되지 않게 했다. "카이트 속 률…… 코트 속 즈즈즈즛."

전체적인 그림을 파악한 거야. 대롱 속 공기처럼, 파이프 속 물처럼, 전기는 코드, 케이블, 전선을 통해 흐른다고. 예전에 그 개념을 이해하기 어려워한 아이들이 있었어. 그 애들은 전선은 속이 비어 있지 않으니 전기가 흐를 수 없다고 우겼지. 그런데 이 괴동물은 가전제품과 전기 코드를, 교육용 프로그램의 기초적인 스케치를 몇 번 흘낏거린 것만으로 이해한 거야.

오필리아는 온몸이 차가워지는 느낌이 들었다. 이것들은 위험한 괴동물이야. 사람들을 죽였어. 나는 그런 것들한테 인간의 기술을 노출시키고 있어…… 이 개체가 배우는 속도라면, 그들은 곧 자체적으로 우주선을 만들겠지.

그렇다고 막을 수도 없어. 여기 있다는 걸 내가 알기 전부터 그들은 위험할 만큼 많은 정보를 수집한 게 분명해. 그들이 너무 많이 배운다고 내가 알아차릴 즈음이면 이미 다 배웠을 거야.

그의 정신은 그런 추론을 계속 반복하면서, 그의 잘못인지 아닌지를 오래된 목소리와 의논했다. 오래된 목소리가, 늘 그렇듯, 비난했다. 새 목소리가 두둔했다. 오래된 목소리가 흐트러지더니 그것을 형성한 각각의 가닥들로만 들렸다. 그의 어머니, 아버지, 그가 너무 빨리 배우자 화를 낸 초등학교 선생, 그가 장학금을 거절하자 화를 낸 중등학교 선생. 그리고 움베르토, 바르토…… 로사라까지.

새 목소리…… 오필리아는 새 목소리가 자신의, 더 젊은 자신의 목소리 같다고 생각했다. 그러나 어떻게 확신할 수 있을까? 그 목소리는 그의 탓이 아니라고 주장했다. 더 나아가 이 얼마나 흥미진진한 일이냐고, 얼마나 대단한 기회냐고 했다.

오필리아가 갑자기 웃음을 터뜨리자 파란 망토가 움찔했다. "미안." 오필리아는 사과하고 입을 다물며 평소의 표정으로 돌아갔다. 파란 망토는 내가 왜 웃는지 모를 수 있어, 웃음이 웃음인지조차 모를지도. 왜 웃었는지 설명할 수 있을까. 나부터도 잘 모르겠는데? 그런 내면의 논쟁이 너무나 어리석게 느껴졌을 뿐이야. 나 때문에 인류가 위험에 빠졌다는 걱정도, 외계 종족에 대해 배울 수 있다며 흥분한 새 목소리의 주장도.

내가 무엇을 배우든 그것은 아무한테도 쓸모없을 것이고, 내가 죽고 나서 다른 사람들이 온다고 한들 그들은 내가 남기려 애쓴 모든 것에 관심이 없을 거야……. 그것조차 내가 남긴 것들을 괴동물들이 없애버리지 않았을 때의 이야기고. 잠시 오필리아는 웃음만큼이나 갑작스러운 슬픔과 절망으로 마음이 산란해졌다. 두려워한 적은 없지만, 이제 죽음이 길 끝에 와 있었다. 어둠, 더는 아무것도 없는 것. 그는 공식 로그를 윤색해 자신의 기억을 ─ 누가 읽든 말든, 자기가 죽어도 살아남을 무언가를 ─ 남기려 했음을 이제야 알 수 있었다. 하지만 그와 동시에 그렇게 덧붙인 기록이 살아남지 못할 수도 있음을 깨달았다.

슬퍼지자 몸의 온갖 통증이 존재를 주장하기 시작했다. 신경이 감정을 신체적 징후로 바꾸기라도 한 것 같았다. 묵직하게 버벅대는 심장, 고관절과 무릎의 날카로운 통증, 갈비뼈 밑으로 타는 듯한 느낌. 그는 기진맥진해서 의자를 찾아 손을 뒤로 뻗었다. 그 집의 널찍한 식탁과 함께 남겨진 식탁 의자였다. 의자를 끌어당겨 의자 다리가 바닥에 끌리는 소리가 나자 파란 망토가 긴장한 기색으로 두 팔을 옆으로 조금 들어 올렸다. 오필리아는 힘겹게 의자에 앉았다. 지나갈 거야, 늘 그랬듯이. 몇 분 뒤면 숨쉬기가 편해질 거야. 기분 좋은 생각을 하겠어, 그러려고 애쓸 거야.

오필리아는 부엌을, 조금 전에 그가 연 문 밖의 정원을 대충 둘러봤다. 가끔 재순환기에서 테라포밍 접종물을 퍼다 나르기만 했을 뿐 돌보지는 않은 정원들 가운데 하나였다. 크림색 꽃이 핀 깍지콩이 걷잡을 수 없이 자라 온 정원을 뒤덮고 있었다. 그가 설치하지 않은 지지대들을 타고 올라간 덩굴손들이 바람에 흔들렸다. 바람이 거세지며 덩굴손이 더 격렬하게 흔들리자 콩 냄새가 돌풍처럼 열린 문으로 들어왔다.

오필리아는 그 냄새를 들이마셨다. 좋아. 일시적으로 무너진 몸을 극복할 방법은 언제나 있다. 몸에 기회를 주기만 하면 된다. 색깔, 냄새, 약간의 음악. 그는 심장박동이 안정적으로 돌아왔다고 확신이 들 때까지 기다렸다가 의자를 뒤로 밀며 일어섰다. 문단속을 하고 나가야 했지만 너무 피곤했고, 발전소까지 가려면 기력을 낭비해서는 안 되었다.

그는 현관문 쪽으로 가려다가 파란 망토가 찌르륵거려서 돌아봤다. 그것은 두 손으로 정원으로 나가는 문을 잡고 몇 센티미터 정도 당기더니 고개를 갸우뚱했다. 말로 하는 것처럼 분명히 알겠네, 그는 생각했다. 이 문을 닫을까? 오필리아는 고개를 끄덕이고 두 손을 움직였다. 한 손으로는 닫을 문을, 다른 손으로는 문과 닿게 될 벽을 표현했다. 파란 망토는 문을 닫은 뒤 오필리아가 지켜보는 가운데 덧창들까지 닫았다. 현관문을 나와서는 현관문까지 닫고 걸쇠를 잠갔다.

오필리아는 놀라야 했지만 하루 동안 이미 너무 많이 놀란 뒤였다. 난 늙었어, 그는 자신에게 상기시켰다. 이제 끝도 없이 놀랄 수도 없다고.

13

발전소에서 파란 망토는 두리번거리며 수많은 판독값과 경고 표시를 살폈다. 어쩌다 아주 낯선 장소에 가게 된 인간 같았다. 회록색 상자들과 원통들, 광이 나는 검은색 절연체들, 그치지 않고 계속 뭔가를 두드리는 소리……. 오필리아도 발전소를 보고 거기서 나는 소리를 듣는 것이 아주 오랜만이었다. 정착 초기에 개척민들과 와서 작동법과 유지·보수 방법을 배운 것이 처음이자 마지막이라, 지금은 그도 괴동물들만큼이나 발전소가 생경하게 느껴졌다. 이곳에 관한 뭔가를 어떻게 파란 망토에게 설명할 수 있을지 감이 잡히지 않았다. 옛날에 들었던 설명을 기억하고 있었지만 사실 한 번도 제대로 이해한 적은 없었다. 폐기물 재순환기가 연료를 공급하고 발전소는 그 연료를 전기로 바꾼다, 누군가 모든 부문이 돌아가도록 관리하는 한.

"즈즈즈즛." 파란 망토가 말했다. 이어 초록빛이 감도는 둥근 돌출부 하나를 향해 조심스레 다가갔다. 오필리아가 막아섰다.

"안 돼! 다쳐." 그는 기계를 만졌다가 급하게 손을 떼는 무언극을 했다.

파란 망토는 잠시 그를 쳐다보더니 다시 주위를 둘러봤다. 목주머니가 박동하고 있었다. 그것은 천천히, 확실히 조심하면서, 다른 기계들로 다가가 오필리아가 일러준 거리를 유지하며 섰다. 그리고 갑자기 부르르 떨더니 몸을 옆으로 기울였다. 지켜보던 오필리아는 당황했다. 그것은 반대쪽 옆으로 몸을 기울였다가 다시 바로 섰다. 손을 펼친 채 팔을 기계 쪽으로 뻗었지만 만지려고 하지는 않았다. 불 앞에서 손을 녹이려는, 어느 정도 떨어져야 기분 좋게 따뜻한지 가늠하는 사람처럼 보였다.

오필리아는 가만히 서 있다가 고관절이 아파서 체중을 다른 다리에 실었다가 결국 이리저리 걸어 다녔다. 파란 망토는 기계 옆에 죽치고 서서 한 손을 내밀었다가 다른 손을 내밀었다. 그는 지루했다. 뭘 하는 거야? 그는 목이 말랐고 배가 고픈 것 같기도 했다. 화장실도 가고 싶었다.

시간이 흐를수록 짜증이 났다. 처음에는 이 괴동물에게 손님 대접을 해야 한다는 의무감도 느꼈고 그것의 빠른 학습능력에 매료되기도 했다. 하지만 계속 저렇게 가만히 서 있을 거면 그는 다른 일을 하고 싶었다.

그것이 뭔가를 잘못 만져서 바삭하게 튀겨질까 봐 걱정이 됐다. 그렇게 될 가능성이 낮기는 했지만. 이 발전소는 콜로니라는 조건을 고려해, 아이들이 어른들 몰래 들어올 수 있다는 가정하에 설계되었다. 케이싱을 건드린다고 감전되지는 않을 터였다. 오필리아는 마지막으로 들으라는 듯 한숨을 쉰 뒤 복도 저편의 화장실로 향했다.

"조금 이따 돌아올게." 그가 말했다. 파란 망토는 움직이지도 대답하지도 않았다. 그러서. 무례하게 굴든 말든 내 볼일이나 봐야겠다. 복도로 나가니 다른 괴동물들이 길을 비켜주었다. 아무도 그 작은 공간으로 따라 들어오려 하지 않았다. 이제 그들은 그가 그런 데서 혼자 있고 싶어 한다는 걸 알고 있었다.

오필리아는 변기에 앉아 마음을 가라앉히고, 파란 망토가 무례하게 굴려는 게 아닐 거라고 생각했다. 아마 오필리아의 귀에는 거의 들리지 않는 희미하게 윙윙거리는 소리에 매료된 것이리라. 그는 젊을 때 발전소에서 들었던 소리를 떠올렸다. 그때는, 젊은 귀에는 그 소리가 더 똑똑히, 심지어 크게 들렸다. 그 고르고 꾸준한 소리에 마음이 진정됐다.

화장실에서 나온 그는 주 제어실로 돌아갔다. 파란 망토는 여전히 같은 자리에 서서 두 손을 천천히 기계 가까이 가져갔다 거뒀다 하고 있었다. 몸에 나쁠 것 같은데. 귀가 나보다 예민한 걸 수도 있겠지. 저런 소리에 더 민감하게 반응하는 동물적인 이유 같은 것이 있을지도. 양과 소도 나는 전혀 듣지 못하는 소리에 반응하잖아. 오필리아는 출입구 쪽을 돌아봤다. 괴동물들이 모여 있었다. 걱정하고 있는 거니? 난 걱정돼.

그는 파란 망토에게 다가갔다. 그것은 눈이 게슴츠레해져 있었고, 그가 다가가는 줄도 모르는 것 같았다. 그는 그것의 팔을 살며시 잡았다. 파란 망토는 오필리아가 감전이라도 시킨 것처럼 펄쩍 뛰며 끙끙거렸다. 그리고 그를 봤다. "걱정이 돼서." 오필리아가 말했다. "시간이 한참 지났어." 그는 자기 말의 내용은 중요하지 않을 거라고 생각했다, 차분하게 말하기만 한다면. "난 배가 고파." 그는 입에 음식을 넣는 시늉을 했다. "밥 먹을 시간이야."

파란 망토는 다시 부드럽게 끙끙거린 뒤 그 너머의 괴동물들을 보며 자기 언어로 말하기 시작했다. 이어 다시 그를 보며 그의 쪽으로 몸을 살짝 기울이고 말했다. "즈즈즈즛…… 크루츠." 크루츠? 무슨 말인지 오필리아는 짐작조차 할 수 없었다.

"난 배가 고파." 그는 다시 말하고 손을 입가로 가져갔다. 그리고 돌아서자 이번에는 그것이 따라왔다.

오필리아는 파란 망토를 집에 데려갈 생각이 없었지만 그것이 따라 들어왔고, 그의 괴동물들은 이미 들어와 있었다. 그들은 얼마 전부터 그랬다. 그가 면전에서 문을 닫거나 밀어서 내보내지 않는 한 자기 집처럼 마음대로 드나들었다. 파란 망토가 지켜보는 가운데 그는 냉장고에서 치즈를 꺼내고, 밖에 나가 신선한 녹색 채소를 따 오고, 플랫브레드를 반죽하고 구워서 슈레드 치즈와 토마토를 넣어 접었다. 그는 먹지 않는 것들 앞에서 먹는 일에 익숙해져 있었지만 ― 분명 괴동물들은 그의 음식을 먹지 못했다 ― 파란 망토는 신경이 쓰였다.

"같이 먹으면 좋을 텐데." 오필리아는 그렇게 말하고 처음으로 한 입 베 물었다. 갑자기 그것이 소금은 먹을지도 모르겠다고 생각했다…….

소금은 무기물, 단순한 화합물이니까. 그는 용기를 열어 소금을 한 자밤 집어 손바닥에 올린 뒤 탁자 맞은편으로 내밀었다. 파란 망토가 몸을 앞으로 구부리더니 갈고리손톱으로 손바닥 위의 소금을 찍어 입으로 가져갔다.

"소금." 오필리아가 말했다. "먹을 수 있으면……."

파란 망토가 갈고리손톱을 적신 뒤 소금을 찍었다. 거무스름하고 반들반들한 갈고리손톱에 붙은 소금 알갱이들이 반짝거렸다. 오필리아는 파란 망토의 혀가 갈고리손톱에 닿는 것을, 한 알갱이도 놓치지 않고 재빨리 치고 빠지는 것을 봤다. 괴동물들도 소금을 먹을 수 있을지 모른다는 생각을 이제야 한 스스로가 멍청하게 느껴졌다.

파란 망토가 팔을 뻗어 그의 손을 살며시 잡았다. 오필리아는 잠자코 있었다. 그것은 입을 벌려 혀를 보여준 뒤 고개를 그의 손 위로 잠깐 숙였다가 다시 들고 그를 빤히 봤다. 손바닥의 소금을 핥아 먹고 싶은 거야, 확실해. 그는 망설였다. 숟가락이나 받침접시에 담아주는 게 낫겠지……. 하지만 어떤 느낌일지 궁금한걸. 난 늙었어. 느껴볼 기회가 다시는 없을지도 몰라.

오필리아는 파란 망토 쪽으로 손을 살짝 내밀고 고개를 끄덕였다. 파란 망토는 곧바로 다시 고개를 숙이고 소금을 핥아 먹었다. 간지러웠다가, 간지럽다기보다는 거칠게 쓸리는 듯했다가, 마지막엔 다시 간지러웠다. 그때 파란 망토가 혀를 집어넣은 뒤 그가 손을 거두기 전에 그의 손바닥에 단단한 입을 갖다 댔다.

오필리아는 그제야 자신이 숨을 멈추고 있었음을 깨달았다. 그 순간 몸에서 바람이 빠지듯 숨이 나갔기 때문이다. 만약 움베르토가 그랬다면……! 아니, 말도 안 돼. 이건 외계 생명체, 괴물이고 나는 늙은이인걸. 초조한 웃음이 키득키득 새어 나온 끝에 먹고 있던 음식이 생각났다. 그는 거칠게 음식을 베 물었다, 그렇게 하면 그 기분을, 그 느닷없는 생각을 없애버릴 수 있을 것처럼. 입속의 음식이 목에 걸릴 뻔해서 속도를 늦추고 제대로, 신경 써서 씹었다. 파란 망토 앞에서 질식하는 건 정말이지 바보 같은 일일 거야. 파란 망토는 이해하지 못할 거고, 자기 때문이라고 책임감까지 느낄지 몰라. 이 괴동물들한테 비슷한 감정이 있다면.

오필리아는 각별히 조심하면서 마저 먹었다. 다 먹었을 때쯤에는 너무 피곤해서 식탁에 머리를 대면 아침까지 쭉 잘 것 같은 느낌이었다. 낮잠 자고 싶어, 낮잠을 자야 해. 이 괴동물한테 그걸 어떻게 전달할 수 있을까? 설령 이것이 물이 파이프 속을 흐르는 것처럼 전기가 전선 속을 흐른다는 사실을 알아낼 만큼 똑똑하다고 해도.

파란 망토가 일어나서 천장을 가리켰다. 왜 그러지? 그것은 팔로 아치를 그렸고, 오필리아는 그 동작이 해의 이동 경로를 표현한 것임을 알아차렸다. 그것은 또 아치를 그리기 시작하더니 높은 데서 팔을 멈추고 눈을 감았다. 눈을 감고 천천히, 오필리아가 늦은 오후로 생각하는 지점까지 팔을 내리더니 눈을 떴다.

나는 낮잠을 잔다, 오필리아는 그렇게 해석했다. 어쨌거나 오늘 먼 길을 왔잖아. 당연히 피곤하겠지. 오필리아는 고개를 끄덕인 뒤 잠시 눈을 감고 있었다. 눈을 뜨니 파란 망토가 문밖의 길로 나가고 있었다. 다른 괴동물들이 파란 망토의 주위에 몰려들어 학교 다녀온 애들처럼 재잘거렸다. 오필리아는 그들이 센터로 들어가는 것을 보며 자신이 잊지 않고 제어실 문을 잠갔기를 바랐다. 너무 지쳐서 확인하러 가볼 수는 없었다.

자고 일어난 오필리아는 그날의 일을 떠올리고, 전달할 방법을 찾았어야 하지만 그러지 못한 것들을 생각했다. 그것은 그의 나이를 물었지만 그는 그것의 나이를 묻지 않았다. 그것은 질문을 아주 많이, 지적인 질문을 수도 없이 했지만 그는 그런 질문을 생각해내지 못했다. 오래전부터 생각한 질문들마저도. 지금도 생각나지 않았다.

다 나이 때문이야. 모든 걸 기억하고 모든 걸 생각하고 모든 걸 할 거라고 기대해선 안 돼.

하지만 그 오래된 변명거리가 흔들리는 느낌이었다. 상대는 병약한 늙은 여자가 성가시기만 한 감독자 같은 이도 아니고, 궁금한 것을 다른 데서 언제든지 해결할 수 있는 것도 아니었다. 오필리아밖에 없었고, 그러므로 그는 정신을 똑바로 차려야만 했다. 그러지 않으면…… 그러지 않으면 어떻게 되는 건지는 알 수 없었다. 상황이 악화되리라는 것 말고는. 얼마나 악화될지, 어떻게 악화될지는 몰랐다.

오필리아는 책임질 것이 더 많아지기를 원하지 않았다. 의무가 더 많아지는 것을 원하지 않았다. 그러나 세상은, 그의 어머니가 종종 말했듯이, 입맛대로 바뀌지 않는다. 배가 고프다고 해서 밀가루가 저절로 빵 반죽으로 변하지 않는 것처럼. 그 진실은 그가 사는 내내 한 번도 틀렸던 적이 없다. 학교에서, 심스 뱅코프 사의 콜로니 부서 서류에서 읽었던 더 희망적인 내용과는 달리 어머니의 더 비관적인 말들은 그가 사는 동안 언제나 현실로 다가왔다. 그러니 이제 반죽을 하고, 그런 다음 빵을 먹을 수 있기를―장담할 수는 없다―바라야 한다. 그는 한숨을 쉬며 일어나 파란 망토를 찾으러 갔다.

예상했던 대로 괴동물들은 센터 복도에 있었다. 파란 망토는 오필리아에게 허리를 굽혀 절했고 그는 목례로 답했다. 파란 망토가 제어실 문을 가리켰다. 오필리아는 고개를 저었다―그의 괴동물들은 그 동작이 거절임을 알았고, 그는 그들이 파란 망토에게 다 얘기해줬으리라 믿었다. 대신에 그는 콜로니 사람들이 떠난 뒤 한 번도 열지 않은 문 앞으로 갔다. 초등교육실. 교육용 모형이 좀 남아 있을지 몰랐다.

그의 예상대로 파란 망토가 따라왔다. 다른 괴동물 하나도 왔다. 오필리아는 벽을 따라 늘어선 캐비닛을 뒤진 끝에 찾고 있던 모형을 발견했다. 작은 크랭크를 돌리면 그 일부가 샤프트에서 회전해서, 오필리아가 결코 제대로 이해하지 못하는 원리로 약한 전류가 발생해 작은 전구가 켜지는 모형이었다. 전구가 아직 나가지 않았다면 말이지만. 그는 각 부분의 명칭을 알고 있었고 망가지면 고칠 수도 있었지만, '브러시'라고 부르는 전선 묶음 옆의 회전하는 작은 자석들이 **어째서** 전구에 연결된 전선에 전류를 일으키는지는 아직도 이해할 수 없었다. 교육용 테이프에서 들은 내용을 줄줄 읊을 수는 있지만 제대로 이해하고 있지는 않았다.

그래도 그것이 그가 할 수 있는 최선이었다. 오필리아는 모형을 꺼내 먼지 덮개를 걷었다. 모형에 먼지가 앉으면 털기 어렵다는 것을 분명히 기억하고 있었다. 먼지가 지나치게 많이 쌓이면 모형이 제대로 작동하지 않는다. 크랭크를 밀어봤지만 움직이지 않았다. 옛날에도 적정 속도로 돌리려면 팔 힘이 많이 필요했지. 그가 더 세게 밀자 샤프트가 껄끄러운 소리를 내며 마지못한 듯 움직였다.

이렇게까지 힘들지는 않았는데. 아동용 교구도 돌리지 못할 정도로 약해진 건가? 오필리아는 모형을 쳐다보다가 불현듯 안전장치를 기억해냈다. 해제장치가 어디 있지? 저기. 그것을 누르자 마침내 풀렸다. 이제 크랭크를 돌리자 샤프트가 가속하며 돌아갔다. 옛날에는 작고 독특한 소리가 났지만 지금 그의 귀에는 들리지 않았다. 그는 전구를 계속 쳐다봤다……. 방금 희미하게 불이 들어왔나?

"라이트 꺼." 그가 당연히 알아들을 거라는 듯이 파란 망토에게 말했다. 파란 망토가 스위치로 손을 뻗었고 교실의 전등이 꺼졌다. 그러자 그들 모두가 자그마한 주황색 불빛 두 개를 볼 수 있었다. 오필리아가 더 세게 밀자 불빛은 더 밝은 노란색으로 변했다.

"르르르라트 마아안더." 파란 망토가 말했다. 그것이 손끝으로 손을 건드렸을 때 그는 크랭크에서 손을 뗐다. 크랭크가 느려지기 전에, 파란 망토는 힘겹게 밀던 오필리아보다 빠르고 세게 크랭크를 밀었다. 크랭크를 써본 적이 있는 걸까? 아이들은 대체로 자연스럽게 앞뒤로 움직이지 않고 저렇게 돌고 돌게 움직이는 법을 배우기 힘들어했는데. 불빛이 주황색에서 노란색으로, 이어 거의 흰색으로 밝아졌다. 빛 때문에 오필리아는 파란 망토가 다른 손을 다이너모 가까이에 대고 있는 것을, 발전소에서처럼 가까이 댔다가 뒤로 빼기를 반복하는 것을 볼 수 있었다. 감전되면 아플 텐데……. 그러나 파란 망토는 다이너모를 만지려고 하지는 않았다. 마치 그의 눈에는 보이지 않는 표면을 따라 손을 움직이는 것 같았다.

오필리아는 그 문제를 더 알아볼 때라고 판단했다. 스위치가 있는 곳으로 가서 다시 교실의 불을 켰다. 파란 망토의 커다란 눈이 금빛으로 번쩍이는 듯했고 동공이 작아져 있었다. 그것이 크랭크를 놓자 샤프트가 느려졌고, 전구 불빛은 점점 약해지다가 밝은 교실에서 보이지 않게 되었다. 그것은 이제 두 손을 모두 다이너모에 가까이 가져갔다가 거뒀다가 했다. 오필리아는 궁금해져서 파란 망토의 손 옆에 그의 손을 가져갔다. 아무것도 느낄 수 없었다. 당연했다, 느낄 것이 없으니까.

둥지수호자다, 낯선 자들에게 노래하는 그 가수는 단언했다. 성스러운 상징을, 몸의 눈과 영혼의 눈이 그려진 옷을 입었다. 새끼들의 정신을 낳는 존재다.

여러분이 정중하게 행동했기를 바란다, 낯선 자들에게 노래하는 가수는 잠시 침묵하다가 그렇게 말했다. 아무도 그 잠깐의 침묵을 틈타 끼어들지 않았다. 낯선 자들 간의 화합을 도모하는 까다로운 문제에 집중하는 가수의 말은 아무도 자르려 하지 않는다. 가수보다 신성한 존재는 둥지수호자밖에 없었다. 가수가 또 말을 멈췄다. 둥지 틀기가 임박한 젊은 이가 초조함에 못 이겨 발끝을 흔들자 무리는 달래주는 리듬으로 소리를 냈다.

당연히 우리는 정중하게 행동했다. 당연히 우리도 알고…….

처음부터 안 건 아니지만.

나는 알았다. 그 무례한 언사는 묵인되었다. 첫 둥지 틀기를 앞둔 젊은 이들은 성급하고 퉁명스러운 법이므로. 낯선 자들에게 노래하는 가수가 다른 이들보다 복잡한 리듬으로 둥둥거리자 문제의 젊은이는 입을 살짝 벌리며 긴장을 풀었다. 그래…… 그런 기분은 오래가지 않을 거다, 곧 기분이 나아질 거다.

둥지수호자, 가수가 노래했다. 그런데 새끼들은 어디에 있나?

떠났다, 사냥꾼 하나가 조심스럽게 대답했다. 그 괴물 ― 둥지수호자 ― 이 몸짓으로 그렇게 전했다. 사냥꾼은 그 늙은 여자의 몸짓을 재연했다. 팔을 휘둘러 마을을 가리켰고, 걷는 듯 움직인 손가락들은 동족을 표현한 것이 분명했으며, 이어 팔을 들고 손가락으로 위쪽을 가리켰다.

그것에게는 아주 높은 곳에 있는 날개 달린 사냥꾼이 있다, 다른 사냥꾼이 말했다. 날개 달린 사냥꾼은 눈이 아주 좋아서 세상의 모습을 알려준다 ― 멀리서 다가오는 폭풍에 대해 알려준다.

그것은 날개 없이 공중을 걸을 수 있나?

우리는 그것이 그렇게 하는 것은 본 적 없다. 하지만 그 날아다니는 괴물들은 똑똑히 봤다, 둥지체 근처에서……. 그리고 작은 괴물들이 날아다니는 괴물의 입속으로 들어갔다.

그것의 종족은 먼 곳을 여행한다, 노래하는 자가 생각에 잠겨 말했다. 여행을 마치고 무거워진 몸으로 둥지를 틀러 돌아와서 우리에 대해 알게 될 것이다. 가수는 몸을 부르르 떤 뒤 울림이 깊은 소리로 한 번 둥둥거렸다. 다른 이들도 몸을 떨었다. 가수와 함께 돌아온 이들은 둥지체 습격자들을 성공적으로 제거한 뒤에 열린 더 길고 차분한 회의들에 관해 말했었다. 그 성공은 능력이 아니라 운이 낳은 결과였다고 지도자들은 판단했다. 하늘의 괴물들은 문제가 생길 거로 예상하지 않았는데, 그 자체가 그들이 강력한 존재임을 시사한다고.

우리는 굴에서 너무 멀리 나온 굼침 도는 뛰는 짐승 같은 신세다, 사냥꾼 하나가 말했다. 있다는 걸 들켰고 시야에 잡혔고 숨을 곳도 없다. 언덕 하나 없어도 아주 높은 데서 볼 수 있는 것들에게 포착되었다. 아주 빠르고 힘차게 지나가면서 무려 하늘에 흉터를 낼 수 있는 것들에게 포착되었다. 뛰는 것들도 이빨이 있다, 누군가 상기시켰다.

그래 봤자 칼에 죽지, 다른 누군가가 말했다. 뛰는 것들의 이빨이 칼을 이길 수 없듯 우리의 칼로는 하늘 괴물이 갖고 있을 무기를 이길 수 없다.

그 둥지수호자의 종족은 돌아올 것이다, 가수가 말했다. 그들이 우리가 죽인 자들과 같은 종족이라면…… 화합의 북을 울리기는 힘들 것이다.

중간에 야영지도 없는 긴 여정이었다, 가장 젊은 축에 속하는 누군가가 말했다. 가는 길도 오는 길도 힘들었다. 이이는 왼발에 가시가 박혔는데 가시가 빠진 지금도 걸을 때마다 고통스러워한다. 아마 그들도 떠나기 전과는 전혀 다를 것이다.

그들은 몇 가지 점에서 동일하다, 가수가 말했다. 아무도 반박하지 않았다. 가수들은 살아남은 둥지수호자들과 함께 죽은 괴물들을 자세히 살펴봤었다. 그러므로 이 가수는 전장에서 사냥꾼이 놓친 세세한 것들을 파악했을 터였다. 다른 점은, 가수가 계속 말했다, 일단 나이, 그리고 그 둥지수호자의 옷이다. 이 괴동물들은 나이가 들면서 변한다, 모두가 그렇듯이. 그들의 머리에 달린 긴 풀 같은 것이 추위가 닥친 풀밭처럼 색이 바랜다. 피부는 얼룩지고 늘어진다. 그들이 우리와 비슷하다면, 동작도 느려진다.

그것의 피부는 따뜻하다, 사냥꾼 하나가 말했다.

나는 다른 것들에 대해서는 모른다, 모두 죽었으니까. 하지만 확실한 건 그 괴동물의 피가 따뜻하다는 것이다. 비늘로 덮인 것들보다는 우리와 더 비슷하다. 그것이 헤엄치는 것을 본 적이 있나?

아니. 그것은 헤엄치지 않는다. 하지만 날마다 몸에 물을 뿌린다……. 가끔 날이 많이 더우면 여러 번 그런다.

옷을 벗으면, 다른 이가 덧붙였다, 이곳에 ― 이 사냥꾼은 가슴을 문질렀다 ― 자루들이 달려 있는데, 그 안에 뭐가 들었는지, 입구 같은 것이 있는지는 알아내지 못했다.

가수가 왼발 끝을 굴렀다. 그렇다, 죽은 것들 가운데 일부도 그랬는데, 그 자루는 속이 비어 있었다. 내가 칼로 하나 잘라봤는데, 그것은 신체의 일부로, 내부가 다른 부위들과 같았다. 어느 둥지수호자가 그런 것들을 많이 봤는데, 큰 자루가 달린 것들은 다리 사이에 구멍이 하나 더 있다는 걸 알아냈다.

둥지를 틀 준비가 된 거다! 마찬가지로 준비가 된 이가 소리쳤다.

아마도. 결국 저것들은 괴물이다. 그 둥지수호자는 그 자루가 새끼 생산을 위해 지방을 축적하는 곳 같다고 생각했다.

그것에게 물어보면 된다, 어느 사냥꾼이 말했다.

가수가 다시 북을 울리며 이번에는 오른쪽 발끝을 굴러 반대 의사를 표했다. 둥지수호자가 그런 변화를 끝내지 못한 걸 알아냈다고 하는 것은 선을 넘는 행위일 수 있다. 그것이 화가 나면? 우리와 대화하기를 거부하면?

그것이 우리와 대화하는 유일한 이유는 가르칠 새끼들이 없어서가 아닐까?

우리를 새끼들로 오인했다고 하기에는 그것이 지나치게 똑똑하다.

그것은 혼자다, 둥지 틀기가 임박한 이가 떨리는 목소리로 말했다. 그것은 혼자다. 종족에게 버림받았다.

나머지 이들이 왼쪽 발끝으로, 왼쪽 손끝으로 위로하고 안심시키듯 부드럽게 북을 울리며 다가갔다……. 너는 혼자가 아니다. 우리가, 너의 종족이 여기 있다…….

하지만 **내** 새끼들은 둥지수호자가 없다! 울부짖는 듯한 그 말에 몇몇 젊은이가 반사적으로 깩깩거렸다. 그들의 목주머니가 순식간에 부풀어 올라 위협적인 밝은 주황색으로 변했다.

가수가 나섰다. 가수가 울리는 강렬한 리듬이 점차 둥지성가의 전통적인 대위법으로 바뀌었다. 여기가 안전한 둥지체다, 여기가 안전한 장소다, 여기가 여러분의 새끼들이 보호받을 곳이다. 강한 둥지수호자가 이곳에 있다, 가수는 계속 말했다. 새로운 위험에 강한, 지금껏 여러분이 알던 누구보다도 강한 둥지수호자. 둥지 틀기가 임박한 이가 다시 몸을 떨더니 서서히 긴장을 풀며 다른 이들의 부드러운 손길에 몸을 맡겼다.

그것이 내 새끼들을 지켜줄 것인가? 반쯤은 질문, 반쯤은 성명이었다.

가수들은 거짓말하지 않지만 노래를 통해 새로운 진실을, 〈종족〉이 합의의 북을 울릴 새로운 방식을 창조했다.

수호자들은 현명하다, 가수가 말했다. 이 수호자는 나이가 아주 많다. 이 수호자는 새끼들의 정신은 물론 우리의 정신까지 함양시킬 것이다. 이 수호자는 여러분의 새끼들을 지켜줄 것이다. 그렇게 되도록 내가 노래할 것이다.

둥지 틀기가 임박한 이가 잠들었다. 어린 것을 밴 이들이 으레 그렇듯 갑작스럽게. 가수는 나머지 이들에게 조용히 하라는 몸짓을 했다.

그들은 그 괴물이 스스로를 뭐라고 부르는지 알지 못했다. 가수는 그렇게 현명하고 연로한 이는 분명 선호하는 호칭이 있으리라고 생각했다. 지금까지 예의상 묻지 않았을 뿐이다. 그것은 여느 수호자처럼 모든 요청에 관대하게 응했다. 가수는 그 수호자가 그들의 새끼들을 보호하는 데에 동의할 거라고 확신했다. 거의 확신했다. 그것의 종족이 돌아와 동족의 새끼들에 대한 의무가 우선하게 될 때까지는 보호해줄 거라고.

가수는 벽에 몸을 기대고 그 가이드스톤의 느낌을 떠올렸다. 가이드스톤! 즈즈즈즛이 나오는 건물 안에 있던 막강한 것. 〈종족〉 가운데 그런 것을 찾고 싶어서 안달일 이들이 있지……. 하지만 가수는 그 수호자가 가이드스톤이 어디서 났는지 말해줄 것 같지 않다고 생각했다. 대단한 보물이다. 그리고 그 작은 기계 안의 작은 가이드스톤들. 새로운 장치를 만드는 데 관심이 있는 이들이 그런 기계를 만들 수 있을지 모른다, 기회가 생긴다면. 가수는 확신했다. 즈즈즈즛만으로 〈종족〉이 괴물의 도구들에 정통하게 되지는 못하겠지만, 자체적으로 즈즈즈즛을―그것이 뭔진 몰라도― 만들 수 있다면 〈종족〉만의 도구들을 만들 수 있을 거라고.

가수의 정신이, 종종 그러듯이, 밤의 꿈길들을 따라 부유했다. 그곳에서 북소리는 꿈만큼이나 자주 편을 바꾸었다. 참으로 경이로운 하루였다. 살아 있는 괴물을 봤고, 그것이 하는 말을 들었고, 그것이 진정한 둥지수호자임을, 살아 있는 것들 가운데 가장 신성한 존재임을 깨달았다. 가수의 꿈속에서 그 괴물은 실제보다 덜 어색하게 걸었다. 날쌔고 우아하게, 〈종족〉의 편평 발걸음보다 더 수월히 걸었다. 괴물은 수호자의 망토를 두르고 있었다. 수많은 눈이 그려진 그 망토는 그것을 입은 이가 모든 눈으로 본다고 암시했다. 외부의 눈과 내부의 눈으로, 높은 곳의 눈과 낮은 곳의 눈으로.

다음 며칠 동안 오필리아는 자신이 기이한, 전보다 더 철저하지만 덜 끈덕진 감시를 받고 있다고 느꼈다. 파란 망토는 아주 중요한 존재임이 분명했는데, 다른 괴동물들이 아무리 사소한 것이라도 그것의 바람대로 움직였기 때문이다. 그리고 그 바람에는 오필리아 자신도 포함되어 있었다. 이곳에 먼저 왔던 괴동물들 중 하나가 자기 집인 양 그의 부엌에 들어와 냉장고를 열고 성에를 긁어내는 걸 본―그 괴동물이 예전부터 계속하던 행동이었다―파란 망토가 그들의 언어로 뭐라고 하자 침입자는 화들짝 놀라며 자기 키의 반만큼 뒤로 풀쩍 물러났다. 파란 망토가 또 뭐라고 하자 침입자는 다시 앞으로 폴짝 뛰어 냉장고 문을 닫고, 오필리아로서는 읽을 수 없는 표정으로 그를 쳐다봤다. 그러고는 파란 망토의 옆을 슬금슬금 지나쳐 나가 길을 따라 가버렸다.

"난 별로 신경 안 써." 오필리아는 예의상 그렇게 말했다. 사실은 괴동물들이 스스럼없이 들어와 성에를 긁어내는 것에 진저리가 난 지 오래였지만. 그들이 매너를 익혀서 초대받을 때까지 기다리면 좋겠다고 생각한 적이 많았다. 파란 망토는 길로 나가는 문 옆에 서서 물끄러미 그를 바라보고 있었다. "고마워." 오필리아는 결국 그렇게 말했다. 파란 망토는 고개를 갸웃한 뒤 떠났다.

그로부터 사흘쯤 지난 뒤 오필리아는 더는 다른 괴동물들이 집에 들어오지 않으며, 파란 망토는 그가 팔을 흔들어 초대할 때만 들어온다는 사실을 깨달았다. 그가 몇 시간 정도 혼자 있고 싶을 때면―여전히 그랬다―방해하지 않았다. 평화롭게 식사 준비도 할 수 있었다. 심지어―역시 새로이 알게 된 사실이다―그가 쓰고 싶은 재봉실에서 괴동물들을 내보낼 수도 있게 되어, 호기심 가득한 시선들에 둘러싸이지 않고도 액세서리를 만들 수 있었다.

편안한 기분이었다. 그는 이 새로운 프라이버시를 누리며 느긋해졌고, 그들과 함께 있었을 때 이런 상태를 얼마나 그리워했는지 깨달았다. 다시 한 번, 이번에는 익숙한 순서로, 근육과 정신의 긴장이 풀리는 것을 느꼈다. 행성을 독차지하는 것과 같지는 않지만 괴동물들이 처음 이곳에 왔을 때보다는 나았다. 더는 그들의 존재 때문에 숨이 막히는 기분이 들지 않았다.

교제라는 것도 경험할 수 있게 되었다. 오필리아는 살면서 혼자 있고 싶을 때 차단할 수 있는 교제를 경험한 적이 한 번도 없었다. 파란 망토는 그런 것을 이해하는 것 같았다. 아니, 이 괴동물들은 시도 때도 없이 선을 넘는 인간들과 원래부터 다른 것 같았다. 그가 베일 같은 생경한 프라이버시 안에서 내다본 바에 따르면, 그들은 때때로 서로를 혼자 두는 것 같았……. 마지못해, 또는 성이 난 채로 마을에서 함께 어울리던 콜로니 사람들과는 달랐다. 당연히 누구나 혼자만의 시간을 갈망할 수 있다고 생각하는 것 같았다. 그들은 교제할 준비가 되면 돌아왔고, 그 역시 스스로도 놀랄 만큼 기꺼운 마음으로 그렇게 했다.

그는 왜 기꺼운 마음이 드는지 깨달았다. **그를** 학습하고 가르치는 일 모두에 대한 파란 망토의 적극적인 관심이 그런 기꺼움을 보람 있게 만들기 때문이었다. 매일—거의 매시간—그는 파란 망토와 서로에 대한 이해가 깊어지는 것을 느꼈다. 이제—오필리아가 보기에—파란 망토는 인간이 무력한 상태의 새끼를 몸 안에 품고 있다가 낳는다는 사실을 이해했다. 그의 가슴에 달린 것이 태어난 새끼에게 영양을 공급하기 위한 기관이라는 것도. 오필리아는—역시 그가 생각하기에—괴동물들이 둥지 비슷한 것을 만든다고 이해했지만, 알을 낳는지 새끼를 낳는지는 알 수 없었다. 그에 관해 파란 망토에게 질문했지만 제대로 전달되지 않은 것 같았다.

그가 자신의—제한적이나마—새로운 자유에 열중하고 있지 않았다면 더 성가셨을 것이다. 괴동물들에게 둘러싸여 있을 때면 여전히 성가셨다. 그들이 그를 방해하지 않을 때조차 방해가 될 수 있음을 알기 때문이었다. 그의 프라이버시는 그가 아닌 그들의 호의에 달려 있었고, 원래부터 그는 혼자 있을 때 남들의 결정에 휘둘리지 않을 자유를 최대치로 즐기는 사람이었기 때문이다. 그래도 이제 평화롭게, 내키면 노래를 흥얼거리면서, 갈고리발톱이 타일에 부딪혀 딱딱거리는 소리를 듣지 않으면서 샤워할 수 있었다. 앉아서 코바늘 뜨개질을 하다가 어려운 부분이 나오면 툴툴거릴 수 있었다. 쳐다보는 커다란 눈도, 그의 손동작을 흉내 내며 허공을 휘젓는 손도, 기어이 그의 손놀림마저 어색하게 만드는 괴동물의 관심도 없었다.

그러다가 교제할 마음이 들면—그들의 음악을 듣고 싶거나, 파란 망토에게 빠르게 늘어가는 그것의 단어와 표현을 시켜보고 싶어지면―그들은 그곳에 있었다. 조용히, 정중하게, 열성적으로. 오필리아는 스스로 때를 정할 수 있다면 그들의 관심이 집중되는 것이 싫지 않았다. 괴동물들은 음악을 연주하는 저녁에 그에게 어떤 악기든 내주었다. 그는 보통 씨들이 든 호리병박을 흔들었지만, 속이 빈 갈대 묶음으로 가까스로― 숨소리가 섞였지만 음악적인― 음을 내보기도 했다. 그들은 그가 틀어준 뮤직 큐브에 귀를 기울였다. 심지어 동요를 따라 부르기까지 했는데, 놀랄 만치 멜로디를 잘 따라 했다. 그도 그들의 노래를 허밍으로 따라 불러볼까 했지만 음을 틀릴까 걱정이 됐다. 호리병박으로 리듬을 따라가는 쪽이 쉬웠다.

파란 망토와 다른 괴동물 하나는 읽기를 배우기로 결심한 것 같았다. 둘은 그에게 센터 교실에 있는 아동용 도서를 읽어달라고 했다. 그는 글자와 숫자를 가르쳐주었고, 얼마 지나지 않아 그 둘이 허공에, 벽에, 길의 흙먼지 위에 글자를 쓰는 것을 봤다. 둘은 아주 빠르게 배우는 것 같았지만 그는 어릴 때 학교에 다니지 않은 성인이 글을 얼마나 빨리 배울 수 있는지 전혀 몰랐다. 괴동물들에게도 문자 언어가 있는지 궁금해졌다. 그것에 관한 그의 질문 역시 파란 망토는 알아듣지 못하는 것 같았다. 이해하지 못하는 걸까, 아니면 대답하고 싶지 않은 걸까? 알 수 없었다.

14

심스 사의 예전 콜로니 #3245.12로 가는 미아스비르호에서

키라는 즐거운 여행을 기대한 적 없다고 자주 되새겼다. 즐거워야 할 이유도 없었다. 중요한 건 콜로니 세계에서 최초로 발견된 지적 외계 생명체를 만날 기회였다. 아니, 모든 세계를 통틀어서. 이 사실을 고려하면, 흔한 선내 헛소동이 무슨 대수겠는가?

하지만 짜증이 나는 건 어쩔 수 없었다. 그들은 모두 학문적 자질이 출중하니— 이 점은 말할 필요도 없다— 은근히 밀치락달치락하고 뒤에서 험담하고 인상적인 사람이 되려고 애쓸 필요가 없었다. 다들 이번 여정을 바탕으로 저작을 낼 것이고, 그것은 어떤 반응을 얻든지 간에 학계나 관료제라는 정글에서 평생 써먹을 수 있는 책략이 될 터였다. 지금은 그들끼리 경쟁해야 할 상황이 아니었다.

그런데도 경쟁하고 있었다. 본 팀과 백업 팀, 팀마다 두 명씩 두 조, 총 여덟 명이 이번 여행에서 명성을 얻거나 완성하기로 제각각 마음먹고 있었다. 선상에서 보내는 시간은 지나치게 긴 반면 각자의 야심을 남들이

어떻게 좌절시킬까 걱정하는 것 외에 할 수 있는 일은 지나치게 적었다.

본 팀에서만도 스토리 큐브 하나를 꽉 채울 문제가 발생할 수 있다고 키라는 생각했다. 빌롱 올리오소는 신언어학 AI에 관한 지식과 성적 매력으로 주목받겠다고 작정하고 있었다. 원래는 차분하고 실용적인 펠로리스트이자 거의 그 종파의 캐리커처 캐릭터 같은 오리는 재생 호르몬이라도 맞은 것처럼 빌롱에게 반응했고, 빌롱이 옆에서 물결치듯 움직일 때마다 콧수염을 매만졌다. 또한 바실과 끝도 없이 격한 논쟁을 벌였는데, 대체로 불필요한 논쟁이었다. 바실은 바실대로 '팀장'의 뜻을 제멋대로 해석해, 빌롱과 전송 시간 모두에 있어 자기가 가장 큰 몫을 가지는 게 마땅하다고 생각했다.

키라는 빌롱의 행실에는 신경 쓰지 않았다. 속으로 동정하기까지 했다. 빌롱은 장기탐사가 처음이었고, 본 팀에 자리를 얻은 건 오직 언어학 과장이 이 상서롭지 못한 시기에 참으로 인과응보 같은 출혈성 궤양으로 쓰러졌기 때문이다. 키라는 그에 대해, 비서와 조교 모두에게 똑같이 탐욕을 부리는 거의 신화적인 로아시 박사에 대해 들은 적이 있었다. 풍문에 따르면, 언어학과 교수들은 학과장을 태운 구급차가 떠날 때 환호했다고 한다. 아무튼 빌롱이 미숙하고 불안정해 보이는 것도, 바실을 유혹하는 동시에 오리에게 은근히 추파를 던지는 것도 놀랍지 않았다. 키라가 정말로 화가 나는 건 바실이 전송 시간을 독차지해서였다.

키라는 자신의 지위가 확고하다는 사실을 되새겼다. 종신 재직권도 있고, 높은 논문 인용지수는 이번 일이 끝나면 더 높아질 터였다. 백업 팀의 외계생물학자는 — 다들 도저히 발음할 수 없는 이름 대신 체스바로 부르기로 타협했다 — 민망한 영웅 숭배는 하지 않으면서 키라를 존경했고, 덕분에 키라는 자유롭게 생각하고 체스바를 평범한 조력자로 대할 수 있었다. 그 괴동물들이 지적이든 아니든, 조약에 서명을 하든 말든, 난 그 생물상에 배타적 접근권을 갖게 돼……. 모든 외계생물학자의 염원이지. 이미 샘플도 있지만 ─ 심스 뱅코프 사는 수십 년 전에 콜로니 사무국이 요구하는 샘플을 수집했다 ─ 샘플은 살아 있는 유기체를 토착 생태계에서 관찰하는 것과 비교가 안 되지. 내 소원은 팀원들을 두들겨 패버리기 전에 항해가 끝나는 것뿐이야.

키라는 목적지 행성으로 가기 위해 중간 점프와 오랜 인시스템 크롤을 반복하는 지루한 날이 끝날 때쯤이면 애써 이렇게 되새겼다. 평범한 배를 탔다면 더 나빴을 ─ 더 오래 걸렸을 ─ 거라고 되새겼다. 팀의 규모가 작아서 힘든 거라 생각하고 싶었지만, 지금까지의 현장 경험상 대인관계의 불쾌함은 큰 팀에서도 거의 다르지 않았다. 일단 행성에 내리면 이 작은 팀의 멤버들은 서로 협력할 수밖에 없을걸. 지금 유일하게 책임감 있는 성인처럼 행동하는 내가 반드시 그렇게 만들 거야.

행성에 많이 가까워졌을 때 키라는 사관실 뷰 스크린 앞에 모인 팀원들에게 갔다. 파란색·흰색·황갈색·암록색……. 극지방·산맥·숲……. 콜로니를 건설하고 싶어 할 만하네, 그는 생각했다. 처음부터 의도적으로 인간이 쓰려고 만들었다면 이렇게 이상적이지 못했을 거야.

"달이 있다면 좋을 텐데." 오리가 키라의 속마음을 읽은 것처럼 말했다. 그는 가끔 그럴 때가 있었다. 두 사람은 여러 번 같은 탐사 팀에서 일했다. 키라는 그 말을 오리가 빌롱을 향한 열병에서 낫고 있다는 징조로 받아들였다. 키라는 말없이 그를 보며 웃음을 지었다.

"한동안 이곳에 대기하면서 모든 걸 제대로 살펴봅시다." 바실이 말했다. 전에도 한 번 이상 한 말이었다. 키라는 어깨가 굳는 느낌이 들었다. 기억력 나쁜 멍청이 취급을 받는 게 싫었다. 바실 본인이 그런 취급을 많이 받아서 그러는 것 같았다. 다른 팀원들과 달리 바실은 교수가 되지 못했다. 키라는 그것이 바실의 태도를 설명해준다고 애써 스스로를 설득했다. "저궤도 스캐너를 발사하고요." 그가 계속 말했다. 키라는 그가 다음에 할 말을 동시에 할 수도 있었다. 실제로 그렇게 했다. 조용히, 입술을 움직이지 않도록 주의하면서. "우리가 갈 곳에 대해 알아낸 뒤에 착륙지점을 결정하죠."

물론 착륙지점은 버려진 콜로니였다. 그곳의 발전소를 폐쇄하는 것도 임무니까. 바실도 알고 셔틀 조종사도 아는 사실이었다. 키라는 뷰 스크린을 노려보다가, 잠시 배 밖으로 나가면 기분이 나아질 것 같다고 생각했다.

키라는 저궤도 스캐너의 발사를 지켜본 뒤, 첫 전송자료를 자기 방식대로 분석해보려고 랩으로 갔다. 대기구성 분석이 심스 뱅코프 사가 처음으로 개발 라이선스를 받기 전에 작성한 기초 데이터와 달라졌을 것 같지는 않았지만, 긴장된 분위기의 사관실보다는 그의 기구들이 있는 곳이 더 편할 것 같았다.

체스바가 따라왔다. "표면 데이터 작업을 바로 시작하시게 대기자료를 처리할까요?"

"당분간은 표면 데이터가 없을 것 같지만 영상반응을 같이 확인해볼 수는 있겠네요."

"비교할 수 있게 예전 데이터를 로드하겠습니다." 두 사람은 이미 예전 데이터를 외우고 있었지만, 그들이 놓칠 수 있는 미묘한 변화를 컴퓨터가 감지할 수도 있었다.

"고마워요." 키라가 말했다. 체스바가 본 팀이면 좋겠다……. 하지만 그러면 빌롱 같은 사람이 내 백업이 될지 몰라. 그냥 이대로가 낫겠네.

대기 데이터가 화면에 뜨기 시작했다. 그는 예전 데이터를 불러내고 컴퓨터가 변동사항을 표시하게 했다. 변한 건 없었다, 예상대로.

"예전의 기상위성은 어떨까요?" 체스바가 물었다. "접근 코드가 있습니까?"

"확인해볼게요." 키라는 탐사 매뉴얼을 훑어봤다. 매뉴얼에 심스 뱅코프 사가 두고 떠난 장비들의 활성화 코드를 비롯해 관련 데이터가 모두 요약되어 있어야 했다. "있다 — 입력해볼게요……."

그 기상위성의 컴퓨터가 방대한 양의 기상관측 파일과 그래픽 등을 순순히 쏟아냈다. 키라는 현재 이미지를 띄웠다. 푸른 물, 바람이 부는 대로 여러 줄기로 갈라져 소용돌이치는 하얀 구름, 구름 무리에 가려진 영상 서쪽의 무언가. 키라는 꿍얼거리며 선택 트리를 뒤져 그것에 관한 정보를 불러냈다. 산맥이었다.

체스바가 키라의 워크스테이션으로 왔다. "그 기상위성에 혹시 미가동 스캐너가 있을까요? 있다면 미리 들여다볼 수도 있을……."

"좋은 생각이에요. 이런 시스템에 침투해본 적 있어요?"

체스바가 씩 웃었다. "솔직히, 있어요. 그러다 군대에 끌려갈 뻔했지만."

"재미있는 이야기 같네요." 키라가 말했다. "그러면, 이건 **당신이** 좀 해볼래요? 제가 보면서 배울게요."

체스바는 작업하면서 설명했지만 키라는 그가 어떻게 기성위성을 설득해서 스캐너와 안테나를 재조정해 원하는 데이터를 골라 전송하게 만드는지보다는 그 결과 들어오는 데이터에 관심이 있었다. 체스바가 원하는 대로 기상위성이 작동하게 만들었을 때쯤에는 위성의 관측지역이 암흑면으로 이동하고 있었다.

"저 발전소가 아직 가동 중이라 다행이군요." 체스바가 말했다. "발전소의 열 피크 때문에 기상위성이 수년 동안 제자리를 지키고 있었어요."

"그러네요." 키라로서는 별로 흥미롭지 않았다. 그의 눈에도 적외선상의 그 밝은 점이 보였다. 근처의 더 부드럽고 흐릿한 점들은 해에서 흡수한 열을 방출하는 건물들로, 그늘이 져서 시원해진 지면과 접한 부분만 도드라져 보였다……. 그래서 모두 선명한 모서리 하나와 주변의 흐릿한 얼룩 같은 모양새였다.

"이제 확대만 하면……." 체스바가 말했다. "어, 저기. 저건 도대체 뭘까요?"

가시광선 스캔이었다. 지는 해의 비스듬한 빛줄기들이 선명한 그림자를 드리우고…… 버려진 콜로니의 단정하게 늘어선 건물들, 갈수록 길어지는 그림자를 드리우는 성벽 같은 숲…… 그리고 집들 사이에서 움직이는 무언가.

전율이 키라의 등줄기를 타고 흘러내렸다. 동물, 그냥 동물이겠지. 개척민들이 떠난 뒤에도 살아남은 가축이거나, 그들이 숲에 산다고 말했던 그 동물일 거야. 문제의 외계인들은 저기서 수천 킬로미터 떨어진 곳에 있고, 개척민들은 40년 동안 저기에 살면서 위험한 것은 전혀 본 적 없다고 했어. 그러나 지금 화면에서 움직이는 것들의 그림자는 길었다. 직립하고 있었다.

"열원이에요." 체스바가 말했다. "저들의 정체가 무엇이든, 온혈동물입니다. 발전소만큼 뜨겁지는 않지만."

"직립동물이고요." 키라가 말했다. 목소리가 떨리지 않아서 다행이었다.

"네." 체스바의 목소리도 차분했다. 우린 전문가야, 학자이고 어른이야……. 그럼에도 키라는 심장이 쿵쿵 뛰었다. 알기 때문에…… 저것들이 소도, 양도, 숲에 사는 원숭이 같은 나무타개도 아님을 **알기** 때문에. 저것들이 — 셔틀을 폭파시켜 — 콜로니를 파괴했다. 그리고 이제 돌아다니면서 지나치게 많이 배우고 있었다.

화면에서 햇빛이 사라졌다. 양달과 응달의 선명한 대비가 없어지자 키라는 아무것도, 움직임조차 볼 수 없었다. 적외선 스캔에서는 저장된 열을 방출하는 건물들이 아직 보였다. 조금 떨어진 곳에 있는 더 밝은 점들로 이루어진 덩어리 두 개는 소 떼와 양 떼인 듯했다. 그리고 건물들의 흐릿한 형체 사이로 작고 희끄무레한 점들이 움직이고 있었다. 곧 사라졌지만.

"어딘가로 들어갔어요." 체스바가 말했다. "건물로요." 키라는 그가 침을 삼키는 소리를 들었다. "그들이 진짜로 **있군요.**"

"우린 데이터를 앞질러 가설을 세우고 있어요." 키라가 전문가답게 말하려고 애쓰며 말했다. 체스바가 코웃음을 쳤다.

"그렇지 않다는 걸 알잖아요. 우린 방금 다른 사람들보다 많은 데이터를 손에 넣었어요."

"그래요, 있는 것 같아요." 키라가 말했다.

갑자기 스캔 화면이 바뀌었다. 어두운 화면에서 불빛들이 반짝인 것이다.

"아니, 있네요." 키라가 고쳐 말했다. "그들이 알아냈어요, 불 켜는 법을……."

"어렵지 않았겠죠." 체스바는 그렇게 말하고는 혀로 이를 빨며 소리를 낸 뒤―그의 행동 중 유일하게 거슬렸다 ― 말했다. "손가락을 쓸 필요도 없을 거니까요. 손으로 후려치기만 하면 되죠. 표준적인 토글스위치라면요. 촉수나, 심지어 부리로도 가능해요."

"두 발로 걸어요." 키라가 말했다. "저 직립한 그림자들이."

"꼭 **두** 발이란 법은 없죠." 체스바가 말했다. "하지만 동의해요, 직립동물입니다. 좀 전의 프레임을 하나 가져와서 자세히 살펴보죠."

"그렇게 하세요. 전 이걸 계속……." 키라가 손짓으로 화면들을 가리켰다. 불빛. 컴퓨터에 따르면 불빛은 네 개였다. 그는 적외선 이동 패턴을, 길을 건너 실내로 들어간 작은 점들을 추적했다. 잠시 생각할 틈이 나자 심스 뱅코프 사에서 제공한 마을의 시가도를 불러냈고, 그 자생종 ― '외계인'보다는 '자생종'이 맞는 표현이라고 생각했다 ― 이 들어간 곳이 다목적 건물임을 알아냈다. 제어 및 모니터링 시설과 빗물 저수조, 교실, 공용 작업실 등이 있는 곳이었다.

컴퓨터에서 삐, 하는 소리가 났다. 힐끔 보니 불빛이 하나 더 나타난 것이었다. 키라는 다시 마을 시가도를 봤다. '팔푸리아스, 바르톨로메오 et u. et m.' 고대 표기법을 해석하면 'et ux et mater', 즉 '그리고 아내와 어머니'. 처음 집을 짓고 살았던 건 움베르토 팔푸리아스와 오필리아 팔푸리아스. 키라는 소개 보고서를 검색했다. 바로톨로메오와 로사라 팔푸리아스는 3-F 셔틀, 오필리아 팔푸리아스는 3-H 셔틀 탑승자였다.

키라는 어째서 세 명이 같은 셔틀에 타지 않았는지 의아했다. 가족은 함께 탄다고 알고 있었기 때문이다. 별로 중요한 문제는 아니지만. 심스뱅코프 사 콜로니 수송선의 도착승객 명단이 있다면 정말 좋겠지만 수송선은 아직 목적지에 도착하지 않았다. 키라는 코를 찡그리며, 자신이 그런 낡고 느린 아광속선을 타지 않아 다행이라고 생각했다. 극저온 기술은 그런 여행을 가능하게 했지만, 아무리 봐도 비효율적이었다.

"광원이 하나 더 생겼어요." 키라가 체스바에게 말했지만 그는 한 번 끙, 하기만 했다. 곁눈질로 보니 그는 이전 영상 데이터의 프레임 하나에 뭔가를 하고 있었다. 그의 화면은 더 대조적인 색조로 바뀐 이미지들 때문에 색이 달라져 있었다.

키라도 나름대로 조사작업을 재개했다. 무언가—그 광원 역시 막 땅에 내린 두 번째 콜로니를 없애버린 자생종이라고 확신했다—건물 안에 있고 적어도 조명 스위치를 썼다. 또 무엇을 쓰고 있을까? 키라는 심스뱅코프 사의 자료를 보며 저 밑에 있는 것들을 되새겼다. 조명, 냉장고, 환풍기, 펌프에 전력을 공급하는 주 발전소에 연료를 공급하는 폐기물 재순환기. 차량…… 일부는 전기, 일부는 바이오 연료. 다행히 항공기는 없음. 배는 한 척도 남지 않았음……. 키라는 저들에게 무슨 일이 일어난 건지 궁금해졌다. 전기가 들어오는 한 저 자생종은 스토브를 뜨겁게 달구고 냉장고를 차갑게 만들 수는 있어도 심각한 문제를 일으키지는 못할 터였다. 그러기를 바랐다. 대다수의 다른 콜로니들처럼 저 콜로니에도 무기는 거의 없었으며, 조금 있던 것들도 모두 제거했다고 철수 팀은 보고했었다.

하지만 그 팀은 발전소도 폐쇄했다고 보고했지. 키라는 다시 소름이 끼치는 걸 느끼며, 한참 더 전에 '또 뭐가 있을까?'라고 물었어야 한다고 생각했다. 저궤도 스캐너를 확인했다. 스캐너는 이제 행성의 뒤쪽에 있었고, 아직까지도 사전 프로그래밍된 태스크들을 초기 실행하고 있을 터였다. 이제 그는 대기구성이나 조석 반사 데이터는 안중에도 없었다.

"아하!" 체스바가 말했다. "**이것** 좀 보세요."

키라는 그에게 갔다. 하나의 정지 화면, 이번에도 영상 데이터였지만 그들이 이제껏 본 적 없는 것이었다. 일단 해가 더 높이 떠 있었고, 그림자가 더 짧고 방향이 달랐다.

"아침나절이에요." 체스바가 말했다. "우리가 본 몇 프레임을 바탕으로 매개변수를 좀 넣어서 검색해봤는데, 이게 지금까지 찾은 것 중에 최선이네요."

"기상위성이 왜 광스캐닝을 하고 있었죠? 당신이 탐색했을 때는 꺼졌잖아요."

"어느 녀석이 발로 제어반을 건드렸나 보죠." 체스바가 말했다. 이미 원하는 이미지들을 손에 넣은 그는 기상위성이 그 이미지들을 어떻게 확보했는지는 개의치 않는 것 같았다. 키라도 비슷한 기분이었지만.

"다리가 두 개예요." 키라는 그렇게만 말했다. 어느 동물이 딱 맞는 장소에 들어갔다가 다시 같은 곳에 들어가 같은 스캔을 켰을 가능성이 낮다고는 말하지 않았다.

"네…… 말씀대로 두 발로 걷네요. 여러 이론에서도 늘 그럴 가능성이 높다고 했죠. 팔도 두 개―그림자를 보니 확실하네요. 하지만 여길 보세요……." 그는 다른 형상들보다 키가 작은 것을 가리켰다. 작은 키, 익숙한 신체 비율. 인간.

키라는 알고 있는 온갖 상스러운 표현을 뱉지 않도록 자제력을 발휘하며 이렇게만 말했다. "바실이 보면 좋아하지 않겠군요."

"그러겠죠." 체스바는 키라를 보며 씩 웃었다. "그래도 덕분에 빌롱한테는 신경을 끄지 않을까요?"

이제 심스 뱅코프 사 셔틀 이착륙장이 아닌 곳으로 내려갈 생각은 할 수 없게 되었다. 탐사 팀은 군용등급 드롭 셔틀을 빌렸는데, 군 파일럿들에 의하면 '극히 선진적인 기술'이 아니면 파괴되지 않는 셔틀이라고 했다. 그들이 셔틀과 함께 데려온 '고문' 몇 명은 지금껏 항해하면서 한 번도 과학·외교 전문가들과 어울리지 않은 사람들이었다.

저궤도 스캐너로 공중에서 그들을 날려버릴 수 있는 기술이 존재한다는 증거가 없음을 확인한 뒤 드롭 셔틀의 정찰비행이 여러 번 이어졌다. 저수준 기술의 증거는 데이터스트립과 큐브를 가득 채울 정도로 많았다. 석조건물 — 명백한 영구 정착지 — 이 심스 뱅코프 콜로니의 먼 북쪽과 동쪽의 암석해안에 밀집해 있었고, 여러 무리의 유목인이 정착지 서쪽의 초원에서 네 발 달린 초식동물 떼와 있었다.

"그들이 저 유목인들의 존재를 몰랐다는 건 놀랍지 않군요." 바실이 말했다. "저들도 떠돌아다니는 다른 동물에 불과할 수도 있어요. 불을 피우거나 구조물을 지을 것처럼 보이지는 않네요. 우린 찾아야 할 대상이 있으니까 찾은 거죠. 그래도 저 도시들을 몰랐다는 건 정말이지 —!" 그는 과장되게 고개를 절레절레했다.

키라는 임계점과 창발, 점진주의냐 문화적 불연속성이냐, 하는 토론을 또 시작할 생각이 없었다. 탐사 팀에겐 이 자생종이 저 정도의 기술이 요구하는 인지적·문화적 복잡성을 달성한 시기를 판단할 역사적 데이터가 없었고, 여기서 그런 자료를 생성할 수도 없었다. 오리와 그의 백업이 충분히 유능하다면, 저 밑에서 그 질문을 해결하는 데 필요한 데이터를 얻을 수도 있었다. 키라는 생물상에 집중했다. 일단 이 유목인들이 데리고 다니는…… 사냥하는? 모는? 네발짐승. 초식동물이 확실해, 저렇게 많은 개체가 생존한다면 식물이 번성하는 곳이 분명하고. 피식被食동물이고, 길쭉한 머리의 양옆에 있는 눈으로 뒤쪽과 주변까지 볼 수 있겠어. 저 자생종이 유일한 포식자일까? 키라는 데이터를 뒤져봤지만 갯과동물 같은 것은 보이지 않았다.

"배예요, 노잡이와 돛이 있군요." 오리가 해안 정착지를 찍은 사진들을 흐뭇하게 보면서 말했다. "목공을 하네요. 심스 사가 수출한 열대 목재만큼 단단할지 궁금하군요. 그렇다면 목공에 금속이 필요하니까요. 만약 금속 도구를 쓴다면—"

키라가 보고 있는 건 괴동물이었다. 아니, 자생종. 그는 속으로 고쳐 말했다. 어느 쪽에 가장 가까운지 알 수 없었다. 포유류·파충류·조류……. 털도 깃털도 보이지 않았지만 외피는 비늘이 아닌 피부에 가까워 보였다. 긴 다리로 깡충깡충 뛰는 듯 걷는 모양새는 옛 지구에 살던 날지 못하는 큰 새인 주조류走鳥類를 떠올리게 했지만, 뚜렷이 보이는 다리 관절은 인간의 무릎처럼 앞을 향하고 있었다. 큰 눈은 인간보다 머리의 측면에 더 가까웠고, 따라서 양안 시야와 단안 시야를 모두 가졌을 것으로 추정되었다. 발가락 네 개, 손가락 네 개…… 다른 손가락들과 맞댈 수 있는 손가락이 하나. 그런 발가락도 하나 있는 것처럼 보였다.

"이 건물 좀 보세요." 오리의 말에 키라의 집중력이 잠시 흐트러졌다. "그리고 장담컨대 이건 파이프예요. 그냥 속 빈 갈대 같은 걸 수도 있지만, 아무튼 뭔가가 흐르는 관이죠. 아! 방금 저 파이프에서 뭐가 나왔어요." 키라는 너무 늦게 봐서 파이프만 보고 거기서 나온 것은 보지 못했다.

지원 팀의 인류학자 멤닌이 큰 소리로 말했다. "인지능력이 어느 정도인지 슬슬 감이 잡히네요. 혹시 봤습니까, 오리, 셔틀을 본 그들이 어땠는지? 겁에 질리지도, 깜짝 놀라지도 않았어요. 게다가 저기 있는 건……." 그는 영상의 한쪽 구석을 가리켰다. "뭔가를 스케치하고 있어요, 확실해요."

언어학자인 빌롱과 아포스는 각각 다른 구석에 서 있었다. 스캐너는 음성녹음을 하지 않기에 두 사람은 할 일이 없었다. 아포스는 집중하는 것처럼 보였지만 빌롱은 입을 비죽거리고 있었다. 키라는 다시 한 번 빌롱이 본 팀에 선발되지 않았어야 한다고 생각했다. 아포스가 빌롱보다 어리고 경험이 부족할지 몰라도 최소한 문제를 일으키려 하지는 않을 테니까.

상공 비행과 데이터 분석의 나날이 이어지고— 새 데이터의 양은 팀 모두를 계속 바쁘게 만들기에 충분했고, 키라는 데이터에 깔려 죽을 것만 같았다— 마침내 군 파일럿들이 예전 콜로니에 착륙을 시도해볼 만하다고 동의했다. 그들이 한 사람도 빠짐없이 착용해야 한다고 고집을 부린 보호장비는 민간인에게 덥고 무겁고 어색하고 생경했다. 키라는 군 고문단이 팀 사람들을 비웃고 있다고 확신했다. 실제로 우리 꼴이 우스울 수도 있지, 키라는 보호장비의 패널들을 연결하는 토글과 슬라이드 때문에 진땀을 빼는 와중에도 웃긴 구석을 발견하려 애쓰면서 생각했다. 적어도 나와 동료들은 마침내 그 세계를 실제로 보게 될 거고, 그건 이런 불편도 견딜 가치가 있는 일이야.

　키라로서는 유감스럽게도, 그가 탄 군용 셔틀에는 뷰 포트도, 민간 셔틀에 있는 어떤 편의시설도 없었다. 그는 행성에 접근하는 과정을 지켜보며 대기가 어떻게 색을 바꾸고 풍경을 변화시키는지 맨눈으로 보고 싶었다. 외부 카메라가 사후분석을 위해 그런 것들을 포착하겠지만 그것이 직접 보지 못하는 것에 대한 보상이 될 수는 없었다. 키라는 하강하는 내내 바실의 뒤통수를 쳐다보며 앉아 있을 수밖에 없었다. 의자가 딱딱해서 엉덩이의 감각이 사라졌고 굉음과 덜컹대는 소리에 고막이 터질 것 같았다. 얼마나 내려갔는지 짐작도 못 하다가 마침내 파일럿이 착륙 2분 전이라고 말하는 것을 들었다. 그가 탄 셔틀은 셔틀이라고 부르기도 민망하게 떨어졌다가 흔들렸다가 덜덜 떨렸고, 키라는 두 손을 꽉 맞잡지 않으려고 무던히 애썼다. 정말 싫어, 활주로조차 볼 수 없다니. 순간 엉덩이가 좌석에 철썩 부딪혔고, 셔틀 바퀴가 불규칙하게 덜커덕거리며 식물로 뒤덮인 거친 땅을 굴러가는 것이 느껴졌다.

　처음 봤을 때, 그 버려진 콜로니는 그야말로 버려진 콜로니처럼 보였다. 그들이 착륙한 때는 현지시각으로 새벽이었다. 허름한 단층주택들의 벽이 흐릿한 분홍빛으로 반짝였다. 움직이는 것은 아무것도 없었다. 셔틀 이착륙장 옆에 들쭉날쭉하게 늘어선 콜로니의 차량은 군데군데 녹이 슬고 타이어 바람이 빠져 있었다. 억센 풀과 일부 관목까지 활주로를 잠식하고 있었다. 풀을 흔드는 습하고 따뜻한 산들바람에 다른 세계의 낯설고 이질적인 냄새가 실려왔다.

　셔틀의 외장에서 뼁, 쇠악, 하는 소리가 났다. 처음에 키라는 그 소리만 들렸는데, 어느 순간 그의 귀에서 펑 소리가 났다. 멀리서 소름 끼치는 신음소리가 들렸다. 키라가 깜짝 놀라자 오리가 말했다. "소 울음소리일 겁니다." 키라는 그 소리를 알아차리지 못한 스스로를 자책했다. 명색이 외계생물학자 아닌가. 동물은 내 담당인데. 바실이 램프를 걸어 내려가려 하자 고문 한 명이 제지했다.

"아직 확실히 모릅니다." 고문이 말했다. 뭘 확실히 몰라? 키라는 궁금했다. 그들은 이곳에 자생종과 최소한 한 명의 인간이 있다고 확신하고 있었다. 기상위성의 비주얼 스캔으로만 본 그 인간에 대해 끝도 없이 추측했다. 그 남자 또는 여자는 누구인가? 어떻게, 왜 이곳을 찾아왔는가? 콜로니가 소개될 때 술에 취해 실수로 남겨진 승무원일까? 버려진 장비를 차지하러 온 모험적인 사업가? 행성이 자기 거라고 주장하고 싶었던 누군가?

"누군가……." 다른 고문이 말했다. 고문들은 바실의 주장을 무시하고 무기를 가져왔다. 바실이 팀장이자 장차 대사가 될 사람이라고 해도, 탐사 팀은 군용선을 타고 왔고 군용 셔틀로 행성에 내렸으며 바실은 선장의 명령을 바꿀 수 없었다. "셔틀을 지키기 위해서"라고 선장은 바실에게 말했다. 그때 바실의 뒤에 서 있었던 키라는 바실의 귀가 시뻘게지는 것을 봤다. 그전에 바실은, 무기 없이 갈 거라는 뜻으로, 그가 알아서 하겠노라 팀원들에게 말했는데 결국 아무짝에도 쓸모없는 허세였던 것이다. 이제 군사고문들은 무기를 꺼내놓고 있었다. 키라는 놀라지 않았다.

"아무것도 하지 마세요." 바실이 애원했다. 고문단은 못 들은 척했다. 키라도 보호 슈트 안에서 땀을 흘리며 못 들은 척했다.

"한 명." 아까 말한 고문이 말했다. 탐사 팀에게라기보다는 마이크에 대고 말하고 있었다. "인간으로 추정되며, 여자……" 이어 놀란 어조로 말했다. "**늙었어요**. 늙은 여자, 혼잡니다."

키라는 그들이 보는 것을 볼 수 없었다. 부피가 큰 슈트를 입은 고문들과 바실에 가려서 마을길이 보이지 않았기 때문이다. 뒤쪽의 사람들이 볼 수 있게 비켜설 공간이 충분한 데도 그들은 모두 최대한 방해하려고 작정한 듯 정방형으로 서 있었다. 키라는 할 수 없이 옆을, 제멋대로 자란 풀에 덮인 활주로부터 강까지 ― 수면이 새벽빛에 어슴푸레 빛났다 ― 이어 반대쪽을, 녹색 벽처럼 보이는 먼 숲을 봤다. 그 2차림과 약간 서쪽에 있는 벌채된 적 없는 1차림은 구별되지 않았다. 우주에서 본 스캔에서는 뚜렷하게 보였는데.

"여자의……" 고문은 한동안 말을 잇지 못하고 거의 침을 삼키는 듯하더니 적당한 표현을 찾아냈다. "복장이 이상합니다. 걸친 게…… 어…… 망토 같은 것에 비즈 장신구 몇 개뿐이에요. 어…… 정신이 불안정할 가능성이 있고……"

키라는 인내심이 바닥났다. 이번 탐사의 부팀장인데도 무시당하고 있었다. 그는 남들과 부딪든 말든 개의치 않으면서 앞으로 밀치고 나갔다. 바실이 부딪혀서 휘청거렸고 그런 바실에게 부딪힌 고문이 램프 밖으로 떨어질 뻔했다. 키라는 아랑곳하지 않았다. 보고 싶었다. 그리고 봤다. 저 앞에서 셔틀 쪽으로 걸어오는, 자그마한 몸집에 숱 많은 은발을 어수선하게 늘어뜨린 깡마른 여자를. 맨발에, 수를 놓은 망토와 햇볕에 탄 피부……. 엉덩이에도 옷 같은 것을 걸쳤다. 그리고 비즈.

정신이 불안정해 보이지는 않았다. 사람들이 항노화제를 먹게 하려고 뉴스 큐브에서 보여주던 노망한 환자들처럼 보이지도 않았다. 짜증이 난 표정이었다. 다른 일정이 있는 날 예고 없이 들이닥친 손님을 보는 집주인 같은 표정. 그런 당당함 때문에, 옹이 박히고 주름진 발로 한 발 한 발 조심스레 걷는 걸음걸이 때문에 그들이 모두 침묵을 지키고 있는 거라고 키라는 생각했다. 늙은 여자는 자신의 이상한 옷차림을 부끄러워하지 않았다. 그들에게 깊은 인상을 받은 것 같지도 않았다.

그들이 보호 슈트 안에서 땀을 흘리며 서 있는 동안 늙은 여자는 천천히 걸어서 램프 밑까지 왔다. 키라는 망토의 자수 문양에 시선을 집중했고, 그것이 얼굴임을 금세 알아차렸다. 여러 개의 얼굴과 눈. 눈이 너무 많았다. 늙은 여자는 고개를 들고 맑고 검은 눈으로 그들을 응시했다.

"지금은 때가 좋지 **않아요**." 여자가 말했다. "여러분 때문에 그들이 화가 났어요."

바실이 냉큼 나섰다. "제게 위임된 권한으로……." 늙은 여자가 그의 말을 잘랐다.

"때가 좋지 않다고 했잖아요. 제가 얘기하려고 했을 때 들었어야죠."

"저희랑 얘기하려 하셨다고요?" 키라가 바실이 식식대며 뭐라고 하는 소리를 무시하며 물었다.

"네." 늙은 여자가 고개를 까닥인 뒤 다시 올려봤다. "하지만 그쪽에서 기상위성을 조작하는 바람에 제 말을 듣게 할 수 없었죠."

"**어르신께서** 그 사진들을 찍었습니까?" 오리가 물었다. "기상위성으로 이 지역을 비주얼 스캐닝 하신 거예요?"

"당연하죠. 그들은 이곳이 어떻게 생겼는지 보고 싶어 했어요, 기상도 이상의 것을요. 그들이 이해하는 데 도움이 됐죠." 그들. 키라는 늙은 여자가 말하는 '그들'의 의미를 알아차리고 소름이 끼쳤다. 진짜 미친 사람일 수도 있어, 그들에게 기술을 노출시키고 있는 거라면. 아무리 무지한 노인도 그 정도로 어리석을 순 없지.

"무슨 권리로—!" 바실이 입을 떼는 동시에 수석 군사고문이 말했다. "누구의 권한으로—?" 두 남자가 서로를 노려봤다.

"어르신은 누구**세요**?" 키라가 말이 끊긴 틈을 타 물었다.

"**당신은** 누구죠?" 늙은 여자는 대답하지 않고 되물었다. 노망한 거라면 자기 이름을 모를 수 있었다.

"저희는 어르신을 해치지 않아요." 키라가 온화하고 참을성 있게 들리려고 애쓰며 말했다. "돕고 싶습니다—." 그 말은 그 자신에게조차 멍청하게 들렸기에, 키라는 늙은 여자가 코웃음 같은 소리를 냈을 때 놀라지 않았다.

"도움은 필요 없어요. 혹시 여러분도 그 사람들이랑 같은 데서 온 거라면, 엉뚱한 곳에 온 거예요."

"그 사람들?" 바실이 수석 군사고문을 한 번 더 노려보아 입막음을 하면서 말했다.

"얼마 전에 착륙하려고 한 사람들요. 설마 모르진 않겠죠."

"네." 이번에는 수석 군사고문이 바실보다 먼저 말했다. "그 사람들에 대해 뭘 아십니까?"

"컴퓨터로 들었어요. 그 사람들이 내려오는 소리를 들었고, 도와달라고 외치는 걸 들었죠." 늙은 여자는 잠시 말이 없다가 다시 말했다. "죽어가는 소리도 들었어요." 여자가 고개를 숙였다.

"도와줄 생각은 안 하셨습니까?" 바실이 물었다. 키라는 자기보다 더 멍청한 소리를 하는 사람이 나타나자 속으로 쾌재를 불렀다. 바실은 정말로 저 늙고 약한 노인이 수천 킬로미터 떨어진 곳에서 벌어진 학살을 막을 수 있었다고 믿는 건가? 늙은 여자는 말없이 그들을 계속 올려다봤다. 바실은 얼굴이 벌게지더니 헛기침을 했다. 키라는 수석 군사고문의 얼굴에 고소해하는 표정이 떠오르는 것을 봤다.

"여기서 계속 사신 건가요?" 키라가 물었다. 그 말고는 아무도 침묵을 깨려 하지 않았기 때문이다.

"그럼요. 40년도 넘었어요."

"하지만 심스 뱅코프 쪽 말로는—."

늙은 여자가 씩 웃었다. "컴퍼니는 어차피 데려가기 싫었던 늙은이 하나를 잡아가겠다고 시간을 낭비하지 않았어요. 이미 연령 초과를 들먹이며 제 가족에게 추가비용을 청구한 상태였고요. 제가 극저온을 못 견디고 죽을 거라더군요."

키라는 소름이 끼쳤다. 아무리 심스 뱅코프 사라도 그 정도로 지독할 줄은 상상조차 못 했다. 물론 법규위반이다 — 하지만 누가 이런 변경까지 와서 법을 집행하겠는가?

"그래서 여기 남은 거예요." 늙은 여자가 말했다. 계속 웃는 것이 기괴해 보였다.

"자발적으로요?" 바실이 아직도 못 믿겠다는 듯이 물었다. 늙은 여자가 표정을 바꾸고 노려봤다.

"당연하죠." 노인이 통명스럽게 대꾸했다. 키라는 궁금했다. 어떻게 — 어떻게 혼자서 살아남았지? 혹시 남은 사람이 더 있는 걸까? 하지만 그 성난 얼굴에 대고 물어볼 엄두가 나지 않았다.

"자." 바실이 평정심을 되찾으려 안간힘을 쓰며 말했다. "이유가 어찌

됐든, 어르신은 대피명령을 위반했고, 그러한 행위 때문에 심스 뱅코프 사는 난처한 입장에……."

늙은 여자가 뭐라고 중얼거렸다. 키라는 알아들을 수 없었지만, 표정으로 보건대 칭찬은 아닌 것 같았다.

"……게다가 저희까지 어르신 때문에 불필요한 딜레마에 빠졌습니다." 바실이 계속 말했다. "저희가 어르신을 어쩌면 좋겠습니까?"

키라는 늙은 여자가 당연한 대답을 할 때 놀라지 않았다. "그냥 내버려 둬요." 여자는 그렇게 대답하고 돌아섰다.

"하지만 ― 하지만 상황의 심각성을 아셔야죠." 바실이 말했다. 여자가 다시 돌아섰다. "저는 바보가 아니에요. 저도 안다고요. 하지만 지금은 시기가 나빠요. 그만 가세요." 여자는 몸을 돌려 걷기 시작했다. 망토의 긴 프린지가 여자의 가무잡잡한 흰 종아리를 쓸었다. 망토 뒷면에는 반짝이는 실로 커다란 얼굴만 하나 수놓아져 있었는데, 지나치게 큰 눈의 긴 속눈썹이 빛살처럼 얼굴 윤곽까지 뻗어 있었다. 키라는 불편한 기분이 들었다. 그 눈이 자기를 노려보는 것만 같았고, 그런 스스로의 반응 때문에 기분이 더 불편해졌다. 원시인도 아니고, 저런 빤한 상징주의에 동요하다니.

"이리 오세요!" 바실이 명령했지만 여자는 돌아보지 않았다. 바실은 군사고문 한 명을 쳐다봤지만, 키라가 그의 팔을 가볍게 두드렸다.

"제가 얘기해볼게요. 여자분 혼자서 여기서 오랫동안 지내다가 사람들이 몰려오니 놀랐을 수도 있어요."

"선생님, 그건 별로 ―." 군사고문 하나가 입을 열었지만 키라는 이미 램프를 내려가고 있었다. "호위가 필요합니까?" 군사고문이 물었다.

"아뇨, 저분은 절 해치지 않을 거예요." 키라가 대답했다. 보호 슈트를 입고 램프를 내려가는 것은 놀랄 만큼 힘들었다. 고정장치를 더듬거려 앞 솔기를 열었다. 그것만으로는 덥고 습한 날씨에 역부족이지만 뭐든……

키라는 용케 넘어지지 않고 램프 아래까지 내려왔지만 슈트 무게 때문에 늙은 여자를 따라잡지 못할 것 같았다. 여자는 20미터 앞에, 이미 길이 시작되는 곳의 집들 사이에 있었다.

"보이지 않는 곳까지 가지 마세요." 군사고문이 외쳤다. "너무 멀리 가면……." 키라는 뒤쪽을 향해 대충 손을 흔들어, 그의 말을 들었으며 자기가 알아서 하겠다는 뜻을 전했다. 물론 군인들의 시야에서 벗어나지 않아야 할 수도 있었다. 그도 알고 있듯 외계인— 아니, 자생종—이 근처 어딘가에 있었으니까.

"부탁이에요……." 키라는 늙은 여자를 향해 외쳤다. "기다려주세요. 저 사람들은 안 올 거예요. 하지만 한 명은 꼭 어르신과 얘기를 해야 해서요."

늙은 여자는 걸음을 멈추고 몸이 경직되기라도 한 것처럼 천천히 돌아섰다. 키라는 보폭을 넓히려다가 발을 헛디뎌 넘어질 뻔했다. 이제 노인의 표정을 똑똑히 볼 수 있었다. 거무스름한 눈이 재미있다는 듯이 반짝거렸다.

"죄송합니다." 키라가 가쁜 숨을 몰아쉬며 말했다. "하지만— 저희는 정말로—"

"시기가 나빠요." 늙은 여자가 다시 말했다. 거리가 좁혀지자 키라는 여자의 백발에서 아직 거무스름한 부분들과 사마귀, 평생 야외에서 무방

비로 햇볕을 쬐어 군데군데 변색된 피부를 볼 수 있었다. 손은 주름지고 거칠었으며 손마디가 붓고 뒤틀려 있었다. 아파 보여야 할 텐데 ― 키라의 눈에 들어온 모든 것에 병리학적인 이상이 있었다 ― 대체로 활기차 보였다. 정신적으로나 신체적으로나.

"댁이 어디세요?" 키라가 물었다. 단호하게 나가야 한다, 그렇게 해야 한다고 알고 있었다. 무식한 사람들 ― 이런 개척민들은 대체로 교육을, 진짜 교육을 받지 못했다 ― 과 불안정한 노인들은 단호하게 대해야 한다고. "저를 댁에 데려가주시면 안 될까요. 좀 쉬신 다음에 저랑 얘기하시면요."

늙은 여자는 키라를 빤히 보기만 했다. 이제 눈빛이 반짝이지 않았다. 여자는 한숨을 쉬더니 더러운 발끝으로 종아리를 긁었다. "오늘은 더울 거예요."

날씨 얘기로 대화를 시작하는 게 현지 관습인가? "더운 계절인가 봐요?" 키라는 예의를 지켜 신뢰를 얻기를 바라며 물었다.

여자는 또 한참 빤히 쳐다봤다. "그 안에 있으면 땀이 날 텐데요." 키라의 보호 슈트를 가리키며 말했다.

"네." 키라는 짐짓 소리 내 웃었다. "고문단 때문이에요. 누가 저희한테 총을 쏘거나 할까 봐 걱정된다네요."

"고문단…… 컴퍼니 고문단 말인가요?"

"아뇨, 군사고문단요." 늙은 여자의 표정은 바뀌지 않았고, 키라는 고장 난 입출력 서브루틴과 대화하는 것 같은 기분이 들었다. "설명해드릴게요." 키라가 말했다. "새 콜로니가 공격받은 후 돌아온 궤도선이 정부에 보고를 했어요……." 항명 때문에 지연된 얘기는 건너뛰자. 키라는 노인의 사고력에 과부하를 일으키고 싶지 않았다. "그래서 정부가 상황을 판단하려고 저희를 보낸 거예요."

"외계인들을 죽이려고요." 늙은 여자가 말했다. 마치 그것이 세상에서 가장 자연스러운 일이라는 것처럼.

"아니에요!" 키라는 여자의 대답에서 느껴지는 격한 감정 때문에 놀랐다. "죽이려는 게 아니라 연구하려는 거예요. 동맹이 될 수 있는지 알아보려는 거죠. 발전소는 꼭 해체하고 싶었죠, 우리의 기술에 접근하지 못하도록……"

이제 늙은 여자는 웃음을 지었지만, 우호적인 웃음은 아니었다. "그들은 아주 똑똑해요." 여자가 말했다. "다 이해한다고요."

키라는 잘못 들은 것이기를 바랐다. "이해한다고요……?"

"발전소 말이에요. 전기도, 기계도."

그럴 리가. 이 노인은 자기가 무슨 말을 하고 있는지 모르고 있어. 자기도 완전히 이해하지 못하는 것들이잖아. 스위치를 움직일 수 있는 것을 이해하는 것과 같다고 생각할 수도 있어. 이 사람을 포함해 콜로니 사람들은 전부터 이 자생종을 알고 있었을지 몰라. 모종의 이유로 보고는 하지 않은 거지. "그들에 대해 알고 계셨나요? 전부터 ― 콜로니 소개 전부터요."

"아니. 우린 그런 괴동물을 한 번도 본 적 없었어요. 여기서 그렇게 오래 살면서도. 새 콜로니가 착륙 시도를 할 때까지는요." 여자는 발로 흙바닥을 문질렀다. "그 후 그들이 왔고, 날 발견한 거예요."

"그리고 어르신은 모든 걸 다 보여주셨고요?" 키라는 목소리에서 힐난하는 기색을 감추지 못했다. 아무리 무식한 개척민이라도 그 정도로 어리석어서는 안 되었다. 키라는 지구를 떠나는 개척민은 모두 그렇게 배운 다고 분명히 알고 있었다. 누구든 외계 지적 생명체를 발견하면 보고해야 하고, 인간의 기술을 접하지 못하게 해야 한다고.

늙은 여자는 고개를 숙이고 어깨를 으쓱였다. 죄책감을 느끼면서도 벌을 받지 않기를 바라는 아이 같았다. 별로 똑똑하지 않은 사람인가 봐. 정신질환자일 수도 있고. 그렇지 않다면 이곳에 남을 리가 없잖아? 무식하고 정신이 불안정하고 우둔해서 그 자생종을 흥미로운 존재라고 여겼을 수 있어. 자생종이 이 사람을 죽이지 않은 게 놀라워.

"어서요." 키라는 다시 부러 다정하고 매력적인 척하면서 맹한 아이에게 말하듯이 재촉했다. "댁에 데려가주세요. 잠깐만 같이 얘기해요."

늙은 여자의 검은 눈이 흑요석처럼 캄캄해지며 늙은 몸이 그 자리에 붙박이는 것처럼 보였다. 마치 돌로 변하는 것처럼. "때가 나빠요. 나중에 다시 오세요."

"집 청소 때문에 걱정하실 필요는 없어요. 혹시 그런 뜻으로 하신 말씀이면요." 키라가 말했다. 이 여자가, 허술한 옷을 망토와 허리춤에 걸치고 맨발인 여자가 해낼 법한 수준의 살림을 상상한 것이다. 아마 여기서 그렇게 오래 사는 동안 접시 하나도 씻지 않았을 거야. 불결하고 끔찍하겠지. 그래도……

"그런 게 아니에요. 말 그대로 시기가 좋지 않다는 거예요. 나중에 다시 와요." 여자가 다시 돌아섰다. "내일. 이제 따라오지 마세요." 여자는 천천히, 꾸준히 걸어갔다. 안개를 말리는 아침 햇빛에 노인의 종아리를 뒤덮은 정맥류가 적나라하게 드러났다.

키라는 가만히 서서 노인을 바라봤다. 유년기 이후로 이렇게 남에게

기가 꺾이기는 처음이었다. 노인이 자격을 넘어서는 존경을 요구하는 학계의 끔찍한 인간들과 다르기를 바랐다. 약간의 상식적인 예절을 바랄 뿐인데……. 키라는 짜증이 솟구치는 걸 애써 내리눌렀다. 덥고 땀이 나는 것뿐이야, 저 노인은 정신이 온전치 않아. 남들은 다 떠나는데 혼자 남기로 한 — 본인은 그렇게 말하지 않았지만 — 사람한테 뭘 바라. 아마 저 사람 혼자가 아닐 거야. 남은 노인이 또 있는데, 지금 아파서 누워 있는 걸 수도 있어. 그러면 많은 것이 설명돼.

키라는 늙은 여자가 계속 걸어 거리로 들어서는 모습을 지켜봤다. 거리라고 해봤자 양쪽에 도랑만 있을 뿐 포장은 되어 있지 않은, 그냥 집들 사이의 빈 공간에 지나지 않았지만. 늙은 여자는 마침내 방향을 틀어 집과 집 사이의 빈 곳, 혹은 정원처럼 보이는 데로 들어갔다. 거기서부터는 잘 보이지 않았다. 키라는 돌아서서 터벅터벅 걸어 셔틀로 돌아갔다. 해의 온기가 불편하게 느껴졌다. 옷은 슈트 안에서 이미 흠뻑 젖었고 땀 냄새가 났다. 아침나절쯤 되면 숨이 턱턱 막힐 터였고, 오후에 어떨지는 생각하기도 싫었다.

"그래서, 어떤 성과가 있었죠, 키라?" 바실이 물었다. 아무 성과도 없다고 확신하는 듯한 말투였다.

키라는 램프 밑에 서서 보란 듯 보호 슈트의 고정장치를 마저 다 풀었다. 꿈틀거리며 벗은 슈트를 연결부위를 따라 포개어 접고 사람들을 올려다봤다. 젖은 옷 위로 희미한 숨결 같은 실바람이 느껴졌다.

"계속 지금은 본인에게 나쁜 시기이니 내일 다시 오라고 하더군요. 우리가 자생종을 죽이러 왔다고 생각해요. 다른 콜로니 부지에서 사람들을 죽였기 때문에요."

"우리 임무를 이해시켰어요?" 바실이 물었다.

"시도는 해봤습니다. 아주 똑똑한 분 같지는 않고, 교육수준이 낮으며, 고문의 말씀처럼 정신이 불안정할 가능성도 있어요. 매우 고령인 것으로 짐작되나, 흔한 말로 노망이 든 것 같지는 않고요. 별로 중요한 얘기는 아니지만요." 키라는 말하는 동안 찌르르한 죄책감을 느꼈다. 그 노인은 정말로 무식하고 미친 사람인가……, 아니면 나는 그 사람 때문에 심기가 불편해져서 분풀이를 하고 있는 걸까?

"그 사람은 우리한테 기다리라고 할 권리가 없어요." 바실이 말했다.

"그분의 협조가 필요하다면," 오리가 말했다. "기다리는 것이 현명합니다. 일단 여긴 그분이 사는 곳입니다. 그것도 아주 오래 살았죠. 인류학자로서 말씀드리자면……."

바실이 오리를 쏘아봤다. 그때 빌롱이 땅이 꺼져라 한숨을 쉬자 두 남자 모두 그를 쳐다봤다. 이번만은 키라도 빌롱이 잘했다고 생각했다. 또 한 번의 영역싸움을 막을 수만 있다면야. 바실은 오리가 스스로를 기술평가 전문가가 아닌 인류학자로 칭하는 걸 싫어했다.

"이런 슈트를 입기엔 **너무** 더워요. 우리한테 총을 쏘겠다는 사람도 없고요. 다 같이 편하게 있는 게 나을 것 같은데." 빌롱은 짐짓 우아한 동작으로 몸에서 슈트를 벗겨냈다. 키라는 군사고문단을 힐끔 봤다. 그들은 불쾌해하는 표정을 지었지만 아무 말도 하지 않았다.

15

오필리아는 괴동물 하나가 이상하게 구는 이유를 파란 망토에게 들어 마침내 이해하게 되었다. 임신, 둥지가 필요함. 그는 문제의 괴동물을 쳐다봤다. 작은 치마 같은 것을 입고 있어 수컷인지 암컷인지 여전히 알 수 없었다. 그는 치마 밑에 생식기관 같은 것이 있을 거라 추측했지만, 호기심 때문에 더 상상하지는 않았다. 출산을 앞둔 괴동물은 오필리아가 생각하는 임신부처럼 배가 거대하게 부풀지 않았다.

얼마 전 그 괴동물은 강가의 키 큰 풀숲에서 구덩이를 파다가 다른 괴동물들에게 저지당했다. 이제 오필리아는 그들의 설명을 어느 정도 이해할 수 있었다. 물속에 사는 크고 물어뜯는 것들이 새끼를 잡아먹을지 모른다. 강에서 떨어져 있는 양 떼 초원은 풀이 충분히 길지 않다. 임신한 괴동물은 확연히 괴로워하면서 초원의 풀을 마구 할퀴어대고 잘린 풀에 발길질을 했다.

파란 망토와의 의사소통에 진전이 있었음에도 오필리아는 그 괴동물이 둥지를 틀 곳이 어떠해야 하는지 이해하기 어려웠다. 쿠션 역할을 할 긴 풀? 오필리아는 부드러운 천을 한 꾸러미 건넸지만, 임신한 괴동물은 천을 공중으로 채뜨려버렸다. 다른 괴동물들이 천을 주워왔는데, 오필리아가 화를 낼 거라고 생각했는지 시선을 피했다. 하지만 오필리아는 그정도로 뭘 모르지 않았다. 출산이 임박했다면, 그는—그것은— 당연히 초조하고 불안한 상태일 거야. 키 큰 수풀에 숨는다고? 무엇 때문에? 파란 망토가 하늘을 가리켜서 오필리아는 올려다봤지만 아무것도 없었다. 파란 망토는 팔을 날개처럼 펴더니 포식자가 하늘 높이 솟아올랐다가 급강하해 새끼를 덮치는 모습을 표현했다. 뜻은 이해했지만, 그는 괴동물들이 걱정해야 할 정도로 큰 날짐승을 본 적이 없었다. 그런 날짐승도 북쪽에서 이곳까지 따라온 걸까.

실내에서, 집 안에서 낳으면 안 돼? 오필리아는 몸짓과 지금까지 터득한 몇 안 되는 끙끙, 깍깍 소리로 전달하려 애썼다. 파란 망토가 빤히 쳐다봤다. 그는 의도치 않게 무례를 저질렀나 싶었다. 그때 파란 망토가 앞장서서 센터로, 교실로 갔다. 그리고 선반의 책들을 더듬대다가 한 권을 뽑아 들었다. 그는 책을 받아 들었다. 이제 익숙한 행위였다. 그는 파란 망토보다 수월하게 그 오래된 이야기책들의 페이지를 넘길 수 있었다, 특히나 단서가 있다면— 아, 그래. 어머니가 도시에 일하러 간 동안 이모가 돌봐주는 아이가 나오는 책이었다.

오필리아는 파란 망토가 원할 것 같은 그림을 찾아 책장을 넘겼다. 파란 망토가 전부터 여러 번 고른 그림으로, 엄마에게 손 흔들며 작별 인사를 하는 아이의 어깨를 이모가 손으로 짚고 있는 장면이었다. 예상대로, 그가 그 페이지를 펼치자 파란 망토가 갈고리손톱으로 책을 톡톡 쳤다.

"보고 있어." 오필리아가 말했다.

"너어." 파란 망토가 그것의 방식으로 '너'라고 말했다. 그리고 이모를 가리켰다. 전에도 그런 적이 있었다. 오필리아는 자신이 남의 아이들을 돌본 적이 있다는 뜻으로 받아들였다. 실제로 그랬다.

"그래." 그가 말했다. "나도 그런 적 있어."

파란 망토는 이제 오필리아가 임신한 괴동물의 이름임을 알지만 맞게 발음하지는 못하는 소리를 냈다. '꾸륵-딱-콜록'이 그가 할 수 있는 최선이었다. 이어 파란 망토가 떠나는 어머니를 가리켰다. 헷갈릴 여지가 없었다. 꾸륵-딱-콜록은 엄마가 된다. 그리고 다시 이모를 가리켰다가 오필리아를 가리켰다. 나는 꾸륵-딱-콜록의 아기의 이모가 된다? 그는 얼굴이 달아오르는 느낌이 들었다. 명예 이모 같은 거겠지, 그래도―그래도 날 신뢰한다니 기분 좋은걸.

"두웅지……." 파란 망토는 몸짓으로 주변을 가리켰다. 건물 안이라는 뜻이 분명했다. "너어 이이모." 꾸륵-딱-콜록이 실내에 둥지를 틀면 나는 이모가 될 거다? 분명 그런 뜻이야. 하지만…… 명예가 아니라 의무처럼 들리는데. "이이모 느은……." 또 그가 발음할 수 없는 소리들의 묶음. 오필리아는 조용히 따라 해봤지만, 혀는 맞는 위치를 찾느라 입천장 근처에서 방황할 뿐이었다. 파란 망토는 계속 반복했다. 결국 그는 큰 소리로 따라 했다. 그것은 또 반복했고 그는 들리는 대로 소리 내려 애썼다.

오필리아가 나름대로 가장 비슷하게 발음했을 때―여전히 그의 귀에는 '딱-카우-키어'처럼 들렸다―파란 망토가 다른 괴동물들을 불러들여 짧게 뭐라고 했다. 그들이 판토마임을 하듯 하늘로 솟아오르는 사냥꾼, 땅을 기는 사냥꾼, 사물 뒤에서 뛰어오르는 사냥꾼을 표현했다……. 오필리아는 홀린 듯 쳐다봤다. 이 유능한 사냥꾼들을 사냥하는 것들이 그렇게 많을 줄은, 이것들이 이렇게 영리하게 다른 생명체들을 흉내 낼 줄은 미처 몰랐다. 자기들끼리 있을 때 내 흉내도 이렇게 내려나? 그런 궁금증을 해결할 시간은 없었다. 파란 망토가 그가 이해했는지 확인하고 있었기 때문이다. 이야기책 속의 이모에 해당하는 딱-카우-키이어는 여러 위협으로부터 새끼들을 보호하며, 틈틈이 새끼들을 안아주고, 달래주고, 노래를 불러준다.

오필리아가 보기에는 이모보다 어머니의 역할에 가까운 것 같았다, 모든 어머니가 출산 후 어디론가 떠나는 게 아니라면. 왜 그래야 하는 걸까? 또한 그가 임신한 괴동물이 건물 안에서 둥지를 틀게 하면 괴동물들이 그에게 기대하는 바가 많아질 거라고 하는 것 같기도 했다. 정말로 내가, 오로지 혼자서, 나로서는 아무런 정보가 없는 아기를 돌보기를 바라는 거야? 파란 망토는 어떤 몸짓으로 괴동물들의 퍼포먼스를 멈추게 하더니 다시 말했다. "모두우 딱-카우-키이어-ㄱㄱ 가트 파지만 너어 에일 딱-카우-키이어." 두 언어가 뒤섞인 그 말에 그는 잠시 혼란스러웠지만 곧 이해했다. 그들 모두 딱-카우-키이어 같은 존재다, 하지만 내가 제일 딱-카우-키이어가 된다, 만약 내가 임신한 괴동물이 둥지를 틀게 건물 안으로 들인다면.

오필리아는 바다폭풍을 맞고 있던, 처음 이곳에 왔던 괴동물 무리를 건물 안으로 들였을 때 자신이 어떤 의무를 떠안게 된 것인지 궁금해졌다. 어쩌면 그것이 그들의 허물없는 행동과 기이한 존경의 순간들을 설명해줄지 몰랐다. 하지만…… 아무리 외계 생명체라 해도, 임신한 개체가 더 편하게 느낄지 모를 오필리아의 공간이 있는 상황에서 새끼를 낳을 것 같지는 않았다.

하지만 그것은 어느 곳을 더 편안하다고 느낄까? 괴동물들은 모두 전부터 센터에서 시간을 보냈지만 센터의 방들은 크고 기계들로 어수선했다. 임신한 괴동물이 높은 풀숲에서 파낸 둥지 구덩이의 크기로 짐작건대 센터보다는 가정집의 벽장이 나을 것 같았다. 오필리아는 파란 망토를 센터의 옆집으로 데려가 주 침실의 벽장을 보여주었다. 눅눅한 냄새가 조금 났지만 환기를 하면 나아질 터였다. 그나마 다행스럽게도 우기가 아니었다. 아직 천도 한 아름 남아 있었다. 그는 벽장 바닥에 천을 까는 시늉을 해보였다.

파란 망토는 따라온 괴동물들과 의논했다. 너무 빨리 말해서 그는 전혀 알아들을 수 없었다. 곧바로 괴동물 몇몇이 창문을 열기 시작했다. 하나는 밖으로 나갔는데, 길을 달려가는 소리가 들렸다. 임신부한테 말해주려고? 확실치 않았다. 확실한 건 그가 곧 이모, 그리고 딱-카우-키이어가 되리라는 것뿐. 그는 후자가 감당할 만한 것이기를 바랐다.

집 안의 괴동물들이 센터에서 빗자루를 가져와 청소를 하기 시작했다. 청소를 마치자 빗자루를 도로 갖다놓느라 잠시 집을 비웠다. 오필리아는 그동안 관리해온, 세 집 건너의 허브 정원으로 가서 향이 산뜻한 허브를 뜯어왔다. 괴동물들이 자기들도 마음에 든다는 듯이 몸을 숙여 냄새 맡는 것을 본 적 있는 허브였다. 괴동물 하나가 갓 자른 긴 풀을 가지고 집으로 돌아와 벽장 바닥에 깔고 있었다. 임신한 괴동물이 들어왔다. 경계하는 기색으로 문지방을 넘었다. 그―오필리아는 임신한 괴동물을 '그것'으로 생각할 수가 없었다―는 바닥에 풀이 깔린 벽장을 보자 끙끙거렸다. 둘이 더 풀을 가져왔고, 임신부는 벽장으로 들어가 풀을 밟아 뭉개 특정한 패턴을 만들기 시작했다. 그 결과 오필리아가 사진으로 본 새 둥지와 흡사한 촘촘한 나선형 배열이 탄생했다. 오필리아는 임신부가 손으로는 풀을 거의 만지지 않는다는 것을 알아차렸다. 작업은 둥지가 벽장 바닥에서 약 50센티미터 높이로 솟아오를 때까지 이어졌다. 이어 다른 괴동물들이 더 가는 풀과 다른 미세잎 식물들을 가져왔다. 지금까지 사용된 길고 억센 풀보다 연해 보였다. 임신부가 그걸로 둥지 안쪽을 마감한 뒤 나와서 오필리아를 보며 찌르륵거렸다.

"너어 두웅지." 파란 망토가 통역했다.

왜 둥지 안에 들어가라는 거지? 모두가 그러기를 원하는 듯 기대에 찬 표정으로 서 있었다. 둥지로 들어간 오필리아는 발밑이 너무 푹신해서 깜짝 놀랐다. 우묵한 그릇 같은 형태 때문에 가운데로 쏠릴 수밖에 없었는데, 거기서 낮잠을 자면 얼마나 편안할까 싶었다. 오필리아가 그곳에 앉자 괴동물들이 그에게 부드러운 소리로 중얼거렸다. 이렇게 하길 원했던 거야? 자는 척해보라고? 혹시 이건 이모의 둥지고, 이제부터 임신한 엄마의 둥지를 만들려나?

오필리아는 몸을 웅크리고 모로 누워 꿈틀거렸다. 정말이지 너무 편했다. 그런데 갑자기 날카로운 것이 옆구리를 찔렀다. 그는 일어나 앉아서 손끝으로 주변을 더듬댄 끝에 원인을 발견했다. 모서리가 뾰족한, 달걀만한 돌멩이. **이건** 둥지 재료가 아닌데. 그나저나 어떻게 임신부가 이걸 놓쳤을까? 오필리아는 찌푸린 표정으로 돌을 들어 보이며 괴동물들을 쳐다봤다.

그들이 왼발 끝으로 북을 쳤다. 이제 오필리아는 그것이 찬동의 뜻임을 알고 있었다. 임신부가 오필리아가 든 돌을 잡아채 높이 들자 북소리가 깊어졌고, 손끝으로 몸통을 치는 소리가 더해졌으며, 마지막으로 임신부의 목주머니 소리가 가세했다.

내가 찾게 하려고 둥지에 돌을 숨긴 게 분명해. 하지만 왜? 그냥 평범한 돌일 뿐인데. 괴동물 하나가 손을 내밀어 그가 둥지를 나오게 도와주었다. 임신부가 오필리아의 두 손목을 잡고 고개를 숙였고, 오필리아는 양 손바닥에 메마른 혀가 닿아 간질거리는 것을 느꼈다. 임신부가 그를 놓아주자 다른 괴동물들이, 파란 망토도, 똑같이 했다. 수많은 혀가 닿은 오필리아의 두 손이 얼얼해졌다.

오필리아는 두려움 때문에 배 속이 뻣뻣하게 죄어드는 듯했다. 감당이 안 돼, 뭔지도 모르는 일을 하겠다고 약속해버렸어. 혹시 실수하게 되면? 잘못해서 아기를 다치게 하면? 그는 파란 망토를 찾아 두리번거렸다. 그가 괴동물의 표정을 조금이나마 읽을 수 있는 거라면, 파란 망토는 흡족한, 심지어 거만해 보이기까지 하는 표정을 짓고 있었다. 다른 것들은 안심하는 기색이었다. 임신부는 햇볕이 드는 방바닥에 몸을 쭉 펴고 누웠고, 그 옆에 한 괴동물이 쭈그리고 앉아 그의 등을 손끝으로 가볍게 쓸어주었다.

그때 파란 망토가 오필리아를 집 밖으로 내보냈다. 다른 괴동물들도 임신부와 그의 조산사? 친한 친구? 남편?—오필리아는 알 수 없었다—만 남겨두고 집을 나갔다. 괴동물 둘이 집 앞에 자리를 잡았다. 긴 칼을 꺼내 들고 길가에 쪼그려 앉았다. 나머지는 센터로 돌아갔는데, 오필리아도 따라갔다. 그는 뒤에서 쨍그랑, 쓱쓱 하고 칼을 가는 소리가 들리자 소름이 돋았다. 배가 고파 점심을 먹고 싶었지만, 알고 싶다는 갈망이 더 컸다. 알일지, 꿈틀대는 아기일지도 아직 몰라. 왜 칼을 가는 건지도……. 임신부와 아기를 포식자들로부터 보호하려고? 아니면, 서툴고 무식한 이모가 실수를 하면 토막을 내려고?

파란 망토에게 물어보려고 입을 여는 순간 제어실에서 경보음이 울렸다. 오필리아는 깜짝 놀라 제어실로 향했다. 심장이 쿵쿵 뛰었다. 바다폭풍이 올 시기도 아니고, 아침에 확인했을 때 게이지값도 모두 정상이었는데.

　　게이지는 여전히 안정적이었다. 모든 기능이 정상 작동범위에 있었다. 빨간불이 반짝이는 건 기상위성 제어반이었다. 누군가 기상위성을 탐색했다는 뜻이자 다른 배가 왔다는 뜻이었다.

　　언젠가는 이런 날이 올 줄 알고 있었다. 결국 누군가 와서 두 번째 콜로니에 대한 공격 행위와 그 주체인 괴동물들을 조사하리라고. 그래서 그는 그 경보를 설정해놓았던 것이다, 숨어야 할 때를 알기 위해. 이미 파란 망토에게도 최대한 설명해두었다. 괴동물들이 우주비행을, 사물이 얼마나 멀리 이동할 수 있는지를 이해하는지 확신할 수 없었다. 자기가 죽고 나서 다른 인간들이 오기를 바랐지만 결국 이렇게 된 것이다.

　　더욱이 임신한 괴동물이 둥지를 틀고 있는 이때에. 그가 아기든 알이든 낳을 때까지 시간이 얼마나 남았는지는 몰라도, 다른 인간들이 오면 안 되는 시기라는 것만은 확실했다.

　　오필리아는 파란 망토에게 전달했다. 나와 같은 다른 이들이 오고 있다, 배를 ─그들은 그 단어에 관해 이미 합의를 봤다─ 타고 하늘 높이 떠 있다. 그들은 내려올 거다 ─그는 그렇게 확신했다─ 여기로, 셔틀 활주로로 내려올 가능성이 크다. 그때까지 시간이 얼마나 남았는지는 나도 모른다. 그 사람들은 며칠 동안 위에서 궤도 스캐너로 관찰하며 자신들이 안전할지 확인할 수도 있었다. 벌써 위에서 며칠을 보낸 상태일 수도 있었고, 그런 거라면 괴동물들에게 집 안에 숨으라고 설득할 이유가 없었다. 이미 발각되었을 테니까. 게다가 기상위성에서 기록을 빼낸다면 그들은 오필리아와 괴동물들이 이곳에서 함께 살고 있는 증거를 잔뜩 찾아낼 것이었다.

그래서 이곳의 괴동물들이 너무 많이 안다고 결론을 내리고 몰살시켜버리면? 오필리아는 온몸에 식은땀이 솟았다. 그런 일이 벌어지게 둘 수는 없어, 그럴 순 없어. 어떻게 해야 할지는 모르지만, 그런 일이 벌어지지 않게 할 거야.

일단, 도착한 우주선에 대해 좀 알아내볼까? 오필리아는 기상위성을 탐색했지만 응답이 없었다. 우주선 사람들이 이미 모든 근거리 요청을 차단한 것 같았다. 그가 여기 있으며 기상위성을 사용한다는 사실을 그들이 아직 모른다는 뜻일 수 있었다. 또는 사용하든 말든 개의치 않는다는 뜻이거나.

오필리아는 다시 파란 망토를 보고 임신부가—오필리아는 더듬더듬 '꾸룩-딱-콜록'을 발음했다—몸을 풀 때까지 얼마나 남았냐고 물어보려 애썼다. 파란 망토가 대답으로 보여준 몸짓은 걱정을 덜어주지 못했다. 오늘이나 내일, 더 걸릴 수도 있다. 꾸룩-딱-콜록은 초산이다, 그래서 다음번 출산보다 시기가 불확실하다. 오필리아는 잘 알아들었다, 인간도 똑같으니까. 그는 그 사실을 힘들이지 않고 파란 망토에게 전했다.

전하기 어려운 것은 이곳에 올 인간들이 꾸룩-딱-콜록과 새끼에게 몹시 위험하다는 생각이었다. 파란 망토는 고개를 갸웃하며 오른쪽 발끝으로 바닥을 두드렸다. 전에 그는 열심히 설명한 적이 있었다. 먼 북쪽에서 죽임을 당한 사람들은 여기 살던 사람들과 다르다고, 여기 살던 사람들은 다른 곳으로, 아주 먼 곳으로 갔다고. 이제 그는 곧 도착할 사람들은 죽은 사람들 쪽에 더 가깝다고, 그와는 비슷하지 않다고 설명하려 노력했다.

"두웅지 딱-카우-키이어." 파란 망토가 그 말이 모든 걸 설명한다는 듯이 말했다. "이이모."

"그건 중요하지 않아." 오필리아가 말했다. "그들은 신경 쓰지 않을 거야." 그는 **그 사실을** 몸짓으로 어떻게 이해시킬지 떠올리려 애썼지만, 파란 망토를 보니 그 자리에 굳은 듯이 서 있었다. 부풀어 오른 목주머니가 박동하고 눈꺼풀이 반쯤 감겨 있었다. 그러다 눈을 끔벅거렸다.

"두웅지 딱-카우-키이어 아안 쩍여어어?" 잠시 멈춤. "쭉여어?"

"안 죽여." 오필리아는 대답했다. 그렇기를 바라면서. "하지만 그들은 날 신경 쓰지 않을 거야. 난 그들의 사람이 아니거든. 그들과 다른⋯⋯." 파란 망토가 자기가 속한 무리를 뭐라고 했더라? 그는 자신과 파란 망토, 이곳에 있는 다른 괴동물들을 아우르는 몸짓으로 대신했다. 다른 곳에 사는 다른 이들과 반대라고 표현했다.

"너어," 파란 망토가 확실히 하려고 손으로 가리키며 말했다. "딱-카우-키이어."

너는 딱-카우-키이어다. 딱-카우-키이어가 하는 모든 일을 너도 해야 한다. 오필리아는 심란한 기분으로, 그 말은 자신이 꾸륵-딱-콜록과 꾸륵-딱-콜록의 어린것을 다른 인간들로부터 보호해야 한다는 뜻이라고 확신했다⋯⋯. 또는 그러려고 애쓰다가 죽어야 한다는 뜻이라고.

그는 속이 텅 빈 듯한 느낌을 허기로 해석하기로 마음먹고, 집으로 돌아가 요리를 했다.

그들은 셔틀 비행이 남긴 길고 흰 선들을 봤다. 셔틀과 궤도선 간의 짧은 송신 내용을 들었다. 오필리아는 괴동물들이 그 내용을 어느 정도까지 이해하는지 궁금했다. 그도 대부분 알아들을 수 없었기 때문이다. 강세도 낯선 데다, 짐작건대 일부러 애매하게 말하는 것 같았다. 콜로니의 트랜스미터를 써볼까 했지만 신호가 기성위성을 통과해야 하는데 위성을 고정 개방할 수가 없었다. 방문자들이 아직도 위성을 독점하고 있는 듯했다. 오필리아는 죄책감을 동반한 안도감을 느꼈다. 마음속 가장 깊은 곳에서는 여전히 그 사람들이 그냥 가버리기를 바랐기 때문이다.

그러는 동안 꾸륵-딱-콜록은 센터 옆집으로 이사했고— 아직 둥지 안에서 지내지는 않았다— 다른 것들은 임신부에게 먹을 것을 갖다주고 함께 앉아 있었다. 꾸륵-딱-콜록은 거의 집 안에만 있었고 곧 올 인간들에 관한 소식에는 무관심했다. 오필리아가 들를 때마다 꾸륵-딱-콜록은 오필리아에게 몸을 기대고 오필리아의 손을 핥았다. 오필리아는 무력감과 보호본능을 동시에 느꼈다. 사흘째 되던 날 동트기 전에 다시 인간들의 목소리가 들리자 파란 망토는 오필리아를 깨웠다. 오필리아는 이른 새벽이면 늘 그렇듯 몸이 뻣뻣해 절뚝거리며 센터로 갔다. 스스로 일어나지 못하고 깊은 단잠의 끝자락에 억지로 깨어나 기분이 언짢았다.

"이번에는 그들이 착륙할 거야." 오필리아가 말했다. "여기로 올 거야." 그는 그들이 그럴 것임을 알았다. 유일하게 합리적인 선택지인 데다, 지금쯤 그들은 이곳에 한 인간과 괴동물들이 있다는 사실을 분명히 알고 있을 것이기 때문이었다. 그러면서도 그는 인간들이 불합리하게도 그냥 가버리기를 간절히 바랐다.

파란 망토가 오필리아를 보면서 부푼 목주머니를 톡톡 두드렸다.

"알아." 오필리아가 말했다. "내가 뭔가 해야지." 무엇을? 감도 잡히지 않았다. 그는 셔틀 파일럿이 설명하는 하강과 착륙 계획에 귀를 기울였다. 그들은 한차례 저고도 비행을 하면서 콜로니를 다시 살펴보고 무기가 있는지 확인할 것이다. 그렇게 하면 그냥 착륙하는 것보다 시끄러울 터였다. 어제도 저고도 비행소리에 괴동물들은 겁에 질렸고 양과 소 들은 공포에 질려 초원을 이리저리 뛰어다녔다. 오필리아는 파란 망토를 쳐다보며 손가락으로 하늘을 가리키고 두 손으로 귀를 막았다.

아주 먼 곳에서 셔틀이 으르렁대며 다가오는 소리가 들렸다. 원을 그리듯 바다로 나갔다가 돌아와서 착륙할 터였다. 그들에게 가서 말해야 하겠지……. 무슨 말을? 뭐라고 하면 그들이 꾸륵-딱-콜록을 내버려둘까? 오필리아는 자리에서 일어서고 나서야, 요즘 거의 늘 하고 있는 비즈 목걸이 몇 개 말고는 몸에 아무것도 걸치지 않은 채 침대에서 곧장 이곳으로 왔다는 걸 깨달았다.

옷이 어디 있는지도 몰랐다. 초면인 사람들에게 품위 있어 보일 옷이 딱 한 벌 있는데. 신발도…… 마지막 신발을 오래전에 재순환기에 던져 넣은 것이 기억났다.

오필리아는 새벽 어스름 속에서 최대한 서둘러서 비틀비틀 집으로 걸어가, 예전에 파란 망토가 인상적으로 보던 자수가 들어간 녹색 망토를 낚아챘다. 적어도 한 명쯤은 적절한 옷이라고 봐주겠지. 용변을 보고 얼굴에 물을 끼얹고 이를 문질러 닦고 풀풀 날리는 머리카락을 매만졌다. 엉덩이에 긴 천을 두르고 비즈 목걸이를 몇 개 더 걸었다. 그들은 그가 현지인처럼 변했다고 생각할 수도 있지만, 그래도 애써 축제 분위기를 냈다고 생각해줄지도 몰랐다.

예상보다 시간이 지체됐다. 화장실을 한 번 더 가야 했다. 가까이 온 셔틀이 엄청난 굉음을 내며 하강하는 소리가 들렸다. 그는 앞문으로 나가 소리를 질러 괴동물들이 피신처로 들어가게 만들었다. 늙은 여자 한 명만 나타나면 그 사람들이 먼저 총을 쏘지는 않을 터였다. 혹시 쏜다 해도 최소한 괴동물들은 달아날 기회를 얻을 것이다.

오필리아는 셔틀이 비스듬히 날아오는 것을 봤지만 개의치 않고 꾸륵-딱-콜록이 있는 집에 들렀다. 보초를 서는 괴동물 둘이 현관문 바로 안에 있었는데, 어슴푸레한 와중에도 그들의 긴장한 표정이 보였다. 그들이 불을 켜는 걸 깜박했다고 생각하고 스위치로 손을 뻗는데 보초 하나가 그의 손목을 잡았다. 벽장에서 목이 쉰 듯한, 씨근거리는 소리가 들렸다. 오필리아는 한숨을 쉬었다. 이럴 줄 알았어, 최악의 시기에. 출산을 지켜보지도 못하겠구나. 내 동족을 처리하러 가야 하니까. 내 남은 목숨만큼이나 부당하군.

"행운을 빌어." 오필리아가 속삭이듯 말했다.

"딱-카우-키어." 괴동물들이 입을 모아 속삭이듯 대답했다, 마치 오필리아가 자신의 책무를 잊을 수 있기라도 하다는 듯이. 셔틀 활주로에 도착했을 때, 막 떠오른 해가 얼굴을 정면으로 비추는 바람에 플라스틱과 기름 타는 냄새가 나는 거대하고 거무스름한 흐릿한 형체밖에 보이지 않았다. 그는 부신 눈을 가늘게 뜨고 수풀이 영토를 탈환하려 안간힘을 쓰고 있는 울퉁불퉁한 포장길을 천천히 걸어갔다.

셔틀의 그림자 안으로 들어가자 램프 위에 모여 있는 사람들이 보였다. 다들 낮이 되면 견디지 못할 육중한 슈트를 착용하고 있었다. 오필리아는 큰 소리로 웃고 싶었지만 그러면 그들이 자기를 미쳤다고 생각할 것 같았다. 웃지 않아도 미쳤다고 생각할지 몰랐지만—그들이 쳐다보자 그는 자기가 어떻게 보일지 훨씬 더 의식하게 되었다. 얼굴이 달아오르는 게 느껴졌지만, 가무잡잡하게 탄 피부와 흐릿한 새벽빛 때문에 그들에게 는 보이지 않을 수도 있다고 생각했다.

두 사람이 무기를 들고 있었는데, 직업적인 강렬한 눈빛으로 오필리아 의 뒤에 있는 마을을 보고 있었다. 무기 없이 앞쪽에 서 있는 남자가 책 임자인 것 같았다. 그는 명령하는 데 익숙한 사람 특유의 표정을 짓고 있 었다. 오필리아는 실로 오랜만에, 자기가 그런 표정을 얼마나 싫어했는지 떠올렸다. 남자 옆에 바짝 붙어 선 여자도 남자만큼이나 불만스러운 표 정을 짓고 있었다. 오랜만에 예전의 분노를 느껴 대담해진 오필리아가 먼 저 말했다.

"지금은 때가 좋지 않아요." 경험 많은 어머니가 나무라는 듯한 말투였 다. "당신들 때문에 그들이 화가 났어요." 누가 화가 났는지 구체적으로 말해줄 필요는 없었다. 그들도 알 테니까.

남자가 짐짓 가슴을 내밀었다. 오필리아가 먼저 말한 것이 못마땅한 모양이었다. 오필리아는 신경 쓰지 않았고, "……권한으로……" 이후로 는 귀담아 듣지도 않았다. 남자의 말을 끊고 다시 한 번 때가 좋지 않다 고 말했다. "제가 얘기하려고 했을 때 들었어야죠." 트랜스미터를 한 번 작동시켜봤을 뿐이라는 건 굳이 알려주지 않았다.

이번에는 여자가 대답했다. 성숙한 목소리였지만 오필리아보다 연하인 것이 분명했다. 중년처럼 보였지만, 날씨의 영향을 받지 않는 뱃사람이라 확실히 알기는 어려웠다. 오필리아는 여자가 인상적으로 느끼게 하려고 먼저 생각하고 말하려 애쓰면서 여자의 질문에 대답했다. 스스로 리더라고 생각하는 남자를 여자가 두려워하지 않는다는 건 확실했다. 어쩌면 저 여자는 현명할지 몰라. 제대로 들어줄지 몰라. 남자들은, 물론, 그렇지 않지. 오필리아가 여자에게 대답하려고 입을 떼기가 무섭게 남자 둘이 끼어들었다. 그러나 둘이 동시에 말해서 말이 뒤엉키자 여자가 다시 말했다.

"어르신은 누구세요?" 여자가 알 권리가 있다는 양 물었다.

오필리아는 여자에게 질문을 그대로 돌려주었고— 방금 날 모욕했다는 걸 알아차릴까?— 여자는 대답하지 않았지만, 자기들은 해치려는 게 아니라 도와주러 왔다며 안심시키려 했다.

도와준다고! 도와달라고 한 적 없는데, 도와줄 필요도 없고. 날 내버려두고 가버리기만을 바랄 뿐이야. 오필리아는 자기도 모르게 코웃음을 쳤고, 여자는 자신이 얼마나 가당찮게 굴었는지 깨달은 듯 당황한 표정을 지었다.

오필리아는 아주 분명하게, 한 자 한 자 똑똑히 뱉었다. "도움은 필요 없어요." 그리고 다른 콜로니에 대해 알고 있음을 알려주는 게 낫겠다고 판단했다. "혹시 그 사람들 때문에 온 거라면……."

리더 같은 남자가 끼어들었고 무장한 남자도 곧바로 그러려고 했다. 둘이서 빨리 질문하기 시합이라도 하는 것 같았다. 오필리아는 짧게 대답했다. 난 시합에 참가한 어린 학생이 아니야. 질문 공세를 퍼부을 거면 최소한 나와 같은 높이까지 내려와 의자라도 내줄 것이지. 외계 괴동물보다도 예의가 없군.

"도와줄 생각은 안 하셨습니까?" 무기 없는 남자가 마침내 말했다. 오필리아는 남자를 노려보면서 그의 엉덩이에 종기가 나고 그의 자식들에

머릿니가 생기기를 빌었다. 아까는 내가 멍청한 어린애인 것처럼 질문
하더니, 이제 갑자기 내게 마법 같은 힘이 있어 수천 킬로미터를 날아
건강한 젊은이들을 재난에서 구해줄 수 있을 거라 생각하는 거야? 웃
지도 않아, 모욕적이야……. 오필리아는 알고 있는 모든 욕설을 속으
로 나열하며 음산하게 침묵을 지켰고, 결국 남자의 얼굴이 붉어졌다.

여자가 다시 말했다. 여기서 지낸 지 얼마나 되느냐고. 또 멍청한, 혹
은 조금 모욕적인 질문이다. 참 그럴듯하구먼, 오필리아는 생각했다, 어
떤 바보 같은 늙은 여자가 잘도 우주선을 타고 이곳에 추락했거나 탐광
행위를 하러 여기까지 왔겠다. 오필리아는 간단하게 설명했고, 컴퍼니가
늙은 개척민을 어떻게 대우하는지에 관한 진실을 들려줬을 때 여자가 지
은 충격받은 표정을 보며 흡족해했다. 모든 걸 알지는 못해, 아무렴, 당신
직업이 아무리 번듯하다고 해도 말이야. 나이를 먹을 만큼 먹고 직장에
서 업신여김당해봐……. 그때가 되면 알게 될 거야. 그때 남자가 또 끼어
들어 이번에는 오필리아가 이곳에 있다는 이유로 꾸짖었다. 남자도 컴퍼
니처럼 그를 단지 골칫거리로, 처리해야 할 문젯거리로 여기는 것이다. 오
필리아는 묵은 분노가 끓어오르며 입맛이 떨어졌다. 개척민이었던 적조
차 없는 남자였다. 아내들과 함께 땀 흘려 오필리아가 사는 마을을 만들
어낸 남자들에게 그가 가졌던 존중심을 얻을 자격이 없었다. 오필리아는
콜로니 남자들을, 혹은 그들이 한 일들을 모두 좋아하지는 않았지만, 게
으름쟁이들은 이런저런 일로 요절했고, 마지막까지 이곳에 남아 있다가
떠난 남자들에 대해서는 호감까지는 아니어도 존중심을 품고 있었다. 뱃
사람답게 피부가 매끈한 그 남자는 보호 슈트 안에 숨어 있었다. 늙은 여
자 하나가 자신의 안전을 위협하기라도 한다는 듯이……. 아니면, 진짜

297

로 위협을 느끼나 보지. 오필리아는 생각했다.

"그냥 내버려둬요." 오필리아는 의도했던 것보다 신랄하게 말했다. 자는 노려보더니 '상황'의 심각성을 납득시키려 애쓰기 시작했다. 오리아는 큰 소리로 웃을 뻔했다. 상황이 얼마나 심각한지 모르는 건 남였다.

"전 멍청이가 아니에요." 오필리아가 날 선 말투로 대꾸하자 남자의 이 휘둥그레졌다. 그들이 나쁜 시기에 왔다고 다시 말하는 게 소용이 을까? 아마도 없겠지만, 그래도 말했다. "그만 가세요." 마침내 그렇게 하고는 돌아서서 걷기 시작했다. 그들의 시선이 등에서 느껴졌다. 수놓을 눈들이 살갗 위를 기어가는 것만 같았다.

뒤에서 어설픈 발걸음소리와 입씨름이 들렸다. 내용을 듣자 하니 그를 따라오고 있는 건 여자였다. 잘됐어. 여자가 오게 만들자. 눈높이가 같아서 목에 쥐가 나지 않고도 얘기할 수 있는 곳으로. 오필리아는 계속 걸었다. 다른 사람들이 둘의 대화를 듣지 못할 마을까지 여자가 따라오기를 바랐다. 물론 사운드 픽업 장치가 있겠지만 적어도 아까만큼 대화를 방해받지는 않을 터였다.

여자가 큰 소리로 충분히 정중하게 부를 때 오필리아는 길이 시작되는 곳에 있었다. 원했던 만큼 멀리 오지는 못했지만 셔틀 옆에 서 있는 것보단 나았다. 여기라면 괴동물들이, 원한다면, 그를 볼 수 있었다. 오필리아는 돌아섰다.

여자는 오필리아가 예상했던 것보다 피부가 거칠었다. 살면서 대부분의 시간을 야외에서 보낸 것처럼. 숱 많은 캐러멜색 더벅머리는 짧았지만 정성껏 손질되어 있었다. 잿빛이 감도는 녹색 눈은 진실하고 다정해 보이려 애쓰고 있었으나 오필리아는 믿지 않았다. 여자한테서 왠지 권위가 느껴졌는데, 경험에서 나오는 자연스러운 권위가 아니라 지위가 주는 권위였다. 게다가 여자는 숨을 헐떡이고 있었다. 무거운 보호 슈트를 입고 뛰어서 그런 것 같았다. 오필리아는 심호흡을 한 뒤 웃음을 지으며 여자를 봤다.

여자가 말하기 시작했지만 오필리아가 말을 잘랐다. 자신에게 더 중요한 메시지가 있음을 이해시켜야 했다. "시기가 나빠요." 단호하게 말했다. 그리고 여자의 시선이 자신을 훑게, 머리카락을, 얼굴을, 몸을, 이상한 옷을 살펴보게 내버려두었다. 여자는 내 말이 조리 있다고, 애매하게나마 그렇다고 판단할까, 아니면 나이와 이상한 겉모습 때문에 새겨들을 가치가 없다고 생각할까?

대화는 불안정하게 오갔다. 두 여자가 모두 편안할, 그리고 오필리아가 확신하기에 그들 모두가 원하고 서로에게 전해야 할 정보를 교환할 수 있는 균형점에는 끝내 도달하지 못했다. 오필리아는, 예상대로, 그들이 괴동물들이 여기 있다는 걸 안다는 사실을 확인했다. 여자는 오필리아가 괴동물들에게 협조했다는 사실을 알고 충격을 받았다 — 뭘 기대했담? 나 혼자서 괴동물들을 몰살했기를? 배우려고 마음먹은 괴동물들을 혼자서 저지할 수 있었을 거라고? 이 인간들은 괴동물들에 대해 몰라도 한참 모르는군.

오필리아는 여자의 태도가 변하는 순간을 알아차렸다. 여자가 상대의 말을 무시해도 된다고, 상대가 미친 사람 같다고 판단한 순간을. 여자는 계속해서 오필리아가 자기를 집으로 데려가게 만들려고 애썼다. 편하게 대화하자고 했다. 오필리아는 보호 슈트를 입은 젊고 기운찬 여자와 닫힌 공간에 들어갈 생각이 없었다. 결국 오필리아는 여자를 보내기 위해 무례하게 굴 수밖에 없었다. 여자의 표정에서 무례를 알아차린 것이, 상처받은 것이 보였다.

　괜찮아. 상처받으라지. 그러면 다음번에는 좀 더 신중하게 행동할 테니까. 그리고 어쩌면─ 정말 어쩌면─ 내일까지 잠자코 있자고 다른 사람들을 설득할 수도 있어. 그때쯤이면, 내 짐작이 맞는다면, 꾸륵-딱-콜록은 새끼를 낳을 거고 괴동물들은 밤중에─ 아주 운이 좋다면─ 산모와 아기를 멀리 안전한 곳으로 데려갈 수 있을지도 몰라.

16

오필리아는 여자가 따라오거나 지켜보고 있을 경우를 대비해 일단 정원으로 갔다. 사람들이 둥지 집으로 가는 일은 없어야 했다. 몇 분 정도 작물 사이를 어슬렁거리며 정원을 돌보는 척했다. 정원 한구석에서 돌아보니 셔틀이 거의 보이지 않았다. 마을 집들의 지붕 위로 긴 꼬리날개만 보였다. 뒤쪽 길에는 인적이 없었다. 여자도 보이지 않았다. 셔틀로 돌아간 것 같았다.

부엌문으로 들어가자 속이 헛헛하니 시장기가 느껴졌다. 전날 밤에 남긴 차가운 플랫브레드가 있었다. 빵을 돌돌 말아 허겁지겁 입에 욱여넣다가 질식할 뻔했다.

웃기지도 않을 거야, 이런 때에 목에 음식이 걸려 죽으면. 오필리아는 입속에 든 걸 반쯤 뱉어내고 꼭꼭 씹어서 조심스레 삼켰다. 그리고 빵의 맛과 좀 전에 있었던 일에 집중하려 애쓰면서 뱉은 것까지 천천히 다 먹었다.

그들은, 그 사람들은 그가 예상한 모습과 달랐다. 그는 이미 괴동물들에, 좁은 얼굴에 큰 눈과 경중경중 걷는 길고 우아한 다리, 딱딱하고 검은 갈고리손톱이 난 손가락이 넷 달린 긴 손에 익숙해져버린 것이다. 그 사람들은 창백하고 부드럽고 반죽처럼 물렁물렁해 보였으며, 넓적한 얼굴에 작은 눈이 건포도처럼 파묻혀 있었고 부드러운 손의 끝에 역시 부드러운 촉수 같은 손가락이 지나치게 많이 달린 것처럼 보였다.

오필리아는 부러 거울을 피했다. 자신이 그들과 얼마나 비슷하게 생겼는지 확인하고 싶지 않았다. 식사를 마치고 다시 부엌문으로 나가 길 쪽 다음 집의 귀퉁이를 봤다. 아무것도 없었다. 그렇다고 몰래 마을로 들어와 집들 사이에 숨어 있는 사람이 없다고도 할 수 없었다. 하지만 호기심이 그를 간질였다. 출산이 어떻게 돼가고 있는지 꼭 알고 싶었다. 그는 이른 아침의 약한 햇빛 속에서 길을 건너 괴동물들이 선택한 집으로 갔다.

안으로 들어가니 보초 둘이 낮은 소리로 북을 울리고 있었다. 오필리아는 그들의 목주머니가 부풀어 있는 것을 봤다. 보초들은 그에게 말을 하지도, 침실로 가지 못하게 막지도 않았다. 침실에는 파란 망토와 다른 둘이 있었다. 나머지는 어디 갔지? 어딘가에 안전하게 숨어 있기를 바랐다. 방의 동쪽 덧창들은 닫혀 있고 나머지는 반쯤 열려 있어서 방 안에 차분한 푸른빛이 감돌고 있었다. 벽장 속은 더 어두웠지만, 산고를 겪는 어미의 웅크린 형체가 보였다. 쉬이, 꾸르륵, 그리고 이따금씩 크게 내뱉는 **쉭쉭** 소리……. 산모는 과정의 한가운데에 있었다, 어떤 과정인지는 모르지만. 오필리아는 침대 프레임에 앉아서 기다렸다.

허리가 아프고 눈이 껄껄했다. 너무 일찍 일어난 탓이다. 그는 어느새 벽에 기대 선잠에 빠졌다. 합창하듯 쉬이, 끽끽 하는 소리에 깨어났다. 파란 망토가 벽장문 옆에 서 있었다. 어둑한 방에서도 잘 보이는 선명한 주황색 목주머니가 솟았다 꺼졌다 하고 있었다. 1분 정도 지난 뒤에야 그

합창 — 여러 목소리 — 이 들려오는 곳이 벽장 안임을 알아차렸다. 뭔진 몰라도 뭔가가 태어난 것이었다.

오필리아는 사과해야 하는 건지 궁금해하며 일어섰다. 파란 망토가 커다란 눈으로 그를 바라봤고 잠시 후 꾸륵-딱-콜록이 둥지 밖을 슬쩍 내다봤다. 초대일까, 경고일까? 오필리아는 밖을 내다봤다. 정오 직전의 눈부신 햇빛이 내리쬐고 있었다. 다른 인간들의 흔적은 없었고, 어차피 이 창문에서는 셔틀의 꼬리날개를 볼 수 없었다. 보초들이 칼을 들고 문 옆에 쭈그려 앉아 있는 거실로 다시 나가 길 쪽을 살펴봤다. 역시 아무것도 없었다. 그 여자가 사람들이 셔틀에서 나오지 않게, 또는 최소한 마을로는 오지 않도록 설득한 것이 분명했다.

침실로 돌아갔다. 꾸륵-딱-콜록이 둥지 밖으로 몸을 내밀고 오필리아 쪽으로 팔을 내밀었다. 오필리아는 둥지로 다가갔다. 늘 그렇듯 출산의 냄새는 좋다고 하기 힘들었다. 괴동물의 출산이 인간의 출산보다 깔끔하리라 기대한 것도 아니지만. 당연히 벽장 안은 괴동물과 분비물, 그리고 다른 무언가의 냄새가 진동했다. 역시 좋지 않지만 새로운 냄새였다.

오필리아가 몸을 더 숙이자 꾸륵-딱-콜록이 손을 잡아 이끌어주었다. 축축하고 뜨겁고 맥박이 빠르게 뛰는 뭔가가 연약한 몸을 떨고 있었다. 아주 작은 것 같았다. 그리고 하나 더, 또 하나 더. 꾸륵-딱-콜록이 옆으로 몸을 비키자 드디어 보였다. 어두운색과 밝은색이 대비되는 선명한 줄무늬, 큰 머리, 머리의 대부분을 차지하는 눈, 작고 깡마른 다리, 접힌 채 몸에 꼭 붙어 있어 잘 보이지 않는 팔, 그리고 꼬리.

그들은 번갈아 쉬이, 소리를 냈다. 그러다 하나가 끽끽거렸다. 꾸륵-딱-콜록이 그것을 집어 길고 좁은 손에 섬세하게 균형을 맞춰 내려놓은 뒤 오필리아에게 내밀었고, 오필리아는 두 손으로 내밀어 받았다. 뜨겁고, 가볍고, 위태로운 느낌이었다. 그것은 인간 아기처럼 꼼지락거리며 작은 꼬리로 그의 손목을 비비적거렸다. 오필리아는 놀라서 그것을 떨어뜨릴 뻔했다가 아기를 안듯 품에 안았다. 그것이 눈 — 옅은 금색 눈과 그보다 훨씬 더 옅은 색의 테두리에 둘러싸인 동공 — 을 뜨고 그를 보며 끽끽거렸다.

오필리아는 고개를 숙여 그것에 뺨을 대고 속삭였다. 모든 사람들이 아기에게 속삭이는 방식으로. 옳지, 옳지, 옳지, 쉬렴, 괜찮아, 다 괜찮아, 편히 쉬렴. 그것이 작고 단단한 주둥이로 그의 가슴뼈를 누르자 그는 피식 웃을 수밖에 없었다. 더는 누구를 위한 무엇은 없었다, 어머니보다 훨씬 더 도마뱀 같은 외계인은 더더욱 없었다. 그때 그 자그맣고 거칠한 혀가 와서 닿는 것이 느껴졌다. 눈물이 고이며 눈이 시큰거렸다. 신생아를 처음 안을 때마다 울었던 그였다. 그는 마음 한구석에서, 이 괴동물들에게도 같은 반사 행동이 일어난다는 사실에 조금 놀랐다.

꾸륵-딱-콜록은 오필리아에게 어린것들을 하나씩 모두 건네겠다고 고집을 부렸고, 안긴 새끼들은 모두 오필리아의 손목이나 손, 가슴을 핥았다. 파란 망토의 목주머니가 흡족한 듯 부드럽게 박동하고 있었다.

"딱-카우-키이어." 파란 망토가 말했다.

"딱-카우-키이어." 오필리아가 대꾸했다. 물론 그는 그 어린 것들을, 기이한 생명체이긴 했지만, 보호하고 싶었다. 그들이 무사하기를 바라는 마음이 들었다. 그들이 그가 아는 크고 명석한 성체로 자랄 거라고는 잘 믿기지 않았지만, 인간 아기들도 갓 태어났을 때는 빨갛고 끈적끈적하고 악을 쓰며 우는 작은 뭉치 아니던가. 외계인이 이 어린것들을 본다면, 지금 그의 옆에 있는 괴동물들 같은 성체로 자라날 거라 생각하지 못할 것 같았다. 그는 다시 한 번 꼼지락거리는 갓난것들을 봤다. 하나하나 구별해서 알아볼 수는 없었다, 적어도 어스름 속에서는.

오후 제일 더운 시간에 오필리아가 주방 개수대에서 꾸륵-딱-콜록이 결국은 사용한 부드러운 천을 씻고 있는데 괴동물 하나가 꺅, 하고 외치며 허둥지둥 들어왔다. "괜찮아." 오필리아는 말했다. 무슨 일인지 알았기 때문이다. 그 인간들은 부탁받은 대로 다음 날까지 기다리지 못한 것이다. 기다려줄 거라 기대하지도 않았지만. 그래도 출산은 방해받지 않았다. 부엌문 밖으로, 길을 따라 걸어오는 그들이 보였다. 오필리아와 얘기했던 여자는 크림색 슬랙스와 셔츠를 입고 큰 모자를 쓰고 있었고 다른 여자가 한 명 더 있었다. 비슷한 차림의 남자 두 명이 있었고, 딱 봐도 위험해 보이는 다른 남자 둘은 거무스름한 보호 슈트 차림에 무기를 들고 있었다. 무장한 남자들은 다른 사람들보다 더 벌겋게 달아오른 얼굴을 하고 헬멧에서 땀이 뚝뚝 떨어지고 있었다.

오필리아는 냉장고에서 얼음 트레이를 모두 꺼내 가장 큰 물병에 얼음을 쏟아부었다. 미리 짜둔 레몬즙과 라임즙을 물병에 넣고 물과 설탕을 섞었다. 더위에 시달린 인간은 짜증을 낸다. 편안하게 해주면 그들이 말귀를 알아들을지도 모른다고 그는 생각했다.

오필리아가 집에 초대하려고 밖으로 나가니, 그들은 그의 집쪽으로 오면서 신기한 듯 양쪽 길가의 집들을 들여다보고 있었다. 오필리아는 아직은 그들이 꾸륵-딱-콜록을 발견하지 않기를 바랐다. 큰 소리로 부르자 그들이 그를 쳐다봤다.

"와서 주스 좀 드세요." 오필리아가 말했다. 그들은 미심쩍은 표정으로 서로를 보더니 가까이 왔고, 무장한 남자들은 자기들이 오필리아를 얼마나 불신하는지 동작과 표정으로 확실히 보여주었다.

오필리아는 무장한 남자들을 무시하고 다른 사람들을 봤다. 전에 만났던 여자 키라. 키라보다 훨씬 더 젊은 여자 — 혹은 더 젊은 척하는 여자 — 는 오필리아로 하여금 린다를 너무 많이 생각나게 했다. 자기가 책임자라고 말하던 구면인 남자와, 키는 더 작고 체격은 더 다부진 남자. 그 남자는 젊은 여자를 계속 힐끔거리고 있었다. 벌써부터 저러고 있구면! 오필리아는 시작도 하기 전에 지치는 기분이 들었다.

무장한 남자 둘은 오필리아의 집에 들어가지 않고 양쪽 문 옆에 한 명씩 섰다. 오필리아가 시원한 주스가 든 잔을 건네자 무표정하게 쳐다보다가 몇 모금 마셨다. 다른 사람들은 거실에 떼 지어 서서 두리번거리며 살림을 구경했다.

"팔푸리아스 가족의 집입니다." 키라가 나머지 사람들에게 말했다. "심스에서 제공한 도면에 나와 있어요." 그는 오필리아의 프라이버시는 아랑곳하지 않고 방마다 몸을 들이밀고 살펴봤다.

"확실합니까?" 두 남자 중 키가 더 큰 쪽이 말했다. 마치 오필리아가 옆에 없는 것처럼, 그는 자기가 어느 집에 사는지 모를 것처럼.

"맞아요." 오필리아가 말했다. 남자는 오필리아를 흘낏 보더니 마치 못 볼 걸 봤다는 듯 시선을 돌렸다. 오필리아는 이제 녹색 망토 차림이 아닌데도 프린지 장식이 된 소매에 앞판과 뒤판에 색 띠가 들어간 셔츠로 갈아입었다. 이 시간에 — 사실은, 이 계절에 — 입기에 너무 더운 옷이지만 낯선 사람들 앞에서 맨살을 드러내기가 불편했기 때문이다. 다시 부끄러운 기분이 들자 화가 났다.

"제 집이에요." 오필리아가 다시 말했다. "저도 같이 지은 집이죠. 오필리아 팔푸리아스라고 해요."

"대피하기로 되어 있었잖습니까." 남자가 자기 이름은 밝히지 않고 말했다. 엄청나게 무례하군. 오필리아는 혐오감이 햇볕에 마르는 수액처럼 굳어지는 것을 느꼈다. "지금 이곳엔 아무도 없어야 하고, 콜로니 시설물도 제대로 폐쇄됐어야 합니다. 어르신만 없었다면······."

"이분 잘못이 아니에요." 키라가 끼어들었다. 또, 오필리아는 자기 생각을 말하지 못할 것처럼. "그냥 할머니시잖아요······."

그냥. 결국 키라도 똑같구나. 늙은 여자를 아무것도 아닌 존재로 생각해.

"우리도 자기소개를 하는 게 어떨까요." 키 작은 남자가 그렇게 말하면서 오필리아를 보며 웃음을 지었다. "저는 문화인류학자 오리산 알마레스트입니다, 세라 팔푸리아스. 인간과 도구의 상호작용을 연구하는 인류학자예요."

"키라 스타비예요." 덜 젊은 여자가 무뚝뚝하게 말했다.

"바실 리키시입니다. 팀장이자 지정대리인이죠." 키 큰 남자가 말했다.

"빌롱이에요." 젊은 여자가 부자연스러울 정도로 활짝 웃으면서 말했다. "그냥 빌롱이라고 불러주세요, 그래도 괜찮아요."

괜찮지 않았다. 오필리아는 콜로니 여자들이 린다를 부르던 별칭으로만 빌롱을 부르고 싶었다. 조금이라도 예의가 있는 사람은 키 작은 남자오리산 알마레스트뿐이었다. 오필리아는 그에게만 고개를 살짝 끄덕여 보였다. "세르* 알마레스트." 손짓으로 탁자 위의 얼음 넣은 주스를 가리켰다. "시원한 음료 한 잔 드릴까요?"

"감사합니다, 세라 팔푸리아스." 남자는 오필리아가 잔에 따른 주스를 받아 한 모금 마셨다. "맛이 아주 좋은데요."

오필리아는 긴장이 조금 풀렸다. 익숙한 의례였기 때문이다. "올해 과일이 좀 써요. 감사 인사를 받기가 민망하네요."

"날이 더워서 그런지 맛있기만 한데요." 그는 웃으며 유리잔 너머로 오필리아를 보며 주스를 죽 들이켰다. 다른 사람들은 못 배운 애들처럼 계속 탁자 옆에 서 있었다. 마침내 덜 젊은 여자가 입을 열었다.

"초대해주셔서 감사해요, 세라 팔푸리아스."

오필리아는 의례적인 웃음을 지었다. "저희 집에 오신 걸 환영해요. 안타깝게도 대접할 게 주스밖에 없네요."

"고맙습니다." 여자가 오필리아만큼이나 억지스러운 웃음을 지으며 말했다. 주스를 맛본 여자의 눈썹이 위로 올라갔다. 주스가 정말로 쓸 줄 알았나 보네. 오필리아는 웃음을 터뜨릴 뻔했다.

"아, 저도 마셔도 될까요?" 젊은 여자가 음식을 권유받을 때까지 기다려야 한다는 걸 잊어버린 애처럼 물었다.

"그럼요." 오필리아가 대답하고 주스를 따라서 건넸다. 어린애를 상대하듯이 다른 말은 하지 않았다. 다부진 남자가 오필리아를 보며 웃음을 지었다.

"빌롱은 언어학자입니다." 다부진 남자가 말했다. "자생종의 언어를 연구할 거예요."

---

*   Ser. 남성에 대한 경칭.

"자생종요?" 오필리아는 그 낯선 단어를 입에 올리자마자 그렇게 되물은 스스로가 싫어졌다. 다부진 남자를 뺀 모두가 그의 무식함이 만족스럽다는 듯 웃음을 지었기 때문이다.

"어떤 곳의 토착생물을 뜻하는 학계 용어입니다." 다부진 남자가 말했다. "어르신과 저는 이곳의 자생종이 아니지만, 착륙했던 두 번째 콜로니 사람들을 공격한 괴동물들은 자생종이지요." 담백하게 사실을 전달하는 말투였다. 오필리아가 모르는 것이 전혀 이상하지 않다는 듯이. 오필리아는 그를 신뢰하지는 않았지만 그런 예의 바른 행동이 고마웠다. 그가 계속 말했다. "키라—세라 스타비— 는 외계생물학자입니다. 인간 세계의 동물과 다른 동물을 연구하지요. 물론 그런 동물이 토종이나 자생종입니다. 키라는 이곳 동물들의 생태를 연구할 겁니다."

"그들은 그냥 동물이 아니에요." 오필리아가 키라를 보며 말했다.

"네, 하지만 우리와 마찬가지로 어느 정도는 동물이죠." 키라가 말했다. 부드러워진 목소리였다. 시원한 주스 때문일까, 더 정중하게 행동하려 애쓰는 걸까? "저는 그들의 신체가 어떤 방식으로 작용하는지, 어떤 음식을 먹는지 등을 연구할 거예요."

오필리아는 지나치게 빨리 자신의 권한을 과시하던 키 큰 남자를 쳐다봤다. 그는 즉시 시선의 의미를 알아차렸다.

"저는, 아까도 말했지만, 팀장이자 정부 대리인으로서, 그들이 법의 보호를 보장받을 만큼 지적인지 확인하러 왔습니다. 그럴 자격이 있다고 판단될 경우 우리 정부를 공식적으로 대표해 상대 정부에 발언할 권한도 제게 있죠. 최근의 사건, 그리고 과학자들이 그들을 연구할 방식 등과 관련해 요구할 권한 말이죠. 어르신은 모르시겠지만, 그들은 인류의 항성 탐사 역사에서 매우 특별한 존재입니다."

한참 더 말할 기세였지만 오필리아는 듣고 싶지 않았다. 오필리아는 주스를 한 잔 더 따라서 그가 숨을 들이마시는 순간에 건넸다. 그는 놀란 표정을 짓더니 결국 엉겁결에 "고맙습니다"라고 말하고 한 모금 마셨다.

"앉으세요." 오필리아가 말했다. 의자 수는 딱 맞았다. 오필리아는 요리하거나 채소를 썰 때 쓰는 스툴에 앉아야 했지만. 방문자들은 천천히, 쭈뼛대면서 자리에 앉았다. 오필리아는 과일 주스를 한 병 더 만들어 손님들의 잔을 다시 채운 뒤 스툴에 앉았다.

"저는 다른 사람들이 떠난 후 여기서 살았어요." 오필리아는 이야기하기 시작했다. 그들이 아는 얘기겠지만, 모두가 아는 내용으로 대화를 시작하는 것이 예의이기도 하고 실용적이기도 했다. 그렇게 모두가 아는 사실로 시작해 그만의 경로로 그들을 이끌어, 그가 보여주고 싶은 전체적인 그림을 보게 할 생각이었다. "젊을 때 이곳으로 왔죠……" 당시에는 스스로 중년이라고, 한창때가 지난 세 아이의 어머니라고 느낀 그였지만, 이제는 자기가 그때 얼마나 젊었는지 알고 있었다. "남편과 함께 이 집을 지었고, 여기서 아이들도 더 낳았어요. 그러다 남편이 죽고 자식들도 하나둘 죽어서 바르토만 남았지요. 컴퍼니는 우리더러 떠나야 한다더니, 나는 쓸모가 없다고, 극저온 탱크에서 죽을 것이 거의 확실하다고 바르토에게 말했어요. 그러면서 추가비용을 청구했고요. 난 아들이 그 돈을 내는 게 싫었고, 남편과 자식들이 살고 묻힌 곳을 떠나기도 싫었어요."

"너무 안됐네요." 젊은 여자가 말했다. 여자의 혀에서 뚝뚝 떨어지는 가식적인 달콤함을 그러모아 잼을 만들 수도 있을 것 같았다.

"여기서 돌아가셨을 수도 있어요." 덜 젊은 여자가 오필리아가 범죄라도 저지른 것처럼 말했다. "극저온 탱크에서 죽었을 수도 있죠." 오필리아가 대꾸했다. "늙은이가 죽는 건 자연의 섭리예요. 죽는 건 두렵지 않답니다." 그 말은 완전히 진심이 아니었지만, 여자가 말한 대로 죽는 것을 두려워한 적은 없었다.

"어쨌거나 무책임한 행동이었습니다." 팀장이 말했다. "그로 인한 결과를 보세요."

오필리아는 멍한 표정으로 그를 봤다. "결과라뇨, 세르 리키시?"

그는 팔을 획획 흔들었는데, 그러다 젊은 여자의 얼굴을 칠 뻔했다. "그……것들이 여기서 인간에 대해 알아내고 기술을 이용하고 있잖습니까. 원시 문명지에서 첨단기술 이용은 정부의 엄격한 기준이 적용됩니다."

"어차피 그들은 알아냈을 거예요." 오필리아가 말했다.

"어쨌거나 어르신이 여기서 그들에게 기술을 이용하는 방법을 가르쳐 준 건 사실이죠."

오필리아도 자기가 그래도 되는 건지 궁금해한 적이 있었다. 괴동물들과 처음으로 소통하며 도취감에 빠졌던 때에. 하지만 곧 그런 생각을 할 겨를이 없어졌다……. 그들이 너무나 빨리 배웠기 때문이다. 결국 그는 괴동물들이 스스로 마스터 스위치들을 찾아낼 거로 판단했다. 최소한 그들이 조심하도록, 기계를 경외하도록 가르쳤다. 그런 사실을 전달하려고 입을 여는데 현관문 옆의 무장한 남자가 갑자기 움직이며 무기를 들어 올렸다.

"움직이지 마!" 남자가 말했다. 이 우주의 모든 존재가 자신의 언어를 이해할 수 있다고 생각하는 것처럼.

"안 돼요!" 오필리아가 소리쳤다. 무장한 남자는 오필리아의 괴동물 하나를 쏠 태세였고 오필리아는 그대로 둘 수 없었다. 순간적으로 그런 생각밖에 들지 않았다. 오필리아는 스툴에서 뛰어내렸다. 고관절 통증 때문에 비틀거리며 의자에 앉은 두 남자를 치면서 지나가 현관문으로 갔다. 보호 슈트에 무장까지 한 남자의 거대하고 거무스름한 등이 앞을 막고 있었다.

"비켜요." 오필리아가 손가락으로 남자의 등을 밀며 말했다.

남자의 반응이 어찌나 빨랐던지 오필리아는 남자가 움직이는 걸 보기도 전에 바닥에 나동그라져 있었다. 머리가 지끈지끈 울렸다. 밖에서 크게 깍, 하는 소리와 빠르게 쿵쿵대는 소리가 들렸다. 괴동물들이다 —.

"해치지 마요!" 오필리아는 목이 터져라 외쳤다. "해치지……."

"저들이 공격할 겁니다." 무장한 남자가 말했다. 오필리아는 남자의 다리 사이로 봤다. 파란 망토를 단정하게 두른 파란 망토의 목주머니가 터질 듯 부풀어 오른 채 박동하고 있었다. 칼을 든 다른 둘의 눈이 여분의 눈꺼풀로 반쯤 감겨 있었다.

"그렇지 않아요." 오필리아가 바닥에 누운 채 말했다. 머리가 아팠다, 갈수록 더 아플 터였다. 그리고 단 한 사람도 예의를 지켜 늙은 여자를 바닥에서 일으켜주려 하지 않았다. 오필리아는 고개를 돌려 의자에 앉아 있는 사람들을 노려봤다. 극장에 간 애들처럼 입을 헤벌리고 앉아 있었다. 오필리아는 몸을 일으키려 안간힘을 썼지만 갈비뼈와 땅에 먼저 떨어진 팔까지 아프다는 것만 깨달았을 뿐이었다.

"딱-카우-키이어!" 밖에서 부르는 소리가 들렸다. 파란 망토의 목주머니가 맥동했다.

"딱-카우-키어." 오필리아가 말했다. 다행히 괴동물들을 안심시킬 만큼은 분명하게 말할 수 있었다. 무릎으로 땅을 딛고 펑펑대는 머리를 흔들며 힘겹게 일어나 절뚝거리며 다시 문으로 갔다. "내보내줘요." 무기를 든 남자에게 말했다. "저들은 공격하지 않아요. 내가 다치지 않았다는 걸 확인하려는 거예요."

"죽일 뻔했잖습니까." 남자가 성난 표정으로 웅얼거렸다. **'멍청한 년'**이라고 하고 싶은 걸 간신히 참고 있는 듯했다. 오필리아는 아무 말도 하지 않았다. "죄송합니다." 마침내 남자가 말했다. "반사적으로 반응한 겁니다."

"내보내줘요." 오필리아가 다시 말했다. 남자는 천천히 비켜섰지만 괴동물들을 겨눈 무기를 내리지는 않았다.

"중간에 끼어들지 마십시오. 필요하다면 어르신을 쏠 겁니다."

"그럼 끼어들 일을 하지 마세요." 오필리아가 말했다. 오필리아도 남자처럼 더는 품위 있게 굴 기분이 아니었다. "저들은 공격하지 않을 거예요, 지금까지 한 번도 날 해친 적이 없어요." 너와는 다르게 말이지. 남자를 보며 속으로 뱉었다.

오필리아는 절룩거리며 길로 나가 파란 망토에게 두 손을 내밀었다. 파란 망토가 부드럽게 잡아주었다. 목주머니가 가라앉았다. 이어 손가락으로 그의 머리와 옆구리를 살살 만졌다. 오필리아는 쉬이, 소리를 냈다. 벌써부터 아팠고, 부어오른 두피에 생길 거무스름한 멍을 상상할 수 있었다.

뒤에서 팀장이 무장한 남자들한테 뭐라고 하는 소리가 들렸다. 내용은 알아들을 수 없었지만 성난 말투라는 건 알 수 있었다. 무장한 남자가 대꾸하는 말투도 마찬가지였다. 잘됐다. 시간을 벌 수 있겠어. 그 시간에 뭘 해야 할지는 잘 모르겠지만. 오필리아는 머리가 너무 아프고 현기증까지 났다. 서늘하고 어두운 곳에 누워 남이 갖다주는 시원한 음료나 홀짝이고 싶었다.

파란 망토는 자기 머리를 주먹으로 치더니 오필리아가 감전의 고통을 표현했을 때처럼 뒤로 확 물러났다.

"맞아." 오필리아가 말했다. "머리를 바닥에 부딪쳐서 아파. 하지만 괜찮아."

파란 망토는 무장한 남자를 가리킨 후 뒤에 있는 누군가를 팔꿈치로 치는 시늉을 했다.

"맞아. 하지만 내가 그를 많이 놀라게 했어."

파란 망토가 "딱-카우-키이어"라고 말하자 오필리아는 두통 때문에 찌푸린 얼굴을 더 찌푸렸다. 딱-카우-키이어와 문가의 남자에게 맞은 것이 무슨 상관이지? 저 남자가 딱-카우-키이어를 때려서는 안 된다고 생각하는 건가? 만약 그렇다면, 딱-카우-키이어는 도대체 어떤 존재일까? 이들은 절대로 딱-카우-키이어를 때리지 않나?

"저 사람은 몰랐어." 오필리아가 말했다. "저 사람들에게 아기들 얘기를 해줄 시간이 없었어." 오필리아는 그 얘기를 하고 싶은지 확신이 들지 않았다. 옛날에 자신의 아기들을 병원에 데려갔을 때가 떠올랐다. 일부 병원 직원들은 아기들을 인형이나 동물처럼 대했다. 오필리아는 키라 스타비도 이들의 아기들을 그렇게 대할 거라 생각했다. 아이를 낳아본 적이 없을 거라 확신했다.

"모오올라 너어 딱-카우-키이어?" 파란 망토가 물었다.

"몰라." 오필리아는 다시 말했다. "저 사람은 몰랐어."

파란 망토가 다른 둘에게 무어라고 하자 둘이 칼을 도로 허리띠에 꽂았다. 오필리아는 지금도 그들이 아주 빨리 말하면 알아듣지 못했지만, 중간에 딱-카우-키이어라고 하는 것은 들었다.

"꾸륵-딱-콜록?" 오필리아가 물었다. "아기들은?"

파란 망토는 한 번 끙, 하더니 눈을 감았다. 자고 있다는 거지? 그렇겠지, 출산한 뒤니까. 오필리아는 아기들이 젖을 먹는지, 다른 것을 먹는지 궁금해졌다. 만약 후자라면 누가 그걸 챙겨주지?

"이자가 리더입니까?" 뒤에서 바실이 물었다. "그래서 파란 천을 두른 거예요?"

오필리아는 욱신거리는 갈비뼈와 다리 때문에 움찔대지 않으려 애쓰면서 돌아섰다. "파란 망토예요. 망토 때문에 제가 그렇게 부르는 거고, 진짜 이름은 몰라요." 그는 다시 파란 망토를 봤다. "이쪽은 바실 리키시. 리더야." 다른 사람들은 이제 문간에 있었다. 그들이 집 밖으로 나올 때 오필리아는 이름을 말해주었다. 키라, 오리, 빌롱. 파란 망토는 아무 말도 하지 않았다. 고개를 갸웃한 채 뜨거운 햇빛을 맞으며 서 있을 뿐이었다.

"애한테 말하고 계셨죠." 젊은 여자가 말했다. "들었어요. 말을 시키실 수 있나요?"

오필리아는 파란 망토에게 말했다. "이쪽은 언어학자야. 네가 말하는 방식을 연구할 거야." 파란 망토의 눈이 반짝이는 것을 보며, 오필리아는 자신이 짐작하는 것보다 파란 망토가 더 많이 알아들었다고 생각했다.

파란 망토는 오필리아의 뒤쪽에 있는 빌롱을 봤다. "너어 필록." 오필리아는 여자가 지은 표정을 보고 웃음을 터뜨릴 뻔했다.

"내 **이름을** 말했어요." 젊은 여자가 거의 춤을 추며 말했다.

파란 망토는 깍깍, 끙끙, 딱딱 등의 소리를 연이어 쏟아냈고, 빌롱은 반색을 했다. 오필리아가 듣기에 파란 망토는 알파벳처럼 의미 없이 소리들을 나열한 것 같았다.

"괜찮으세요?" 다른 여자가 물었다. 정말로 걱정하는 표정이었다.

"머리가 아프네요." 오필리아가 대답했다.

"어떡해요. 아까는 너무 놀라서 굳어버렸어요. 죄송해요, 그런데 진짜 꼼짝도 할 수가……."

"괜찮아요." 오필리아가 말했다. 저렇게 말이 많아지는 걸 보니 정말로 부끄럽게 생각하는가 봐. 냉혈한은 아닌가 보네.

"너어 키르라." 파란 망토가 말한 뒤 손을 내밀었고, 키라는 조심스럽게 그 손을 잡았다.

"손가락이 네 개네……." 키라가 나직하게 말했다.

"발가락도 그래요." 오필리아가 말했다.

"암수 구분이 있나요?" 방금 파란 망토가 들은 말을 대부분 이해할 수 있음을 보여주지 않았다는 듯이 키라가 물었다.

"확인한 적 없어요." 오필리아가 새치름하게 말했다. 아직 모른다고 인정할 생각은 없었다. 확인한 적 없다는 말도 틀린 것만은 아니었다. 그런 행동은 무례하니까.

"당연해요, 전문가가 아니시니까." 키라는 성별을 모르는 오필리아가 바보인 것처럼 말했다. 오필리아는 키라를 잠시 이해해보려 했던 마음이 사라졌다.

이제 팀원들이 모두 모여들었다. 민간인 네 명이 빤히 쳐다보고 가리키고 자기들끼리 이야기했다. 괴동물들이 미술관의 조각상이나 우리 속의 동물인 것처럼. 무장한 남자 둘은 집 앞에서 뻣뻣하게 서서 그들을 노려보고 있었다. 멍청한 짓이야, 밖에서 이렇게 뜨거운 햇볕을 맞으며 서 있다니. 오필리아는 머리가 지끈거렸다. 그늘로 가고 싶었다. 그의 집은 이들이 모두 앉을 자리가 없었지만 센터는 달랐다.

　"해를 피해서 센터로 가는 게 어때요." 오필리아가 말했다. "센터에는 의자가 많아요."

　"배려에 감사드립니다." 다부진 남자가 그렇게 말하고 주위를 두리번거렸다. 물론 당신들은 센터가 어디 있는지 모르겠지.

　"저기예요." 오필리아의 집을 가족의 성姓으로 찾아낸 여자가 말했다. 여자는 센터를 향해 걷기 시작했고 오필리아는 여자를 치고 싶은 충동을 억눌렀다. 내가 안내하게 돼야지. **너의** 센터가 아니잖아.

　파란 망토가 오필리아의 어깨를 짚었다. "차?" 그래, 그는 생각했다, 정말이지 차가운 게 필요해. 머리에 얹을 차가운 얼음, 목으로 넘길 차가운 음료. 파란 망토는 오필리아와 나란히 걸었고 다른 사람들은 계속 재잘거렸으며 키라는 맨 앞에서 걸었다. 키라가 갑자기 멈춰 섰다. 센터 문 앞에 괴동물 셋이 뻣뻣하게 서서 특유의 강렬한 눈빛으로 사람들을 쳐다보고 있었다. 오필리아는 사악한 헛웃음이 목구멍까지 올라와서 손으로 입을 틀어막았다.

　"저자들한테 설명하세요." 키 큰 남자가 말했다. "우리가 들어가도 된다고요."

　오필리아는 파란 망토와 함께 키라와 나머지 사람들을 지나쳐 앞으로 갔다. 문 앞의 괴동물들이 물러섰고 오필리아는 사람들에게 들어오라고 손짓했다.

"들어가면 안—." 뒤에서 외치는 소리가 들렸다. 저 무장한 남자 둘은, 오필리아는 짐작했다, 자기들의 보호대상이 보이지 않는 곳에서 외계인 킬러들에게 둘러싸이는 게 싫겠지. 나도 이 사람들을 센터에 들이기 싫지만 더 나은 곳이 떠오르지 않는걸.

"괜찮아요." 키 큰 남자가 뒤를 향해 소리쳤다. "이 할머니를 해치지 않았으니 우리도 해치지 않을 겁니다."

오필리아가 그 가설의 수많은 오류를 떠올리는 사이 키라가 앞장서서 사람들을 왼쪽의 작업실로 안내했다. 괴동물들이 왜 한 번도 자기들을 위협한 적 없는 늙은이를 해치겠어, 앞으로도 그러지 않을 거라고 알게 됐는데? 그리고, 자기들을 위협하는 사람들을 해치지 않을 이유도 없지 않나? 그러나 오필리아는 논쟁할 생각이 없었다. 첫째, 논쟁하는 법을 몰랐고 둘째, 머리가 너무 아팠기 때문이다.

파란 망토가 다른 괴동물들에게 뭐라고 말하자 하나가 잰걸음으로 주방으로 갔다.

키라가 다부진 남자에게 말했다. "저들이 늘 평발로 걷지는 않는 거 봤어요? 골격이 너무 궁금하네요……."

다부진 남자는 고개를 끄덕이고는 실눈을 지으며 오필리아에게 말했다. "지금 좀 편찮으시지요, 세라 팔푸리아스? 잠시 누워 쉬셔야 하지 않을까요?"

지금 오필리아는 눕기보다 더 원하는 게 없었지만, 사람들이 들쑤시고 다니는 동안에는 안 될 일이었다. 지켜보는 어른 하나 없이 걸음마 배우는 애들을 주방에 잔뜩 풀어놓는 것보다 위험했다. "괜찮아요." 오필리아는 그렇게 대답하면서도 남자가 권하는 의자에 앉았다. 그때 주방으로 갔던 괴동물이 으깬 얼음이 담긴 그릇을 들고 돌아와 — 쇄빙기 쓰는 법은 언제 배웠지? — 간호사처럼 능숙하게 얼음 한 줌을 수건에 얹고 수건을 접었다. 이어 그 얼음 수건을 오필리아의 멍에 가져다 댔다. 그는 냉기 때문에 숨을 들이쉬었지만, 조금 지나자 정말로 도움이 됐다. 얼음을 계속 대고 있으려고 손을 올렸지만 그럴 필요가 없었다. 그 괴동물이 뒤에서 계속 서서 얼음 수건을 들고 있었다.

"어이쿠." 키 큰 남자가 말했다. 오필리아는 그의 이름을 기억해내려 애썼다. 바실 리키시. "**어르신은** 확실히 이들과 친구가 되셨군요. 저런 건 어떻게 가르쳤습니까?"

"이이모." 파란 망토가 말했다. 사람들의 시선이 그것에게 집중되었다. 그것은 오필리아를 가리켰다. "이이모."

"이모?" 젊은 여자 빌롱이 말했다. "그러니까…… 이모 말이야? 어머니의 자매?"

파란 망토는 다른 괴동물이 교실에서 가져온 책을 집었다. 이모와 사는 소녀에 관한 이야기책이었다. 그 책을 빌롱에게 보여주었다. "이이모."

파란 망토는 책장을 더듬더듬 넘기다가 원하는 그림이 나오자 오필리아를, 이어 그림 속의 소녀와 이모를 가리켰다.

"이해할 리가 없는데." 키라가 초조한 듯 말했다. "이야기책? 무슨 뜻으로 이모라고 하는지 모르지만, 우리가 생각하는 뜻은 아닌데." 그는 오필리아를 흘낏 쳐다봤다. "무슨 뜻으로 말한 건지 아시나요?"

알지, 하지만 나름의 방식으로 파란 망토만큼이나 외계인인 이 여자에게 어떻게 설명할 수 있을까? 잔뜩 조바심이 나서 벌써부터 안절부절 못하고, 벌써부터 한두 단어 이상은 들으려고도 하지 않는 사람한테? 못 해. 머리도 너무 아프고. 예의상 뭐라고 대답은 해야겠지만 완벽하게 할 필요는 없어.

"난 남의 아이들을 돌봤던 적이 있어요." 오필리아가 말했다. "내 생각엔 파란 망토가 그런 뜻으로 하는 말 같군요."

"아." 다른 여자가 석연치 않아 하는 표정을 지으며 의자에 몸을 파묻었다.

"그 사실을 어떻게 얘기해주셨어요?" 젊은 여자가 물었다.

오필리아는 머리가 지끈거렸다. 자세를 바꿔봤지만 멍든 곳들이 아플 뿐이었다. "난…… 몸짓을 썼어요. 그런데 이제 정말 너무 피곤하군요." 오필리아는 눈을 감았다.

"많이 다친 것 같아요?" 키 큰 남자가 물었다. 오필리아는 이제 그의 말에 귀 기울일 필요가 없었지만, 그의 목소리는 입에 라임 조각이라도 물고 있는 듯 여전히 허풍스럽고 거만하게 들렸다. 오필리아가 다쳤다는 사실 때문에 성을 낼 태세였다.

"많이 다치지 않으셨어야 할 텐데요." 다른 남자가 말했다. "이 외계 문명을 이해하기 위한 가장 중요한 정보원이세요. 이 자생종과 같이 지냈고……."

"하지만 너무……." 오필리아는 그 말이 어떤 몸짓과 함께 나왔으리라 짐작했다. 오필리아가 정말로 잠들었는지, 자는 척하는지 보려고 곁눈질을 했으리라. "본데가 없으니까." 키 큰 남자가 마침내 안전한 표현을 골라서 말했다.

"바실, 진짜 너무—!" 그 말은 중간에 잘렸다. 사람들이 조용히 의자에서 일어나 발소리를 죽이며 나가는 것 같았다. 그러라지. 상관 안 해. 설핏 잠이 들었다가 깨어보니 누군가 의자 여러 개를 일렬로 놓고 담요로 덮어 그곳에 그의 다리를 올려두었다. 머리는 여전히 아팠지만 아까보다는 좀 나아졌다.

옆에 서 있던 파란 망토가 말했다. "굴즈."* 오필리아는 갈피를 잡을 수 없었다. 굴즈? 하지만 금세 들은 말을 변환시켰다. '풀즈'**라고 한 거야. 누구를 두고 한 말인지는 물을 필요가 없었다. 다른 인간들을 두고 한 말이었다.

오필리아는 굳이 일어나려 하지 않았다. 움직이기 싫었다. 대신 파란 망토를 보며 한쪽 눈을 찡긋하고는 맞장구를 쳤다. "풀즈 맞아." '굴즈'이기도 하고. 그는 속으로 생각했다.

"너어 아안냐⋯⋯." 파란 망토가 손짓으로 먼 곳을 가리켰고, 오필리아는 다른 사람들을 가리키는 거라고 확신했다. "딱-카우-키이어⋯⋯ 아안냐?"

"아니야." 그가 다시 말하며 확신을 주었다. "그들은 내 사람들 아니야, 난 그들의 딱-카우-키이어 아니야, 그들의 이모 아니야."

파란 망토가 팔을 내밀었고 오필리아는 힘겹게, 옆구리와 다리 통증 때문에 이를 악물며 몸을 일으켰다. 다른 괴동물 하나가 파란 망토의 반대쪽으로 왔고 오필리아는 둘의 부축을 받으며 복도를 지나갔다. 밖은

---

* ghouls. 악귀, 도굴꾼, 잔인한 사람을 뜻하는 'ghoul'의 복수형.
** fools. 바보, 어리석은 사람을 뜻하는 'fool'의 복수형.

어둡고 별빛이 은은했으며, 따뜻하고 습한 바람이 불었다.

"그들은 어디 있어?" 오필리아가 물었다. 파란 망토는 길의 저편을 가리켰다. 셔틀 이착륙장에서 환하게 빛나는 불빛이 보였다. 셔틀로 돌아갔나? 솔직히 이러든 저러든 관심 없지만. 파란 망토와 다른 괴동물은 그를 부축해 집까지 데려갔고, 집에 들어간 후에는 그를 위해 전등을 켜주었다. 파란 망토는 냉장고를 열고 츳츳, 하는 소리를 내며 뭐가 있는지 살펴봤다. 오필리아는 배가 고프지 않았고 그 사실을 전하려 애썼지만 파란 망토는 개의치 않았다. 냉장고를 계속 뒤적거리더니 마른 플랫브레드를 꺼내 소금을 뿌려 그에게 내밀었다. 빵은 놀랄 만치 맛있었고 그의 위도 빵을 거부하지 않았다. 파란 망토는 과일 주스도 잔에 따라주고는 마시는 그를 옆에서 지켜봤다. 오필리아는 자기한테 음식을 먹이겠다는 파란 망토의 의지를 느꼈다. 다 먹고 나니 익숙한 침대에 눕고 싶다는 생각밖에 들지 않았다. 파란 망토가 마을로 온 후 처음으로 괴동물들이 그를 따라 욕실로 들어왔다. 오필리아는 당황하지 않았다. 처음 있는 일도 아닐 뿐더러 너무 피곤했기 때문이다. 그는 무심코 거울을 봤다가 그 자리에 얼어붙어 머리에 난 보랏빛 혹을 쳐다봤다. 팔을 내려다보니 멍든 살이 찢겨 거무스름한 껍질처럼 변해 있었다. 다시 고개를 들어보니 파란 망토의 표정이 으스스했다. 오필리아는 분노와 못마땅함을 감지했지만, 자신을 향한 것은 아니었다.

"괜찮아." 오필리아가 말했다. "많이 다치진 않았어." 그들은 그를 부축해—그는 기꺼이 몸을 기댔다—침대로 갔고, 그가 침대에 걸터앉자 하나가 몸을 숙여 그의 다리를 살살 침대로 올려주었다. 파란 망토는 침대의 반대쪽으로 가서 이불을 젖히고 그를 가만히 쳐다봤다.

그는 정말이지 지쳤다……. 하지만 애써 몸을 굴려 이불 속으로 들어갔고 파란 망토는 여느 어머니처럼 다정하게 이불을 덮어주었다.

오필리아는 지금까지 한 번도 느껴보지 못한 방식으로 괴동물들이 두려워졌다. 오늘 있었던 일을 괴동물들이 어떻게 생각하는지, 어떤 의미로 받아들이는지, 내일은 무슨 일이 벌어질지 짐작조차 할 수 없었다. 지칠 대로 지쳐 말할 기운도 없었다. 파란 망토가 불을 껐고, 오필리아는 현관문이 여닫히는 소리를 들으려 했지만 순식간에 잠들어버렸다.

17

이른 아침의 진줏빛 햇살을 맞으며 깨어나니 옆방에서 낮은 목소리들이 들렸다. 오필리아는 기지개를 켜다가, 어제 맞아서 쓰러질 때 생긴 멍들 때문에 멈칫했다. 온몸이 아팠다. 아픈 데가 어제 다쳤다고 기억하는 곳보다 더 많았다. 게다가 거실엔 누가 있는 거지?

일어나고 싶지 않았다. 죽을 때까지, 또는 아프지 않을 때까지— 둘 중 무엇이 먼저일진 몰라도— 침대에 누워 있고 싶었다. 왼팔을 조심스레 들어 머리에 난 혹을 만져봤다. 전혀 작아지지 않은 듯했다, 더 커진 것 같기도 하고. 팔을 내린 뒤 그 인간들이 와서 자신이 죽은 걸 보면 어떤 소동이 벌어질지 상상했다. 자기들이 무슨 짓을 한 건지 깨달을까, 괴동물 탓을 할까?

볼일을 보러 가고 싶기도 했다. 멍 좀 들었다고 시무룩해져서 죽기로 결심하고 누워 있는 것과, 거의 아플 정도로 가득 찬 방광 때문에 비참한 기분으로 누워 있는 것은 다른 문제였다. 게다가 그 인간들이 파란 망토를 탓하면 꾸룩-딱-콜록의 아기들은 어떻게 되겠는가?

그런 생각을 했음에도 막상 일어나려 하니 어찌나 통증이 심한지 심호흡을 해야 했고 눈물이 핑 돌았다. 오필리아는 자책했다. 오래된 목소리가 오랫동안 하지 않던 말들을 신나게 퍼부었다. 비겁해. 나약해. 유약해. 멍 좀 들었다고 갓난쟁이처럼 굴다니.

소리를 내지 않으려 애썼지만, 겨우겨우 일어나 앉았을 때는 통증 때문에 몸이 후들거렸고 쓰러질 것만 같았다. 밤중에 팔에서 다시 피가 나 이불에 달라붙었는데, 이불을 떼어내자 생살을 뜯는 듯 아팠다. 울음이 목구멍까지 올라왔다.

방문이 열렸다. 파란 망토였다. 목주머니가 부풀어 있었다. 오필리아를 보고 쉬이, 하더니 재빨리 다가가 팔을 내밀었다. 오필리아는 자신의 나약함을 원망하며 그 팔을 잡았다. 파란 망토는 그의 팔에서 질금질금 흘러나오는 피를 손가락에 묻혀 냄새를 맡더니 북소리를 냈다. 오필리아로서는 몸의 어느 부위로 내는지 알 수 없는 그 소리가 온 방에 울려 퍼졌다.

"난 괜찮아." 오필리아는 목소리가 떨리지 않기를 바라며 말했다. "뜨거운 물로 샤워하면 나아질 거야." 파란 망토는 그를 욕실로 데려갔다. 그는 볼일을 본 뒤 기분이 나아졌고, 뜨거운 물로 샤워를 하자 통증이 좀 덜해졌다. 나중에 다시 몸이 뻣뻣해질 건 알지만. 뜨거운 물줄기 밑에서 나오자 파란 망토가 수건을 더 가져와서 서 있었다. 몸 닦는 걸 도와주려고 수건을 들고 기다리고 있었다. 거울에는 김이 서렸는데, 오필리아는 자신의 모습을 볼 엄두가 나지 않았기에 다행이라고 느꼈다. 수건으로 물기를 닦다가 볼 수밖에 없는 부분들만 해도 충분히 추했다. 넘어질 때 먼저 땅에 닿은 몸의 오른쪽은 거무스름한 멍들로 뒤덮여 있었다.

입을 것을 찾기가 어려웠다. 지금 계절에 입으려고 만들어둔 옷들은 멍을 전혀 가려주지 못했다. 오래된 목소리가 멍을 드러내는 건 부끄러운 일이라고, 손님들을 불편하게 할 거라고, 어제의 공격에 아무런 해도 입지 않은 것처럼 보여야 한다고 말했다. 어차피 늙어서 살갗이 잘 찢어지니 조금만 다쳐도 피가 날 수 있다고. 그들의 잘못이 아니라고. 그가 얼마나 약한지 그들이 알아주길 바라서는 안 된다고.

새로운 목소리는 말이 없었다. 오필리아는 새 목소리가 어디로 가버린 것인지 궁금해졌다. 긴소매 셔츠를 찾으려고, 팔과 몸통을 다 가려줄 셔츠를 찾으려고 옷장을 뒤졌다. 긴소매 셔츠는 뭐가 됐든 더울 터였다. 우기에 가끔 쌀쌀할 때 입는 옷이었다. 아무튼 긴소매 셔츠를 한 장 꺼내 입었다. 거친 옷감이 멍이 든 말랑한 피부에 쓸리자 얼굴을 찌푸렸다. 바지들 중에 제일 긴 바지를 입었다. 무릎 바로 밑까지 내려왔다.

덥고 답답했지만 더 안전하게 느껴지기는 했다. 맨발을 내려다봤다. 그 사람들은 모두 부츠를 신고 있었다. 그들에게 발을 밟힌 적은 없지만, 이제 그는 자신의 드러난 발가락이 드러난 피부만큼이나 취약해 보였다. 시선만 받아도 다칠 것처럼 너무나 취약하게 느껴졌다. 신발이 없었다. 마지막 신발을 재순환기에 넣은 때를 새삼 떠올렸다. 신발을 넣을 때 춤을 추며 작은 의식을 거행한 일이 기억나 잠깐 기분이 좋아졌다. 바르토와 로사라가 더 자주 입으라고 하던 그 추한 원피스도 같이 넣었었지.

파란 망토가 낮은 소리로 찌르륵거렸다. 오필리아는 애써 웃음을 지었다. "많이 나아졌어. 도와줘서 고마워." 파란 망토는 '고마워'라는 말을 이해했다. 그동안 오필리아는 모든 의례적인 인사를 그 말로 대신했는데, 괴동물들은 그 말에 화답하려고 나름대로 최선을 다했다.

오필리아는 찜찜함을 느끼며 침대를 봤다. 평소 늘 침구를 정돈하고 핏자국은 바로바로 제거했지만 오늘 아침에는 이불을 전부 잡아 뺄 자신이 없었다. 그의 시선이 향한 곳을 본 파란 망토가 핏자국을 가리킨 뒤 그의 팔을 건드렸다. "너어 삐?"

"그래, 내 피야. 많이는 안 났어. 조금만 났어." 그는 파란 망토가 알아듣기를 바랐다.

파란 망토가 자기 언어로 뭐라고 하자 괴동물 하나가 들어왔다. 파란 망토가 침대를 가리키니 들어온 것이 쉬이, 하며 목주머니를 잠깐 부풀렸다. 이어 이불을 모두 벗겨 바닥에 무더기로 쌓았다. 파란 망토가 또 말하자 그것은 이불 무더기를 들었다.

"어디로······?" 오필리아가 말하자마자 파란 망토가 말했다. "시이서." 그러더니 아주 의기양양하게 자음마다 힘을 주며 말했다. "떠러어어워! 극거 떠러어워, 시이서!"

오필리아는 놀라서 멍하니 있다가, 이불을 든 괴동물이 방을 나가기 전에 가까스로 말했다. "찬물! 피는 차가운 물로 씻어."

파란 망토의 눈이 커졌다. "차?" 이어 자기를 가리켰다. "나 삐, 나토 차··· 뮤···로 시이서."

"너도 찬물로 피 씻어?" 오필리아는 그들이 옷을 빠는지도 모르고 있었다. 그들이 씻지 않은 사람들처럼 악취가 나지 않았음에도.

"뜨 로 시이서, 삐 그더." 뜨거운 물로 씻으면 피가 굳어. 오필리아는 그렇게 해석했다. "르리프 프론Llihff pron." 그 말은 한참 고민해야 했다. 지금까지 파란 망토조차 에프f 발음을 하는 것은 들어본 적 없으니 '리프lif' 이나 '리프leaf'는 아니었다. '프론'은 '브론bron'일 테고······ 브라운brown. 리브 브라운leave brown ─ 갈색이 남는다. 이거다.

"우리 피도 그래." 그는 배가 고파졌다. 부엌으로 가니 누군가 — 파란 망토가? — 플랫브레드 반죽을 만들려다 난장판을 만들어놓은 것이 보였다. 그가 부엌을 보자 파란 망토의 눈꺼풀이 파르르 떨렸다.

"미아아내."

"고마워. 챙겨주려던 거잖아." 파란 망토는 반죽에 실패하고 어지른 것을 치우려 했지만, 길게 흘린 밀가루와, 반죽이 되어야 했으나 되지 못한 무언가의 부스러기가 남게 된 것이었다. 오필리아가 반죽하는 것을 지켜보면서 쉽다고 생각한 것 같았다. 그는 엉겨붙은 부스러기를 긁어내고 직접 반죽을 만들기 시작했다. 손이 익숙한 일거리를 반기는 듯했다. 파란 망토는 스토브를 켰고, 그가 그리들로 손을 뻗자 그리들을 건네주었다. 이어 그가 연 보관통 뚜껑을 닫아 제자리에 갖다놓았다. 그가 예전에 함께 부엌일을 한 여자들 가운데 몇몇보다 나았다. 그가 그리들에 플랫브레드를 얹는데 부엌문이 열렸다. 또 다른 — 이불을 가져간 것이 아닌 — 괴동물이 토마토 두 개와 청대콩 한 줌을 조심스레 손에 쥐고 들어왔다.

"고마워." 오필리아는 또 감사 인사를 하면서 이게 무슨 일인지 의아해졌다. 전에도 괴동물들은 친절했지만, 번거로움을 무릅써가면서까지 그를 도우려고 하지는 않았기 때문이다. 그는 토마토를 얇게 자르고 파란 망토가 보관통에서 꺼내 온 양파를 다졌다. 양파 냄새에 눈물이 고였지만 — 늘 그랬다 — 이제 양파 없이는 요리할 수 없었다. 양파가 물 없이 자라지 못하는 것처럼. 파란 망토는 또다시 그에게 다음에 필요한 것을 예상해서 파슬리와 고수, 로즈메리를 한 줄기씩 건넸다. 그는 그 생초들을 다져 토마토와 양파에 섞은 뒤 첫 플랫브레드에 얹고 빵을 접었다.

먹고 나니 기분이 나아졌다. 여전히 옆통수가 따갑고 몸이 뻐근했지만 메슥거림은 멈췄다. 마치 그것을 함께 느껴서 아는 듯이 파란 망토와 다른 괴동물이 집에서 나갔고, 혼자 남은 그는 설거지를 하고 이를 닦고 조금씩 피가 나는 팔의 상처를 부드러운 천으로 감쌌다.

해가 중천에 떴을 때 인간들이 또 왔다. 이번에는 두 사람만, 다부진 남자—오리 어쩌고—와 덜 젊은 여자 키라만 왔다. 오필리아는 정원을 돌보고 있었는데, 심적 안정에 도움이 되기도 했고 며칠간 정원 일을 못 했기 때문이기도 했다. 괴동물 하나가 곁에 서서 점액대벌레를 얻어먹었고, 다른 하나는 시키지도 않았는데 빗자루로 그의 집 안을 쓸고 있었다. 뜨거운 볕을 쬐자 타박상의 통증은 덜해졌지만 긁힌 상처는 땀이 들어가서 쓰렸다……. 그때 괴동물이 찌르륵거려서 그는 쳐다봤다.

"너어 툴." 괴동물이 말했다. 오필리아가 이해하지 못할까 봐 손가락 두 개도 들어보였다. 그가 이해하지 못한 것은 그것이 언제 그 정도로 인간의 말을 배웠는가였지만.

"파란 망토가 가르쳐줬어?" 그가 물었다. 그것은 고개를 갸웃하며 대답했다. "너어."

믿기지 않았다. 그는 처음 만났을 때부터 어느 괴동물에게도 말을 가르치려고 시간을 많이 쓴 적이 없었다. 처음부터. 하지만 그것이 그 덕분이라고 하려는 거라면 예의 바른 행동이었다.

"안녕하세요." 다부진 남자가 제법 가까이 왔을 때 말했다. "몸은 좀 어떠세요?"

"괜찮아요." 오필리아가 대답했다. 오필리아의 바구니가 토마토로 가득 찼다. 그가 먹는 속도로는 따라잡지 못할 만큼 토마토가 빠르게 익고 있었다. "토마토 좀 드실래요? 아직 별로 크지는 않지만⋯⋯."

"토마토가 참 잘생겼네요." 남자가 말했다. "잘 아시겠지만, 배에서는 이렇게 신선한 음식을 못 먹거든요."

오필리아는 몰랐다. 배를 타면 극저온 탱크에 있었으니까. 하지만 굳이 그렇게 말할 필요는 없겠지.

"어르신 팔이—." 여자가 말했다. 오필리아는 팔을 내려다봤다. 소매로 다 가려지지 않은 멍과 딱지가 보였다.

"아무것도 아니에요." 오필리아가 시선을 거두고 말했다. 그 상처들에 대해 얘기하고 싶지 않았다.

"그렇지만—," 여자가 말하려는데 남자가 몸짓으로 입막음을 하는 것이 보였다. 저이의 오만함도 거기까지군. 남자가 요구하면 입을 닫아야 하는구나. 오필리아는 점액대벌레를 한 마리 더 잡아 똑, 하고 부러뜨려 괴동물의 주의를 끌었다. 괴동물이 반색하며 다가와 점액대벌레를 꿀꺽 삼켰다. 오필리아는 인간들을 힐끔 봤다. 눈이 커져 있었다. 남자가 먼저 정신을 차렸다.

"어르신은⋯⋯ 그들과 잘 지내시네요."

오필리아는 어깨를 들썩였다가 곧바로 후회했다. 아직 어깨가 결린 데다 남자가 무례한 몸짓이라고 생각할 수도 있었다. "좋은 이웃이에요. 귀찮게 하지도 않고요."

"대화하실 수 있습니까?"

"별로 많이 하지는 않아요. 이해력을 활용하는 거죠." 오필리아는 한 손을 들어 보였다. "우리는 손을 많이 써요."

"누가 리더인지 가르쳐주시겠어요?" 남자가 말했다. "어르신이 파란 망토라고 부르는 개체입니까?"

오필리아는 남자가 생각할 것이 분명한 방식으로 파란 망토가 스스로를 리더로 여기는지 궁금해졌다. "파란 망토는…… 새로운 것을 배우는 능력이 뛰어난 개체예요." 마침내 오필리아는 그렇게 대답했다. "말을 배우는 것도 포함해서요. 저는 파란 망토와 소통이 제일 잘돼요."

"그래서 파란 망토가 우두머리일까요?" 여자가 물었다.

오필리아는 고개를 저었는데, 그것 또한 실수였다. 잠시 세상이 빙글빙글 돌았다. "어떤 것들에 대해서만요." 다시 말할 수 있게 됐을 때 그렇게 대답했다. 어떤 것들인지 제대로 설명할 수는 없었다. 왠지 그렇다는 느낌이 들기 시작했을 뿐이다.

"무리가 작아요." 남자가 동료에게 속삭이듯 말했다. "합의에 의한 정부일 수도 있습니다. 그러기로 한 지 얼마 되지 않았을 수도 있고요."

"물론 모든 것들에 대해서는 아니겠죠." 여자가 말했다. "어쨌거나 그들은 착륙한 개척민들을 공격했어요. 조직과 리더십이 있어야만 가능한 일이죠. 게다가 그 해안도시들은……."

"도시요? 그들에게 도시가 있어요?" 오필리아는 배신당한 기분이 들었다. 파란 망토는 이야기책에 그려진 도시를 여러 번 봤지만 도시에 관한 이야기는 한 적이 없었다.

"셔틀 비행 중에 봤어요." 여자가 말했다. "그들 가운데 일부는 이 대륙의 북쪽 해안에, 석재와 목재로 건설한 도시처럼 보이는 곳에서 살아요. 배도 있어요……."

오필리아는 자신이 본 배들을 떠올렸다. 그러나 그의 괴동물들이, 그가 아는 괴동물들이 도시에서 사는 모습은 상상이 되지 않았다. 이 마을에 대한 그들의 태도에서 그들은 정착해 사는 집이 없다고 느꼈었다. 둥지체 말고는.

"일하시는데 너무 오래 방해했군요." 오필리아가 둥지체 얘기를 할까 말까 고민하는데 남자가 말했다. "잘생긴 토마토 두세 개만 주시면 저희는 원래 하려던 일을 하러 가겠습니다. 오늘은 이 지역을 측량할 예정인데, 그냥 돌아다니면서 보는 겁니다. 어르신의 소유물은 아무것도 건드리지 않겠습니다." 남자가 말했다, 여기 있는 것만으로는 침범이 아니라는 것처럼.

오필리아는 울타리 위로 바구니를 들었고 남자와 여자는 토마토를 하나씩 집었다.

"괜찮으시면," 남자가 말했다. "나중에 어르신을 면담하고 싶습니다. 어쨌거나 어르신이, 관련 교육을 못 받으셨다고 해도, 최초 접촉자시니까요." 남자가, 아마도 사람 좋게 들리려는 듯이 살짝 웃었다. 실제로 사람 좋게 들렸다. 그런데도 왜 그렇게 화가 나는지 오필리아는 콕 집어 말할 수가 없었다. 남자를 때리고 싶었고, 그래서 겁이 났다. 평생 한 번도 사람을 때린 적이 없는 그였다.

"나는 늘 여기 있어요." 오필리아는 별로 무례하지 않게 말했다. 남자는 미소를 지으며 고개를 끄덕이고 돌아섰다. 그리고 곧바로 토마토를 베 물었다. 오필리아는 길을 훑어봤다. 다른 인간은 한 명도 보이지 않았다. 이제 꾸륵-딱-콜록의 아기들을 보러 가도 될 것 같았다.

그의 괴동물 호위대가 따라와서 문지기들과 인사를 나눴다. 오늘은 문지기들이 칼을 꺼내 들고 있었다. 침실로 들어가니 파란 망토가 낡은 침대 프레임에 느긋하게 기대앉아 눈을 반쯤 감고 노래하고 있었다. 파란 망토는 오필리아가 들어오자 일어나서 두 팔을 내밀어 그의 두 손을 잡고 살짝 들어 손바닥에 혀를 갖다 댔다.

"딱-카우-키이어." 인사이자 의견인 그 말에 오필리아는 격려를 받는 느낌이었다. 그는 벽장 쪽을 봤다. 꾸륵-딱-콜록이 경계하면서도 차분한 표정으로 내다봤다. 오필리아는 그렇게 표정을 잘 읽는 자신 때문에 놀랐다. 꾸륵-딱-콜록이 손을 내밀었고 그는 다가갔다. 아기들은 둥지 한가운데에, 어머니의 다리 사이에 마구 쌓인 무더기처럼 포개져 있었다. 오필리아는 어느 줄무늬 꼬리가 어느 깡마른 다리 주인의 것인지 알아볼 수 없었다……. 하지만 아기들이 전날보다 눈에 띄게 자란 것만은 분명했다.

둥지의 냄새도 나아졌다. 안쪽 표면이 신선한 허브들로 가득했다. 오필리아는 지구가 원산지인 허브가 아기들에게 해롭지 않을까 걱정이 되었다. 한 아기가 눈을 뜨고 삐악, 하며 뭔가를 확실하게 요청했다. 꾸륵-딱-콜록이 아기를 향해 몸을 숙이자 조그만 입이 벌어졌다. 어머니는 그 입속으로 침을 뱉었다. 오필리아는 속이 메스꺼울 지경이었으나 애써 내색하지 않았다. 침? 토? 솔직히 알고 싶지 않았고 그가 상관할 일도 아니었다. 아기는 눈을 깜박이며 꿀떡꿀떡 삼켰다. 이어 만족스럽게 쉬이, 하더니 다시 몸을 말았다. 꾸륵-딱-콜록은 그 아기를 집어 오필리아에게 건넸다. 오필리아는 아기를 품에 안았다. 이제 그는 아기가 혀로 손목을 날름날름 핥아도 움칫하지 않았다.

파란 망토가 뭐라고 해서 돌아보니 이리 오라고 손짓을 했다. 오필리아는 침대 프레임에, 파란 망토 옆에 앉아 아기를 무릎에 내려놓았다. 아기는 만족스러워하는 표정이었고, 꾸륵-딱-콜록은 이제 다른 아기를 먹이고 있었다. 오필리아는 어제보다 밝은 데서 아기를 자세히 살펴봤다. 등과 꼬리의 선명한 줄무늬는 암갈색과 크림색이었다. 머리는 몸에 비해 컸지만 인간 아기만큼 불균형하게 크지는 않았다. 파란 망토가 콧노래를 흥얼거리자 아기가 조그만 머리를 갸웃했다. 흥얼거림이 리드미컬해지자 아기의 왼발이 리듬에 맞춰 까닥거렸다.

왼발 치기는 찬성한다는 뜻이지……. 아기가 찬성하는 법을 배우고 있어. 아니면…… 아니면 뭘까? "ㄴㄴ노래애." 파란 망토가 말했다. "딱- 카우-키이어 ㄴㄴ노래애."

오필리아는 줄무늬와 꼬리가 있는 외계인 아기에게 무슨 노래를 불러 줘야 할지 알 수 없었다. 아는 노래라고는 자식들한테 불러준 자장가뿐 이었다. 그는 노래하기 시작했고, 처음에는 멋쩍었지만 곧 자신을 빤히 보는 아기의 눈에 온 마음을 빼앗겼다.

"아가야, 아가야, 잠을 자거라……." 아기는 자지 않았다. 그의 무릎 위에 웅크리고 앉아 그의 얼굴을 쳐다봤다. 아기의 시선이 그의 눈에 서 입으로, 다시 눈으로 빠르게 움직였다. "작고 예쁜 아가야, 울지 말 거라……." 이 아기들은 전혀 울 것 같지 않았다. 무릎 위의 아기는 뭔 가…… 삶 그 자체를? 열망하여 거의 안절부절못하는 것처럼 보였다.

오필리아는 쉰 목소리로 혼자서 노래하다가 등에 쥐가 나서 노래를 멈췄다. 하지만 그 작은 괴동물은 지루하거나 지치는 기색 없이 계속 그 를 쳐다봤다. 그는 자리에서 일어나 뻣뻣한 동작으로 아기를 둥지로 돌 려보냈다. 모든 아기들을 받아 노래해줄 엄두가 나지 않았다……. 다행 히 꾸룩-딱-콜록은 자고 있었고, 오필리아가 내려준 아기는 아무도 깨 우지 않으면서 아기 무더기의 가운데로 파고든 뒤 눈을 감았다.

"딱-카우-키이어." 파란 망토가 그렇게 말하고 오필리아를 집 밖으로 데려갔다.

길 저편에서 젊은 여자가 괴동물에게 말하고 있는 것이 보였다. 오필리아는 장이 꼬이는 느낌이 들었다. 파란 망토는 개의치 않는 것 같았다. 길 저편의 괴동물이 반편이처럼 어색하게 ― 평소와는 다르게 ― 서 있다고 오필리아는 생각했다. 책임자인 키 큰 남자가 센터 밖에 서서 서쪽을 보고 있었다. 남자에게 가려서 서쪽에 무엇이 있는지 볼 순 없었지만, 길 자체는 점점 좁아졌고 그 끝에는 풀밭이 있었다. 남자가 돌아서서 그를 보더니 얼굴을 찌푸렸다.

"어르신을 찾고 있었습니다." 내가 약속이라도 어긴 것처럼 말하네. 오필리아는 무례하게 굴고 싶지 않았지만 뭐라고 대꾸해야 할지 알 수 없었다. 이 사람들은 내가 있을 만한 곳을 들여다보지도 않았어. 주의를 끌 만큼 큰 소리로 부르지도 않았지. 내 잘못이 아니야. 오필리아는 뱃속에서 긴장과 분노가 뒤얽히는 것을 느끼며 웃음을 지었다. "저희가 어떤 임무에 착수할지 알려드리죠." 잠시 후 남자가 말했다. "저희는 이…… 자생종을 연구하고 공식적으로 접촉할 겁니다. 물론 어르신이 이미 접촉했다고 생각하시겠지만, 아무튼 어르신은 이런 일과 관련된 교육을 전혀 받지 않았으니까요. 원래는…… 무슨 일을 하셨죠? ……주부?"

오필리아는 남자가 말하는 틀린 정보를 바로잡지 않았다. 컴퍼니의 작업 명부에 그에 대해 뭐라고 적혀 있든 그건 아주 오래전의 일이었고, 바로잡는다고 해서 달라질 것도 없었다. 그가 어떤 교육을 받았든 저런 사람은 그것을 무가치하게 여길 것이다.

"어르신께는 책임이 없다고 말씀드리려는 겁니다." 계속 말하는 남자의 얼굴이 햇빛에 반짝거렸다. "물론 아주 잘하신 겁니다, 그들과 평화롭게 잘 지내신 건요. 하지만 이제 저희가 왔으니 관여하지 않으셔도 돼요." 남자는 더 말할 것처럼 숨을 크게 들이쉬고는 천천히 내뱉었다. "이해하시죠, 네?"

오필리아는 전혀 이해하지 못했지만, 이해해야 할 건 다 이해했다. 나는 중요하지 않다, 나는 고려 대상이 아니다, 나는 아무것도 아니다. 그럼 그렇지, 오래된 목소리가 말했다. 이런 거야, 언제나 이런 식이라고. 받아들여, 그러면 이 사람들도 널 있는 그대로 받아들일 거야. 늙은 여자로. 아무것도 아닌 것으로.

"그리고 저희는 생각을 해야 합니다⋯⋯." 남자가 애매하게, 오필리아를 보지 않으면서 말했다. "기계들에 대해서⋯⋯."

오필리아는 두려움에 오싹해졌다. 난 기계들이 필요해. "기계들이 왜요?" 듣게 될 불길한 답을 알면서도 물었다.

남자는 성가셔하는 듯한 몸짓을 했다. "첨단기술이잖아요. 그들이 첨단기술을 손에 넣어서는 안 됩니다. 사실 보지도 말았어야 하는데. 관련 시설을 모두 폐쇄하는 것도 저희의 임무였습니다. 저희가 어르신께 다른 거주지를 찾아드릴 수 있을 것 같군요. 이 문제에 있어서는 심스 사가 잘못했죠. 심스 사는 벌금 같은 걸 내게 될 거고, 그러면 어르신이 사실 곳을 찾아드릴 비용은 충당이 될 겁니다⋯⋯."

"그러니까⋯⋯ 떠나라고요?" 오필리아는 눈앞이 캄캄해졌다. 안간힘을 써서 숨을 쉬려 애썼다. 이런 사람 앞에서 기절하고 싶지 않았다.

"뭐, 계속 여기서 사실 수는 없잖아요." 남자가 당연하다는 듯이 말했다. "설사 저희가 영구적인 임무를 맡게 된다 해도⋯⋯ 이런— 어르신처럼 연로한 분이 맡을 직책은 없지 않습니까. 게다가 기술을 보호하고 문화오염을 방지하는 건…… 그런 일은 교육받은 사람한테도 쉽지 않습니다. 저희랑 같이 셔틀을 타시면 돼요. 그리고 나서 저희가 발전소를 폐쇄하고……."

"지금은 안 돼요." 오필리아가 말했다. 떨리는 목소리 때문에 자신의 바람이 남자의 의지 앞에서 취약해지는 것이 싫었다. 자신의 맨살이 남자의 눈앞에서 그랬던 것처럼.

"아, 오늘 떠나는 건 아닙니다." 남자가 대수롭지 않은 듯이 말했다. "그들이 여기 있은 지 좀 된 것 같은데, 그들이 이미 본 걸 어떻게 할 수 있는 것도 아니고. 아직 많은 걸 이해하진 못했겠지만, 계속 접근하게 놔두면 너무 많이 알게 되겠죠. 사전작업이 끝나면…… 그때는 떠날 준비를 하세요." 그가 웃음을, 자기가 정한 것들이 변경되지 않는 사람이 짓는 함박웃음을 지었다. "걱정하지 마세요…… 어…… 세라 팔푸리……. 저희가 돌봐드릴 겁니다. 이제 혼자 계시지 않아도 돼요."

남자는 권력을 과시한 스스로가 만족스러워 몸을 건들거리며 센터로 들어갔다. 오필리아는 누가 쿡 찌르기라도 한 듯 꼼짝도 할 수 없었다. 날파람에 날아가버리고 싶었다. 그렇게 운이 좋지는 못했다. 나뭇잎이 흔들릴 정도의 바람도 불지 않았다. 파란 망토가 찍찍거려서 쳐다보니, 걸어가는 남자를 고갯짓으로 가리켰다.

"쿠스-콜록-딱." 파란 망토가 말했다.

"거만하고 으스대는 잡놈." 오필리아가 말했다. 자신과 파란 망토가 같은 말을 했다고 확신했다.

그는 집에서 혼자 ― 파란 망토는 집 안에 있던 것들을 불러내 문 앞에서 보초를 서게 했다 — 조용히 분통을 터뜨렸다. 깨끗한 이불을 팍팍 잡아당겨 깔고 베개를 내던졌다. 떠나지 않을 거야. 전에도 떠나지 않았고, 지금도 떠나지 않을 거야. 그들은 날 억지로 떠나게 할 수 없어.

그럴 수 있어, 오래된 목소리가 말했다. 그럴 거고. 그들은 네가 달아난 적이 있다는 걸 알아. 이번에도 도망칠 순 없을걸.

부당해, 오필리아는 조용히 울부짖었다. 내가 얼마나 열심히 일했는데, 얼마나 많이 일했는데, 그들이 나빠.

상관없어, 오래된 목소리가 말했다. 그들에게 넌 아무것도 아니야. 그들은 힘이 있고, 널 데려갈 거야. 오래된 목소리는 그가 터뜨리는 울분이 로사라와 다른 사람들이 터뜨리던 울분과 얼마나 비슷하게 들리는지 상기시켰다. 그가 도망치면 된다고 생각하면서 업신여겼던 그들의 울분과. 그러자 또 화가 벌컥 났다.

결국 그는 지칠 대로 지쳐 드러누웠다가 낮잠을 잤고 조용한 오후에 깨어났다. 밖에서 목소리가, 인간의 목소리가 들렸다. 앞창으로 내다보니 여자 둘이 나란히 걸으며 대화하고 있었다. 예전의 이웃들과 너무나 비슷한 모습이어서 큰 소리로 부를 뻔했다.

그러나 그들은 이웃이 아니었다. 그를 데려가려고 하는 원수였다. 그가 일해서 만든 모든 것을, 스스로 일군 삶을, 새로 사귄 친구들을 파괴하려고 하는 원수였다.

다음 날 아침, 키가 더 작은 남자 오리가 오필리아를 면담하러 정원 울타리에 나타났다. 오리는 자신이 질문하고 대답을 듣는 동안 그가 일을 해도 괜찮다고 했고, 그가 재배하기로 한 여러 종류의 콩과 토마토와 옥수수에 관한 영리한 질문을 하기도 했다. 오필리아는 자기도 모르게, 어느 품종이 컴퍼니가 제공한 것이고 어느 품종이 개척민들이 자체 개발한 것인지 편하게 이야기하고 있었다.

"유전학자들이 같이 왔었나 봐요?" 오리가 물었다. 그에게 귀가 있다면 기민하게 쫑긋 서 있었을 것 같았다.

"그게…… 대학이랑은 달라요." 오필리아가 말했다. 어떻게 설명한담? "그들은 스스로 생각하기에 우리한테 쓸모 있을 것 같은 것들을 모두 가르쳐줬어요." 마침내 그는 그렇게 말했다. "실용적인 것들 말이죠. 씨를 거둘 최고의 자손은 어떻게 고르는지, 펌프와 발전소와 폐기물 재순환기는 어떻게 수리하는지. 하지만 대체로 왜 그렇게 해야 하는지는 알려주지 않았죠."

"그래서 속상하셨나요?" 이번에는 오리가 별다른 감흥 없이 물었다. 오필리아는 그것을 알아차린 스스로에게 놀랐다. 어떻게 그러는지 그 자신도 알 수 없었다.

"별로요. 배워야 할 건 많고 시간은 적었으니까요." 당시에는 적은 시간으로 느껴지지 않았다. 수업을 듣거나 공부를 한 그 수많은 밤들이, 아이들이 어렸고 원래라면 옷을 깁거나 청소를 하거나 쉴 수 있었을 시간들이. 하지만 시간의 절대량 측면에서 보자면, 다뤄야 할 실용적인 것들이 너무 많았기에 그것들을 제쳐두고 이론을 제대로 다룰 여유가 없었다.

오리는 그의 대답이 만족스러운 듯 몸을 젖혀 등을 기댔다. 오필리아는 더 설명하지 않았다.

"자, 그럼— 괴동물들을 처음 보셨을 때, 뭘 하고 계셨습니까? 무슨 생각을 하셨지요? 보자마자 알아보셨나요?"

처음…… 오필리아는 바다폭풍 때문에 마을을 채비하려던 때부터 이
야기해야 했다. 오리는 그 이야기를 지루해했다, 그렇게 말하지는 않았지
만. 오리의 시선이 어디론가 멀리 가서 완전히 다른 것으로, 그의 머리 너
머의 무언가로 향했다. 1, 2분 뒤 빌롱을 보고 나서야 오필리아는 오리가
왜 그랬는지 깨달았다.

오필리아는 폭풍이 시작된 날의 오후와 밤에 대해, 처음 며칠에 대해
이야기했다. 처음에 오리는 끼어들지 않고 계속 들으면서, 오필리아가 말
을 멈추면 계속하라고 권하기만 했다. 그들이 지적이라는 것을 어떻게 처
음으로 알게 되었는가? 누가 우두머리인지 어떻게 알았는가? 그들의 사회
구조에 대해 알게 된 것이 있는가? 그들은 어떻게 세력권을 주장하는가?

"글쎄요." 오필리아는 계속 이야기했다. "그런 식으로 행동하진 않는
데……" 매사에, 먹을 것을 나누는 것부터 결정을 내리고 계급을 표시하
는 것까지. 남자의 질문이 이어질수록 오필리아는 자기가 괴동물들에 대
해 아무것도 모른다는 기분이 들었다. 그는 두 성별 모두에게 늘어나는
목주머니가 있는지 궁금해한 적이 없었다. 그들의 성별에 관해서 생각해
본 적이 전혀 없었다. 그가 부끄러운 듯 그렇게 말하자 오리는 지진아와
얘기하는 어른 같은 웃음을 지어 보였다.

"괜찮습니다. 인류학자들은 그런 것들을 다르게 본답니다." 바른 방식
으로, 라는 뜻으로 남자가 말했다. 너무 예의 바른 사람이라 실제로 그렇
게 말하지 않았어도 오필리아의 씁쓸한 기분은 나아지지 않았다. 오리
는 질문을 더 했고 그는 아는 대로 대답했다…… 아기들과 딱-카우-키
이어 이야기는 제외하고. 오필리아는 누가 아기들을 해칠까 봐 두려웠다.
인간들은 그러는 편이 신중하다고 판단하면 반드시 그 아기들을 죽일 것

임을 알았고, 그걸 아는 스스로가 싫었다. 걸핏하면 젊은 여자에게 한눈을 파는 것만 빼면 목소리도 부드럽고 오필리아가 신뢰해도 될 것 같은 이 남자도…… 그리고 젊은 여자를 두고 그와 경쟁하는, 오필리아가 전혀 신뢰하지 않는 차가운 눈매의 키 큰 남자도.

그 한차례의 긴 면담이 끝난 뒤 오리는 다시 오지 않았다. 오필리아는 오리가 괴동물들을 따라다니며 그들이 보이는 곳에 앉아 무릎에 스케치북을 펼치고 있는 것을 봤다. 전에 오리는 그리는 것이 때로는 최고 품질의 동영상보다 더 많은 것을 알려준다고 말해준 적이 있었다. 처음 그린 몇몇 스케치를 보여주기도 했는데, 대담하게 재빨리 그린, 괴동물의 형태와 동작의 정수를 포착한 듯한 우아한 선들에 오필리아는 감탄했다. 그는 오리가 아기들을, 주둥이가 있는 머리와 유연한 목, 줄무늬 꼬리의 날쌘 움직임을 스케치한 그림을 보고 싶다고 생각했다.

팀장은 오필리아를 완전히 무시했다. 거리를 이리저리 오가고 대다수 건물을 들락날락하면서 목례도 거의 하지 않았다. 그는 허리띠에 걸고 다니는 녹음기에 대고 끊임없이 중얼거렸다. 마을에 있는 인공물을 하나도 빠짐없이, 심지어 토마토 덩굴이 몇 개인지까지 목록에 적는 것처럼 보였다. 다행히 꾸룩-딱-콜록이 둥지를 틀고 있는 건물은 내버려뒀는데, 괴동물들이 인간의 방문을 달갑지 않아 하는 곳은 침범하지 말라고 오리가 강력하게 주장했기 때문이었다.

덜 젊은 여자는 잠깐씩 숲속으로 들어가, 토착식물만 자라는 곳은 물론이고 중간지대에서도 식물 샘플을 채취했다. 강에는 낚싯줄을 던져놓았고 작은 동물을 잡기 위한 덫도 놓았다. 괴동물들은 그런 여자를 지켜봤는데, 오필리아가 보기에 그럴 때 그들의 표정에는 왕성한 호기심과 가벼운 혐오가 섞여 있었다. 오필리아는 하고 싶은 질문을 할 방법을 찾지 못했다. 괴동물들은 다른 사냥꾼이, 심지어 잡은 것을 먹지도 않는 사냥꾼이 자기들 영역에 있는 게 싫을까?

젊은 여자 빌롱은 대부분의 시간을 이 남자와 저 남자 사이를 왔다 갔다 하면서 보내는 것처럼 보였다. 녹음기를 들고 다녔고, 센터에는 사운드 픽업 장치를 설치했다—그러는 걸 직접 보기도 한 오필리아는 다른 곳들에도 설치됐을 것이라 짐작했다—언어 샘플을 수집하기 위해서였다. 오필리아가 알고 빌롱은 모르는 사실은 괴동물들이 픽업 장치가 있는 곳을 정확히 알고 있으며, 그 밑에 서서 읊조리기를 즐긴다는 거였다……. 오필리아가 보기에는 그냥 아무 낱말이나 늘어놓는, 심지어 뜻도 없는 낱말들을 읊조리는 것 같았다. 확실히, 그럴 때 그들이 하는 말에는 평소와 달리 아무런 리듬도 느낌도 없었다.

오필리아는 예전의 생활로, 가능한 만큼, 돌아갔다. 사람들이 보이지 않으면 슬쩍 가서—쑥쑥 자라는 아주 활달한—아기들과 놀았다. 사람들이 보이지 않을 때가 꽤 자주 있었다. 그는 그것이 괴동물들과 관련이 있으리라고 짐작했다. 딱-카우-키어어가 아기들과 자주 어울릴 수 있도록 개입했을 거라고.

아기들은 태어나고 처음 며칠 동안 인간 아기보다 빨리 변했다. 그 점에서는 순식간에 기민하고 활발해지는 송아지나 어린 양과 더 비슷했다. 오필리아는 예전부터 사람 아기들의 느린 초기 발달이 높은 지능과 관련이 있다고 생각해왔다. 태어나자마자 뛰어다닐 수 있는 모든 것은 모자라게 태어난 것이기도 하다고. 지능도 이미 어른과 비슷한 상태로 태어났기 때문이라고. 그는 양육수업, 유아기 발달수업에서 정확히 그렇게 배왔다고 기억했다. 아이가 천천히 성인이 되는 것은 앞으로 가야 할 길이 멀기 때문이다. 인간의 뇌는 스스로 체계를 마련해야 하고 학습하는 법을 스스로에게 가르쳐야 하니까. 다른 아기 동물들이 더 많은 행동을 습득한 상태로 태어날 수 있는 건 먼 훗날에 학습 능력이 필요하지 않기 때문이다.

이 아기들…… 이들의 새된 끽끽거림은 이미 말소리와 비슷했다. 벌써부터 네 손을 민첩하게 움직이며 둥지 안의 풀과 허브를 능숙하게 만졌다. 어른 괴동물이 빈 호리병박을 건네주자 그 속에 자갈을 넣었다가 다시 밖으로 쏟아냈다. 서로 싸우기도 했다. 밀치고, 물고, 꼬리로 제압하고……. 하지만 누군가 장난감을 주면 싸움은 이내 함께 놀기로 바뀌었다. 생후 10일, 20일의 이 아기들은 세 살짜리 인간 아이들과 비슷했다.

오필리아는 관찰자로만 머물러 있을 수 없었다. 어느새 그 자신이 장난감이나 살아 있는 장애물 코스로 활용되고 있었다. 괴동물들은 아기들에게 필요하다고 생각하는 물건을 그에게 주었다. 호리병박, 비즈, 자갈, 끈 조각들. 한 아기가 목에 끈을 감았을 때 그러면 안 된다는 듯 쉬이, 소리를 낸 것도 그였다. 아기는 멈칫하더니 눈을 동그랗게 뜨고 쳐다봤다. 오필리아는 목 뒤에서 나오는 깍깍 소리를 내며 목이 졸리는 시늉을 해 보였다. 아기가 눈을 끔벅거렸고, 다리와 꼬리로 몸을 지탱하고 앉아 있던 다른 아기들이 낮게 끽끽거렸다. 오필리아로서는 놀랍게도, 그 후 어떤 아기도 목에 끈을 감지 않았다.

이 아기들이 막 걷기 시작한 인간 아이들과 비슷하다면…… 오필리아는 아기들이 문자와 숫자를 배울 수 있을지 궁금했다. 다른 사람들만 없었다면 아기들을 센터로 데려가 책과 학습용 컴퓨터를 보여줬을 테지만 지금은 그럴 수 없었다. 그는 양심의 가책을 느꼈다. 그러고 **싶어 하면** 안 돼. 그들로부터 인간의 기술을 보호해야 해, 인간의 기술로부터 그들을 보호해야 하기도 하고.

그는 개수대 물이 쏟아지는 소리에 깜짝 놀라 공상에서 빠져나왔다. 한 아기가 깊은 개수대의 긴 수전 위에 서서 냉수 꼭지를 갈고리발톱으로 감아 당기고 있었다. 다른 아기 둘은 벽에 몸을 기댄 채 같은 꼭지를 발로 밀고 있었다. 그가 쳐다보자 아기들은 힘의 방향을 바꾸었다. 밀고 있던 아기들이 갈고리발톱을 걸어 당기려고 했다. 수전 위의 아기는 밀려고 했다……. 그러다 발을 헛디뎌 개수대에 풍덩 빠졌다. 오필리아는 일어나서 물속에 팔을 넣었다. 갈고리발톱이 파고들었다. 아기가 요란하게 끽끽대면서 그의 팔에 기어올랐다.

무엇을 무엇으로부터 보호해야 하는지에 관한 고민은 그만하자. 괴동물들은 안전하게 기술을 이용하는 법을 배워야 해. 그들이 기술을 이용하지 못하게 막을 방법이 없으니까.

아기들과 함께하는 나날은 그를 기쁘게 했지만 마음은 내내 걱정으로 무거워졌다. 언젠가—얼마 후인지도 알 수 없는 어느 날에—팀장은 자기들이 충분히 작업하고 충분히 봤다고 생각하면 오필리아에게 셔틀에 타라고 명령할 터였다. 오필리아는 떠나든지 죽든지 해야 할 것이다. 이번에는 도무지 도망칠 방법이 떠오르지 않았다. 현지의 먹거리를 먹을 수 없는 몸으로는, 그 사람들이 그를 찾아내 데려가겠다고 마음먹고 있는 한은. 오필리아는 떠날 수밖에 없을 것이고 그의 괴동물들—그의 책임, 그 아기들—을 남들에게, 그가 전혀 신뢰하지 않는 이들에게 맡겨야 할 것이었다.

18

다른 인간들과 거의 접촉하지 않은 며칠이 지난 뒤―그들은 정중하지만 서먹한 인사로 무식한 늙은 여자와 낭비할 시간이 없음을 확실히 보여주었다―오필리아는 자신이 그들에게 다시 실재하는 존재가 되었음을 알아차렸다. 그래서 흡족한지는 잘 알 수 없었다. 그저 그들이 접촉작업을 마무리하고 있으며, 그와 콜로니, 괴동물들에 관해 "최종 결론을 내릴(팀장의 표현)" 준비를 하는 중이라는 뜻이리라 짐작했다.

변화는 그들이 오필리아를 보면 조금 더 다정하게 인사하고 정중하게 안부를 묻고 정원식물이 잘 자라는지 묻는 것부터 시작되었다. 덜 젊은 여자는 오필리아가 만든 목걸이에 대해 이야기했다. 다부진 남자는 파란 망토가 음유시인이나 연예인, 가수라는 사실을 알아냈다고 했다. 젊은 여자는 성가신 아이처럼 말은 별로 하지 않으면서 오필리아의 주변을 얼쩡거리기 시작했다. 오필리아는 젊은 여자가 자기가 하려고 목걸이를 하나 훔쳐 갔다는 것을, 언제나 셔츠 단추를 너무 많이 열고 다닌다는 것을 알게 되었다. 며칠 동안 그렇게 얼쩡대서 오필리아가 무례한 말을 하기 직전까지 갔을 때 젊은 여자는 제대로 말을 걸어왔다. 어떻게 괴동물들에게 말을 가르쳤느냐고 물은 것이다.

오필리아는 최선을 다해 설명했다. 아기한테 말을 가르치던 것처럼 가르치려고 애썼다고. 사람 아기들에게, 하고 오필리아는 다시 말했다. 어차피 빌롱은 사람 아기밖에 못 봤겠지만.

"언어는 그렇게 가르치는 게 아니에요." 여자가 말했다. "어르신은 아이들한테 말하는 법을 가르쳤다고 생각하시겠지만, 인간 아이들은 가르칠 필요가 없어요. 저절로 배우니까요." 빌롱은 정중하게 말하려고 애쓰고 있었다. 오필리아는 그것을 느낄 수 있었지만, 여자가 오필리아를 과장된 인내심으로, 마치 그가 말 안 듣는 아이인 것처럼 대한다는 것도 느낄 수 있었다. 오필리아는 의도치 않게 무례를 범하고 있는 상대에게 화내지 않으려고 애썼다.

"그런 애들도 있죠." 오필리아가 인정했다. 대다수가 그럴지도. 하지만 가르치고 싶은 마음을 거스르는 어머니가 세상에 존재한 적이 있었던가?

"아이들은 모두," 빌롱이 강한 어조로 말했다. "인간 아이들은 모두 말하는 법을 스스로 배워요. 인간 언어를 말하도록 설계되어 있으니까요."

오필리아는 기나긴 세월 동안 해왔던 일을 하는 방법이, 대화에서 스스로를 지우고 대화가 그냥 흘러가게 두는 법이 기억나기를 바랐다. 하지만 닭을 다시 달걀에 집어넣을 순 없었다. "사라의 아이는," 오필리아는 자기도 모르게 말하고 있었다. 조심성 많은 오래된 목소리가 잠자코 있으라고 애원하는데도. "말을 하지 못했어요, 뭘 어떻게 해도."

"저는 **정상적인** 아이들을 말한 거예요." 여자가 참을성이 줄어든 말투로 말했다. "하지만 그들은 외계인이에요, 오필리아. 오필리아라고 불러도 되죠, 그렇죠?"

이 동네 출신 여자애는 우쭐해져서는 안 된다, 오필리아의 아버지는 말했었다. 자긍심의 끝에는 지옥살이가 있다, 누군가는 그렇게 말했다. 길게 자란 줄기는 칼을 부른다. 너는 아무것도 아니다.

"세라 오필리아예요." 오필리아가 최대한 약한 어조로 말했다.

"아, 사라요? 죄송해요. 성함이 오필리아인 줄 알았어요." 여자는 혼란스러워하면서도 개의치 않는 것 같았다. 말투로 보건대, 오필리아는 알아차렸다, 여자는 이름인 사라와 경칭인 세라를 구분하지 못한 것 같았다. 다부진 남자가 오필리아를 세라 팔푸리아스라고 정확하게 부를 때 신경쓰지 않았다는 뜻이기도 했다. 오필리아는 여자를 깨우쳐주지 않았다. 그냥 가만히 있었다. 살면서 곤란한 상황에 빠지지 않도록 해준 무미건조한 표정들을 자신의 얼굴이 기억하기를 바라면서.

"사라." 언어학자가 말했다. "제가 외계 언어에 대해 설명해드릴게요." 오필리아는 가만히 있었지만 그의 정신은 따다다다 말하고 있었다. "외계 언어는 인간 언어와 달라요." 언어학자가 계속 말했다. 아, 그래? 내가 그걸 모를까 봐? "생물학적 특성이 다르니까요, 그들의 뇌구조 자체가 ― 뇌라고 할 수 있다면 말이죠, 할 수 없을 것 같지만 ― 다른 언어구조를 결정해요."

오필리아는 어렵사리 콧방귀를 참았다. 뇌가 언어와 무슨 관계가 있든, 어떤 메시지들은 똑같을 수밖에 없을 터였다. 나 배고파, 먹을 것을 줘. 나 다쳤어, 돌봐줘. 이리 와. 저리 가. **아야.** 다시 해. 저건 뭐고 어떻게 하는 거야?

"우리와 같은 뜻으로 하는 말이 전혀 없을 수도 있어요." 그렇게 언어학자는 바보의 초상화를 완성했다.

조심성이 패배했다. 너무 오랫동안 자유롭게 속마음을 말하면서 지내왔던 것이다, 듣는 사람이 자기 혼자였긴 하지만. "그들도 같은 뜻으로 하는 말이 있을 수밖에 없어요." 오필리아가 말했다. "배가 고프거나 아플 때."

젊은 여자의 눈썹이 위로 올라갔다. "글쎄요……. 대체로 보편적인 메시지가 좀 있기는 하죠. 하지만 거의 흥미롭지 않은 것들이죠. 비언어 생물종도 배고픔이나 고통과 관련된 음성은 낼지 몰라요. 게다가 우리가 아는 언어들에서도 그런 메시지들은 다르게 표현되죠. 예를 들어 게티아인들은 '나 배고파'라는 뜻으로 '내 수액이 마른다'고 하고, 어르신의 언어의 어느 방언에서는 ― 언어학자는 특별히 우스꽝스럽다는 듯이 '어르신의 언어'라고 말했다 ― 아마 남부 나르얀일 거예요, 아무도 '나 다쳤어'라고 하지 않아요. '그게 날 다치게 했어'라고만 하죠."

오필리아는 발을 작게 앞뒤로 끌면서 혼자서 사실을 떠올렸다. 그는 게티아아인 ― 외계인인가? ― 에 대해서는 들어본 적 없지만 남부 나르얀 출신의 친척 아주머니가 있었다. 아주머니가 뭔가에 걸려 넘어졌을 때 '나는 스스로 다쳤어'라고 말했음을 똑똑히 기억하고 있었다. 이 언어학자는 허리가 아플 때 '나 아파'라고 말할까, 아니면, 더 합리적으로, '허리가 아파'라고 말할까? 오필리아는 물을 수 있는 질문을 생각해냈다.

"외계 언어를 몇 개나 알죠?"

여자가 얼굴을 붉혔다. "어…… 사실은…… 하나도 몰라요. 진짜 외계어는요. 아무도 발견한 적 없으니까요. 이번이 최초 사례가 될 거예요." 오필리아가 생각만 하고 있는 내용을 말로 뱉기라도 한 것처럼 언어학자는 서둘러 말을 이었다. "물론 저희는 컴퓨터로 생성한 언어들로 실습을 했어요. 신경 모델링으로 외계 네트워크들을 창조하고 거기서 생성된 언어들로 실습했죠."

오필리아는 무표정한 얼굴을 유지했다. 여자의 말이 무슨 뜻인지 알아들었다. 기계 언어를 하는 기계들을 만들었고, 그것들을 통해 외계 언어들을 이해하는 법을 배웠다고 생각한다는 것이다. 멍청해. 기계는 외계인처럼 생각하는 게 아니라 기계처럼 생각하겠지. 그 괴동물들은 기계가 아니야, 기계와는 거리가 아주 멀다고.

하지만 언어학자는 오필리아 쪽으로 몸을 바짝 숙이더니 이제 거의 털어놓듯이 말하고 있었다. 오필리아가 제일 좋아하는 친척 아주머니나 할머니라도 되는 것처럼.

오필리아는 빌롱의 어머니도, 할머니도 되고 싶지 않았다. 그런 역할에는 이미 작별을 고했다. 착한 아이, 좋은 아내, 좋은 어머니가 되는 것에도. 그런 것들에 70여 년을 쏟아부었다, 몰두했다. 이제는 색칠하고 조각하고, 늙고 갈라진 목소리로 낯선 괴동물들과 더 낯선 그들의 음악에 맞춰 노래하는 오필리아가 되고 싶었다. 괴동물들한테서 받은 역할로도 충분하고도 남았다.

"이게 다 긴장 상태 때문이에요." 언어학자가 말하고 있었다. "어르신한테 이런 얘기하면 안 되지만—." 그럼 하지 마, 오필리아는 생각했다. 말하지 말라고. 듣고 싶지 않아. "—그래도 어르신은 지혜롭잖아요, 교육은 못 받으셨어도." 그 말 속의 오만함 때문에 오필리아는 거의 버럭 대꾸할 뻔했지만 가까스로 참았다. 교육은 못 받았지만 지혜롭다고? 지혜가 교육과 무슨 관계가 있지? 게다가 나는 교육을 받았어. 오랜 시간 공부했다고. 밤마다 새벽마다 공부했어. 이 어린애가, 이…… 펌프도 고칠 줄 모르는, 분별없이 어미 소와 송아지 사이로 걸어 다니는 이 계집애가 태어나기도 한참 전에.

"문제는," 속 편하게도 상대가 무슨 생각을 하는지 모르는 여자애가 말을 이었다. "그 사람들은 전부터 서로를 싫어했다는 거예요. 그래서 나를 핑계거리로 쓰는 거죠. 누구는 내가 추파를 던진다고 하고, 누구는 그런 게 아니라고 하고……."

"추파를 던지나요?" 오필리아가 물었다. 난 던진다고 생각해. 그렇지 않다면 왜 그런 향수를 뿌리고 다니지? 그렇지 않다면 왜 무르익은 젊은 몸을 덩굴에 달린 과일처럼 흔들면서 다녀? 따먹힐 준비가 되어 있다고 몸짓 하나하나로 티를 내면서?

"그럴 리가요." 버둥거림, 분개한 시선. 똑같네, 입으로는 늘 부인하면서 엉덩이로는 다른 말을 하던 린다와. 하지만 이 애는 린다가 아니야. "뭐…… 어쩌면요. 하지만 **진지하게는** 아니에요, 아시죠. 어르신이랑은 문화가 달라요, 아시잖아요." 또 상냥하게 거들먹거리는군. "어르신이랑은 규칙이 달라서—." 인간의 생물학이 자신의 편의를 위해 비껴가는 것처럼, 남자들이 냄새와 몸짓에 반응하도록 태어난 동물이 아닌 것처럼 말하네. "제가 좀 좋아하는 사람이 있는데, 그 사람이 몰라야 할 이유는 없잖아요. 하지만 딱히 추파를 던지는 건 아니에요."

"그 남자랑 자요?" 오필리아가 물었다. 여자애는 얼굴을 붉히며 노려봤다.

"어르신이 상관할—." 여자애가 갑자기 말을 멈추고 엄지로 진흙을 쓱 닦듯이 순식간에 표정을 바꿨다. "아, 안녕, 키라. 기술 조사는 잘 돼가요?"

오필리아는 고개를 들어 다른 여자를, 이 어린 것보다 연상이고 조심성도 있지만 오필리아가 보기에는 역시나 어린 여자를 봤다. 여자는 웬지 화가 나 있었다. 여자애의 터무니없는 행동 때문이라고 오필리아는 짐작했다.

"20분 뒤에 스태프 회의가 있어요, 빌롱. 사전 분석결과를 갖고 참석해야 하는 거 알죠—."

"안 되는데. 너무 일러요. 미가공 데이터만 논의할 수 있어요—."

"그럼 그렇게 해요." 키라는 바다폭풍 중심부의 구름 벽처럼 위협적으로 서서 꿈쩍도 하지 않았다. 결국 젊은 여자는 일어나서 어깨를 잔뜩 움츠리고 걸어가버렸다.

"화났어요?" 오필리아가 물었다. 햇볕에 따뜻해진 벽에 등을 기대며 자신이 늙고 멍청해 보이기를 바랐다.

"빌롱은 어르신이랑 얘기하면서 시간을 낭비할 처지가 못 되거든요." 키라가 말했다. "일이나 할 것이지." 오필리아는 잠자코 있었다. 어린애들을 쫓아내는 덜 어린 아이들이 똑같이 행동하는 걸 본 적이 있었다. 그런 애들이 진짜로 원하는 건 어머니나 할머니를 독차지하는 것이다.

키라는 한숨을 쉬었다. 자기도 털어놓을 것이 있음을 암시하는 극적인 한숨이었다. 오필리아는 눈꺼풀을 축 늘어뜨려 눈을 감다시피 했다. 충분히 멍청해 보이면 여자가 마음을 바꿀지도 모르니까.

"어르신은 말수가 적으시죠." 키라가 말했다. 잘못 짚었군. 이 여자가 원하는 건 믿을 만한 말벗이야, 멍청하고 과묵해 보이는 사람. 오필리아는 눈을 떴지만 기민한 달변가인 척하기에는 늦었다. 키라의 입이 비뚜

름해졌다. "하지만 그런 척하시는 것의 반만큼도 둔한 분이 아니라는 것도 알아요. 멍청한 사람은 이렇게 오랫동안 혼자서 살아남을 수 없죠." 관찰력이 좋구먼, 달가운 말은 아닌 것 같지만. 오필리아는 한 번쯤은 사람들이 자신을 제대로 봐주기를 바랐었다. 자신들의 생각을 덧입혀서 보는 것이 아니라.

오필리아는 키라를 봤다. 아주 세심하게 잡힌 모양으로 보건대 그가 모르는 하나의 스타일임이 분명한 짧은 머리, 노화로 인한 주름이 이제 막 생기기 시작한 젊은 여자의 매끄러운 피부. 실제로 어떤 사람일까? "내가 멍청하다고 생각하진 않아요." 오필리아가 말했다.

키라의 눈이 커졌다가 원래대로 돌아왔다.

"네. 알아요. 제가 모르는 건 어르신이 여기 남기로 한 이유예요."

"그래요." 오필리아가 키라의 억양을 따라 하며 말했다. "모르는 것 같네요. 하지만 너무 젊으니까."

"우주선에서, 이동 중에 돌아가실까 봐 그런 건가요?"

오필리아는 어깨를 으쓱였다. 짜증이 났다. 언제나 죽음으로 돌아간다, 젊은 것들은. 죽음에 집착한다. 오필리아는 다시 설명하려 애썼다. "죽음 때문이 아니에요. 삶 때문이죠. 남으면 혼자가 될 수 있었고ㅡ."

"하지만 고립상태에서 생존할 수 있는 사람은 없어요." 키라가 오필리아의 말을 잘라먹었다. 전에도 그랬듯이, 그들 모두가 그랬듯이. "엄청 외로우셨을 거예요. 그 자생종이 나타났기에 망정이지, 운이 좋으셨어요."

오필리아는 외롭지 않았다고 말해봤자 소용없을 것 같았다. 전에 그렇게 말했을 때 그들은 아주 딱하다는 표정으로, 확신에 찬 표정으로 그를 쳐다봤었다.

"내가 미쳤나 보네요." 오필리아가 말했다.

"어르신의 정신감정서에 그런 내용은 없었어요." 키라가 말했다. 그러니까, 이 사람들은 내 인사기록을 들춰봤다는 거네. 나는 한 번도 못 본 것을. 또 분노가 뭉근하게 들끓었다. 이들이 무슨 권리로? 내 측근도 아니고, 가족도, 친구도, 같은 개척민도 아닌 이들이. 심지어 난 도움을 청한 적도 없다. "그런 건…… 정상이 아니에요." 키라가 말했다. "온 세상에 단 하나뿐인 인간이 되고 싶어 하는 건— 정상이 아니라고요."

"그럼 정상이 아닌가 보죠." 오필리아가 말했다. 이 사람한테는 침묵이 통하지 않을 것이다. 벌써 알 수 있었다.

"하지만 왜죠?"

오필리아는 어깨를 으쓱였다. "내가 전에도 대답했지만 당신은 내 대답을 마음에 들어 하지 않았죠. 내가 이해를 못 한다고 하면서요. 내가 아는 진실을 말할까요, 아니면 당신이 원하는 거짓을 애써 짐작해서 말할까요?"

키라의 눈이 휘둥그레졌다. 놀랐지, 할머니도 성질이 있단다. "그렇게— 그렇게 격하게 반응하지 않으셔도 돼요. 전 그저 알고 싶은 거예요." 여자는 언짢은 것 같았다. 괜찮아, 언짢으라지.

"난 혼자 있고 싶었어요. 아주 오랫동안 그랬죠. 어릴 때도 혼자 있는 게 싫지 않았고, 지금도 마찬가지예요."

키라는 완벽하게 손질된 머리카락이 살짝 흔들리게 고개를 흔들었다. 마치 이해하기를 거부하는 것 같았다. "남편분과 자제분들이 여기서 돌아가셔서 그러신 거예요? 가족분들 곁에 있고 싶어서요?"

오필리아는 한숨을 쉬고 벽에 기대고 있던 몸을 일으켜 천천히 일어섰다. 이 사람들이 괴동물들만큼 이질적으로 느껴졌다. 다른 점이 있다면 이들은 그를 이해하는 일에 괴동물들보다 관심이 적다는 것이다. "듣지 않으면 들리지 않아요." 오필리아는 강조하는 뜻으로 귀를 잡아당기며 말했다. 이들은 어차피 자기들 마음대로 결론을 내릴 것이고 오필리아는 거기에 아무런 영향도 미치지 못할 터였다.

오필리아는 걷기 시작했다. 집의 저쪽 모퉁이를 돌아 초원으로 갔다. 키라는 몇 걸음 따라오다가 뭐라고 푸념을 하더니 곧 뒤처졌다. 오필리아는 돌아보지 않았지만 어깨뼈에 닿는 키라의 시선이 느껴졌다.

양들에게 갔다. 하루 중 이맘때에는 오필리아를 본체만체하는 상서롭게도 조용한 양들에게. 다른 인간들한테 빤히 보이는 그곳에 숨었다. 양 똥을 주워 가져온 바구니에 담았다. 주운 똥을 초원의 바깥 가장자리에 흩뿌렸다. 박테리아와 균류가 섞인 양 똥은 테라포밍 잔디의 생존을 돕고 초원의 경계를 유지시켜주었다.

새로 온 인간들은 똥을 싫어했다. 산 것의 냄새를 풍기는 것은 죄다 싫어했다. "유기물의 냄새가 난다"면서. 오필리아가 자기들이 생각하기에 더러운 일을 하고 있을 때는 그와 아무것도 하려 하지 않았다. 최초의 생토마토에 환호한 이후 그들은 오필리아가 양과 소의 배설물, 주방 쓰레기를 소독하지 않고 비료 구덩이에, 이어 땅속에 넣는다는 사실을 알고 움찔했다. 그때부터 토마토를 줘도 받지 않았고 더위를 식힐 과일 주스도 사양했다. 자기들이 직접 과일을 따서 센터 주방의 개수대에서 박박 문질러 씻어 먹었다.

오필리아는 더러움에 관한 새로 온 인간들의 바보 같은 생각에 질렸다. 그들의 부산스러움에 질렸다. 사과도 없이 그의 일을 방해하고 원하는 만큼 떠들고는 건물에서 나가듯이 무심히 가버리는 짓에 질렸다. 정원 일이 밀렸고 바느질도 뜨개질도 장신구 만들기도 즐길 수가 없었다. 언제고 누군가 들이닥쳐, 곧 떠나야 하는데 이것저것 만들고 있다니 정말 바보 같다고 생각하는 게 여실히 드러나는 표정을 지었기 때문이다. 마치 오필리아가 스스로를 하찮게 느끼도록 일부러 그러는 것 같았다.

그들과 괴동물들의 다른 행동을 저절로 인식할 수밖에 없었다. 오래된 목소리는, 우쭐하고 확신에 차서, 당연한 것 아니냐고 말했다. 넌 그 인간들한테 아무것도 아니야. 그들은 인간을 평가할 줄 알거든. 넌 밑바닥이야. 괴동물들은 그럴 줄 몰라서 그래. 괴동물들이 널 좋아하는 건 처음 본 인간이라서야. 신기해서 널 가치 있게 여기는 거겠지. 널 존중하는 이유가 무엇이든, 중요한 이유로 너를 높이 평가할 리가 없어. 괴동물들은 뭐가 중요한지 몰라.

똥은 햇볕에 금방 말랐다. 오필리아는 거리낌 없이 똥을 주웠다. 괴로운 건 허리를 굽히는 것뿐이었다. 머리는 이제 몸을 숙일 때만 아팠다. 온몸의 피가 머리의 혹으로 쏠려 맥동하는 것 같았다. 오래된 목소리는 그가 너무 늙었다고, 너무 약하다고, 너무 쓸모없다고 말했다. 새 목소리는 말이 없었지만, 심장 속의 차가운 웅어리처럼 살고 있었다. 오필리아는 오래된 목소리를 애써 무시하며 계속 일했다. 다른 인간들과 계속 거리를 두면 새 목소리가 다시 말해줄지 몰랐다. 그 목소리가 그리웠다.

그림자 하나가 언뜻 움직였다. 괴동물이었다. 오필리아는 고개를 들고 가슴으로 앓는 듯 끙끙거려 인사를 건네봤다. 비슷한 소리가 되돌아왔다. 이 괴동물은 자기 장신구들에 오필리아의 목걸이를 겹쳐 걸고 있었다. 그가 쳐다보자 바구니를 톡톡 두드리며 꾸르륵 소리로 질문했다. 평소에 인간의 말을 거의 하지 않는 개체였다.

"양 똥." 오필리아가 질문을 확실하게 이해한 것처럼 말했다. "잔디에 줄 거야. 잔디가 먹는 거야."

괴동물이 천천히 양 한 마리에게 다가갔다. 양은 고개를 들고 그것을 주시했다. 괴동물은 훨씬 더 천천히 몸을 숙이고 풀을 한 줌 뜯어 양에게 주었다. 양은 고분고분하게 풀을 받아 물고 좁은 턱을 이리저리 움직이며 씹었다. 괴동물은 양의 목에 손을 갖다 댄 뒤 부드럽게 몸통을 쓸어 엉덩이로 가져갔다. 오필리아는 이해했다. 먹이가 여기로 들어가 이렇게 지나간다……. 괴동물이 꼬리를 들어 올리려 하자 양은 몸을 홱 틀고 총총 가버렸다. 괴동물은 입을 딱 벌리고 오필리아를 쳐다보더니— 웃음? 짜증?— 양의 엉덩이를, 이어 땅에 떨어진 똥을 가리켰다.

"그래." 오필리아는 열심히 고개를 끄덕였다.

괴동물은 오필리아에게 엉덩이가 보이게 서더니 장식적인 킬트를 들어 올려 의심의 여지 없이 구멍인 것을 가리켰다. 오필리아는 고개를 돌렸다. 괴동물의 구멍이 어떻게 생겼는지 보고 싶지 않았다. 하지만 이미 그것의, 예측 가능하게도, 주름진 형태를 봐버렸다.

"그래. 그건 뒤쪽의 구멍으로 나와." 그를 관찰해온 괴동물들이 모를 리가 없었다. 오필리아는 의식하지 못하는 사이에 관찰당했으리라 짐작했다. 얼른 이 주제에서 벗어나고 싶었지만 괴동물들은 흥미가 사라질 때까지 계속하는 습성이 있었다. 아직 모를 리가 없을 텐데. 처음 만나고 며칠 동안 내가 변기를 쓸 때 벌어지는 일을 숨길 수가 없었으니까. 이 개체는 파란 망토와 함께 왔으니까 본 적이 없을 수도 있어……. 그래도 다른 것들과 얘기해서 이제는 분명 알고 있을 거야. 오필리아는 괴동물들이 자신에 관해 이야기한다는 사실을 알고 있었다.

"타른 너어." 괴동물이 말했다. '다른 너'는 '다른 인간들'이라는 뜻이었다. 괴동물들은 아무도 '인간'이라는 말을 하려 하지 않았다. "다른 인간들이 왜?" 오필리아가 물었다. 그는 자신이 괴동물의 말을 이해하는 것보다 괴동물들이 자신의 말을 더 많이 이해한다는 사실에 익숙해져 있었다.

그것은 자기 입을 가리켰다가 그의 입을 가리켰다⋯⋯. 자기 엉덩이를 가리킨 뒤 양 똥을 가리켰다.

"아, 다른 인간들도 그런지 궁금하다고?" 이 무슨 바보 같은 질문이람. 그들도 당연히 똑같지. 그는 고개를 세차게 끄덕였다. "그래. 그들도 그래."

"아안 퐈." 괴동물이 말했다. 오필리아는 무슨 뜻인지 생각했다. 다른 인간들은 여전히 셔틀 이착륙장에 설치한 숙소에서 지내고 있었다. 셔틀에서 지내다가 나와서 지낸 지 며칠도 되지 않았다. 그러니 괴동물들은 그 사람들이 먹거나 배설하는 것을 보지 못했을 터였다.

괴동물이 코를 톡톡 치고는 부러 킁킁거렸다. "아아안 ㄱㄱ가타." 오필리아는 그 말을 '미친 냄새가 난다'로 이해했는데*, 지금까지 나눈 대화를 고려하면 말이 되지 않았다. 괴동물이 다시 시도했다. "타른 너어ㅡ." 이어 과장되게 킁킁댄 뒤, "ㅡ 아안 가아타." 가타⋯⋯ 가아타⋯⋯ 같다. 다른 너들은 냄새가 같지 않다? 그래, 그런 뜻일 거야.

---

* 괴동물이 'not same(같지 않다)'이라는 의도로 말한 "nnnott sssane"을 오필리아는 'not sane(제정신이 아니다)'으로 받아들였다.

오필리아는 강조하기 위해 몸짓을 하며 말했다. "다른 인간들의 냄새가…… 나랑 같지 않다고 생각해? 다르다고?"

"그으으래애." 그것이 그의 셔츠를 만졌다가 자기 킬트와 허리띠를 만졌다. "아아안 가아타 오올."

그렇지, 그 사람들은 나와 다른 옷을 입지. 그들은 부드러운 긴소매 셔츠와 긴바지를 입고 구두를 신었다. 하나같이 어두운 색으로.

"가아타 타른 너어들 두우웅지 테 때어어." 다른 너들 같은 ─ 다른 인간들이 둥지-어쩌고를 때어어 ─ 태어어? '태어어'는 '해쳐'랑 비슷한데. 오필리아는 양손을 쓰려고 바구니를 내려놓았다. 그 불운한 개척민들이 괴동물들의 둥지를 해쳤다? 그래서 개척민들을 공격한 걸까?

"태어어?" 오필리아는 주먹을 휘두르고 발로 차는 시늉을 했다.

괴동물은 혼란스러운 듯 주위를 돌아봤다. 그러더니 "뜨으거어. 때어어 마아안더 뜨으거어." 뜨거워. 때애어는 뜨거워를 만든다.

"태웠어!" 충격과 공포가 동시에 덮쳐왔다. '태우다'라는 말을 어디서 배웠지? 뜨거운 스토브를 경고하면서 내가 말했나? 기억나지 않아. 게다가 다른 인간들이 둥지들을 **태웠다고**? 아기들을 불태웠다고?

오필리아는 하늘에서 내려와 걸리적대는 모든 것을 없애며 셔틀이 내릴 땅을 평탄화하는 메크봇들을 떠올렸다……. 만약 그곳에 둥지가 있었다면? 둥지가 메크봇의 배기관 때문에 불이 붙었거나 메크봇이 쌓여 있는 풀과 뿌리들을…… 심지어 새끼들을 태워버렸다면?

오필리아는 공포에 질린 표정을 지었고, 괴동물은 그런 그를 보고 그가 충격을 받았음을 알아차렸다.

"타른 너어." 괴동물이 단호하게 고개를 홱 젖히며 다시 말했다. "아아안 가아타. 아아안……." 그리고 그것의 언어로 빠르게 재잘거렸고, 오필리아는 그 가운데 '딱-카우-키이어'를 들은 것 같았다.

그 사람들이 나쁜지 어떤지는 모르지만 그들은 괴동물들의 둥지와 아이들을 파괴하려던 것이 아니었다. 그는 그들을 변호해야 했다. 하지만 이런 혼동을 바로잡을 방법을 알 수 없었다. 혼동이 아니야, 그는 이제 깨달았다, 굳을 대로 굳은 적대감이지. 그리고 파란 망토는 왜 아무 말도 하지 않았을까? 나를 가르칠 때, 나한테서 배울 때, 내가 죽어가던 새 개척민들의 소리가 녹음된 테이프를 들려줬을 때.

내가 고통을 느끼지 않기를 바랐던 걸까? 혹은 더 깊은 불신감을?

"딱-카우-키이어." 오필리아가 말했다. 평소에 그 말을 들으면 괴동물들이 진정했기 때문이다. "꾸륵-딱-콜록?"

그것이 그의 머리를 살짝 건드렸다. "너어 초은 딱-카우-키이어."

내가 좋은 딱-카우-키이어인지는 모르겠지만, 아직도 나의 책무를 전부 다 알지는 못해……. 두 종족 모두에 관한 책무를. 그는 문득 그런 생각이 들었다. 그러고 싶지 않지만─그들은 내 말을 듣지 않을 거야─내가 알게 된 사실을 그들이 모르게 놔둘 순 없어. 하지만 더 알아낼 필요가 있어. 최고의 정보원을 만나야 해.

"파란 망토는?" 그는 물었다. "파란 망토는 어디 있어?"

괴동물은 숲 쪽으로 고갯짓을 했다─**숲**? 파란 망토가 숲에서 뭘 하는 거지? 아마 사냥을 하고 있겠지만, 더는 긴 칼을 무서워하지 않는 오필리아도 나무타개를 죽이는 파란 망토는 별로 보고 싶지 않았다. 그러나 함께 있던 괴동물이 숲으로 가기 시작했고 그는 뒤따라갔다. 바구니 속의 양 똥을 초원 가장자리에 흩뿌린 뒤 중간지대의 키 큰 잡초와 덤불 사이를 조심스럽게 걸어갔다.

원래는 혼자 살게 되면 숲에 자주 가겠다고 생각했었지만 마을에서 할 일이 너무 많았다. 더욱이 괴동물들이 사냥하는 모습을 목격한 뒤로는 그들과 함께 높은 숲속으로 들어가기가 싫어졌다. 하지만 지금 그는 괴동물을 따라 여느 곳을 가던 때와 똑같은 기분이 들었다. 더 시원하다는 것만 다르려나. 그는 괴동물의 움직임을 관찰했다. 숲속의 칭칭 감긴 뿌리와 덩굴 때문에 발을 높이 들고 걷는 것이 조금 힘들어 보였다. 괴동물은 그가 알 리 없는 길로 앞장섰지만, 그는 예전에 도망쳐서 숨었던 곳에 도착하자 마치 어제 그곳을 떠나왔던 것처럼 알아볼 수 있었다. 쓰러진 통나무와 식량자루를 놓아두었던 구부러진 나무뿌리를 알아봤다.

그리고 그곳에 그가 아는 괴동물들이 거의 다 모여 있었다. 단정하게 망토를 두른 파란 망토. 꾸륵-딱-콜록과 세 아기. 괴동물 넷이 아기들을 둘러싸고 있었는데, 몸을 뻗어 만든 살아 있는 안전 울타리 안에서 아기들이 뒹굴고 기고 있었다. 아기들은 오필리아를 보자 끽끽거리며 어느 괴동물의 다리 위로 비틀비틀 올라가더니, 날마다 커지는 듯한 발로 깡충깡충 뛰었다.

파란 망토가 오필리아를 맞이할 때 괴동물 둘이 슬그머니 자리를 뜨더니 마을 쪽으로 가는 것이 보였다. 손에 든 긴 칼들이 희미하게 빛났다. 학살 모의를 하고 있었어—? 오필리아는 따라가고 싶었지만 파란 망토가 그의 두 손을 잡았다.

"아아안 죽여어어." 파란 망토가 그의 생각을 읽은 것처럼 말했다. 사실은 표정을 읽은 거겠지만. 인간의 얼굴은 아주 유연하고 표정이 아주 풍부하니까. "타른 너어 아안 죽여어어. 치켜바." 죽이지 않아, 지켜봐. 인간들이 이 회의에 오지 않도록. 빌롱이 부지런히 마을 곳곳에 설치한 스캐너와 리코더에서 멀리 떨어진 곳에서 괴동물들이 신중하게 연 회의에.

오필리아는 양 떼 초원에서 그와 이야기한 괴동물이 기회를 엿보고 있었다는 것을 깨달았다. 얼마나 오랫동안 그랬는지 궁금했지만 — 분명 어제는 괴동물들이 마을에 있었다 — 그것이 가장 중요한 질문은 아니었다.

파란 망토가 갑자기 목주머니를 부풀려 둥둥거리기 시작했다. 곧 모두가 손가락과 발가락과 몸으로 둥둥거렸고, 그 복잡한 리듬에 아기들이 얼른 울타리의 이 구석에서 저 구석으로 기우뚱거리며 이동했다. 아기들의 작은 발이 한 리듬에, 이어 다른 리듬에 맞춰 까닥거렸다. 마침내 리듬이 일정해졌다. 오필리아는 온몸으로 그 리듬을 느낄 수 있었다. 그의 발끝도 땅을 치는 것을, 그의 심장도 박동이 느려지며 화합을 뜻하는 왼손 북 치기에 맞춰 뛰는 것이 느껴졌다.

그러다 순식간에 고요해지더니 아기들이 요란하게 끽끽거렸다. 오필리아가 손을 내밀자 아기들은 달려와서 그의 손목을 조그만 손가락들로 움켜잡고 핥았다. 아기들은 아직 손가락이 발가락보다 훨씬 약했지만 잡히는 모든 것을 제대로 다루었다. 아기들의 갈고리손톱은 작은 핀 같은 느낌이었다.

파란 망토가 말하기 시작했을 때 오필리아는 귀를 의심했다. 바실 리키시와 완전히 똑같이 말했기 때문이다. 말씨와 거드름 피우는 느낌까지 판박이었다. "저는 정부의 권한을 위임받았으며……" 파란 망토는 말을 멈추고 자기 언어로 뭐라고 길게 말했다. 오필리아는 눈을 뗄 수가 없었다.

"하지만 넌—."

이제 그가 아는 목소리, 인간의 말을 약간 다르게 하는 목소리가 나왔다. "찰 따라 햇치?" 잘 따라 한 것 이상이었다. 오필리아가 들은 몇몇 녹음된 소리보다도 나았다. "너…… 늘 그럴 수 있는 거니?"

"아아니. 목소이 따라 해, 그으래, 하치만 그가 마알해. 래 샌각 마알해, 타른 쏘히 마아안더."

오필리아는 이해가 되지 않았다. 리키시의 목소리를, 심지어 말씨와 어조까지 그렇게 똑같이 따라 할 수 있으면서, 자기 생각을 말할 때는 왜 똑같이 발음할 수 없는 거지? 처음으로 오필리아는 빌롱에게 묻고 싶은 것이 생겼지만— 빌롱이 질문을 귀 기울여 듣고 이해한다는 가정하에— 당장 옆에 없었다.

파란 망토는 오필리아가 이해하기를 기다리지 않고 다시 말했다. 이제는 키라 스타비의 목소리로 말했고, 그런 다음엔 슈트 마이크에 대고 중얼거리는 군사고문단의 감정 없고 단조로운 목소리를 냈다. 마지막으로 오필리아가 아기들에게 불러줬던 노래를, 그가 듣기로는 확실히 그의 목소리로 불렀다. 숨이 더 새는 듯한 목소리였고, 그가 자기한테서 듣는 것보다는 더 늙은 여자의 목소리처럼 들리기는 했지만. 오필리아는 녹음된 자기 목소리를 들어본 적이 없었다. 어쩌면 정말로 저렇게 들리는 건지도. 파란 망토가 다른 사람들의 목소리를 똑같이 낸 걸 보면.

"그걸 다 이해해?" 오필리아가 물었다. "아니면 단지—."

"그으래." 파란 망토가 대답했다. "틋 알아." 뜻이라는 거겠지. 하지만 어떻게? 어떻게 그렇게 많이 이해할 수 있지, 난 이들의 언어를 아주 조금밖에 배우지 못했는데? 이들이 아주 똑똑하다는 건 원래부터 알았지만,

그래도 이건—빌롱은 다른 언어를, 심지어 같은 계통의 언어를 배우는 것도 엄청나게 어려운 거라고 입에 거품을 물고 말했는데.

"너희들 모두?" 오필리아가 물었다.

"모두우 알아. 아아안 모두 마알해."

모두 이해하는 거라면—그럴 리가. 하지만 혹시 그렇다면, 이들이 그렇다고 생각한다면—그러면 지난 수십 일 동안 이들이 들어온 말들은 인간들에 대한 아주…… 이상한…… 생각이 들게 했을 게 틀림없어.

오필리아는 어느 괴동물이 통나무 뒤에서 꺼내준 방석에 앉았다. 그의 생각은 울타리 안에서 서로를 쫓으며 노는 아기들처럼 뇌의 한쪽 끝에서 반대쪽 끝까지 달리고 있었다. 얼마나 오랫동안 이해하고 있었던 걸까? 얼마나 많이? 그리고 왜 지금 이렇게 회의를 하지? 뭘 계획하고 있을까? 내가 어떻게 하기를 바랄까?

한 아기가 끽끽거리며 어른의 다리를 기어올라 그에게 오려고 했다. 꾸륵-딱-콜록이 아기를 들어 목을 핥아준 뒤 오필리아에게 건넸다. 오필리아는 아기를 고이 들고 아기가 그의 손목 안쪽을 핥는 동안 가만히 있었다. 아기는 곧 그의 무릎 위에서 공처럼 몸을 웅크렸다.

"나넌," 파란 망토가 스스로를 가리키며 말했다. "너어이게 무웃 위-언 한지 분명히이 하아렷 해애." 오필리아는 자신이 그 말을 아주 쉽게 이해한다는 걸 알아차렸다. 원래 발음을 거의 떠올리지 않고 바로 의미를 재구성하고 있었다. 너희가 나한테 원하는 걸 분명히 알려주려 한다고? 나도 그게 제일 알고 싶어, 지금 당장……. **그러고 나면** 더 많은 걸 알아낼 수 있겠지.

그다음 몇 시간 동안 그는 파란 망토에게 다시 말하거나 분명히 발음

해달라고 부탁할 필요가 거의 없었다. 거의 인간의 언어와 가까운 것과 몸짓이 더해져, 그가 가능하다고 생각한 것보다 많은 복잡한 의미들이 전달되었다. 팀 사람들이 너무 싫었지만, 그가 아니라 그들이 여기 있어야 했다는 생각이 자꾸 들었다. 그들은 그가 지금 안간힘을 써서 이해하려는 것들을 이해하는 교육을, 훈련을 받았으니까. 그들이 그토록 먼 길을 와서 얻으려고 했던 지식을 지금 그가 얻고 있었다. 괴동물들이 아직 팀에게 알려주지 않은(괴동물들은 이 점을 분명히 했다) 지식을.

"넌 그들에게 말해야 해." 오필리아는 회의 초반에 그렇게 주장했다. "그들이…… 공식적이야." '공식적'을 어떻게 설명하지? 내 말에는 아무도 귀를 기울이지 않는다고, 나는 사회체계상 아무것도 아니라고 어떻게 설명하지? 하지만 파란 망토가 단호하게 그의 말을 잘랐다. 우리는 너에게 말할 것이다. 그러니 너는 집중해야 한다. 오필리아는 들은 대로 할 수밖에 없었다.

오필리아는 오리가 괴동물들의 사회구조를 아주 흥미로워할 것 같다고 생각했다. 대다수 성체가 속한, 돌아다니며 사냥하는 무리와, 육아를 위한 안전한 정착지의 조합. 정착지에서 머물며 포식자와 고된 이동으로부터 보호를 받는 어린것들은 가장 현명한 어른들에게 보호는 물론 교육까지 받는다. 무리에서 특별한 지위는 다음과 같다. 낯선 자들에게 노래하는 가수, 전쟁 지휘자, 길잡이, 딱-카우-키이어. 대다수 무리들의 느슨한 연합, 오른손 및 왼손 북 치기로 지속적인 여론 확인. 불복종이라는 개념은 없다. 반대자는 같은 리듬으로 북을 친 이와 함께 언제든지 떠날 수 있으며, 옳고 그름은 세계 자체가 정의한다.

이제 파란 망토는 자신과 오필리아의 특별한 위치에 대해 추가 설명을 했다. 딱-카우-키이어: 이모 이상의 존재, 산파이자 유아 간호사, 유치원 및 초등학교 교사 역할의 합체…… 그리고 보호자. 낯선 자들에게 노래하는 가수: 다른 무리와 접촉하고, 땅과 임무의 분배를 협상한다. 가능하다면 왼손 북 치기를 이끌어낸다.

괴동물들이 생명체를 이해하는 방식에 관한 이야기는 키라와 오리 둘 다 꼭 듣고 싶어 할 법했다……. 식물과 동물을 어떻게 분류하는지, 동식물을 활용하는 법을 어떻게 배우는지, 이동하는 초식동물 떼를 어떻게 사육하는지, 망가진 둥지체를 어떻게 복원하는지.

오필리아는 파란 망토의 말을 자기도 모르게 이건 누가, 저건 누가 듣고 싶어 하겠다고 나누고 있었다. 하지만 파란 망토는 그런 식으로 생각하고 있지 않을 터였다. 파란 망토에게 모든 '마인드 헌팅'은 동일했다. '냄새길'은 제각각 다른 먹잇감으로 안내하지만, 사냥의 쾌감이라는 측면에서는 모든 냄새길이 같듯이. 오필리아는 처음 이곳에 왔던 괴동물들조차 얼마나 열성적으로 배우려고 했는지를 떠올렸다. 호기심은 대체로 헛되고 무용하다고 배우기 전의 아이들 같았다.

오필리아는 다시 파란 망토의 말에 집중했다. 이런 종족에게는 단일 정부가 존재할 수 없다. 실제로, 괴동물들이 하는 일들 중에 그가 아는 정부들의 행태와 비슷한 것은 아무것도 없었다. 파란 망토는 대평원을 유랑하는, 〈종족〉의 어느 큰 분파(이제 그는 그 분파의 인구를 듣고 납득했다)를 위해 노래하는데, 분파를 위해 노래하는 것이 분파를 통치한다는 뜻은 아니다. 또한 파란 망토는 암석 해안에 사는 일부 〈종족〉에게 노래한(누구를 위해 노래하는 것과는 다르다) 적이 있지만, 그것이 반드시 합의가 이루어졌다는 의미는 아니다.

오필리아는 암석 해안의 종족에 대해 더 듣고 싶었다. 팀 사람들은 그가 물어도 알려주지 않았기 때문이다. 파란 망토는 설명했고, 오필리아는 괴동물들이 파이프 속의 물과 전기라는 개념을 쉽게 이해한 이유를 알게 되었다. 우리 〈종족〉은 물과 다른 액체는 물론 모래 같은 입자까지 나무와 속 빈 갈대로 만든 파이프로 이동시키며, 진흙이나 태운 모래로 만든 바가지에서 여러 가지를 양조한다. 전기는 — 아직 — 없고, 양수기는 낙수나 발을 써서 작동시킨다……. 그러나 퍼 올린 물이라는 개념은, 유목부족들에게조차, 낯설지 않다.

그러나 파란 망토가 말하려던 핵심은 둥지체를 파괴한, 그래서 충격과 복수심 때문에 죽인 개척민들과 관련이 있었다……. 그리고 최근에 온 그 인간들과. 그들은 전자의 일 때문에 왔으며, 이제 〈종족〉에게 적용할, 우리가 무엇을 배우고 배울 수 없는지 정할 자기네들의 규칙을 만들려고 한다. 둥지체 — 오필리아는 그것이 둥지 자체는 물론이고 새끼와 둥지를 지키는 자들까지 포함한다고 이해했다 — 는 〈종족〉의 문화에서 절대 건드려서는 안 되는 것이다.

나는 — 우리 모두는 — 하늘에서 나타난 낯선 괴물들이 자기들이 무엇을 파괴했는지 몰랐을 거라고 짐작하고 있다. 하지만 새끼들조차 그런 핑계를 댄다면 어떤 딱-카우-키이어도 납득하지 않을 것이다. 어떤 행위의 결과를 처음부터 미루어보는 것은 가장 기본적인 덕목이다. 수렵자가 가장 먼저 배우는 것은 동맹이 아닌 먹잇감만 다니는 곳에 덫을 놓는 것이다. 그 뒤에 이어지는 사냥 공부에는 다음이 포함된다. 먹잇감의 마지막 어미를 죽여서 먹느니 굶어라. 미래의 먹잇감의 물을 마시지 말고 갈증을 견뎌라. 네가 사냥할 나무타개들을 위해 달콤한 열매들을 남겨두라.

오필리아는 이해했지만, 〈종족〉이 이해하는 만큼은 아니었다. 그는 논법을 배운 적이 없었다. 필요한 매뉴얼을 보고 필요한 기계를 작동시키기 위한 최소한의 수학만 배웠다. 예전에 파란 망토가 구부정한 자세로 옛날 수학 교과서들을 보던 모습이 떠올랐다. 이제 파란 망토는 그에게 수학 교과서 한 권을 내밀고 긴 증명을 하나 가리켰다. 이것은, 파란 망토가 오필리아에게 말했다, 쉽다. 우리 〈종족〉은 이것보다 더 길고 복잡한 과정으로 생각한다.

"하지만 너희는……." 그렇게 똑똑한 종족치고는 성과가 그리 크지 않다고 요령 있게 말할 방도가 없었다. 진짜 도시도 없고— 물론 그 암석 해안의 도시들을 아직 보지 못했지만. 하지만 차량도 없고 큰 기계도 없잖아. 새 콜로니의 파멸이 녹음된 테이프에서 들은 것을 떠올려봤다. 모종의 폭발물을 쏘는 발사장치를. 큰 금속제 기계나 메크봇은 없다. 컴퓨터도 없다.

"아키덜." 파란 망토가 말했다. 그가 제대로 이해했다면, 그리고 파란 망토가 그 사건을 제대로 이해했다면, 그들은 자신들이 젊은 〈종족〉이라고, 거의 아기들과 같다고 생각하고 있었다. 우리는 한때 달랐다, 불과 10~12세대 전에는. 파란 망토는 수학 책과 여러 줄로 늘어놓은 돌들을 이용해, 자신들의 최근 조상들은 극히 적은 수의 연결고리로만 생각할 수 있었지만 자신들은 다단계의 연결고리로 생각할 수 있다는 사실을 전달했다. 어떤 일이 벌어졌는데, 무슨 일인지는 우리도 모른다. 언젠가는 우리가 알아낼 것이지만 당장은 다른 것들을 처리해야 한다.

이를테면, 우리의 배움을 제한하려 하는 주제넘은 인간들을. 여기서 이야기의 주제가 둥지수호자로 되돌아갔다.

좋은 둥지수호자는, 파란 망토는 설명했다, 새끼들이 모든 것에 관해 최대한 많이 배우기를, 새로운 것을 받아들일 태세를 갖추기를, ─열광하기를─ 바란다. 나쁜 둥지수호자는 새끼들이 계속 같은 것에 만족하게 만들어 그들이 안온한 삶을 살기를 바란다. 그 인간들은, 파란 망토는 오필리아의 얼굴을 쳐다보며 천천히 말했다, 그들은 둥지체를 파괴했다. 이제는 우리가 새로운 것을 배우는 걸 막으려 한다. 그들은 나쁜 둥지수호자다. 너와 다르다. 또한 그들은 너를 제대로 존중하지 않는다. 파란 망토는 전자와 후자가 똑같이 나쁘다는 느낌이 들게 말했다.

오필리아는 자식들이 질문했을 때 화가 났던 모든 순간을, 괴동물들의 선을 넘는 호기심에 화가 났던 모든 순간을 떠올렸다. 그런 식으로 자기 자신도 윽박지르며 살아왔다. 배울 수 있었던 온갖 것을 배우지 못하게 막았다. 그래야 한다고 믿었던 때도 있었다. 아이들이 시간낭비를 하게 둘 순 없다고, 필요한 것만 가르치지 않으면 결코 규율을 익히지 못할 거라고. 그는 기억 속에서 환한 얼굴을, 반짝이는 눈을 봤다, 열의에 찬 목소리를 들었다……. 그리고 또한 떠올렸다. 아이들이 어떻게 변했는지, 그 자신이 어떻게 변했는지를. 그토록 왕성하던 호기심과 열의가 소극적인 복종의 틀 속에 들어가버린 것을. 단념해야 했던 만큼 많이 혹은 적게 시무룩해져서.

"나는 내 아이들에게 좋은 둥지수호자가 아니었어." 오필리아가 말했다. 무릎 위의 아기가 움직거리더니 그의 엄지를 두 손으로 움켜잡았다. 그는 아기를 내려다보며 아기의 작은 언덕 같은 등을 쓸어주었다.

지금은 좋은 둥지수호자다, 파란 망토가 말했다. 그리고 어차피 어머니는 둥지수호자가 아니다. 더는 둥지를 틀지 않는, 물정을 아는 고령자들만 둥지수호자가 된다. 아마 네게는 널 도와줄 적당한 둥지수호자가 없었을 것이다.

"아버지들은 안 돼?"

"아안." 그걸로 끝이었다. 오필리아는 이해할 수 있었다. 어머니들 — 할머니들 — 이, 만약 신체적 건강과 기능을 유지하고 있다면, 아기들과 아이들에 관한 물정에 밝을 것임을, 반면에 남자들은 그러지 못할 것임을. 하지만 이들은 인간이 아닌데. 그는 이들의 아비들에게도 한계가 있다고 짐작할 수밖에 없었다. 아버지라는 것이 존재한다면 말이지만……. 파란 망토는 아직 자신들의 번식 방식을 알려주지 않았다.

우리는 너를 신뢰한다, 파란 망토가 계속 말했다. 너는 둥지수호자다, 그 사실을 꾸륵-딱-콜록의 둥지 틀기를 통해 스스로 증명했다. 새끼들도 너를 받아들였다. 나는 너를 위해 노래할 수 있지만, 〈종족〉 전원이 멀리 떨어져 있어 함께 북을 울릴 수 없을 때는 둥지수호자만 합의를 이끌어낼 수 있다.

"합의?"

"또는 미합의." 그 뒤에 이어진 말에 오필리아는 숨이 가빠졌다. 가슴팍을 얻어맞기라도 한 느낌이었다. 너는 우리의 둥지수호자다. 〈종족〉은 오직 너를 통해서만 다른 인간들과 교섭할 것이다. 너는 다른 인간들에게 그것을 이해시켜야만 한다, 너는 이제 이해했으니까.

"하지만 소용없을 거야. 그들은 내 말을 들으려 하지 않을걸. 게다가 그들은 내가 이곳을 떠나야만 한대." 오필리아가 말했다. "자기들이 떠날 때 나도 데려갈 거래."

"안 돼!" 모두가 목주머니를 부풀리고 외쳤다. 무릎 위의 아기가 눈을 부릅뜬 채 그의 팔을 다리와 꼬리로 감고 큰 소리로 끽끽댔다. 오필리아는 잡히지 않은 손으로 반사적으로 아기를 쓰다듬으며 달랬다.

"난 가고 싶지 않아. 계속 여기 있고 싶어. 그래서 전에도 여기 남았던 거야, 하지만—." 하지만 난 늙은 여자일 뿐이고 그쪽은 연하의 힘센 성인 넷에 군사고문단, 파일럿까지 있어. 발버둥 치고 고함을 치는 날 끌고 갈 거야, 상황이 그 지경까지 된다면. 아니면 그냥 나한테 주사를 놓아 잠들게 하거나. 그러면 난 깨어나서— 깨어날 수 있다면— 낯선 어딘가에 도착한 걸 알게 되겠지.

"아안 가!" 파란 망토가 외쳤다. "크를 막아."

자기들이 **나**를 지켜주겠다는 뜻일까? 기색을 보니 그러려고 할 거라고 믿지 않을 수가 없었다. 하지만 이들은 그가 전에 인간의 무기에 대해 이야기해준 걸 조금이라도 믿으려 했던가? 이들이 아무리 똑똑하다 한들 군사고문단이 가져온 그 육중한 화기와, 셔틀 자체에 탑재된 무기와 싸워 이길 가능성은 전혀 없을 터였다. 하늘 위에 떠 있는 우주선에 있을 수 있는 무기들은 말할 것도 없고. 그는 괴동물들이 자기 때문에 죽는 것을 원하지 않았다. 자신에게 그럴 가치가 있다고 생각하지 않았다.

그가 그런 뜻을 전달하는데 파란 망토가 쉬이, 하는 소리로 말을 잘랐다. 아기들도 다 그렇게 따라 했다. 공기 배관의 구멍이 새는 듯한 소리가, 각기 다른 세 개의 음이 났다.

너는 그럴 가치가 있다. 너는 우리의 둥지수호자다. 둥지수호자는 〈종족〉에서 최고로 중요한 역할이다. 모든 눈이, 어른과 아기 모두가 그를 응시했고 모든 발끝이 찬성의 북을 울렸다. 너는 둥지수호자다, 너는 중요하다. 오필리아는 눈시울이 뜨거워졌다. 그렇게 확실하게 지지받는 느낌은 살면서 처음이었다.

발끝이 움직임을 멈추자 파란 망토가 어린아이에게 1 더하기 1을 설명하는 것처럼 천천히 말했다. 너는 반드시 그 인간들에게 이해시켜야 한다. 〈종족〉이 배우게 놔둬야 한다고. 〈종족〉이 배우도록 도와야 한다고. 너를 포함해 모든 둥지수호자와 둥지체를 귀하게 여겨야 한다고. 또한 〈종족〉은 너를 통해서만 교섭할 거라고……. 너를 데려간다면 결코 그들을 상대하지 않을 것이다.

오필리아는 요구받은 내용은 이해했지만, 그렇게 요구받는 것 자체는 낯설었다. 지금까지 괴동물들―〈종족〉―은 아주 온건했는데, 아주 아이들 같았는데……. 그는 그 생각을 제쳐뒀다. 아이들은 요구한다. 그도 아이였을 때는 요구했다. 뒤에 남겨진 그의 일부는 가장 오래된 부분이 아니라 그런 아이 같은 부분, 단호하게 자기 방식대로 행동하고 자기 방식대로 성장하는 부분이었다……. 또는, 이들 〈종족〉이 할 법한 표현을 빌리자면, 자기만의 냄새길을 따라 사냥하는 부분이랄까.

오필리아는 팀 사람들이―특히 그 거만한 리키시가―그 모든 요구에 어떤 반응을 보일지 상상할 수 있었다. 그들이 **그의** 말에, 그들이 성가시다고, 거의 거북하다고 여기는 사람의 말에 귀를 기울여야 한다고? 〈종족〉이 앉아서 오필리아의 대답을 기다리는 동안 그의 오래된 목소리는 그런 가정을 구체적으로 설명했다. 넌 배운 게 없어, 직업도 없고 힘 있는 가족도 없지. 넌 그들이 듣기 싫어할 메시지를 전하러 가는 거야. 그들은 메신저도 메시지도 달가워하지 않을 거고, 네 면전에서 여과 없이 불쾌하게 반응할 거야. 널 비웃을 거야, 화를 낼 거야. 널 무시할 거야.

무릎 위의 아기가 똑바로 앉아서 오른발을 굴렀다. 오필리아가 힐끔 내려다보니 아기가 빤히 쳐다보며 계속 오른발을 굴렀다. 반대. 뭘 반대한다는 거니? 초롱초롱한 눈이 깜박이지 않고 그의 눈을 들여다봤다. 오필리아는 한숨을 쉬었다.

그는 이번에는, 이 아이에게는, 제대로 해줄 터였다. 이번에는, 사실은 그가 한 번도 주기 싫었던 적이 없던 것을 줄 터였다. "너," 오필리아는 아기에게 말했다. 진짜 웃음이 나서 자신의 얼굴이 풀어지는 것이 느껴졌다. "나더러 불가능한 일을 하라는 거구나?"

그러자 아기가 눈을 한 번 깜박하고는 왼발을 탁탁 굴렀다. 말도 안 돼. 하라고? 알아들었을 리가 없어, 태어난 지 며칠밖에 안 됐잖아. 하지만 다른 인간들은 그가 너무 늙고 너무 멍청해서 이해할 수 없다고 생각하지 않았던가. 어쩌면 그들은 모두 틀렸을지 몰랐다. 이 아이에 대한 그의 생각도, 그에 대한 팀 사람들의 생각도. 하지만 이들은 외계인이잖아, 오래된 목소리가 주장했다. 아니. 이들은 사람이야. 아기와 아이와 아기를 돌보는 할머니가 있는 사람들이야. 게다가 난 이 초롱초롱한 눈 속에 담긴 열의를, 갈고리손톱이 난 이 작은 손안의 열망을 저버릴 수 없어.

불가능해, 아무리 생각해도 불가능해. 어서 방법을 생각해내는 게 나을지 몰라. 불가능한 일을 이렇게 숨어서 아이들과 놀면서 해낼 수는 없으니까.

그러나 오필리아는 그곳을 떠나기 전에 세 아기 모두와 놀아주었다. 심지어 허리까지 숙여 아기들이 그의 머리카락을 자세히 관찰할 수 있게 해주었다. 아기들은 그 놀이를 가장 좋아하는 것 같았다.

19

더운 오후에 마을로 돌아온 오필리아는 방금 있었던 일이 아직도 실감 나지 않았다. 오래된 목소리는 괴동물들이 원하는 대로 할 수는 없다고 우겼다. 너한텐 아무런 재능도, 배운 것도, 직함도 없어. 게다가 너무 늙고 너무 멍청하고 너무 무식해. 잠시 눈을 감고 있자 검은 눈꺼풀 뒤쪽에서 아기들의 금빛 눈이 그를 응시했다. 내가 그 아기들에게 약속했어……. 나, 딱-카우-키이어가. 무조건 해야 해, 할 수 있든 없든.

일단 팀 사람들을 찾는 것부터가 힘들었다. 센터에도 없고 길에도 없었다. 양 떼 초원에도 없고, 지금 있는 길에서 보이는 강가의 초지에도 없었다. 몇몇 집을 들여다봤지만 단 한 명도 보이지 않았다. 너무 더워서 길의 끝까지 갈 수도, 모든 집과 정원을 들여다볼 수도 없었다. 숙소에서 식사를 하거나 쉬는 중일까? 오필리아는 길을 따라 걷다가, 군사고문들이 낡고 녹슨 트럭 옆에서 몸을 숙이고 있는 것을 봤다. 한 명이 그를 보고는 동료를 슬쩍 찔렀다. 이제 두 사람 모두 그를 쳐다봤다.

오필리아는 그들에게 등을 보이고 싶지 않았다. 마주 보고 있는 지금도 불안했다. 그는 천천히, 조심스럽게 다가갔다. 자신을 때려눕힌 이가 누군지도 확실히 알 수 없었다. 둘 다 덩치가 크고 체형도 흡사한 데다, 경계심과 멸시가 어린 딱딱한 표정까지 똑같았다.

"용건이 뭡니까?" 오필리아가 충분히 가까워지자 한 남자가 말했다. 오필리아가 귀라도 먹은 것처럼 소리를 질렀다.

"팀 사람한테 할 얘기가 있어서요." 오필리아가 말했다. "세르 리키시, 아니면—."

"그 사람들 여기 없어요." 남자가 그의 말을 자르며 내뱉고는 트럭 쪽으로 돌아섰다.

"그럼 혹시 언제—." 오필리아가 다시 말하는데 남자가 또, 이번에는 쳐다보지도 않으면서 말을 끊었다.

"몰라요. 그 사람들이 **나한테** 일정을 알려주는 것도 아니고." 곧 오필리아는 남자가 그가 아니라 팀 사람들에게 화가 난 거라고 깨달았다. 저 남자는 그 사람들을 싫어해. 전부터 그런 것 같더라만. 지금까지는 이 남자들이 팀원들과 함께 있을 때만 봤잖아. 그때는 당연히 이 남자들이 감정을 숨겼겠지. "방해해서 미안했어요." 오필리아가 예의 바르게 말했다. 남자들의 얼굴에 다른 표정이, 조금 놀란 표정이 떠올랐다.

"괜찮습니다." 다른 남자가 동료처럼 소리를 지르지 않으면서 말했다. "다른 볼일은 없으세요?"

"네, 팀 사람들이랑 얘기하려던 것뿐이에요." 그는 문득 궁금해졌다. "트럭은 왜요? 타려고요?"

두 남자가 함께 웃었다. "아니에요, 할머니." 방금 말한 남자가 말했다. "이미 못 쓰게 된 지 한참 됐어요. 행세꾼이 엔진을 해체하래서요, 그 도마뱀들이 엔진 사용법을 알게 될 수도 있다면서."

오필리아는 눈을 깜박였다. 행세꾼? 그렇게, 혹은 더 나쁘게 불려도 싼 세르 리키시 말인가, 아니면 세라 스타비? 그리고 도마뱀이라니. 괴동물을 그런 식으로 보는 거야?

"입 닫아!" 다른 남자가 말했다. 그리고 오필리아를 노려봤다. "그 고매하신 팀장님을 우리가 뭐라고 부르는지 일러바칠 건 아니죠?" 질문이 아닌 명령, 한껏 위협적인 말투였다.

"그럼." 오필리아가 말했다. "말 안 해요." 너희와 얼마나 같은 심정인지도 말 안 해…… 아니, 할까? "그 사람 참…… 자신만만하더군요." 그는 다르게 표현할 수도 있었다는 티를 확 내면서 말했다. 남자들이 서로 눈빛을 교환하더니 소리 내 웃었다.

"틀린 말은 아니네요." 온화한 쪽이 말했다. "할머니도 그 사람이 싫은가 봐요? 그 사람, 한때 심스의 낙하산이었대요. 무슨 일로 궁지에 몰려서 정부 쪽으로 옮겼다던데―."

"케드릭!"

"괜찮아, 보. 할머니는 입도 벙긋 안 하실 거야. 우리처럼 아첨꾼 리키시를 싫어하니까, 그렇죠?" 오필리아는 말없이 씩 웃었다. 어느 집단이든 인간들이 거기서 거기라는 건 참 흥미롭단 말이야. 이주하기 전에 교육을 받던 불만에 찬 개척민들도 저런 식으로 말했지. "저기…… 입가심거리 좀 드려요?" 남자가 뭔가 마시는 시늉을 하며 말했다.

금지품을 말하는 것이 분명했다. 이들은, 다른 모든 비슷한 남자들처럼, 불법적인 물건을 갖고 있을 것이다. 오필리아는 컴퍼니 고문단이 콜로니를 떠나자마자 누군가 증류기를 뚝딱 만들어내더니 사람들이 키우는 온갖 작물로 술을 만들었던 것을 떠올렸다. 그로 인한 다툼과 몸싸움,

그 와중에 박살난 증류기도 기억났다. 금세 재등장한 맛없는 독주가 작은 휴대용 술병에 담겨 이 사람에서 저 사람으로 전해졌다…….

"그러기엔 너무 늙어서." 오필리아는 거절하면서도 웃음을 지어 보였다. 이런 남자들—그는 이런 남자들을 평생 동안 봤다. 그들은 자기들이 다 비슷하다는 걸 모르겠지만. "어쨌든 고마워요." 누구도 불법약물을 임의로 복용하는 남자들에게 감히 거만하게 굴어서는 안 된다.

"괜찮아요, 할머니." 목소리 큰 남자가 말했다. "혼자 잘난 팀장한테만 말하지 마세요, 네?"

"당연히 안 하죠." 오필리아가 말했다. "어차피 그 사람은 내 말을 제대로 듣지도 않는데."

남자들이 오필리아를 너그럽게 쳐다봤다. 그는 위협적인 존재와는 거리가 먼 데다, 어리숙한 노파의 전형처럼 굴고 있었기 때문이다. "당연히 안 듣겠죠." 조용한 쪽—보?—이 말했다. "팀장이니까. 다른 사람 말은 전혀 안 들어요, 우주 대령大靈*이 말하면 모를까—."

오필리아는 아직도 그런 걸 믿는 사람이 있냐고 묻고 싶었지만, 실제로 물을 정도로 어리석지는 않았다. 종교에 관한 질문은 금물이다. 상대를 화나게 만드니까.

"여기서 혼자 편하게 지내셨겠어요." 조용한 쪽이 계속 말했다. "기계도 다 작동되고, 그 많은 식량도 독차지하고."

"적막했어요." 오필리아가 말했다. "하지만 네, 기계들이 있어서 덜 힘들

---

* oversoul. 미국 사상가 랠프 월도 에머슨 등이 창시한 사상에서 등장하는, 우주에 생명을 주며 전 인류 영혼의 근원을 이루는 신.

었죠."

"그년, 키라가 그러던데, 할머니가 공식 로그에 장난을 쳤다면서요. 소설을 썼다나 뭐라나. 이곳에 이주하기 전에 글 쓰는 일을 하셨다거나 그런 거예요?"

오필리아는 고개를 저었다. "아니요, 세린*. 전에는 글이라고는 써본 적 없답니다. 그 로그─그걸 읽었는데, 이름과 날짜밖에 없는 게 지루해 보이더라고요. 앞으로 읽을 사람도 아무도 없을 것 같았고."

"그래서 양념을 쳤군요. 키라는 할머니가 남녀관계에 관해서도 썼다고 하던데─."

오필리아는 남자가 로그를 읽고 싶어 한다는 걸 눈치챘…….. 은밀한 외출과 배신, 싸움에 대해 듣고 싶은 것이다…….. 하지만 남자에게는 그럴 명분이 없었다. 오필리아는 씩 웃었다. 부러 공모자처럼, 음험한 노파가 음험한 젊은이에게 지을 법한 웃음을 지었다. "스토리 큐브가 따로 없었죠." 오필리아는 정숙한 키라가 어디서 듣고 있는 건 아닌지 확인하려는 듯 주변을 돌아보며 목소리를 낮췄다. "이해를 좀 해줘야 해요, 세린. 우린 너무 고립돼 있었어요. 게다가 스트레스가─."

남자가 코웃음을 쳤다. "스트레스! 사복들이 스트레스에 대해 뭘 압니까? 하지만 섹스는─."

"네, 물론 섹스 얘기도 있죠." 오필리아가 최대한 의뭉스럽게 말했다. "우린 자식을 낳고 콜로니를 번성시키러 이곳에 왔어요. 산아제한도 없었고, 아이가 네 살이 넘으면 상여금을 받았지. 그리고 어떤 사람들은 계

---

* Serin. 젊은 남자에 대한 경칭으로 보인다.

속 더—더 매력적이니까." 너무 속보이려나? 그렇지 않았다. 시끄러운 쪽이 연장을 내려놓고 트럭에 기대어 더 들을 태세를 갖췄다.

"이런 얘기를 해도 될지 모르겠네." 오필리아가 짐짓 신실하게 말했다. "세라 스타비가 내가 공식 로그에 내용을 추가한 걸 싫어한다니 어쩌면—."

목소리 큰 남자가 세라 스타비가 싫어해봤자 뭘 어쩌겠냐고 했다. 콜로니 남자들이 하던 말과 비슷했다. 처음은 아니지만, 오필리아는 인류가 지난 1만 년 동안 진정으로 새로운 것을 생각해낸 적이 있는지 궁금해졌다. 인간들이 이 별에서 저 별로 떠돌아다닌 건 진부한 농담과 욕설에 질려서일까?

하지만 오필리아는 심지어 로그에도 없는 흥미진진한 이야기를 시작했다. 로그에 없는 이유는 괴동물들이 와서 영영 완성하지 못했기 때문이다. 암파라라는 여자애와, 그애가 성인 남자 절반을—암파라 또래의 사내애들은 말할 것도 없고—반년 동안 심란하게 만들며 애를 태운 방법에 관한 이야기였다.

"어떻게 생겼는데요?" 시끄러운 남자가 물었다. 트럭 엔진 해체작업을 계속하던 조용한 남자는 일부러 쾅쾅 부딪는 소리를 내면서 게으른 동료에게 불만을 표시했다. 오필리아는 턱이 아프도록 활짝 웃어 보였다.

"나 같은 늙은이가 그런 걸 어떻게 설명하겠어요?" 그러나 그 말은 그저 애태우기, 이야기라는 의식의 일부일 뿐이었다. 오필리아는 세세한 것까지 대담하게 묘사하기 시작했다. 그가 직접 알고 있는 것들 이상으로, 이런 남자들이 무엇을 듣고 싶어 할지 생각하면서, 길고 유연한 등으로 흘러내린 풍성하고 부드러운 머리카락이며, 곡선과 동그랗고 단단한 것과 부드럽고 촉촉한 것에 대해 이야기했다. 남자는 이제 숨을 몰아쉬고 있었고 오필리아는 말할 거리가 바닥나고 있었다.

"조심하세요!" 조용한 남자가 갑자기 직업에 걸맞은 목소리로 말했다. "팀 사람들이 와요."

오필리아는 곧바로 입을 닫고 천천히 돌아섰다. 세르 리키시와 키라 스타비가 얼굴을 구긴 채 경보 경기라도 하듯 성큼성큼 걸어오고 있었다.

"세라 팔푸리아스!" 키라가 부르는 소리는 오필리아에게 화가 난 것처럼 들렸다. 오필리아는 이유가 궁금해졌다.

"네, 세라." 오필리아가 순순히 대답했다. 앞쪽으로 두 손을 모아 잡고 명령을 기다리는 하인처럼 섰다. 새 목소리가 머릿속에서 그를 조롱했다.

"그들이 무슨 꿍꿍이인지 아세요?"

"꿍꿍이라뇨, 세라?" 오필리아가 물었다.

"그 자생종 말이에요. 하나만 빼고 다 사라졌어요. 그 하나는 대화를 거부하고요. 원래 살던 데로 돌아가기라도 한 거예요? 오늘 아침에 한 녀석이랑 숲으로 들어가시는 거 봤으니까, 모른다고는 하지 마세요."

첫 번째 계획이 좌절되자 오필리아는 지엽적인 문제를 물고 늘어졌다. "내가 왜 거짓말을 할 거라고 생각하죠, 세라?"

"그런 말 한 적 없는데요." 키라가 조급하게 말했다.

"실례지만, 세라, 방금 나한테—."

키라는 파리 떼에 시달리는 소처럼 발을 굴렀다. "저는 단지, **혹시** 모른다고 말씀하실 거면 제가 이미 본 게 있으니까— 아, 그만두죠." 키라는 오필리아를 노려봤다. 오필리아는 키라의 뒤에서 시끄러운 남자가 비웃는 것을 봤다.

마침내 오필리아는 뭐라고 하면 될지 생각해냈다. "콜로니 사람들이 떠날 때 내가 숨어 있던 곳을 그들이 찾아냈어요. 그때 내가 뭔가를 두고 왔는데, 그게 내 것인지 당신 물건인지 알고 싶어 하더군요."

"아." 키라는 믿고 싶지 않았다. 오필리아는 자기가 하는 말은 무조건 믿기 싫은 키라의 기분을 눈치챘지만, 그런 반응에는 익숙했다. 키라는 마지못해 납득하고 미간을 폈다. "그렇군요. 저흰 그냥 궁금해서."

오필리아는 방금 한 말을 윤색해서 더 늘어놓을까 하다가 그러지 않는 게 좋겠다고 판단했다.

"제가 조직 샘플을 구하러 숲에 들어가는 걸 그들이 봤나 보네요……. 제가 장비를 두고 왔다고 생각할 수도 있겠군요."

"그럴 것 같아요, 세라." 오필리아가 말했다.

"특별한 볼일이라도 있습니까?" 리키시가 물었다. "아니면 우리 경호대 겸 고문단과 그냥 말벗이 돼주고 있었던 거예요?" 내가 군인들과 나쁜 짓이라도 하고 있었다는 것처럼 들리네. 사실 추문을 퍼뜨리고 있긴 했지만. 그래도 오필리아는 화가 났다.

"당신과 할 얘기가 있어서요, 세르 리키시." 오필리아가 말했다. "세라 스타비도요, 괜찮다면 말이죠."

리키시가 눈을 굴렸다. "아, 그래요. 그런데 혹시 여기 남겠다고 하실 거면 괜히 기력을 낭비하며 제 인내심을 시험하지 마세요."

"그런 게 아니에요, 세르 리키시." 오필리아는 겸손하게 말하려 했지만 의도한 것보다 덜 겸손하게 들렸다. 키라가 예리한 눈빛으로 그를 힐끔 봤지만 말은 하지 않았다.

"아, 알겠습니다." 리키시가 말했다. "들어오세요. 밖은 너무 더우니까."

리키시는 그를 뒤세우고 트럭과, 레몬이라도 씹은 듯한 표정의 군인들을 지나쳐 도어실을 지나 벽에 완충재가 덧대진 널찍한 숙소로 들어갔다.

실내는 에어 쿨러에서 뭔가가 세차게 흘러나오고 있었지만 숨이 막혔다. 마을의 아무 집이나 들어가 그늘진 방에 있어도 여기보단 시원할 터였다. 리키시가 두 팔을 활짝 벌렸다.

"하, 좀 살겠네." 이어 쿠션을 덧댄 벤치에 풀썩 주저앉았다. "키라, 수고스럽겠지만 시원한 음료 좀 갖다줄래요?"

이제는 키라가 레몬을 깨문 듯한 표정을 지었다. 하지만 키라는 하고 싶은 말을 삼키고 온화한 말투로 세라 팔푸리아스에게 뭘 마시고 싶은지 물었다. 오필리아는 괜찮다고 두 번 거절한 다음, 물이라도 가져오겠다는 키라의 제안을 받아들였다. 키라는 칸막이 너머로 사라졌다. 리키시에게는 뭘 마실지 묻지 않은 걸 보니 그에게 음료를 갖다준 게 처음이 아닌 것 같았다.

리키시는 눈을 가늘게 뜨고 오필리아를 쳐다봤다. "용건이 뭐죠? 이 숙소가 궁금해서 못 견딘 겁니까? 떠날 때 짐을 얼마나 가져갈 수 있을지 궁금한 거예요?"

"아니요, 세르 리키시." 리키시는 앉으라는 말도 하지 않아서, 오필리아는 두 손을 맞잡은 채 서 있었다. 에어 쿨러의 팬이 순환시키는 공기 때문에 등에 흐르던 땀이 말랐다. 오한이 날 것 같았다.

"여기요ㅡ." 키라가 오필리아에게 얼음을 넣은 물을 건넸다. "앉으세요, 맙소사. 그렇게 서 계시지 않아도 돼요." 이어 리키시에게 보랏빛 음료를 건넨 뒤 자기 몫의 투명한 음료를 들고 낮은 탁자 옆의 의자에 앉았다. "여기ㅡ 제 옆에 앉으세요, 괜찮으시면."

오필리아는 가서 앉았는데, 의자가 꿈틀거려서 벌떡 일어나 키라를 쳐다봤다.

"죄송해요." 여자가 말했다. 표정을 보니 진심인 것 같았다. "미리 말씀드릴 생각을 못 했네요. 이 의자들은 앉은 사람의 몸에 맞춰서 형태가 잡히거든요. 앉으세요. 미안합니다."

오필리아는 다시 앉아서 등을 빳빳이 세웠다. 엉덩이와 허벅지 밑에서 의자가 꿈틀거리며 그가 편히 기대게 만들려고 애썼다. 꼿꼿하게 앉아 있기가 힘들어지며 저항감이 사라지는 것을 느꼈다. 몸을 기대자 의자가 그에게 맞춰 형태를 변형했다. 편안했다, 인정할 수밖에 없었다. 물을 한 모금 마셨다. 시원한 정수였는데, 그가 익숙한 생수와는 전혀 달랐다. "고마워요, 세라." 오필리아가 공손하게 말했다. "참 편하네요."

"노년층 주택단지에서 비슷한 걸 써요." 키라가 말했다. "욕창을 예방해 주거든요."

"신기하네요." 오필리아가 말했다. 아직도 그들을 어떻게 설득할지 감이 잡히지 않았다. 다시 물을 홀짝였다. "세라, 그…… 당신이 자생종이라고 부르는……."

"그들이 왜요?" 리키시가 물었다.

"내 생각엔 그들이 화가 난 것 같아요, 여러분 때문에."

리키시가 소리 내 웃었다. "그럴 만도 하죠. 처음 봤던 인간들은 꽤 쉽게 쫓아냈는데 우리가 또 왔으니까. 그리고 여기 와서 인간의 기술을 봤으니. 유감스러운 일이지만, 한편으론 자기들이 우리의 경쟁상대가 안 된다는 걸 똑똑히 깨달았겠죠."

"저희는 그들을 해치지 않을 겁니다, 세라 팔푸리아스." 키라가 말했다.

"그들이 개척민들을 공격했을 때, 당시 상황을 이해하지 못했다는 걸 알고 있어요. 아주 불운한 사고였다고 할 수밖에 없다는 것을요. 그들은 본성이 그렇게 잔인하지도 않아요. 어르신이 말씀하신 대로 상당히 지능이 높고, 빌롱이 언어학적 분석을 끝내면 그들과 실제로 대화할 수 있게 되니 저희가 아는 걸 설명하고—"

오해가 오렌지 씨처럼 점점이 박혀 있는 말이었다. 〈종족〉은 이해했는데, 이 사람들은 이해하지 못했구나.

"그 개척민들은 둥지를 파괴했어요." 오필리아가 말했다.

"둥지?" 리키시가 오필리아를 빤히 봤다. "그 자생종이 **둥지**를 지어요? 빌롱은 그렇게 말하지 않았는데."

"빌롱은 개척민들이 특별한 장소에, 성역 같은 곳에 착륙한 거라고 했어요." 키라가 오필리아에게 말했다.

"그게 둥지예요." 오필리아가 말했다.

"그 사람들은 몰랐어요." 키라가 말했다. "알 수도 없었고— 지적인 자생종이 있다는 것조차 몰랐죠." 덜 지적인 자생종의 둥지는 어떻게 되든 상관없다는 생각이 여실히 드러나는 말이었다. 오필리아는 부끄러움을 느꼈다.

"뭐가 됐든…… 둥지든, 성역이든…… 상관없습니다. 중요한 건 그들이 왜 그렇게 폭력적으로 반응했는지 우리가 이해한다는 거죠. 그들이 보복을 두려워하는 거라면, 우리가 더 이상의 폭력 사태는 바라지 않는다는 걸 알아야 합니다. 그들이 폭력을 쓰지 않는 한 말이죠."

오필리아는 벌떡 일어나 두 사람에게 바보들! 하고 소리 지를 수가 없었다. 그래 봐야 좋을 게 없으니까. 새끼들과 둥지수호자들의 죽음이 상관없다고 말하다니…… 〈종족〉이 인간의 보복을 두려워한다고 생각하다니…… 이곳에 사는 이들이 아니라 자기들한테 권한이 있다고 믿다니……. 바보들이다, 내가 바보라고 부르든 부르지 않든.

"그들에게는 중요했어요, 그게 둥지였다는 게." 오필리아는 조용히 말했다. 그리고 일어섰다. 더는 이들과 같은 공간에 있을 수가 없었다.

그때 뒤에서 도어실이 열리며 거센 소리가 나서 오필리아는 움찔했지만, 나가 있던 나머지 두 팀원이 돌아왔을 뿐이었다.

"저희를 이리저리 끌고 다니더군요." 오리가 말했다. "**아마** 갖가지 사냥 기술을 보여주려 한 것 같은데, 확실하진 않습니다. 목이 타네요. 안녕하세요, 세라 팔푸리아스…… 인사가 늦어 죄송합니다."

"그들이 구개음을 얼마나 많이 낼 수 있는지 믿지 못하실 거예요." 빌롱이 말하고 옆으로 멘 회색 케이스를 가볍게 두드렸다. "이번에는 녹음 상태가 괜찮아요, 아주 깨끗해요. 이걸로 파형 서브루틴을 완성하면 완벽한—또는 거의 완벽한— 음성학적 분석이 될 거예요."

"그래서 그런지 그 대단한 사냥꾼께서 아무것도 잡지 못했습니다. 빌롱의 상자에 들어갈 예쁜 소리를 쉴 새 없이 쏟아냈거든요." 심통이 난 듯한 말투였다. 오리가 방해물 제거 임무를 맡은 괴동물을 계속 따라다닌 거라면, 아주 덥고 고생스러운 하루를 보냈을 거라고 오필리아는 확신했다. 그의 기분이 바뀔 때까지 기다리는 게 나을 것 같아. 하지만 나는 지금 여기 있잖아, 네 사람 모두에게 말할 기회가 언제 또 오겠어? 오필리아는 왼발 끝을 까닥거릴 뻔했다. 지금이야.

하지만 오필리아는 가만히 있었다. 무시당한다면 둥지수호자로서의 경험이 무슨 소용이 있을까? 경험상 지금은 이 사람들이 귀담아듣지 않을 거야, 한 명은 잔뜩 들떠 있고 한 명은 지쳐 있는 이런 상황에서는.

"언제 저녁 식사라도 하러 오세요." 오필리아가 말했다. "아직 집에서 식사 대접 한번 못 해드렸네요."

"뭐라고요?" 취한 것처럼 보이는(저 보라색 음료의 정체는?) 리키시가 입을 딱 벌렸다가 자신의 무례함을 깨달았다. "어, 고맙군요, 세라. 하지만 오늘 저녁은 안 되겠네요. 오리가 지쳤고, 솔직히 저도 지쳐서."

"다른 날은요?" 오필리아가 물었다. "내일이나 모레?" 괴동물들은 최대한 빨리 인간들과 대면하기를 원한다고 분명히 밝혔다. 준비가 됐다고. 오필리아는 그 의도가 무엇인지는 확실히 알지 못했지만, 그들을 믿었다.

"내일이 딱 좋겠네요." 키라가 대답했다. "저희가 배에 있는 간식을 가져가도 괜찮을까요?" 오필리아는 대번에 알아들었다. 그가 정원에서 기른 먹거리가 못 미덥다는 뜻이었다. 화가 나서 완고해지는 기분이 들었다. 꿈쩍하지 않으려는 바위처럼 몸이 무거워지는 느낌마저 들었다.

"재료는 모두 꼼꼼하게 씻는답니다, 세라." 오필리아가 말했다. "요리도 아주 옛날부터 했고요." 그런데도 아직 살아 있고 건강하죠, 라고 덧붙이지는 않았다.

"당연히 그러시겠죠." 오리가 한숨을 쉬고 말했다. "저희가 걱정이 지나쳤네요, 세라 팔푸리아스. 식사 초대를 해주시다니 정말 감사합니다." 다른 사람들은 떨떠름한 표정이었지만 반대하지는 않았다.

"고마워요." 오필리아는 그 말을 끝으로 늦은 오후의 햇빛 속으로 달아났다. 군사고문 둘은 아직도 몸을 숙이고 트럭을 보고 있었지만, 수다만 떨 뿐 일은 전혀 하지 않고 있었다. 그들이 오필리아를 봤고, 그가 옆을 지나가자 몸을 바로 세웠다. 시끄러운 남자가 씩 웃었지만 말은 하지 않았다.

오필리아가 집으로 걸어가는 동안 오래된 목소리는 그가 무슨 말을 잘못했는지, 어떻게 했어야 하는지, 어째서 절대 해결되지 않을 것인지 쉴 새 없이 떠들어댔다. 새 목소리는 조용했지만, 그는 그 목소리가 그에게 잘 보이지도, 들리지도 않는 깊은 곳에서 소동을 피우고 있다는 걸 느낌으로 알았다. 왼손과 오른손. 예상했던 대로 파란 망토가 기다리고 있었다. "오늘은 그들이 듣지 않았어." 오필리아가 말했다. "〈종족〉이 개척민들을 죽였으니 보복하겠다는 생각은 없다더라. 그들은 너희가 보복을 두려워하는 줄 알아." 파란 망토가 발을 한 번 가볍게 굴렀다. 어느 쪽 발인지 굳이 볼 필요도 없었다. "그들은 너희한테 선택권이 없다고 생각해. 그들은 이해하지 못하고 있어. 하지만 하게 될 거야. 내일 난 그들에게 저녁밥을 해줄 거야. 사람들은 늙은 여자에게 그런 걸 기대하거든. 먹이고, 보살피고, 얘기를 들어주기를."

이날 오후 파란 망토의 발음은 한층 더 분명했다. 그들에게 얼마나 많이 얘기했느냐고 묻는 파란 망토의 억양을 아주 수월하게 알아들을 수 있었다.

"많이는 못 했어." 오필리아가 대답했다. "그들은 더위에 지치고 배가 고픈 상태여서 내 말을 귀담아듣지 않았어. 그리고 난 더 많은 걸 알아내야 해." 이를테면, 셔틀과 하늘에 떠 있는 배에 어떤 무기가 있는지, 배의 선장이 사전에 어떤 명령을 받았는지를. 무력이 사용되면 우리는 파멸할 거야. 그런 상황은 절대로 피해야 해. 설득해서 해결해야만 해.

다음 날 아침 일찍 오필리아는 관리하는 정원들을 돌며 신선한 식료를 구했다. 〈종족〉 몇몇이 팀 사람들을 계속 바쁘게, 그에게 다가가지 못하게 만드는 것을 즐거운 마음으로 지켜봤다. 덕분에 정원에서 방해받지 않았고, 구한 재료로 무엇을 만들지 정하고 식탁을 차리고 조리할 시간을 확보했다. 그 자신이 먹고 싶은 것 말고는 만들지 않은 지 너무 오래되었다. 그 젊은이들이, 그 낯선 사람들이 뭘 좋아할지 고민했다. 껍질이 딱딱한 호박을 큼직하게 잘라 삶았다. 두 종류의 작은 파이를 만들 생각이었다. 호박 파이와 과일 파이. 냉동고에 저장된 당절임 베리류 패킷이 있었다. 베리를 꺼내고 정육 칸에서 구이용 양고기도 가져왔다.

오필리아는 탐사 팀만 초대했지만, 오늘은 다른 차량을 작업하고 있는 군사고문들에게 과일 주스가 담긴 병을 들고 갔다. "집이 작아서 어쩔 수 없었네요." 오필리아는 미안하다는 듯 시선을 떨구며 말했다.

"괜찮아요." 조용한 쪽이 말했다. "주스 고맙습니다."

"그 이야기를 마저 해주실 시간은 없겠지요?" 시끄러운 쪽이 큰 기대는 하지 않는 듯이 물었다. 오필리아는 이쪽이 자신을 공격한 사람이기를 바랐다. 싫어하기 쉬운 상대였으므로. 이성적으로 생각하면 조용한 쪽도 똑같이 위험했지만, 오필리아는 얻어낼 것이 없는 이에게 정중한 사람을 속으로 늘 존경했다.

"미안해요. 요리를 해야 해서. 나중에 파이도 좀 가져올게요—."

"파일럿도 있어요." 시끄러운 쪽이 말했다. "그 친구도 먹고 싶어 할—."

"그만해—." 조용한 쪽이 끼어들었다.

"잘 먹어주면 고맙죠." 오필리아가 말했다.

오필리아는 대화가 길어지기 전에 떠났다. 그 남자들은 과일 주스를 자기네 기계에 넣어 약을 탔는지 확인해볼 것 같았다. 난 그 정도로 바보가 아니지만, 그들은 다르게 생각할 테니까. 오필리아는 군인들이 주스를 마시는지 확인하려고 뒤돌아보지 않았다.

집으로 돌아와 페이스트리 반죽을 해 납작하게 편 뒤 작은 동그라미 모양으로 만들었다. 그 위에 당절임 과일이나 양념해서 익힌 호박을 한 숟갈씩 얹었다. 그 작은 파이를 오븐에 넣고 큰 서빙 플래터를 가지러 센터로 갔다. 미리 생각했더라면 제조기로 더 예쁜 접시를 만들고, 몇 장에는 그림까지 그려 넣을 수 있었을 텐데. 하지만 그 인간들이 돌아가며 성가시게 굴었는데 뭔 생각을 미리 했겠어?

파이가 일찍 완성된 덕분에 집이 많이 더워지지는 않았다. 고기는 옆집이나 센터에서 구울 생각이었다. 오필리아는 파이를 선반에 올려두고 식탁을 거실의 저쪽 구석으로 옮겼다. 다시 센터로 가서 식탁보로 쓸 길고 묵직한 파란색 천을 찾아냈다. 그 천 위에 놓으니 소박한 접시로도 제법 잔치 분위기가 나는 듯했다. 낮덩굴 꽃은 자르면 곧 시들었기에 생초와 과일로 센터피스를 만들었다.

막판 조리과정이 시작되기 전에 가까스로 짬이 나서 작은 파이와 갓 구운 빵과 잼, 길고 딱딱한 소고기 소시지와 생과일을 쟁반에 담아 들고 잰걸음으로 밖으로 나갔다. 고문단과 파일럿—파일럿은 처음 봤다—은 세 번째 차량 앞에서 뭔가를 하고 있었지만, 곧바로 오필리아를 쳐다봤다. 이번에는 오필리아 쪽으로 걸어와서 쟁반을 받아 들었다.

"고맙습니다." 조용한 남자가 말했다. "정말 친절하시네요." 이어 파이를 하나 집어 들었다. "머리는 좀 어떠세요……. 그때 제가 할머니 때문에 너무 놀라지 않았어야 했는데."

오필리아는 웃음을 지어 보였다. 아직도 자신을 공격한 것이 다른 쪽이기를, 어차피 좋아할 수 없는 쪽이기를 바랐다. "이제 안 아파요. 그때 그쪽을 놀라게 하려던 건 아니었는데."

"물론 그러셨겠죠." 그는 파이를 한 입 베 물었고, 예의 바르게 중립을 지키던 표정이 놀란 표정으로 바뀌었다. "정말 맛있는데요." 쓰디쓴 라임이라도 먹게 되리라 예상했던 것처럼 말했다.

"이만 실례할게요." 오필리아가 말했다. "요리를 해야 해서. 고기를 굽고 있는데—." 그는 집에 올 사람들을 그들이 몹시 부러워할 수밖에 없을 만큼 자세히 이야기했다. 그들의 표정에 시기와 불만이 콩 수프의 거품처럼 끓어올랐다. 자신들이 무엇을 놓치게 될지 알게 되니 아까보다 덜 고마워하는 표정으로 쟁반을 쳐다봤다.

손님들이 도착했을 때 음식은 모두 서빙용 접시에 담겨 있었다. 얇게 잘라 식초와 오일을 뿌린 토마토와 양파를 로즈메리와 바질이 화환처럼 둘러싸고 있었다. 양고기 구이는 으깬 허브에 굴렀는데…… 구운 로즈메리가 타 죽은 벌레 가루처럼 보이는 게 안타까웠지만 냄새는 훌륭했다. 오필리아가 양고기를 자르자 손님들이 냄새를 한껏 들이마셨다. 그는 고기에서 뼈를 제거하고 치즈와 채소와 허브로 속을 채웠다. 얇게 잘린 고기는 저마다 독특한 모양이 되어 있었다.

정작 오필리아는 입맛이 없었는데, 요리를 하면서 맛을 봤기 때문만은 아니었다. 새 접시를 가져오고 다 쓴 접시를 치우느라, 앉아 있는 시간보다 움직인 시간이 더 길었다.

"이렇게 솜씨 좋은 분이실 줄은 몰랐군요, 세라 팔푸리아스." 리키시가 속을 채워 저민 양고기 구이를 보고 말했다. "콜로니의 요리사였습니까,

모든 주민의 식사를 준비하는?"

"아니요, 세르 리키시. 정착 초기, 집을 짓고 나서부터는 가족끼리 밥을 해 먹었어요. 다들 넉넉하게 만들어 남은 음식을 센터에 보관했죠. 아픈 사람이 있을 때를 대비해서요. 대형 주방은 학생들을 위해서, 또는 많은 사람이 야외에서 일할 때 썼답니다." 홍수가 나거나 전염병이 돌 때도. 하지만 그는 마지막 예시는 말하지 않았다.

처음에는 조심스레 깨작대던 네 명의 손님이 며칠 굶은 것처럼 먹기 시작했다. 오필리아가 군인들에게 주고 남은 작은 파이를 가져왔을 때 그들은 배가 너무 부른 듯 반쯤 조는 표정을 하고 의자에 등을 기대고 앉아 있었다. 그가 바랐던 대로였다. 오필리아는 지저분해진 서빙용 접시와 플래터를 치우고 지저분한 접시를 비웠다. 손님들에게 파이용 접시를 나눠준 후, 저녁 내내 거의 앉은 적이 없는 자신의 의자에 앉았다.

다리도 아프고 허리도 아팠다. 지금껏 아픈 줄도 모르고 일한 것이다. 통증은 아무도 죽이지 못해. 전쟁이 죽이지. 오필리아는 손님들을 보며 웃음을 지었고, 손님들도 달콤한 파이를 입에 물고 웃어 보였다. 그들은 한껏 부드러워져 있었다. 그는 그들의 너머로, 어스름 속에서 파란 망토를 포함해 셋이 센터로 들어가는 것을 봤다.

오필리아가 말하기 시작하자 이번에는 그들이, 완전히 집중하는지는 몰라도, 말없이 들었다. 그는 어제 자신이 어디에 있었는지부터 이야기했다. 자생종이 화가 났다. 그 사건을 인간들이 이해하지 못한다고 생각하기 때문이다. 둥지들이 공격받아 개척민들을 공격했지만, 자생종은 보복을 걱정하는 것이 아니다.

"그들은 자신들의 행위가 정당했다고 믿어요." 오필리아가 말했다. "더

|상의 간섭은 용납하지 않을 거예요."

"콜로니를 건설하지 않을 거라고 확실히 얘기했습니까?" 리키시가 빌
롱에게 물었다.

"시도는 했어요." 빌롱이 대답했다. "제대로 전달한 줄 알았는데."

"아시겠지만, 세라 팔푸리아스." 리키시가 오필리아에게 말했다. "그들
은 우리의 법에 따라 보호를 받습니다 — 아무도 이곳에 콜로니를 세우
지 않을 겁니다 — 하지만 화가 났다고 사람들을 죽이고 다니면 안 되
죠—."

"개척민들이 **그들의** 사람들을 죽였죠. 아이들과 둥지수호자들을요."
오필리아가 말했다.

"그건 사고였잖습니까." 리키시가 말했다. "그들은 이걸 알아야 해요.
개척민들은 실수한 거지만 그들은 의도적으로 행동했다는 걸 말이죠. 우
린 그들도 실수로 그랬다고 생각할 수도 있어요. 아무도 복수해야 한다
고 주장하지도 않고…… 솔직히 아예 없는 건 아니지만, 정부가 보복행
위를 용납하지 않을 겁니다. 하지만 그들도 다시는 우리에게 폭력을 써서
는 안 됩니다. 또한 그들이 우리한테 실제적인 피해를 줄 수 있는 기술을
모르게 해야 해요. 그런 기술을 사용하지 않을 만큼 성숙한 문명을 이룰
때까지는."

오필리아는 누군가 뜨개질로 가슴속을 크고 복잡한 매듭으로 얽어버
린 듯한 기분이 들었다. 그래도 애써 더 말했다. "하지만 여러분한테서 들
은 바로는, 그들은 먼 북쪽에 도시를 여럿 세웠고 돛 달린 배까지 있잖아
요. 그들이 자발적으로 배우려는 걸 여러분이 어떻게 막을 수 있어요?"

리키시가 소리 내 웃었다. "그들이 진짜 산업기반을 갖추려면 수년, 어

쩌면 수세기가 걸릴 겁니다. 그들이 여기 와서 전기에 대해 알게 된 건 유감스럽지만, 발전기나 배터리 만드는 법은 아직 모르고요……. 인간도 수천 년 걸려서야 만들어냈으니 그들은 더 걸리겠죠. 아무튼 그들이 이 성 밖으로 나갈 수 없는 한 우리한테 실제적인 위협은 될 수 없습니다."

인간은 눈앞에 참고할 완성품이 없었잖아, 오필리아는 생각했다. 신물을 발명하지 않은 인간들도 그것의 사용법은 얼마나 빨리 배웠지? 똑같이 만들고 수리하는 법은?

빌롱이 말했다. "이해가 안 되네요, 세라. 지금까지 말씀하신 걸 어떻게 알아내셨죠? 그들의 언어를 제대로 연구한 적도 없으신데ㅡ."

"내가 그들과 더 오래 살았어요." 오필리아가 말했다. "그들은 나와 대화하려고 해요."

"네, 하지만 어르신이 완전히 오해하신 걸 수도 있어요." 빌롱이 말했다. "예를 들어, 어르신이 발음하신 그 단어……. 제가 음향분석을 해봤는데, 어르신의 발음은 그들의 발음과 전혀 달라요." 빌롱은 숨을 들이마시고 '딱-카우-키이어'를 발음했다. 오필리아가 듣기에 제대로였다. "그들은 이렇게 발음하는데, 어르신은 이렇게 하시죠ㅡ'딱-카우-키이어'. 뭐가 다른지 아시겠어요?" 오필리아는 알 수 없었다. 두 소리에 실제로 차이점이 있는지조차 잘 알 수 없었다. 어쨌거나 파란 망토는 오필리아가 말하는 그 단어를 아주 잘 알아들었다.

"그러니까 제 말은," 빌롱은 양 팔꿈치를 식탁에 대고 말했다. "어르신이 정말로 그들의 말을 알아듣고 계신 게 아니라는 거예요, 알아듣고 있다고 생각하실 뿐이지. 그리고 그들이 왔을 때 어르신은 완전히 혼자이셨잖아요. 아무래도 고독감 때문에 정신적인 문제가 있었을 거고, 그래서 그들을 친구라고 생각하시는 거죠. 그들은 친구가 아니라 외계인이에요. 아니, 자생종요." 마지막 말은 다른 사람들을 힐끗 보면서 덧붙였다.

오필리아는 창밖을 봤다. 짧은 열대의 황혼이 사라지고 어둠이 내려 있었다. 그가 인간에 대해 조금이라도 아는 거라면, 군사고문 둘과 파일럿은 그들의 명목상 상급자들이 몇 시간 동안 나타나지 않을 거라 확신해, 자기들만 부족하다고 느끼는 잔칫상에 전날 오필리아에게 권했던 정체 모를 변칙적인 음료를 곁들였을 터였다. 오락용 큐브든 인쇄물이든 갖고 있는 오락거리에 다 같이 빠져 있을 것이다. 아직은 아무것도 걱정하고 있지 않을 터였다. '무슨 일이 생길까 봐' 걱정하기에는 너무 일렀다. 나중에, 그들의 보스가 돌아올 때쯤에야 경계태세를 갖출 것이다.

오필리아가 알 수 없는 건 셔틀에 어떤 방위수단이 있는지였다. 전에 파란 망토에게 그가 아는 종류를 설명해주었다. 장애물이 나타나면 반응하는 라이트빔이나 사운드빔, 압력판, 등록된 장문掌紋이나 망막 패턴이 필요한 발사장치. 파란 망토는 걱정하지 않는 것 같았다. 그러니 그건 지금 그의 문제가 아니었다. "그들은 아주 지적이에요." 오필리아는 말했다. "아주 빨리 배우죠, 아기들도요."

"아기라고요! 그들의 아기들에 대해 뭘 아시죠?" 키라가 똑바로 앉으면서 파이를 내려놓았다.

이것이 오필리아를 가장 두렵게 한 부분이었다. 그는 이곳에 〈종족〉의 아기들이 있다고 알리기 싫었지만 파란 망토와 꾸륵-딱-콜록은 완강했다. 너는 네 종족에게 아기들 이야기를 해야만 한다. 그들이 아기들을 봐야 한다.

"아주 귀여운 아기들이랍니다." 오필리아가 말했다. "아주 다정하고 무척 빨리 배우죠."

"그들의 아기들을 **봤다고요?!**" 모든 손님들이 거의 동시에 물었다. "**이 곳에** 아기들이 있다고요?"

"왜 이제야 말씀하세요?" 키라가 물었다.

"묻지 않았잖아요." 오필리아가 대꾸했다. 아주 만족스러웠다. 손님들의 놀라움이 분노로 바뀌는 기미가 보이자 그는 일어섰다. "따라와요, 보고 싶으면."

아무것도 손님들의 발길을 멈추지 못했을 것이다. 그들은 그의 뒤를 바짝 쫓으며 길을 건너 센터로 갔다. 오필리아는 닫힌 센터 문을 두드렸다. 파란 망토가 문을 열었다. 오필리아는 파란 망토에게 한쪽 눈을 찡긋해 보인 뒤 사람들을 이끌고 안으로 들어갔다. 그리고 그들이 모두 들어온 뒤 문을 닫았다.

"문은 왜 닫는 겁니까?" 리키시가 물었다.

"아기들이 밖으로 뛰쳐나가면 안 되니까요." 오필리아는 그렇게 말하고 앞장서서 복도를 지나 교실로 갔다. 사람들이 따라오는 소리가 들렸다. 저 앞, 교실 문에서 불빛과 아기들이 찍찍대는 소리가 새어 나오고 있었다.

20

오필리아는 파란 망토가 어떤 시연 방식을 계획했는지 정확히 알고 있지는 않았다. 지금 그의─모두의─시야에 들어온 장면은 그의 모든 상상을 뛰어넘는 것이었다. 한 아기가 꾸륵-딱-콜록의 무릎에 앉아 교실 컴퓨터의 제어반을 콕콕 누르고 있었다. 디스플레이에서 색색의 패턴이 소용돌이쳤다. 어른 둘이 호리병박 두어 개 옆에 웅크리고 앉아 전선을 만지작거리고 있었는데, 전선들이 이어진 곳은……. 오필리아는 눈을 깜박거렸다……. 교실에 있던 전기 시연장치의 반 정도가 호리병박에 연결되어 있었다. 다른 아기 둘이 교실 바닥에 앉아 노는 것처럼 기어와 스크류 모형으로 복잡한 뭔가를 만들고 있었다. 오필리아는 아기들이 무엇을 만들고 있는지, 완성되면 작동이 될지 궁금해졌다. "아…… 맙소사…… 신이시여." 리키시였다. 종교적인 믿음과는 거리가 먼 사람인 줄 알았는데. "지금─지금 **컴퓨터를** 쓰는 거야?"

파란 망토가 앞으로 나왔다. 사람들 뒤에서 슬그머니 문을 닫은 뒤였다. "다 됐서."

"어떻게 알아냈지. 어르신이 가르쳐줬습니까? 우리가 경고했는데도?"

리키시가 오필리아를 노려봤다. 파란 망토가 자기를 상대하라고 두 사〔람〕 사이에 끼어들었다.

"우-우리 폰 커, 우-우리 마안더." 파란 망토가 팔을 휘둘러 교실 전체〔를〕 가리키며 말했다.

"무슨 말이냐면," 빌롱이 리키시에게 말했다. "우리가 본 것, 우리는 만〔一〕든다. 저들이 만든다는 거죠. 본 것은 뭐든 만들 수 있다고. 사실일 리 없〔一〕지만, 그래도—."

"즈즈즈즛 마아안더!" 파란 망토가 그렇게 말하고는 호리병박을 든 그〔—〕 동물들에게 그들의 언어로 말했다. 오필리아는 숨을 죽였다. 그것이 다〔一〕시 작동할 거라고 믿기 힘들었다. 아까 처음 작동했을 때 너무 마법처럼 보였기 때문이다.

교실의 전등이 꺼졌고, 깜짝 놀란 인간들이 비명을 지르기도 전에 교〔一〕실 가운데에서 작은 전구들이 켜졌다. 교실 전등이 다시 켜졌고, 호리병〔一〕박 옆에 있던 괴동물이 인간들을 보면서 목주머니를 두 번 부풀린 뒤 스〔一〕위치를 조작하자 전구 불빛이 꺼졌다.

"이럴 순 없어!" 리키시가 말했다. "연장 코드를 쓴 거야. 전지가 숨겨〔져〕 있거나—."

"호리병박이 전지예요." 오필리아가 말했다. 파란 망토에게 미리 설〔명〕을 들었다. "액체 전지의 산과 같은 역할을 하는 물질을 만들어낸 거죠."

"**그럴** 리 없어요, 그럴 리가—"

"가능해요." 키라가 보려고 다가갔다. "산을 만들어냈다면—."

"그들은 폭발물도 만들어요, 아시겠지만." 오필리아가 말했다. "그 셔〔틀〕을—."

"하아늘 소 즈즈즈즛," 파란 망토가 말했다. "천선 소 ㄱ가튼 즈즈즈 즛, 랏트 마아안더, 차가 마아안더, 회천 마아안더……."

"어르신이 가르쳐줬죠!" 리키시가 오필리아에게 벌컥 성을 냈다. "어르 신이 가르쳐준 겁니다. 스스로 알아냈을 리가 없어요. 아직 **정부**도 없는 것들이ㅡ!"

"정부와 과학은 서로의 필요조건이 아닙니다." 오리가 무뚝뚝하게 말 했다. 그는 놀랐다기보다는 즐거워하는 것처럼 보였다. 리키시의 괴로움 을 즐기고 있는 게 분명했다. "솔직히 말씀드리자면, 세라 팔푸리아스의 학력으로는 이런 시연을 준비할 수 없다고 봅니다." 오리가 오필리아를 보며 말했다. "말씀해주세요, 세라. 화학적으로 전기를 생성하려면 어떤 물질을 만들어야 하는지 아십니까?"

"전지에는 산을 쓰죠." 오필리아가 말했다. "산은 위험하고 유독가스가 나와요."

"네, 제 생각대로군요. 짐작건대, 바실, 자생종의 플라스크에 들어 있 는 걸 분석해보면 세라 팔푸리아스가 본 전지의 산과는 다를 겁니다. 제 가 여기 와서 여러 번 말씀드리려고 했듯이, 이 자생종은 제가 지금까지 연구한 여러 문화 공동체와는 상당히 달라요."

"하, **외계인**이잖아요!" 리키시가 말했다. "당연히 다르지."

"실례하죠." 오리는 리키시에게 등을 돌리고 키라에게 다가갔다. "혹시 저 안에 든 게 뭔지 아세요?"

"식물인데ㅡ 뭔지 모르겠어요, 어디서 구한 건지도ㅡ." 키라는 이파리 한 줌과 자두보다 작은 주홍색 구체 몇 개를 내밀었다. "이런 걸로 저 액 체를 어떻게 만들었는지 짐작도 안 돼요ㅡ."

"어떻게 했는지는 **중요하지 않아요**." 리키시가 말했다. "중요한 건 저들은 외계인이고, 원래는 전기를 몰랐는데 여기 와서 이 할머니를 만나고 전기를 손에 넣었다는 것뿐이지. 그러니 할머니 잘못이야—."

오필리아는 리키시가 다가오자 움칫했다. 때리려는 건 아니겠지만, 그런 말투를, 그런 태도를 알고 있었다. 그때 길고 딱딱한 손가락들이 리키시의 두 팔을 감아쥐었다. 〈종족〉 두 명이 그를 잡은 것이다……. 꽉 움켜지지는 않았지만 벗어나지는 못할 정도로 잡았다. 다른 사람들이 그 자리에서 얼어붙어 그 광경을 지켜보다가 오필리아를 쳐다봤다.

"파란 망토는 사냥하는 부족들의 거의 모든 둥지수호자들을 위해 노래하는 가수예요." 오필리아는 리키시의 몸부림과 나머지 인간들의 표정은 아랑곳하지 않고 말했다. 사전에 파란 망토가 아주 신중하게 설명해준 개념들을 적절한 인간의 말로 표현하려 애썼다. "가수는 '연예인'이 아니에요—." 그 말은 날카로운 표정으로 오리를 보면서 했다. "가수들은 둥지를 틀 장소나 사냥 영역에 관해 합의하고자 하는 둥지수호자들 사이의 연락책이죠. 우리 세계의 외교관 같은 존재랄까요. 오직 둥지수호자들만 〈종족〉에게 구속력이 있는 합의를 내릴 수 있어요."

"그럼…… 통치자인가요?" 오리가 물었다. 바람직하네. 이 사람은 자기가 틀렸다는 사실에 화를 내는 게 아니라 진실을 알고 싶어 해.

"통치자라고는…… 하기 어려워요. 둥지수호자는 어린 세대를 책임져요. 둥지에서 태어났을 때부터 〈종족〉과 함께 유랑을 시작할 때까지. 그렇기 때문에 무엇이 중요한지, 무엇을 가르쳐야 하는지, 어떤 합의를 지켜야 하는지 둥지수호자가 결정하는 거지요."

"어떻게 그럴 수 있는지 모르겠어요." 키라가 얼굴을 찌푸린 채 말했다

둥지수호자들은 한곳에 머무르는데, 아기들과 둥지에 있는데, 다른 이들이 내린 결정을 어떻게 알 수 있죠?"

오필리아도 그들이 어떻게 아는지, 알기는 하는 건지 전혀 알지 못했다. 그는 키라가 끼어들지 않은 것처럼 말을 이어갔다. "파란 망토는 이곳에 처음 온 이들로부터, 내가 그들이 죽인 것과 같은 동물이지만 다르기도 하다는 보고를 받고 왔어요. 이들은 내가 늙었고 아이들을 키워봤기 때문에, 그리고 내 종족이 떠날 때 이곳에 남았기 때문에, 내가 인간들의, **내** 인간들의 둥지수호자 같은 존재라고 생각해요."

"그럴 수 있을 것 같습니다." 오리가 말했다. "그들의 방식에서는요……. 그들은 어르신을 어떤 범주에 포함시켜야 했을 겁니다."

"그리고 난 이제 그들의 둥지수호자이기도 해요." 오필리아가 말했다.

"네? 어쩌다가?"

"나는 이 아기들이 태어나는 현장에 있었어요. 그들이 날 딱-카우-키이어로 받아들였죠—." 그 말에 모든 아기들이 오필리아를 보면서 찍찍거렸고, 땅바닥에 있던 아기들은 달려와서 그의 다리에 몸을 기댔다. 그가 천천히 쭈그리고 앉자— 무릎이 삐걱거렸다— 아기들이 그의 손을 잡았다. 이제는 익숙한 아기들의 혀가 손목에 닿는 것이 느껴졌다.

"각인…… 추향성趨向性……" 키라가 조용히 말했다. "아기들이 어르신을 각인했군요."

"그렇기 때문에 나는 떠날 수 없어요." 오필리아가 말했다. "난 이들의 딱-카우-키이어예요, 하나밖에 없는 딱-카우-키이어요. 일반적으로는 둥지수호자가 여럿이지만 그들이 둥지수호자를 더 구하기엔 너무 늦었—."

"하지만 여기 있는 개체들 중에 맡기면―." 키라가 말하기 시작했지만 오필리아는 고개를 저었다.

"아니오. 둥지를 틀어본 적 있는 어머니만 둥지수호자가 될 수 있어요, 예외는 없죠. 내가 유일하게 그런 존재였기 때문에 나한테 부탁한 거고…… 나는 승낙했어요. 어떻게 거절할 수 있겠어요? 이렇게……." 오필리아는 미소를 지으며 눈이 큰 아기들을 내려다봤다. 아기들은 신뢰와 열의로 가득한 표정으로 그를 바라봤다. 그가 자식들한테서 본 적이 있다고 똑똑히 기억하는 표정이었다. 너희들 덕분에 더 잘할 거야, 그는 자신에게 약속했다. 그리고 그들에게.

오필리아는 벌게진 얼굴로 땀을 흘리고 있는 리키시를 봤다. 그는 이제 몸부림치지는 않았지만 신체의 모든 선으로 못마땅함과 분노를 표현하고 있었다.

"당혹스럽게 해서 미안해요, 세르 리키시. 하지만 당신에게 꼭 말해야 했어요, 당신을 설득해야 했어요. 나는 떠날 수 없습니다. 떠나고 싶다고 해도 그럴 수 없어요. 이 아기들은 내가 필요해요. 이 애들한테 딱-카우-키이어가 돼줄 수 있는 이가 나밖에 없거든요."

"이들은 **외계인**이에요." 리키시가 쉰 목소리로 말했다. "어르신은 아무것도 못 해요. 배운 것 없고 참견하기 좋아하는 흔한 할머니잖아요."

그를 잡고 있는 이들이 목주머니를 부풀려 둥둥거렸다. 오필리아는 리키시의 얼굴에서 땀이 솟는 것을 봤다.

"이들은 둥지수호자를 존경하고 신뢰해요, 세르 리키시." 오필리아가 말했다. "그러지 않는 자들을 싫어하죠."

"하지만―."

"**조용히** 해요, 이 사람아." 오리가 리키시에게 말했다. "일을 다 망칠 겁니까." 오리는 그 자리에 서서 복잡하게 얽힌 전선과 작은 전구들 옆에 앉아 있는 오필리아를 쳐다봤다. "계속 말씀하시죠." 리키시는 잠자코 있었다. 오필리아는 팀 내부에서 권력이 이동하는 것을 느꼈고 그것이 마지막 이동이기를 바랐다.

오필리아는 무릎이 너무 아파 계속 쪼그려 앉아 있을 수 없었다. 바닥에 엉덩이를 대고 앉자 아기들이 무릎 위로 올라왔다. "이들이 말한 건— 파란 망토가 내게 이야기한 건— 나를 자기들의 둥지수호자이자 인간들의 둥지수호자로 인정한다는 거예요. 즉 합의를 도모할 수 있는 존재라는 뜻이죠. 다만 나는 반드시 이곳에 계속 있어야 해요."

"무슨 말씀인지 알겠습니다." 오리가 말했다. 리키시에게는 눈길도 주지 않았다. "저희가 어르신께 설명하겠습니다. 그러면 어르신이 저들에게 설명해주시고……."

아직도 이해를 못 했구먼. 오필리아는 오리가 이해하게 되어도 지금처럼 차분하기를 바랐다. "미안하지만, 세르, 순서가 달라요. 저들이 내게 설명하면 내가 여러분께 설명하는 거예요."

"네, 물론이죠……. 합의조건에 대해 말씀드리려던 겁니다."

"저들도 같아요." 오필리아가 말했다. 오리는 애써 무표정한 얼굴로 한참 동안 그를 쳐다봤다.

"**저들의**…… 합의조건……요."

"네, 세르." 오필리아는 위협적으로 들리지 않으려고 애썼다.

"저는…… 알겠습니다." 오리는 〈종족〉 둘에게 붙들린 리키시를 포함해 지금까지도 서 있는 세 동료를 봤다. "이 문제에 대해 대화를 해봐야겠군요. 어르신을 존중하지만, 세라 팔푸리아스, 저희들만요. 어르신은 너무…… 가까운 관계자이셔서…… 치우침 없이 대화하시기 힘들 거니까요."

"아안 대." 오필리아가 여기까지 오게 만든 파란 망토가 말했다.

"바보짓 그만해요." 키라가 그렇게 말하더니 문 쪽으로 갔다. 아무도 키라를 막지 않았다. 키라가 손잡이를 잡아당겼지만 문은 열리지 않았다.

"잠겼어요." 오필리아가 굳이 말해주었다. 키라의 표정을 보니 사악하게도 고소한 기분이 들었다. 내가 나쁘다고 생각했던 여자들도 이런 기분이었던 걸까? 남들의 얼굴에서 지금 내가 짓고 있을 표정을 본 적이 있어. "현관문도 마찬가지고요. 여기서 얘기해야만 해요."

사람들의 손이 주머니로, 허리띠로 향했다. 그제야 그들은 작업도구를, 핸드컴과 셔츠컴을 가져오지 않았음을 떠올렸다. 자신들에게 아무런 해도 끼치지 못할 무지렁이 노파의 작은 집에서 열리는 비공식 만찬이었기에.

힘이란, 오필리아는 깨달았다, 정말로 사악함을 불러일으키는구나. 사람들의 표정이 변하고 또 변하는 것을 보며 크게 웃고 싶어 하는 그를 오래된 목소리가 호되게 질책했다.

"여러분은 전혀 다치지 않을 거예요." 오필리아가 말했다. "하지만 반드시 제대로 듣고 어떻게 해야 할지 결정해야 합니다."

"어르신은 그들이 원하는 걸 아십니까?" 오리가 물었다. 적절한 질문. 여전히 차분한 말투. 오필리아는 그가 끝까지 변하지 않기를 바랐다.

"그들은 배우고 싶어 해요." 오필리아가 대답했다. "배울 때 제일 기뻐하죠." 그가 무릎 위의 아기들을 살짝 밀자 꾸룩-딱-콜록이 아기들에게 속삭이듯 말했다. 아기들은 구르듯이 바닥으로 내려가 자신들의 방치된 작품을 향해 달려갔다. "잘 보세요." 오필리아가 말했다.

"ㅈ준비." 파란 망토가 말하자 어른 하나가 그 기계장치를 들어 시연용 탁자에 올려놓았다. 아기들이 끽끽거렸다. 오필리아는 아기들의 말을 알아듣기 힘들었지만 어른들의 반응으로 짐작건대 합당한 말을 한 것 같았다. 같은 어른이 장치를 다시 들어 교실의 깊은 개수대에 넣었다. 파란 망토가 오필리아에게 팔을 내밀어, 잡고 일어나 잘 볼 수 있게 했다. 바닥에서 더 위급한 끽끽, 소리가 들렸고 파란 망토는 세 아기를 모두 들어 올렸다. 한 녀석은 파란 망토의 팔을 타고 어깨로 뛰어올라갔다. 오필리아는 그에게 팔을 뻗는 다른 녀석을 품에 안았다.

어른이 물을 틀고 수전을 조정했을 때 교실에 있던 모두가 아기들이 무엇을 만들어냈는지 알게 되었다. 맞물린 톱니바퀴를 가속 회전시키는 수력 구동 기계…… "즈즈즈즛!" 자그마한 목소리가 외쳤다. "즈즈즈즛 아아아안더!"

"말도 안 돼." 리키시가 읊조렸지만, 이번에는 목소리에서 분노가 아니라 경외감밖에 느껴지지 않았다. "이거 봐." 리키시는 팔을 잡고 있는 이들에게 말했다. "제대로 보고 싶어……." 그들은 곧바로 놓아줬고 리키시는 개수대로 가서 살펴봤다. "이런 걸 만들었을 리가. 몇 광년 거리 안에 수력발전기는 단 한 대도 없는데……. 하지만…… 이건 진짜 작동할지도." 그는 손가락을 내밀었다가 다시 거두었다.

"저들을 친구로, 둥지수호자로 삼고 싶으세요, 적으로 삼고 싶으세요?" 오필리아가 물었다. 그는 여전히 아기들이 무엇을 만든 것인지 제대로 이해하지 못했지만, 그들이 그것으로 전기를 만든다고 한다면 그렇다고 믿을 터였다. "여러분이 저들을 억압하려 한다면 — 어차피 그럴 수 없어요, 그들을 화나게 만들 뿐이죠. 여러분이 선택하세요."

"하지만 너무 빨라요. 저들은 너무…… **너무** 똑똑해……." 리키시는 어른들을 본 뒤 아기들을, 그런 다음 오필리아를 쳐다봤다.

오필리아는 초조하게 들리지 않으려고 애쓰면서 말했다. "똑똑하고 우호적이냐, 똑똑하고 화가 났느냐, 둘 중에 선택하는 거예요. 그들은 좋은 둥지수호자 — 좋은 선생, 좋은 친구 — 는 어린 세대가 성장하며…… 모든 것을 배우도록 돕는다고 믿어요."

"이들의 배린지 점수가 궁금하군요." 리키시가 말했다. 마디마디에서 시기심이 느껴졌다.

"우리보다 높아요." 키라가 말했다. "대표본이 필요하겠지만, 이 집단을 전형으로 본다면 모평균이 인간보다 20포인트는 족히 높습니다. 게다가 이들은 이런 책들과 컴퓨터 매뉴얼을 접했으니…… 이들의 발전은 이미 폭발적이며, 이대로라면 — 개인적으로 100년 안에 우주비행을 할 거라고 봐요. 우리가 도와주지 않아도요."

"게다가 둥지 영역을 지키기 위해서라면 공격적으로 행동하죠." 오리가 덧붙였다. "어휴. 무서운데요." 그다지 무서워하는 것처럼 들리지 않았다. 열띤 흥분이 느껴졌다.

오필리아는 아기의 울룩불룩한 등을 쓰다듬었다. "그렇게 무섭지 않답니다, 세르…… 자……." 그가 아기를 내밀었다. 사전에 논의하면서 정한 행동이었다. 〈종족〉을 관찰하고 교류하려 할 때 팀원들 중 오리가 가장 온화했다. 〈종족〉은 아기를 만져볼 기회를 얻을 사람이 그여야 한다고 생각했다. 오필리아는 아직은 위험하다고 생각했다. 하지만…… 하지만 품에 안아본 아기의 부모를 두려워하고 혐오하기란 어려운 일이지. 지금 오리는 오필리아를 빤히 쳐다보고 있었다……. 그러다 아주 조심스럽게 손을 내밀었다. 아기는 얼른 오리의 손으로 건너가 — 새로운 것을 경험할 기회였다 — 그의 손목을 핥았다. 그리고 오필리아를 돌아보며 끽끽거렸다. 맛이 달라 — 오필리아는 아기의 소리를 다 듣지 않고서도 알 수 있었다. 아기는 그 놀라운 눈으로 오리의 얼굴을 쳐다보다가 몸을 쭉 펴서 그의 턱을 핥았다. 오리의 표정이 부드러워졌고 오필리아는 긴장이 풀렸다. 키라가 씩 웃었는데, 흐뭇한 마음에 짓는 자연스러운 함박웃음이었다. 빌롱도 똑같이 웃었다.

모두가 긴장을 풀던 그때 리키시가 아기를 붙잡았다. 오리가 안은 아기가 아니라 파란 망토의 어깨에 앉은 아기였다. 파란 망토가 오리를 지켜보려고 고개를 돌리자마자. 아기가 쉬익, 하면서 리키시의 손목을 할퀴었지만 그는 아기의 목을 움켜잡았다. 아기가 목이 졸려 켁켁거렸다.

오필리아가 리키시에게 덤벼들었지만 리키시는 그를 한번에 밀어내고 문을 등지고 섰다.

"**꼬리**가 달렸어." 리키시가 으르렁거리듯 말했다. "훈련시킨 괴동물 — 똘똘한 도마뱀일 뿐이라고. 다들 이런 것들한테 넘어가다니 믿을 수가 없군. 비늘에 덮인 귀여운 도마뱀들의 풍요로운 세계와 거기서 왕이 되려는 미친 할망구? 그렇겐 안 돼." 잡힌 아기가 몸부림을 쳤다. 줄무늬가 옅어지고 눈이 흐려지고 있었다. "가까이 오지 마. 이 더러운 목을 비틀어버릴 거니까." 짧은 순간 모두가 그대로 얼어붙어 숨도 쉬지 않았다. 리키시가 오필리아에게 손가락질을 했다. "당신, 기어와서 문 열어……. 잠금장치 암호를 모른다고 할 생각은 마. 일어서지 마, **기어**. 얘 죽는 꼴 보기 싫으면."

오필리아는 파란 망토를, 다른 인간들을, 꾸륵-딱-콜록을, 마지막으로 리키시와 그의 손아귀에서 몸부림치는 작은 괴동물을 봤다. 천천히 ― 어차피 관절 때문에 그럴 수밖에 없었다 ― 오필리아는 바닥에 엎드려 그가 있는 쪽으로 기어가기 시작했다.

"그래야지." 리키시가 말했다. "항상 당신 같은 사람들 때문에 문제가 생겨……. 애초에 당신한테 읽는 법을 가르친 세상이 문제야."

지껄이게 둬, 새 목소리가 숨어 있던 곳에서 나와서 말했다. 지껄여댄다는 건 듣고 있지 않다는 뜻이야, 또는 생각하고 있지 않다거나. 기는 것만으로도 충분히 힘들었다. 오필리아는 최근 수년 동안 기어본 적이 없었다. 무릎과 고관절에 이어 어깨까지 아팠다.

"빨리!" 리키시가 말했지만, 누구나 알다시피 노인들은 몸상태가 좋을 때도 빠르게 길 수 없는 것이고, 눈앞의 노인은 그중에서도 거동이 불편한 편이었다. 미안하다고 하려고 고개를 든 오필리아의 눈에 리키시가 발길질을 하려고 발을 뒤로 빼는 것이 보였다. 찬다……. 오필리아는 그 발을 붙잡아 세게 당겼다. 힘이 약해서 그를 쓰러뜨리지는 못했지만, 그가 휘청거릴 때 아기를 잡은 손아귀가 살짝 풀렸다. 아기는 꿈틀꿈틀 몸을 비틀더니 작지만 아주 날카로운 이빨로 리키시의 엄지와 다른 손가락 사이의 살을 콱 깨무는 동시에 길고 날카로운 발톱을 그의 팔에 박고 힘껏 찢어 내렸다. "악!" 리키시가 비명을 지르며 반사적으로 손을 편 순간 아기는 의기양양하게 끽끽거리면서 떨어져 나갔다. 오필리아의 머리 위로 네 개의 흐릿한 형체가 지나가더니 순식간에 리키시의 몸에 긴 칼 네 자루가 꽂혔다.

오필리아가 시간의 흐름도 느끼지 못한 채 웅크려 누워 있는 동안 주위에서 다른 이들이 움직였고 리키시의 고통은 목을 그은 칼날에 순식간에 끝이 났다. 그런 다음 포근함과 온기, 다정한 목소리들이 있었다. 누군가 오필리아를 안고 집으로, 그의 침대로 데려갔다. 그가 전에 만들어둔 음식 냄새가 났다…….

오필리아는 몸에 담요가 덮인 채 침대에 있었고 곁에서 아기들이 ― 셋 다 ― 웅크리고 있었다. 파란 망토가 침대 왼쪽에 서 있었고 인간들 ― 안색이 창백하지만 차분한 키라와 오리, 흐느끼는 빌롱 ― 은 발치에 서 있었으며, 그 뒤에 나머지 〈종족〉이 잔뜩 모여 있었다. 오필리아는 시간이 얼마나 지났는지, 또 다른 일이 벌어진 것인지 알 수 없었다. 죽은 리키시의 냄새가 코를 찌를 뿐.

꾸륵-딱-콜록이 차가운 물을 한 잔 가져왔다. 냉수를 홀짝거리자 오필리아의 혼란한 머릿속이 알아볼 수 있는 형체들로 정돈되었다. 그는 무사했다. 아기들도 무사했다. 리키시를 제외한 모두가 안전했다. 오직 리키시만 아이들을 위협했다.

누군가 죽어야 했다면, 죽을 사람이 죽었다.

무장한 남자들이 경계태세에 들어가기 전에 ― 즉 자정이 되기 한참 전에 ― 오리는 현실을 받아들였다. 오리와 키라는 돌아가서 무슨 일이 있었는지 설명했다('폭주한' 리키시가 아기와 오필리아를 해치려 했고, 괴동물들은 당연히 그들을 지키려고 나섰다). 빌롱은 비통에 빠진 애인 역을 지나칠 정도로 잘해내서, 오필리아는 빌롱이 리키시에 대해 했던 모든 말이 사실이었는지 궁금해지기 시작했다. 저 눈물이 진짜라면 말이지만.

군사고문단이 위협적으로 무장을 하고 나타났을 때 시연장치는 이미 흔적도 없이 치워져 있었다. 리키시의 시체는, 오필리아는 짐작했다. 아직도 피투성이로 교실 바닥에 널브러져 있겠지만, 그는 그 광경을 볼 필요가 없었다. 군인들은 오필리아의 명과 아기의 목에 생긴 자국을 봤고, 사태의 결말에 오리가 꽤나 만족하고 있다는 걸 눈치챘다.

"멍청한 놈." 한 고문이 오필리아의 거실로 팀원들을 면담하러 와서 말했다. 고문단한테 저런 권한은 없는데, 키라는 면담 차례를 기다리면서 오필리아에게 속삭이듯 말했다. 리키시에게 있던 민간당국의 권한이 부팀장인 키라에게 넘겨졌지만 군사고문단은 그 사실에 대해서도 못마땅해하지 않았다. "멍청한 놈." 그 고문이 계속 말했다. 시끄러운 쪽이었다. "늙은 행세꾼들 중에 제정신인 놈을 본 적이 없다니까—."

"아기를 쓰다듬어봐도 될까요?" 키라가 자고 있는 아기들을 보면서 더 부드러워진 표정으로 물었다. "네, 여기를 쓰다듬으면 좋아해요⋯⋯." 오필리아는 대답하고 시범을 보였다. 키라가 따라 하자 아기가 눈을 반짝 뜨더니 혀로 키라의 손을 핥고 다시 잠들었다. "귀엽다는 표현이 딱 들어맞지는 않네요." 키라가 말했다. "하지만—."

"표현할 말이 없죠." 오필리아가 말했다. "이들은 인간이 아니니까요. 이들의 언어로 표현해야겠죠."

"빌롱은—."

"빌롱은," 오필리아가 의도했던 것보다 신랄하게 말했다. "바보예요. 자기 분야에서 뭘 좀 아는지는 모르겠지만, 그 사람 자체는⋯⋯."

키라는 웃음을 지으며 오필리아를 내려다봤다. "어르신 같은 분은 빌롱을 더 좋아하실 줄 알았어요⋯⋯. 빌롱이 더 전통적인 유형이니까……."

"가서 내가 린다에 대해 쓴 로그를 읽어봐요." 오필리아가 말했다. 방금 아기가 키라를 마음에 들어 했어. 나라면 키라를 선택하지 않을지 모르지만 아기는 선택했어. 그러니 나도 키라를 좋아하려고 노력하는 게 나을지 몰라. 키라는 로사라보다 똑똑하니까, 가르치면 분별 있는 딸 같은 존재가 될 수도 있겠지. "그리고 기회를 놓치면 안 돼요. 빌롱이 리키시 때문에 저렇게 시끄럽게 구는 걸 멈추고 아직 오리가 있다고 깨닫기 전에."

키라가 얼굴을 붉혔다. "무슨 말씀이세요? 저는 —."

오필리아는 표정으로 키라의 말을 끊었다. "난 늙은이지만 멍청이나 바보는 아니랍니다. 오리를 좋아하잖아요 —."

"어, 네, 하지만 그런 식으로는 —."

"오리는 여기 남고 싶어 해요. 당신도 남겠죠. 아이를 낳고 싶을 정도로 그를 좋아하게 될 거예요. 아니, 이미 그렇죠. 그래서 빌롱을 싫어하는 거고요." 오필리아는 사악하기 그지없이 고소한 기분으로, 저 심지 굳은 여자가 벽돌에 얻어맞기라도 한 듯 입을 딱 벌리는 모습을 봤다. 사악한 쾌감이 오필리아의 혈관 속에서 버글버글했다. 키라는 자기가 관찰당했음을, 자신의 마음이 인간 본성에 관한 노파의 식견에 여과 없이 노출되었음을 — 노파의 몸만 자신의 육안에 노출된 줄 알았건만 — 깨닫고 있었다.

오필리아는 등을 기대면서 속눈썹 사이로 키라를 쳐다보며 말했다. "앞으로는 세라 오필리아라고 불러줘요. 나랑 같이 이 아기들을 돌보는 거예요. 그럼 언젠가 당신 아기한테도 딱-카우-키이어가 생길 거예요."

"하지만 — 하지만 —." 말을 더듬는 키라는 그렇게 강경한 사람처럼 보이지 않았지만, 분한 듯 두 뺨이 달아오르니 참 아름다워 보였다.

"잘 자요." 오필리아는 그 말을 끝으로 눈을 감았다. 잠시 후 키라가 일어나서 매트리스가 흔들리는 것이 느껴졌고 방의 저편에서 속삭이는 소리가 들렸다. 몸 구석구석에 기대 누운 아기들이 편안한 듯 꼼지락대는 걸 느끼면서 잠이 들었다.

오필리아에게는 둥지수호자의 여러 정식 임무가 덜 엄격하게 부과되었다. 새벽에는 정원에 나갔다. 아기들은 커다랗고 주름진 호박잎들 사이로 이리저리 뛰어다니며 점액대벌레를 잡았다. 아침나절에는 센터로 가서 교실에 있는 어른들에게 아기들을 넘겨주었다. 〈종족〉의 동족 둥지수호자와는 달리 오필리아는 다른 어른들의 도움을 받았다. 그들은 오필리아 혼자서 활기찬 세 아기를 감당할 수 없음을 이해했다. 그가 도움이 필요해지면 언제나 누군가 나타났다……. 때때로 키라나 오리가 나타났는데, 두 사람은 이곳에 남아 오필리아의 인간 보조가 되기로 했다.

혼자 지내는 것처럼 자유롭지는 못해도 다른 방식으로 더 만족스러운 생활이 이어졌다. 오필리아가 공동체 생활에서 가장 싫어하던 점이 사라졌기 때문이다. 아무도 그에게 무엇을 하라고 지시하지 않았다. 아무도 그가 중요하지 않다고 말하지 않았다. 오래된 목소리마저 그가 반응하지 않자 서서히 사라져갔다.

오필리아의 목소리를 그가 고향으로 생각하지 않게 된 지 수십 년이 넘은 세계의 정부청사로 보내는(그렇다고 들었다) 특수 커뮤니케이션 링크에 대고 말할 때면 그는 아직도 사악한 흥분을 느꼈다. 그 세계에서, 오리아가 어느 복잡한 도심의 소외된 공동주택지에서 나고 자란 곳에서, 그는 배울 수 없다는 말을 들은 곳에서, 법을 만드는 남자들이 그의 말에 귀를 기울였다. 그 남자들은 그에게 조용히 하라고 말할 수도 없었다. 특수 링크는 한 번에 한 방향으로만 송신이 가능했기 때문이다. 오필리아가 먼저 보고하면 며칠 후 일괄 전송이 왔다.

오필리아는 키라와 오리에게 보고 내용을 먼저 들려주었다. 두 사람은 자기들이 더 중요한 존재가 된 듯한 기분을 느꼈고, 오필리아는 첫 번째 전송의 말투에서 조금은 보호받는 느낌을 받았다. 결국에는 두 사람이 어떻게 해도 오필리아를 통제할 수 없다고 깨달았지만. 이때쯤 키라와 오리는 충격에서 벗어난 상태였고, 서로의 존재를 너무나 즐겼으며, 그들을 만나러 오는 영리하고 끝없이 궁금해하는 〈종족〉과 보내는 시간을 즐겼다.

인물 동향,《정치학 저널》.

인류의 거침없는 우주 진출의 길에서 조우한 최초의 비인간 지적 생물과 교류하는 인간 대사는 해당 직책에 필요한 요건을…… 그 외계인들이 좋아한다는 것 말고는 하나도 갖추지 않은, 왜소한 체구에 맨발을 고수하는 백발의 노파다. 이 사람, 에스클랜츠 포터 시티의 노동계층 거주지 사우스록의 오필리아 다마뢰에서 태어난 세라 오필리아 팔푸리아스는 현재 인류 역사상 가장 명망 높은—그리고 일각에 따르면 가장 위태로운—외교관직을 맡고 있다. 대체 어떤 정부가 아마추어—아니, 아마추어라고도 할 수 없는 보잘것없는 사람—를 그 자리에 앉히겠는가?

이러한 질문에 대한 답을 얻고자 본지는 콜로니 사무국장 세르 안드레이 발파

레즈를 인터뷰했다. "중대한 실수였다고 본다. 전 정부가 임명한 내 전임자는
혼란스러운 상황에 개입할 결단력이 부족했다는 것은 인정한다. 그 혼란한 상
황에서, 정식 임명된 연락책이던 그는 정신적으로 무너진 나머지 토착종 하나
를 해치려 하다가 죽었다. 그렇게 엉망이 된 상황을 내가 이어받게 되었다. 적
어도 나는 세라 팔푸리아스의 후임으로 적절한 인물을 확보했으며, 그는 걸맞
은 자격과 두 종족 모두의 요구를 분명히 이해하는 전문가다. 차기 대사가 임
명되고 나면 지금처럼 감정적인 '둥지수호자' 부조리는 사라질 것이며…… 물
론 세라 팔푸리아스는 상당히 고령이다……."

샬럿 개더스는 두툼한 은색 봉투를 의심스럽다는 듯이 쳐다봤다. "실버 센
버 센추리 투어가 노부인들을 위한 무료 휴가 상품賞品 패키지에 대해 안
내드립니다." 봉투를 여니 상품 추첨 신청서가 들어 있었다. 나이가 지긋
하다, 그렇다, 자녀와 손자녀가 있다. 긴 여행을 할 의향이 있는가? 그렇
다, 해변에서 보낸 일주일간의 그 비참한 마지막 휴가가 끝난 지금은. 그
때 딸들은 이 침실 두 개짜리 아파트의 대금을 지불하는 것이 얼마나 힘
나는 일인지 분명히 밝혔다. 이기적인 것들 — 내가 지들을 어떻게 키웠
는데! 이민이 가능한가? 그는 '그렇다'에 체크했다. 어쩌면 외계에서 사는
게 나을지도 몰랐다. 자그마한 노부인이 대사로 있는 행성을 다룬 뉴스
쇼를 본 적이 있었다. 샬럿은 외계 종족의 대사가 된 자신을 잠시 상상해
봤지만, 아무래도 이상한 냄새와 어색한 억양을 좋아할 수 없을 것 같았
다. 대사는 못 돼도 대사의 친구는 될 수 있지 않을까……. 같이 점심을
먹고 카드놀이를 하고……. 이국적인 어딘가로 떠날 수만 있다면, 딸들에
게 자기들이 필요 없다는 걸 보여줄 수만 있다면.

샬럿은 둥지수호자가 되기 위한 심사를 통과하지 못했다. 샬럿의 음 한 얼굴과 말똥말똥한 작은 눈을 딱 한 번 쳐다본 예의 바른 젊은 여 는 샬럿이 화이트스프링 리조트에서 일주일을 보낼 수 있는 경품에 첨됐다고 말했다. 다른 사람들은 그 접수원을 통과해 진짜 심사위원 앞에 설 수 있었고, 그들 중 일부가 둥지수호자가 되기 위해 이주했다. 들의 여행경비는 창의력이 매우 풍부한 어느 〈종족〉의 발명품들이 벌 들인 수익으로 충당되었다.

마을은 천천히 사람들로 다시 채워졌다. 이제 그곳의 작은 집들 절반 상에 사람이 살았다. 줄무늬 새끼들과 함께 있는 은발의 둥지수호자 , 더 천천히 자라는, 이주해온 인간 아이들과 함께 있는 색이 옅어진 종족〉 둥지수호자들. 키라와 오리의 아이들은 태어나면서부터 〈종족〉의 어를 배웠다. 거의 매일 아침 오필리아는 길에서 들려오는 목소리에, 종족〉과 인간의 목소리에 잠을 깼다. 그는 삶의 마지막 몇 년간 일어나 는 시간이 갈수록 늦어져, 요즘은 일출을 보는 일이 거의 없었다. 꾸륵- 닥-콜록이 처음 튼 둥지의 주인들은 자라면서 선명한 줄무늬가 없어지 고 사냥꾼의 무늬가 생겼다. 그들은 이제 오필리아가 책임져야 할 존재가 아니었다. 그는 그들의 꼬리와 화려한 줄무늬가 같은 속도로 사라지는 것을 몹시 흥미로워하며 지켜봤다. 인간처럼 그들도 어색한 중간 단계에 서 매력이 가장 덜했는데, 꼬리는 전과 달리 뭔가를 휘감을 수 없는 뭉툭 한 동강이가 되었고 줄무늬는 빛깔을 잃으며 거무죽죽해졌다.

그들 가운데 하나는 사냥감보다는 아이디어를 더 많이 사냥했다. 〈종 족〉이 설계한 최초의 비행기를 만드는 일을 돕기도 했다. 오필리아는 이 제 암석 해변의 모든 도시들이 전기를 쓰며, 유목 부족들까지 전지로 작

413

동되는 소형 컴퓨터를 갖고 다닌다고 들었다. 그 전지의 연료가 되는 식
물이 그러한 목적으로 재배되고 있었다. 오필리아는 들은 이야기의 대부
분을 이해할 수 없었다. 조는 시간이 늘고 가르치는 시간은 줄었다.

　오필리아는 걱정하지 않았다. 가끔 30년 뒤 머나먼 곳에서 로사리
와 바르토가 극저온 수면에서 깨어났을 때, 그에 관한 어떤 버전의 이
야기를 듣게 될지 궁금해하기는 했다. 수송 중에 죽었다고 듣게 될
까…… 아니면 이곳에 남아 유명해졌다고 알게 될까? 어느 쪽이든 유
쾌한 농담이었다. 그는 한때 계획했던 대로 혼자 죽지는 못했지만, 웃
음 지으며 죽었다.

감사의 말

고금을 넘나드는 수많은 작품이 이 책의 대모다. 문학적 선지자로는 어슐러 K. 르 귄의 어느 에세이와 마를렌 하우스호퍼의 《벽》, (소문은 일찍이 들었으나) 이 책을 쓰기 시작한 뒤에 읽은 벨마 월리스의 《두 늙은 여자》, 무엇이 배울 가치가 있는지 아는 현명한 여성 노인이 등장하는 설화들이 있다. 그러나 오필리아와 무척 닮은 여자들의 산 경험이 없었다면 이 책을 쓰지 못했을 것이다. 그네들에게 훨씬 더 많이 배웠어야 하건만. 너무 많아 일일이 호명할 수는 없지만 그들을 잊지 않을 것이다. 로이스 파커가 교정에 도움을 주었다. 풍부한 인생 경험을 흔쾌히 공유해준 것에도 특별히 감사드린다.

옮긴이 강선재

부산대학교 영어영문학과와 이화여자대학교 통번역대학원 한영번역과를 졸업하고 전문 번역가로 활동 중이다. 옮긴 책으로는《테라피스트》,《우리 사이의 그녀》,《마스터스 오브 로마》시리즈(공역),《나를 찾아줘》,《타인들의 책》,《세 길이 만나는 곳》등이 있다.

잔류 인구

첫판 1쇄 펴낸 날 2021년 10월 29일
　　6쇄 펴낸 날 2022년 12월　7일

지은이 엘리자베스 문
옮긴이 강선재
발행인 김혜경
편집인 김수진
편집기획 김교석 조한나 김단희 유승연 김유진 임지원 곽세라 전하연
디자인 한승연 성윤정
경영지원국 안정숙
마케팅 문창운 백윤진 박희원
회계 임옥희 양여진 김주연

펴낸곳 (주)도서출판 푸른숲
출판등록 2003년 12월 17일 제2003-000032호
주소 경기도 파주시 심학산로 10(서패동) 3층. 우편번호 10881
전화 031)955-9005(마케팅부), 031)955-9010(편집부)
팩스 031)955-9015(마케팅부), 031)955-9017(편집부)
홈페이지 www.prunsoop.co.kr
페이스북 www.facebook.com/prunsoop　　**인스타그램** @prunsoop

ⓒ푸른숲, 2021
ISBN 979-11-5675-920-1(03840)